P9-AFE-732

Henry Miller
SEXUS

Henry Miller

SEXUS

Roman

Deutsch von Kurt Wagenseil
Die Originalausgabe erschien 1949 unter dem Titel »Sexus«
bei The Obelisk Press, Paris

Lizenzausgabe mit Genehmigung
der Rowohlt Verlags GmbH, Reinbek bei Hamburg
für die Deutsche Buch-Gemeinschaft C. A. Koch's Verlag Nachf.,
Berlin · Darmstadt · Wien
Diese Lizenz gilt auch für Bertelsmann, Reinhard Mohn OHG, Gütersloh
die Europäische Bildungsgemeinschaft Verlags-GmbH, Stuttgart
und die Buchgemeinschaft Donauland Kremayr & Scheriau, Wien

Gesamtherstellung Mohndruck Reinhard Mohn OHG, Gütersloh
Schutzumschlag: Günter Hädeler
Printed in Germany · Buch-Nr. 4758'1500

Erstes Buch

Es muß ein Donnerstagabend gewesen sein, als ich ihr zum erstenmal in jenem Tanzpalast begegnete. Ich ging am Morgen nach ein paar Stunden Schlaf zur Arbeit und sah aus wie ein Nachtwandler. Der Tag verging wie im Traum. Nach dem Abendessen schlief ich auf der Couch ein und erwachte, noch immer in meinen Kleidern, gegen sechs am nächsten Morgen. Ich fühlte mich erstaunlich ausgeruht, unbeschwerten Gemüts und einzig und allein von dem Gedanken besessen, daß ich sie um jeden Preis haben mußte. Als ich durch den Park ging, beschäftigte mich die Überlegung, was für Blumen ich ihr mit dem Buch, das ich ihr versprochen hatte (Sherwood Andersons ›*Winesburg, Ohio*‹), schenken sollte. Ich näherte mich dem dreiunddreißigsten Lebensjahr, dem Alter, in dem Christus gekreuzigt wurde. Ein ganz neues Leben lag vor mir, wenn ich nur den Mut hatte, alles zu riskieren. Aber es gab nichts zu riskieren: Ich befand mich auf der untersten Sprosse der Leiter, ein Versager in jedem Sinne des Wortes.

Es war damals ein Samstagmorgen, und für mich ist Samstag immer der beste Tag der Woche gewesen. Ich werde lebendig, wenn andere vor Müdigkeit einschlafen. Meine Woche beginnt mit dem jüdischen Ruhetag. Daß dies die große Woche meines Lebens sein würde, die sieben lange Jahre währte, ahnte ich natürlich nicht. Ich hatte nur das Gefühl, daß ein vielversprechender und ereignisreicher Tag vor mir lag. Den schicksalhaften Schritt zu tun und alles zum Teufel gehen zu lassen, hat an sich schon etwas Befreiendes: Über mögliche Folgen habe ich mir nie den Kopf zerbrochen. Sich bedingungslos der Frau auszuliefern, die man liebt, heißt alle Fesseln abzustreifen außer dem

Verlangen sie nicht zu verlieren – die schrecklichste aller Fesseln.

Ich verbrachte den Morgen damit, Gott und die Welt anzupumpen, schickte das Buch und die Blumen ab und setzte mich dann hin, um einen langen Brief zu schreiben, den ich durch Boten zustellen ließ. Ich schrieb, daß ich sie am Spätnachmittag anrufen würde. Um zwölf Uhr verließ ich das Büro und ging nach Hause. Ich war schrecklich ruhelos, fiebernd vor Ungeduld. Bis fünf Uhr zu warten war eine Qual. Ich begab mich wieder in den Park. Teilnahmslos und wie blind wanderte ich über die Wiesen bis zu dem See, auf dem die Kinder ihre Boote segeln ließen. In der Ferne spielte eine Kapelle. Sie rief mir Erinnerungen an meine Kindheit ins Gedächtnis zurück, verschüttete Träume, Sehnsüchte, Gedanken der Reue. Ein leidenschaftlicher Aufruhr pulste heiß in meinen Adern. Ich dachte an gewisse große Gestalten der Vergangenheit, an alles, was sie in meinem Alter vollbracht hatten. Was immer ich erstrebt haben mochte, war bedeutungslos geworden: Ich war nur noch von dem Wunsch besessen, mich ihr völlig auszuliefern. Vor allem wollte ich ihre Stimme hören, wollte wissen, daß sie noch am Leben war, mich nicht bereits vergessen hatte. Ich wollte von nun an jeden Tag eine Münze in den Schlitz werfen können, um ihre Stimme »hallo« sagen zu hören, das und nichts anderes war das höchste, was ich mir zu erhoffen wagte. Wenn sie bereit war, mir das zu gewähren, und es auch wirklich tat, mochte geschehen, was wolle.

Punkt fünf rief ich sie an. Eine seltsam traurige, fremdartige Stimme erklärte mir, sie sei nicht zu Hause. Ich wollte mich erkundigen, wann sie zurückkäme, aber da war die Verbindung schon unterbrochen. Der Gedanke, daß sie unerreichbar war, machte mich rasend. Ich rief meine Frau an und sagte ihr, daß ich zum Abendessen nicht nach Hause käme. Sie nahm es wie üblich angewidert zur Kenntnis, als erwarte sie ohnehin von mir nur Enttäuschungen und Vertröstungen. »Erstick dran, du Miststück«, dachte ich bei mir, als ich den Hörer auflegte, »soviel steht fest: Du kannst mir tot oder lebendig gestohlen bleiben.« Ich sprang auf den nächstbesten Trolleybus, der daherkam, und ließ mich auf einen der hinteren Sitze fallen. Zwei Stunden lang fuhr ich in tiefer Trance durch die Stadt. Als ich wieder zu mir kam, hielten wir gerade vor einer arabischen Eisdiele in der Hafengegend, und ich sprang ab. Ich setzte mich dicht beim Wasser auf einen Poller und blickte zu dem summenden Stahlnetzwerk der Brooklyn-Brücke empor. Es waren noch mehrere Stunden totzuschlagen, bevor ich daran denken konnte, den Tanzpalast wieder aufzusuchen. Leeren Blickes starrte ich auf das gegenüberliegende Ufer, während meine Gedanken ziellos wie ein Schiff ohne Ruder dahintrieben.

Als ich mich schließlich aufraffte und losstolperte, kam ich mir vor wie ein Narkotisierter, dem es gelungen ist, dem Operationstisch zu entfliehen. Alles sah vertraut aus und gab doch keinen Sinn. Es dauerte Ewigkeiten, ein paar simple Eindrücke zu verarbeiten, die bei klarem Bewußtsein automatisch die Vorstellung Tisch, Stuhl, Haus, Person auslösen. Ihrer Automation beraubte Gebäude sind sogar noch trostloser als Gräber. Wenn die Maschinerie stillsteht, verbreitet sie eine Leere, die noch unheimlicher ist als der Tod. Ich war ein Gespenst, das sich in einem Vakuum bewegte. Hinsetzen, verweilen, eine Zigarette anzünden, nicht hinsetzen, nicht rauchen, denken oder nicht denken, atmen oder aufhören zu atmen – es war alles ein und dasselbe. Falle tot um, der hinter dir steigt über dich hinweg. Feuere einen Revolver ab, und ein anderer schießt auf dich. Schreie, und du weckst die Toten auf, die merkwürdigerweise auch kräftige Lungen haben. Der Verkehr geht jetzt nach Ost und West, im nächsten Augenblick wird er nach Nord und Süd gehen. Alles bewegt sich blind und gesetzmäßig fort, und niemand gelangt irgendwohin. Schlurfen und stolpern herein und heraus, hinauf und hinunter, manche scheren aus wie Fliegen, andere fallen ein wie ein Mückenschwarm. Iß im Stehen, Münzeinwurf, Hebelbedienung, fettverschmierte Fünfcentstücke, fettverschmiertes Cellophan, fettverschmierter Appetit. Wisch dir über den Mund, rülpse, stochere in den Zähnen, schieb den Hut zurück, trotte los, rutsche aus, stolpere, pfeife, knall dir eine Kugel in die Birne. Im nächsten Leben möchte ich ein Geier sein und mich von reichem Aas ernähren. Ich werde hoch oben auf den Häusern hocken und blitzschnell herabstoßen, sobald ich den Tod wittere. Jetzt pfeife ich lustig vor mich hin – in den epigastrischen Zonen herrscht Ruhe und Frieden. *Hallo, Mara, wie geht's dir?* Und sie wird mir ihr rätselhaftes Lächeln schenken und mich stürmisch in ihre Arme schließen. Grelles Scheinwerferlicht wird uns inmitten der Leere in einen mystischen Kreis tauchen und uns mit drei Zentimeter Intimität umgeben.

Ich gehe die Treppe hinauf und betrete die Arena, den großen Ballsaal der käuflichen Sexadepten, den jetzt ein warmes Boudoir-Licht durchflutet. Die Phantome drehen sich in einem süßlichen Kaugummi-Dunst, Knie leicht gebeugt, Hintern gespannt, Fußknöchel im pudrigen Saphirlicht schwimmend. Zwischen Trommelschlägen höre ich unten auf der Straße die Sirene des Rettungswagens, dann die der Feuerwehr und schließlich die des Überfallkommandos. Der Walzer wird schmerzlich perforiert, kleine Schußlöcher hüpfen über die Mechanik des elektrischen Klaviers, dessen Spiel im Lärm ertrinkt, denn es steht mehrere Blocks entfernt in einem Gebäude ohne Feuerleitern. Sie ist nicht auf der Tanzfläche. Vielleicht liegt sie im Bett und liest ein Buch und treibt es mit einem Preisboxer oder läuft wie eine Wahnsinnige über ein Stoppelfeld, hat einen Schuh verloren, den anderen noch an, von einem Mann namens Corn Cob hitzig verfolgt. Wo immer sie sein mag, ich stehe in völliger Dunkelheit – ihre Abwesenheit löscht mich aus.

Ich erkundige mich bei einem der Mädchen, ob sie weiß, wann Mara kommt. *Mara?* Nie von ihr gehört. Wie kann sie auch irgend etwas über irgend jemand wissen, da sie doch erst vor knapp einer Stunde ihre Arbeit hier aufgenommen hat und schwitzt wie eine Stute, die in sechs Garnituren schafwollener Unterwäsche steckt? Ob ich nicht mit ihr tanzen will – sie wird dann eines der anderen Mädchen nach dieser Mara fragen. Wir tanzen ein paar Runden, in einem Dunst von Schweiß und Rosenwasser. Das Gespräch dreht sich um Hühneraugen, entzündete Fußballen und Krampfadern. Die Musiker plieren durch den Boudoir-Nebel mit Gallertaugen, die Gesichter ein gefrorenes Grinsen. Das Mädchen dort drüben, Florrie, kann mir vielleicht etwas über meine Freundin sagen. Florrie hat einen breiten Mund und Augen wie Lapislazuli. Sie ist spröde wie eine Geranie, kommt gerade von einer Fick-Fiesta, die den ganzen Nachmittag gedauert hat. Weiß Florrie, ob Mara bald kommen wird? Sie glaubt nicht . . . sie glaubt, sie wird heute abend überhaupt nicht komnen. Wieso? Florrie glaubt, sie sei mit jemandem verabredet, am esten fragen Sie den Griechen dort drüben – der weiß alles.

Der Grieche sagt ja, Miss Mara wird kommen . . . ja, warten ie nur ein bißchen. Ich warte und warte. Die Mädchen dampfen vie auf einem Schneefeld stehende schwitzende Pferde. Mitter-acht. Kein Zeichen von Mara. Ich gehe langsam, widerstrebend er Tür zu. Ein junger Bursche, ein Puertoricaner, knöpft sich auf er obersten Stufe den Hosenschlitz zu.

In der Untergrundbahn prüfe ich mein Sehvermögen, lese die eklame am anderen Ende des Wagens. Ich nehme meinen Kör-er ins Kreuzverhör, um festzustellen, ob ich an keinem der Ge-rechen leide, deren Erbe der zivilisierte Mensch ist. Rieche ich us dem Mund? Hämmert mein Herz? Habe ich Plattfüße? Sind neine Gelenke von Rheumatismus geschwollen? Keine Stirn-öhlenbeschwerden? Keine Parodontose? Was ist mit Verstop-ung? Oder diesem Müdigkeitsgefühl nach dem Essen? Keine Migräne, kein Sodbrennen, keine Blähungen, kein Durchfall, ein Hexenschuß, keine laufende Blase, keine Hühneraugen oder ntzündeten Fußballen, keine Krampfadern? Soweit ich feststel-en kann, bin ich kerngesund, und doch . . . Mir fehlt etwas, et-vas Wesentliches.

Ich bin krank vor Liebe. Todkrank. Ein paar Kopfschuppen – nd ich würde krepieren wie eine vergiftete Ratte.

Mein Körper ist schwer wie Blei, als ich ins Bett falle. Ich ver-inke augenblicklich in die tiefste Tiefe des Traumes. Dieser Kör-er, ein Sarkophag mit steinernen Griffen, liegt völlig bewe-ungslos. Der Träumende erhebt sich aus ihm wie ein Nebel und mschweift die Welt. Der Träumer versucht vergeblich, eine orm und Gestalt zu finden, die seinem ätherischen Wesen ange-nessen ist. Wie ein himmlischer Schneider probiert er einen Körper nach dem anderen an, aber sie passen alle nicht. Schließ-ich muß er in seinen eigenen Körper zurückkehren, wieder die leierne Gußform annehmen, ein Gefangener des Fleisches wer-en, weitermachen in Stumpfheit, Leiden und Langeweile.

Sonntagmorgen. Ich erwache taufrisch wie ein Gänseblüm-hen. Die Welt liegt vor mir, unentdeckt, unbefleckt, jungfräu-ich wie die arktischen Zonen. Ich schlucke etwas Natron und Chlor, um die letzten bleiernen Dünste der Trägheit zu vertrei-

ben. Ich werde geradewegs in ihre Wohnung gehen, läuten un
eintreten. Hier bin ich, nimm mich – oder stich mich tot! Stic
mich ins Herz, stich mich ins Hirn, stich mich in die Lunge, di
Nieren, die Eingeweide, die Augen, die Ohren! Wenn nur ei
Organ am Leben bleibt, bist du verloren – verdammt für imme
die Meine zu sein in dieser Welt, der nächsten und in allen kom
menden Welten. Ich bin ein Desperado der Liebe, ein Skalpjäge
ein Totschläger. Ich bin unersättlich. Ich esse Haare, schmutzige
Ohrenschmalz, trockene Blutklumpen, alles und jedes, was vo
dir stammt. Zeig mir deinen Vater mit seinen Papierdrachen, sei
nen Rennpferden, seinem Freibillett für die Oper: Ich werde al
in mich hineinstopfen, mit Haut und Haaren verschlingen. W
ist der Stuhl, auf dem du sitzt, wo dein Lieblingskamm, dein
Zahnbürste, deine Nagelfeile? Zeig sie her, damit ich sie auf ei
nen Sitz verschlinge. Du hast eine Schwester, schöner als du
sagst du. Zeig sie mir – ich will ihr das Fleisch von den Knoche
lecken.

Hin zum Meer, zum Marschland, wo ein kleines Haus gebau
wurde, um ein kleines Ei auszubrüten, das man, nachdem es Ge
stalt gewonnen hatte, Mara taufte. Daß ein dem Penis eine
Mannes entschlüpfter Tropfen etwas so Überwältigendes her
vorbringen konnte! Ich glaube an Gott den Vater, an Jesus Chri
stus, seinen eingeborenen Sohn, an die Heilige Jungfrau Maria
den Heiligen Geist, an Ada Cadmium, an Chromnickel, di
Oxyde und Quecksilberchrome, an Wasservögel und Wasser
kresse, an epileptische Anfälle, die Beulenpest, an Dewachan, a
planetarische Konjunktionen, an Hühnerspuren und Speerwer
fen, an Revolutionen, Aktienstürze, Kriege, Erdbeben, Zyklone
an Kali Juga und an Hula-hula. *Ich glaube. Ich glaube.* Ich glaube
weil nicht zu glauben bedeutet, daß man wie Blei wird, flach un
steif daliegt, für immer untätig dahinsiecht . . .

Blickt man hinaus auf die Landschaft unserer Tage: Wo sin
die Tiere des Feldes, die Feldfrüchte, der Dünger, die Rosen, di
inmitten des Verfalls blühen? Ich sehe Eisenbahnschienen
Tankstellen, Zementblöcke, Eisenträger, hohe Schornsteine
Autofriedhöfe, Fabriken, Warenhäuser, Wohnmaschinen, un
bebaute Grundstücke. Nicht einmal eine Ziege zu sehen. Ich seh
das alles klar und deutlich: Es bedeutet Trostlosigkeit, Tod, ewi

gen Tod. Dreißig Jahre lang habe ich das Eisenkreuz schmählicher Knechtschaft getragen, habe gedient, aber nicht geglaubt, habe gearbeitet, aber keinen Lohn empfangen, habe geruht, aber keinen Frieden gefunden. Warum sollte ich glauben, daß alles plötzlich anders wird, nur weil ich *sie* habe, nur weil ich liebe und geliebt werde?

Nichts wird sich ändern, nur ich werde mich ändern.

Als ich mich dem Haus nähere, sehe ich im Hinterhof eine Frau, die Wäsche aufhängt. Ihr Profil ist mir zugewandt. Es ist zweifellos das Gesicht der Frau mit der seltsamen, fremdartigen Stimme, die ich am Telefon gehört hatte. Ich will dieser Frau nicht begegnen, will nicht wissen, wer sie ist, will nicht glauben, was ich befürchte. Ich gehe um den Häuserblock herum, und als ich wieder zu der Tür komme, ist die Frau fort. Irgendwie ist auch mein Mut fort.

Zögernd drücke ich auf den Klingelknopf. Fast sofort wird die Tür aufgerissen, und die Gestalt eines großen, bedrohlich aussehenden jungen Mannes blockiert die Schwelle. Sie ist nicht da, kann nicht sagen, wann sie zurückkommt, wer sind Sie, was wollen Sie von ihr? Dann auf Wiedersehen und peng! Die Tür starrt mir ins Gesicht. Junger Mann, das werden Sie noch bitter bereuen. Eines Tages komme ich wieder mit einer Schrotflinte und schieße Ihnen die Eier weg . . . So also ist das! Jeder auf der Hut, jeder gewarnt, jeder auf Ausweichen und Abwimmeln abgerichtet. Miss Mara ist nie dort, wo man sie vermutet, und keiner weiß, wo man sie vermuten dürfte. Miss Mara hat sich in Luft aufgelöst: vulkanische Asche, von den Passatwinden hierhin und dorthin verweht. Niederlage und Mysterium am ersten Tag des Sabbatjahres. Trauriger Sonntag bei den Nichtjuden, den Bekannten und zufälligen Verwandten. Tod allen Christenbrüdern! Tod dem faulen Status quo!

Einige Tage vergingen ohne ein Lebenszeichen von ihr. Nachdem meine Frau schlafen gegangen war, saß ich in der Küche und schrieb endlose Briefe an *sie*. Wir lebten damals in einer entsetzlich ehrbaren Gegend und bewohnten Erdgeschoß und Souterrain eines trostlosen Backsteinhauses. Von Zeit zu Zeit hatte ich versucht, etwas zu schreiben, aber die trübe Stimmung, die meine Frau um sich verbreitete, war nicht zu ertragen. Nur einmal gelang es mir, ihren Bann zu brechen. Ich hatte hohes Fieber, und das seit mehreren Tagen; ich weigerte mich, einen Arzt kommen zu lassen, und lehnte jede Medizin und jede Nahrung ab. Ich lag in einem breiten Bett oben in einer Ecke des Zimmers und kämpfte gegen ein Delirium an, das einen tödlichen Ausgang zu nehmen drohte. Seit meiner Kindheit war ich nie ernstlich krank gewesen, und es war ein köstliches Erlebnis. Wenn ich zur Toilette ging, war mir, als wankte ich durch die labyrinthischen Gänge eines Ozeandampfers. In den wenigen Tagen, die das Fieber dauerte, durchlebte ich mehrere Leben. Das waren meine einzigen Ferien in der Gruft, die man »Zuhause« nennt. Der einzige andere Raum, den ich erträglich fand, war die Küche. Sie war eine Art gemütlicher Gefängniszelle – und wie ein Gefangener saß ich hier oft bis spät in die Nacht hinein und plante meine Flucht. Hier gesellte sich auch manchmal mein Freund Stanley zu mir, unkte über mein Unglück und machte jede Hoffnung mit bitteren und boshaften Sticheleien zunichte.

Hier schrieb ich die verrücktesten Briefe, die jemals zu Papier gebracht wurden. Jeder, der glaubt, vernichtet, hoffnungslos und am Ende seiner Kräfte zu sein, kann aus meinem Beispiel Mut schöpfen. Ich hatte eine kratzende Feder, eine Flasche Tinte und Papier – das waren meine einzigen Waffen. Ich schrieb alles nieder, was mir gerade einfiel, ob es Sinn hatte oder nicht. Wenn ich einen Brief eingeworfen hatte, pflegte ich nach oben zu gehen, legte mich neben meine Frau und starrte mit weit offenen Augen in die Dunkelheit, als gelte es, darin meine Zukunft zu lesen. Wenn ein Mann, so sagte ich mir wieder und wieder, wenn ein aufrichtiger und verzweifelter Mann wie ich eine Frau von ganzem Herzen liebt, wenn er bereit ist, sich die Ohren abzuschneiden und sie ihr mit der Post zu übersenden, wenn er imstande ist, sein Herzblut zu Papier zu bringen und diese Frau mit seinem Verlangen und seiner Sehnsucht zu durchdringen, und wenn er sie unablässig bestürmt, dann kann sie ihn unmöglich zurückweisen. Der unscheinbarste, der schwächste, der unwürdigste Mann muß siegen, wenn er bereit ist, seinen letzten Blutstropfen zu opfern. Keine Frau kann dem Geschenk absoluter Liebe widerstehen.

Ich ging wieder in den Tanzpalast und fand dort eine Nachricht

ür mich vor. Der Anblick ihrer Handschrift brachte mich völlig
us der Fassung. Ihre Mitteilung war kurz und bündig. Sie wollte
nich um zwölf Uhr nachts am nächsten Tag am Times Square
'or dem Drugstore treffen. Ich sollte, bitte, aufhören, ihr nach
Iause zu schreiben.

Als wir uns trafen, hatte ich noch nicht einmal drei Dollar in
ler Tasche. Ihre Begrüßung war herzlich und unbeschwert.
Keine Erwähnung meines Besuches bei ihr zu Hause – oder der
Briefe und Geschenke. Wo wollte ich gerne hingehen, fragte sie
ıach einigen Worten. Ich hatte nicht die leiseste Ahnung, was
ch vorschlagen sollte. Daß sie leibhaftig vor mir stand, mit mir
prach, mich ansah, war ein Ereignis, das ich nicht fassen konnte.
›Gehen wir zu Jimmy Kelly«, schlug sie vor, indem sie mir zu
Iilfe kam. Sie nahm mich am Arm und ging mit mir auf ein war-
endes Taxi zu. Von ihrer Gegenwart völlig überwältigt, ließ ich
nich in den Rücksitz fallen. Ich machte keinen Versuch, sie zu
tüssen oder auch nur ihre Hand zu halten. Sie war gekommen
- das war das Wesentliche. Alles andere war nebensächlich.

Wir blieben bis in die frühen Morgenstunden beisammen,
aßen, tranken und tanzten. Wir redeten freimütig miteinander
ınd verstanden uns. Ich erfuhr nicht mehr über sie, über ihr
virkliches Leben, als ich zuvor gewußt hatte, nicht etwa weil sie
geheimnisvoll tat, sondern weil der Augenblick so erfüllt war und
veder Vergangenheit noch Zukunft wichtig schienen.

Als die Rechnung kam, traf mich fast der Schlag.

Um Zeit zu gewinnen, bestellte ich noch etwas zu trinken. Als
ch ihr gestand, daß ich nur ein paar Dollar bei mir hatte, schlug
ie vor, mit einem Scheck zu bezahlen, und versicherte mir, daß
nan ihn ohne weiteres annehmen würde, da sie hier bekannt sei.
ch mußte ihr erklären, daß ich kein Scheckbuch besaß und über
ıichts als mein Gehalt verfügte. Kurzum, ich deckte alle meine
Karten auf.

Während ich ihr diesen traurigen Stand der Dinge beichtete,
schoß mir ein Gedanke durch den Kopf. Ich entschuldigte mich
ınd ging zu der Telefonkabine. Ich rief das Hauptbüro der Telegrafen-Gesellschaft an und bat den Chef vom Nachtdienst, der
ein Freund von mir war, mir durch Boten sofort fünfzig Dollar
zu schicken. Das war eine Menge Geld, besonders da er es der

Kasse entnehmen mußte, und er wußte, daß nicht allzuviel Ver laß auf mich war, aber ich erzählte ihm eine herzzerreißende Ge schichte und versprach ihm hoch und heilig, ihm das Geld bi zum Abend zurückzugeben.

Der Bote war, wie sich herausstellte, gleichfalls ein gute Freund von mir, der alte Creighton, ein ehemaliger Prediger. E schien ehrlich überrascht, mich zu dieser Stunde an einem sol chen Ort anzutreffen. Als ich die Quittung unterschrieb, fragt er mich mit leiser Stimme, ob ich sicher sei, mit den fünfzig aus zukommen. »Ich kann Ihnen auch noch etwas leihen«, fügte e hinzu. »Es wäre mir ein Vergnügen, Ihnen aushelfen zu dür fen.«

»Wieviel können Sie entbehren?« fragte ich und dachte an di am Morgen vor mir liegende Aufgabe.

»Ich kann Ihnen noch weitere fünfundzwanzig geben«, sagt er bereitwillig.

Ich nahm sie und dankte ihm herzlich. Ich zahlte die Rech nung, gab dem Kellner ein großzügiges Trinkgeld, tauschte eine Händedruck mit dem Geschäftsführer, dem stellvertretende Geschäftsführer, dem Rausschmeißer, dem Garderobemädchen dem Türsteher und mit einem Bettler, der mir seine Flosse hin streckte. Wir stiegen in ein Taxi, und als es wendete, spreizt Mara spontan die Beine und fiel über mich her. Wir fickten be sinnungslos drauflos, das Taxi schwankte hin und her, unser Zähne schlugen aufeinander, wir bissen uns in die Zunge, un der Saft floß aus ihr wie heiße Suppe. Es dämmerte bereits, und als wir über einen öffentlichen Platz auf der anderen Seite de Flusses kamen, fing ich den erstaunten Blick eines Polypen auf »Es wird Tag, Mara«, sagte ich und versuchte, mich sanft von ih zu befreien. »Nur noch einen Augenblick!« bettelte sie, schnaufend und wild an mich geklammert – und damit entlud sie sich in einem verlängerten Orgasmus, bei dem ich dachte, sie würde mir das Glied abscheuern. Schließlich glitt sie herunter und sank in ihre Ecke, das Kleid noch immer bis über die Knie hochgeschoben. Ich beugte mich hinüber, um sie noch einmal zu umarmen, und ließ dabei meine Hand zu ihrer nassen Möse hochgleiten. Sie hing an mir wie ein Blutegel, und ihr schlüpfriger Hintern rotierte dabei in rasender Hingabe. Ich fühlte, wie der heiße Saft urch meine Finger rann. Ich hatte alle vier Finger zwischen ihen Beinen und wühlte in dem feuchten Moos, das wie elektriiert zuckte. Sie hatte, zwei, drei Orgasmen, sank dann völlig rschöpft zurück und lächelte matt wie ein gefangenes Reh zu nir auf.

Gleich darauf holte sie ihren Spiegel hervor und begann ihr Gesicht zu pudern. Plötzlich bekam ihr Gesicht einen erschrokenen Ausdruck, und sie wandte den Kopf nach hinten. Im nächten Augenblick kniete sie auch schon auf dem Sitz und starrte lurch das Rückfenster. »Jemand folgt uns«, sagte sie. »Schau nicht hinaus!« Ich fühlte mich zu schwach und zu glücklich, um nich darüber aufzuregen. »Wohl etwas hysterisch«, dachte ich ei mir, sagte aber nichts, beobachtete sie aufmerksam, wie sie lem Fahrer hastige, abgehackte Weisungen gab, diese oder jene Richtung einzuschlagen, schneller und schneller zu fahren. »*Bitte! Bitte!*« bat sie ihn, als ginge es um Leben und Tod. »Meine Dame«, hörte ich ihn wie aus weiter Ferne, aus einem nderen Traumfahrzeug, sagen, »ich kann nicht mehr aus der Karre herausholen ... Ich habe Frau und Kind ... Tut mir eid.«

Ich nahm ihre Hand und drückte sie sanft. Sie machte eine abvehrende Geste, als wollte sie sagen: »Du weißt ja nicht ... veißt ja nicht ... das ist schrecklich!« Es war jetzt nicht der Moment, ihr Fragen zu stellen. Plötzlich ging mir auf, daß wir in Geahr waren. Plötzlich konnte ich mir in meiner eigenen verrückten Art einen Vers darauf machen. Ich überlegte rasch ... niemand folgt uns ... das ist alles Quatsch und dummes Zeug ... aber jemand ist hinter ihr her, soviel steht fest ... sie hat ein Verbrechen begangen, ein schweres, und vielleicht mehr ls eines ... kein Wort von dem, was sie sagt, stimmt ... ich bin n ein Lügengewebe verstrickt ... liebe ein Ungeheuer, das herrichste Ungeheuer, das man sich vorstellen kann ... ich sollte sie etzt, auf der Stelle, ohne ein Wort der Erklärung verlassen ... sonst bin ich verloren ... sie ist unergründlich, undurchdringich ... ich hätte wissen sollen, daß die einzige Frau auf der Welt, ohne die ich nicht leben kann, von Geheimnis gezeichnet ist ... steig sofort aus ... springe heraus ... rette dich!

Ich fühlte, wie sie ihre Hand auf mein Bein legte und mich ver-

stohlen aufrüttelte. Ihr Gesicht war entspannt, ihre weit geöffneten Augen leuchteten voller Unschuld . . . »Sie sind fort« sagte sie, »nun ist alles gut.«
Nichts ist gut, dachte ich bei mir. Wir sind erst am Anfang. Mara Mara, wohin führst du mich? Es ist schicksalhaft, ist verhängnisvoll, aber ich gehöre dir mit Leib und Seele, und du wirst mich hinführen, wohin du willst, mich bei meiner Gefängniswärterin abliefern, zerschunden, zermalmt, gebrochen. Wir sind auf ewig verdammt. Ich fühle, wie ich den Boden unter den Füßen verliere . . .

Nie war sie imstande, meine Gedanken zu durchdringen, weder damals noch später. Sie drang tiefer ein als in meine Gedanken: sie las blind, als besäße sie Antennen. Sie wußte, daß es mein Schicksal war zu zerstören und daß ich auch sie am Ende zerstören würde. Sie wußte, daß sie – ganz gleich, auf welches Spiel sie aus war – in mir ihren Meister gefunden hatte. Wir waren vor dem Haus angekommen. Sie preßte sich eng an mich, und so, als habe sie in sich einen Schalter, den sie beliebig andrehen konnte, richtete sie das volle weißglühende Strahlen ihrer Liebe auf mich. Der Fahrer hatte den Wagen zum Stehen gebracht. Sie sagte ihm, er solle ein wenig weiter die Straße hinauffahren und warten. Wir standen einander gegenüber, die Hände umklammert, mit Knien, die sich berührten. Ein Feuer lief durch unsere Adern. Wir verharrten so mehrere Minuten, wie in einem uralten Ritus, die Stille nur von dem Summen des Motors unterbrochen.

»Ich rufe dich morgen an«, sagte sie und beugte sich impulsiv zu einer letzten Umarmung vor. Und dann flüsterte sie mir ins Ohr: »Ich verliebe mich in den seltsamsten Menschen auf Erden Du machst mir angst, du bist so zärtlich. Halt mich fest . . . verlier' nie den Glauben an mich . . . Mir ist fast so, als sei ich einem Gott begegnet.«

Während ich unter dem Sturm ihrer Leidenschaft erzitterte und sie umarmte, entfloh mein Geist den Fesseln der Umarmung, elektrisiert von dem winzigen Samenkorn, das sie in mich gelegt hatte. Etwas in mir, das bislang in Ketten gelegen hatte etwas, das seit meiner Kindheit vergeblich ans Licht drängte und mich neugierig durch die Straßen hatte wandern lassen, brach sich jetzt Bahn und stieg raketengleich ins Blaue. Ein neues einzigartiges Wesen entsproß mit alarmierender Geschwindigkeit meinem Kopf, diesem zwiespältigen Schädel, den ich von Geburt an mein eigen nannte.

Nachdem ich ein, zwei Stunden geschlafen hatte, ging ich ins Büro, in dem sich bereits die Bewerber drängten. Die Telefone schrillten wie gewöhnlich. Es schien mir sinnloser denn je, daß ich mein Leben mit dem Versuch verbringen sollte, ein Dauerleck zu stopfen. Meine Vorgesetzten in der kosmokokkischen Telegrafenwelt hatten den Glauben an mich verloren – und ich den an die ganze phantastische Welt, die sie mit Drähten, Kabeln, Rollen, elektrischen Klingeln und Gott allein weiß was zusammenhielten. Das einzige, für das ich Interesse zeigte, war der Gehaltsscheck – und der Bonus, über den soviel gesprochen wurde und der jeden Tag zu erwarten war. Ich hatte noch ein anderes, heimliches, teuflisches Interesse, nämlich meinen Groll gegen Spivak zu befriedigen, den Rationalisierungsfachmann, den man eigens aus einer anderen Stadt hatte kommen lassen, damit er mir nachspioniere. Sobald Spivak auf der Bildfläche erschien, und sei es auch im fernsten, entlegensten Stadtbüro, gab man mir einen Wink. Ganze Nächte hindurch dachte ich mir wie ein Geldschrankknacker aus, wie ich ihn zu Fall bringen und seine Entlassung herbeiführen könnte. Ich legte ein Gelübde ab, daß ich die Stellung so lange halten würde, bis ich ihn abgeschossen hatte. Es machte mir diebisches Vergnügen, ihm unter falschen Namen fingierte Botschaften zu senden, um ihn irrezuführen, ihn lächerlich zu machen und endlose Verwirrung zu stiften. Ich ließ ihm sogar von anderen Leuten Briefe schreiben, in denen ihm ein Anschlag auf sein Leben angedroht wurde. Ich veranlaßte den Boten Curley, meinen Hauptkumpel, sogar dazu, ihm von Zeit zu Zeit am Telefon zu sagen, sein Haus brenne oder seine Frau sei ins Krankenhaus gebracht worden – irgend etwas, womit man ihn aus der Fassung bringen oder zum Narren halten konnte. Ich hatte ein besonderes Talent für diese hinterlistige Art von Kriegführung, ein Talent, das ich seit den Tagen in dem Schneiderladen ständig weiterentwickelt hatte. Jedesmal, wenn mein Vater zu mir sagte: »Streich seinen Namen besser aus den Büchern, er zahlt ja doch nie!«, legte ich das ganz so aus, wie das ein junger indianischer Krieger getan hätte, wenn der alte Häuptling ihm einen Gefangenen übergeben und gesagt hatte: »Böses Bleichgesicht, mach ihn fertig!« (Ich wußte tausend verschiedene Wege, um einem Mann die Hölle heiß zu machen, ohne dabei mit dem Gesetz in Konflikt zu kommen. Manche Männer, die ich einfach nicht leiden mochte, plagte ich auch noch, wenn sie ihre geringfügigen Schulden längst bezahlt hatten. Ein Mann, den ich besonders verabscheute, starb an einem Schlaganfall, nachdem er einen meiner anonymen Beleidigungsbriefe erhalten hatte, der mit Katzen-, Vogel-, Hundedreck und einigen anderen Sorten von Scheiße, die wohlbekannte menschliche Spielart eingeschlossen, beschmiert war.) Spivak war daher ganz mein Fall. Ich konzentrierte meine ganze kosmokokkische Aufmerksamkeit allein darauf, ihn zu vernichten. Wenn wir uns begegneten, war ich höflich, respektvoll, scheinbar beflissen, in jeder Weise mit ihm zusammenzuarbeiten. Nie verlor ich ihm gegenüber die Geduld, obschon jedes Wort, das er sagte, mich zur Weißglut brachte. Ich tat mein möglichstes, seiner Überheblichkeit zu schmeicheln, sein Ego aufzublasen, so daß – wenn der Augenblick kam, die Blase aufzustechen – der Knall weit und breit zu hören sein würde.

Gegen Mittag rief Mara an. Das Gespräch mußte eine Viertelstunde gedauert haben. Ich dachte schon, sie würde nie aufhängen. Sie sagte, sie habe meine Briefe noch einmal gelesen – einige oder vielmehr Teile daraus habe sie ihrer Tante vorgelesen. (Ihre Tante habe gesagt, ich müßte ein Dichter sein.) Sie sei beunruhigt wegen des Geldes, das ich mir geborgt hatte. Würde ich in der Lage sein, es ordnungsgemäß zurückzuzahlen, oder sollte sie versuchen, welches aufzutreiben? Es war seltsam, daß ich arm sein sollte – wo ich doch den reichen Mann gespielt hatte. Aber sie sei froh, daß ich arm wäre. Das nächste Mal würden wir mit dem Trolleybus irgendwohin fahren. Sie mache sich nichts aus Nachtlokalen, sie ziehe einen Spaziergang auf dem Land oder einen Bummel am Strand entlang vor. Das Buch sei wundervoll – sie habe erst heute morgen mit dem Lesen angefangen. Warum versuchte ich eigentlich nicht, selbst zu schreiben? Sie sei überzeugt, daß ich ein großartiges Buch schreiben könnte. Sie habe Ideen für ein Buch, sie würde mir bei unserem nächsten Wieder-

ehen davon erzählen. Wenn ich wollte, würde sie mich mit eini-
en Schriftstellern bekannt machen – sie würden mir sicher nur
u gern helfen . . .

So schwatzte sie endlos weiter. Ich war fasziniert und gleich-
eitig beunruhigt. Konnte sie das nicht alles zu Papier bringen?
Aber sie schreibe selten Briefe, sagte sie. *Warum* – das konnte
ch nicht verstehen. Ihre Beredsamkeit war erstaunlich. Sie sagte
eiläufig die kompliziertesten Dinge, ließ Worte aufflammen
der glitt hinüber in eine mit Feuerwerk gepfefferte parenthe-
ische Vorhölle – bewundernswerte sprachliche Glanzleistungen,
m die sich ein erfahrener Schriftsteller vielleicht stundenlang
nühen müßte. Und doch waren ihre Briefe – ich erinnere mich
och an den Schock, den ich bekam, als ich den ersten öffnete –
ast kindlich.

Ihre Worte brachten jedoch eine unerwartete Wirkung zu-
tande. Statt an diesem Abend sofort nach dem Essen aus dem
Haus zu laufen, wie ich es gewöhnlich tat, lag ich auf der Couch
m Dunkeln und sank in tiefe Träumerei. »*Warum versuchst du
icht, selbst zu schreiben?*« Das war der Satz, der mir den ganzen
Tag nicht aus dem Kopf wollte und der immer wieder abrollte,
ogar als ich meinem Freund MacGregor für die Zehndollarnote
ankte, die ich ihm nach den demütigendsten Verrenkungen und
Schmeicheleien abgerungen hatte.

So im Dunkeln liegend, dachte ich über mein bisheriges Leben
ach und verfolgte seinen Weg zurück bis zu den Ursprüngen.
ch dachte an die so glückliche Zeit meiner Kindheit, die langen
Sommertage, wenn ich an der Hand meiner Mutter über die Fel-
er ging zu meinen kleinen Freunden Joey und Tony. Als Kind
ann man unmöglich das Geheimnis der Freude erfassen, die aus
inem Gefühl der Überlegenheit entsteht. Dieses doch außeror-
entliche Gefühl, das einen befähigt, sich aktiv zu beteiligen und
ich gleichzeitig dabei zu beobachten, schien mir die natürlichste
Gabe der Welt. Es war mir nicht bewußt, daß ich alles mehr ge-
oß als andere Jungen meines Alters. Der Unterschied zwischen
nir und den anderen ging mir erst auf, als ich älter wurde.

Schreiben, so überlegte ich, muß ein vom Willen unabhängi-
er Vorgang sein. Das Wort muß wie eine tiefe Meeresströmung
us eigenem Impuls zur Oberfläche aufsteigen. Ein Kind hat

nicht das Bedürfnis zu schreiben, es ist unschuldig. Ein Mann
schreibt, um das Gift loszuwerden, das sich bei ihm auf Grund
seiner verfehlten Lebensweise angestaut hat. Er versucht sein
Unschuld wiederzugewinnen, aber er erreicht (mit seinem
Schreiben) nur, daß er die Welt mit dem Virus seiner Desillusion
infiziert. Kein Mensch brächte ein Wort zu Papier, wenn er den
Mut hätte, seiner Überzeugung entsprechend zu leben. Seine In
spiration wird schon an der Quelle abgelenkt. Wenn er das Ver
langen hat, eine wahre, schöne und magische Welt zu schaffen
warum legt er dann Millionen Worte zwischen sich und die Rea
lität einer solchen Welt? Warum zögert er zu handeln – es se
denn, er strebe wie andere Menschen auch nur nach Macht
Ruhm und Erfolg. »Bücher sind tote menschliche Handlungen«
sagte Balzac. Doch obschon er die Wahrheit erkannte, opferte e
bewußt den Engel dem Dämon, von dem er besessen war.

Ein Schriftsteller buhlt auf ebenso schmähliche Weise wie ein
Politiker oder sonst ein Scharlatan um sein Publikum. Er liebt es
genau wie der Arzt die Hand am Puls zu haben, Rezepte zu ver
schreiben, er möchte eine Position einnehmen, anerkannt wer
den, den vollen Becher billiger Bewunderung bis zur Neige lee
ren, selbst wenn er tausend Jahre darauf warten muß. Er wil
keine neue Welt, die sofort errichtet werden könnte, denn e
weiß, daß er sich in ihr nicht wohl fühlen würde. Er will eine un
mögliche Welt, in der er ein ungekrönter Marionettenkönig ist
beherrscht von Kräften, die jenseits seiner Kontrolle liegen. E
ist es zufrieden, im verborgenen – in der fiktiven Welt der Sym
bole – zu herrschen, denn schon der bloße Gedanke einer Berüh
rung mit der schroffen und brutalen Wirklichkeit erschreckt ihn
Wohl erfaßt er die Wirklichkeit besser als andere Menschen, abe
er macht keine Anstrengung, der Welt diese höhere Wirklichkei
kraft eigenen Beispiels aufzuzwingen. Er begnügt sich damit zu
predigen, sich im Strudel von Desastern und Katastrophen wei
terzuschleppen, ein krächzend den Tod verkündender Prophet
stets ohne Ehre, stets gesteinigt, stets gemieden von denen, di
– wie ungeeignet sie für ihre Aufgabe auch sein mögen – imme
bereit und willens sind, die Verantwortung für die Angelegen
heiten der Welt zu übernehmen. Der wahrhaft große Schriftstel
ler will im Grunde nicht schreiben: Für ihn soll die Welt ein Or

sein, wo er seinen Phantasien leben kann. Das erste bebende Wort, das er zu Papier bringt, ist das Wort des verwundeten Engels: Schmerz. Der Prozeß des Schreibens kommt dem Einnehmen von Rauschgift gleich. Wenn er beobachtet, wie das Werk unter seinen Händen wächst, überfällt ihn der Größenwahn. »Auch ich bin ein Eroberer – vielleicht der größte von allen! Mein Tag wird kommen. Ich werde mir die Welt untertan machen – durch die Magie der Worte . . .« *Et cetera ad nausiam.*

Der kleine Satz – *Warum versuchst du nicht, selbst zu schreiben?* – zog mich wie eh und je in den Sumpf einer hoffnungslosen Verwirrung. Ich wollte die Menschen bezaubern, nicht sie mir untertan machen. Ich wollte ein größeres, reicheres Leben, aber nicht auf Kosten anderer. Ich wollte den schöpferischen Geist aller Menschen auf einmal befreien, denn ohne die Unterstützung der ganzen Welt, ohne eine in der Phantasie geeinte Welt wird die Freiheit des schöpferischen Geistes zum Laster. Ich hatte nicht mehr Achtung für das Schreiben per se als für Gott per se. Niemand, kein Prinzip, keine Idee hat an sich Gültigkeit. Gültig ist nur so viel – von allem, Gott eingeschlossen – wie das, was von allen Menschen gemeinsam realisiert wird. Die Leute machen sich immer Sorgen um das Schicksal des Genies. Ich habe mir nie Sorgen um das Schicksal des Genies gemacht: Der Genius kümmert sich um das Genie in einem Menschen. Meine Sorge galt immer dem Niemand – dem Menschen, der in dem ganzen Schwindel verloren ist, dem Menschen, der so gewöhnlich, so alltäglich ist, daß man seine Gegenwart nicht einmal beachtet. Ein Genie inspiriert kein anderes. Alle Genies sind sozusagen Blutegel. Sie nähren sich aus derselben Quelle – dem Lebensblut. Das Wichtigste für das Genie ist, sich überflüssig zu machen, absorbiert zu werden von dem gemeinsamen Strom, wieder ein Fisch zu werden und nicht bloß eine Laune der Natur. Der einzige Vorteil, so überlegte ich, den das Schreiben mir bieten konnte, war, daß es die Unterschiede, die mich von meinem Mitmenschen trennten, forträumte. Ich wollte bestimmt nicht ein Künstler in dem Sinne werden, daß ich mich in ein ungewöhnliches, besonderes Wesen verwandelte, das außerhalb des Lebensstroms existierte.

Das Beste am Schreiben ist nicht die eigentliche Arbeit, Wort an Wort zu reihen, Ziegelstein auf Ziegelstein zu setzen, sondern die Vorarbeit, die Vorbereitungen, die, unter welchen Umständen auch immer, sei es im Traum, sei es im Wachzustand, schweigend getan werden. Kurzum, die Zeitspanne der Schwangerschaft. Kein Mensch schreibt jemals nieder, was er zu sagen beabsichtigte: Der eigentliche Schöpfungsvorgang, der die ganze Zeit andauert, ob man nun schreibt oder nicht schreibt, ist Teil des elementaren Fließens: er hat keine Dimensionen, keine Form, nichts Zeitliches. In diesem Vorbereitungsstadium, das Schöpfung ist und nicht Geburt, fällt das, was sich verflüchtigt, nicht der Vernichtung anheim. Etwas, das bereits da war, etwas Unvergängliches wie Erinnerung oder Materie oder Gott wird heraufbeschworen, und dahinein wirft man sich wie einen Zweig in einen reißenden Strom. Worte, Sentenzen, Ideen, gleichviel wie subtil oder einfallsreich, die wahnwitzigsten Gedankenflüge der Dichtung, die tiefsten Träume, die halluzinierendsten Visionen sind nur rohe, in Leid und Trauer gemeißelte Hieroglyphen, die ein Ereignis verewigen wollen, das sich nicht übermitteln läßt. In einer klug geordneten Welt wäre es nicht nötig, den unvernünftigen Versuch zu machen, solche wundersamen Geschehnisse festzuhalten. Es hätte gar keinen Sinn, denn wenn die Menschen nur innehielten, um sich dessen bewußt zu werden wer wäre mit der Nachahmung zufrieden, wenn das Echte auf jedermanns Wink zur Verfügung steht? Wer würde das Radio anstellen und beispielsweise Beethoven hören wollen, wenn e selbst die ekstatischen Harmonien erleben könnte, die Beethove sich so verzweifelt aufzuzeichnen bemühte? Ein großes Kunst werk, wenn es wirklich etwas zu sagen hat, dient dazu, uns a alles, was transzendental und nicht im Materiellen verhaftet is zu erinnern oder uns zumindest davon träumen zu lassen. Näm lich vom Universum. Man kann es nicht verstehen, man kann e nur akzeptieren oder verwerfen. Akzeptiert man es, so wachse uns neue Kräfte zu; verwirft man es, verlieren wir an Kraft. W immer es vorgibt zu sein, ist es nicht: Es ist immer etwas meh worüber das letzte Wort nie gesagt werden wird. Es ist alles, w wir in es hineinlegen – aus Verlangen nach dem, was wir an j dem Tag unseres Lebens verleugnen. Wenn wir *uns selbst* vo kommen akzeptierten, dann würde das Kunstwerk, ja *die gan*

elt der Kunst, vor Unterernährung verkümmern. Jeder von
s bewegt sich mindestens einige Stunden am Tag, ohne die
ße zu regen, mit geschlossenen Augen und ausgestrecktem
rper. Die Kunst, im Wachzustand zu träumen, wird eines Ta-
s von jedermann beherrscht werden. Und schon lange vorher
rden Bücher aussterben – denn wenn die Menschen hellwach
d *und* träumen, werden ihre Kommunikationsfähigkeiten
ntereinander und mit dem Geist, der alle bewegt) so vervoll-
mmnet sein, daß ihnen jede Schriftstellerei wie das mißtö-
nde und heisere Gekreisch eines Idioten erscheint.
Ich durchdenke und weiß dies alles, während ich im Dunkel der
innerung eines Sommertages daliege, ohne die Kunst der pri-
tivsten Hieroglyphe gemeistert oder auch nur den zaghaften
rsuch gemacht zu haben, sie zu meistern. Bevor ich selbst auch
r einen Anfang damit mache, bin ich schon angewidert von den
mühungen der anerkannten Meister. Ohne die Fähigkeit oder
s Wissen zu besitzen, um auch nur eine Pforte in die Fassade
s großen Bauwerks einzufügen, kritisiere und beklage ich die
ukunst selbst. Wäre ich nur ein kleiner Ziegel in der riesigen
thedrale mit dieser antiquierten Fassade, so wäre ich unendlich
ücklicher. Ich besäße Leben – das Leben des ganzen Bauwerks,
nn auch nur als ein winziger Teil von ihm. Aber ich stehe
außen, ein Barbar, der nicht einmal einen Rohentwurf, ge-
weige denn einen Plan von dem Gebäude zu zeichnen vermag,
s er zu bewohnen träumt. Ich erträume mir eine neue, strah-
d herrliche Welt, die zusammenbricht, sobald das Licht ange-
eht wird. Eine Welt, die entschwindet, aber nicht stirbt, denn
brauche nur wieder unbeweglich zu werden und mit weit ge-
neten Augen in die Dunkelheit zu starren – und sie erscheint
eder . . . Dann ist in mir eine Welt, die sich mit keiner mir be-
nnten Welt vergleichen läßt. Ich glaube nicht, daß sie aus-
hließlich mir gehört – ausschließlich ist nur mein Gesichtswin-
, insofern als er einmalig ist. Wenn ich die Sprache meiner
maligen Betrachtungsweise spreche, versteht mich niemand.
s gewaltigste Gebäude kann errichtet werden und doch un-
htbar bleiben. Der Gedanke daran verfolgt mich. Wozu einen
sichtbaren Tempel errichten?
Sich dem Fließen überlassen – dieses kleinen Satzes wegen.

Das waren die Gedanken, denen ich mich hingab, wann imm
das Wort »schreiben« aufkam. In zehn Jahren sporadischer B
mühungen hatte ich es fertiggebracht, etwa eine Million Wor
zu schreiben. Man könnte ebensogut sagen: eine Million Gra
halme. Es war demütigend, auf diesen verwilderten Rasen au
merksam zu machen. Alle meine Freunde wußten, daß es mi
juckte zu schreiben. Dieses Jucken war es, das mich hin und wi
der zu einem guten Gesellschafter machte. Ed Gavarni zum Be
spiel, der Priester werden wollte, pflegte eigens für mich bei si
zu Hause kleine Treffen zu veranstalten, damit ich mich in d
Öffentlichkeit kratzen konnte und so den Abend zu etwas wie e
nem Ereignis machte. Um sein Interesse an der edlen Kunst unt
Beweis zu stellen, besuchte er mich von Zeit zu Zeit; dab
brachte er Sandwiches, Äpfel und Bier mit. Manchmal hatte
die Tasche voll Zigarren. Ich sollte mir den Bauch vollschlage
und Wörter hervorsprudeln. Wenn er nur einen Funken Tale
gehabt hätte, wäre er nicht im Traum darauf verfallen, Priest
zu werden . . . Dann war da Zabrowskie, die Telegrafisten-K
none der Kosmodämonischen Telegrafen-Gesellschaft vo
Nordamerika: Er untersuchte immer meine Schuhe, meine
Hut, meinen Mantel, um zu sehen, ob sie in gutem Zustand w
ren. Er hatte keine Zeit zum Lesen, und er interessierte sich au
nicht dafür, was ich schrieb, und er glaubte nicht, daß ich es j
mals damit zu etwas bringen würde, aber er hörte gerne davo
Er interessierte sich für Pferde, besonders für solche, die sich a
schlammig weicher Strecke bewährten. Mir zuzuhören war f
ihn eine harmlose Zerstreuung und ihm den Preis eines gut
Mittagessens oder notfalls eines neuen Hutes wert. Es reiz
mich, ihm Geschichten zu erzählen, denn es war, als spreche m
mit dem Mann im Mond. Er konnte die feinsinnigsten Exkur
mit der Frage unterbrechen, ob ich lieber Erdbeertorte od
Quark zum Nachtisch haben wollte . . . Und dann war da Cost
gan, der Schlagringschwinger von Yorkville – eine andere gu
Stütze und so sensibel wie eine alte Sau. Er kannte einmal eine
Unterarbeiter von der Polizeigazette – das machte ihn würdig, d
Gesellschaft der Auserwählten zu suchen. Er wußte Geschichte
zu erzählen – Geschichten, die sich verkaufen ließen, wenn i
nur von meinem Piedestal herunterkommen und ihm ein O

ihen wollte. Costigan zog mich auf seltsame Weise an. Er
irkte ausgesprochen träge, ein pickelgesichtige alte Sau, über
id über mit Borsten bedeckt. Er war so sanft, so zärtlich, daß
an, hätte er sich als Frau verkleidet, nie auf den Gedanken ge-
mmen wäre, er könne einen Burschen an die Wand drücken
id ihm mit der Faust das Hirn aus dem Schädel hämmern. Er
hörte zu jenen hartgesottenen Burschen, die mit Fistelstimme
igen und imstande sind, für eine Beerdigung eine beachtliche
anzspende zusammenzubringen. In der Telegrafen-Gesell-
haft galt er als ruhiger, verläßlicher Angestellter, dem das In-
resse der Firma am Herzen lag. In seiner Freizeit war er eine
eimsuchung, Schreck und Geißel der Nachbarschaft. Er hatte
ne Frau, die mit Mädchennamen Tillie Jupiter hieß, sie war wie
n Kaktus gebaut und gab reichlich dicke Milch. Ein Abend mit
n beiden setzte meinen Geist in Bewegung wie ein vergifteter
eil.
Von solchen Freunden und Helfern in der Not muß ich an die
nfzig gehabt haben. In der ganzen Sippschaft gab es drei oder
er, die ein leises Verständnis für das hatten, was ich zu tun ver-
chte. Der eine, ein Komponist namens Larry Hunt, lebte in ei-
r kleinen Stadt in Minnesota. Wir hatten ihm einmal ein Zim-
er vermietet, und er hatte sich prompt in meine Frau verliebt
weil ich sie so schmählich behandelte. Aber mich hatte er sogar
ch lieber als meine Frau, und so begann, nachdem er in sein
aff zurückgekehrt war, ein Briefwechsel, der bald einen ziemli-
en Umfang annahm. Er hatte gerade geschrieben, daß er zu ei-
m kurzen Besuch nach New York käme. Ich hoffte, bei dieser
elegenheit würde er mir meine Frau abnehmen. Vor Jahren, als
isere unselige Affäre gerade ihren Anfang genommen hatte,
achte ich den Versuch, sie ihrem alten Verehrer, einem jungen
ann namens Ronald, der nördlich von New York wohnte, an-
idrehen. Ronald war auch gekommen und hatte sie um ihre
and gebeten. Ich verwende diese hochtrabende Phrase, weil er
den Männern gehörte, die so etwas sagen können, ohne lä-
erlich zu wirken. Wir drei trafen uns also und aßen in einem
anzösischen Restaurant gemeinsam zu Abend. An der Art, wie
Maude ansah, erkannte ich, daß er mehr für sie übrig und
ehr mit ihr gemeinsam hatte, als das bei mir je der Fall sein

würde. Ich hatte ihn schrecklich gern. Er war ein anständig
Kerl, ehrlich bis auf die Knochen, gütig, aufmerksam, der Ty
der sozusagen einen guten Ehemann abgibt. Außerdem warte
er schon seit vielen Jahren auf sie, was sie vergessen hatte, son
hätte sie nie etwas mit einem Taugenichts wie mir angefange
von dem sie nichts Gutes zu erwarten hatte . . . Etwas Seltsam
geschah an jenem Abend – etwas, das sie mir nie verzeihe
würde, falls sie es je erfahren sollte. Statt sie nach Hause zu bri
gen, begleitete ich ihren alten Verehrer in sein Hotel. Die gan
Nacht versuchte ich ihm einzureden, daß er der bessere Partn
sei. Ich erzählte ihm alle möglichen häßlichen Dinge über mi
– Dinge, die ich ihr und anderen angetan hätte, und ich bat ur
drang in ihn, er solle sein Rechte bei ihr geltend machen. Ich gir
sogar so weit zu behaupten, ich wüßte, daß sie ihn liebe, sie hal
es mir gegenüber zugegeben. »Sie hat mich nur genommen, we
ich zufällig gerade in greifbarer Nähe war«, beteuerte ich. »I
Wirklichkeit wartet sie nur darauf, daß Sie etwas unternehme
Nehmen Sie doch Ihre Chance wahr.« Aber nein, er wollte nich
davon hören. Wir waren wie Gaston und Alphonse in der C
mic-Serie. Lächerlich, pathetisch, völlig irreal. Es war eine Gr
teske, wie man sie noch manchmal im Film zu sehen bekomn
und für die das Publikum gern sein Geld ausgibt. Jedenfal
wußte ich, wenn ich an Larry Hunts bevorstehenden Besu
dachte, daß ich es diesmal mit einer anderen Masche versuche
mußte. Meine einzige Angst war, er könnte in der Zwischenze
eine andere Frau gefunden haben. Es wäre mir nicht leichtgefa
len, ihm das zu verzeihen.

Es gab einen Ort – den *einzigen* Ort in New York –, wo i
gerne hinging, besonders wenn ich gehobener Stimmung wa
und das war das Atelier meines Freundes Ulric. Ulric war ein ge
ler Bock. Durch seinen Beruf kam er mit allerlei Striptease-Do
len, Schwanz-Anheizerinnen und allen möglichen Sorten sexue
verquerer Weiber zusammen. Lieber als die berückend schöne
Glamour-Schwäne, die zu ihm kamen, um sich auszuziehe
mochte ich die farbigen Mädchen, die er häufig zu wechse
schien. Es war nicht leicht, sie dazu zu bewegen, daß sie uns M
dell standen. Noch schwieriger war es, sie dahin zu bringen, da
sie ein Bein über eine Armlehne legten und ein wenig lachsfarb

es Fleisch zur Schau stellten. Ulric konnte sich nicht genug tun, wollüstige Anregungen zu geben, immer dachte er sich Möglichkeiten aus, um seinen Pinsel anzusetzen, wie er sich ausdrückte. Es war für ihn eine Ablenkung von dem langweiligen Quatsch, den man ihm in Auftrag gegeben hatte. (Er wurde hoch bezahlt dafür, daß er schöne Suppenbüchsen oder Maiskolben für die Rückseiten von Zeitschriften malte.) Er hätte viel lieber Mösen gemalt – üppige, saftige Mösen, mit denen man die Badezimmerwände hätte tapezieren können, um so ein wohliges, angenehmes Gefühl in den unteren Eingeweiden zu erzeugen. Er hätte sie umsonst gemalt, wenn irgendwer für Essen und Kleingeld gesorgt hätte. Wie ich eben schon gesagt habe, hatte er eine besondere Vorliebe für schwarzes Fleisch. Wenn er das Modell schließlich in eine ausgefallene Stellung gebracht hatte – wie es sich herunterbückte, um eine Haarnadel aufzuheben, oder auf eine Leiter stieg, um einen Fleck an der Wand abzuwischen –, wurde mir Zeichenblock und Bleistift in die Hand gedrückt und ein besonders günstiger Blickwinkel empfohlen, aus dem heraus ich – unter dem Vorwand, eine menschliche Gestalt zu zeichnen (was über meine Fähigkeiten hinausging) – meine Augen an den mir dargebotenen anatomischen Teilen weiden konnte, während ich das Papier mit Vogelkäfigen, Schachbrettmustern, Ananasfrüchten und Hühnerspuren bedeckte. Nach einer kurzen Ruhepause halfen wir dem Modell mit viel Getue, wieder seine ursprüngliche Stellung einzunehmen. Dazu bedurfte es mancher delikater Manöver. So mußten beispielsweise die Hinterbacken ein wenig nach oben oder auch nach unten verschoben, ein Fuß ein wenig höher gestellt, die Beine etwas mehr gespreizt werden, und so weiter. »Ich glaube, jetzt hätten wir's, Lucy«, höre ich ihn noch sagen, wenn er sie geschickt in eine obszöne Stellung hineinmanövriert hatte. »Kannst du so stehen bleiben, Lucy?« Und Lucy gab ein Niggergewimmer von sich, das bedeutete, daß sie ganz stillhalten wollte. »Wir werden dich nicht lange quälen, Lucy«, setzte er dann hinzu und gab mir heimlich einen Wink. »Beobachte die Longitudinalvagination«, forderte er mich auf, in einer hochgestochenen Ausdrucksweise, der Lucy mit ihren Kaninchenohren unmöglich folgen konnte. Worte wie »Vagination« waren ein angenehmes, zauberhaftes Wortgeklingel in

Lucys Ohren. Als sie uns eines Tages auf der Straße begegnet hörte ich, wie sie ihn fragte: »Keine Vaginationsübungen heute Mr. Ulric?«

Ich hatte mit Ulric mehr gemeinsam als mit irgendeinem anderen meiner Freunde. Für mich verkörperte er Europa, seinen mildernden, zivilisierenden Einfluß. Stundenlang unterhielten wir uns über diese andere Welt, in der die Kunst eine Beziehung zum Leben hatte, wo man still in der Öffentlichkeit dasitzen, das sich bietende Schauspiel betrachten und seinen Gedanken nachhängen konnte. Würde ich jemals dorthin gelangen? Würde es nicht zu spät sein? Wovon sollte ich leben? Welche Sprache würde ich sprechen? Wenn ich es mir realistisch überlegte, schien es hoffnungslos. Nur kühne, abenteuerlustige Geister vermochten solche Träume zu verwirklichen. Ulric hatte es – für ein Jahr – durch harte Opfer zuwege gebracht. Zehn Jahre lang hatte er Dinge getan, die ihm ein Greuel waren, um seinen Traum zu verwirklichen. Jetzt waren die Träume zu Ende, und er war wieder dort angelangt, wo er angefangen hatte. Tatsächlich war er noch schlimmer dran als früher, denn nie wieder würde er sich der Tretmühle anpassen können. Für Ulric war es ein Studienaufenthalt gewesen – ein Traum, der sich im Laufe der Jahre in Galle und Wermut verwandelte. Ich hätte nie wie Ulric handeln können. Ich könnte nie ein solches Opfer bringen, auch könnte ich mich nie mit einem bloßen Abstecher dorthin zufriedengeben, wie lang oder kurz er auch sein mochte. Es war schon immer meine Taktik, die Brücken hinter mir abzubrechen. Mein Gesicht ist stets der Zukunft zugewandt. Wenn ich einen Fehler mache, ist er verhängnisvoll. Werde ich zurückgeworfen, so falle ich bis zum Ausgangspunkt zurück. Mein einziger Schutz ist meine Elastizität. Bis jetzt bin ich immer zurückgeschnellt. Manchmal hat der Rückprall einer Zeitlupenbewegung geglichen, aber in den Augen Gottes hat Schnelligkeit keine besondere Bedeutung.

Es ist noch gar nicht so lange her, daß ich in Ulrics Atelier mein erstes Buch beendete – das Buch über die zwölf Telegrafenboten. Ich pflegte im Zimmer seines Bruders zu arbeiten, und dort erklärte mir vor einiger Zeit kaltblütig ein Zeitschriften-Redakteur, nachdem er einige Seiten von einer unfertigen Geschichte gelesen hatte, ich verfügte über keinen Funken Talent, hätte keine blasse Ahnung vom Schreiben – kurzum, ich sei eine vollständige Niete, und das beste, mein Lieber, ist, nicht mehr daran zu denken und zu versuchen, sich auf ehrliche Art und Weise sein Brot zu verdienen. Ein anderer Einfaltspinsel, der Verfasser eines sehr erfolgreichen Buches über Jesus, den Zimmermann, hatte mir dasselbe gesagt. Und wenn Ablehnungsschreiben etwas zu besagen haben, so bestätigten sie ganz schlicht die Kritik dieser scharfsinnigen Geister. »Wer sind schon diese Scheißer?« pflegte ich zu Ulric zu sagen. »Was gibt ihnen das Recht, mir solche Dinge an den Kopf zu werfen? Was haben sie schon anderes geleistet und bewiesen, als daß sie sich aufs Geldverdienen verstehen?«

Aber kommen wir auf meine kleinen Freunde Joey und Tony zurück. Ich lag im Dunkeln – ein kleiner Zweig, der in der Strömung japanischer Gewässer trieb. Ich kehrte zurück zu dem einfachen Abrakadabra, dem Stroh, aus dem Ziegel gemacht werden, der rohen Skizze, dem Tempel, der Fleisch und Blut annehmen und sich aller Welt kundtun mußte. Ich stand auf und zündete ein mildes Licht an. Ich fühlte mich ruhig und klar, wie eine sich öffnende Lotosblume. Kein heftiges Aufundabgehen, kein Haareausraufen. Langsam sank ich auf einen Stuhl am Tisch und begann mit einem Bleistift zu schreiben. In einfachen Worten beschrieb ich, was für ein Gefühl es war, an der Hand meiner Mutter über die sonnenbeschienenen Felder zu stapfen, was ich empfand, als Joey und Tony mir mit ausgebreiteten Armen freudestrahlend entgegenliefen. Ich setzte Ziegel auf Ziegel wie ein ehrlicher Maurer. Etwas Vertikales entstand – keine hochschießenden Grashalme, sondern etwas Strukturelles, etwas Geplantes. Ich tat mir keine Gewalt an, es zu vollenden. Ich hörte auf, als ich alles, was ich zu sagen hatte, gesagt hatte. Ruhig überlas ich noch einmal, was ich geschrieben hatte. Ich war so bewegt, daß mir die Tränen kamen. Es war nichts, was man einem Redakteur oder Lektor hätte zeigen können – es war etwas für die Schublade, wo man es aufbewahrte als Erinnerung an einen naturbedingten, Erfüllung verheißenden Prozeß.

Jeden Tag töten wir unsere besten Impulse ab. Darum tut uns das Herz weh, wenn wir die von der Hand eines Meisters geschriebenen Zeilen lesen und in ihnen unsere eigenen erkennen, jene zarten Schößlinge, die wir erstickten, weil uns der Glaube an unsere eigenen Kräfte, an unser eigenes Kriterium von Wahrheit und Schönheit fehlte. Wenn ein Mensch in sich geht, wenn er verzweifelt ehrlich mit sich selbst wird, ist er imstande, tiefe Wahrheiten auszusprechen. Wir alle entspringen der gleichen Quelle. Am Ursprung der Dinge ist nichts Geheimnisvolles. Wir sind alle Teil der Schöpfung – alle Könige, alle Dichter, alle Musiker. Wir brauchen uns nur zu öffnen, nur zu entdecken, was bereits da ist.

Was mir geschah, als ich über Joey und Tony schrieb, kam einer Offenbarung gleich. Mir wurde offenbart, daß ich das ausdrücken konnte, was ich sagen wollte – wenn ich an nichts anderes dachte und mich ausschließlich darauf konzentrierte – *und* wenn ich willens war, die Folgen auf mich zu nehmen, die eine reine Tat immer in sich birgt.

2

Zwei oder drei Tage später traf ich Mara zum erstenmal bei hellem Tageslicht. Ich wartete auf sie im Long-Island-Bahnhof drüben in Brooklyn. Es war gegen sechs Uhr nachmittags (Sommerzeit), die seltsame, sonnenbeleuchtete Zeit des Hauptverkehrs, die sogar in eine so düstere Gruft wie den Wartesaal der Long-Island-Bahn Leben bringt. Ich stand bei der Tür, als ich sie die unter der Hochbahn liegenden Schienen überqueren sah. Das Sonnenlicht drang in pudrig-goldenen Lichtspeeren durch die häßlichen Eisenverstrebungen. Sie trug ein Kleid aus getupftem Schweizer Musselin, das ihre volle Figur noch üppiger erscheinen ließ. Der Wind blies leicht durch ihr glänzendes schwarzes Haar, ließ es über ihr volles kalkweißes Gesicht sprühen wie Gischt gegen eine Klippe. Ich spürte, wie in diesem geschmeidig schnellen, so sicheren und flinken Schritt das Tier mit blumenhafter Grazie und zerbrechlicher Schönheit durch das Fleisch an die Oberfläche drängte. Das war ihr Tages-Ich, ein frisches, gesundes Wesen, das sich mit äußerster Einfachheit kleidete und fast wie ein Kind sprach.

Wir hatten beschlossen, den Abend am Strand zu verbringen. Ich fürchtete, es würde ihr in diesem leichten Kleid zu kalt werden, aber sie beteuerte, ihr sei nie kalt. Wir waren so schrecklich glücklich, daß die Worte nur so aus uns hervorsprudelten. Wir hatten uns im Abteil des Wagenführers aneinandergedrängt, unsere Gesichter berührten sich fast und erglühten unter den brennenden Strahlen der untergehenden Sonne. Wie verschieden war diese Fahrt über die Dächer von der einsamen, beklemmenden Fahrt an jenem Sonntagvormittag, als ich zu ihrer Wohnung fuhr! War es denkbar, daß die Welt sich innerhalb so kurzer Zeit so verändern konnte?

Diese brennende, im Westen versinkende Sonne – welch ein Symbol der Freude und Wärme! Sie entflammte unsere Herzen, erleuchtete unsere Gedanken, magnetisierte unsere Seelen. Ihre Wärme würde bis tief in die Nacht währen, würde hinter den Rundungen des Horizonts, der Nacht zum Trotz, wieder hervorkommen. In diesem lodernden Lichtschein übergab ich ihr das Manuskript zum Lesen. Ich hätte keinen geneigteren Augenblick, keine geneigtere Kritikerin wählen können. Es war in Dunkelheit empfangen worden und wurde im Licht getauft. Während ich ihr Gesicht beobachtete, durchflutete mich ein so starkes, erhebendes Gefühl, daß mir zumute war, als habe ich ihr eine Botschaft des Schöpfers selbst ausgehändigt. Es bedurfte nicht mehr ihres Urteils, ich konnte es von ihrem Gesicht ablesen. Jahrelang bewahrte ich diese kostbare Erinnerung und ließ sie wieder aufleben in jenen düsteren Augenblicken, als ich mit allen gebrochen hatte und in einer fremden Stadt in einer einsamen Dachstube hin und her ging, die frisch geschriebenen Seiten las und verzweifelt versuchte, mir diesen Ausdruck uneingeschränkter Liebe und Bewunderung auf den Gesichtern aller meiner künftigen Leser vorzustellen. Werde ich gefragt, ob ich an einen bestimmten Leserkreis denke, wenn ich mich zum Schreiben hinsetze, sage ich nein, ich denke an keinen bestimmten, aber die Wahrheit ist, daß ich das Bild einer großen Menge vor mir habe, einer anonymen Menge, in der ich vielleicht da und dort ein freundliches Gesicht erkenne. In dieser Menge sehe ich die allmähliche, brennende Wärme sich ansammeln, die einmal ein einziges Bild war, ich sehe sie sich ausbreiten, Feuer fangen, zu einer großen Feuersbrunst werden. (Der einzige Augenblick, in dem ein Schriftsteller den ihm zustehenden Lohn empfängt, ist der, wenn jemand zu ihm kommt, brennend von dieser Flamme, die er, der Schriftsteller, in einem Augenblick der Einsamkei entfacht hat. Ehrliche Kritik bedeutet nichts: Wonach es einen verlangt, ist rückhaltlose Leidenschaft, Feuer für Feuer.)

Versucht man, etwas zu tun, das die Kräfte, deren man sich bewußt ist, übersteigt, so ist es zwecklos, den Beifall der Freunde zu suchen. Freunde zeigen sich von der besten Seite in Augenblicken der Niederlage – wenigstens ist das meine Erfahrung Dann lassen sie einen entweder völlig im Stich, oder sie übertreffen sich selbst. Kummer ist das große Bindeglied – Kummer und Unglück. Aber wenn du deine Kräfte erprobst, wenn du etwa Neues zu tun versuchst, wird sich auch der beste Freund womöglich als Verräter erweisen. Allein die Art, wie er dir Glück wünscht, wenn du deine phantastischen Ideen zur Sprache bringst, genügt schon, um dich zu entmutigen. Er glaubt an dich nur insoweit, als er dich kennt. Die Möglichkeit, daß du größe bist, als er glaubt, ist ihm unbehaglich, denn Freundschaft beruh auf dem, was man gemeinsam hat. Es ist geradezu ein Gesetz, da jemand, der ein großes Abenteuer unternimmt, mit allen bisherigen Bindungen brechen muß. Er muß sich in die Wildnis begebe und, wenn er es mit sich ausgefochten hat, zurückkehren und einen Jünger wählen. Es spielt keine Rolle, wie bescheiden desse Anlagen sind: Es kommt nur darauf an, daß er bedingungslos a dich glaubt. Wenn ein Keim sprießen soll, muß ein andere Mensch, ein Individuum aus der Menge, Glauben bekunden Künstler zeigen genau wie große Religionsstifter in dieser Hinsicht erstaunlichen Scharfblick. Sie suchen niemals denjenige aus, der für ihre Absichten offensichtlich am geeignetsten wäre sondern immer eine etwas obskure und häufig lächerliche Gestalt.

Was mich in meinen Anfängen hemmte und sich fast als Tragödie erwies, war die Tatsache, daß ich niemanden finden konnte der an mich – sei es als Mensch oder als Schriftsteller – rückhaltlos geglaubt hätte. Da war Mara, gewiß, aber Mara war kein Freundin, ja sogar kaum eine andere Person, so eng waren wi verbunden. Ich brauchte jemanden außerhalb des Circulus vitic sus falscher Bewunderer und mißgünstiger Kritikaster. Es mußte schon einer aus heiterem Himmel kommen.

Ulric tat sein Bestes, um zu begreifen, was über mich gekommen war, aber er hatte damals einfach nicht das Zeug dazu zu erkennen, wozu ich in Wahrheit berufen war. Nie werde ich vergessen, wie er die Nachricht über Mara aufnahm. Es war an dem Tag, nachdem wir zum Strand gefahren waren. Am Morgen war ich wie gewöhnlich ins Büro gegangen, aber um die Mittagszeit fieberte ich vor Inspiration und fuhr mit einem Trolleybus aufs Land hinaus. Ideen strömten mir durch den Kopf. So schnell ich sie auch aufnotierte, immer neue stürmten auf mich ein. Schließlich erreichte ich den Punkt, wo man alle Hoffnung aufgibt, seine glänzenden Einfälle im Gedächtnis zu behalten, und man sich den Luxus leistet, im Geist ein Buch zu schreiben. Man weiß, daß man nie imstande sein wird, sich diese Ideen wieder in die Erinnerung zurückzurufen – keine einzige Zeile von all den stürmischen und wunderbar ineinandergreifenden Sätzen, die einem durch den Kopf rieseln wie Sägemehl durch ein Loch. An solchen Tagen befindet man sich in Gesellschaft des besten Kameraden, den man jemals haben wird – nämlich des bescheidenen, besiegten, unverdrossen arbeitenden Alltags-Ichs, das einen Namen hat und im Falle eines Unglücks oder gar des Todes an Hand von amtlichen Registern identifiziert werden kann. Aber das wirkliche Ich, dasjenige, das die Zügel in die Hand genommen hat, ist beinahe ein Fremder. Er ist es, der von Ideen erfüllt ist, der in die Luft schreibt, der, wenn du zu fasziniert von seinen Heldentaten bist, schließlich das alte, verbrauchte Ich enteignen und deinen Namen, deine Adresse, deine Frau, deine Vergangenheit und deine Zukunft übernehmen wird. Natürlich, wenn du zu einem alten Freund in dieser euphorischen Verfassung kommst, möchte er nicht sofort zugeben, daß du plötzlich ein anderes Leben führst, ein Leben für dich, an dem er keinen Anteil mehr hat. Ganz naiv sagt er: »Bist wohl heute in Hochstimmung, was?« Und du nickst fast beschämt mit dem Kopf.

»Hör mal, Ulric«, platzte ich los, während er gerade an einem Entwurf für Campbells Suppen arbeitete. »Ich muß dir was erzählen. Ich platze fast . . .«

»Na, dann schieß' los«, erwiderte er und tauchte seinen Wasserfarben-Pinsel in den großen Topf auf dem Hocker neben sich. »Du hast doch nichts dagegen, wenn ich an diesem verdammten Ding da weitermache, was? Ich muß es bis heute abend fertig haben.«

Ich tat so, als mache mir das nichts aus, war aber aus der Fassung gebracht. Ich dämpfte meine Stimme, um ihn nicht zu sehr zu stören. »Du erinnerst dich doch an das Mädchen, von dem ich dir erzählt habe – das Mädchen, das ich in dem Tanzpalast kennenlernte? Also, ich hab' sie wiedergetroffen. Wir sind gestern abend zusammen am Strand gewesen ...«

»Wie war's denn ... *ging's gut*?«

An der Art, wie er sich mit der Zunge über die Lippen fuhr, konnte ich sehen, daß er sich auf eine gepfefferte Geschichte gefaßt machte.

»Hör zu, Ulric, weiß du, wie es ist, wenn man verliebt ist?«

Er ließ sich nicht einmal herab, als Antwort darauf hochzublikken. Während er seine Farben in der Zinnschale mischte, murmelte er etwas davon, daß man ja schließlich normale Instinkte besitze.

Ich fuhr unerschrocken fort: »Glaubst du, du könntest eines Tages einer Frau begegnen, die dein ganzes Leben zu ändern vermag?«

»Ich bin einer oder zweien begegnet, die das versucht haben – nicht mit großem Erfolg, wie du siehst«, antwortete er.

»Scheiße! Laß den Quatsch einen Augenblick, ja? Ich möchte dir was erzählen ... ich möchte dir erzählen, daß ich mich verliebt habe, daß ich verrückt vor Liebe bin. Ich weiß, das klingt albern, aber diesmal ist es anders – ich habe so etwas noch nie erlebt. Du wirst dich fragen, ob sie ein guter Fick ist? Ja, überwältigend. Aber das kümmert mich einen Dreck ...«

»Ach, wirklich? Na, das ist allerdings neu.«

»Weißt du, was ich heute getan habe?«

»Vielleicht bist du in die Burlesk-Revue in der Houston Street gegangen.«

»Ich bin aufs Land gefahren. Wie ein Verrückter bin ich durch die Gegend gelaufen ...«

»Was willst du damit sagen – hat sie dir bereits den Laufpaß gegeben?«

»Nein, im Gegenteil, sie erklärt, daß sie mich liebt ... Ich weiß, es klingt kindisch – nicht wahr?«

»Das möchte ich nicht gerade behaupten. Du bist vielleicht vorübergehend etwas durcheinander, das ist alles. Jeder benimmt sich ein bißchen komisch, wenn er verliebt ist. Bei dir dauert dieser Zustand wahrscheinlich etwas länger. Ich wollte, ich hätte nicht diese verdammte Arbeit unter den Händen – dann könnte ich mitfühlender zuhören. Sag mal, kannst du nicht später noch mal wiederkommen? Dann könnten wir zusammen essen, ja?«

»Na schön, dann komme ich in einer Stunde wieder. Versetz mich nicht, du alter Gauner, ich habe keinen Cent in der Tasche.«

Ich raste die Treppe hinunter und in den Park. Es wurmte mich. Es war idiotisch, daß ich mich bei Ulric so erhitzt hatte. Immer kühl wie 'ne Gurke, der Kerl. Wie kann man einem anderen Menschen verständlich machen, was wirklich in einem vorgeht? Bräche ich mir ein Bein, würde er alles hinwerfen. Aber wenn einem das Herz vor Freude bricht – na ja, das ist ein bißchen langweilig, nicht wahr? Tränen sind leichter zu ertragen als Freude. Freude hat etwas Destruktives: Den anderen wird dabei unbehaglich zumute. »Weine, und du weinst allein« – was für eine Lüge! Weine, und du wirst eine Million Krokodile finden, die mit dir weinen. Die Welt weint immer und ewig. Die Welt ist in Tränen gebadet. Lachen, das ist etwas anderes. Lachen ist eine Sache des Augenblicks – es vergeht. Aber Freude – Freude ist eine Art ekstatisches Bluten, eine schändliche Überzufriedenheit, die aus jeder Pore deines Ichs dringt. Man kann die Leute nicht dadurch froh machen, daß man selber froh ist. Freude muß aus einem selbst kommen: Sie ist da oder nicht. Freude ist auf etwas zu Tiefes gegründet, um verstanden zu werden oder sie anderen mitzuteilen. Froh zu sein bedeutet, daß man ein Verrückter in einer Welt trauriger Gespenster ist.

Ich konnte mich nicht erinnern, Ulric jemals froh gesehen zu haben. Er war leicht zum Lachen aufgelegt, lachte sogar herzhaft, aber wenn es vorbei war, sank seine Stimmung immer etwas unter den Nullpunkt. Bei Stanley war das, was einem Heiterkeitsausbruch am nächsten kam, ein karbolsaures, bissiges Grinsen.

In meiner ganzen Umgebung gab es keine Menschenseele, die innerlich wirklich froh war und sich nicht unterkriegen ließ. Mein Freund Kronski, der jetzt Internist war, wirkte immer ganz erschreckt, wenn er mich in überschäumender Stimmung antraf. Er sprach von Freude und Traurigkeit, als seien das pathologische Zustände – Gegenpole des manisch-depressiven Zyklus.

Als ich wieder ins Atelier kam, fand ich dort einen Haufen seiner Freunde vor, die unerwartet zu Besuch gekommen waren. Alles junge lustige Gesellen aus dem Süden, wie Ulric sagte. Sie waren in ihren schnittigen Sportwagen aus Virginia und North Carolina heraufgekommen und hatten ein paar Krüge Pfirsichschnaps mitgebracht. Ich kannte keinen von ihnen und fühlte mich zuerst ein wenig unbehaglich, aber nach ein paar Gläsern taute ich auf und redete frei von der Leber weg. Zu meiner Überraschung schienen sie überhaupt nicht zu verstehen, wovon ich sprach. Verschmitzt entschuldigten sie ihre Unwissenheit damit, daß sie erklärten, sie seien eben schlichte Bauernbuben, die nun einmal mehr von Pferden als von Büchern verstünden, was wiederum mich in Verlegenheit brachte. Mir war nicht bewußt, daß ich irgendwelche Bücher erwähnt hatte, aber das war, wie ich bald merkte, eben ihre Art, mir eine Abfuhr zu erteilen. In ihren Augen war ich eindeutig ein Intellektueller, ich mochte sagen, was ich wollte. Und sie gehörten sehr eindeutig zur Landaristokratie, gestiefelt und gespornt, wie sie waren. Die Lage wurde ziemlich gespannt, trotz meiner Bemühungen, mich in ihrer Sprache zu unterhalten. Und dann wurde es plötzlich grotesk durch eine dumme Bemerkung über Walt Whitman, die einer von ihnen an mich gerichtet hatte. Ich war fast den ganzen Tag über in gehobener Stimmung gewesen. Der unfreiwillige Spaziergang hatte mich zwar etwas ernüchtert, aber durch den reichlich fließenden Pfirsichschnaps und das Durcheinander der Unterhaltung war ich allmählich wieder in Fahrt gekommen. Ich war so richtig in Stimmung, es diesen jungen lustigen Gesellen aus dem Süden zu geben, vor allem deshalb, weil das, was ich auf dem Herzen hatte und loswerden wollte, durch die sinnlose Heiterkeit abgewürgt wurde. Als der kultivierte junge Herr aus Durham versuchte, mit mir, was meinen amerikanischen Lieblingsschriftsteller anbetraf, die Klingen zu kreuzen, brachte er mich sofort in Harnisch. Wie gewöhnlich unter solchen Umständen schoß ich übers Ziel hinaus.

Der ganze Raum geriet in Aufruhr. Offenbar hatten sie noch nie jemanden über eine so unwichtige Sache so ernst werden sehen. Ihr Gelächter machte mich wütend. Ich erklärte, sie seien eine Bande betrunkener Idioten, fauler Böcke, voreingenommener Ignoranten, das Produkt nichtsnutziger Hurenjäger usw. usw. Ein großer, schlaksiger Kerl, der später ein berühmter Filmstar wurde, erhob sich und drohte mich niederzuschlagen. Ulric kam in seiner verbindlich geschmeidigen Art zu Hilfe, die Gläser wurden bis zum Rand gefüllt, und der Waffenstillstand wurde erklärt. In diesem Augenblick klingelte es, und eine hübsche junge Frau kam herein. Sie wurde mir als die Frau von irgend jemandem vorgestellt, den die anderen alle zu kennen und um den sie sehr besorgt zu sein schienen. Ich nahm Ulric beiseite, weil ich gern Näheres wissen wollte. »Sie hat einen gelähmten Mann«, vertraute er mir an. »Pflegt ihn Tag und Nacht. Schneit dann und wann auf ein Gläschen hier herein, ich nehme an, es wird zuviel für sie.«

Ich stand abseits und musterte sie. Sie sah wie eines jener mannstollen Weibsbilder aus, die – während sie die Rolle der Märtyrerin spielen – es fertigbringen, ihre sexuellen Bedürfnisse zu befriedigen. Kaum hatte sie Platz genommen, als zwei andere Harpyien hereinschwirrten, eine von ihnen ganz offensichtlich eine Nutte, die andere irgend jemandes Ehefrau – und außerdem vernachlässigt und verbraucht. Ich verspürte einen Bärenhunger und wurde phantastisch blau. Mit der Ankunft der Frauen verlor ich völlig meine Kampflust. Ich dachte nur noch an zwei Dinge: an Fressen und Sex. Ich ging auf den Lokus und ließ in meiner Zerstreutheit die Tür unverschlossen. Ich war einen Schritt zurückgetreten, weil ich vom Schnaps allmählich einen Ständer kriegte, und wie ich so, den Piephahn in der Hand, dastand und in hohem Bogen auf die Schüssel zielte, ging plötzlich die Tür auf. Es war Irene, die Frau des Gelähmten. Sie unterdrückte einen Aufschrei und wollte die Tür wieder schließen, aber aus irgendeinem Grund, vielleicht weil ich völlig ruhig und gelassen wirkte, blieb sie auf der Türschwelle stehen, und während ich meinen Piß beendete, sprach sie mit mir, als sei das nichts Ungewöhnliches.

»Eine schöne Leistung«, meinte sie, als ich die letzten Tropfen herausschüttelte. »Treten Sie immer so weit zurück?« Ich ergriff sie bei der Hand und zog sie herein, während ich mit der anderen Hand die Tür verriegelte. »Nein, bitte, tun Sie das nicht!« bat sie und sah ganz ängstlich aus. »Nur einen Augenblick«, wisperte ich und rieb meinen Piephahn an ihrem Kleid. Ich drückte meine Lippen auf ihren roten Mund. »Bitte, bitte«, bettelte sie und versuchte, sich aus meiner Umarmung zu befreien. »Sie kompromittieren mich.« Ich wußte, daß ich sie gehen lassen mußte. Ich arbeitete rasch und wild drauflos. »Ich lasse Sie gleich gehen«, sagte ich, »nur noch einen Kuß.« Damit drängte ich sie mit dem Rücken gegen die Tür, und ohne mir auch nur die Mühe zu nehmen, ihr Kleid hochzuheben, stieß ich immer und immer wieder zu und schoß eine schwere Ladung auf ihre schwarzseidene Vorderseite ab.

Meine Abwesenheit war nicht einmal bemerkt worden. Die Knaben aus den Südstaaten drängten sich um die zwei anderen Weiber und taten ihr Bestes, sie in kürzester Zeit beschwipst zu machen. Ulric fragte mich listig, ob ich Irene irgendwo gesehen hätte.

»Ich glaube, sie ist ins Badezimmer gegangen«, sagte ich.

»*Wie war's?*« fragte er. »Bist du noch immer verliebt?«

Ich warf ihm ein schiefes Lächeln zu.

»Warum bringst du deine Freundin abends nicht einmal mit?« fuhr er fort. »Ich finde immer einen Vorwand, daß Irene herkommt. Wir können ihr abwechselnd Trost spenden. Was hältst du davon?«

»Hör mal zu«, sagte ich, »kannst du mir einen Dollar leihen? Ich muß etwas essen. Ich bin völlig ausgehungert.«

Ulric sah immer ganz bestürzt und verständnislos aus, wenn man ihn um Geld anging. Ich mußte ihm schon die Pistole auf die Brust setzen, sonst würde er mir in seiner sanften, unwiderstehlichen Art entschlüpfen und ablehnen. »Also komm schon«, sagte ich, ihn beim Arm nehmend, »das ist jetzt nicht der Moment, um große Fisimatenten zu machen.« Wir gingen auf den Gang hinaus, wo er mir verstohlen einen Schein zusteckte. Gerade als wir uns der Tür näherten, kam Irene aus dem Badezimmer. »Was, Sie wollen schon gehen?« fragte sie und hakte sich bei uns beiden unter. »Ja, er hat's jetzt eilig«, erklärte Ulric, »aber er hat versprochen, daß er nachher wiederkommt.« Und damit legten wir die Arme um sie und erstickten sie mit Küssen.

»Wann werde ich Sie wiedersehen?« wollte Irene wissen. »Vielleicht bin ich nicht mehr da, wenn Sie zurückkommen. Ich würde gern einmal mit Ihnen ins Gespräch kommen.«

»Nur ins Gespräch?« sagte Ulric.

»Na, du weißt schon . . .«, sagte sie und ließ ein wollüstiges Lachen folgen.

Dieses Lachen fuhr mir in die Eier. Ich bekam Irene noch einmal zu fassen und schob sie in eine Ecke, legte ihr die Hand auf die Möse, die glühte, und stieß ihr meine Zunge in den Hals.

»Warum laufen Sie jetzt auch fort?« flüsterte sie. »Warum bleiben Sie denn nicht?«

Ulric drängte sich zwischen uns, um sich seinen Anteil zu sichern. »Mach dir *seinetwegen* keine Sorgen«, meinte er und hängte sich an sie wie ein Blutegel. »Dieser komische Vogel braucht nicht getröstet zu werden. Er bekommt mehr, als er bewältigen kann.«

Als ich hinausschlüpfte, fing ich ein letztes flehentliches Zeichen von Irene auf, der fast der Rücken entzweibrach, ihr Kleid hoch über den Knien, während Ulrics Hand sich ihr Bein entlangstahl und sich ihrer warmen Möse bemächtigte. »Puh! Was für eine Hure!« murmelte ich, während ich die Treppe hinunterschlitterte. Mir war ganz schwach vor Hunger. Ich wollte ein Rumpsteak mit Zwiebeln und einen Humpen Bier.

Ich aß im Hinterraum einer Kneipe auf der Sixth Avenue, unweit von Ulrics Wohnung. Ich hatte, was ich wollte, und noch zehn Cents übrig. Ich war gut aufgelegt und bester Laune, zu allem bereit. Meine Stimmung stand mir offenbar auf dem Gesicht geschrieben, denn als ich einen Augenblick am Eingang zögerte, um den Schauplatz zu sondieren, grüßte mich freundlich ein Mann, der seinen Hund spazierenführte. Ich glaubte, er habe mich mit jemandem verwechselt, was bei mir häufig vorkommt, aber nein, er war ganz einfach freundlich aufgelegt, vielleicht in ebenso gehobener Stimmung wie ich. Wir wechselten ein paar Worte, und schon ging ich neben ihm und dem Hund her. Er sagte, er wohne in der Nähe, und wenn ich Lust hätte, ihm bei einem Gläschen Gesellschaft zu leisten, sollte ich doch mit in seine Wohnung kommen. Die wenigen Worte, die wir gewechselt hatten, überzeugten mich, daß er ein feinfühliger Kavalier der alten Schule war. Tatsächlich erwähnte er fast im nächsten Augenblick, daß er gerade aus Europa zurückgekehrt sei, wo er mehrere Jahre gelebt hätte. Als wir vor seiner Wohnung standen, erzählte er eine Geschichte von einer Affäre, die er in Florenz mit einer Gräfin gehabt hatte. Er schien als selbstverständlich anzunehmen, daß ich Europa kannte. Er behandelte mich, als sei ich ein Künstler.

Die Wohnung war ziemlich luxuriös eingerichtet. Er holte sofort ein prächtiges Kistchen mit vorzüglichen Havannazigarren und fragte, was ich am liebsten trinken möchte. Ich nahm einen Whisky und ließ mich in einem bequemen Sessel nieder. Ich hatte das Gefühl, daß dieser Mann mir schon bald Geld in die Hand drücken würde. Er hörte mir zu, als glaubte er jedes Wort, das ich sagte. Plötzlich kam er mit der Frage heraus, ob ich Schriftsteller sei? *Wieso?* Nun, nach der Art, wie ich mich überall umsah, wie ich dastand, nach dem Ausdruck um den Mund – kleine, undefinierbare Anzeichen, ein allgemeiner Eindruck von Sensibilität und Neugier.

»*Und Sie?*« fragte ich. »Was treiben *Sie*?«

Er machte eine wegwerfende Geste, wie um zu sagen: Ich bin nichts mehr. »Ich war einmal Maler, noch dazu ein schlechter. Jetzt tue ich nichts mehr. Ich versuche, mich zu amüsieren.«

Das brachte mich in Fahrt. Die Worte fuhren mir aus dem Mund wie heiße Geschosse. Ich erzählte ihm, wie es um mich stand, wie verfahren alles war, wie sich aber trotzdem alles mögliche ereignete, was für große Hoffnungen ich hatte, was für ein Leben vor mir lag, wenn ich es nur mit beiden Händen ergriff, es meisterte und mir eroberte. Ich log ein bißchen. Es war unmöglich, diesem Fremden gegenüber, der aus heiterem Himmel zu meiner Rettung erschienen war, zuzugeben, daß ich ein völliger Versager war.

Was ich bisher geschrieben hätte?

Oh, mehrere Bücher, ein paar Gedichte, ein Haufen Kurzgeschichten. Ich rasselte das mit Höchstgeschwindigkeit herunter, um nicht durch triviale Fragen ertappt zu werden. Was das neue

Buch betraf, das ich begonnen hatte, so sollte das etwas Großartiges werden. Es kamen über vierzig Personen darin vor. Ich hatte eine große graphische Darstellung an die Wand gehängt, eine Art Landkarte des Buches – er müsse sich das einmal anschauen. Erinnerte er sich an Kiryllow, die Gestalt in einem Werk von Dostojewski, der sich erschossen oder aufgehängt hatte, weil er zu glücklich war? Das war mein genaues Ebenbild. Ich war im Begriff, jedermann abzuschießen – aus reinem Glücksgefühl. Heute zum Beispiel hätte er mich mal ein paar Stunden früher sehen sollen! Vollkommen verrückt. Ich habe mich neben einem Bach im Gras gerollt, ganze Büschel Gras gekaut, mich gekratzt wie ein Huhn, gebrüllt, was die Lungen hergaben, Handstand gemacht, war sogar auf die Knie gefallen und hatte gebetet, nicht um etwas zu erflehen, sondern um Dank zu sagen – Dank dafür, daß ich am Leben war, daß ich die Luft atmen durfte . . . *War es nicht schon wundervoll, einfach nur zu atmen?*

Ich ging dazu über, kleine Episoden aus meinem Telegrafenleben zu erzählen: von den Gaunern, mit denen ich zu tun hatte, den pathologischen Lügnern, den Pervertierten, den Hirnverletzten aus dem Kriege, die in Asylen hausten, den schleimigen, scheinheiligen Leuten von der Wohlfahrt, den Krankheiten der Armen, den jungen Ausreißern, die vom Erdboden verschwinden, den Huren, die sich keß Eingang verschaffen, um in den Bürohäusern ihrem Gewerbe nachzugehen, den Übergeschnappten, den Epileptikern, den Waisen, den Zöglingen aus der Erziehungsanstalt, den entlassenen Sträflingen, den Nymphomaninnen.

Sein Mund stand offen, als versagten ihm die Scharniere, die Augen traten ihm aus dem Kopf. Er sah aus wie eine gutmütige Kröte, die ein Felsbrocken getroffen hatte. *Möchten Sie noch etwas trinken?*

Gerne! Was sagte ich? Ach ja . . . in der Mitte des Buches würde ich explodieren. Warum nicht? Es gab eine Menge Schriftsteller, die eine Sache bis zum Schluß hinziehen konnten, ohne die Zügel schießenzulassen. Was wir brauchten, war ein Mann, wie ich zum Beispiel, der sich nicht einen Dreck darum scherte, was passierte. Dostojewski war da nicht weit genug gegangen. Ich war für hemmungsloses Draufloserzählen. Man soll seinem Affen Zucker geben! Von Handlung und Gestalten haben die Leute genug. Handlung und Gestalten sind nicht das Leben. Das Leben findet nicht in der Beletage statt: Das Leben ist jetzt, hier, wann immer du willst, wann immer du die Bremsen 'rausnimmst. Das Leben ist vierhundertvierzig PS in einer Zweizylindermaschine.

Hier unterbrach er mich. »Nun, Sie scheinen es jedenfalls in sich zu haben . . . Ich wollte, ich könnte eines Ihrer Bücher lesen.«

»Das werden Sie auch«, erwiderte ich, von meinem inneren Verbrennungsmotor fortgerissen. »In ein paar Tagen schicke ich Ihnen eines!«

Da klopfte es an der Tür. Als er aufstand, um zu öffnen, erklärte er, daß er jemanden erwarte. Er sagte, ich solle mich nicht stören lassen, es sei nur eine charmante Freundin von ihm.

Eine blendend schöne Frau stand auf der Türschwelle. Ich erhob mich, um sie zu begrüßen. Sie sah wie eine Italienerin aus. Möglicherweise die Gräfin, von der er vorher gesprochen hatte.

»Sylvia«, sagte er, »zu schade, daß du nicht ein bißchen früher gekommen bist. Ich habe gerade die wundervollsten Geschichten gehört. Dieser junge Mann ist ein Schriftsteller. Ich möchte, daß du ihn kennenlernst.«

Sie kam auf mich zu und streckte mir ihre beiden Hände entgegen. »Ich bin sicher, Sie sind ein sehr guter Schriftsteller«, sagte sie. »Sie müssen gelitten haben, ich kann das sehen.«

»Er hat das ungewöhnlichste Leben gehabt, das man sich denken kann, Sylvia. Mir ist, als habe ich nicht einmal angefangen zu leben. Und was glaubst du, wie er seinen Lebensunterhalt verdient?«

Sie wandte sich mir zu, als wolle sie sagen, sie zöge es vor, das von mir selbst zu hören. Ich war verwirrt. Ich war nicht darauf vorbereitet gewesen, einem so hinreißenden, so selbstsicheren, so ausgewogenen und völlig natürlichen Geschöpf zu begegnen. Ich wollte einen Schritt auf sie zugehen und die Hände auf ihre Hüften legen, sie so halten und etwas sehr Einfaches, sehr Ehrliches, sehr Menschliches sagen. Ihre Augen waren samten und feucht – dunkle, runde Augen, die vor Anteilnahme und Wärme funkelten. Konnte sie verliebt sein in diesen Mann, der so viel älter war? Aus welcher Stadt und aus was für einer Welt kam sie? Um auch nur zwei Worte zu ihr zu sagen, brauchte ich irgendeinen Anhaltspunkt. Ein verkehrtes Wort, und alles wäre verpatzt.

Sie schien mein Dilemma zu erraten. »Bietet mir hier keiner etwas zu trinken an?« fragte sie und sah zuerst ihn, dann mich an. »Ein Glas Portwein, glaube ich«, setzte sie hinzu, wobei sie sich an mich wandte.

»Aber du trinkst doch sonst nie etwas!« sagte mein Gastgeber. Er stand auf, um mir zu helfen. Wir drei standen dicht beisammen. Sylvia mit erhobenem leeren Glas. »Ich bin sehr froh, daß die Dinge sich so entwickelt haben«, meinte er. »Ich hätte nicht zwei verschiedenartigere Menschen zusammenbringen können als euch beide. Ich bin sicher, daß ihr euch glänzend verstehen werdet.«

In meinem Kopf drehte es sich, als sie das Glas an die Lippen hob. Ich wußte, dies war das Vorspiel zu einem seltsamen Abenteuer. Plötzlich hatte ich das sichere Gefühl, daß er uns im nächsten Augenblick unter irgendeinem Vorwand für eine Weile allein lassen würde und sie mir ohne ein weiteres Wort in die Arme sänke. Und zugleich ahnte ich, daß ich beide nie wiedersehen würde.

Tatsächlich trat ein, was ich mir vorgestellt hatte. Kaum fünf Minuten, nachdem sie angekommen war, erklärte mein Gastgeber, er habe noch etwas sehr Wichtiges zu erledigen und wir möchten ihn doch bitte für kurze Zeit entschuldigen. Er hatte kaum die Tür hinter sich geschlossen, als sie zu mir kam und sich auf meinen Schoß setzte. Sie sagte: »Er kommt heute abend nicht mehr zurück. Wir sind unter uns.« Diese Worte erschreckten mich mehr, als daß sie mich überraschten. Alle möglichen Gedanken schossen mir durch den Kopf. Und noch mehr brachte es mich aus der Fassung, als sie nach einer kleinen Pause sagte: »Und was halten Sie von mir? Bin ich bloß eine hübsche Frau, vielleicht seine Geliebte? Was für ein Leben führe ich nach Ihrer Meinung?«

»Ich glaube, Sie sind eine höchst gefährliche Person«, antwortete ich spontan und wahrheitsgemäß. »Es würde mich nicht überraschen, wenn Sie eine berühmte Spionin wären.«

»Sie sind außerordentlich intuitiv«, sagte sie. »Nein, eine Spionin bin ich nicht, aber . . .«

»Nun, wenn Sie eine wären, würden Sie es mir nicht sagen, das weiß ich. Sie müssen mir nichts über Ihr Leben erzählen. Aber wissen Sie, etwas frage ich mich. Ich frage mich, was Sie eigentlich von mir wollen. Mir ist, als wäre ich in eine Falle geraten.«

»Das ist nicht sehr nett von Ihnen. Jetzt bilden Sie sich Dinge ein. Wenn wir etwas von Ihnen wollten, müßten wir Sie besser kennen, stimmt's nicht?« Einen Augenblick Schweigen, dann plötzlich: »Sind Sie sicher, daß Sie unbedingt Schriftsteller sein wollen?«

»Was meinen Sie damit?« gab ich schnell zurück.

»Eben das. Ich weiß, Sie *sind* Schriftsteller . . . aber Sie könnten auch etwas anderes sein. Sie gehören zu den Menschen, die alles tun können, was sie sich vornehmen. Stimmt das nicht?«

»Ich fürchte, gerade das Gegenteil ist der Fall«, erwiderte ich. »Bis jetzt hat alles, was ich angepackt habe, mit einem Fiasko geendet. In diesem Augenblick bin ich nicht einmal sicher, daß ich ein Schriftsteller bin.«

Sie stand von meinem Schoß auf und zündete sich eine Zigarette an. »Sie können unmöglich ein Versager sein«, sagte sie nach einem Augenblick des Zögerns, in dem sie sich zu sammeln schien, um eine wichtige Enthüllung zu machen. »Ihr Fehler ist«, sagte sie langsam und betont, »daß Sie sich nie eine Aufgabe stellen, die Ihren Fähigkeiten entspricht. Sie brauchen größere Probleme, größere Schwierigkeiten. Sie funktionieren nur richtig, wenn Sie hart unter Druck gesetzt werden. Ich weiß nicht, was Sie tun, aber ich bin sicher, daß Ihr gegenwärtiges Leben nicht zu Ihnen paßt. Sie waren dazu bestimmt, ein gefährliches Leben zu führen. Sie können größere Risiken auf sich nehmen als andere, weil . . . nun, Sie wissen es wahrscheinlich selbst . . . weil Sie beschützt sind.«

»*Beschützt?* Das verstehe ich nicht«, platzte ich heraus.

»O doch, Sie verstehen es schon«, antwortete sie ruhig. »Ihr ganzes Leben lang waren Sie beschützt. Denken Sie nur mal einen Augenblick nach . . . Waren Sie nicht mehrere Male dem

Tode nahe . . . haben Sie nicht immer jemanden gefunden, der Ihnen half – gewöhnlich einen Fremden, gerade als Sie dachten, alles sei verloren? Haben Sie nicht schon mehrere Verbrechen begangen – Verbrechen, die Ihnen niemand zutrauen würde? Stecken Sie nicht gerade in einer leidenschaftlichen Liebesaffäre, die zudem ziemlich bedenklich ist und die Sie, wären Sie nicht unter einem glücklichen Stern geboren, ruinieren könnte? Ich weiß, daß Sie verliebt sind. Ich weiß, daß Sie alles tun würden, um diese Leidenschaft zu befriedigen . . . Sie sehen mich so erstaunt an . . . Fragen sich, woher ich das alles weiß. Ich habe keine übernatürlichen Gaben – nur die Fähigkeit, Menschen auf den ersten Blick zu durchschauen. Sehen Sie, vor ein paar Augenblicken noch warteten Sie begierig darauf, daß ich zu Ihnen komme. Sie wußten, daß ich mich in Ihre Arme werfen würde, sobald er fortgegangen war. Ich habe es getan. Aber Sie waren wie gelähmt – soll ich sagen, ein bißchen erschrocken vor mir? *Warum?* Was konnte ich Ihnen tun? Sie haben kein Geld, keine Macht, keinen Einfluß. Worum könnte ich Sie also schon bitten?« Sie hielt inne, dann fügte sie hinzu: »Soll ich Ihnen die Wahrheit sagen?«

Ich nickte hilflos.

»Sie hatten Angst, ich würde Sie bitten, etwas für mich zu tun, was Sie nicht abschlagen könnten. Sie waren bestürzt, weil Sie in eine Frau verliebt sind und sich bereits als das potentielle Opfer einer anderen fühlten. Was Sie brauchen, ist nicht die Frau, sondern ein Instrument, um sich selbst zu befreien. Sie sehnen sich nach einem abenteuerlichen Leben, Sie wollen Ihre Ketten zerbrechen. Wer immer die Frau ist, die Sie lieben, sie tut mir leid. Ihnen wird sie als der stärkere Teil erscheinen, aber das nur, weil Sie an sich selbst zweifeln. *Sie* sind der stärkere. Sie werden immer stärker sein – denn Sie können nur an sich selbst denken, an Ihr eigenes Schicksal. Wenn Sie noch etwas stärker wären, dann hätte ich Angst um Sie. Sie könnten einen gefährlichen Fanatiker abgeben. Aber das ist nicht Ihre Bestimmung. Dazu sind Sie zu gesund, zu vernünftig. Sie lieben das Leben noch mehr als sich selbst, denn wem immer oder welcher Sache auch immer Sie sich hingeben, es ist nie genug für Sie – habe ich nicht recht? Niemand vermag Sie lange zu halten: Ihr Blick schweift immer schon über den Gegenstand Ihrer Liebe hinaus, auf der Suche nach etwas, das Sie nie finden werden. Sie werden den Blick nach innen richten müssen, wenn Sie sich je von Ihrer Qual befreien wollen. Ich bin sicher, daß Sie leicht Freundschaften schließen. Und doch gibt es niemanden, den Sie wirklich Ihren Freund nennen könnten. Sie sind allein. Sie werden immer allein sein. Sie wollen zuviel, mehr als das Leben bieten kann . . .«

»Warten Sie einen Augenblick, bitte«, unterbrach ich sie. »Was veranlaßt Sie, mir das alles zu sagen?«

Sie schwieg einen Augenblick, als zögere sie, darauf direkt zu antworten. »Vermutlich beantworte ich mir nur meine eigenen Fragen«, sagte sie dann. »Heute abend muß ich eine schwerwiegende Entscheidung treffen. Ich trete morgen früh eine lange Reise an. Als ich Sie sah, sagte ich mir: Vielleicht ist das der Mann, der dir helfen könnte. Aber ich irrte mich. Ich habe Sie um nichts zu bitten . . . Sie können die Arme um mich legen, wenn Sie wollen . . . Wenn Sie nicht Angst vor mir haben.«

Ich ging zu ihr hin, umfing sie fest und küßte sie. Ich löste meine Lippen und schaute ihr in die Augen, meine Arme noch immer um ihre Hüfte gelegt.

»Und was sehen Sie?« wollte sie wissen und machte sich sanft los.

Ich trat von ihr zurück und sah sie einen Augenblick lang fest an, bevor ich antwortete: »*Was ich sehe?* Nichts. Absolut nichts. In Ihre Augen zu schauen ist dasselbe, als schaue man in einen blinden Spiegel.«

»Sie sind verstört, warum das?«

»Was Sie über mich sagten, erschreckt mich . . . Ich kann Ihnen also nicht helfen, meinen Sie?«

»In gewisser Weise haben Sie mir schon geholfen«, antwortete sie. »Sie helfen immer – indirekt. Sie können nicht umhin, Energie auszustrahlen, und das ist schon etwas. Die Leute stützen sich auf Sie, aber Sie wissen nicht warum. Sie hassen sie sogar dafür, wenn Sie auch so tun, als wären Sie gütig und wirklich mitfühlend. Als ich heute abend hierherkam, war ich innerlich etwas aufgewühlt. Ich hatte mein Selbstvertrauen verloren, das ich gewöhnlich habe. Ich sah Sie an, und ich sah . . . was glauben Sie wohl?«

»Einen von seinem eigenen Ich entflammten Mann, nehme ich an.«

»Ich sah ein Tier! Ich fühlte, daß Sie mich verschlingen würden, wenn ich mich gehenließe. Und ein paar Augenblicke lang hatte ich das Gefühl, daß ich mich gehenlassen wollte. Sie wollten mich nehmen, mich auf den Teppich werfen. Mich auf diese Weise zu besitzen, hätte Sie nicht befriedigt, nicht wahr? Sie sahen in mir etwas, das Sie nie an einer anderen Frau bemerkt hatten. Sie sahen die Maske, die Ihre eigene ist.« Sie hielt nur eine Sekunde inne. »Sie wagen nicht, Ihr wahres Ich zu offenbaren, und ich wage es auch nicht. Soviel haben wir gemeinsam. Ich lebe gefährlich, nicht weil ich stark bin, sondern weil ich von der Stärke anderer Gebrauch zu machen weiß. Ich habe Angst, nicht die Dinge zu tun, die ich tue, denn würde ich damit aufhören, dann bräche ich zusammen. Sie lesen nichts in meinen Augen, weil es nichts darin zu lesen gibt. Ich vermag Ihnen nichts zu geben, wie ich vorhin schon gesagt habe. Sie sind nur auf Ihre Beute aus, auf Ihre Opfer, an denen Sie sich mästen. Ja, der Beruf des Schriftstellers ist wahrscheinlich das beste für Sie. Wenn Sie Ihre Gedanken Tat werden ließen, würden Sie vermutlich zum Verbrecher werden. Sie haben immer die Wahl, zwei Wege zu gehen. Nicht das Moralgefühl hält Sie ab, den falschen Weg einzuschlagen, sondern Ihr Instinkt, nur das zu tun, was Ihnen auf die Dauer am zuträglichsten ist. Sie wissen nicht, warum Sie Ihre glänzenden Vorsätze stets unausgeführt lassen. Sie glauben, es sei Schwäche, Angst, Kleinmut, aber Sie täuschen sich. Sie haben den Instinkt eines Tieres, Sie unterwerfen alles dem Lebenswillen. Sie würden nicht zögern, mich gegen meinen Willen zu nehmen, selbst wenn Sie wüßten, daß Sie in einer Falle wären. Vor der Menschenfalle haben Sie keine Angst, aber vor der anderen Falle, dem Irrlicht, das Sie in die falsche Richtung locken könnte, davor hüten Sie sich. Und sie haben recht.« Wieder hielt sie inne. »Ja, Sie haben mir einen großen Dienst erwiesen. Hätte ich Sie heute abend nicht kennengelernt, dann hätte ich meinen Zweifeln nachgegeben.«

»Dann sind Sie also im Begriff, etwas Gefährliches zu tun«, warf ich ein.

Sie zuckte mit den Schultern. »Wer weiß schon, was gefährlich ist? Zu zweifeln, das ist gefährlich. In dieser Beziehung liegt eine viel gefährlichere Zukunft vor Ihnen als vor mir. Und Sie werden anderen viel Leid zufügen, indem Sie sich gegen Ihre eigenen Ängste und Zweifel wehren. Sie sind sich in diesem Augenblick nicht einmal sicher, ob Sie zu der Frau zurückkehren wollen, die Sie lieben. Ich habe Ihr Denken vergiftet. Sie würden sie ohne weiteres fallenlassen, wenn Sie sicher wären, daß Sie das, was Sie tun wollen, auch ohne ihre Hilfe bewerkstelligen könnten. Aber Sie werden sie brauchen und das Liebe nennen. Sie werden immer diese Entschuldigung vorbringen, wenn Sie einer Frau das Leben aussaugen.«

»Da sind Sie im Irrtum«, ereiferte ich mich. »Ich bin's, der ausgesaugt wird, nicht die Frau.«

»Das ist Ihre Art der Selbsttäuschung. Weil die Frau Ihnen nie zu geben vermag, was Sie von ihr erwarten, kommen Sie sich als Märtyrer vor. Eine Frau will Liebe, und Sie sind unfähig, Liebe zu geben. Wenn Sie ein niedrigerer Menschentyp wären, wären Sie ein Monstrum. Aber Sie werden Ihre Enttäuschung in etwas Positives umsetzen. Ja, Sie sollten unter allen Umständen weiterschreiben. Die Kunst kann Häßliches in Schönheit verwandeln. Besser ein monströses Buch als ein monströses Leben. Die Kunst ist etwas Schmerzhaftes, Mühevolles, Besänftigendes. Wenn Sie bei dem Versuch nicht zugrunde gehen, wird Ihr Werk Sie vielleicht in einen barmherzigen, menschlichen Menschen verwandeln. Sie sind groß genug, sich nicht mit bloßem Ruhm zufriedenzugeben, das kann ich sehen. Wahrscheinlich werden Sie, wenn Sie genug gelebt haben, entdecken, daß es noch etwas gibt, das über das, was Sie jetzt Leben nennen, hinausreicht. Sie werden vielleicht noch einmal leben, um für andere zu leben. Das hängt ganz davon ab, was Sie aus Ihrer Intelligenz machen.« (Wir sahen einander fest an.) »Denn Sie sind nicht so intelligent, wie Sie glauben. Ihr anmaßender intellektueller Hochmut – das ist Ihre Schwäche. Wenn Sie sich nur von ihm lenken lassen, werden Sie sich selbst zugrunde richten. Sie sind sehr feminin, aber Sie schämen sich, sich das einzugestehen. Sie glauben, weil Sie sexuell stark sind, ein viriler Mann zu sein, aber Sie haben mehr von einer Frau als von einem Mann. Ihre sexuelle Virilität ist nur das Zeichen einer größeren, noch ungenutzten Kraft. Suchen Sie nicht nach männlicher Selbstbestätigung, indem Sie Ihre verführerischen Fähigkeiten ausbeuten. Frauen lassen sich durch diese Art von Kraft und Charme nicht täuschen. Die Frau, sogar wenn sie geistig unterjocht wird, bleibt stets Herr der Situation. Eine Frau kann sexuell versklavt werden und doch den Mann beherrschen. Sie werden es schwerer haben als andere Männer, denn es interessiert Sie nicht, andere zu beherrschen. Sie sind nur darauf bedacht, sich selbst zu beherrschen. Die Frau, die Sie lieben, wird für Sie nur ein Instrument sein, auf dem Sie sich versuchen . . .«

Hier brach sie ab. Offensichtlich erwartete sie von mir, daß ich ging.

»Ach, übrigens«, sagte sie, als ich mich verabschiedete, »der alte Herr bat mich, Ihnen das hier zu geben« – und sie händigte mir ein versiegeltes Kuvert aus. »Vielleicht finden Sie darin eine Erklärung dafür, warum er keine bessere Entschuldigung für sein geheimnisvolles Fortgehen vorgebracht hat.« Ich nahm das Kuvert und tauschte einen Händedruck mit ihr. Wenn sie plötzlich gesagt hätte: »Laufen Sie! Laufen Sie um Ihr Leben!«, hätte ich das fraglos getan. Ich war völlig verwirrt, da ich weder wußte, warum ich hergekommen war, noch warum ich jetzt fortging. Die Woge einer seltsamen Euphorie hatte mich hier hereingetragen, einer Euphorie, deren Ursprung mir schon ferngerückt und bedeutungslos geworden war. Von Mittag bis Mitternacht – der Kreis hatte sich geschlossen.

Auf der Straße öffnete ich das Kuvert. Es enthielt eine Zwanzigdollarnote, die in einem Briefbogen lag, auf den er »Viel Glück für Sie!« geschrieben hatte. Ich war nicht sonderlich überrascht. Ich hatte schon gleich am Anfang etwas Ähnliches von ihm erwartet . . .

Einige Tage nach dieser Episode schrieb ich eine ›*Freie Phantasie*‹ betitelte Geschichte, die ich Ulric brachte und ihm laut vorlas. Ich hatte drauflosgeschrieben, ohne an Anfang oder Ende zu denken. Ich hatte nur die ganze Zeit hindurch ein festumrissenes Bild im Sinn, nämlich das schwingender Lampions. Die *pièce de résistance* war ein Tritt in den Hintern, den ich der Heldin beim Akt der Unterwerfung versetzte. Diese auf Mara gezielte Geste war eine größere Überraschung für mich, als sie es für den Leser sein konnte. Ulric fand das Geschriebene recht beachtlich, gestand aber, daß er nicht klug daraus wurde. Er wollte, daß ich es Irene zeigte, die später kommen sollte. Sie habe eine perverse Ader, setzte er hinzu. In der vergangenen Nacht sei sie spät mit ihm ins Atelier zurückgekehrt, nachdem die anderen gegangen waren, und habe ihn fix und fertig gemacht. Dreimal sollte genug sein, um jede Frau zu befriedigen, meinte er, aber diese konnte die ganze Nacht hindurch weitermachen. »Der Hure kommt es immer wieder«, sagte er. »Kein Wunder, daß ihr Mann gelähmt ist – sie muß ihm den Schwanz abgedreht haben.«

Ich erzählte ihm, was am vorhergehenden Abend geschehen war, nachdem ich die Party so plötzlich verlassen hatte. Er schüttelte den Kopf und meinte: »Komisch, *mir* passiert so was nie. Wenn mir jemand anderes diese Geschichte erzählte, würde ich sie einfach nicht glauben. Dein ganzes Leben scheint aus solchen Geschichten zu bestehen. Wieso eigentlich, kannst du mir das verraten? Lach nicht, ich weiß, solche Fragen klingen idiotisch. Ich weiß auch, daß ich ein ziemlich verschlossener Typ bin. Du dagegen wirkst wie ein aufgeschlagenes Buch – das wird wohl das ganze Geheimnis sein. Und du bist neugieriger auf Menschen, als ich es je sein werde. Mich langweilen sie schnell – und ich gebe zu, daß das ein Fehler ist. Wie oft erzählst du mir, was für tolle Erlebnisse du gehabt hast – *nachdem* ich gegangen war. Aber ich bin sicher, daß ich nichts dergleichen erleben würde, auch wenn ich die ganze Nacht aufbliebe . . . Noch etwas überrascht mich bei dir, nämlich daß du immer jemanden interessant findest, den die meisten von uns nicht beachten würden. Du bringst die Menschen dazu, daß sie sich dir ganz von selbst entdecken. Ich habe nicht die Geduld dazu . . . Aber sei mal ehrlich, bedauerst du nicht, daß du ihr keinen verpaßt hast, dieser – wie hieß sie doch gleich?«

»Du meinst Sylvia?«

»Ja. Du sagst, sie sei eine Lulu. Glaubst du nicht, daß du, wenn du noch fünf Minuten zugegeben hättest, auf deine Kosten gekommen wärst?«

»Kann schon sein.«

»Du bist ein komischer Kauz. Willst du damit etwa sagen, daß du dadurch, daß du nicht geblieben bist, mehr erreicht hast?«

»Ich weiß nicht. Vielleicht ja, vielleicht nein. Ehrlich gesagt, ich habe gar nicht mehr daran gedacht, sie zu ficken, als ich mich von ihr verabschiedete. Man kann schließlich nicht jede Frau vögeln, der man in die Arme läuft, hab' ich nicht recht? Aber da du mich schon fragst, ich hatte bereits einen guten Fick hinter mir. Ich hätte auch nicht mehr von ihr gehabt, wenn ich's mit ihr getrieben hätte. Vielleicht hätte sie mir einen Tripper angehängt. Oder ich hätte sie enttäuscht. Weißt du, es macht mir nichts aus, wenn ich hin und wieder eine Möse überspringe, du dagegen scheinst wohl Buch darüber zu führen. Deswegen bist du auch mir gegenüber so geizig, du Arschloch, du. Ich muß bohren wie ein Zahnklempner, um dir auch nur einen lumpigen Dollar zu entreißen. Dabei brauche ich nur um die Ecke zu gehen, und schon legt mir ein völlig Fremder, mit dem ich kaum ein paar Worte gesprochen habe, eine Zwanzigdollarnote auf den Kaminsims. Hast du *dafür* eine Erklärung?«

»Du erklärst mir's ja auch nicht«, sagte Ulric mit einem gequälten Grinsen. »Deshalb wahrscheinlich passieren mir solche Dinge nie. Aber das eine will ich dir sagen«, fuhr er fort, wobei er von seinem Platz aufstand und irritiert über seine eigene Gereiztheit die Stirn runzelte, »immer wenn du dich wirklich in der Klemme befindest, kannst du dich auf mich verlassen. Weißt du, ich zerbreche mir im Grunde nicht weiter den Kopf über deine Sorgen. Ich kenne dich zu gut, als daß ich nicht wüßte, daß du immer einen Ausweg finden wirst, selbst wenn ich dich mal im Stich lasse.«

»Ich muß schon sagen, du setzt allerhand Vertrauen in mich.«

»Du mußt mich nicht für abgebrüht halten, wenn ich so etwas sage. Wenn ich in deiner Haut steckte, wäre ich so deprimiert, daß ich es nicht über mich brächte, einen Freund um Hilfe zu bitten – ich würde mich vor mir selbst schämen. Aber du kommst hier grinsend angelaufen und sagst: ›Ich brauche dies . . . ich brauche das.‹ Man hat nie den Eindruck, man müßte dir aus einer verzweifelten Lage heraushelfen.«

»Zum Teufel, soll ich mich denn vor dir auf die Knie werfen und dich anflehen?« sagte ich.

»Nein, das natürlich nicht. Ich rede wieder wie ein Vollidiot.

Aber du machst einen richtig neidisch, sogar wenn du sagst, du seist verzweifelt. Die Leute schlagen dir manchmal etwas ab, bloß weil sie sehen, daß du es für selbstverständlich hältst, daß sie dir helfen, verstehst du?«

»Nein, Ulric, das verstehe ich nicht. Aber schon gut. Heute abend lade ich dich zum Essen ein.«

»Und morgen bittest du mich ums Fahrgeld.«

»Na, und wäre das denn schlimm?«

»Nein, bloß grotesk«, sagte er und lachte. »Seit ich dich kenne – und ich kenne dich schon ziemlich lang –, hast du mich angepumpt – um fünf Cent, zehn Cent, einen Vierteldollar, Dollarnoten . . . einmal hast du versucht, fünfzig Mäuse aus mir herauszupressen, erinnerst du dich? Und ich sage immer nein zu dir, nicht wahr? Aber offenbar macht dir das nichts aus. Und wir sind noch immer gute Freunde. Aber manchmal frage ich mich, was zum Teufel du wirklich von mir denkst. Es kann nicht sehr schmeichelhaft sein.«

»Oh, das kann ich dir gleich sagen, Ulric«, sagte ich unbekümmert, »du bist . . .«

»Nein, sag's mir jetzt nicht. Heb' dir das für später auf! Noch will ich die Wahrheit nicht hören.«

Wir gingen zum Essen ins Chinesenviertel, und auf dem Heimweg steckte Ulric mir einen Zehndollarschein zu, nur um mir zu beweisen, daß er das Herz auf dem rechten Fleck hatte. In den Parkanlagen setzten wir uns und sprachen lange über unsere Zukunft. Schließlich sagte er zu mir, was mir schon so viele meiner Freunde gesagt hatten: daß er für sich selbst keine Hoffnung mehr habe, aber überzeugt sei, daß ich mich befreien und etwas Aufsehenerregendes tun würde. Und aufrichtig fügte er hinzu, er glaube nicht, daß ich als Schriftsteller schon die mir gemäße Ausdrucksform gefunden hätte. Ich stünde erst am Anfang. »Du schreibst nicht, wie du sprichst«, meinte er. »Du scheinst Angst zu haben, aus dir herauszugehen. Wenn du einmal richtig loslegst und die Wahrheit aussprichst, wird es sein wie bei den Niagarafällen. Ich muß dir ehrlich sagen: Ich kenne keinen Schriftsteller in Amerika, der größere Gaben hat als du. Ich habe immer an dich geglaubt – und werde das sogar auch dann noch tun, wenn du dich als Versager erweist. Aber im Leben bist du kein Versager, das weiß ich, obwohl du ein ziemlich verrücktes Leben führst. Ich hätte keine Zeit, auch nur einen Pinselstrich zu tun, täte ich all das, was du alles an einem Tag tust.«

Ich verließ ihn mit dem Gefühl, seine Freundschaft wahrscheinlich unterschätzt zu haben, ein Gefühl, das ich häufig hatte. Ich weiß nicht, was ich von meinen Freunden erwartete. In Wahrheit war ich so unzufrieden mit mir selber, mit meinen gescheiterten Bemühungen, daß mir niemand und nichts recht schien. War ich in einer Klemme, so suchte ich mir mit Sicherheit den unzugänglichsten Menschen aus, nur um die Befriedigung zu haben, ihn von meiner Liste streichen zu können. Ich wußte nur zu gut, daß ich, wenn ich einen alten Freund opferte, morgen drei neue hätte. Es war direkt rührend, später einem dieser fallengelassenen Freunde wieder zu begegnen und festzustellen, daß er mir nichts nachtrug, sondern im Gegenteil nur zu bereit und willens war, die alte Bindung wiederaufleben zu lassen, gewöhnlich indem er mich zu einer üppigen Mahlzeit einlud oder mir anbot, mir ein paar Dollar zu leihen. In einem Winkel meines Gehirns hatte ich immer die Absicht, meine Freunde eines Tages damit zu überraschen, daß ich alle meine Schulden bezahlte. Nachts schlief ich oft über dem Addieren der Schuldposten ein. Schon damals war es bereits eine Riesensumme, die nur durch das Eintreten eines unerwarteten Glücksfalles beglichen werden konnte. Vielleicht würde eines Tages ein Verwandter, von dem ich nie gehört hatte, sterben und mir fünf- oder zehntausend Dollar hinterlassen, worauf ich sofort ins nächste Telegrafenamt eilen und eine Reihe von Postanweisungen an Gott und die Welt aufgeben würde. Es mußte schon telegrafisch geschehen, denn wenn ich das Geld auch nur ein paar Stunden in der Tasche behielte, würde ich es schließlich spontan für irgend etwas Verrücktes ausgeben.

Ich ging zu Bett, und in dieser Nacht träumte ich von einer Erbschaft. Am Morgen erfuhr ich als erstes, daß unser Bonus ausbezahlt werden sollte – wir bekamen den Zaster vielleicht noch am selben Tag. Alle waren in heller Aufregung. Die brennende Frage war: *wieviel?* Gegen vier Uhr nachmittags war es soweit. Mir wurden etwa dreihundertfünfzig Dollar ausgehändigt. Der erste, der davon profitierte, war McGovern, unser alter

Portier. (Fünfzig Dollar a conto.) Ich sah die Liste durch. Da waren acht oder zehn, die ich sofort abfinden konnte – Brüder der kosmokokkischen Welt, die freundlich zu mir gewesen waren. Die übrigen würden bis zum nächstenmal warten müssen – meine Alte eingeschlossen, der ich einfach vorlügen würde, der Bonus sei noch nicht ausbezahlt worden.

Zehn Minuten später verständigte ich die Betroffenen, daß ich im Crow's Nest eine kleine Party geben und meine Schulden bezahlen wollte. Ich sah noch einmal die Liste durch, um mich zu vergewissern, daß ich keinen meiner Hauptgläubiger übersehen hatte. Meine Wohltäter waren schon ein kurioser Haufen. Da war Zabrowskie, die Telegrafisten-Kanone, Costigan, der Schlagringschwinger, Hymie Laubscher, der die Telefonzentrale bediente, O'Mara, mein alter Busenfreund, den ich zu meinem Assistenten gemacht hatte, Steve Romero vom Hauptbüro, der kleine Curley, mein Kumpan, Maxie Schnadig, eine alte Stütze, Kronski, der Internist, und natürlich Ulric . . . ja gewiß: und MacGregor, dem ich nur etwas zurückzahlte, um ihn wieder anpumpen zu können.

Alles in allem würde ich an die dreihundert Dollar hinblättern müssen – zweihundertfünfzig, um die Schulden abzutragen, und etwa fünfzig für die Party. Danach wäre ich wieder pleite, was ja sowieso bei mir der Normalzustand war. Sollten fünf Dollar übrigbleiben, würde ich wahrscheinlich in den Tanzpalast gehen, um Mara zu sehen.

Wie gesagt, es war ein bunt zusammengewürfelter Haufen, den ich da zusammengetrommelt hatte, und die einzige Möglichkeit, sie unter einen Hut zu kriegen, war eine zünftige Fete. Als erstes zahlte ich sie natürlich aus. Das war besser als das beste Horsd'œuvre. Prompt folgten Cocktails, und dann fielen wir übers Essen her. Ich hatte ein üppiges Mahl bestellt und reichlich zu trinken, um es herunterzuspülen. Kronski, der nicht an Alkohol gewöhnt war, wurde augenblicklich beschwipst. Er mußte hinausgehen und sich einen Finger in den Hals stecken, lange bevor die gebratene Ente auf den Tisch kam. Als er zu uns zurückkehrte, war er bleich wie ein Gespenst. Sein Gesicht war grünlichweiß wie ein Froschbauch, ein toter Frosch, der auf dem Abschaum eines stinkenden Morasts treibt. Ulric hielt ihn für einen komischen Vogel – er war noch nie zuvor einem solchen Typ begegnet. Kronski seinerseits konnte Ulric nicht ausstehen, er nahm mich beiseite und fragte mich, warum ich einen so stinkfeinen Furz eingeladen hätte. MacGregor verabscheute offenkundig den kleinen Curley – er verstand nicht, wie ich zu so einem kleinen Giftzwerg freundlich sein konnte. O'Mara und Costigan schienen am besten von allen miteinander auszukommen – sie gerieten in eine endlose Diskussion darüber, ob Joe Gans Jack Johnson vorzuziehen sei oder umgekehrt. Hymie Laubscher versuchte einen guten Tip von Zabrowskie zu bekommen, dem es auf Grund seiner Stellung Ehrensache war, nie Tips zu geben.

Mitten in die Fete schneite ein schwedischer Freund von mir namens Lundberg herein. Er gehörte auch zu denen, denen ich Geld schuldete, aber er drängte mich nie, es zurückzuzahlen. Ich lud ihn ein, sich zu uns zu setzen, nahm Zabrowskie beiseite und borgte mir von ihm einen Zehner zurück, um mich bei Lundberg ehrlich zu machen. Von ihm erfuhr ich, daß mein alter Freund Larry Hunt in der Stadt war und mich suchte. »Hol ihn her«, drängte ich Lundberg. »Je mehr, desto lustiger.«

Als die Festivität auf dem Höhepunkt war – wir hatten gerade ›*Triff mich heut nacht im Traumland*‹ und ›*Eines Tages*‹ gesungen –, bemerkte ich an einem Tisch unweit von uns zwei junge Italiener, die begierig schienen, an dem Spaß teilzunehmen. Ich ging zu ihnen hinüber und fragte sie, ob sie sich nicht zu uns setzen wollten. Einer der beiden war ein Musiker, und der andere schien ein Preisboxer zu sein. Ich stellte sie vor und machte für sie dann Platz zwischen Costigan und O'Mara. Lundberg war hinausgegangen, um Larry Hunt anzurufen.

Wie er bei einer solchen Gelegenheit auf ein solches Thema gekommen war, weiß ich nicht, aber aus irgendeinem Grund hatte es sich Ulric in den Kopf gesetzt, mir einen schwungvollen Vortrag über Uccello zu halten. Der junge Italiener, der Musiker, spitzte die Ohren. MacGregor wandte sich angewidert ab und sprach mit Kronski über Impotenz, ein Thema, das letzterer mit Wonne ausschlachtete, wenn er glaubte, seine Zuhörer dadurch verlegen machen zu können. Ich bemerkte, daß der Italiener von Ulrics glattem Redefluß beeindruckt war. Er hätte seinen rechten

Arm dafür gegeben, so gut englisch sprechen zu können. Er fühlte sich auch geschmeichelt, daß wir so begeistert über einen seiner Landsleute sprachen. Ich holte ihn ein wenig aus, und als ich merkte, daß er wie berauscht wurde, wenn die Rede auf die Sprache kam, geriet ich in Ekstase und setzte zu einem verrückten Höhenflug über die Wunder der englischen Sprache an. Curley und O'Mara wandten sich uns aufmerksam zu, und dann kam Zabrowskie zu unserem Tisch herüber und und zog sich einen Stuhl heran, gefolgt von Lundberg, der mich rasch unterrichtete, daß er Hunt nicht hatte erreichen können. Der Italiener war in einen solchen Begeisterungstaumel geraten, daß er eine Runde Kognak bestellte. Wir standen auf und stießen mit den Gläsern an. Arturo, so hieß er, bestand darauf, einen Trinkspruch auszubringen – auf italienisch. Er setzte sich hin und sagte mit großem Pathos, er lebe seit zehn Jahren in Amerika, aber ein so vollendetes Englisch habe er noch nie zuvor gehört. Er sagte, er wäre bestimmt nie imstande, die englische Sprache so zu meistern. Er wollte wissen, ob wir immer so sprachen. So häufte er ein Kompliment aufs andere, bis wir alle von der Liebe zur englischen Sprache so angesteckt waren, daß jeder von uns eine Rede halten wollte. Schließlich war ich so berauscht von alldem, daß ich aufstand, ein ganzes Glas Schnaps auf einen Sitz leerte und eine irre Rede vom Stapel ließ, die fünfzehn Minuten oder noch länger dauerte. Der Italiener wiegte den Kopf hin und her, wie um anzudeuten, daß er kein weiteres Wort mehr aushalten, daß er einfach zerspringen würde. Ich faßte ihn ins Auge und überflutete ihn mit Worten. Es muß eine verrückte, glanzvolle Rede gewesen sein, denn von Zeit zu Zeit kam eine Beifallssalve von den Nebentischen. Ich hörte Kronski jemandem zuflüstern, ich sei in einem herrlichen Zustand der Euphorie – ein Wort, das mich erneut in Fahrt brachte. Euphorie! Ich hielt den Bruchteil einer Sekunde inne, während jemand mein Glas füllte – und dann legte ich wieder los, jagte wie ein Rennpferd in gestrecktem Galopp dahin, daß die Worte nur so stoben. Ich hatte nie in meinem Leben versucht, eine Rede zu halten. Hätte mich jemand unterbrochen und mir gesagt, ich hielte eine wundervolle Rede, so wäre ich sprachlos gewesen. Ich war gut auf den Füßen, wie es in der Boxersprache heißt. Das einzige, woran ich dabei dachte, war der

Hunger des Italieners nach diesem herrlichen Englisch, das er nie würde meistern können. Ich hatte nicht die leiseste Ahnung, was ich daherredete. Ich brauchte mein Hirn nicht anzustrengen – ich steckte einfach eine lange, schlangenartige Zunge in ein Füllhorn und schleckte es leer.

Die Rede endete in einer Ovation. Einige von den Gästen an den anderen Tischen kamen herüber und gratulierten mir. Der Italiener, Arturo, war in Tränen. Mir war, als habe ich unbewußt eine Bombe losgelassen. Ich war verlegen und nicht wenig erschrocken über diese unerwartete Beredsamkeit, die ich da entfaltet hatte. Ich wollte hier heraus, mit mir allein sein und fühlen, was geschehen war. Ich brachte rasch eine Entschuldigung vor, nahm den Geschäftsführer beiseite und sagte ihm, daß ich gehen müßte. Nachdem ich die Rechnung beglichen hatte, stellte ich fest, daß mir nur noch drei Dollar geblieben waren. Ich beschloß abzuhauen, ohne jemandem ein Wort zu sagen. Mochten sie dort sitzen bleiben bis zum Jüngsten Gericht – ich hatte genug davon.

Ich machte mich auf den Weg und war bald am Broadway. An der Thirty-Fourth Street beschleunigte ich meinen Schritt. Mein Entschluß war gefaßt – ich wollte in den Tanzpalast gehen. An der Forty-Second Street mußte ich mir mit den Ellbogen einen Weg durch die Meute bahnen. Das Gedränge regte mich auf: Es bestand immer die Gefahr, jemandem zu begegnen und vom Ziel abgelenkt zu werden. Schließlich stand ich vor dem Bumsladen, ein wenig außer Atem und nicht ganz sicher, ob ich wirklich das Richtige tat. Am gegenüberliegenden Palace verkündete eine Lichtreklame, daß Thomas Burke von der Covent-Garden-Oper hier auftrat. Der Name »Covent Garden« hatte sich in meinem Schädel festgesetzt, als ich mich abwandte, um die Stufen hinaufzusteigen. *London* – es wäre toll, mit ihr nach London zu fahren. Ich mußte sie fragen, ob sie Thomas Burke gern hören würde.

Sie tanzte mit einem jugendlich aussehenden alten Mann, als ich hereinkam. Ich beobachtete sie einige Minuten, bevor sie mich entdeckte. Ihren Partner an der Hand hinter sich herziehend, kam sie strahlend auf mich zu. »Ich möchte, daß du einen alten Freund von mir kennenlernst«, sagte sie und stellte mich dem weißhaarigen Herrn, einem Mr. Carruthers, vor. Wir begrüßten einander herzlich und plauderten einige Minuten im Stehen miteinander. Dann kam Florrie und zog Carruthers mit sich fort.

»Scheint ein netter Kerl zu sein«, sagte ich. »Einer deiner Bewunderer, nehme ich an?«

»Er ist sehr gut zu mir gewesen – er hat mich gepflegt, als ich krank war. Du darfst ihn nicht eifersüchtig machen. Er tut gern so, als sei er in mich verliebt.«

»Tut er nur so?« fragte ich.

»Laß uns tanzen«, sagte sie. »Ich werde dir ein anderes Mal von ihm erzählen.«

Während wir tanzten, nahm sie die Rose, die sie trug, und steckte sie mir ins Knopfloch. »Du scheinst dich heute abend gut amüsiert zu haben«, meinte sie, als sie einen Hauch von meiner Fahne mitbekam. Eine Geburtstagsfeier, erklärte ich und führte sie auf den Balkon, um ungestört ein paar Worte mit ihr sprechen zu können.

»Kannst du dich morgen abend freimachen – um mit mir ins Theater zu gehen?«

Sie drückte mir zustimmend den Arm. »Du siehst heute abend schöner aus als je«, bemerkte ich und zog sie an mich.

»Sei vorsichtig«, flüsterte sie und schaute verstohlen über die Schulter. »Wir dürfen hier nicht zu lange stehenbleiben. Ich kann es jetzt nicht erklären, aber weißt du, Carruthers ist sehr eifersüchtig, und ich kann es mir nicht leisten, ihn zu verärgern. Da kommt er schon . . . Ich muß gehen.«

Absichtlich unterließ ich es, mich umzublicken, wenn es mich auch brennend danach verlangte, denn ich hätte Carruthers liebend gern etwas näher unter die Lupe genommen. Ich beugte mich über das nicht gerade stabile Eisengeländer des Balkons und ließ mich von dem Gesichtermeer unter mir fesseln. Sogar aus dieser geringen Höhe nahm die Menge da unten jenes entmenschte Aussehen an, das die Masse charakterisiert. Gäbe es nicht das, was wir Sprache nennen, wie könnte man dann diesen Mahlstrom aus Fleisch und Blut von anderen Formen animalischen Lebens unterscheiden? Und selbst die Sprache, diese göttliche Gabe, ließ diesen Unterschied kaum deutlich werden. Was sprachen sie wohl da unten? Konnte man das Sprache nennen? Vögel und Hunde haben auch eine Sprache, wahrscheinlich ebenso ausdrucksvoll wie die des Pöbels. Sprache beginnt erst an dem Punkt, wo die Kommunikation gefährdet ist. Alles, was diese Leute zueinander sagen, alles, was sie lesen, wonach sie ihr Leben ausrichten, ist bedeutungslos. Zwischen dieser Stunde und tausend anderen Stunden in tausend verschiedenen Vergangenheiten gibt es keinen wesentlichen Unterschied. In den Gezeiten des planetarischen Lebens geht dieser Strom denselben Weg wie alle anderen Ströme der Vergangenheit und Zukunft. Vor ein paar Minuten gebrauchte sie das Wort eifersüchtig. Ein sonderbares Wort, besonders wenn man den Mob betrachtet, wenn man diese Zufallspaarungen sieht, wenn man sich bewußt wird, daß diejenigen, die sich jetzt Arm in Arm bewegen, höchstwahrscheinlich binnen kurzem getrennt sein werden. Es kümmerte mich einen Dreck, wie viele Männer in sie verliebt waren, solange ich in den Kreis mit einbezogen war. Carruthers tat mir leid, ich bedauerte ihn, daß er ein Opfer der Eifersucht sein sollte. Ich war nie in meinem Leben eifersüchtig gewesen. Vielleicht hatte ich dazu nie genug Gefühl aufgebracht. Die einzige Frau, die ich verzweifelt begehrte, hatte ich aus freien Stücken aufgegeben. Eine Frau zu besitzen, irgend etwas zu besitzen, bedeutet im Grunde nichts: worauf es ankommt, ist, daß man *mit* einem Menschen zusammen lebt, *mit* seinem Besitz lebt. Kann man denn auf ewig in Menschen verliebt sein oder an Dingen hängen? Sie konnte ebensogut zugeben, daß Carruthers bis über die Ohren in sie verliebt war – was würde das an meiner Liebe schon ändern? Wenn eine Frau einem Mann Liebe einzuflößen vermag, ist es nur natürlich, wenn sie auch anderen Liebe einflößt. Lieben oder geliebt werden ist kein Verbrechen. Aber wirklich verbrecherisch ist es, einen Menschen glauben zu machen, er oder sie sei der einzige, den man jemals lieben könnte.

Ich ging hinein. Sie tanzte mit jemand anderem. Carruthers stand allein in einer Ecke. Getrieben von dem Wunsch, ihn ein wenig zu trösten, ging ich zu ihm hin und verwickelte ihn in ein Gespräch. Wenn er in den Wehen der Eifersucht lag, so zeigte er das jedenfalls nicht. Er behandelte mich ziemlich von oben herab, fand ich. Ich fragte mich, ob er wirklich eifersüchtig war oder ob sie nur versuchte, mich das glauben zu machen, um etwas anderes zu verbergen. Wenn die Krankheit, von der sie gesprochen hatte, so ernst war, dann war es seltsam, daß sie nicht schon vorher einmal davon gesprochen hatte. Ihren Andeutungen nach mußte ich glauben, daß es noch nicht lange her war. Er hatte sie gepflegt. *Wo?* Sicherlich nicht in ihrer Wohnung. Noch ein kleines Detail fiel mir ein: Sie hatte mich dringend gebeten, ihr nie nach Hause zu schreiben. *Warum?* Vielleicht hatte sie gar kein Zuhause. Diese Frau, die da im Hof Wäsche aufgehängt hatte – das sei nicht ihre Mutter gewesen, hatte sie gesagt. Wer war sie dann? Irgendeine Nachbarin, hatte sie mich glauben machen wollen. Wenn die Rede auf ihre Mutter kam, reagierte sie empfindlich. Es war die Tante, der sie meine Briefe vorlas, nicht ihre Mutter. Und der junge Mann, der die Tür geöffnet hatte – war er ihr Bruder? Ja, hatte sie gesagt, aber er sah ihr keineswegs ähnlich. Und wo war ihr Vater den ganzen Tag – jetzt, wo er keine Rennpferde mehr züchtete oder vom Dach Drachen steigen ließ? Ihre Mutter mochte sie offensichtlich nicht sehr. Sie hatte sogar einmal eine deutliche Anspielung gemacht, daß sie nicht sicher sei, ob es überhaupt ihre Mutter war.

»Mara ist ein merkwürdiges Mädchen, nicht wahr?« sagte ich zu Carruthers nach einer Pause in unserer ziemlich spröden Unterhaltung.

Er lachte kurz und schrill, und als wollte er mich über sie beruhigen, erwiderte er: »Sie ist wie ein Kind, wissen Sie. Und natürlich kann man ihr kein Wort glauben.«

»Ja, den Eindruck habe ich auch«, sagte ich.

»Sie hat nichts anderes im Kopf, als sich zu amüsieren«, meinte Carruthers.

Gerade da kam Mara. Carruthers wollte mit ihr tanzen. »Aber ich habe diesen Tanz ihm versprochen«, sagte sie und nahm mich bei der Hand.

»Nein, laß nur, tanz mit ihm! Ich muß sowieso gehen. Ich seh' dich bald, hoffe ich.« Ich segelte hinaus, ehe sie protestieren konnte.

Am nächsten Abend ging ich zeitig ins Theater. Ich kaufte Sperrsitzplätze. Es waren verschiedene andere Lieblingsschauspieler von mir auf dem Programm, unter ihnen Trixie Friganza,

Joe Jackson und Roy Barnes. Es muß ein ausgesprochenes Star-Ensemble gewesen sein.

Ich wartete eine halbe Stunde über die verabredete Zeit hinaus, und noch immer kein Zeichen von ihr. Ich war so begierig, die Aufführung zu sehen, daß ich beschloß, nicht länger zu warten. Gerade als ich überlegte, was ich mit der zweiten Karte tun sollte, ging ein ziemlich gutaussehender Neger an mir vorbei an die Kasse. Ich sprach ihn an und fragte ihn, ob er nicht meine Karte haben wollte. Er schien überrascht, als ich es ablehnte, Geld von ihm zu nehmen. »Ich dachte, Sie seien ein Schwarzhändler«, sagte er.

Nach der Pause erschien Thomas Burke im Rampenlicht. Er machte einen gewaltigen Eindruck auf mich, aus Gründen, die mir immer unerfindlich bleiben werden. Eine Reihe von kuriosen Zufällen sind mit seinem Namen und dem Lied *›Rosen aus der Picardie‹*, das er an diesem Abend sang, verbunden. Deshalb möchte ich jetzt sieben Jahre vorausgreifen, von dem Moment an gerechnet, als ich am Abend vorher zögernd am Fuß der zum Tanzpalast hinaufführenden Treppe stand.

Covent Garden . . . Ich gehe in den Covent Garden einige Stunden nach meiner Ankunft in London, und dem Mädchen, das ich mir zum Tanzen angle, verehre ich eine Rose vom Blumenmarkt. Ich hatte vorgehabt, direkt nach Spanien zu reisen, aber Umstände zwangen mich, geradewegs nach London zu fahren. Ein jüdischer Versicherungsvertreter, ausgerechnet aus Bagdad, führt mich in die Covent-Garden-Oper, die vorübergehend als Tanzpalast dient. Am Tag vor meiner Abreise aus London suche ich einen englischen Astrologen auf, der in der Nähe des Chrystal Palace wohnt. Wir müssen durch das Anwesen eines anderen Mannes gehen, ehe wir in sein Haus gelangen. Als wir das Grundstück betreten, teilt er mir beiläufig mit, daß es Thomas Burke gehört, dem Verfasser von *›Limehouse Nights‹*. Das nächste Mal, als ich – erfolglos – nach London zu reisen beabsichtige, kehre ich durch die Picardie nach Paris zurück, und auf der Fahrt durch dieses lächelnde Land stehe ich am Fenster und weine vor Freude. Während ich mich an die Enttäuschungen, die Fehlschläge, die in Verzweiflung umgeschlagenen Hoffnungen erinnerte, ging mir zum erstenmal der Sinn des »Reisens« auf. *Sie* hatte die erste Reise möglich und die zweite unvermeidlich gemacht. Wir sollten einander nie wieder begegnen. Ich war frei in einem völlig neuen Sinn – frei, um der ewige Reisende zu werden. Wenn irgend jemand für die Leidenschaft verantwortlich gemacht werden kann, die mich ergriff und sieben Jahre in ihren Klauen hielt, dann ist es Thomas Burke mit seinem sentimentalen kleinen Lied. Noch am Abend zuvor hatte ich mit Carruthers Mitleid gehabt. Jetzt, als ich dem Lied lauschte, wurde ich plötzlich von Angst und Eifersucht befallen. Es handelte von der Rose, die nicht stirbt, der Rose, die man im Herzen trägt. Während ich den Text des Liedes auf mich wirken ließ, befiel mich die Vorahnung, daß ich sie verlieren würde. Ich würde sie verlieren, weil ich sie zu sehr liebte – dieser Gedanke war die Quelle meiner Angst. Trotz all seiner Gelassenheit hatte Carruthers es verstanden, einen Tropfen Gift in meine Adern zu träufeln. Carruthers hatte ihr Rosen mitgebracht – sie hatte mir die Rose geschenkt, die er an ihrem Gürtel befestigt hatte. Das Haus birst fast vor Applaus. Man wirft Rosen auf die Bühne. Burke entschließt sich zu einer Zugabe. Es ist dasselbe Lied – ›*Rosen aus der Picardie*‹. Es sind dieselben Worte, zu denen er jetzt kommt, Worte, die mir ins Herz schneiden und mich traurig stimmen – »aber es gibt eine Rose, die nicht stirbt in der Picardie . . . 's ist die Rose, die ich im Herzen trage!« Ich halte es nicht länger aus, ich renne hinaus. Ich renne über die Straße und stürme die Stufen zum Tanzpalast hinauf.

Sie ist auf der Tanzfläche, tanzt mit einem dunkelhäutigen Burschen, der sie eng an sich gepreßt hält. Sobald der Tanz zu Ende ist, stürze ich auf sie zu. »Wo warst du?« fragte ich. »Was war los? Warum bist du nicht gekommen?«

Sie schien überrascht, daß ich mich über eine solche Kleinigkeit so aufregen konnte. *Was sie abgehalten hatte?* Oh, nichts Besonderes. Sie war spät nach Hause gekommen, eine ziemlich wilde Party . . . Nein, nicht mit Carruthers . . . er war bald nach mir gegangen. Nein, Florrie hatte die Party arrangiert. Florrie und Hannah – erinnerte ich mich an die beiden? (*Und ob ich mich an sie erinnerte!* Florrie, die Nymphomanin, und Hannah, die Saufbiene. Wie konnte ich sie vergessen?) Ja, es war eine Menge getrunken worden, und jemand hatte sie gebeten, den Spagat zu machen, sie hatte es versucht . . . und sich dabei ein wenig verletzt. Das war alles. Ich hätte mir doch denken können, daß ihr irgend etwas zugestoßen sei. Sie gehörte nicht zu denen, die Verabredungen treffen und sie dann nicht einhalten. – Und in dem Stil weiter.

»Wann bist du hierhergekommen?« wollte ich wissen und sagte mir gleichzeitig, daß ihr gar nichts fehle und sie überraschend gelassen und gesammelt wirkte.

Sie war erst vor einigen Minuten gekommen. Warum wollte ich das wissen? Ihr Freund Jerry, ein ehemaliger Berufsboxer, der jetzt Jura studierte, hatte sie zum Abendessen eingeladen. Er war gestern nacht auch auf der Party gewesen und hatte sie freundlicherweise nach Hause gebracht. Sie würde mich Samstag nachmittag im Village treffen – im Pagoda Tearoom. Dr. Tao, dem das Lokal gehörte, war ein guter Freund von ihr. Sie wollte mich unbedingt mit ihm bekannt machen. Er war ein Dichter.

Ich sagte, ich würde auf sie warten und sie heimbringen – diesmal mit der Untergrund, wenn sie nichts dagegen hätte. Sie sagte, das sei nicht nötig – ich käme sonst so spät nach Hause und so weiter. Ich bestand darauf. Ich merkte, daß sie nicht allzu entzückt war. Ja, sie war sogar sichtlich verärgert. Einen Augenblick später sagte sie, sie müsse in den Ankleideraum gehen. Das hieß, daß sie telefonieren wollte, dessen war ich sicher. Wieder fragte ich mich, ob sie wirklich dort wohnte, wo sie zu wohnen vorgab.

Als sie zurückkam, lächelte sie mich freundlich an und sagte, der Geschäftsführer habe ihr erlaubt, früher nach Hause zu gehen. Wenn wir wollten, könnten wir sofort aufbrechen. Sie sei dafür, erst irgendwo etwas zu essen. Auf dem Weg ins Restaurant und während der ganzen Mahlzeit hindurch sprach sie unentwegt über die kleine Gefälligkeit, die der Geschäftsführer ihr erwiesen hatte. Er war Grieche und hatte ein weiches Herz. Es war sagenhaft, was er für einige der Mädchen schon getan hatte. Wie sie das meine? Was zum Beispiel? Nun, für Florrie, zum Beispiel. Damals, als Florrie eine Fehlgeburt gehabt hatte – lange bevor sie ihren Freund, den Arzt, kennenlernte. Nick hatte alles bezahlt, hatte sie sogar für einige Wochen aufs Land geschickt. Und Hannah, der alle Zähne gezogen worden waren . . . Nick hatte ihr ein schönes Gebiß spendiert.

Und Nick – was bekam er für alle seine Bemühungen, erkundigte ich mich sanft.

»Niemand weiß etwas über Nick«, fuhr sie fort. »Er macht den Mädchen nie Anträge. Er ist zu beschäftigt. Er leitet eine Spielhölle irgendwo da oben, spekuliert an der Börse, besitzt eine Badeanstalt in Coney Island, ist irgendwo an einem Restaurant beteiligt . . . er ist zu beschäftigt, um an so etwas zu denken.«

»Dich scheint er aber besonders zu bevorzugen«, sagte ich. »Du kommst und gehst, wann es dir paßt.«

»Nick hält große Stücke auf mich«, sagte sie. »Vielleicht weil ich eine andere Klasse von Männern anziehe als die anderen Mädchen.«

»Würdest du dir deinen Lebensunterhalt nicht lieber auf andere Weise verdienen?« fragte ich abrupt. »Du bist doch für so etwas zu schade – deshalb hast du auch solchen Erfolg, vermute ich. Gibt es denn nichts anderes, was du gerne tun würdest?«

Ihr Lächeln zeigte mir, wie naiv meine Frage war. »Du glaubst doch nicht, daß ich das tue, weil es mir Spaß macht? Ich tue es nur, weil ich mehr Geld verdiene, als ich es anderswo könnte. Ich habe eine Menge Verpflichtungen. Es kommt nicht darauf an, was ich tue – Hauptsache, ich verdiene jede Woche eine bestimmte Summe, die ich brauche. Aber wir wollen lieber nicht darüber sprechen, es ist zu quälend für mich. Ich weiß schon, was du dir denkst, aber du irrst dich. Jeder behandelt mich wie eine Königin. Die anderen Mädchen sind dumm. Ich benutze meinen Verstand. Du hast vielleicht bemerkt, daß meine Verehrer meistens ältere Männer sind . . .«

»Wie Jerry, meinst du?«

»Ach, Jerry – er ist ein alter Freund. Jerry zählt nicht.«

Ich ließ das Thema fallen. Besser nicht zu tief bohren. Aber es gab eine Kleinigkeit, die mich störte, und ich brachte sie so vorsichtig wie möglich zur Sprache. Warum verschwendete sie ihre Zeit an solche Nutten wie Florrie und Hannah?

Sie lachte. Wieso, die beiden waren ihre besten Freundinnen. Sie würden alles für sie tun. Sie vergötterten sie. Man müsse doch jemanden haben, auf den man sich im Notfall verlassen könne. Hannah würde ihre falschen Zähne für sie versetzen, wenn Mara sie darum bäte. Da wir gerade von Freundinnen sprachen, sie kenne ein wundervolles Mädchen, mit dem sie mich gern bei Gelegenheit bekannt machen würde – ein ganz anderer Typ, geradezu aristokratisch. Lola hieß sie. Sie hatte etwas farbiges Blut, aber man sah es ihr kaum an. Ja, Lola war ihr eine liebe Freundin, sie sei sicher, sie würde mir gefallen.

»Warum machen wir denn nicht gleich etwas aus?« schlug ich prompt vor. »Wir könnten uns bei meinem Freund Ulric im Atelier treffen. Ich möchte, daß du ihn auch kennenlernst.«

Sie fand das eine glänzende Idee. Allerdings konnte sie nicht sagen, wann es sich einrichten ließe, da Lola ständig auf Reisen war. Aber sie würde versuchen, es möglichst bald zu arrangieren. Lola war die Geliebte eines reichen Schuhfabrikanten: Sie war nicht immer frei. Aber es wäre nett, mit Lola zusammen zu sein – sie besaß einen Sportwagen. Vielleicht könnten wir aufs Land fahren und irgendwo die Nacht über bleiben. Lola war eigenartig. Um die Wahrheit zu sagen: Sie war ein bißchen zu hochmütig. Aber das lag vielleicht an ihrem farbigen Blut. Ich durfte mir nicht anmerken lassen, daß ich etwas davon wußte. Und was meinen Freund Ulric betraf – so durfte ich ihm gegenüber kein Sterbenswörtchen davon verlauten lassen.

»Aber er mag farbige Mädchen gerne. Er wird ganz verrückt sein nach Lola.«

»Aber Lola mag nicht, daß man sie deswegen schätzt«, sagte Mara. »Du wirst sehen – sie ist sehr hellhäutig und sehr anziehend. Niemand würde vermuten, daß sie auch nur einen Tropfen farbiges Blut in den Adern hat.«

»Nun, ich hoffe, sie ist nicht *zu* anständig.«

»Darüber brauchst du dir keine Sorgen zu machen«, meinte Mara sofort. »Sobald sie sich gehenläßt, ist sie sehr lustig. Es wird kein fader Abend werden, das versichere ich dir.«

Von der Untergrundbahn bis zu ihr nach Hause war es ein ganz hübsches Ende. Unterwegs blieben wir unter einem Baum stehen und wurden zärtlich miteinander. Ich hatte meine Hand unter ihr Kleid geschoben, und sie fingerte an meinem Hosenschlitz herum. Wir lehnten uns gegen den Baumstamm. Es war spät, und keine Menschenseele zu sehen. Ich hätte sie auf den Gehsteig legen können, was das betraf.

Sie hatte gerade meinen Specht herausgeholt und spreizte ihre

Beine für mich, damit ich ihn ihr hineinrammte, als plötzlich aus den Ästen hoch oben eine riesige schwarze Katze mit einem brünstigen Schrei auf uns heruntersprang. Wir fielen vor Schreck beinahe tot um, aber die Katze war noch mehr erschrokken, denn ihre Krallen hatten sich in meiner Jacke verfangen. In meiner Panik schlug ich wie wild auf sie ein und wurde dafür böse gekratzt und gebissen. Mara zitterte wie Espenlaub. Wir gingen auf ein leeres Grundstück und legten uns ins Gras. Mara hatte Angst, ich könnte mich infiziert haben. Sie wollte nach Hause laufen und heimlich etwas Jod und so weiter holen. Ich sollte hier liegenbleiben und auf sie warten.

Es war eine warme Nacht, und ich streckte mich im Grünen aus und schaute hinauf zu den Sternen. Eine Frau ging vorüber, sah mich aber nicht. Mein Schwanz hing heraus und begann sich in der warmen Brise wieder zu regen. Als Mara zurückkam, pulste und zuckte er. Sie kniete neben mir nieder, mit dem Verbandszeug und dem Jod. Mein Schwanz starrte ihr ins Gesicht. Sie beugte sich darüber und packte ihn gierig. Ich stieß das Zeug beiseite und zog Mara über mich. Als ich meinen Bolzen abgeschossen hatte, kam es ihr immer wieder, ein Orgasmus nach dem anderen, so daß ich glaubte, es würde nie aufhören.

Wir legten uns zurück und genossen eine Zeitlang die laue Luft. Nach einer Weile setzte sie sich auf und bepinselte die Kratzwunden mit dem Jod. Wir zündeten uns Zigaretten an und saßen ruhig plaudernd da. Schließlich beschlossen wir zu gehen. Ich brachte sie bis zu ihrer Haustür, und als wir dort einander umarmend standen, ergriff sie mich impulsiv und zog mich mit sich fort. »Du darfst noch nicht gehen«, sagte sie – und damit warf sie sich auf mich, küßte mich leidenschaftlich und langte mit mörderischer Sicherheit in meinen Schlitz. Diesmal machten wir uns nicht die Mühe, erst ein Stück unbebauten Bodens zu suchen, sondern ließen uns einfach auf den Gehsteig unter einem großen Baum fallen. Der Gehsteig war nicht gerade bequem – ich mußte meinen Schwengel herausziehen und ein bißchen weiterrücken, wo ein Fleckchen weicher Erde war. Da sich unweit von ihrem Ellbogen eine kleine Pfütze befand, war ich dafür, ihn noch einmal herauszunehmen und noch einige Zentimeter weiterzurükken, aber als ich ihn herauszuziehen versuchte, geriet sie außer sich. »Nimm ihn nie wieder heraus«, flehte sie, »es macht mich verrückt. Fick mich, fick mich!« Eine lange Zeit hielt ich mich zurück. Wie zuvor kam sie wieder und immer wieder, quiekend und grunzend wie ein gestochenes Schwein. Ihr Mund schien größer und größer zu werden, immer breiter, war ganz Wollust. Ihre Augen drehten sich, wie bei einem epileptischen Anfall. Ich zog ihn einen Augenblick heraus, um ihn abzukühlen. Sie tauchte die Hand in die Pfütze neben sich und spritzte ein paar Tropfen Wasser über ihn. Das tat wunderbar wohl. Im nächsten Augenblick war sie auf Händen und Knien und bat mich, es ihr ärschlings zu besorgen. Ich kroch auf allen vieren hinter sie. Sie griff mit der Hand unter sich, grapschte meinen Schwanz und ließ ihn hineingleiten. Er drang tief bei ihr ein. Sie ließ ein kleines, aus Schmerz und Lust gemischtes Stöhnen hören. »Er ist größer geworden«, stammelte sie, wobei sie ihren Hintern rotieren ließ. »Steck ihn noch einmal ganz hinein . . . mach schon, es ist mir gleich, wenn es auch weh tut«, und damit stemmte sie mir ihren Hintern erneut mit aller Kraft entgegen. Ich hatte eine Dauererektion, daß ich glaubte, es würde mir überhaupt nicht kommen. Da ich außerdem wußte, daß sie nicht nachlassen würde, konnte ich die ganze Vorstellung auch noch als Zuschauer genießen. Ich zog ihn fast ganz heraus und ließ seine Spitze um die seidig-feuchten Blumenblätter rotieren, stieß ihn dann wieder hinein und ließ ihn drin wie einen Stöpsel. Ich hatte beide Hände um ihr Becken gelegt, schob und drehte sie nach meinem Willen. »Tu mir's, tu mir's«, bettelte sie, »oder ich werde verrückt!« Das schaffte mich. Ich fing an, sie zu bearbeiten wie ein Pumpenkolben, 'rein und 'raus der ganzen Länge nach, ohne aufzuhören, sie machte oh – ah, oh – ah! – und dann peng! schoß es aus mir hervor wie eine Walfontäne.

Wir klopften uns gegenseitig den Staub von den Kleidern und gingen wieder auf das Haus zu. An der Ecke blieb sie mitten im Schritt stehen, machte eine Drehung, um sich vor mir aufzupflanzen und sagte mit einem Lächeln, das beinahe häßlich war: *»Und jetzt der schmutzige Teil!«*

Ich sah sie entgeistert an. »Was meinst du? Wovon redest du?«

»Ich meine«, erwiderte sie, ohne diese seltsame Grimasse aufzugeben, »daß ich fünfzig Dollar brauche. Ich muß sie morgen haben. *Ich muß*. Muß . . . Verstehst du jetzt, warum ich nicht wollte, daß du mich nach Hause bringst?«

»Warum hast du mich nicht schon früher darum gebeten? Glaubst du nicht, daß ich fünfzig Dollar aufbringen kann, wenn du sie so nötig brauchst?«

»Aber ich brauche sie sofort. Kannst du bis morgen mittag einen solchen Betrag aufbringen? Frag mich nicht, wofür es ist – es ist dringend, sehr dringend. Glaubst du, daß du es kannst? Versprichst du's mir?«

»Was denn, natürlich kann ich es«, antwortete ich und fragte mich, während ich das sagte, wo zum Teufel ich das Geld in so kurzer Zeit auftreiben sollte.

»Du bist wundervoll«, sagte sie, ergriff meine beiden Hände und drückte sie herzlich. »Es ist mir schrecklich, dich darum bitten zu müssen. Denn ich weiß, du hast kein Geld. Ich bitte immer um Geld – das scheint alles zu sein, was ich kann: für andere Geld zu beschaffen. Ich hasse es, aber es bleibt mir nichts anderes übrig. Du traust mir doch, nicht wahr? Ich gebe es dir in einer Woche zurück.«

»Sprich nicht so, Mara. Ich will es nicht zurück haben. Wenn du in Not bist, sollst du es mir sagen. Ich mag arm sein, aber hin und wieder kann ich doch Geld auftreiben. Ich wollte, ich könnte mehr für dich tun. Ich wollte, ich könnte dich aus diesem verdammten Laden herausholen – ich kann den Gedanken nicht ertragen, daß du dort bist.«

»Sprich jetzt nicht davon, bitte. Geh nach Hause und versuch etwas zu schlafen, wir treffen uns morgen um zwölf Uhr dreißig vor dem Drugstore am Times Square. Dort, wo wir uns schon einmal getroffen haben, erinnerst du dich noch? Mein Gott, damals wußte ich nicht, wieviel du mir bedeuten würdest. Ich hielt dich für einen Millionär. Du wirst mich morgen nicht enttäuschen – bestimmt nicht?«

»Ganz sicher, Mara.«

Geld muß immer Hals über Kopf aufgetrieben und innerhalb vereinbarter Zeitabstände, entweder mit Versprechungen oder in bar, zurückbezahlt werden. Ich glaube, ich könnte eine Million

Dollar auftreiben, wenn man mir nur genug Zeit ließe – und damit meine ich nicht Sternenzeit, sondern die gewöhnliche Uhrzeit von Tagen, Monaten und Jahren. Schnell Geld aufzutreiben, sogar Fahrgeld, ist jedoch die schwierigste Aufgabe, die man mir stellen kann. Seit ich die Schule verließ, habe ich fast ständig gebettelt und geborgt. Ich habe oft einen ganzen Tag mit dem Versuch verbracht, zehn Cent aufzutreiben. Bei anderen Gelegenheiten wurden mir große Geldscheine in die Hand gedrückt, ohne daß ich auch nur den Mund aufmachte. Ich weiß heute nicht mehr über die Kunst des Borgens als am Anfang. Ich weiß, daß es gewisse Menschen gibt, die man nie, unter keinen Umständen, um Hilfe bitten soll. Dann gibt es wieder andere, die dir deine Bitte neunundneunzigmal abschlagen und beim hundertstenmal nachgeben und dich vielleicht nie wieder abweisen. Es gibt Leute, die man sich für den wirklichen Notfall aufspart, da man weiß, daß man sich auf sie verlassen kann, und wenn der Notfall eintritt und man zu ihnen geht, wird man grausam enttäuscht. Es gibt keine Menschenseele auf Erden, auf die man sich absolut verlassen kann. Für einen raschen, großzügigen Pump ist der Mann, den man erst vor kurzem kennengelernt hat, der einen kaum kennt, gewöhnlich ein ziemlich sicherer Tip. Alte Freunde sind am schlimmsten: Sie sind herzlos und unverbesserlich. Auch Frauen sind in der Regel hart und gleichgültig. Dann und wann denkt man an jemanden, den man kennt und von dem man glaubt, er würde etwas herausrücken, wenn man hartnäckig bleibt, aber der Gedanke an das Betteln und Bohren ist so unerquicklich, daß man ihn aus seinem Denken streicht. Die Alten sind häufig so, vielleicht aus bitterer Erfahrung.

Um erfolgreich zu pumpen, muß man ein Monomane auch auf diesem Gebiet sein, wie auf allen anderen. Wenn man sich ihm hingeben kann, wie bei Yoga-Übungen, das heißt mit Leib und Seele, ohne Empfindlichkeit oder Vorbehalt irgendwelcher Art, kann man auf diese Weise sein ganzes Leben verbringen, ohne jemals einen ehrlichen Penny verdienen zu müssen. Natürlich ist der Preis zu hoch. In der Not ist die beste Eigenschaft Verzweiflung. Die beste Methode ist die ungewöhnliche. Es ist zum Beispiel leichter, von jemandem zu borgen, der unter einem steht, als von einem Gleichgestellten oder jemandem, der über einem steht. Auch ist es sehr wichtig, daß man zu Zugeständnissen bereit ist, ganz zu schweigen von Selbsterniedrigung, die eine *conditio sine qua non* ist. Der Mensch, der Geld borgt, ist immer ein Angeklagter, ein potentieller Dieb. Niemand bekommt jemals zurück, was er verliehen hat, selbst wenn der Betrag mit Zins und Zinseszinsen bezahlt wird. Der Mensch, der sein Pfund Fleisch fordert, wird immer übers Ohr gehauen, auch wenn es nur durch Groll oder Haß geschieht. Borgen ist eine positive Sache, leihen eine negative. Sich Geld zu borgen mag unbequem sein, aber es ist auch erheiternd, lehrreich und lebensnah. Der Borger bemitleidet den Borgenden, obschon er häufig seine Beschimpfungen und Kränkungen hinnehmen muß.

Im Grunde sind Borger und Borgender ein und derselbe. Darum kann noch soviel Philosophieren nicht das Böse auslöschen. Sie sind füreinander geschaffen, so wie Mann und Frau füreinander geschaffen sind. Gleichviel wie phantastisch das Bedürfnis ist, wie verrückt die Bedingungen sind, es wird immer einen Menschen geben, der ein williges Ohr leiht und das Nötige herausrückt. Ein guter Borger geht an seine Aufgabe heran wie ein gewiegter Verbrecher. Sein Hauptprinzip ist, nie etwas umsonst zu erwarten. Er will nicht wissen, wie er das Geld zu günstigsten Bedingungen bekommen kann, sondern genau das Gegenteil. Wenn die Richtigen zusammenkommen, bedarf es nicht vieler Worte. Sie erkennen einander sozusagen als gleichwertig. Der ideale Borger ist Realist und weiß, daß schon morgen die Situation umgekehrt sein und aus dem Borger ein Borgender werden kann.

Ich kannte nur einen Menschen, der das im rechten Licht sah – und das war mein Vater. Ihn sparte ich mir immer für den kritischsten Moment auf. Und er war der einzige, bei dem ich nie versäumte, das Geld zurückzuzahlen. Nicht nur wies er mich nie ab, sondern er inspirierte mich dazu, anderen in gleicher Weise zu helfen. Jedesmal, wenn ich mir von ihm Geld lieh, wurde ich ein besserer Verleiher – oder sollte ich sagen: Geber, denn ich habe nie auf Rückzahlung bestanden. Es gibt nur eine Art, Güte zurückzuzahlen, nämlich seinerseits gütig zu sein zu denen, die in der Not zu einem kommen. Eine Schuld zurückzuzahlen ist völlig unnötig, soweit es sich um die kosmische Buchführung handelt. (Alle anderen Formen der Buchführung sind verderblich und anachronistisch.) »Kein Borger sei und auch ein Verleiher nicht«, sagte der gute Shakespeare und gab damit einer Wunscherfüllung aus seinem utopischen Traumleben Ausdruck. Für die Sterblichen ist Borgen und Verleihen nicht nur essentiell, sondern sollte geradezu ins Unerhörte gesteigert werden. Am richtigsten verhält sich der Tor, der nicht nach links oder rechts schaut, sondern ohne zu fragen gibt und ohne zu erröten fordert.

Um es kurz zu machen, ich ging zu meinem alten Herrn und bat ihn ohne viele Umschweife um fünfzig Dollar. Zu meiner Überraschung hatte er nicht soviel auf der Bank, sagte mir aber schnell, er könne sie sich von einem anderen Schneider borgen. Ich fragte ihn, ob er so gut sein wollte, das für mich zu tun, und er sagte gewiß, freilich, warte einen Augenblick.

Als ich mich von ihm verabschiedete, sagte ich: »Ich werde sie dir in einer Woche oder so zurückgeben.«

»Mach dir deswegen keine Sorgen. Wann immer du kannst«, erwiderte er. »Ich hoffe, sonst ist alles bei dir in Ordnung.«

Pünktlich um zwölf Uhr dreißig händigte ich Mara das Geld aus. Sie lief sogleich wieder davon und sagte, wir würden uns am nächsten Tag im Garten des Pagoda Tearoom treffen. Der Tag schien mir geeignet, für mich selber einen kleinen Pump aufzunehmen, und so trottete ich zum Büro von Costigan, um ihn um fünf Mäuse zu bitten. Er war nicht da, aber ein Angestellter, der den Zweck meines Kommens erriet, erbot sich, mir auszuhelfen. Er sagte, er wollte mir damit seine Dankbarkeit beweisen für das, was ich für seinen Vetter getan hatte. *Vetter?* Ich hatte keine Ahnung, wer sein Vetter sein mochte. »Erinnern Sie sich nicht mehr, der Junge, den Sie in die psychiatrische Klinik gebracht haben?« fragte er. »Er war von zu Hause ausgerissen – sein Vater war Schneider in Kentucky, erinnern Sie sich? Sie telegrafierten seinem Vater, daß Sie sich bis zu seinem Eintreffen um den Jungen kümmern würden. Das war mein Vetter.«

Ich erinnerte mich sehr gut an diesen Burschen. Er wollte Schauspieler werden – etwas stimmte nicht mit seinen Drüsen. In der Klinik hieß es, er habe die Anlagen zu einem Verbrecher.

Er hatte in dem Heim, wo die Zeitungsjungen untergebracht waren, Kleider eines Kameraden gestohlen. Er war ein feiner Kerl, hatte eher etwas von einem Dichter als von einem Schauspieler. Wenn schon *seine* Drüsen nicht in Ordnung waren, dann waren die meinen vollkommen durcheinander. Er hatte dem Psychiater zum Dank für seine Bemühungen einen Tritt in die Eier versetzt – darum hatte man versucht, ihn zum Verbrecher zu stempeln. Als ich davon hörte, lachte ich mich schief. Er hätte diesem sadistischen Schakal von Psychiater eins mit dem Totschläger verpassen sollen . . . jedenfalls war es für mich eine angenehme Überraschung, daß ich in dem Garderobier einen unbekannten Freund gefunden hatte. Nett auch, daß er sagte, ich könnte jederzeit zu ihm kommen, wenn ich etwas Kleingeld brauchte. Auf der Straße lief mir ein ehemaliger Garderobier über den Weg, der jetzt als Bote tätig war. Er drängte mir zwei Eintrittskarten für den Ball des Magischen Zirkels von New York auf, dessen Vorsitzender er war. »Ich wollte, Sie könnten mir wieder eine Garderobierstelle verschaffen«, sagte er. »Als Vorsitzender des Zirkels habe ich so viel um die Ohren, daß ich meine Botenarbeit vernachlässigen muß. Außerdem bekommt meine Frau bald wieder ein Baby. Warum besuchen Sie uns nicht einmal – ich möchte Ihnen gerne ein paar neue magische Tricks zeigen. Mein kleiner Junge soll Bauchredner werden. Er lernt schon, und im nächsten Jahr soll er auf die Bühne. Irgendwie müssen wir ja leben. Wissen Sie, das Zaubern bringt nicht viel ein. Und ich werde allmählich zu alt, um mir noch so die Füße abzulaufen. Ich war für diesen Beruf wie geschaffen. Sie haben Verständnis für meine Fähigkeiten und Idiosynkrasien. Wenn Sie zu dem Ball kommen, werde ich Sie dem großen Thurston vorstellen – er hat versprochen zu kommen. Jetzt muß ich gehen – ich habe eine Todesnachricht zu überbringen.«

Sie haben Verständnis für meine Fähigkeiten und Idiosynkrasien. Ich stand an der Ecke und notierte mir diesen Satz auf der Rückseite eines Kuverts. Das war vor siebzehn Jahren. Hier ist er. Fuchs hieß der Mann. Gerhard Fuchs vom Federal-Union-Büro. So hieß auch der Hundescheißesammler in Glendale, wo Joey und Tony wohnten. Ich pflegte diesem anderen Fuchs zu begegnen, wenn er durchs Friedhofsgelände daherkam, einen Sack mit Hunde-, Vogel- und Katzenscheiße über der Schulter. Brachte ihn zu einer Parfümfabrik irgendwo. Roch immer wie ein Stinktier. Ein übler, bösartiger Schuft, direkter Abkömmling eines hessischen Zwangssöldners. Fuchs und Kunz – zwei widerwärtige Kunden, die man jeden Abend in Laubschers Biergarten bei der Fresh Pond Road sehen konnte. Kunz war tuberkulös, von Beruf Dermatologe. Sie fachsimpelten über ihren stinkenden Bierpötten. Ridgewood, das deutsch-amerikanische Viertel in Brooklyn, war ihr Mekka. Sie sprachen nur englisch, wenn es gar nicht anders ging. Deutschland war ihr Gott und der Kaiser Sein Sprachrohr. Nun, der Teufel soll sie holen! Mögen sie sterben wie dreckige Umlaute – wenn sie noch nicht gestorben sind! Komisch jedoch, ein Paar unzertrennliche Zwillinge mit solchen Namen zu finden. *Idiosynkratisch*, so möchte ich sagen . . .

3

Und jetzt ist es Samstagnachmittag, die Sonne scheint hell und stark, und ich schlürfe blassen chinesischen Tee in Dr. Wuchi Hachi Taos Garten. Er hat mir gerade ein langes Gedicht über die Mutter gegeben, geschrieben auf jenem roten Papier, das die Chinesen am Neujahrsfest abbrennen. Er sieht aus wie etwas Besseres – ist außerdem nicht sehr mitteilsam. Ihn hätte man nach dem ursprünglichen Tao fragen können, er wäre der Richtige gewesen, nur hatte ich damals das Tao-te-king noch gar nicht gelesen. Hätte ich es indessen gelesen gehabt, so hätten sich auch weitere Fragen erübrigt – vermutlich hätte ich dann auch nicht in diesem Garten gesessen und auf eine Frau namens Mara gewartet. Wäre ich klug genug gewesen, diesen berühmten und elliptischen Text uralter Weisheit gelesen zu haben, wären mir sehr viele der Kümmernisse erspart geblieben, von denen ich jetzt berichte.

Als ich im Jahre 17 v. Chr. in dem Garten sitze, habe ich völlig andere Gedanken als diese. Um ganz ehrlich zu sein, ich kann mich in diesem Augenblick nicht an einen einzigen erinnern. Ich entsinne mich dunkel, daß mir das Gedicht über die Mutter nicht gefiel – es schien mir der reine Bockmist zu sein. Und darüber hinaus mochte ich das Gelbgesicht nicht, das es geschrieben hatte – dessen erinnere ich mich sehr deutlich. Auch weiß ich, daß ich wütend war, denn es sah so aus, als werde sie mich wieder versetzen. (Hätte ich ein wenig vom Tao genippt, wäre ich nicht so ungeduldig geworden. Ich hätte dagesessen so zufrieden wie eine Kuh, dankbar, daß die Sonne schien und daß ich lebte.) Heute, da ich dies schreibe, gibt es keine Sonne und keine Mara, und wenn ich auch noch keine zufriedene Kuh geworden bin, fühle ich mich doch sehr lebendig und in Frieden mit der Welt.

Ich höre drinnen das Telefon läuten. Ein schlitzäugiger Chinese, wahrscheinlich ein Professor der Philosophie, sagt mir in der Eßstäbchen-Sprache, daß eine Dame mich am Telefon zu sprechen wünsche. Es ist Mara, und wenn man ihr glauben soll, ist sie gerade aufgestanden. Sie hat einen Kater, berichtet sie mir. Und auch Florrie habe einen. Sie befänden sich in einem nahe gelegenen Hotel und hätten sich dort ausgeschlafen. *In welchem Hotel?* Sie will es nicht sagen. Ich soll nur eine halbe Stunde warten, inzwischen macht sie sich zurecht. Mir ist nicht danach zumute, eine weitere halbe Stunde zu warten. Ich bin schlechter Laune. Erst ist es der Spagat und dann ein Kater. Und wer sonst noch bei ihr im Bett liegt, will ich wissen. Vielleicht ein Mann, dessen Name mit C beginnt, nein? Das hört sie nicht gern. Sie erlaubt niemandem, so mit ihr zu sprechen. Ich spreche aber so mit dir, hast du verstanden? Sag mir, wo du bist, und ich bin im Nu bei dir. Wenn du's nicht sagen willst, dann geh zum Teufel. Ich habe es satt . . . *Hallo, hallo, Mara!*

Keine Antwort. Das muß sie tief getroffen haben. Florrie ist die kleine Hure, die an allem schuld ist. Florrie und ihr juckender, pelzgefütterter Muff. Was soll man von einem Mädchen halten, von der man nichts anderes hört, als daß sie keinen Schwanz finden kann, der ihr groß genug ist? Wenn man sie anschaut, möchte man meinen, ein guter Fick würde ihr den Arsch verbiegen. Ohne Schuhe 103 Pfund. Einhundertdrei Pfund unersättlichen Fleisches. Noch dazu ein Saufwunder ersten Ranges. Eine irische Nutte. Ein Nüttchen, wenn man mich fragt. Legt sich einen Bühnenjargon zu, um glauben zu machen, sie sei einmal ein Ziegfeld-Girl gewesen.

Eine Woche vergeht und kein Wort von Mara. Dann aus heiterem Himmel ein Telefonanruf. Sie klingt deprimiert. Könnte ich irgendwo mit ihr zu Abend essen, sie möchte mit mir über etwas sehr Wichtiges sprechen. Es ist ein Ernst in ihrer Stimme, den ich vorher bei ihr nie bemerkt habe.

Wem laufe ich im Village in die Arme, als ich mich beeile, die Verabredung einzuhalten – ausgerechnet Kronski! Ich versuche ihn abzuwimmeln, aber es hilft nichts.

»Was soll die große Eile?« fragt er mit diesem leeren sardonischen Grinsen, das er immer im unrichtigen Augenblick aufsetzt.

Ich erkläre ihm, daß ich eine Verabredung habe.

»Gehst du essen?«

»Ja, ich gehe essen, aber allein«, sage ich betont.

»Ach, das werden Sie doch nicht tun, *Mister* Miller. Sie brauchen Gesellschaft, das sehe ich. Sie sind heute gar nicht in guter Verfassung . . . Du siehst bekümmert aus. Es steckt hoffentlich nicht eine Frau dahinter?«

»Hör zu, Kronski, ich bin verabredet und will dich nicht dabeihaben.«

»Aber, *Mister* Miller, wie können Sie so zu einem alten Freund sprechen? Ich bestehe darauf, Sie zu begleiten. Ich werde dich zum Essen einladen, da kannst du doch nicht widerstehen, was?«

Ich mußte unwillkürlich lachen. »Na schön – Scheiße, latsche also mit. Vielleicht brauche ich deine Hilfe. Du kannst mir zwar gestohlen bleiben, aber in einer Klemme bist du ganz brauchbar. Mach' mir bloß keine Sperenzchen. Ich stelle dich der Frau vor, in die ich verliebt bin. Sie wird dich wahrscheinlich nicht mögen, aber ich möchte trotzdem, daß du sie kennenlernst. Eines Tages werde ich sie heiraten, und da ich dich anscheinend doch nie loswerde, kann sie sich auch jetzt schon an dich gewöhnen. Mir schwant, du wirst sie auch nicht mögen.«

»Das klingt sehr ernst, *Mister* Miller. Ich werde etwas unternehmen müssen, Sie vor ihr zu schützen.«

»Wehe, wenn du versuchst, dich einzumischen, dann kriegst du eins über den Schädel«, gab ich zur Antwort und lachte grimmig. »Mit dieser Person ist es mir todernst. Du hast mich nie zuvor so gesehen, nicht wahr? Du kannst es nicht glauben, was? Na, du wirst dich noch wundern. Du wirst schon sehen, wie ernst ich es meine – wenn du mir in die Quere kommst, bringe ich dich kaltblütig um.«

Zu meiner Überraschung war Mara bereits in dem Restaurant. Sie hatte einen Tisch abseits in einer dunklen Ecke gewählt. »Mara«, sagte ich, »das ist ein alter Freund von mir, Dr. Kronski. Er wollte unbedingt mitkommen. Ich hoffe, du hast nichts dagegen.« Zu meiner Überraschung begrüßte sie ihn herzlich. Was Kronski betraf, so unterließ er von dem Augenblick an, als er ihrer ansichtig wurde, seine dummen und anzüglichen Späße. Sein Schweigen war geradezu eindrucksvoll. Gewöhnlich wurde er, wenn ich ihn einem weiblichen Wesen vorstellte, geschwätzig und flatterte geräuschvoll mit seinen unsichtbaren Flügeln.

Auch Mara war ungewöhnlich still, ihre Stimme klang sanft und hypnotisch.

Wir hatten kaum das Essen bestellt und ein paar höfliche Worte gewechselt, als Kronski Mara unverwandt und bittend ansah und sagte: »Etwas ist geschehen, etwas Tragisches, wie mir scheint. Wenn Sie lieber wollen, daß ich gehe, breche ich sofort auf. Ehrlich gesagt würde ich jedoch lieber bleiben. Vielleicht kann ich von Nutzen sein. Der Kerl hier ist mein Freund, und auch ich würde gern Ihr Freund sein. Das meine ich aufrichtig.«

Ziemlich rührend das Ganze. Mara, sichtlich bewegt, reagierte mit großer Herzlichkeit: »Bleiben Sie nur«, sagte sie und reichte ihm zum Zeichen ihres Vertrauens über den Tisch hinweg die Hand. »Sie machen es mir durch ihre Anwesenheit leichter zu sprechen. Ihr Freund hat mir viel von Ihnen erzählt, aber gerecht geworden ist er Ihnen nicht.« Sie blickte vorwurfsvoll zu mir herüber. Dann lächelte sie.

»Nein«, sagte ich rasch, »das stimmt, ich schildere ihn nie so, wie er wirklich ist.« Ich wandte mich ihm zu. »Weißt du, Kronski, du hast so ungefähr den unliebenswürdigsten Charakter, den man sich vorstellen kann, und doch . . .«

»Komm, komm«, sagte und zog ein schiefes Gesicht, »spiel hier nicht den Dostojewski. Ich bin dein böser Geist, wolltest du sagen. Ja, ich habe einen merkwürdig diabolischen Einfluß auf dich, aber ich bin mir über dich klarer, als du dir über mich bist. Ich mag dich aufrichtig gern. Ich würde alles tun, um was du mich bittest, wenn ich glaubte, daß du es ernst meinst – sogar wenn dadurch jemandem Schaden zugefügt würde, den ich heiß liebe. Ich schätze dich höher als irgend jemand sonst, den ich kenne, *warum*, kann ich nicht sagen, denn du verdienst es bestimmt nicht. Ich muß gestehen, daß ich im Augenblick traurig bin. Ich sehe, daß ihr euch liebt, und ich glaube, ihr seid füreinander bestimmt, aber . . .«

»Du glaubst, für Mara wäre das kein Vergnügen, das meinst du doch?«

»Ich kann es noch nicht sagen«, erwiderte er mit bestürzendem Ernst. »Ich sehe nur, daß ihr beide den ebenbürtigen Partner gefunden habt.«

»So glauben Sie also, daß ich seiner wirklich wert bin?« fragte Mara sehr demütig.

Ich sah sie überrascht an. Ich hätte nie geglaubt, daß sie so etwas zu einem Fremden sagen würde.

Ihre Worte befeuerten Kronski. »*Seiner* wert?« höhnte er. »Ist er *Ihrer* wert? Das ist die Frage. Was hat er je getan, damit eine Frau sich seiner wert zu fühlen hätte? Er hat noch gar nicht angefangen, ernst mit sich zu machen – er ist sich seiner noch gar nicht bewußt. An Ihrer Stelle hätte ich keinen Funken Vertrauen zu ihm. Er ist nicht einmal ein guter Freund, geschweige denn ein guter Geliebter oder Ehemann. Arme Mara, zerbrechen Sie sich nicht den Kopf über ihn. Lassen Sie ihn etwas für Sie tun, spornen Sie ihn an, treiben Sie ihn zum Wahnsinn, wenn es sein muß, aber bringen Sie ihn dazu, sich aufzuschließen! Wenn ich Ihnen einen ehrlichen Rat geben darf, da ich ihn ja so genau kenne und liebe, so wäre es der: Schinden Sie ihn, strafen Sie ihn, treiben Sie ihn zur Verzweiflung! Sonst sind Sie verloren – er wird Sie mit Haut und Haaren auffressen. Nicht daß er ein übler Kerl wäre oder weil er Ihnen ein Leid zufügen will . . . o nein, er tut es aus Güte. Er versteht es, Sie glauben zu machen, Ihr persönliches Wohl liege ihm am Herzen, wenn er seine Krallen in Sie schlägt. Er kann Sie mit einem Lächeln in Stücke reißen und Ihnen sagen, er tue es zu Ihrem eigenen Besten. *Er* ist diabolisch – nicht ich. Ich tue nur so, als ob, aber er meint alles, was er tut, ernst. Er ist der grausamste Schurke, der jemals auf zwei Beinen stand – und das Seltsame dabei ist, daß man ihn lieben muß, weil er grausam ist oder vielleicht weil er in dieser Beziehung ehrlich ist. Er warnt einen auch noch, ehe er zuschlägt. Er sagt es einem lächelnd. Und wenn es geschehen ist, hilft er einem wieder auf die Beine und klopft einen zärtlich ab, fragt einen, ob er einem sehr weh getan habe und so weiter – wie ein Engel. *Der Schurke!*«

»Natürlich kenne ich ihn nicht so gut wie Sie«, meinte Mara ruhig, »aber ich muß gestehen, daß ich ihn von dieser Seite noch nie kennengelernt habe – jedenfalls noch nicht. Ich kenne ihn nur als zärtlich und gut. Ich hoffe, ihm nie Anlaß zu geben, daß sich das zwischen uns ändert. Ich liebe ihn nicht nur, ich glaube an ihn als Menschen. Ich würde alles opfern, um ihn glücklich zu machen . . .«

»Aber Sie selber sind im Augenblick nicht sehr glücklich, nicht wahr?« sagte Kronski, als ignoriere er ihre Worte. »Sagen Sie mir, was hat er getan, um Sie . . .«

»Er hat überhaupt nichts getan«, erwiderte sie lebhaft. »Er weiß nicht, was mich quält.«

»Vielleicht können Sie es *mir* sagen?« meinte Kronski, wobei seine Stimme sich senkte und seine Augen feucht wurden, so daß er aussah wie ein armseliges, freundliches kleines Hündchen.

»Dränge sie nicht«, sagte ich, »sie wird es uns schon noch sagen.« Ich schaute Kronski an, als ich sprach. Sein Ausdruck änderte sich plötzlich. Er wandte den Kopf ab. Ich blickte auf Mara und sah, daß ihre Augen voll Tränen waren. Bald rannen sie ihr nur so herunter. Im nächsten Augenblick entschuldigte sie sich und ging zum Waschraum. Kronski schaute mich mit einem blassen, starren Lächeln an, er sah aus wie eine im Mondlicht sterbende kranke Auster.

»Nimm's nicht so tragisch«, sagte ich. »Sie gehört zu den Tapferen, sie wird schon damit fertig werden.«

»Das sagst du! Du leidest nicht. Du wirst sentimental und nennst das dann leiden. Dieses Mädchen hat schweren Kummer, siehst du das denn nicht? Sie will, daß du etwas für sie tust – nicht einfach wartest, bis es vorbeigeht. Wenn *du* nicht in sie dringst, werde ich es tun. Diesmal hast du es mit einer Frau von Format zu tun. Und eine solche Frau, *Mister* Miller, erwartet etwas von einem Mann – nicht nur leere Worte und Gesten. Wenn sie will, daß du mit ihr davonläufst, deine Frau, dein Kind, deine Stellung verläßt, würde ich sagen: tu es. Hör auf sie und nicht auf deine eigenen egoistischen Eingebungen!« Er ließ sich in seinen Stuhl zurückfallen und stocherte in den Zähnen. Nach einer Pause: »Und du hast sie in einem Tanzlokal kennengelernt? Dann gratuliere ich dir zu deinem Gespür für Qualität. Dieses Mädchen kann etwas aus dir machen, wenn du es zuläßt. Es ist nicht zu spät, meine ich. Es ist schon ziemlich weit mit dir gekommen, weißt du. Noch ein Jahr mit diesem Weibsstück, deiner Frau – und du bist erledigt.« Er spuckte angewidert auf den Boden. »Du hast Glück. Dir fällt alles zu, ohne einen Finger zu rühren. Ich arbeite wie ein Berserker, und wenn ich nur den Rücken kehre, zerfällt alles hinter mir.«

»Nur deshalb, weil ich ein Goi bin«, warf ich scherzend ein.

»Du bist kein Goi. Du bist ein weißer Jude. Du bist einer dieser faszinierenden Nichtjuden, denen jeder Jude zu Gefallen sein möchte. Du bist . . . Gut, daß du das erwähnt hast. Mara ist natürlich Jüdin? Komm jetzt, tu nicht so, als ob du's nicht wüßtest. Hat sie dir das noch nicht gesagt?«

Daß Mara eine Jüdin sein sollte, klang so überaus unsinnig, daß ich ihm einfach ins Gesicht lachte.

»Soll ich dir das beweisen?«

»Es interessiert mich nicht, was sie ist«, erwiderte ich, »aber sie ist ganz bestimmt keine Jüdin.«

»Was ist sie denn dann? Du willst mir doch nicht erzählen, daß sie eine reinblütige Arierin ist?«

»Ich habe sie nie danach gefragt«, antwortete ich. »Frag sie doch selber, wenn du willst.«

»Ich werde sie nicht fragen«, sagte Kronski, »denn vor dir würde sie mich vielleicht anlügen – aber wenn ich dich das nächste Mal sehe, werde ich dir sagen, ob ich recht habe oder nicht. Ich glaube schon, daß ich weiß, wann ich einen Juden vor mir habe.«

»Auch mich hast du für einen Juden gehalten, als du mich zum erstenmal gesehen hast.«

Daraufhin brach er in schallendes Gelächter aus. »*Du hast das also tatsächlich geglaubt?* Haha! Das ist wirklich gut. Du armer

Schwachkopf, ich sagte das zu dir, nur um dir zu schmeicheln. Wenn du auch nur einen Tropfen jüdisches Blut in dir hättest, würde ich dich aus Achtung vor meinem Volk lynchen. *Du ein Jude?* Daß ich nicht lache . . .« Er wiegte den Kopf hin und her, mit Tränen in den Augen. »Zuerst einmal ist ein Jude gerissen«, fing er wieder an, »und du – du bist alles andere als gerissen. Und ein Jude ist *ehrlich* – merk dir das! Bist *du* etwa ehrlich? Hast du auch nur einen Funken Wahrheit in dir? Und ein Jude ist sensibel. Ein Jude ist demütig, selbst wenn er arrogant ist . . . Aber da kommt Mara. Lassen wir das Thema fallen.«

»Ihr habt über mich gesprochen, nicht wahr?« sagte Mara, als sie sich setzte. »Warum sprecht ihr nicht weiter. Ich habe nichts dagegen.«

»Sie irren«, beteuerte Kronski, »wir haben überhaupt nicht über Sie gesprochen.«

»Er lügt«, fiel ich ihm ins Wort. »Wir haben über dich gesprochen, nur kamen wir nicht sehr weit. Ich wollte, Mara, du würdest ihm von deiner Familie erzählen – die Dinge, die du mir erzählt hast, meine ich.«

Ihr Gesicht verdüsterte sich. »Warum solltet ihr euch für meine Familie interessieren?« sagte sie mit schlecht verhohlener Gereiztheit. »Meine Familie ist völlig uninteressant.«

»Das glaube ich nicht«, sagte Kronski, ohne eine Miene zu verziehen. »Ich glaube, Sie verbergen uns etwas.«

Der Blick, den die beiden wechselten, gab mir einen Stich. Es war, als habe sie ihm zu verstehen gegeben, er solle vorsichtig sein. Sie verstanden einander auf eine untergründige Art, die mich ausschloß.

Das Bild der Frau im Hinterhof ihrer Wohnung kam mir dabei deutlich in den Sinn. Diese Frau war keine Nachbarin gewesen, wie sie versucht hatte, mir weiszumachen. War es vielleicht ihre Stiefmutter gewesen? Ich versuchte mich zu erinnern, was sie mir über ihre richtige Mutter erzählt hatte, verlor mich aber sofort in dem komplizierten Labyrinth, in das sie sich bei diesem ihr offenbar schmerzlichen Thema immer zurückzog.

»Was möchtest du denn gerne über meine Familie wissen?« fragte sie, mir zugewandt.

»Ich will dich nichts fragen, was dir unangenehm sein könnte«, sagte ich, »aber wenn die Frage nicht indiskret ist: Würdest du uns vielleicht etwas über deine Stiefmutter erzählen?«

»Woher kam Ihre Stiefmutter?« erkundigte sich Kronski.

»Aus Wien«, sagte Mara.

»Und Sie – sind Sie auch in Wien geboren?«

»Nein, ich bin in Rumänien geboren, in einem kleinen Gebirgsdorf. Es ist möglich, daß ich etwas Zigeunerblut in mir habe.«

»Sie meinen, Ihre Mutter war eine Zigeunerin?«

»Ja, es gibt in unserer Familie eine Geschichte, die darauf schließen läßt. Mein Vater soll mit ihr durchgebrannt sein. Am Vorabend seiner Hochzeit mit meiner Stiefmutter. Vermutlich haßt mich meine Stiefmutter deshalb. Ich bin das schwarze Schaf der Familie.«

»Und Sie vergöttern wohl Ihren Vater?«

»Ich verehre ihn. Er ist wie ich. Die anderen sind Fremde für mich – wir haben nichts gemeinsam.«

»Und Sie ernähren die Familie, stimmt's?« fragte Kronski.

»Wer hat Ihnen das erzählt? Ich verstehe, darüber habt ihr also gesprochen, als . . .«

»Nein, Mara, niemand hat mir das erzählt. Ich kann es an Ihrem Gesicht sehen. Sie opfern sich auf – darum sind Sie unglücklich.«

»Ich will es nicht leugnen«, sagte sie. »Ich tue es für meinen Vater. Er ist Invalide, er kann nicht mehr arbeiten.«

»Und wie steht es mit Ihren Brüdern?«

»Die sind einfach faul. Ich habe sie verwöhnt. Sehen Sie, ich bin mit sechzehn von daheim fortgelaufen. Ich konnte das Leben zu Hause nicht ertragen. Ich blieb ein Jahr weg; als ich zurückkam, fand ich sie im Elend. Sie sind hilflos. Ich bin die einzige, die irgendwelche Initiative besitzt.«

»Und Sie unterhalten die ganze Familie?«

»Ich versuche es«, erwiderte sie. »Manchmal möchte ich aufgeben – es ist eine zu große Belastung. Aber ich kann nicht. Wenn ich sie im Stich ließe, würden sie verhungern.«

»Unsinn«, ereiferte sich Kronski. »Gerade das sollten Sie tun.«

»Aber ich kann nicht – nicht, solange mein Vater lebt. Ich

würde alles tun. Lieber würde ich mich prostituieren, als ihn in Not sehen.«

»Und die anderen – würden die das zulassen?« wollte Kronski wissen. »Hören Sie, Mara, Sie tun da etwas Falsches. Sie dürfen nicht alle Verantwortung allein übernehmen wollen. Lassen Sie die anderen für sich selbst sorgen. Nehmen Sie Ihren Vater zu sich – wir werden uns mit um ihn kümmern. Er weiß nicht, auf welche Weise Sie Ihr Geld verdienen, nicht wahr? Sie haben ihm nicht gesagt, daß Sie in einem Tanzlokal tätig sind, nicht wahr?«

»Nein, das habe ich nicht. Er glaubt, ich sei beim Theater. Aber meine Stiefmutter weiß Bescheid.«

»Und es macht ihr nichts aus?«

»*Macht ihr nichts aus?*« sagte Mara mit einem bitteren Lächeln. »Ihr ist es völlig gleichgültig, was ich tue, solange ich für alles sorge. Sie sagt, ich tauge nichts. Nennt mich eine Hure. Ich sei genau wie meine Mutter, sagt sie.«

Ich unterbrach sie. »Mara«, sagte ich, »ich hatte keine Ahnung, daß es so schlimm steht. Kronski hat recht, du mußt dich da herausziehen. Warum tust du nicht, was er vorschlägt – verläßt die Familie und nimmst deinen Vater mit?«

»Ich täte es gerne«, sagte sie, »aber mein Vater würde meine Stiefmutter nie verlassen. Sie hat ihn in der Hand – sie hat ein Kind aus ihm gemacht.«

»Aber wenn er wüßte, wie du dein Geld verdienst?«

»Er wird es nie erfahren. Ich werde nie zulassen, daß jemand es ihm sagt. Meine Stiefmutter drohte einmal, es ihm zu erzählen: Ich sagte ihr, ich würde sie umbringen, wenn sie das täte.« Sie lächelte bitter. »Weißt du, was meine Stiefmutter behauptet? Sie sagt, ich hätte sie zu vergiften versucht.«

An diesem Punkt schlug Kronski vor, wir sollten das Gespräch in der Wohnung eines Freundes von ihm fortsetzen, der verreist war. Er meinte, wir könnten dort die Nacht verbringen, wenn wir wollten. In der Untergrund änderte sich seine Laune. Er fing von neuem an, anzüglich zu witzeln, diabolisch zu werden, und zeigte wieder sein übliches weißgrünliches Froschgesicht. Er hielt sich für einen großen Verführer und glaubte sich imstande, attraktiv aussehende Frauen an sich zu fesseln. Der Schweiß lief ihm das Gesicht herunter und weichte seinen Kragen auf. Seine Sprechweise wurde hektisch, abgehackt, völlig zusammenhanglos. In seiner verdrehten Art versuchte er eine dramatische Atmosphäre zu schaffen. Er flatterte mit den Armen wie eine zwischen zwei starke Scheinwerfer geratene rasende Fledermaus.

Daß Mara dieses Schauspiel amüsierte, widerte mich an. »Er ist schön verrückt, dein Freund«, sagte sie, »aber ich mag ihn.«

Kronski hörte die Bemerkung. Er grinste tragisch, und der Schweiß begann ihm noch stärker zu fließen. Je mehr er grinste, je mehr er den Clown und Affen spielte, desto melancholischer sah er aus. Er wollte nie, daß jemand ihn für traurig hielt. Er war Kronski, der große, vitale, gesunde, aufgeräumte, nachlässige, unbekümmerte, sorglose Bursche, der jedermanns Probleme löste. Er konnte stundenlang ohne Unterbrechung reden – tagelang, wenn man den Mut hatte, ihm zuzuhören. Er wachte mit einem Redeschwall auf, stürzte sich sofort in haarspalterische Debatten, immer über das Schicksal der Welt, ihre biochemische Natur, ihre astrophysikalische Beschaffenheit, ihre politisch-wirtschaftlichen Aspekte. Die Welt war in einem unseligen Zustand: Er wußte das, denn er sammelte ständig alle Daten über die Weizenknappheit oder den Ölmangel, oder er stellte Untersuchungen über die Verfassung der Sowjetarmee oder den Zustand unserer Arsenale und Befestigungsanlagen an. Er behauptete, als sei das eine unbestrittene Tatsache, daß die Soldaten der Sowjetarmee diesen Winter keinen Krieg führen könnten, weil sie nur soundso viele Mäntel, soundso viele Schuhe usw. hätten. Er sprach über Kohlehydrate, Fette, Zucker etc. Er dozierte über die Weltversorgung, so als sei er für die Führung der Welt verantwortlich. Er wußte mehr von internationalem Recht als die berühmtesten Kapazitäten. Es gab kein Thema unter der Sonne, über das er nicht ein vollständiges und erschöpfendes Wissen zu haben schien. Bis jetzt war er nur Assistenzarzt in einem städtischen Krankenhaus, aber in einigen Jahren würde er ein gefeierter Chirurg oder Psychiater oder vielleicht auch etwas anderes sein – er war sich noch nicht sicher, zu was er sich entschließen sollte. »Warum willst du nicht Präsident der Vereinigten Staaten werden?« erkundigten sich seine Freunde ironisch. »Weil ich kein Idiot bin«, erwiderte er und verzog das Gesicht zu einer sauren Fratze. »Ihr glaubt, ich könnte nicht Präsident werden, wenn ich wollte? Hört mal, ihr glaubt doch nicht im Ernst, daß man Verstand braucht, um Präsident der Vereinigten Staaten zu werden? Nein, ich will einen richtigen Job. Ich will den Leuten helfen, nicht sie beschwindeln. Wenn ich dieses Land übernähme, würde ich erst mal den ganzen Augiasstall ausräumen. Um damit den Anfang zu machen, würde ich Kerle wie euch kastrieren lassen . . .« So ging das stundenlang, er säuberte die Welt, brachte den Augiasstall in Ordnung, bahnte den Weg für die Verbrüderung der Menschheit und das Reich der Gedankenfreiheit. Jeden Tag seines Lebens kämmte er die Angelegenheiten der Welt mit einem feinen Kamm durch, entfernte die Läuse, die das Denken der Menschen verlausten. An einem Tag ereiferte er sich über den Zustand der Sklaven an der Goldküste, zitierte einem den Preis von Goldbarren oder ein anderes sagenhaftes Gebräu der Statistik, das unversehens Haß unter den Menschen säte und rückgratlosen, schwachbrüstigen Männern, die die vertraulichen Finanzberichte erarbeiten und damit die Bürde der undurchdringlichen politischen Ökonomie noch vermehrten, einen Job verschaffte. Am nächsten Tag konnte er in Harnisch geraten über Chrom und Permanganat, weil vielleicht Deutschland oder Rumänien den Markt von diesem oder jenem aufgekauft hatten, was es den Chirurgen in der Sowjetarmee erschwerte zu operieren, wenn der große Tag kam. Oder es wurde gerade das letzte Heilmittel gegen eine neue und erschreckende Seuche gehamstert, was die zivilisierte Welt bald in Anarchie stürzen würde – wenn wir nicht sofort und mit der größten Umsicht handelten. Wie die Welt Tag für Tag ohne Dr. Kronskis Führung weiter voranstolperte, blieb ein Rätsel, für das er keine Erklärung wußte. Dr. Kronski kannte keinen Zweifel, was seine Analysen der Weltlage anging. Wirtschaftskrisen, Panik, Überschwemmungen, Revolutionen, Seuchen – alle diese Erscheinungen bestätigten nur seine Beurteilung der Dinge. Unglücksfälle und Katastrophen stimmten ihn heiter. Er krächzte und quakte wie die Weltkröte im Embryonalzustand. Wie bei ihm persönlich die Dinge standen – diese Frage stellte ihm nie jemand. Bei ihm persönlich ging es nicht voran. Im Augenblick amputierte er Arme und Beine, weil niemand so gescheit war, mehr von ihm zu verlangen. Seine erste Frau war infolge einer ärztlichen Fehldiagnose gestorben, und seine zweite Frau würde bald den Verstand verlieren, wenn man seinen Worten glauben durfte. Er konnte die wundervollsten Musterhäuser für die »Neue Weltrepublik« planen, aber merkwürdigerweise konnte er sein eigenes kleines Nest nicht von Wanzen und anderem Ungeziefer freihalten, und da er mit den Ereignissen in der Welt und damit beschäftigt war, die Dinge in Afrika, Guadeloupe und Singapur und so fort zu ordnen, war sein eigener Lebensbereich immer ein klein wenig durcheinander, das heißt, das Geschirr war nicht gespült, die Betten waren nicht gemacht, die Möbel fielen auseinander, die Butter wurde ranzig, die Toilette war verstopft, die Badewanne leckte, schmutzige Kämme lagen auf dem Tisch herum, und im allgemeinen herrschte ein lieblicher, elender, leicht verrückter Verfallszustand, der sich bei Dr. Kronski persönlich in der Form von Haarschuppen, Ekzemen, Furunkeln, Pusteln, Senkfüßen, Warzen, Geschwülsten, üblem Mundgeruch, Verdauungsstörungen und anderen kleineren Unstimmigkeiten bemerkbar machte, von denen keines ihm ernstlichen Kummer bereitete, denn sobald die neue Weltordnung aufgerichtet war, würde alles, was der Vergangenheit angehörte, sowieso verschwinden und der Mensch in einer neuen Haut erstrahlen wie ein neugeborenes Lamm.

Der Freund, in dessen Haus er uns brachte, war ein Künstler, wie er uns aufklärte. Da er ein Freund des großen Dr. Kronski war, handelte es sich um einen ungewöhnlichen Künstler, einen, der erst anerkannt werden würde, wenn das Zeitalter des Weltfriedens und des allgemeinen Wohlstandes angebrochen war. Sein Freund war beides, Maler und Musiker – gleich bedeutend auf beiden Gebieten. Die Musik konnten wir infolge der Abwesenheit seines Freundes nicht hören, aber die Bilder würden wir ansehen können – oder vielmehr einige davon, denn den größten Teil hatte er vernichtet. Wäre nicht Kronski gewesen, so hätte er alles vernichtet. Ich erkundigte mich beiläufig, was sein Freund im Augenblick tat. Er leitete eine Musterfarm für geistig zurückgebliebene Kinder in der kanadischen Wildnis. Kronski hatte die Bewegung selbst ins Leben gerufen, war aber zu beschäftigt, um sich damit zu befassen und sich um die praktischen Einzelheiten der Verwaltung zu kümmern. Überdies war sein

Freund schwindsüchtig und würde höchstwahrscheinlich für immer dort oben bleiben müssen. Kronski telegrafierte ihm hin und wieder, um ihm über dies und jenes einen Rat zu erteilen. Es war nur ein Anfang – bald würde er die Insassen der Kranken- und Irrenhäuser fortbringen, der Welt beweisen, daß der Arme sich um den Armen, der Schwache um den Schwachen, der Verkrüppelte um den Verkrüppelten und der Zurückgebliebene um den Zurückgebliebenen kümmern konnte.

»Ist das eines von den Bildern deines Freundes?« fragte ich, als er das Licht anschaltete und eine riesige Kotze gelbgrüner Galle mir von der Wand entgegenstürzte.

»Das ist eine seiner frühen Schöpfungen«, erklärte Kronski. »Er bewahrt sie aus sentimentalen Gründen auf. Seine besten Sachen habe ich weggebracht und eingelagert. Aber hier ist eine kleine Arbeit, die dir eine Vorstellung von seinem Können gibt.« Er schaute sie voll Stolz an, als handle es sich um das Werk seines eigenen Sohnes. »Es ist wundervoll, nicht wahr?«

»Schrecklich«, sagte ich. »Er hat einen Scheiße-Komplex, er muß in der Gosse geboren sein, in einer Pfütze schalen Pferdeurins an einem trüben Februartag in der Nähe eines Gasometers.«

»Ausgerechnet du mußt das sagen«, versetzte Kronski rachsüchtig. »Du erkennst einen echten Maler nicht, wenn du einen siehst. Du bewunderst die Revolutionäre von gestern. Du bist ein Romantiker.«

»Dein Freund mag vielleicht ein Revolutionär sein, aber ein Maler ist er nicht«, beharrte ich. »Er hat keine Liebe in sich, er kann nur hassen und, was noch schlimmer ist, er kann nicht einmal malen, was er haßt. Er sieht benebelt. Du sagst, er ist lungenkrank: Ich sage, er ist gallenkrank. Er stinkt, dein Freund, und seine Wohnung auch. Warum machst du nicht die Fenster auf? Es riecht hier, als sei ein Hund verreckt.«

»Meerschweinchen meinst du. Ich habe die Wohnung als Labor benützt, darum stinkt es hier ein bißchen. Ihre Nase ist zu empfindlich, Mister Miller. Sie sind ein Ästhet.«

»Gibt es hier irgendwas zu trinken?« erkundigte ich mich.

Natürlich war nichts da, aber Kronski erbot sich, nochmals fortzugehen und etwas zu holen. »Bring was Starkes«, rief ich ihm nach, »in dieser Wohnung wird's einem übel. Kein Wunder, daß dieses arme Schwein die Schwindsucht hat.«

Kronski trottete ziemlich bedeppert davon. Ich sah Mara an. »Was meinst du? Wollen wir auf ihn warten, oder sollen wir abhauen?«

»Du bist wenig nett. Nein, laß uns warten. Ich möchte ihn gern noch etwas mehr reden hören – er ist ein interessanter Mensch. Und er hält wirklich viel von dir. Das kann ich an der Art sehen, wie er dich anschaut.«

»Er ist nur die erste Zeit interessant«, sagte ich. »Ehrlich gesagt, er langweilt mich zu Tode. Ich höre dieses Geschwätz seit Jahren. Es ist der reine Quatsch. Er mag ja gescheit sein, aber irgendwo ist bei ihm eine Schraube locker. Er wird eines Tages Selbstmord begehen, erinnere dich an meine Worte. Außerdem bringt er Pech. Immer wenn ich diesem Burschen begegne, gehen die Dinge schief. Er trägt den Tod mit sich herum, fühlst du das nicht? Wenn er nicht unkt, schnattert er wie ein Affe. Wie kann man mit einem solchen Burschen befreundet sein? Er braucht einen Gefährten seines Unglücks. Was an ihm nagt, weiß ich nicht. Er macht sich Sorgen um den Lauf der Welt. Ich kümmere mich einen Dreck um die Welt. Ich kann die Welt nicht wieder ins Gleis bringen, ebensowenig kann er das . . . auch niemand sonst. Warum versucht er nicht einfach zu leben? Die Welt wäre vielleicht nicht so schlecht, wenn wir uns ein bißchen mehr zu amüsieren versuchten. Nein, er regt mich richtig auf.«

Kronski kam mit einem minderwertigen Schnaps zurück, von dem er behauptete, das sei alles gewesen, was sich zu so später Stunde auftreiben ließ. Er selbst trank selten mehr als einen Fingerhut voll, deshalb war es ihm gleichgültig, ob wir uns vergifteten oder nicht. Er hoffte, es würde uns vergiften, sagte er. Er war deprimiert. Er schien sich auf eine die ganze Nacht dauernde Depression eingestellt zu haben. Mara, diese Närrin, hatte auch noch Mitleid mit ihm. Er streckte sich auf dem Sofa aus und legte seinen Kopf in ihren Schoß. Er legte jetzt eine andere Platte auf, eine gespenstische – das Elend der Welt. Diesmal waren es nicht Argumentationen und Schmähreden wie zuvor, sondern eine Litanei, eine an die Millionen unglücklicher Wesen in der ganzen Welt gerichtete Diktaphonlitanei. Dr. Kronski stimmte immer im Dunkeln diese Melodie an, seinen Kopf im Schoß irgendeiner Frau, wobei seine Hand schlaff auf den Teppich herabhing.

Während sein Kopf sich in ihren Schoß einnistete wie eine giftgeschwollene Viper, drangen die Worte aus Kronskis Mund wie Gas, das aus einem halbgeöffneten Hahn ausströmt. Es war das Verhängnis des unwandelbaren menschlichen Atoms, das Wandern der Sub-Seele im Keller des kollektiven Elends. Dr. Kronski hörte auf zu existieren: Nur Pein und Qual blieben, verhielten sich wie positiv und negativ geladene Elektronen in dem großen atomaren Vakuum einer verlorenen Persönlichkeit. In diesem Schwebezustand vermochte nicht einmal die wunderbare Sowjetisierung der Welt einen Funken von Begeisterung in ihm zu wecken. Was sprach, waren die Nerven, die endokrinen Drüsen, die Milz, die Leber, die Nieren, die kleinen, dicht unter der Hautoberfläche liegenden Blutgefäße. Die Haut selbst war nichts anderes als ein Sack, in den lose eine ziemlich kunterbunte Sammlung von Knochen, Muskeln, Sehnen, Blut, Fett, Lymphe, Galle, Urin, Kot und so weiter hineingestopft war. Mikroben brodelten in diesem stinkenden Eingeweidesack. Die Mikroben würden den Sieg davontragen, wie glänzend auch dieses Behältnis stumpfgrauer Materie, Gehirn genannt, funktionierte. Der Körper war ein Unterpfand des Todes, und Dr. Kronski, so vertraut in der Röntgenwelt der Statistiken, war nur eine Laus, die unter einem schmutzigen Nagel geknackt wurde, wenn es soweit war, daß er seine Hülle aufgeben mußte. Es kam Dr. Kronski bei diesen Anfällen genito-urinärer Depression nie in den Sinn, daß es auch eine Anschauung vom Universum geben könnte, bei welcher der Tod einen anderen Aspekt einnahm. Er hatte so viele Leichen ausgeweidet, seziert und in Stücke zerlegt, daß der Tod für ihn jetzt etwas sehr Konkretes bedeutete – ein Stück kaltes Fleisch, das sozusagen auf einer Steinplatte in der Leichenhalle lag. Das Licht erlosch, und die Maschine blieb stehen – und nach einiger Zeit begann es zu stinken. *Voilà*, so unkompliziert und einfach war das. Im Tod war das lieblichste Geschöpf, das man sich vorstellen konnte, nur eben ein weiteres Stück ungewöhnlich kalter Installation. Er hatte seine Frau betrachtet, gerade als der Fäulnisprozeß eingesetzt hatte: Sie hätte ein Stockfisch sein können, deutete er an, nach den anziehenden Reizen, die sie entfaltete. Der Gedanke an den Schmerz, den sie litt, wurde von dem Wissen in den Schatten gestellt, was in diesem Körper vorging. Der Tod hatte bereits seinen Einzug gehalten, und sein Zerstörungswerk zu beobachten war faszinierend. Der Tod ist immer gegenwärtig, versicherte er. Der Tod lauert in finsteren Ecken und wartet nur auf den geeigneten Augenblick, sein Haupt zu erheben und zuzuschlagen. Das ist die einzige wirkliche Bindung, die wir haben, beteuerte er – die immerwährende, dauernde Gegenwart des Todes in uns allen.

Mara war ganz überwältigt von alledem. Sie streichelte sein Haar und schnurrte leise, während der stete Strom singenden Gases seinen dicken, blutleeren Lippen entströmte. Ich ärgerte mich mehr über ihre offenkundige Sympathie für den Leidenden als über die Monotonie seiner Schicksalsklage. Das Bild, wie Kronski, zusammengekauert gleich einem kranken Ziegenbock, dalag, kam mir ausgesprochen komisch vor. Er hatte zu viele leere Blechbüchsen verschluckt. Er hatte sich von weggeworfenen Autoteilen ernährt. Er war ein wandelnder Friedhof von Tatsachen und Zahlen. Er starb an statistischer Verdauungsstörung.

»Weißt du, was du tun solltest?« sagte ich ruhig. »Du solltest dich umbringen – jetzt, noch heute abend. Du hast nichts, für das es sich zu leben lohnt – warum machst du dir etwas vor? Wir verlassen dich in Bälde, und du schaffst dich ganz einfach aus der Welt. Du bist doch ein cleverer Knabe, du wirst schon einen Weg wissen, ohne der Nachwelt allzuviel Scherereien zu machen. Wirklich, ich finde, du schuldest das der Welt. So, wie die Dinge sind, machst du dich nur zu einem Ärgernis.«

Diese Worte hatten eine fast elektrisierende Wirkung auf den leidenden Dr. Kronski. Mit einer delphinartigen Bewegung sprang er auf die Füße. Er klatschte in die Hände und tanzte einige Schritte mit der Unbeholfenheit eines lahmen Dickhäuters. Er war entzückt – in der Art, wie ein Kanalarbeiter in Entzücken gerät, wenn er erfährt, daß seine Frau noch einen Balg geboren hat. »Also, Sie wollen, daß ich mich umbringe, Mister Miller, ja? Wozu diese Hast? Du bist eifersüchtig auf mich, nicht wahr, aber diesmal muß ich dich enttäuschen. Ich bleibe am Leben und werde dir zusetzen. Ich werde dich quälen bis aufs Blut.

Eines Tages wirst du zu mir kommen und mich um ein Mittelchen bitten, um der ganzen Misere ein Ende zu machen. Auf Knien wirst du mich darum bitten, und ich werde es dir abschlagen.«

»Du bist verrückt«, sagte ich und kitzelte ihn unterm Kinn.

»O nein, absolut nicht!« erwiderte er und tätschelte meine kahle Birne. »Ich bin nur ein Neurotiker – wie alle Juden. Ich werde mich nie umbringen, täusch dich da nicht. Ich werde vielmehr deinem Begräbnis beiwohnen und über dich lachen. Vielleicht bekommst du gar kein Begräbnis. Vielleicht bist du bis dahin so bei mir verschuldet, daß du mir deinen Leichnam vermachen mußt, wenn du stirbst. Mister Miller, wenn ich erst einmal Sie seziere, bleibt keine Krume von Ihnen übrig.«

Er ergriff einen Brieföffner, der auf dem Klavier lag, und drückte mir die Spitze aufs Zwerchfell. Er beschrieb eine imaginäre Einschnittlinie und schwang das Messer vor meinen Augen.

»So werde ich beginnen«, sagte er, »*in deinen Eingeweiden.* Zuerst werde ich allen diesen romantischen Unsinn herauslassen, der dich glauben läßt, du führest ein verzaubertes Leben. Dann werde ich dich abhäuten wie eine Schlange, um an deine ruhigen, friedlichen Nerven zu gelangen und sie zucken und schnellen zu lassen. Du wirst unter dem Messer lebendiger sein, als du es im Augenblick bist. Du wirst komisch aussehen, mit einem Bein dran und einem ab und deinem Kopf auf meinem Kaminsims, dein Mund in einem ständigen Grinsen erstarrt.«

Er wandte sich an Mara. »Glauben Sie, daß Sie dann noch verliebt in ihn sein werden, wenn ich ihn fürs Labor herrichte?«

Ich kehrte ihm den Rücken zu und ging ans Fenster. Es war der typische freudlose Ausblick, wie man ihn nur in der Bronx findet: Holzzäune, Wäschestangen, Waschseile, schmutzige Grasstreifen, Reihenwohnhäuser, Feuerleitern usw. Gestalten bewegten sich hinter den Fenstern hin und her, halb oder auch schon fast ganz ausgezogen. Sie waren dabei, sich zur Ruhe zu begeben, um die morgige sinnlose Eintönigkeit überstehen zu können. Einer unter hunderttausend vermochte vielleicht der allgemeinen Verdammnis zu entrinnen. Was die übrigen betraf, so wäre es ein Gnadenakt, wenn jemand in der Nacht käme und ihnen, während sie schliefen, die Kehle durchschnitte. Zu glauben, diese unglücklichen Opfer wären imstande, eine neue Welt zu schaffen, war reiner Irrsinn. Ich dachte an Kronskis zweite Frau – an diejenige, die möglicherweise den Verstand verlieren würde. Sie kam aus dieser Gegend. Ihr Vater hatte hier einen Schreibwaren-Kiosk. Die Mutter lag den ganzen Tag im Bett und pflegte eine verkrebste Gebärmutter. Ihr jüngster Bruder litt an der Schlafkrankheit, ein anderer war gelähmt, und der älteste war schwachsinnig. Ein klug geordneter Staat hätte die ganze Familie und mit ihr das Haus außer Funktion gesetzt . . .

Angewidert spuckte ich aus dem Fenster.

Kronski stand neben mir, den Arm um Maras Hüfte gelegt. »Warum springst du nicht hinunter?« sagte ich und warf meinen Hut aus dem Fenster.

»Was, damit die Nachbarn eine Schmutzlache zum Aufwischen haben? No, Sir, ohne mich. Mister Miller, es scheint mir, daß Sie derjenige sind, der darauf scharf ist, Selbstmord zu begehen. Warum springen *Sie* nicht?«

»Ich bin bereit«, sagte ich, »vorausgesetzt, daß du mitspringst. Laß mich dir zeigen, wie einfach es ist. Hier, gib mir deine Hand . . .«

»Ach, hört auf!« rief Mara. »Ihr benehmt euch wie Kinder. Ich dachte, ihr beide würdet mir helfen, *mein* Problem zu lösen. Ich habe *wirkliche* Sorgen.«

»Es gibt keine Lösungen«, sagte Kronski finster. »Es ist nicht möglich, Ihrem Vater zu helfen, weil er sich nicht helfen lassen will. Er will sterben.«

»Aber ich will leben«, sagte Mara. »Ich weigere mich, ein Aschenbrödel zu sein.«

»Das sagt jedermann, aber es hilft nichts. Solange wir dieses verrottete kapitalistische System nicht über den Haufen werfen, gibt es keine Lösung für . . .«

»Das ist alles Unsinn«, schnitt ihm Mara das Wort ab. »Glauben Sie, ich werde auf die Revolution warten, damit ich mein Leben genießen kann? *Jetzt* muß etwas geschehen. Wenn ich es auf keine andere Weise lösen kann, werde ich eine Hure – eine gescheite Hure natürlich.«

»Es gibt keine gescheiten Huren«, meinte Kronski. »Den Körper zu prostituieren ist ein Zeichen von schwacher Intelligenz.

Warum machen Sie keinen Gebrauch von Ihrem Gehirn? Es ginge Ihnen besser, wenn Sie Spionin würden. *Das ist wirklich eine glänzende Idee!* Was das angeht, da könnte ich etwas für Sie tun. Ich habe recht gute Beziehungen in der Partei. Natürlich müßten Sie den Gedanken aufgeben, mit diesem komischen Vogel zusammen zu leben«, und er zeigte mit dem Daumen in meine Richtung. »Aber ein Frauenzimmer wie Sie«, und er musterte sie mit einem stieren Blick von Kopf bis Fuß, »könnte sich's ja aussuchen. Was halten Sie davon, als Gräfin oder Prinzessin aufzutreten?« fügte er hinzu. »Einen Hunderter in der Woche und alle Spesen bezahlt . . . nicht so übel, was?«

»Ich verdiene jetzt mehr als das«, sagte Mara, »ohne das Risiko, erschossen zu werden.«

»Was?« riefen wir beide gleichzeitig.

Sie lachte. »Ihr glaubt wohl, das sei eine Menge Geld? Ich brauche viel mehr als das. Wenn ich wollte, könnte ich morgen einen Millionär heiraten. Ich hatte bereits mehrere Angebote.«

»Warum heiraten Sie nicht einen und lassen sich schnell wieder scheiden«, sagte Kronski. »Sie könnten einen nach dem anderen heiraten und selbst eine Millionärin werden. *Wo bleibt Ihr Verstand?* Sie wollen doch nicht behaupten, Sie hätten Skrupel in solchen Dingen?«

Mara wußte nicht recht, was sie darauf antworten sollte. Alles, was ihr zu sagen einfiel, war, daß es obszön sei, ein altes Wrack nur seines Geldes wegen zu heiraten.

»Und da glauben Sie, Sie könnten eine Hure sein!« versetzte er verächtlich. »Sie sind ebenso schlecht wie dieser Kerl da – er ist genauso durch die bürgerliche Moral verdorben wie Sie. Hören Sie, warum richten Sie ihn nicht zu Ihrem Zuhälter ab? Ihr beide würdet ein feines romantisches Paar in der Unterwelt des Sex abgeben. Tun Sie das! Vielleicht kann ich Ihnen dann und wann ein Geschäft vermitteln.«

»Dr. Kronski«, sagte ich und sah ihn mit mildem und liebenswürdigem Lächeln an, »ich glaube, wir sollten uns nun von Ihnen verabschieden. Es war ein sehr angenehmer und lehrreicher Abend, versichere ich Ihnen. Wenn Mara ihre erste Syphilis bekommt, werde ich mich bestimmt an Sie als Experten wenden. Ich glaube, Sie haben alle unsere Probleme mit bewunderns werter Finesse gelöst. Wenn Sie Ihre Frau in die Irrenanstalt schikken, kommen Sie bei uns vorbei und verbringen Sie einen angenehmen Nachmittag mit uns – es wird nett sein, Sie zu sehen. Sie sind anregend und unterhaltend, ohne Ihnen schmeicheln zu wollen.«

»Geht noch nicht«, bat er, »ich möchte ernstlich mit euch reden.« Er wandte sich dabei an Mara. »Wieviel genau brauchen Sie sofort? Ich könnte Ihnen dreihundert Dollar leihen, wenn Ihnen damit gedient ist. Ich müßte sie nur in sechs Monaten zurück haben, denn sie gehören nicht mir. Hören Sie, laufen Sie jetzt nicht davon. Lassen Sie ihn gehen – ich möchte Ihnen ein paar Dinge sagen.«

Mara schaute mich an, wie um zu fragen, ob das nur eben Gerede von seiner Seite war.

»Fragen Sie ihn nicht um seinen Rat«, rief Kronski. »Ich meine es ehrlich. Ich habe Sie gerne und möchte etwas für Sie tun.« Er drehte sich schroff nach mir um: »Los, geh schon, geh heim, hast du verstanden? Ich vergewaltige sie schon nicht.«

»Soll ich gehen?« fragte ich.

»Ja, bitte«, erwiderte Mara. »Nur, warum hat der Dummkopf so lange gewartet, mir das zu sagen?«

Ich hatte meine Zweifel wegen der dreihundert Dollar, aber jedenfalls ging ich. In der Untergrund verfiel ich, angesichts der übernächtigten Fahrgäste der großen Stadt, in eine tiefgründige Selbstbetrachtung von der Art, wie sie die Helden der modernen Romane anstellen. Wie diese stellte ich mir unnütze Fragen, erwog Probleme, die es nicht gab, schmiedete Zukunftspläne, die sich nie verwirklichen ließen, zog alles in Zweifel – einschließlich meiner eigenen Existenz. Für den modernen Helden führt das Denken zu keinem Ziel. Sein Gehirn ist wie ein Sieb, in dem er das klitschige Gemüse des Geistes wäscht. Er sagt sich, daß er verliebt ist und in der fahrenden Untergrundbahn sitzt und sich wie das Kanalwasser fortzubewegen versucht. Er vertreibt sich die Zeit mit angenehmen Gedanken. Zum Beispiel mit diesen: Wahrscheinlich kniet er jetzt auf dem Boden und streichelt ihre Knie . . . er schiebt seine feuchte Schinkenpfote langsam über das kühle Fleisch hinauf . . . in schleimiger Sprache sagt er ihr, wie einmalig sie ist. Es waren nie dreihundert Dollar da. Aber wenn er ihn hineinstecken, sie dahin bringen kann, ihre Beine ein wenig mehr zu spreizen, wird er versuchen, etwas für sie aufzutreiben. Während sie ihren Schlitz näher und näher heranschiebt, in der Hoffnung, daß er sich damit begnügen wird, sie auszulecken und sie nicht aufs Ganze gehen zu lassen, sagt sie sich, daß das kein Treuebruch ist, denn sie hatte alle miteinander mit deutlicher Offenheit gewarnt, daß sie, wenn sie es tun mußte, es auch tun würde – und schließlich mußte ja etwas geschehen. Gott helfe ihr, es ist sehr wirklich und sehr dringend: Sie kann durchaus leicht damit davonkommen, denn niemand weiß, wie oft sie sich für ein wenig Kleingeld hat ficken lassen. Sie hat eine gute Entschuldigung, denn sie will nicht, daß ihr Vater wie ein Hund krepiert. Jetzt hat er seinen Kopf zwischen ihre Beine gebracht, seine Zunge ist heiß. Sie rutscht ein wenig tiefer herunter und legt ein Bein um seinen Nacken. Der Saft fließt, und ihr ist geiler zumute als je zuvor. Wird er sie die ganze Nacht zappeln lassen? Sie nimmt seinen Kopf zwischen ihre Hände und streicht mit den Fingern durch sein fettiges Haar. Sie preßt ihre Möse an seinen Mund. Sie fühlt, wie es ihr kommt, windet und schlängelt sich, keucht, zieht an seinem Haar. *Wo bist du?* schreit sie in Gedanken. Gib mir diesen dicken Pint! Außer sich zerrt sie an seinem Kragen, reißt ihn weg von ihren Knien. Im Dunkeln schlüpft ihre Hand wie ein Aal in den geblähten Hosenschlitz, umfaßt die fettgeschwollenen Eier, zieht mit Daumen und Zeigefinger den steifen Hühnerhals des Penis nach, wo er ins Unbekannte taucht. Er ist langsam und schwerfällig und schnauft wie ein Walroß. Sie hebt ihre Beine hoch, schlingt sie ihm um den Nacken. Steck ihn 'rein, du Umstandskrämer! *Nicht da – hier!* Sie ballt die Faust um ihn und führt ihn in den Stall. Ach, das tut gut! Oh! Oh! O Gott, so ist es gut, laß ihn drin, bleib, bleib! Steck ihn tiefer 'rein, schieb ihn der ganzen Länge nach 'rein . . . ja, so ist's recht, so ist's recht. Oh, oh! Er versucht es zu verhalten. Er versucht an zwei Dinge zugleich zu denken. Dreihundert Dollar . . . drei grüne Lappen. Wer wird sie mir geben? Jesus, das ist ein wunderbares Gefühl. Jesus, halt jetzt ganz still so. Halt still! Er fühlt und denkt zu gleicher Zeit. Er fühlt eine kleine, schalenlose Muschel sich öffnen und schließen, eine durstige Blume das Ende seines Pints umklammern. Rühr dich jetzt nicht, sagt er sich. Beobachte es nur eben mit geschlossenen Augen. Zähl eins, zwei, drei, vier. Bewege dich nicht, du Schuft, oder es kommt dir. Mach' das noch einmal! Jesus, was für eine Scheide! Er tastet nach ihren harten Titten, reißt das Kleid auf, leckt gierig an einer Brustwarze. Beweg dich jetzt nicht, sauge nur eben, ja so, so ist's recht. Langsam jetzt, langsam! Jesus, wenn wir nur so die ganze Nacht daliegen könnten. O Jesus, es kommt! Beweg dich, du Schlampe. Gib es mir . . . schneller, schneller. Oh, ah, sss, bum, peng!

Unser Held öffnet die Augen und wird wieder er selbst – das heißt, der hier als ich bekannte Mensch, der nicht glauben will, was ihm sein Verstand sagt. Sie führen wahrscheinlich ein langes Gespräch, sage ich mir und ziehe damit einen Vorhang über die angenehme Unterschiebung. Sie würde nicht daran denken, sich von einem solchen fettigen, verschwitzten Inkubus wie ihm anrühren zu lassen. Vermutlich versuchte er, sie zu küssen, aber sie weiß sich schon zu wehren. Ob Maude wohl noch wach ist? Fühle mich selbst geil. Während ich auf das Haus zugehe, öffne ich meinen Hosenlatz und lasse meinen Specht heraus. Maudes Möse! Unbestreitbar kann sie, wenn ihr der Sinn danach steht, ficken. Erwische sie halb schlafend, ihre Augenjalousien halb offen. Wie sie ruhig daliegt, leg' dich leise zu ihr, schmieg' dich an sie wie ein Löffelchen. Ich stecke den Schlüssel ins Schloß und schiebe das Eisentor auf. Kaltes Eisen gegen einen bibbernden Schwanz. Muß mich zu ihr hinaufschleichen, ihn in sie hineinschlüpfen lassen, während sie träumt. Ich schleiche leise hinauf und entledige mich meiner Kleider. Ich höre, wie sie sich umdreht, sich im Schlaf bereit macht, um mir ihre warmen Hinterbacken zuzukehren. Ich gleite vorsichtig in ihr Bett und schmiege mich an sie. Sie tut, als sei sie ganz weg, tot für die Welt. Nicht zu schnell, oder sie wird aufwachen. Ich muß so tun, als täte ich es im Schlaf – sonst ist sie gekränkt. Ich habe seine Spitze in das flauschige Vlies hineingebracht. Sie liegt schrecklich ruhig. Sie will ihn gern haben, das Weibsstück, es sich aber nicht anmerken lassen. Na schön, spiel' nur den toten Hund! Ich bewege sie ein bißchen, ein ganz klein wenig. Sie reagiert darauf wie ein voll Wasser gesogener Holzklotz. Sie wird weiter so schlaff daliegen und Schlaf heucheln. Ja, jetzt habe ich ihn halb hineingebracht. Ich muß sie herumhieven wie ein Kran, aber sie ist gefügig, und alles läuft glatt. Es ist wundervoll, seine eigene Frau zu vögeln, als wäre sie ein totes Pferd. Man kennt jede pulsierende Bewegung in der seidigen Auspolsterung, man kann sich Zeit lassen und alles denken, was man Lust hat. Der Körper gehört ihr, aber die Möse dir. Die Möse und der Schwanz haben im Himmel die Ehe geschlossen, ganz gleich, ob die Leiber verschiedene Wege gehen. Am Morgen werden die beiden Leiber einander gegenüberliegen und umschalten. Sie werden so tun, als seien sie unabhängig, als wären der Penis und das andere Ding nur zum Wasserlassen da. Tief wie sie schläft, scheint es ihr nichts auszumachen, wie ich sie berammle. Ich habe einen jener fühl- und sinnlosen Ständer bekommen, als sei mein Schwanz nur eben ein Gummischlauch ohne Zerstäuber dran. Mit meinen Fingerspitzen kann ich Maude nach Belieben bewegen. Ich schieße eine Ladung in sie und lasse ihn drin – den dicken Gummischlauch, meine ich. Sie öffnet und schließt sich wie eine Blume. Es ist eine Marter, aber die richtige Art von Marter. Blume sagt: Bleib da, sonniger Knabe! Blume spricht wie ein trunkener Schwamm. Blume sagt: Ich klammere mich an dieses Stück Fleisch, bis ich aufwache. Und was sagt der Körper, der unabhängige, sich auf Kugellagern bewegende Kran? Der Körper ist verletzt und gedemütigt. Der Körper hat vorübergehend seinen Namen und seine Adresse verloren. Der Körper würde gerne das Glied abschneiden und es so wie ein Känguruh für immer bei sich behalten. Maude ist nicht dieser Körper, der, die Hinterbacken himmelwärts gestreckt, daliegt, das hilflose Opfer eines Gummischlauches. Maude, wenn der Autor Gott wäre und nicht ihr Mann, sieht sich sittsam auf einem grünen Rasen stehen, einen schönen roten Sonnenschirm haltend. Schöne graue Tauben picken an ihren Schuhen. Diese ihrer Ansicht nach reizenden Tauben sagen in ihrer Gurruh-Gurruh-Sprache, was für ein anmutiges, großzügiges Geschöpf du bist. Sie machen die ganze Zeit weiße Scheiße, aber da sie vom Himmel oben gesandte Tauben sind, besteht das weiße Teil nur aus Engelsfladen – und Scheiße ist ein schlimmes Wort, das der Mensch erfunden hat, als er Kleidung anlegte und sich zivilisierte. Wenn sie einen verstohlenen Blick um sich werfen würde, während sie Segenswünsche für Gottes Täubchen sagt, sähe sie eine schamlose Göre einem nackten Mann ihr Hinterteil anbieten, ganz wie eine Kuh oder Stute auf dem Feld. Sie will nicht an diese Frau denken, besonders nicht in einer so schmachvollen Stellung. Sie versucht, das grüne Gras um sie und den geöffneten Sonnenschirm festzuhalten. Wie reizend, nackt im reinen Sonnenlicht zu stehen und sich mit einem imaginären Freund zu unterhalten! Maude redet jetzt sehr elegant, als sei sie ganz in Weiß gekleidet und als läuteten die Kirchenglocken: Sie ist in ihrem eigenen privaten Winkel der Welt, ein nonnenartiges Geschöpf, das die Psalmen in der Chiffre-Sprache der Blinden hersagt. Sie beugt sich hinunter, um den Kopf einer Taube, so sanft und gefiedert, so warm von Liebe, ein in Samt gehülltes Stück Blut, zu streicheln. Die Sonne scheint strahlend, und jetzt – oh, wie gut das tut – wärmt sie ihre kühlen Hinterpartien. Wie ein barmherziger Engel spreizt sie ihre Schenkel auseinander: die Taube flattert zwischen ihre Beine, die Flügel streicheln leise die marmorne Rundung. Das Täubchen flattert wild, es muß sein weiches Köpfchen zwischen ihre Beine zwängen. Noch immer Sonntag und keine Menschenseele in diesem Winkel der Welt. Maude spricht mit Maude. Sie sagt, wenn ein Bulle daherkäme und sie bestiege, würde sie sich keinen Zoll weit vom Fleck rühren. Es tut gut, nicht wahr, Maude? wispert sie zu sich selbst. Es tut so gut. Warum komme ich nicht jeden Tag hierher und stehe so da? Wirklich, Maude, es ist wundervoll. Du ziehst alle deine Kleider aus und stehst im Gras. Du beugst dich hinunter, um die Tauben zu füttern, und der Bulle steigt herauf über den Hügel und schiebt sein schrecklich langes Ding in dich. O Gott, aber es tut schrecklich gut auf diese Art. Das saubere grüne Gras, der Geruch seines warmen Fells, dieses lange, glatte Ding, das er ein und aus bewegt – o Gott, ich will, daß er mich so fickt, wie er es bei einer Kuh täte. O Gott, ich will ficken, ficken, ficken . . .

4

Am folgenden Abend kommt mein Freund Stanley hereingeschneit, um mich zu besuchen. Maude kann Stanley nicht ausstehen, und das mit gutem Grund, denn jedesmal, wenn er zu ihr hinsieht, schlägt er sie mit einem stummen Fluch nieder. Sein

Blick sagt sehr deutlich: »Wenn ich dieses Weibsstück bei mir daheim hätte, würde ich die Axt nehmen und sie niederhauen.« Stanley ist voll unterdrückter Haßgefühle. Er sieht jetzt so hager und drahtig aus wie damals, als er vor Jahren von der Kavallerie in Fort Oglethorpe kam. Was er sucht, ist etwas zum Ermorden. Er würde mich, seinen besten Freund, ermorden, wenn er das ungestraft könnte. Er ist mit der Welt zerfallen, gallegrün vor aufgespeicherten Haß- und Rachegefühlen. Er kommt nur deshalb, um sich zu überzeugen, daß ich keine Fortschritte mache, daß ich tiefer und immer tiefer sinke.

»Du wirst es nie zu etwas bringen«, sagt er. »Du bist wie ich – du bist schwach, hast keinen Ehrgeiz.« Wir haben einen Ehrgeiz gemeinsam, von dem wir wenig hermachen: zu schreiben. Vor fünfzehn Jahren, als wir einander Briefe schrieben, bestand noch mehr Hoffnung für uns. Fort Oglethorpe war ein guter Ort für Stanley, es machte ihn zum Trinker, zum Spieler, zum Dieb. Das machte seine Briefe interessant. Sie handelten nie vom Leben beim Militär, sondern von ungewöhnlichen romantischen Schriftstellern, denen er es gleichzutun versuchte, wenn er schrieb. Stanley hätte nie in den Norden zurückkommen sollen. Er hätte in Chickamauga den Zug verlassen, sich in Tabakblätter und Kuhdung hüllen und sich eine Squaw nehmen sollen. Statt dessen kehrt er in das Begräbnisinstitut im Norden zurück, fand für sich ein dickes polnisches Bauernmädchen mit fruchtbaren Eierstöcken, halste sich eine Brut kleiner Polacken auf und versuchte vergeblich, über dem Essenskübel stehend zu schreiben.

Stanley sprach selten über etwas Gegenwärtiges. Er zog es vor, unglaubliche Abenteuergeschichten über die Männer, die er beim Militär gemocht hatte und bewunderte, zu erzählen.

Stanley hatte alle schlechten Eigenschaften der Polen. Er war eitel, bissig, brutal, auf falsche Weise großzügig, romantisch wie eine klapprige Schindmähre, treu wie ein Narr und obendrein äußerst heimtückisch. Vor allem war er von Neid und Eifersucht einfach zerfressen.

Es gibt etwas, was ich an den Polen mag: ihre Sprache. Polnisch, wenn es von intelligenten Leuten gesprochen wird, versetzt mich in Begeisterung. Der Klang der Sprache ruft seltsame

Bilder hervor, bei denen ich immer einen Rasen mit feinem, spitzem Gras vor mir sehe, in dem Hornissen und Schlangen eine große Rolle spielen. Ich erinnere mich an lange zurückliegende Tage, als Stanley mich einlud, seine Verwandten zu besuchen. Gewöhnlich ließ er mich eine Notenrolle tragen, denn er wollte mich diesen reichen Verwandten vorführen. Ich erinnere mich gut an dieses Milieu, weil ich mich in der Gegenwart dieser glattzüngigen, überhöflichen, hochtrabenden und durch und durch falschen Polen immer jammervoll unbehaglich fühlte. Aber wenn sie miteinander manchmal französisch, dann wieder polnisch sprachen, lehnte ich mich in meinem Sessel zurück und beobachtete sie fasziniert. Sie machten seltsame polnische Grimassen, so ganz andere als unsere Verwandten, die im Grunde genommen dumme Barbaren waren. Die Polen waren wie aufgerichtete Schlangen, mit Hornissenkragen ausgestattet. Ich wußte nie, worüber sie sprachen, aber es kam mir immer so vor, als ob sie jemanden höflich ermordeten. Sie schienen alle Säbel und breite Schwerter zu besitzen, die sie zwischen den Zähnen hielten oder in einer donnernden Attacke wild über ihren Köpfen schwangen. Sie wichen nie vom Pfad ab, sondern ritten rücksichtslos über Frauen und Kinder hinweg, die sie mit langen, mit blutroten Wimpeln bebänderten Lanzen aufspießten. Alles das, versteht sich, im Wohnzimmer bei einem Glas starken Tee – die Männer mit buttergelben Handschuhen, die Frauen ließen ihre albernen Lorgnetten baumeln. Die Frauen waren immer hinreißend schön, von dem blonden Hurityp, den sie vor Jahrhunderten während der Kreuzzüge übernommen hatten. Sie zischten ihre langen, vielfarbigen Worte aus einem kleinen, sinnlichen Mund, dessen Lippen weich wie Geranienblätter waren. Diese furiosen Attacken mit Vipern und Rosenblättern machten eine Art berauschender Musik, ein stahlbesaitetes, zitherartiges Wortgetön, in dem auch ungewöhnliche Geräusche wie Schluchzen und fallende Wasserstrahlen vorkommen konnten.

Auf dem Heimweg fuhren wir immer durch trübselige, düstere Landstriche, die mit Gaskesseln, rauchenden Schornsteinen, Getreidesilos, Wagenschuppen und anderen biochemischen Emulsionen unserer glorreichen Zivilisation übersät waren. Der Heimweg machte mir klar, daß ich nur ein Stück Dreck war, stinkender Abfall wie die brennenden Müllhaufen in den leeren Halden. Den ganzen Weg zurück herrschte der beizende Gestank brennender Chemikalien, brennenden Mülls, brennenden Kehrichts. Die Polen waren eine Rasse für sich, und ihre Sprache heftete sich an mich wie rauchende Ruinen aus einer Vergangenheit, die ich nie gekannt hatte. Wie hätte ich damals ahnen können, daß ich eines Tages durch ihre fremdartige Welt in einem Zug fahren würde, der überfüllt war von Juden, die vor Angst zitterten, wenn ein Pole das Wort an sie richtete. Ja, ich (der kleine Scheißkerl aus Brooklyn) sollte einen Streit auf französisch mit einem polnischen Adeligen haben – weil ich es nicht ertragen konnte, diese Juden sich aus Angst ducken zu sehen. Ich reiste zu dem Landsitz eines polnischen Grafen, um ihn sentimentale Bilder für den Pariser Herbstsalon malen zu sehen. Wie hätte ich mir eine solche Möglichkeit vorstellen sollen, als ich durch die Moorlandschaft mit meinem derben, galligen Freund Stanley fuhr? Wie konnte ich glauben, daß ich, schwach und ohne Ehrgeiz, mich eines Tages losreißen, eine neue Sprache, eine neue Lebensweise lernen, Gefallen an ihr finden, mich befreien, alle Bande zerreißen und darauf zurückblicken würde, während ich hier durchfahre, als wäre es ein Alptraum, von einem Idioten in einer bitterkalten Nacht in einer Bahnhofshalle erzählt, in der man wie in Trance die Züge wechselt?

In jener besonderen Nacht kam der kleine Curley hereingeschneit. Maude konnte auch mit Curley nichts anfangen – abgesehen von dem erregenden Schauer, den sie empfand, wenn er verstohlen ihren Hintern liebkoste, sobald sie sich bückte, um den Braten in den Ofen zu schieben. Stets glaubte Curley, er tue derlei, ohne daß es jemand bemerkte. Maude ließ immer die Leute solche Dinge mit ihr anstellen, als geschähen sie zufällig. Stanley machte es stets sehr klar, daß er nichts sah, aber unter dem Tisch konnte man ihn deutlich beobachten, wie er seine eingerosteten Messingknöchel mit Salpetersäure beträufelte. Ich selbst bemerkte alles, sogar die neuen Risse in der Stuckwand, die ich, wenn ich allein war, so intensiv anstarrte, daß ich – wenn man mir genügend Zeit ließe –, ohne ein Komma oder einen Bindestrich auszulassen, mit Spitzengeschwindigkeit die ganze Menschheitsgeschichte bis zurück zu dem besonderen Quadratzoll der Fläche, auf die meine Augen gerichtet waren, hätte ablesen können.

In dieser besonderen Nacht ist es warm draußen, und das Gras ist samten. Es besteht kein Grund, im Haus zu bleiben und schweigend einander zu ermorden. Maude ist darauf erpicht, daß wir das Feld räumen – wir beflecken das Heiligtum. Außerdem bekommt sie in ein paar Tagen ihre Regel, und das macht sie weinerlicher, elender und mutloser als je. Das beste wäre für mich, hinauszutreten und wie von ungefähr in einen schnellen Lastwagen hineinzulaufen. Das wäre eine so wunderbare Erleichterung für sie, daß es mir jetzt ganz unglaubwürdig scheint, daß ich ihr nie diesen kleinen Gefallen getan habe. Viele Nächte muß sie allein dagesessen und gebetet haben, daß man mich auf einer Bahre zu ihr zurückbrächte. Sie gehört zu der Sorte Frau, die bei einem solchen Ereignis sehr offen sagen würde: »Gott sei Dank, endlich hat er es getan!«

Wir gingen zum Park und legten uns in dem niederen Gras flach auf den Rücken. Der Himmel war freundlich und friedlich, eine Schale ohne Grenzen. Ich fühlte mich seltsam ausgeglichen, losgelöst, abgeklärt, heiter wie ein Weiser. Zu meiner Überraschung schlug Stanley einen anderen Ton an. Er meinte, ich schulde es mir selbst, den Bruch herbeizuführen. Als mein Freund wolle er mir helfen zu tun, was ich allein nicht fertigbrächte.

»Überlaß es mir«, murmelte er. »Ich mache das für dich. Aber komme nicht nachher zu mir und sage, daß du es bedauerst.«

Wie er es anstellen wollte? erkundigte ich mich.

Das ginge mich nichts an, gab er mir zu verstehen. »Du bist verzweifelt, nicht wahr? Du willst sie loswerden, das ist alles. Stimmt's?«

Ich schüttelte den Kopf und lächelte – lächelte, weil es völlig absurd schien, daß ausgerechnet Stanley so sicher sein konnte, einen so entscheidenden Coup zu landen. Er tat, als habe er alles seit langer Zeit vorgeplant und nur auf den geeigneten Augenblick gewartet, das Thema zu besprechen. Er wollte mehr über Mara wissen – war ich ihrer völlig sicher?

»Nun zu dem Kind«, sagte er in seiner gewohnten kaltblütigen Art, »das wird dir schwerfallen. Aber du wirst es nach einiger Zeit vergessen. Du warst nie zum Vater bestimmt. Nur komm nicht zu mir und bitte mich, es wieder einzurenken, hörst du? Wenn ich dieses Geschäft für dich besorge, ist es ein für allemal erledigt. Ich halte nichts von halben Maßnahmen. An deiner Stelle ginge ich nach Texas oder sonst irgendwohin. Komm nie mehr hierher zurück! Du mußt noch einmal ganz von vorn anfangen, als würdest du gerade dein Leben beginnen. Du schaffst es, wenn du nur willst. *Ich kann es nicht. Ich bin gefangen.* Darum will ich dir helfen. Ich tue es nicht dir zuliebe – sondern weil ich das selber gern tun würde. Du kannst auch mich vergessen, wenn es soweit ist. Ich würde jedermann vergessen, wenn ich in deiner Haut steckte.«

Curley war fasziniert. Er wollte sofort wissen, ob er nicht mit mir kommen könnte.

»Nimm ihn nicht mit, was immer du tust!« stieß Stanley zornig hervor. »Er taugt zu nichts – er wäre nur im Weg. Außerdem kann man ihm nicht trauen.«

Curley war verletzt und zeigte es.

»Hör zu, reib's ihm nicht hin«, sagte ich. »Ich weiß, daß er zu nichts taugt, aber was zum Teufel . . .«

»Ich beschönige die Dinge nicht«, unterbrach Stanley mich grob. »Soweit es mich betrifft, möchte ich ihn nie wiedersehen. Er kann gehen oder sterben, mir ist das gleichgültig. Du bist zu weich – darum steckst du in einer so lausigen Klemme. Ich habe keine Freunde, das weißt du. Und will auch keine. Ich tue für niemanden was aus Mitleid. Wenn er verletzt ist, um so schlimmer, aber er wird darüber hinwegkommen müssen, so gut er kann. Ich spreche im Ernst und meine es ernst.«

»Wie weiß ich, ob ich dir vertrauen kann, daß du das Richtige machst?«

»Du brauchst mir nicht zu vertrauen. Eines Tages – ich sage nicht wann – wird es geschehen. Du wirst nicht wissen, wie es geschehen ist. Du wirst die Überraschung deines Lebens erleben. Und du wirst nicht anderer Meinung werden können, denn dazu ist es dann zu spät. Du wirst frei sein, ob es dir gefällt oder nicht – das ist alles, was ich dir sagen kann. Es ist das letzte, was ich für dich tun werde – danach mußt du für dich selbst sorgen. Schreib mir nicht, daß du hungerst, denn ich werde dem keine

Beachtung schenken. Geh unter oder schwimm – so stehen die Dinge.«

Er stand auf und klopfte sich den Anzug ab. »Ich gehe«, sagte er. »Abgemacht also?«

»Okay«, sagte ich.

»Gib mir einen Vierteldollar«, bat er, als er im Begriff war fortzugehen.

Ich hatte keinen Vierteldollar bei mir. Ich wandte mich an Curley. Er nickte, um anzudeuten, daß er einverstanden war, machte aber keine Anstalten, ihn auszuhändigen.

»Gib ihm das Geld«, sagte ich. »Ich gebe es dir zurück, wenn wir nach Hause kommen.«

»Ihm?« sagte Curley und sah Stanley verächtlich an. »Laß ihn darum betteln!«

Stanley wandte uns den Rücken zu und ging fort. Er hatte den wiegenden Gang eines Cowboys. Sogar von hinten sah er wie ein gedungener Mörder aus.

»Der Dreckskerl!« murmelte Curley. »Ich könnte ihm ein Messer in die Rippen stoßen.«

»Beinahe verabscheue ich ihn selbst«, sagte ich. »Eher wird er vor die Hunde gehen und sterben, als weich werden. Ich weiß wirklich nicht, warum er das für mich tun will – es paßt nicht zu ihm.«

»Wie weißt du, was er tun wird? Wie kannst du so einem Burschen trauen?«

»Curley«, erwiderte ich, »er will mir einen Gefallen tun. Etwas warnt mich, es wird unerfreulich werden, aber ich sehe keinen anderen Ausweg. Du bist noch ein Kind. Du weißt nicht, worum es geht. Irgendwie fühle ich mich erleichtert. Ein neuer Weg tut sich auf.«

»Er erinnert mich an meinen Vater«, meinte Curley bitter. »Ich hasse ihn, hasse seine freche Stirn. Ich sähe die beiden gern am gleichen Galgen baumeln: Ich möchte sie am liebsten verbrennen, die Dreckskerle.«

Einige Tage später saß ich in Ulrics Atelier und wartete auf das Kommen von Mara mit ihrer Freundin Lola Jackson. Ulric hatte Mara bisher nicht kennengelernt.

»Du glaubst, sie taugt etwas?« fragte er, wobei er Lola meinte. »Wir werden nicht zu viele Umstände machen müssen, wie?«

Diese Fühler, die Ulric immer ausstreckte, belustigten mich in hohem Maße. Er hatte gern die Garantie, daß der Abend nicht völlig vergeudet sein würde. Er war meiner nie sicher, wenn es sich um Frauen oder Freunde handelte. Seiner unmaßgeblichen Meinung nach war ich ein bißchen zu unbekümmert.

In dem Augenblick jedoch, als seine Augen auf die beiden fielen, fühlte er sich beruhigt. Tatsächlich war er überwältigt. Er nahm mich fast sofort beiseite, um mir zu meinem guten Geschmack zu gratulieren.

Lola Jackson war ein sonderbares Mädchen. Sie hatte nur einen Fehler – das Bewußtsein, daß sie nicht rein weiß war. Das machte es ziemlich schwierig, sie richtig zu behandeln, wenigstens im Anfangsstadium. Ein bißchen zu sehr darauf bedacht, uns mit ihrer Bildung und Erziehung zu beeindrucken. Nach einigen Drinks entblätterte sie sich genügend, um uns zu zeigen, wie geschmeidig ihr Körper war. Ihr Kleid war zu lang für einige der Kunststücke, die sie uns gerne vorführen wollte. Wir machten den Vorschlag, sie solle es ausziehen, was sie tat, wobei sie eine tolle Figur enthüllte, durch reinseidene Strümpfe, einen Büstenhalter und einen hellblauen Schlüpfer verschönt. Mara beschloß, ihrem Beispiel zu folgen. Nun drängten wir die beiden Mädchen, den Büstenhalter abzulegen. Es gab einen riesigen Diwan, auf dem wir vier uns in einer gemeinsamen Umarmung zusammenkuschelten. Wir dämpften das Licht und legten eine Schallplatte auf. Lola fand es zu warm, um etwas außer den Seidenstrümpfen anzubehalten.

Wir hatten ungefähr einen Quadratmeter Raum zur Verfügung, um Leib an Leib zu tanzen. Gerade als wir die Partnerinnen gewechselt hatten und die Spitze meines Spechtes sich in Lolas dunkle Blütenblätter vergraben hatte, läutete das Telefon. Es war Hymie Laubscher, der mir mit ernster und eindringlicher Stimme mitteilte, daß die Boten in den Streik getreten seien. »Du bist besser morgen früh zeitig zur Stelle, H. M.«, sagte er. »Niemand weiß, was passieren wird. Ich hätte dich nicht gestört, wäre es nicht wegen Spivak. Er ist dir auf der Spur. Er sagt, du hättest wissen müssen, daß die Jungens streiken wollen. Er hat bereits eine Anzahl Taxis angeheuert. Morgen wird die Hölle los sein.«

»Er braucht nicht zu wissen, daß du dich mit mir in Verbindung gesetzt hast«, sagte ich. »Ich werde morgen frisch und munter zur Stelle sein.«

»*Amüsierst du dich gut?*« piepste Hymie. »Besteht keine Möglichkeit, daß ich in die Party einschwärme?«

»Ich fürchte nein, Hymie. Wenn du was suchst, kann ich dir eine im I. Q.-Büro empfehlen – du weißt, die mit den großen Piezen. Sie hat um Mitternacht Dienstschluß.«

Hymie wollte mir etwas über die Operation seiner Frau erzählen. Ich konnte es nicht verstehen, denn Lola war an meine Seite geschlüpft und streichelte meinen Schwengel. Ich legte mittendrin auf und tat so, als erklärte ich Lola, um was für eine Mitteilung es sich handelte. Ich wußte, Mara würde mir im nächsten Augenblick auf den Fersen sein.

Ich hatte ihn gerade halbwegs hineingebracht – Lolas Rücken war fast im rechten Winkel abgebogen – und sprach noch immer über die Botenjungen, als ich hörte, daß Ulric und Mara sich wieder rührten. Ich zog ihn heraus, und indem ich zum Telefon griff, wählte ich auf gut Glück eine Nummer. Zu meiner Überraschung antwortete eine verschlafene Frauenstimme: »Bist du's, Lieber? Gerade habe ich von dir geträumt.« Ich sagte *ja*? Sie fuhr wie noch halb schlaftrunken fort: »Komm schnell heim, willst du, Lieber? Ich habe gewartet und gewartet. Sag mir, daß du mich liebst . . .«

»Ich werde so schnell machen, wie ich kann, Maude«, sagte ich mit meiner unverstellten, klaren, natürlichen Stimme. »Die Boten streiken. Ich wollte, du würdest . . .«

»Was soll das? Was sagst du da? Was bedeutet das?« kam die verdutzte Stimme der Frau.

»Ich sagte, schick ein paar Aushilfsboten ins D. T.-Büro und bitte Costigan, daß er . . .« Das Telefon klickte.

Die drei lagen auf dem Diwan. Ich konnte sie im Dunkeln riechen. »Ich hoffe, du mußt nicht gehen«, sagte Ulric mit gedämpfter Stimme. Lola lag über ihm, die Arme um seinen Nakken geschlungen. Ich griff zwischen ihre Beine und bekam Ulrics Schwengel zu fassen. Ich lag auf den Knien, in einer guten Stellung, um Lola von hinten in Angriff zu nehmen, falls Mara sich plötzlich entschließen sollte, ins Badezimmer zu gehen. Lola hob sich ein wenig hoch und sank mit einem wilden Grunzen auf Ulrics Schwanz herab. Mara zerrte an mir. Wir legten uns auf den Boden neben den Diwan und machten uns ans Werk. Mittendrin öffnete sich die Dielentür, das Licht wurde plötzlich angeknipst – und da stand Ulrics Bruder mit einem Mädchen. Sie waren ein bißchen betrunken und offenbar zu früher Stunde zurückgekehrt, um ihrerseits einen ruhigen Fick genießen zu können.

»Laßt euch durch *uns* nicht stören«, sagte Ned, der im Türrahmen stand und die Szene überblickte, als sei sie etwas ganz Alltägliches. Plötzlich deutete er auf seinen Bruder und rief: »Heiliger Strohsack! Was ist passiert? Du blutest ja!«

Wir alle schauten auf Ulrics blutenden Schwanz: Vom Nabel bis hinunter zu seinen Knien war er eine Blutmasse. Es war ziemlich peinlich für Lola.

»Es tut mir leid«, sagte sie, während das Blut ihre Schenkel herunterrann, »ich hatte nicht geglaubt, daß es sich so bald einstellen würde.«

»Schon gut«, sagte Ulric, »was bedeutet schon ein bißchen Blut zwischen den Runden?«

Ich ging mit ihm ins Badezimmer, wobei ich unterwegs einen Augenblick stehenblieb, um dem Mädchen seines Bruders vorgestellt zu werden. Sie hatte den Kanal hübsch voll. Ich streckte ihr meine Flosse hin zu einem Händeschütteln, und als sie danach greifen wollte, griff sie zufällig daneben und machte einen Angriff auf meinen Pint. Das entspannte die Situation endgültig.

»Eine großartige Gymnastik«, sagte Ulric, der sich emsig wusch. »Glaubst du, ich könnte noch einen Versuch machen? Ich meine, es ist nichts besonders Schlimmes, wenn man ein wenig Blut an die Spitze des Schwengels bekommt. Ich habe so das Gefühl, als sollte ich noch mal loslegen, was meinst du?«

»Es ist gut für die Gesundheit«, erwiderte ich heiter. »Ich wollte, ich könnte mit dir den Platz tauschen.«

»Ich wäre dem durchaus nicht abgeneigt«, sagte er und fuhr sich mit der Zunge wollüstig über die Unterlippe. »Glaubst du das einrichten zu können?«

»Heute abend nicht mehr«, sagte ich. »Ich gehe jetzt. Ich muß morgen frisch und munter sein.«

»Nimmst du Mara mit?«

»Freilich. Sag ihr, sie möchte einen Augenblick herkommen, ja?«

Als Mara die Tür öffnete, puderte ich gerade meinen Schwanz. Wir umschlangen uns sofort.

»Wie wär's, wenn wir es in der Wanne versuchten?«

Ich drehte das warme Wasser auf und warf ein Stück Seife hinein. Ich seifte ihre Mieze mit kribbelnden Fingern. Inzwischen glich mein Pint einem elektrisierten Aal. Das warme Wasser war köstlich. Ich kaute an ihren Lippen, ihren Ohren, ihrem Haar. Ihre Augen funkelten, als sei sie von einer Handvoll Sterne getroffen worden. Jeder Teil von ihr war weich und seidig, und ihre festen Brüste waren am Bersten. Wir stiegen heraus, und während ich sie sich rittlings auf mich setzen ließ, saß ich auf dem Wannenrand. Wir waren tropfnaß. Ich griff nach einem Handtuch und trocknete sie vorne ein wenig ab. Wir legten uns auf die Bademattę, und sie schlang die Beine um meinen Nacken. Ich bewegte sie hin und her wie eines dieser beinlosen Spielzeuge, die das Prinzip der Schwerkraft veranschaulichen.

Zwei Nächte später war ich in einer deprimierten Stimmung. Ich lag auf der Couch im Dunkeln, meine Gedanken schweiften schnell von Mara zu dem verfluchten, leeren Leben im Telegrafenbüro. Maude war zu mir hereingekommen, um mir etwas zu sagen, und ich beging den Fehler, meine Hand nachlässig ihr Kleid hochgleiten zu lassen, als sie dastand und sich über dies oder jenes beklagte. Sie war beleidigt fortgegangen. Ich hatte nicht daran gedacht, sie zu vögeln – ich tat es ganz unwillkürlich, wie man eine Katze streichelt. Wenn sie wach war, durfte man sie nicht in dieser Weise anrühren. Sie war nie für den nackten Geschlechtsakt auf die schnelle Tour zu haben. Sie glaubte, Fikken habe etwas mit Liebe zu tun: mit fleischlicher Liebe vielleicht. Viel Wasser war den Fluß hinabgelaufen seit jenen Tagen, als ich sie kennenlernte und sie auf dem Klavierhocker sitzend auf dem Ende meines Pints herumzuwirbeln pflegte. Jetzt verhielt sie sich wie eine Köchin, die ein schwieriges Menü vorbereitet. Wohlerwogen faßte sie ihren Entschluß und ließ mich auf ihre verschlagene, unehrliche Art wissen, daß der Zeitpunkt für seine Ausführung gekommen war. Vielleicht hatte sie sich dazu einen Augenblick zuvor durchgerungen, obschon die Art, wie sie darum bat, seltsam war. Jedenfalls war es mir völlig gleichgültig, ob sie wollte oder nicht. Plötzlich jedoch, indem ich mir Stanleys Worte ins Gedächtnis rief, begann ich ein Verlangen nach ihr zu verspüren. »Laß deine letzten Spritzer hinein«, sagte ich mir. Nun, vielleicht würde ich aufstehen und ihr in ihrem Pseudo-Schlaf einen verpassen. Spivak fiel mir ein. Er beobachtete mich in den letzten Tagen mit Argusaugen. Mein Haß auf das Leben in dem Telegrafenbüro konzentrierte sich in meinem Haß auf ihn. Er war der verfluchte Kosmokokkus in Person. Ich mußte ihn irgendwie erledigen, bevor man mich vor die Tür setzte. Immer wieder überlegte ich, wie ich ihn an einen dunklen Kai locken und ihn von einem bereitwilligen Freund ins Wasser stoßen lassen könnte. Ich dachte an Stanley. Stanley würde einen solchen Auftrag mit Wonne übernehmen.

Wie lange würde er mich noch auf die Folter spannen? In welcher Form würde diese gewaltsame Befreiung vor sich gehen? Ich sah Mara, wie sie am Bahnhof auf mich zukam. Gemeinsam würden wir ein neues Leben anfangen, jawohl! Was für eine Art von Leben – das wagte ich mir nicht auszudenken. Vielleicht würde Kronski nochmals dreihundert Dollar auftreiben. Und diese Millionäre, von denen sie gesprochen hatte, sollten auch zu etwas gut sein. Ich begann in Tausendern zu denken – einen Tausender für ihren alten Herrn, einen für Reisekosten, einen, um uns einige Monate über Wasser zu halten. Wären wir erst einmal in Texas oder an einem anderen gottverlassenen Ort, würde ich mehr Selbstvertrauen haben. Ich würde mit ihr in Zeitungsredaktionen vorsprechen – Mara machte immer einen guten Eindruck – und fragen, ob ich nicht einen kleinen Beitrag schreiben könnte. Ich würde Geschäftsleute aufsuchen und ihnen zeigen, wie man Inserate abfaßt. In irgendeiner Hotelhalle würde ich sicherlich einer freundlichen Menschenseele begegnen, jemandem, der mir eine günstige Chance bot. Amerika war so groß, es gab so viele einsame Menschen, so viele großmütige, hilfsbereite Seelen – sie mußten nur dem richtigen Mitmenschen begegnen. Ich würde aufrichtig und offen sein. Nehmen wir an, wir gehen nach Mississippi, in irgendein altes, baufälliges Hotel. Ein Mann kommt aus der Dunkelheit auf mich zu und spricht mich an. Ein Kerl, der auf einen kleinen Schwatz aus ist. Ich würde ihn mit Mara bekannt machen. Wir würden Arm in Arm umherschlendern und im Mondlicht herumbummeln – die Bäume sind erdrosselt von Lianen, die Magnolien verfaulen auf dem Erdboden, die Luft ist feucht, schwül, läßt die Dinge – und auch die Menschen – verfaulen. Für diesen Mann wäre ich eine frische Brise aus dem Norden. Ich wäre ehrlich, aufrichtig, fast demütig. Ich würde sofort meine Karten auf den Tisch legen. Da haben Sie's, lieber Mann, so stehen die Dinge. Ich finde es schön hier. Ich möchte mein ganzes Leben hierbleiben. Das würde ihn ein wenig mißtrauisch machen, denn ein Südstaatler ist es nicht gewohnt, daß man so ohne Umschweife mit ihm redet. *Worauf wollen Sie hinaus?* Dann würde ich mich weiter sanft und zurückhaltend aussprechen, wie eine gedämpfte Klarinette. Ich würde ihm eine kleine Melodie aus dem kalten Norden zu Gehör bringen, ein frostiges Fabriksignal an einem Wintermorgen. Mister Mann, ich mag die Kälte nicht. No, Sir. Ich will eine ehrliche Arbeit verrichten, irgend etwas, um mich am Leben zu erhalten. *Kann ich offen reden?* Sie werden mich nicht für verrückt halten, wie? Es ist einsam dort oben im Norden. Ja, mein Lieber, wir werden schwermütig vor Angst und Einsamkeit. Leben in kleinen Zimmern, essen mit Messern und Gabeln, tragen Uhren, haben Leberpillen, Brotrinden, Würstchen bei uns. Wir wissen nicht, was aus uns werden soll, *ehrlich*, Mister. Wir haben Todesangst, etwas – etwas Wirkliches zu sagen. Wir können nicht schlafen . . . nicht richtig. Wälzen uns die ganze Nacht im Bett hin und her und beten, die Welt möge untergehen. Wir glauben an nichts: Wir hassen alles, vergiften einander. Alles so verkrampft und fest, alles mit grausamen heißen Eisen vernietet. Wir machen kein Ding mit der Hand. Verkaufen. Kaufen und verkaufen. Kaufen und verkaufen, das ist alles, Mister . . .

Ich konnte den alten Herrn deutlich vor mir sehen, wie er unter den ermattet herabhängenden Zweigen eines Baumes stand und sich die schwitzende Stirn wischte. Er würde nicht von mir weglaufen, wie andere das getan hatten. Ich würde es nicht zulassen! Ich würde ihn im Bann halten – die ganze Nacht hindurch, wenn mir danach zumute war. Ich würde ihn veranlassen, uns einen kühlen Flügel in dem großen Haus am sumpfigen Nebenarm des Flusses zur Verfügung zu stellen. Der Negerdiener würde mit einem Tablett erscheinen, ein Eisgetränk mit Minze servieren. Wir würden an Kindes Statt angenommen werden. »*Fühl dich hier zu Hause, mein Sohn. Bleib so lange du willst.*« Kein Wunsch, einem solchen Menschen einen Streich zu spielen. Nein, wenn ein Mensch mich so behandelte, würde ich treu zu ihm stehen bis zum bitteren Ende ...

Es war alles so wirklich, daß ich das Gefühl hatte, es sofort Mara erzählen zu müssen. Ich ging in die Küche und begann einen Brief. »Liebe Mara! Alle unsere Probleme sind gelöst ...« Ich fuhr fort, als wäre alles klar und endgültig. Mara erschien mir jetzt in einem anderen Licht. Ich sah mich unter den großen Bäumen stehen und mit ihr in einer Art sprechen, die mich überraschte. Wir gingen Arm in Arm durch das dichte Gestrüpp und unterhielten uns wie richtige Menschen miteinander. Ein großer gelber Mond stand am Himmel, und die Hunde kläfften zu unseren Fersen. Es kam mir vor, als seien wir verheiratet, und das Blut strömte tief und still zwischen uns. Sie würde sich sehnlich ein Schwanenpaar für den kleinen See hinter dem Haus wünschen. Kein Gespräch über Geld, keine Neonlampen, kein Chop Suey. Wie wundervoll, nur eben natürlich zu atmen, nie zu hasten, nie irgendwohin zu müssen, nie etwas Wichtiges vorzuhaben – nur leben! Sie dachte dasselbe. Sie hatte sich verändert, Mara. Ihr Körper war fülliger, üppiger geworden. Sie bewegte sich langsam, sprach ruhig, schwieg oft lange, alles so wirklich und natürlich. Sollte sie mich einmal allein lassen, so war ich gewiß, daß sie unverändert zurückkommen würde, köstlicher duftend, sicherer auf den Beinen ...

»Begreifst du, wie es sein wird, Mara?«

Da war ich nun, brachte das alles so ehrlich zu Papier, den Tränen nahe über dieses reine Wunder. Und da trapste Maude schlipp-schlapp durch die Diele. Ich raffte die Papierbogen zusammen und faltete sie. Ich legte meine Faust darauf und wartete, daß sie etwas sagte.

»An wen schreibst du?« fragte sie – direkt und sehr bestimmt.

»An jemanden, den ich kenne«, erwiderte ich ruhig.

»Sicher doch an eine Frau, was?«

»Ja, an eine Frau. An ein Mädchen, genauer gesagt.« Ich sagte es mit Nachdruck, feierlich, noch erfüllt von dem Trancezustand, dem Bild von ihr unter den großen Bäumen, den zwei ziellos auf dem glatten See schwimmenden Schwänen. Wenn du's wissen willst, dachte ich bei mir, sage ich es dir. Ich sehe keinen Grund, warum ich noch länger lügen sollte. Ich hasse dich nicht, wie ich es einmal getan habe. Ich wollte, du könntest lieben wie ich – das würde alles soviel leichter machen. Ich will dir nicht weh tun. Ich will nur, daß du mich in Frieden läßt.«

»Du bist verliebt in sie. Du brauchst nicht zu antworten, ich weiß, daß es so ist.«

»Ja, es ist wahr – ich *bin* verliebt. Ich habe ein Mädchen getroffen, das ich wirklich liebe.«

»Vielleicht behandelst du sie besser als mich.«

»Ich hoffe es«, sagte ich, noch immer ruhig und noch immer hoffend, sie würde mich bis zum Ende anhören. »Wir haben einander nie wirklich geliebt, Maude, das ist die Wahrheit, stimmt's nicht?«

»Du hast nie Achtung vor mir gehabt – als Mensch«, antwortete sie. »Du beleidigst mich vor deinen Freunden, läufst mit anderen Frauen herum, interessierst dich nicht einmal für dein Kind.«

»Maude, ich wollte, daß du nur einmal nicht so sprechen würdest. Ich wollte, wir könnten ohne Bitterkeit darüber reden.«

»*Du* kannst das – denn du bist glücklich. Du hast ein neues Spielzeug gefunden.«

»Darum handelt es sich nicht, Maude. Hör zu, angenommen, alles, was du da sagst, ist wahr – welchen Unterschied macht das nun? Angenommen, wir wären in einem Boot und es ginge unter . . .«

»Ich sehe nicht ein, warum wir Dinge annehmen müssen. Du tust dich mit jemand anderem zusammen, und mich läßt du mit aller Plackerei, aller Verantwortung sitzen.«

»Ich weiß«, sagte ich und sah sie mit aufrichtiger Zärtlichkeit an. »Ich möchte, daß du versuchst, mir das zu verzeihen – kannst du das? Wozu wäre es gut, zu bleiben? Wir würden nie lernen, einander zu lieben. Können wir uns nicht in aller Freundschaft trennen? Ich habe nicht vor, dich im Stich zu lassen. Ich werde versuchen, das Meine zu tun – es ist mir Ernst damit.«

»Das ist leicht gesagt. Du versprichst immer Dinge, die du doch nicht halten kannst. Du wirst uns in dem Augenblick vergessen, wo du dieses Haus verläßt. *Ich kenne dich.* Ich kann es mir nicht leisten, dir gegenüber großzügig zu sein. Du hast mich von allem Anfang an bitter enttäuscht. Du bist egoistisch gewesen, schauderhaft egoistisch. Nie hätte ich es für menschenmöglich gehalten, daß jemand so grausam, so verhärtet, so völlig unmenschlich werden könnte. Ehrlich gesagt, ich erkenne dich jetzt kaum wieder. Es ist das erste Mal, daß du gehandelt hast wie ein . . .«

»Maude, es ist grausam, was ich jetzt sagen werde, aber ich muß es sagen. Ich möchte, daß du das verstehst. Vielleicht mußte ich das mit dir durchmachen, um zu lernen, wie man eine Frau behandelt. Es ist nicht ausschließlich meine Schuld – auch das Schicksal hat etwas damit zu tun. Siehst du, in dem Augenblick, als ich sie zum erstenmal sah, wußte ich . . .«

»Wo hast du sie kennengelernt?« unterbrach mich Maude, deren weibliche Neugier plötzlich die Oberhand gewann.

»In einem Tanzpalast. Sie ist ein Taxigirl. Klingt nicht gut, ich weiß. Aber wenn du sie sehen würdest . . .«

»Ich will sie gar nicht sehen. Ich will nichts mehr über sie hören. Ich wundere mich nur.« Sie streifte mich mit einem raschen, mitleidigen Blick. »Und du glaubst, sie sei die Frau, die dich glücklich machen wird?«

»Du nennst sie eine Frau – das ist sie nicht, sie ist ein junges Mädchen.«

»Um so schlimmer. Ach, was für ein Narr du bist!«

»Maude, es ist nicht so, wie du glaubst, durchaus nicht. Du mußt kein vorschnelles Urteil fällen. Wie kannst du sagen, du wüßtest Bescheid. Außerdem wäre mir auch das egal. Ich habe meinen Entschluß gefaßt.«

Daraufhin ließ sie den Kopf hängen. Sie sah unbeschreiblich traurig und müde aus, wie ein an einem Fleischerhaken hängendes menschliches Wrack. Ich blickte zu Boden, unfähig, ihren Anblick zu ertragen.

So saßen wir einige Minuten lang, keiner von uns wagte aufzublicken. Ich hörte einen Schluchzer, und als ich aufsah, sah ich, wie ihr Gesicht vor Leid zuckte. Sie legte die Arme vor sich auf den Tisch und ließ weinend und schluchzend den Kopf darauf sinken, ihr Gesicht auf die Tischplatte gepreßt. Ich hatte sie schon oft weinen sehen, aber diesmal war es die schrecklichste, widerstandsloseste Art von Preisgabe. Es ging mir auf die Nerven. Ich beugte mich über sie und legte meine Hand auf ihre Schulter. Ich versuchte etwas zu sagen, aber die Worte blieben mir im Hals stecken. Da ich nicht wußte, was ich tun sollte, strich ich mit der Hand über ihr Haar, streichelte es traurig und zugleich abwesend, so als wäre es der Kopf eines seltsamen verwundeten Tieres, auf das ich in der Dunkelheit gestoßen war.

»Komm, komm«, würgte ich schließlich heraus, »davon wird es doch auch nicht besser.«

Sie schluchzte heftiger. Ich merkte, daß ich etwas Falsches gesagt hatte. Ich wußte mir nicht zu helfen. Ganz gleich, was sie tun würde – sogar wenn sie sich umbringen würde –, ich konnte nichts daran ändern. Ich hatte Tränen erwartet. Hatte auch halbwegs erwartet, eben das zu tun – ihr Haar zu streicheln, als sie weinte, und das Verkehrte zu sagen. Mein Denken war zielgerichtet. Sobald sie sich etwas gefaßt hatte und zu Bett ging, konnte ich mich hinsetzen und den Brief zu Ende schreiben. Ich konnte ein Postskriptum hinzufügen, daß die Wunde ausgebrannt sei. Ich konnte zwischen ehrlicher Freude und Trauer sagen: »Es ist vorüber.«

Das war's, was in meinen Gedanken vorging, als ich ihr mit der Hand über das Haar strich. Nie war ich weiter von ihr entfernt. Während ich ihren Körper unter meinen Händen zucken spürte, beruhigte mich zugleich der Gedanke, wie gelassen sie eine Woche nach meinem Fortgehen sein würde. Du wirst dich wie neugeboren fühlen, dachte ich bei mir. Jetzt jedoch mußt du durch all dieses Leid hindurch – gewiß, das ist verständlich und natürlich, es ist nicht deine Schuld – aber bringe es hinter dich! Wie um meinen Gedanken Nachdruck zu geben, mußte ich sie wohl gerüttelt haben, denn in diesem Augenblick richtete sie sich plötzlich auf, sah mich mit wilden, hoffnungslosen, tränenfeuchten Augen an, warf die Arme um mich und zog mich in einer ungestümen, rührseligen Umarmung an sich. »Du willst mich doch nicht sofort verlassen?« schluchzte sie und küßte mich mit salzigen, gierigen Lippen. »Bitte, leg deine Arme um mich. Halt mich fest! Mein Gott, ich fühle mich so verloren.« Sie küßte mich mit einer Leidenschaft, die ich nie vorher an ihr gekannt hatte. Sie legte Leib und Seele hinein – und den ganzen Kummer, der zwischen uns stand. Ich schob meine Hände unter ihre Achseln und zog sie sanft hoch. Wir waren einander so nah, wie es Liebende nur sein können, schwankten, wie nur das Menschentier schwanken kann, wenn es sich einem anderen ganz hingibt. Ihr Kimono klaffte auf, und sie war nackt darunter. Ich ließ meine Hand über ihren Rücken gleiten, über ihre plumpen Hinterbakken, zwängte meine Finger tief in den großen Spalt, drückte sie an mich, saugte an ihren Lippen, biß in ihre Ohrläppchen, ihren Nacken, leckte ihre Augen und ihre Haarwurzeln. Sie wurde schlaff und schwer, schloß die Augen, hörte auf zu denken. Sie sackte zusammen, als sei sie im Begriff, zu Boden zu sinken. Ich fing sie auf, trug sie durch die Diele die Treppe hinauf und warf sie aufs Bett. Wie betäubt fiel ich über sie und ließ sie meine Sachen abstreifen. Ich lag auf dem Rücken wie ein Toter, das einzige Lebendige an mir war mein Schwanz. Ich fühlte ihren Mund sich über ihm schließen und den Socken an meinem linken Fuß langsam heruntergleiten. Ich strich mit den Fingern durch ihre langen Haare, legte sie ihr um die Brüste, knetete ihren Bauch, der weich und elastisch war. Sie machte eine Art von kreisender Bewegung im Dunkeln. Ihre Beine kamen über meine Schultern herab, und ihr Schlitz war an meinen Lippen. Ich hob ihren Hintern über meinen Kopf, so wie man einen Milchkübel hochheben würde, um seinen Durst zu stillen, und trank und kaute und schlemmte wie ein Raubvogel. Sie war so sehr in Hitze, daß ihre Zähne gefährlich um die Eichel meines Pints geschlossen waren. In dieser hemmungslosen, von heißen Tränen befeuerten Leidenschaft, in die sie sich hineingesteigert hatte, mußte ich fürchten, daß sie ihre Zähne tief in ihn hineinschlagen und sein Ende glatt abbeißen würde. Ich mußte sie kitzeln, damit sie ihre Kiefer lockerte. Danach war es schnelle, saubere Arbeit – keine Tränen, kein Liebesgetue, kein Versprich mir dies und jenes. *Leg mich auf den Fickblock und fick mich!* das war's, was sie wollte. Ich legte mit kaltblütiger Raserei los. Dies war vielleicht der allerletzte Fick. Sie war bereits eine Fremde für mich. Wir begingen Ehebruch, auf jene leidenschaftliche, blutschänderische Art, von der die Bibel gerne spricht. Abraham beschälte Sara oder Leander – und er *erkannte* sie. (Seltsame Kursivschrift in der englischen Bibel.) Aber die Art und Weise, wie diese geilen alten Patriarchen ihre jungen und alten Frauen, ihre Schwestern, Kühe und Schafe hernahmen, zeugte von großer Erfahrung. Sie müssen kopfüber drauflosgegangen sein, mit aller Schlauheit und Geschicklichkeit betagter Lüstlinge. Ich kam mir vor wie Isaak, vögelte eine Häsin im Tempel. Es war eine weiße Häsin mit langen Ohren. Sie hatte Ostereier in sich und würde sie eines nach dem anderen in ein Körbchen legen. Während ich ihn tief in ihr hatte, erforschte ich nachdenklich jede Spalte, jeden Schlitz und jede Furche, jedes der weichen, runden Pölsterchen, die einer sich zusammenziehenden Auster glichen. Sie rückte zur Seite und ruhte ein wenig aus, betastete sich mit neugierigen Fingern, als lese sie Blindenschrift. Sie kauerte auf allen vieren nieder wie ein weibliches Tier, bebend und wiehernd vor unverhohlener Lust. Kein menschlicher Laut kam von ihr, sie schien nur dieser Sprache fähig und keine andere zu kennen. Der Gentleman aus Mississippi war vollständig verschwunden. Er war in die sumpfige Vorhölle zurückgeschlichen, die den bleibenden Boden der Kontinente bildet. Ein Schwan war übriggeblieben, ein Mischling mit einem Achtel Negerblut, dessen rubinrote Entenlippen an einem blaßblauen Kopf hingen. Bald würden wir aus dem vollen schöpfen, ein einziger Orgasmus, wo es Pflaumen und Aprikosen vom Himmel regnete. Der letzte Stoß, eine Kaskade erstickter, weißglühender Asche – und dann zwei nebeneinanderliegende Holzstämme, die auf die Axt warten. Ein schönes Finish: *Royal flush.* Ich *erkannte* sie, und sie *erkannte* mich. Es wird wieder Frühling werden und Sommer und Winter. Sie wird in eines anderen Armen schwanken, blind drauflosficken, wiehern, einen Orgasmus haben, sich hinkauern und ducken – aber nicht mit mir. Ich habe meine Pflicht getan, die letzten Runden mit ihr gemacht. Ich schloß die Augen und spielte tot für die Welt. Ja, wir würden lernen, ein neues Leben zu führen, Mara und ich. Ich muß früh aufstehen und den Brief in meiner Jackentasche verstecken. Es ist manchmal seltsam, wie man mit Liebschaften Schluß macht. Man glaubt immer, man werde das letzte Wort mit einem schwungvollen Schnörkel ins Hauptbuch eintragen. Man rechnet nie mit dem Automaten, der das Konto abschließt, während man schläft. Es ist die perfekte doppelte Buchführung. Es läßt einen schaudern, es ist alles so hübsch berechnet.

Die Axt fällt. Ein letztes Grübeln. Flitterwochen-Expreß und alle an Bord: Memphis, Chattanooga, Nashville, Chickamauga. Vorbei an schneeigen Baumwollfeldern . . . Alligatoren gähnen im Schlamm . . . die letzte Aprikose verfault auf dem Rasen . . . der Mond ist voll, der Wassergraben tief, die Erde finster, finster, finster.

Zweites Buch

5

Am nächsten Morgen war es wie nach einem Gewitter – Frühstück wie gewöhnlich, Fahrgeld pumpen, zur Untergrundbahn rasen, versprechen, mit ihr am Abend ins Kino zu gehen. Für sie war es wahrscheinlich nicht viel mehr als ein böser Traum, den sie im Laufe des Tages, wenn möglich, vergessen würde. Für mich war es ein Schritt zur Befreiung. Das Thema wurde nie mehr erwähnt. Aber es war die ganze Zeit da und machte die Dinge zwischen uns leichter. Was sie dachte, weiß ich nicht, aber was ich dachte, war sehr klar und bestimmt. Jedesmal, wenn ich einer ihrer Bitten oder Forderungen nachgab, sagte ich mir: »Na schön, ist das alles, was du von mir willst? Ich tue alles, was du möchtest, außer daß ich dir die Illusion gebe, ich würde für den Rest meines Lebens bei dir bleiben.«

Sie neigte jetzt dazu, sich selbst gegenüber etwas nachsichtiger zu sein, wenn es darauf ankam, ihre tierhafte Natur zu befriedigen. Oft fragte ich mich, was sie sich wohl als Entschuldigung für diese außerehelichen, vor- oder nachmorganatischen Exzesse einredete. Jedenfalls legte sie Herz und Seele in sie hinein. Sie fickte jetzt besser als in den frühen Tagen, wo sie ein Kissen unter ihren Hintern legte und die Zimmerdecke zu küssen versuchte. Sie fickte voller Verzweiflung, vermute ich, Ficken um des Fikkens willen, den letzten beißen die Hunde.

Eine Woche war vergangen, und ich hatte Mara nicht gesehen. Maude hatte mich gebeten, sie in New York ins Theater zu führen – in ein Theater genau gegenüber dem Tanzpalast. Ich dachte die ganze Vorstellung über an die so nahe und doch so weit entfernte Mara. Meine Gedanken beschäftigten sich so beharrlich und unaufhörlich mit ihr, daß ich beim Verlassen des Theaters den Impuls nicht zu unterdrücken vermochte zu sagen: »Hättest du Lust, dort hineinzugehen«, und deutete auf den Tanzpalast, »und sie kennenzulernen?« Es war grausam, so etwas zu sagen, und sie tat mir in dem Augenblick, als es meinem Munde entfuhr, aufrichtig leid. Sie, Maude, sah mich an, als habe ich ihr einen Faustschlag versetzt. Ich bat sie sofort um Verzeihung, und indem ich sie am Arm ergiff, führte ich sie rasch in die entgegengesetzte Richtung, wobei ich sagte: »Es war nur so eine Idee von mir. Ich wollte dir nicht weh tun. Ich dachte, du wärst vielleicht neugierig, das ist alles.« Sie erwiderte nichts darauf. Ich machte keine weiteren Anstrengungen, die Sache zu beschönigen. In der Untergrund schob sie ihren Arm in den meinen und ließ ihn dort ruhen, als wollte sie sagen: »Ich verstehe, du warst eben taktlos und gedankenlos wie gewöhnlich.« Auf dem Heimweg machten wir bei ihrer Lieblingseisdiele halt, und dort, bei einem Becher französischer Eiscreme, für die sie schwärmte, reagierte sie sich genügend ab, um ein mageres Gespräch über häusliche Belanglosigkeiten in Gang zu bringen, ein Zeichen, daß sie den Vorfall aus ihrem Gedächtnis gestrichen hatte. Die französische Eiscreme, die sie für einen Luxus hielt, und dazu das Aufreißen einer kaum verheilten Wunde machten sie ausgesprochen liebebedürftig. Statt sich wie gewöhnlich oben im Schlafzimmer auszuziehen, ging sie in das an die Küche angrenzende Badezimmer und zog sich dort bei offener Tür aus, gemächlich, wie einstudiert, fast wie bei einem Striptease, und als sie ihr Haar kämmte, rief sie mich herein, um mir einen blauen Fleck an ihrem Schenkel zu zeigen. Sie stand nackt da, nur in Schuhen und Strümpfen, das Haar fiel ihr üppig über den Rücken.

Ich untersuchte den Fleck sorgfältig, weil ich wußte, daß sie das von mir erwartete, berührte sie leicht da und dort, um zu sehen, ob es noch andere empfindliche Stellen gab, die sie vielleicht übersehen hatte. Gleichzeitig hielt ich sie mit besorgten Fragen unter Beschuß, in ruhigem, sachlichem Ton, was es ihr ermöglichte, sich auf einen kaltblütigen Fick vorzubereiten, ohne sich selbst gegenüber zuzugeben, daß es das war, worauf sie hinauswollte. Als ich zu ihr mit der ruhigen, unbeteiligten, professionellen Stimme eines Arztes sagte: »Ich glaube, du legst dich besser auf den Tisch in der Küche, da kann ich dich besser untersuchen« – tat sie das ohne das leiseste Zögern, spreizte die Beine weit auseinander und ließ mich meinen Finger widerspruchslos einführen, denn inzwischen erinnerte sie sich, daß sich, nach einem kürzlichen Fall, ein kleiner Höcker in ihr gebildet hatte – so wenigstens glaubte sie. Er beunruhigte sie, dieser Höcker, wenn ich meinen Finger so sanft wie möglich hineinsteckte, könnte sie ihn vielleicht lokalisieren und so weiter und so fort. Als ich ihr vorschlug, sie sollte dort auf dem Tisch liegen bleiben, während ich meine Kleider auszog, denn es sei mir zu heiß in der Küche neben dem rotglühenden Herd *und so weiter und so fort*, schien sie das nicht im geringsten zu stören. Also zog ich mir alles bis auf die Schuhe und Strümpfe aus, und mit einem Steifen, der glatt einen Teller zertrümmert hätte, trat ich gelassen heran und nahm meine Tätigkeit wieder auf. Das heißt, ich war mir inzwischen selbst vergangener Blessuren, Beulen, Blasen, Flecken, Warzen, Muttermale usw. bewußt geworden, und ob sie wohl die Güte hätte, *mich* einmal zu überholen, wo wir nun schon einmal dabei waren, und dann wollten wir zu Bett gehen, denn es sei ja schon spät, und ich wollte sie nicht überanstrengen.

Seltsamerweise war sie überhaupt nicht müde, wie sie gestand, als sie vom Tisch herunterstieg und besorgt meinen Schwengel, dann meine Eier und dann die Wurzel meines Schwengels drückte, alles mit so festem, diskretem und delikatem Griff, daß ich ihr beinahe einen Strahl ins Auge gespritzt hätte. Danach wollte sie unbedingt feststellen, um wieviel größer ich war als sie, also stellten wir uns zuerst Rücken an Rücken und dann Vorderfront an Vorderfront. Sogar dann, als er zwischen ihren Beinen hüpfte wie ein Knallfrosch, tat sie, als denke sie nur an Meter und Zentimeter und sagte, sie müsse ihre Schuhe ausziehen, weil sie so hohe Absätze hätten, *und so weiter und so fort*. Und so veranlaßte ich sie, sich auf den Küchenstuhl zu setzen, und zog ihr langsam Schuhe und Strümpfe aus, und sie, als ich ihr höflich diesen Dienst erwies, streichelte gedankenverloren meinen Specht, was in der Stellung, in der sie sich befand, gar nicht so einfach war, aber ich unterstützte ihr Vorgehen gnädig damit, daß ich näher heranrückte und ihre Beine im richtigen Winkel hochhob. Dann, ohne weitere Umstände, hob ich sie bei den Hinterbacken hoch, schob ihn bis zum Heft hinein und trug sie so ins Nebenzimmer, wo ich sie auf die Couch warf, ihn wieder in sie hineinversenkte und mich mit Pauken und Trompeten ans Werk machte, während sie dasselbe tat und mich in einer äußerst offenen, direkten Sprache bat, es zurückzuhalten, es dauern zu lassen, ihn für immer drin zu lassen, und dann, als einen Nachsatz, einen Augenblick zu warten, während sie herausschlüpfte und sich umdrehte, sich auf den Knien hochhob, den Kopf tief gesenkt, ihren Hintern heftig hin und her bewegte und mit ihrer heiseren, glucksenden Stimme in englischer Sprache laut und deutlich, aber zugegebenermaßen für ihre eigenen Ohren bestimmt, sagte: »Steck ihn tief hinein . . . bitte, bitte tu's . . . *ich bin geil.*«

Ja, gelegentlich konnte sie mit einem solchen Wort aufwarten, einem vulgären Wort, das sie vor Entsetzen und Entrüstung hätte zusammenzucken lassen, wenn sie bei nüchternem Verstand war. Aber jetzt nach den kleinen Scherzen, der vaginalen Untersuchung mit dem Finger, nach dem Gewichtstemmen und dem gegenseitigen Maßnehmen, nach dem Vergleichen von blauen Flecken, Muttermalen, Beulen und was noch allem, nach dem beiläufigen Betasten von Schwanz und Hodensack, der köstlichen französischen Eiscreme und dem gedankenlosen Fauxpas draußen vor dem Theater, ganz zu schweigen von alldem, was sich in ihrer Phantasie seit dem grausamen Geständnis vor einigen Abenden abgespielt hatte, war ein Wort wie »geil« gerade das richtige und passende, um die Temperatur ihres Bessemer Ofens anzuzeigen, in den sie ihre entflammte Möse verwandelt hatte. Es war das Signal, sie richtig fertigzumachen und ihr nichts zu ersparen. Es bedeutete etwas wie: »Gleichviel, was ich heute nachmittag oder gestern war, gleichviel, was ich zu sein glaube und wie sehr ich dich verabscheue, gleichviel, was du morgen oder übermorgen mit diesem Ding tust, ich will es jetzt und mit allem, was dazu gehört: Ich wollte, es wäre größer und dicker und länger und saftiger, ich wollte, du würdest es abbrechen und dort drin lassen, es kümmert mich nicht, wie viele Frauen du gefickt hast, ich möchte, daß du *mich* fickst, meine Möse fickst, mir den Arsch wegfickst, daß du fickst und fickst und fickst. *Ich bin geil*, hörst du? Ich bin so geil, daß ich ihn abbeißen könnte. Schieb ihn ganz hinein, härter, noch härter, brich deinen großen Pint ab und laß ihn dort drin. *Ich* bin geil, sage ich dir ...«

Gewöhnlich wachte ich nach diesen Touren deprimiert auf. Wenn ich sie völlig angekleidet und mit diesem harten, verkniffenen, sarkastischen Alltagsausdruck um den Mund sah, sie am Frühstückstisch gleichgültig betrachtete, weil es nichts anderes anzusehen gab, dann fragte ich mich manchmal, warum ich nicht eines Abends mit ihre spazierenging und sie einfach vom Ende eines Hafendamms ins Wasser stieß. Wie ein Ertrinkender begann ich erwartungsvoll der Lösung entgegenzusehen, die Stanley mir versprochen hatte und die sich bisher noch nicht im geringsten abzeichnete. Um allem die Krone aufzusetzen, hatte ich einen Brief an Mara geschrieben, daß wir bald einen Ausweg finden müßten, oder ich würde mich umbringen. Es muß ein rührseliger Brief gewesen sein, denn als sie mich anrief, sagte sie, sie müßte mich unbedingt sofort sprechen. Dies kurz nach dem Mittagessen an einem dieser hektischen Tage, wo alles schiefzugehen schien. Das Büro war gedrängt voll von Bewerbern, und selbst wenn ich fünf Zungen, fünf Paar Arme und fünfundzwanzig Telefone statt der drei vor mir stehenden gehabt hätte, wäre es mir doch nicht möglich gewesen, so viele Bewerber einzustellen, wie nötig waren, um die plötzliche und unerklärliche Lücke, die über Nacht entstanden war, auszufüllen. Ich versuchte, Mara auf den Abend zu vertrösten, aber sie ließ sich nicht vertrösten. Ich war einverstanden, mich für ein paar Minuten mit ihr zu treffen – in der Wohnung eines Freundes von ihr, wo wir, wie sie sagte, ungestört sein würden. Es war im Village.

Ich ließ eine Meute von Bewerbern, die sich hinter der Holzbarriere drängten, zurück und versprach Hymie, der verzweifelt nach zusätzlichen »Hilfsboten« herumtelefonierte, ich würde in wenigen Minuten wieder dasein. Ich sprang in ein Taxi an der Ecke und stieg vor einem Puppenhaus mit einem Miniaturvorgarten aus. Mara öffnete mir die Tür in einem leichten malvenfarbenen Kleid, unter dem sie nackt war. Sie warf die Arme um mich und küßte mich leidenschaftlich.

»Ein wundervolles kleines Nest hier«, sagte ich und hielt sie ein wenig von mir ab, um die Örtlichkeit besser betrachten zu können.

»Ja, nicht wahr«, sagte sie. »Es gehört Carruthers. Er wohnt mit seiner Frau weiter unten in der Straße. Das ist nur eine kleine Bude, die er dann und wann benutzt. Ich schlafe manchmal hier, wenn es zu spät ist, nach Hause zu gehen.«

Ich sagte nichts. Ich drehte mich um und betrachtete die Bücher, die dicht an dicht an den Wänden aufgereiht waren. Aus dem Augenwinkel sah ich Mara rasch etwas von der Wand fortnehmen, das wie ein Stück Packpapier aussah.

»Was ist das?« fragte ich und tat so, als sei ich neugierig.

»Nichts weiter«, antwortete sie. »Nur eine Zeichnung von ihm, er hat mich gebeten, sie zu vernichten.« – »Zeig mal!«

»Du brauchst sie gar nicht erst anzusehen, sie taugt nichts«, und damit knüllte sie sie zusammen.

»Laß trotzdem sehen«, sagte ich, ergriff sie am Arm und riß ihr das Papier aus der Hand. Ich faltete es auseinander und sah zu meiner Überraschung, daß es eine Karikatur von mir war, die mich mit einem Dolch in der Brust darstellte.

»Ich habe dir ja gesagt, daß er eifersüchtig ist«, erklärte sie. »Es hat nichts zu bedeuten – er war betrunken, als er das gezeichnet hat. Er trinkt in letzter Zeit eine Menge. Ich muß ihn mit Luchsaugen bewachen. Er ist ein großes Kind, weißt du. Du mußt nicht glauben, daß er dich haßt – er verhält sich so gegen jedermann, der auch nur das leiseste Interesse an mir bekundet.«

»Er ist verheiratet, hast du gesagt. Was ist los, kommt er mit seiner Frau nicht aus?«

»Sie ist Invalide«, erklärte Mara – fast feierlich.

»Im Rollstuhl?«

»N-nein, das nicht gerade«, antwortete sie, ein leises Lächeln, das sie nicht zu unterdrücken vermochte, umspielte ihre Lippen. »Ach, was sollen wir jetzt darüber reden? Was bedeutet das schon? Du weißt, ich bin nicht verliebt in ihn. Ich habe dir einmal gesagt, daß er sehr gut zu mir gewesen ist. Jetzt ist die Reihe an mir, mich um *ihn* zu kümmern – er braucht jemanden, der ihm Halt gibt.«

»Du schläfst also dann und wann hier – während er bei seiner invaliden Frau bleibt?«

»Er schläft auch manchmal hier: Es gibt hier zwei Schlafgelegenheiten, wie du vielleicht bemerkt hast. Ach bitte«, bat sie,

»laß uns nicht über *ihn* sprechen. Es gibt hier nichts, worüber du dir Sorgen machen müßtest. Kannst du mir denn nicht glauben?« Sie trat dicht an mich heran, legte ihre Arme um mich. Ohne weitere Umstände hob ich sie hoch und trug sie hinüber zur Couch. Ich schob ihr Kleid hoch, und indem ich ihre Beine weit auseinanderspreizte, ließ ich meine Zunge in ihren Spalt schlüpfen. Im Nu hatte sie mich über sich gezogen. Als sie meinen Schwanz herausgeholt hatte, nahm sie beide Hände und öffnete ihre Möse für mich, um ihn einzuführen. Fast sofort hatte sie einen Orgasmus, dann noch einen – und noch einen. Sie stand auf und wusch sich schnell. Sobald sie fertig war, folgte ich ihrem Beispiel. Als ich aus dem Badezimmer kam, lag sie auf der Couch, eine Zigarette zwischen den Lippen. Ich saß dort einige Minuten, mit meiner Hand zwischen ihren Beinen, und sprach mit ihr.

»Ich muß ins Büro zurück«, sagte ich, »und wir haben noch kein Wort miteinander gesprochen.«

»Geh noch nicht«, bat sie, setzte sich auf und legte ihre Hand liebevoll auf meinen Schwanz. Ich legte den Arm um sie und küßte sie lang und leidenschaftlich. Sie hatte die Finger wieder in meinem Hosenschlitz und griff nach meinem Pint, als wir plötzlich jemanden am Türknopf herumhantieren hörten.

»Das ist er«, flüsterte sie und sprang schnell auf. »Bleib, wo du bist, es ist schon gut«, stieß sie rasch hervor, als sie zur Tür ging. Ich hatte keine Zeit mehr, meine Hose zuzuknöpfen. Ich stand auf und zog sie beiläufig glatt, als sie sich mit einem albernen Freudenruf in seine Arme warf.

»Ich habe Besuch«, sagte sie. »Ich habe ihn hergebeten. Er geht in ein paar Minuten.«

»Hallo«, sagte er, kam auf mich zu und begrüßte mich mit ausgestreckter Hand und einem freundlichen Lächeln auf den Lippen. Er schien keineswegs besonders überrascht. Er wirkte im Gegenteil viel umgänglicher als an jenem Abend, an dem ich ihm im Tanzpalast zum erstenmal begegnet war.

»Sie müssen doch wohl nicht sofort gehen, nicht wahr?« meinte er und packte ein Paket aus, das er mitgebracht hatte. »Sie werden doch wenigstens noch ein Glas mit uns trinken. Was möchten Sie lieber – Scotch oder Bourbon?«

Bevor ich ja oder nein sagen konnte, war Mara hinausgeschlüpft, um etwas Eis zu holen. Ich drehte ihm halb den Rücken zu, während er sich mit den Flaschen beschäftigte, und tat so, als interessiere mich ein Buch auf dem Regal vor mir. Dabei knöpfte ich nur verstohlen meinen Hosenschlitz zu.

»Ich hoffe, es macht Ihnen nichts aus, wie es hier aussieht«, sagte er. »Es ist nur ein kleines Retiro, ein versteckter Winkel, wo ich Mara und ihre kleinen Freundinnen treffen kann. Sie sieht niedlich aus in diesem Kleid, finden Sie nicht auch?«

»Ja«, erwiderte ich, »es ist recht reizvoll.«

»Ist nicht viel da«, meinte er mit einem Nicken in Richtung auf das Bücherregal. »Die guten stehen alle bei mir drüben.«

»Trotzdem eine ganz schöne Sammlung«, sagte ich, froh, das Gespräch auf dieses Gebiet lenken zu könne.

»Sie sind Schriftsteller, wie mir Mara sagte.«

»Wie man's nimmt«, erwiderte ich. »Ich wäre gern einer. Aber Sie selbst scheinen einer zu sein, oder?«

Er lachte. »Ach«, sagte er geringschätzig, als er die Getränke austeilte, »wir fangen alle in dieser Weise an, glaube ich. Ich habe zu meiner Zeit ein paar Dinge zusammengeschrieben – meistens Gedichte . . . Jetzt scheine ich nichts anderes mehr fertigzubringen als zu trinken.«

Mara kam mit dem Eis. »Komm her«, sagte er, nahm ihr das Eis ab und legte einen Arm um ihre Hüfte, »du hast mich noch nicht geküßt.« Sie hielt den Kopf hoch und nahm den schmatzenden Kuß entgegen, den er auf ihre Lippen drückte.

»Ich habe es im Büro nicht länger ausgehalten«, sagte er und spritzte aus dem Siphon Wasser in die Gläser. »Ich weiß nicht, warum ich überhaupt in den verdammten Laden gehe – es gibt dort nichts für mich zu tun, außer daß ich ein bedeutendes Gesicht machen und diese blöden Papiere unterschreiben muß.« Er nahm einen großen Schluck. Dann bedeutete er mir, Platz zu nehmen, und ließ sich selbst in den großen Morrisstuhl fallen. »Ah, so ist's besser«, brummte er wie ein müder Geschäftsmann, obwohl er offensichtlich keinen Strich getan hatte. Er winkte Mara. »Setz dich einen Augenblick zu mir her«, sagte er und klopfte dabei auf die Armlehne. »Ich möchte mit dir sprechen. Ich habe eine gute Nachricht für dich.«

Es war eine Szene, die äußerst interessant zu beobachten war nach dem, was sich nur einige Minuten zuvor abgespielt hatte. Ich fragte mich einen Augenblick, ob er nicht mir zuliebe Theater spielte. Er versuchte, ihren Kopf zu sich herunterzuziehen, um ihr noch einen Schlabberkuß zu geben, aber sie leistete Widerstand und sagte: »Ach, laß doch, sei nicht so albern. Stell diesen Drink hin, *bitte*. Sonst bist du im nächsten Augenblick betrunken, und dann kann man nicht mehr mit dir reden.«

Sie schlang den Arm um seine Schulter und strich ihm mit den Fingern durchs Haar.

»Da sehen Sie, was für eine Tyrannin sie ist«, sagte er, wobei er sich mir zuwandte. »Gott helfe dem armen Einfaltspinsel, der sie heiratet! Da eile ich hierher, um ihr eine gute Nachricht zu bringen, und ...«

»Na, was gibt es denn?« unterbrach ihn Mara. »So schieß doch schon los!«

»Wenn du mich endlich ausreden läßt, werde ich es dir sagen«, erwiderte Carruthers und tätschelte liebevoll ihren Hintern. »Übrigens«, wandte er sich an mich, »wollen Sie sich nicht noch ein Glas eingießen? Schenken Sie auch mir noch eines ein – das heißt, wenn Sie die Erlaubnis dazu von ihr bekommen. Ich habe hier nichts zu sagen. Ich bin hier nur geduldet.«

Es sah so aus, als sollte dieses Gewitzel und Geblödel nie ein Ende nehmen. Ich war zu der Einsicht gekommen, daß es zu spät war, ins Büro zurückzugehen – der Nachmittag war vertan. Das zweite Glas hatte mich in die Stimmung versetzt, noch zu bleiben und das hier durchzustehen. Mara trank nichts, wie ich bemerkte. Sie hätte es am liebsten gehabt, wenn ich gegangen wäre, das spürte ich deutlich. Von der guten Nachricht war keine Rede mehr. Vielleicht hatte er sie ihr heimlich mitgeteilt – er schien das Thema allzu abrupt fallengelassen zu haben. Vielleicht hatte sie ihn, als sie ihn bat, die Neuigkeit zu verraten, warnend in den Arm gekniffen. (Ja, worin besteht diese gute Nachricht? Und dieses Kneifen, er solle sich nicht unterstehen, sie vor mir auszuplaudern.) Ich tappte völlig im dunkeln. Ich saß auf der anderen Couch und schlug heimlich die Decke zurück, um zu sehen, ob das Bett bezogen war. Es war es nicht. Später sollte ich erfahren, wie sich alles in Wirklichkeit verhielt. Wir hatten noch einen langen Weg vor uns.

Carruthers war tatsächlich ein Säufer, aber ein angenehmer, umgänglicher. Einer von denen, die trinken und zwischendurch nüchtern werden. Einer von denen, die nie ans Essen denken, ein unheimliches Gedächtnis haben, alles mit Luchsaugen beobachten und doch allem entrückt, untergetaucht, tot für die Welt scheinen.

»Wo ist meine Zeichnung?« fragte er plötzlich aus heiterem Himmel und schaute unverwandt auf den Fleck an der Wand, wo sie gehangen hatte.

»Ich habe sie heruntergenommen«, erklärte Mara.

»Das sehe ich«, knurrte er, aber nicht allzu unfreundlich. »Ich wollte sie deinem Freund zeigen.«

»Er hat sie bereits gesehen«, sagte Mara.

»Ach, wirklich? Na schön, dann ist es ja gut. Dann verheimlichen wir nichts vor ihm, nicht wahr? Ich will nicht, daß er sich Illusionen über mich macht. Du weißt, wenn *ich* schon dich nicht haben kann, soll dich auch kein anderer haben. Sonst ist alles recht. Ach, übrigens, ich habe gestern deine Freundin Valerie gesehen. Sie will hier einziehen – nur für eine Woche oder zwei. Ich sagte ihr, ich müßte erst mit dir darüber sprechen – du hättest hier zu bestimmen.«

»Es ist deine Wohnung«, sagte Mara gereizt, »du kannst damit tun, was du willst. Nur, wenn sie hierherkommt, ziehe ich aus. Ich habe mein eigenes Heim, wo ich wohnen kann. Ich komme nur hierher, um mich um dich zu kümmern, dich davon abzuhalten, daß du dich zu Tode säufst.«

»Es ist komisch«, sagte er und wandte sich an mich, »wie diese zwei Mädchen einander verabscheuen. Auf mein Wort, Valerie ist ein hinreißendes Geschöpf. Sie hat keinen Funken Verstand, das stimmt, aber das ist schließlich kein großer Nachteil. Dafür hat sie alles andere, was ein Mann will. Wissen Sie, ich habe sie ein Jahr lang oder noch länger bei mir aufgenommen. Wir kamen glänzend miteinander aus, bis die da daherkam« – und er nickte mit dem Kopf in Maras Richtung. »Unter uns gesagt, ich glaube, sie ist eifersüchtig auf Valerie. Sie sollten sie kennenlernen – Sie werden es, wenn Sie lange genug dableiben. Ich habe so eine Ahnung, daß sie hier auftaucht, bevor der Tag zu Ende geht.«

Mara lachte in einer Art, wie ich sie nie zuvor hatte lachen hören. Es war ein gemeines, häßliches Lachen. »Dieser Schwachkopf«, sagte sie verachtungsvoll, »braucht einen Mann nur anzusehen, und schon ist sie in Schwierigkeiten. Sie ist die wandelnde Abtreibung ...«

»Du sprichst wohl von deiner Freundin Florrie«, sagte Carruthers mit einem törichten, starren Grinsen.

»Laß sie hier bitte aus dem Spiel«, sagte Mara zornig.

»Sie haben doch Florrie kennengelernt, nicht wahr?« fragte Carruthers, Maras Bemerkung überhörend. »Haben Sie jemals eine geilere kleine Hure gesehen? Und Mara versucht, eine Dame aus ihr zu machen ...« Er brach in Gelächter aus. »Es ist merkwürdig, was für Nutten sie aufliest. Roberta – das war auch so eine Marke! Sie fuhr grundsätzlich nur in Limousinen. Hatte eine Wanderniere, behauptete sie, aber in Wirklichkeit ... nun, unter uns gesagt, sie war eine Tagediebin. Aber Mara mußte sie unter ihre Fittiche nehmen, nachdem ich sie hinausgeworfen hatte, und sie pflegen. Wirklich, Mara, du willst ein intelligentes Mädchen sein und benimmst dich dabei manchmal wie eine Närrin. Es sei denn –« und er blickte nachdenklich zur Decke empor – »es steckt etwas anderes dahinter. Man weiß ja nie –« er starrte noch immer zur Decke – »was zwei Frauen zusammenhält. Gleich und gleich gesellt sich gern, lautet das Sprichwort. Es ist schon komisch, ich kenne Valerie, kenne Florrie, kenne die da, ich kenne sie alle – und doch, wenn Sie mich ausquetschen wollten, weiß ich gar nichts von ihnen, nicht das geringste. Es ist eine andere Generation als die, mit der ich aufgewachsen bin. Sie sind wie eine andere Tierart. Zunächst einmal haben sie kein Moralgefühl, keine von ihnen. Sie werden einfach nicht stubenrein. Es ist, als lebe man in einer Menagerie. Man kommt nach Hause und findet einen Fremden in seinem Bett – und man entschuldigt sich noch, daß man stört. Oder sie bitten einen um Geld, um damit mit einem Freund die Nacht im Hotel verbringen zu können. Und wenn sie dann in Schwierigkeiten sind, darf man einen Arzt für sie auftreiben. Es ist aufregend, aber manchmal ist es auch verdammt lästig. Es wäre einfacher, Karnickel zu halten!«

»So redet er, wenn er betrunken ist«, sagte Mara und versuchte, es mit einem Lachen abzutun. »Mach weiter, erzähl ihm noch mehr von uns. Ich bin sicher, es macht ihm Spaß.«

Ich war nicht so sicher, daß er betrunken war. Er gehörte zu den Menschen, die betrunken oder nüchtern lockere Reden führen, die sogar noch phantastischere Dinge sagen, wenn sie nüchtern sind. Gewöhnlich verbitterte, desillusionierte Menschen, die so tun, als könnte sie nichts mehr überraschen: Im Grunde jedoch sind sie höchst sentimental, und sie ertränken ihr lädiertes Gefühlsleben im Alkohol, um nicht jeden Augenblick in Tränen auszubrechen. Frauen finden diese Männer besonders anziehend, denn sie stellen nie Forderungen, zeigen nie wirkliche Eifersucht, obschon sie nach außen hin so tun als ob. Häufig, wie im Fall Carruthers, sind sie mit verkrüppelten, überspannten Frauen geschlagen, Geschöpfen, die sie aus Schwäche (die sie selbst Mitleid oder Treue nennen) freiwillig ein Leben lang ertragen, obwohl sie ihnen eine Last sind. Wollte man seinen Worten glauben, hatte Carruthers keine Schwierigkeit, attraktive junge Frauen zu finden, die sein Liebesnest mit ihm teilten. Manchmal wohnten gleichzeitig zwei oder drei bei ihm. Er mußte höchstwahrscheinlich Eifersucht und Besitzgier vortäuschen, um vor anderen nicht ganz zum Narren zu werden. Was seine eigene Frau betrifft, so war sie, wie ich später herausfand, nur insofern Invalide, als ihr Jungfernhäutchen noch intakt war. Jahrelang hatte Carruthers das wie ein Märtyrer ertragen. Aber plötzlich, als er merkte, daß er in die Jahre kam, hatte er angefangen herumzustreunen wie ein Student. Und dann hatte er sich dem Trunk ergeben. Warum? Hatte er entdeckt, daß er schon zu alt war, um ein gesundes, junges Mädchen zu befriedigen? Hatte er plötzlich die Jahre der Enthaltsamkeit bereut? Mara, die sich zu dieser Auskunft herabgelassen hatte, war natürlich absichtlich vage und vorsichtig in bezug auf dieses Thema. Sie gab jedoch zu, daß sie schon oft mit ihm auf derselben Couch geschlafen hatte, und überließ es mir zu folgern, daß er es sich offenbar nie im Traum hatte einfallen lassen, sie zu belästigen. Um dann freilich im selben Atemzug zu bemerken, daß die anderen Mädchen nur zu bereitwillig mit ihm schliefen. Das sollte natürlich heißen, daß er nur die belästigte, die belästigt werden wollten. Es war nicht ganz einzusehen, wieso Mara nicht belästigt werden wollte. Oder erwartete man von mir zu glauben, daß er ein Mädchen, dem sein Wohlergehen so am Herzen lag, nicht belästigen würde? Wir hatten einen ziemlich kitzligen Disput darüber, als ich mich von ihr verabschiedete. Es war ein verrückter Tag und eine ebenso verrückte Nacht gewesen. Ich war blau geworden und auf dem Boden eingeschlafen. Das war vor dem Abendessen, und der Grund war, daß ich Hunger wie ein Wolf hatte. Nach Maras Worten zu schließen, war Carruthers über mein Benehmen recht wütend geworden. Sie hatte ihm nur mit Mühe ausreden können, mir eine Flasche über den Kopf zu schlagen. Um ihn zu beschwichtigen, hatte sie sich eine Zeitlang mit ihm auf die Couch gelegt. Sie sagte nicht, ob er versucht hatte, sie zu »belästigen« oder nicht. Jedenfalls hatte er nur ein Nickerchen gemacht. Als er aufwachte, war er hungrig und wollte sofort essen. Er hatte ganz vergessen, daß ein Besucher da war. Als er mich tief schlafend auf dem Boden liegen sah, war er wieder zornig geworden. Dann waren sie zusammen ausgegangen und hatten gut gegessen. Auf dem Heimweg hatte sie ihn veranlaßt, einige Sandwiches und Kaffee für mich zu besorgen. Ich erinnerte mich an die Sandwiches und an den Kaffee – es war wie ein lichter Augenblick während einer Bewußtseinsstörung. Bei Valeries Ankunft hatte Carruthers mich ganz vergessen. Auch daran erinnerte ich mich, wenn auch nur dunkel. Ich entsann mich, daß ich gesehen hatte, wie ein hübsches Mädchen hereinkam und Carruthers in die Arme schloß. Auch glaubte ich mich zu erinnern, daß mir ein Glas gereicht wurde und ich wieder in einen Zustand der Betäubung zurückfiel. Und dann? Nun dann, wie Mara erklärte, habe es zwischen ihr und Valerie eine kleine Reiberei gegeben. Und Carruthers sei sinnlos betrunken gewesen, auf die Straße hinausgewankt und verschwunden.

»Aber du hast auf seinem Schoß gesessen, als ich aufwachte!« warf ich ein.

Ja, das stimmt, gab sie zu, aber erst nachdem sie auf Suche nach ihm gegangen war, das ganze Village durchstreift und ihn schließlich auf den Stufen einer Kirche gefunden und in einem Taxi zurückgebracht habe.

»Es muß dir jedenfalls viel an ihm liegen, wenn du das alles auf dich nimmst.«

Sie leugnete das nicht. Sie sei es müde, den ganzen Fall noch einmal mit mir zu erörtern.

So also war der Abend verlaufen. Und Valerie? Valerie war beleidigt fortgegangen, nachdem sie eine kostbare Vase zerschmettert hatte. Und was hatte dieses Brotmesser hier neben mir zu bedeuten, wollte ich wissen. *Das?* Ach, das war noch so eine von Carruthers Narreteien. Er hatte so getan, als wolle er mir das Herz aus dem Leibe schneiden. Sie hatte sich nicht einmal die Mühe gemacht, ihm das Messer aus der Hand zu nehmen. Er war harmlos, Carruthers. Würde keiner Fliege etwas zuleide tun. Trotzdem, dachte ich bei mir, wäre es klüger gewesen, mich aufzuwecken. Was war wohl sonst noch passiert, fragte ich mich. Gott allein weiß, was während der Bewußtseinsstörung sonst noch geschehen war. Wenn sie es sich von mir besorgen ließ, obwohl sie wußte, daß Carruthers jeden Augenblick hereinkommen konnte, dann schreckte sie sicher nicht davor zurück, sich ein paar Minuten von ihm »belästigen« zu lassen (wenn auch nur, um ihn zu beschwichtigen), da sie doch sah, daß ich in einem tiefen Trancezustand war und nichts davon merken würde.

Jedenfalls war es nun vier Uhr morgens und Carruthers auf der Couch tief eingeschlafen. Wir standen in einem Torweg in der Sixth Avenue und versuchten zu einem Einvernehmen zu kommen. Ich bestand darauf, sie noch nach Hause zu bringen. Sie versuchte mir begreiflich zu machen, daß es dazu zu spät sei.

»Aber ich habe dich manchmal noch später nach Hause gebracht.« Ich war entschlossen, sie nicht in Carruthers Bude zurückkehren zu lassen.

»Versteh doch«, bat sie. »Ich war mehrere Wochen nicht mehr daheim. Alle meine Sachen sind dort.«

»Dann wohnst du also bei ihm. Warum hast du das nicht gleich gesagt?«

»Ich wohne *nicht* bei ihm. Ich bin nur vorübergehend dort, bis ich eine Unterkunft finde. Ich gehe nicht mehr nach Hause zurück. Ich hatte einen schlimmen Streit mit meiner Stiefmutter. Ich ging fort. Sagte ihnen, ich würde nie mehr zurückkommen.«

»Und dein Vater – was hat er gesagt?«

»Er war nicht da, als es passierte. Ich weiß, es muß ihm das Herz gebrochen haben, aber ich konnte es nicht mehr länger aushalten.«

»Es tut mir leid, wenn es so ist«, sagte ich. »Ich nehme an, auch du bist pleite. Ich bring dich zu Fuß zurück, du mußt ganz fertig sein.«

Wir gingen durch die leeren Straßen. Plötzlich blieb sie stehen und schlang die Arme um mich. »Du vertraust mir doch, nicht wahr?« fragte sie und sah mich mit Tränen in den Augen an.

»Natürlich. Aber mir wäre lieber, wenn du dort nicht wohntest. Die Miete für ein Zimmer kann ich immer noch aufbringen. Warum läßt du nicht zu, daß ich dir helfe?«

»Ach, ich werde jetzt keine Hilfe mehr brauchen«, erwiderte sie strahlend. »Beinahe hätte ich vergessen, dir die gute Nachricht zu erzählen! Ja, ich gehe für einige Wochen fort – aufs Land. Carruthers schickt mich in seine Blockhütte oben in den Wäldern im Norden. Wir fahren zu dritt – Florrie, Hannah Bell und ich. Es wird ein richtiger Urlaub werden. Vielleicht kannst du uns dort besuchen? Du wirst es versuchen, nicht wahr? *Freust du dich nicht?*« Sie blieb stehen, um mir einen Kuß zu geben. »Siehst du, er ist kein übler Kerl«, fügte sie hinzu. »Er selbst kommt nicht mit hinauf. Er will uns eine Freude machen. Würde er nicht, wenn er verliebt in mich wäre, wie du das zu glauben scheinst, mit mir allein dort hinaufgehen wollen? Er mag *dich* nicht, das gebe ich zu. Er hat Angst vor dir – du bist zu ernst. Schließlich mußt du ihm zugestehen, daß er Gefühle hat. Wenn seine Frau tot wäre, würde er mich zweifellos bitten, ihn zu heiraten – nicht weil er in mich verliebt ist, sondern weil er mich beschützen will. *Begreifst du das jetzt?*«

»Nein«, erwiderte ich, »ich begreife es nicht. Aber schon gut. Ein Urlaub wird dir sicher guttun. Ich hoffe, daß es dir dort oben gefällt. Was Carruthers betrifft, gleichviel, was du von ihm sagst, ich mag ihn nicht und traue ihm nicht. Und ich bin durchaus nicht sicher, daß er aus so edlen Motiven handelt, wie du wahrhaben willst. Ich hoffe, er krepiert, das ist alles, und wenn ich ihm einen Tropfen Gift geben könnte, würde ich es ohne Gewissensbisse tun.«

»Ich werde dir jeden Tag schreiben«, sagte sie, als wir an der Tür standen und Abschied nahmen.

»Mara, hör zu«, sagte ich, wobei ich sie eng an mich zog und ihr die Worte ins Ohr flüsterte. »Ich hatte dir heute viel zu sagen, und alles ist in Rauch aufgegangen.«

»Ich weiß, ich weiß«, sagte sie fiebrig.

»Vielleicht ändert sich alles, wenn du fort bist«, fuhr ich fort. »Es muß bald etwas geschehen – wir können nicht ewig so weitermachen.«

»Das finde ich auch«, sagte sie sanft, liebevoll an mich geschmiegt. »Ich verabscheue dieses Leben. Ich will mir etwas ausdenken, wenn ich dort oben allein bin. Ich weiß nicht, wie ich jemals in diese Patsche geraten konnte.«

»Na schön«, sagte ich, »vielleicht finden wir dann irgendeine Lösung. Aber auf alle Fälle versprich mir zu schreiben.«

»Ja, das werde ich . . . *jeden Tag*«, sagte sie, als sie sich zum Gehen wandte.

Nachdem sie hineingegangen war, stand ich einen Augenblick da und fragte mich, ob ich nicht ein Narr war, sie gehen zu lassen, fragte mich, ob es nicht besser wäre, sie da herauszuholen und sich auf irgendeine Weise durchzuschlagen. Maude hin, Maude her, Job hin, Job her. Ich ging davon, noch immer uneins mit mir, aber meine Füße zogen mich heimwärts.

6

Also, sie war fort. War in den Wäldern da oben. Genauer gesagt, gerade angekommen. Diese beiden Strichkatzen hatten sie begleitet, und alles war einfach prima. Es gab dort zwei wundervolle Hinterwäldler, die sich um sie kümmerten, sie bekochten, ihnen zeigten, wie man im Boot die Stromschnellen hinunterschoß, für sie abends auf der Veranda, wenn die Sterne herauskamen, Gitarre und Ziehharmonika spielten und so weiter – alles auf die Rückseite einer Bildpostkarte gekritzelt, welche die wundervollen Kiefernzapfen zeigte, die droben in Maine von den Bäumen fallen.

Ich ging sofort zu Carruthers Bude hinüber, um zu sehen, ob er noch in der Stadt war. Er war tatsächlich da und recht erstaunt und nicht allzu erfreut, mich zu sehen. Ich gab vor, mir ein Buch entleihen zu wollen, das an jenem Abend mein Interesse geweckt hätte. Er erklärte mir trocken, daß er schon seit langem damit aufgehört habe, Bücher zu verleihen. Er war völlig nüchtern und offenbar entschlossen, mich so rasch wie möglich abzuwimmeln. Ich bemerkte, als ich mich verabschiedete, daß er das Bild von mir mit dem Dolch in der Brust wieder an die Wand geheftet hatte. Er bemerkte, daß ich es bemerkt hatte, erwähnte es aber nicht.

Ich fühlte mich etwas gedemütigt, aber trotzdem sehr erleichtert. Einmal wenigstens hatte sie mir die Wahrheit gesagt! Ich war so außer mir vor Freude, daß ich zu der öffentlichen Bibliothek lief, unterwegs einen Schreibblock und ein Kuvert kaufte und ihr dort einen langen Brief schrieb, bis geschlossen wurde. Ich bat sie, mir zu telegrafieren – ich hielte es nicht aus, so lange auf Post von ihr zu warten. Nachdem ich den Brief eingeworfen hatte, gab ich ein langes Telegramm an sie auf. Zwei Tage später schickte ich, da ich nichts von ihr gehört hatte, ein weiteres, längeres Telegramm ab, und nachdem ich es aufgegeben hatte, setzte ich mich in die Halle des McAlpin-Hotels und schrieb ihr einen sogar noch umfangreicheren Brief als den ersten. Am nächsten Tag bekam ich von ihr einen kurzen, herzlichen, liebevollen, fast kindlichen Brief. Keine Erwähnung des ersten Telegramms. Das machte mich ganz rasend. Vielleicht hatte sie mir eine fingierte Adresse gegeben? Aber warum sollte sie so etwas tun? Das beste war, ihr noch einmal zu telegrafieren, sich nach der genauen Adresse und dem nächsten Telefonanschluß zu erkundigen und danach, ob sie meine beiden Telegramme und die zwei Briefe erhalten hatte. »Kümmere Dich um Deine Post, weitere Telegramme werden folgen. Schreibe oft. Telegrafiere, wenn möglich. Gib Nachricht, wann zurück. Ich liebe Dich. Bin verrückt nach Dir. Hier spricht der Kabinettsminister.«

Der »Kabinettsminister« muß seinen Zweck erfüllt haben. Bald kam ein Telegramm für Glahn, gefolgt von einem Brief, der mit »Victoria« unterzeichnet war. Gott blickte ihr über die Schulter, als sie schrieb. Sie hatte ein Reh gesehen, war ihm durch die Wälder gefolgt und hatte sich verirrt. Die Hinterwäldler hatten sie gefunden und nach Hause gebracht. Sie waren prächtige Burschen, und Hannah und Florrie hatten sich in sie verliebt. Das heißt, sie fuhren mit ihnen Kanu und schliefen manchmal die ganze Nacht mit ihnen im Wald. In einer Woche oder in zehn Tagen würde sie zurückkommen. Sie konnte es nicht aushalten, länger von mir getrennt zu sein. Dann dies: »Ich komme zu Dir zurück, ich will Deine Frau werden.« Ganz einfach so hatte sie das hingeschrieben. Ich fand es wundervoll. Daß sie so direkt, so schlicht, so offen und ehrlich war, ließ mich sie noch um so mehr lieben. Ich schrieb ihr hintereinander drei Briefe, jeden an einem anderen Ort, da ich in einem wahren Delirium umherirrte.

Ich wartete fieberhaft gespannt auf ihre Rückkehr. Sie hatte gesagt, sie würde Freitag abend zurück sein. Würde mich sofort nach ihrer Ankunft in der Stadt in Ulrics Atelier anrufen. Der Freitag abend kam, und ich saß bis zwei Uhr morgens dort und wartete auf ihren Anruf. Ulric, immer skeptisch, sagte, vielleicht habe sie den nächsten Freitag gemeint. Ich ging völlig entmutigt nach Hause, aber überzeugt, von ihr am Morgen zu hören. Am folgenden Tag rief ich Ulric mehrmals an, um mich zu erkundigen, ob er etwas von ihr gehört habe. Er war verärgert, vollkommen uninteressiert, fast, fühlte ich, schämte er sich meiner ein wenig. Am Mittag, als ich das Büro verließ, lief ich MacGregor und seiner Frau, die mit einem neuen Wagen angaben, in die Arme. Wir hatten einander seit Monaten nicht gesehen. Er bestand darauf, ich sollte mit ihnen zum Essen gehen. Ich versuchte mich herauszuwinden, es gelang mir aber nicht. »Was ist denn los mit dir«, wollte er wissen, »du bist nicht mehr du selbst. Wieder eine Frau, vermutlich. Du lieber Himmel, wann wirst du je etwas dazulernen?«

Während des Essens teilte er mir mit, daß sie nach Long Island hinausfahren und dort vielleicht übernachten wollten. Wie wär's, wenn ich mitkäme? Ich erklärte, ich sei mit Ulric verabredet. »Na schön«, meinte er, »dann bring ihn doch mit. Ich kann zwar nicht viel mit ihm anfangen, aber wenn es dich glücklich macht, nehmen wir ihn mit, warum nicht?« Ich versuchte ihm beizubringen, daß Ulric vielleicht keinen großen Wert darauf legen würde, mit uns zu kommen. Er wollte nichts davon hören. »Er wird mitkommen«, bestimmte er, »überlaß das mir. Wir werden nach Montauk Point oder Shelter Island fahren, uns ein bißchen in die Sonne legen und faulenzen – das wird dir guttun. Was diese Trine betrifft, um die du dir Sorgen machst, vergiß sie! Wenn sie was für dich übrig hat, wird sie schon von selber wiederkommen. Immer schön kurzhalten, sage ich immer, nicht wahr, Tess?« – und damit versetzte er seiner Frau einen Stoß in die Rippen, daß ihr die Luft wegblieb.

Tess Molloy war das, was man eine gutmütige irische Schlampe nennen würde. Sie war so ungefähr die reizloseste Frau, die ich je gesehen habe, breit im Gestell, pockennarbig, ihr Haar spärlich und strähnig (sie wurde an manchen Stellen schon kahl), lustig, aber dickfellig und beim geringsten Anlaß zu Streit aufgelegt. MacGregor hatte sie aus rein praktischen Erwägungen geheiratet. Sie hatten nie vorgegeben, ineinander verliebt zu sein. Auch körperlich verband sie kaum etwas, da, wie er mir kurz nach ihrer Verheiratung bereitwillig erklärt hatte, Sex ihr nichts bedeutete. Sie hatte nichts dagegen, sich dann und wann vögeln zu lassen, aber sie hatte kein Vergnügen daran. *»Bist du fertig?«* fragte sie alle Augenblicke. Wenn er zu lange brauchte, bat sie ihn, ihr einen Drink oder etwas zum Essen zu bringen. »Ich wurde einmal so verdammt böse auf sie, daß ich ihr die Zeitung zum Lesen brachte. ›Schön, jetzt kannst du lesen‹, sagte ich zu ihr, ›laß dir bloß nicht den Comic strip entgehen!‹«

Ich glaubte, es würde uns schwerfallen, Ulric zum Mitkommen zu überreden. Er hatte MacGregor nur ein paarmal getroffen, und jedesmal hatte er den Kopf geschüttelt, als wollte er sagen: »Das ist mir zu hoch, da kann ich nicht mit!« Zu meiner Überraschung begrüßte Ulric, als wir hinkamen, MacGregor ausgesprochen herzlich. Ihm war gerade ein dicker Scheck für eine neue Bohnendose versprochen worden, für die er nächste Woche die Zeichnung liefern sollte, und er war nur zu bereit, die Arbeit für eine Weile beiseite zu legen. Er war gerade fort gewesen, um sich ein paar Flaschen Whisky zu holen. Es war natürlich kein Telefonanruf von Mara gekommen. Es würde in den nächsten ein oder zwei Wochen auch keiner kommen, meinte Ulric. *Trinkt einen Schluck!*

MacGregor war beeindruckt von einem Titelbild, das Ulric gerade fertiggestellt hatte. Es stellte einen Mann mit einem Golfsack dar, der sich gerade auf den Golfplatz begibt. MacGregor fand es äußerst naturgetreu. »Ich wußte nicht, daß Sie so viel können«, sagte er mit seiner gewohnten Taktlosigkeit. »Was bekommen Sie für so eine Arbeit, wenn ich fragen darf?« Ulric sagte es ihm. MacGregors Respekt stieg. Inzwischen hatte seine

Frau ein Aquarell entdeckt, das ihr gefiel. »Haben *Sie* das gemacht?« fragte sie. Ulric nickte. »Ich würde es gern kaufen. Wieviel wollen Sie dafür haben?« Ulric sagte, er würde es ihr gerne schenken, wenn es fertig sei. *»Sie meinen, es ist noch nicht fertig?«* schrie sie. »Für mich sieht es fertig aus. Es ist mir gleich, ich nehme es auf jeden Fall so, wie es ist. Sind Sie mit zwanzig Dollar einverstanden?«

»Nun hör' mal, du Dickkopf«, sagte MacGregor und versetzte ihr scherzhaft einen Kinnhaken, der einen Ochsen zur Strecke gebracht hätte, so daß ihr das Glas aus der Hand flog, »der Mann sagt, es ist noch nicht fertig. Willst du ihn zum Lügner stempeln?«

»Ich sagte nicht, daß es fertig ist«, erwiderte sie, »und ich habe ihn keinen Lügner genannt. Es gefällt mir gerade so, wie es ist, und ich will es kaufen.«

»Na schön, dann kauf es in Gottes Namen, und Schluß damit!«

»Nein, wirklich, ich kann es Ihnen in diesem Zustand nicht geben«, sagte Ulric. »Außerdem ist es nicht gut genug, um es zu verkaufen – es ist nur eine Skizze.«

»Das macht nichts«, beharrte Tess Molloy, »ich will es haben. Ich gebe Ihnen dreißig Dollar dafür.«

»Vor einer Minute hast du zwanzig gesagt«, warf MacGregor ein. »Was ist los mit dir, bist du bekloppt? Hast du noch nie ein Bild gekauft? Hören Sie, Ulric, besser Sie geben es ihr, sonst kommen wir nie hier weg. Ich möchte gern ein wenig angeln, bevor der Tag zu Ende ist, was meinen Sie dazu? Freilich, dieser Vogel hier –« und er wies mit dem Daumen auf mich – »hat nichts fürs Angeln übrig. Er will lieber dasitzen und Trübsal blasen, von Liebe träumen, den Himmel betrachten und solchen Quatsch. Los, gehen wir! Jawohl, so ist's recht, nehmt eine Flasche mit, wir wollen uns unterwegs ein bißchen erfrischen.«

Tess nahm das Aquarell von der Wand und legte einen Zwanzigdollarschein auf den Schreibtisch.

»Nehmen Sie das Geld lieber an sich«, sagte MacGregor. »Unter Umständen bricht hier jemand ein, während wir fort sind.«

Nachdem wir ungefähr einen Häuserblock weit gefahren waren, fiel mir ein, daß ich eine Nachricht für Mara an der Tür hätte hinterlassen sollen. »Ach, pfeif drauf!« sagte MacGregor. »Gib ihr einen Anlaß, daß sie sich Sorgen macht – das mögen sie gern. *He, Toots?*« Und wieder gab er seiner Frau einen kräftigen Rippenstoß.

»Wenn du mich noch einmal so in die Rippen boxt«, warnte sie, »haue ich dir diese Flasche über den Kopf. Es ist mir Ernst damit.«

»*Sie meint es ernst*«, sagte er und warf uns ein breites, verchromtes Lächeln zu. »Sie verträgt schon einen ordentlichen Puff, nicht wahr, Toots? Sie verträgt schon einen Spaß, weiß Gott - sonst hätte sie's nicht so lange mit mir ausgehalten, hab' ich nicht recht, Kind?«

»Ach, halt die Klappe! Guck lieber, wohin du fährst. Wir wollen diesen Wagen nicht in Trümmer fahren wie den anderen.«

»Wir?« schrie er. »Du lieber Himmel, du gefällst mir. Und wer, wenn ich fragen darf, ist bei hellem Tageslicht auf der Hempstead Turnpike in den Milchwagen hineingefahren?«

»Ach, hör auf!«

So ging es weiter, bis kurz hinter Jamaica. Plötzlich hörte er auf, sie zu necken und zu hänseln, und mit einem Blick in den Rückspiegel begann er zu uns über seine Auffassung von Kunst und Leben zu sprechen. Es sei nichts dagegen einzuwenden, sagte er, sich derlei Dingen zu widmen – gemeint waren Bilder und all der Humbug –, vorausgesetzt, man hatte das Talent dazu. Ein guter Künstler sei sein Geld wert, das war seine Meinung. Der Beweis dafür sei, daß er es bekam, wie wir ja gesehen hätten. Jeder, der etwas taugt, würde auch anerkannt, das sei es, was er sagen wollte. War's nicht so? Ulric sagte, das glaube er auch. Freilich nicht immer, aber im großen und ganzen. Natürlich gab es Männer wie Gauguin, fuhr MacGregor fort, und sie waren weiß Gott gute Künstler, aber es war irgend etwas Sonderbares in ihnen, etwas Antisoziales, wenn man es so nennen wollte, das verhinderte, daß sie sofort Anerkennung fanden. Man konnte der Öffentlichkeit keinen Vorwurf daraus machen. Manche Menschen wurden unglücklich geboren, so sah er es jedenfalls. Man nehme zum Beispiel ihn selbst. Er sei kein Künstler, das wohl, aber er sei auch keine Niete. In seiner Art sei er ebenso gut wie der Nächstbeste, vielleicht sogar ein bißchen besser. Und doch, nur um zu zeigen, wie unsicher alles war: nichts, woran er sich versucht hatte, hatte richtig hingehauen. Manchmal hatte ihn ein kleiner Lump ausgestochen. Und warum? Weil er, MacGregor, sich nicht erniedrigen wollte, gewisse Dinge zu tun. Es gäbe Dinge, die man einfach nicht tue, beharrte er. No, Sir – und er hieb nachdrücklich aufs Steuerrad. Aber so machen sie's und fahren noch gut dabei. Aber nicht für immer! O nein!

»Nehmt nur einmal Maxfield Parrish«, fuhr er fort. »Ich nehme an, er zählt nicht, aber trotzdem, er gibt den Leuten, was sie wollen. Während ein Mann wie Gauguin um ein Stück Brot kämpfen mußte und sie ihn sogar nach seinem Tode noch schändlich behandelten. Kunst ist schon ein seltsames Spiel. Vermutlich ist es wie bei allem anderen – man macht es, weil man es gerne tut, so ungefähr sieht die Sache aus, oder nicht? Nun nehmt diesen Halunken, der neben euch sitzt – tja, *du!*« sagte er, indem er mir im Rückspiegel zugrinste. »Er glaubt, wir sollten ihn aushalten, ihn durchfüttern, bis er sein Meisterwerk schreibt. Er denkt nie daran, daß er sich inzwischen eine Arbeit suchen könnte. O nein, er würde seine lilienweißen Hände nicht in dieser Weise beschmutzen. Er ist ja ein *Künstler*. Nun, mag sein, daß er einer ist, nach allem, was ich weiß. Aber er muß es erst beweisen, habe ich nicht recht? Hat mich jemand unterstützt, weil ich glaubte, ein Anwalt zu sein? Es ist gut und schön, Träume zu haben – wir alle träumen gerne –, aber jemand muß schließlich die Miete bezahlen.«

Wir waren gerade an einer Entenfarm vorbeigefahren. »Das wäre ganz mein Fall«, sagte MacGregor. »Ich würde nichts lieber tun, als mich auf dem Land niederlassen und Enten züchten. Warum tu ich's nicht? Weil ich so vernünftig bin, mir nicht vorzumachen, daß ich etwas von Enten verstehe. Man kann sie nicht einfach nur erträumen – sondern man muß sie züchten! Unser Henry hier, wenn er es sich in den Kopf gesetzt hätte, Enten zu züchten, würde er einfach hierherziehen und davon träumen. Zuerst würde er mich natürlich bitten, ihm etwas Geld zu leihen. So viel Verstand hat er, das muß ich zugeben. Er weiß, daß man sie *kaufen* muß, bevor man sie aufziehen kann. Wenn er also etwas will – sagen wir nun eine Ente –, dann sagt er ganz einfach mit Flötentönen: ›Gib mir etwas Geld, ich will eine Ente kaufen!‹ Nun, das nenne ich unrealistisch. Das ist Träumerei . . . *Wie bin ich zu meinem Geld gekommen?* Habe ich es von einem Busch gepflückt? Wenn ich ihm sage, er solle hergehen und mit Hochdruck dafür arbeiten, wird er sauer. Er glaubt, ich sei gegen ihn. Stimmt's, oder verleumde ich dich?« Er schaute mich wieder mit seinem verchromten Lächeln im Spiegel an.

»Es ist okay«, erwiderte ich. »Nimm dir's nicht zu Herzen.«

»*Zu Herzen?* Habt ihr das gehört? Du lieber Himmel, wenn du glaubst, ich läge nächtelang wach und machte mir Sorgen um dich, irrst du dich aber gewaltig. Ich versuche nur, dir den Kopf zurechtzurücken und ein wenig Grips in deinen Dickkopf hineinzubringen. Natürlich weiß ich, daß du nicht Enten züchten willst, aber du mußt zugeben, daß du hin und wieder verrückte Einfälle hast. Ich hoffe, du vergißt nicht, wie du versucht hast, mir eine jüdische Enzyklopädie zu verkaufen. Stellt euch vor, er wollte, daß ich für ein mehrbändiges Werk unterschreibe, damit er seine Provision bekam, und dann nach einer Weile sollte ich ihm die Bände wieder zurückgeben – einfach so. Ich sollte den Leuten ein Ammenmärchen auftischen, das er unter dem Druck des Augenblicks erfunden hatte. Das ist seine Art von Geschäftstalent. Und das mir, einem Anwalt! Könnt ihr euch vorstellen, daß ich meinen guten Namen unter so eine fingierte Geschichte setze? Nein, bei Gott, ich hätte mehr Achtung vor ihm, wenn er mir gesagt hätte, er wollte Enten züchten. Ich kann einen Mann verstehen, der Enten züchten will. Aber zu versuchen, seinem besten Freund eine jüdische Enzyklopädie anzudrehen – das ist ein starkes Stück, ganz zu schweigen davon, daß er etwas Gesetzwidriges und Unmögliches vorhatte. *Das ist auch so was bei ihm* – er glaubt, das Gesetz sei Quatsch. ›Ich glaube nicht daran‹, sagt er, als ob's auf seinen Glauben oder Unglauben ankäme. Und sobald er in Schwierigkeiten ist, kommt er schnurstracks damit zu mir gelaufen. ›Unternimm etwas‹, bittet er mich, ›du verstehst diese Dinge zu handhaben.‹ Für ihn ist es ja nur ein Spiel. Er könnte ohne Recht und Gesetz leben, glaubt er, aber der Teufel soll mich holen, wenn er nicht die ganze Zeit in Schwierigkeiten ist. Und natürlich kommt ihm nie in den Sinn, mich für meine Mühe oder wenigstens für die Zeit, die ich ihm geopfert habe, zu bezahlen.

Ich soll diese kleinen Dinge für ihn aus Freundschaft tun. Ihr versteht, was ich meine?«

Niemand sagte etwas.

Wir fuhren eine Zeitlang schweigend weiter. Wir kamen an noch mehr Entenfarmen vorbei. Ich fragte mich, wie lange es dauern würde, bis man verrückt wurde, nachdem man eine Ente gekauft und sich mit ihr auf Long Island niedergelassen hatte. Walt Whitman war irgendwo hier geboren. Und im selben Augenblick, als mir sein Name einfiel, wollte ich, ebenso spontan, wie ich die Ente gekauft hatte, sein Geburtshaus besuchen.

»Wie wäre es, wenn wir Walt Whitmans Geburtshaus besuchten?« sagte ich laut.

»Was?« schrie MacGregor.

»Walt Whitman!« brüllte ich. »Er ist hier irgendwo auf Long Island geboren. Laßt uns hinfahren.«

»Weißt du wo?« schrie MacGregor.

»Nein, aber wir können jemanden fragen.«

»Ach, zum Teufel! Ich dachte, du wüßtest wo. Diese Leute hier haben doch keine Ahnung, wer Walt Whitman war. Ich selbst würde es ja nicht einmal wissen, wenn du nicht immer so verdammt viel von ihm dahergeredet hättest. War 'n bißchen schwul, was? Hast du mir nicht erzählt, daß er ein Verhältnis mit einem Busfahrer gehabt hat? Oder war's ein Nigger? Ich kann mich nicht mehr genau erinnern.«

»Vielleicht hat er's mit beiden getrieben«, meinte Ulric und entkorkte die Flasche.

Wir fuhren durch ein Städtchen. »Jesus, *diesen* Ort kenne ich doch!« sagte MacGregor. »Verdammt noch mal, wo sind wir denn eigentlich?« Er fuhr an den Gehsteig heran und wandte sich an einen Fußgänger. »He, wie heißt das Nest hier?« Der Mann sagte es ihm. »Das schlägt dem Faß den Boden aus!« meinte MacGregor. »Dacht ich mir's doch, das ist das Kaff. Du lieber Himmel, was für einen wundervollen Tripper habe ich mir hier einmal geholt! Ich bin doch gespannt, ob ich das Haus wiederfinde. Am liebsten würde ich vorbeifahren und sehen, ob der kesse kleine Flitzer noch auf der Veranda sitzt. Herrgott, die hübscheste kleine Motte, die man je zu Gesicht bekam – ein wahres Engelchen. Ficken konnte sie! Eine von diesen leicht erregbaren kleinen Miezen, ständig in Hitze – die's einem dauernd zeigen, dauernd unter die Nase halten. Bei strömendem Regen fuhr ich hierher, weil ich mit ihr verabredet war. Alles in bester Butter. Ihr Mann war auf Reisen, und sie war scharf auf ein ordentliches Stück Schwanz. Wenn ich bloß noch wüßte, wo ich sie aufgelesen hatte. Ich weiß nur noch, daß ich mir das Maul fusselig reden mußte, damit sie zuließ, daß ich sie besuchte. Na, jedenfalls war es herrlich damals. Kamen zwei Tage lang nicht aus dem Bett. Bin nicht mal zum Waschen gekommen – *das war der Fehler*. Ich schwöre euch, wenn ihr dieses Gesicht neben euch auf dem Kissen gesehen hättet, hättet ihr gedacht, ihr liegt mit der Jungfrau Maria im Bett. Sie konnte neunmal kommen, ohne Unterbrechung. Und dann sagte sie noch: ›Tu's mir noch mal ... Mir ist so pervers zumute.‹ Na, die war vielleicht komisch. Ich glaube, sie wußte nicht einmal, was pervers heißt. Jedenfalls fing es ein paar Tage später an zu jucken und wurde dann rot und geschwollen. Ich wollte nicht glauben, daß ich einen Tripper hatte. Ich dachte, vielleicht hat mich ein Floh gebissen. Dann begann es zu laufen. Junge, Junge, Flöhe verursachen so was nicht. Ich ging also zu unserem Arzt. ›Das ist ja ein Prachtexemplar‹, meinte er. ›Wo haben Sie sich den geholt?‹ Ich sagte es ihm. ›Wir wollen lieber eine Blutprobe nehmen‹, sagte er, ›es könnte Syphilis sein.‹«

»Jetzt reicht's mir aber«, stöhnte Tess. »Kannst du nicht zur Abwechslung mal von etwas Erfreulicherem reden?«

»Nun«, sagte MacGregor als Antwort darauf, »du mußt zugeben, daß ich mir in dieser Beziehung nichts mehr geleistet habe, seit ich dich kenne, stimmt's?«

»Das will ich auch hoffen«, antwortete sie, »sonst wäre es dir schlecht bekommen.«

»Sie hat immer Angst, daß ich ihr ein kleines Präsent mitbringe«, meinte MacGregor und grinste wieder in den Rückspiegel. »Hör mal, Toots, *jeder* holt sich mal einen Tripper. Du kannst dankbar sein, daß ich ihn bekommen habe, bevor ich dich kennenlernte – hab' ich da nicht recht, Ulric?«

»Was du nicht sagst«, schnitt Tess ihm das Wort ab. Es wäre bestimmt wieder ein langer Streit zwischen ihnen ausgebrochen, wenn wir nicht zu einer Ortschaft gekommen wären, die Mac-

Gregor für eine Rast geeignet schien. Er hatte es sich in den Kopf gesetzt, Krabben zu fangen. Außerdem war in der Nähe ein Gasthaus, wo man seiner Erinnerung nach gut aß. Er ließ uns alle aussteigen. »Wenn ihr pinkeln wollt, dann kommt mit!« Wir ließen Tess am Straßenrand stehen wie einen zerfledderten Regenschirm und gingen hinein, um unsere Blase zu leeren. Er ergriff uns beide am Arm. »Hört mal her«, sagte er, »wir bleiben am besten hier in der Nähe bis zum Abend. Hier ist abends mächtig was los. Wenn ihr tanzen und einen heben wollt, dann ist das hier genau das richtige. Ihr sagen wir noch nichts davon, daß wir hierbleiben – sonst kommt sie uns auf die Schliche. Wir gehen erst mal zum Strand hinunter und sonnen uns. Später sagt ihr einfach, ihr habt Hunger, und dann schlage ich ganz unschuldig dieses Gasthaus vor – kapiert?«

Wir schlenderten zum Strand hinunter. Er war fast menschenleer. MacGregor brachte eine Handvoll Zigarren zum Vorschein, steckte sich eine an, zog Schuhe und Strümpfe aus und watete rauchend im Wasser herum. »Wunderbar, was?« sagte er. »Man muß manchmal wieder zum Kind werden.« Er veranlaßte auch seine Frau, Schuhe und Strümpfe auszuziehen. Sie watschelte ins Wasser wie eine behaarte Ente. Ulric streckte sich auf dem Sand aus und machte ein Schläfchen. Ich lag da und beobachtete MacGregor und seine Frau bei ihrem ungeschickten Gehabe. Ich fragte mich, ob Mara wohl inzwischen zurück war und was sie denken würde, wenn sie mich nicht antraf. Ich wollte so rasch wie möglich zurückkehren. Mir konnte das Gasthaus mitsamt seinen Miezen gestohlen bleiben. Ich hatte so das Gefühl, daß sie zurück war und vor Ulrics Türschwelle saß und auf mich wartete. Ich wollte wieder heiraten, das war's, was ich wirklich wollte. Was hatte mich denn bloß veranlaßt, in diese gottverlassene Gegend zu fahren? Ich hatte Long Island immer gehaßt. MacGregor und seine verdammten Enten! Schon der Gedanke daran machte mich rasend. Wenn ich eine Ente besäße, würde ich sie MacGregor nennen, sie an einen Laternenpfahl binden und mit einem Revolver, Kaliber 48, erschießen. Ich würde auf sie schießen, bis sie tot wäre, und sie dann mit der Axt zerstückeln. Seine Enten! *Scheiß auf seine Enten!* sagte ich mir. *Scheiß auf alles!*

Wir gingen trotzdem ins Gasthaus. Wenn ich vorgehabt hatte zu protestieren, so vergaß ich das. Ich war inzwischen in einem Zustand verzweifelter Gleichgültigkeit und schwamm einfach mit. Und wie es immer geht, wenn man nachgibt und sich dem Willen anderer fügt, geschah etwas, worauf keiner von uns gefaßt war. Wir hatten gegessen und saßen beim dritten oder vierten Whisky. Das Lokal war gut besucht, jedermann in gehobener Stimmung. Plötzlich stand am Nebentisch ein junger Mann auf, hob sein Glas und prostete allen zu. Er war nicht betrunken, sondern nur in einem Zustand der Euphorie, wie Dr. Kronski es ausgedrückt hätte. Er erklärte ruhig und einfach, daß er sich die Freiheit genommen habe, die Aufmerksamkeit auf sich und seine Frau zu lenken, auf die er sein Glas leere, da es ihr erster Hochzeitstag sei, und weil sie so fröhlicher Stimmung wären, wollten sie alle an ihrem Glück teilhaben lassen. Er sagte, er wollte uns nicht mit einer Rede langweilen – er habe noch nie in seinem Leben eine gehalten und habe das auch jetzt nicht vor –, aber er wolle nur alle wissen lassen, wie glücklich er und seine Frau heute seien und daß sie sich wahrscheinlich nie wieder so glücklich fühlen würden. Er sagte, er sei niemand Besonderes, er arbeite und verdiene nicht viel Geld (niemand verdient heutzutage viel), aber eines wisse er, nämlich, daß er glücklich sei, und er sei glücklich, weil er die Frau gefunden habe, die er liebe, und er liebe sie noch immer so wie am ersten Tag, obwohl sie jetzt bereits ein ganzes Jahr verheiratet seien. (Er lächelte.) Er sagte, er schäme sich nicht, das vor aller Welt zu bekennen. Er sagte, er könne nicht umhin, uns das alles zu erzählen, auch wenn es uns langweile, denn wenn man sehr glücklich sei, habe man den Wunsch, andere an seinem Glück teilhaben zu lassen. Er sagte, er fände es wundervoll, daß man so glücklich sein könnte, obwohl es mit der Welt so schlecht stand, aber vielleicht gäbe es mehr Glück in der Welt, wenn sich die Menschen in ihrem Glück einander mitteilten, statt sich nur ihre Sorgen und Kümmernisse anzuvertrauen. Er sagte, er wolle alle hier glücklich sehen, und wenn wir auch alle einander fremd wären, so seien wir doch an diesem Abend mit ihm und seiner Frau zusammen, und wenn wir ihre große Freude mit ihnen teilen wollten, würde sie das noch glücklicher machen.

Er war so hingerissen von der Idee, daß jeder an seinem Glück teilhaben sollte, daß er zwanzig Minuten oder noch länger sprach und vom Hundertsten ins Tausendste kam wie jemand, der am Klavier sitzt und improvisiert. Er hatte nicht den allergeringsten Zweifel, daß wir alle seine Freunde waren und ihm friedlich zuhörten, bis er zu Ende gekommen war. Nichts, was er sagte, klang wirklich lächerlich, wie sentimental er auch daherredete. Er war durch und durch ehrlich und besessen von der Erkenntnis, daß Glück das größte Geschenk auf Erden ist. Es war nicht Mut, was ihn hatte aufstehen und eine Ansprache an uns richten lassen, denn offensichtlich war der Gedanke, aufzustehen und eine lange Rede aus dem Stegreif zu halten, für ihn eine ebenso große Überraschung wie für uns. Er war im Augenblick, und natürlich ohne es zu wissen, drauf und dran, zum Erweckungsprediger zu werden – ein merkwürdiges amerikanisches Phänomen, das nie richtig erklärt worden ist. Jene Männer, die durch eine Vision, eine unbekannte Stimme, eine unwiderstehliche innere Eingebung befeuert worden sind – und es hat Tausende und aber Tausende von ihnen in unserem Land gegeben –, was von der Einsamkeit herrühren mag, in der sie, und das für lange Zeit, gelebt haben, um sich plötzlich wie aus tiefer Trance zu erheben und sich eine neue Identität zu schaffen, ein neues Weltbild, einen neuen Gott und einen neuen Himmel. Wir sind gewohnt, uns für eine große demokratische Gemeinschaft zu halten, verbunden durch gemeinsame Bande des Blutes und der Sprache, unlösbar durch alle möglichen Arten der Kommunikation vereint, die die menschliche Erfindungsgabe zu ersinnen vermochte. Wir tragen dieselbe Kleidung, essen dieselbe Nahrung, lesen dieselben Zeitungen, sind einander gleich in allem, ausgenommen Name, Gewicht und sonstige Daten. Wir sind das kollektivste Volk der Welt, abgesehen von einigen primitiven Völkern, die wir als rückständig betrachten. Und doch – obwohl wir allem Anschein nach einander eng verbunden, aufeinander angewiesen, nachbarlich, gutmütig, hilfsbereit, mitfühlend, fast brüderlich sind, sind wir doch ein einsames Volk, eine morbide, verrückte Herde, die in eiferndem Wahnsinn um sich schlägt, wir suchen zu vergessen, daß wir nicht das sind, was wir zu sein glauben, daß wir nicht wirklich vereint sind, nicht wirklich einander zugetan, nicht wirklich einander anhören, nicht wirklich irgend etwas sind, nur einstellige

Zahlen, die in einer großen Rechenoperation, die uns nichts angeht, von unsichtbarer Hand addiert und multipliziert werden. Plötzlich, dann und wann, wacht einer auf, löst sich aus dem sinnlosen Kleister, in dem wir alle stecken – dem Blödsinn, den wir Alltagsleben nennen und der nicht wirkliches Leben ist, sondern ein tranceartiges Schweben über dem großen Lebensstrom –, und dieser Mensch, der uns, weil er sich nicht ins allgemeine Schema fügt, völlig wahnsinnig vorkommt, findet sich mit seltsamen und fast erschreckenden Kräften ausgestattet, er entdeckt, daß er Tausende von der Herde absondern, sie von ihren Vertäuungen losmachen, sie auf den Kopf stellen, sie mit Freude oder Raserei erfüllen, sie ihrer eigenen Sippschaft entfremden, zur Aufgabe ihres Berufes bringen, ihren Charakter, ihre Physiognomie, ja selbst ihre Seele verändern kann. Und was ist das Wesen dieser unwiderstehlichen Verlockung, dieser Verrücktheit, dieser »temporären Geistesstörung«, wie wir es gerne nennen? Was sonst, wenn nicht die Hoffnung, Freude und Frieden zu finden? Jeder Evangelist bedient sich einer anderen Sprache, aber sie sagen alle dasselbe. (Hört auf mit dem Suchen, mit dem sinnlosen Streben, hört auf, einander den Rang abzulaufen und um euch zu schlagen bei der Verfolgung eitler und nichtiger Ziele.) Im Handumdrehen stellt es sich ein, das große Geheimnis, das dem äußerlichen Treiben Einhalt gebietet, den Geist beruhigt, Ausgeglichenheit, Heiterkeit und Ruhe mit sich bringt und das Antlitz mit einer steten, stillen Flamme, die nie erlischt, erleuchtet. Mit ihren Bemühungen, das Geheimnis weiterzugeben, werden sie uns zum Ärgernis, gewiß. Wir meiden sie, weil wir spüren, daß sie auf uns herabsehen. Wir können uns mit dem Gedanken nicht abfinden, irgend jemandem nicht ebenbürtig zu sein, wie überlegen er auch scheinen mag. Aber wir sind nicht Ebenbürtige, wir sind zumeist inferior, weit inferiorer – inferior besonders denen gegenüber, die still und zurückhaltend, einfach in ihrer Art und unerschütterlich in ihren Überzeugungen sind. Wir stoßen uns an dem, was fest verankert ist, unzugänglich für unsere Schmeicheleien, unsere Logik, unsere kollektiv wiedergekäuten Grundsätze, unsere antiquierten Formen der Untertanenpflicht.

Ein wenig mehr Glück, dachte ich bei mir, als ich ihm zuhörte, und er würde das werden, was man einen »gefährlichen Menschen« nennt. Gefährlich, denn dauernd glücklich zu sein würde bedeuten: die Welt in Brand zu setzen. Die Welt zum Lachen bringen ist eine Sache, sie glücklich zu machen eine ganz andere. Niemandem ist das jemals gelungen. Die großen Gestalten, diejenigen, welche die Welt im Guten oder Bösen beeinflußt haben, sind immer tragische Gestalten gewesen. Sogar der heilige Franziskus von Assisi war ein gequälter Mensch. Und Buddha, mit seiner Besessenheit, das Leid aus der Welt zu schaffen, war alles andere als glücklich. Er war jenseits allen Glücks, wenn man so will. Er war erhaben, und als er starb, so wird berichtet, glühte sein ganzer Leib, als stünde sein Innerstes in Flammen.

Und doch, als ein Versuch, als ein Vorspiel (wenn ihr wollt) zu dem vollendeteren Zustand, den die Heiligen erreichen, scheint es mir, daß es den Versuch wert wäre, die ganze Welt glücklich zu machen. Ich weiß, daß schon das Wort (Glück) einen verhaßten Klang bekommen hat, besonders in Amerika. Es klingt witzlos und wertlos. Es hat einen leeren Klang. Es ist das Ideal der Schwachen und Gebrechlichen. Es ist ein von den Angelsachsen entlehntes, in Amerika zu etwas völlig Sinnlosem entstelltes Wort. Man schämt sich, es ernstlich zu gebrauchen. Aber es gibt keinen guten Grund, warum das so sein sollte. Glück hat ebenso seine Berechtigung wie Kummer, und jedermann, ausgenommen diese losgelösten Menschenseelen, die in ihrer Weisheit etwas Besseres oder Größeres gefunden haben, wünscht, glücklich zu sein, und würde, wenn er es könnte (wenn er nur wüßte, wie), alles opfern, um es zu erreichen.

Mir gefiel die Rede des jungen Mannes, so geistlos sie auch vielleicht bei genauerer Betrachtung scheinen mochte. Jedermann gefiel sie. Jedermann mochte ihn und seine Frau. Jedermann fühlte sich besser, aufgeschlossener, entspannter, freier. Es war, als habe er uns allen eine Injektion in den Arm gegeben. Die Leute unterhielten sich miteinander über die Tische hinweg oder standen auf und schüttelten einander die Hände oder klopften einander auf den Rücken. Ja, wenn man ein sehr religiöser Mensch war, sich mit dem Schicksal der Welt befaßte, sich einem hochgesteckten Ziel widmete (wie man die Lebensbedingungen der arbeitenden Klassen verbessern oder die Zahl der Analphabeten unter den Eingeborenen vermindern konnte), würde es vielleicht scheinen, dieser kleine Vorfall habe eine sehr übertriebene Bedeutung angenommen. Eine offene, allgemeine Zurschaustellung ungeheuchelten Glücks verursacht manchen Leuten ein unbehagliches Gefühl. Es gibt Menschen, die lieber privatim glücklich sind und eine öffentliche Demonstration ihrer Freude als unbescheiden und ein wenig anstößig betrachten. Oder vielleicht sind sie so sehr in sich abgekapselt, daß sie für Gemeinschaft oder Gedankenaustausch kein Verständnis haben. Jedenfalls waren keine so zartbesaiteten Seelen unter uns. Es war eine durchschnittliche, aus gewöhnlichen Leuten bestehende Gesellschaft – das heißt gewöhnlichen Leuten, die Autos besaßen. Manche von ihnen waren ausgesprochen reich und andere nicht so reich, aber keiner von ihnen mußte hungern, keiner war epileptisch, keiner Mohammedaner oder negroid oder gehörte dem weißen Proletariat an. Sie waren gewöhnlich – im gewöhnlichen Sinn des Wortes. Sie waren wie Millionen andere Amerikaner, das heißt, ohne Unterscheidungsmerkmal, ohne großes Gehabe, ohne große Ansprüche. Plötzlich, als er geendet hatte, schienen sie sich bewußt zu werden, daß sie alle einander gleich waren, nicht besser und nicht schlechter, und indem sie die kleinlichen Hemmungen abstreiften, die sie in kleine Gruppen gespaltet hatten, standen sie instinktiv auf und mischten sich untereinander. Bald begannen die Getränke zu fließen, und sie fingen an zu singen, dann fingen sie zu tanzen an – und sie tanzten anders, als sie es sonst getan hätten. Manche, die seit Jahren kein Tanzbein mehr geschwungen hatten, tanzten mit ihren Frauen. Manche tanzten allein, übermütig, berauscht von ihrer eigenen Grazie und der Freiheit. Manche sangen beim Tanzen. Andere strahlten nur gutmütig jeden an, dessen Blick sie zufällig begegneten.

Es war erstaunlich, was für eine Wirkung ein einfaches, offenes Freudenbekenntnis hervorbringen konnte. Die Worte, die er gesagt hatte, bedeuteten an sich nichts, es waren ganz gewöhnliche Worte, die jeder andere auch hätte sagen können. MacGregor, immer skeptisch, immer bestrebt, das Negative zu entdekken, war der Meinung, daß er in Wirklichkeit ein sehr cleverer junger Mann sei, vielleicht sogar jemand vom Theater, der sich um der Wirkung willen absichtlich einfach, bewußt naiv gegeben hatte. Er konnte jedoch nicht leugnen, daß ihn die Rede des jungen Mannes in gute Laune versetzt hatte. Er wollte uns nur einfach zeigen, daß er sich nicht so leicht täuschen ließ. Ihm sei wohler dabei zumute, so gab er vor, wenn er wisse, er habe sich nicht düpieren lassen, obschon ihm die Vorstellung durchaus gefallen hatte.

Er tat mir leid, wenn das, was er sagte, stimmte. Niemand ist glücklicher als derjenige, der sich rundherum täuschen läßt. Klug zu sein mag ein Vorteil sein, aber völlig vertrauensselig, leichtgläubig bis zur Dummheit zu sein und bereit, sich vorbehaltlos hinzugeben, ist eine der höchsten Freuden des Lebens.

Nun, wir waren alle so guter Laune geworden, daß wir beschlossen, in die Stadt zurückzukehren und nicht, wie geplant, über Nacht zu bleiben. Die ganze Heimfahrt über sangen wir aus vollen Kehlen. Sogar Tess sang, falsch zwar, aber fröhlich und ungehemmt. MacGregor hatte sie nie zuvor singen hören. Sie war immer wie ein Rentier gewesen, was die Stimmbänder betrifft. Ihre Sprechweise beschränkte sich auf ein rauhes Grunzen, betont durch ein beifälliges oder mißbilligendes Knurren. Ich hatte schon die dunkle Vorahnung gehabt, daß sie, mitgerissen von dieser allgemeinen Ausgelassenheit, es sich einfallen lassen würde, (später) lauthals loszusingen, statt uns wie üblich mit ihren Bitten in Gang zu halten, nach einem Glas Wasser, einem Apfel oder einem Schinkenbrötchen. Ich konnte mir vorstellen, was MacGregor für ein Gesicht machen würde, wenn sie plötzlich selbstvergessen ein solches Bravourstück vollbrachte. Er würde verblüfft und verwundert aussehen *(»Auch das noch, du lieber Himmel?«)*, aber gleichzeitig würde er ihr sagen: »Nur los, sing' weiter, versuch's zur Abwechslung mal im Falsett!« Er hatte es gerne, wenn man ausgefallene Dinge tat. Er war des Glaubens, daß Menschen gewisser gemeiner, unglaublicher Dinge fähig waren, die ihm nie in den Sinn gekommen wären. Er gefiel sich in der Vorstellung, daß es nichts gab, was zu gemein, zu anstößig, zu schändlich war, als daß der Mensch es seinem Mitmenschen nicht antäte. Er rühmte sich seiner Unvoreingenommenheit und eines ausgesprochenen Sinnes für Dummheit, Grausamkeit, Verrat oder Perversität. Er ging von der Annahme aus, daß jedermann im Grunde seines Herzens ein gemeiner, gefühlloser, egoistischer Schurke war; schon die erstaunlich geringe Zahl von Fällen, die durch die Gerichte ans Licht der Öffentlichkeit gelangten, bewiesen das. Wenn jedermann ausspioniert, verfolgt, gehetzt, überwacht, kreuzverhört, festgenagelt, zu Geständnissen gezwungen werden könnte, wären wir seiner unmaßgeblichen Meinung nach alle im Gefängnis. Und die besonders notorischen Übeltäter – dafür verbürgte er sich – waren die Richter, die Diener des Staates, die öffentlichen Wächter, die Mitglieder des Klerus, die Erzieher, die Wohlfahrtshelfer. Was seinen eigenen Beruf betraf, so war er in seinem Leben nur einem oder zwei Leuten begegnet, die gewissenhaft ehrlich waren, auf deren Wort man sich verlassen konnte. Die übrigen – also fast alle Juristen – waren schlimmer als die schlimmsten Verbrecher, sie waren der Abschaum der Erde, der beschissenste Auswurf der Menschheit, der jemals auf zwei Beinen stand. Nein, er ließ sich nicht irgendwelchen Mist vorsetzen, wie ihn diese Vögel der Allgemeinheit zu schlucken gaben. Er wußte nicht, warum er selbst ehrlich und wahrheitsliebend war. Es machte sich jedenfalls nicht bezahlt. Es war einfach seine Natur, nahm er an. Außerdem hatte er andere Schwächen – und hier begann er alle Fehler, die er hatte oder zu haben zugab oder zu haben glaubte, aufzuzählen, eine stattliche Liste, so daß man, als er geendet hatte, zu fragen versucht war, warum er sich überhaupt die Mühe machte, die beiden Tugenden der Wahrheitsliebe und der Ehrlichkeit beizubehalten.

»*Du denkst also immer noch an sie?*« platzte er plötzlich heraus, drehte sich halb nach mir um und quetschte die Worte aus dem Mundwinkel hervor. »Nun, du tust mir leid. Dann wird dir wohl nichts anderes übrigbleiben, als sie zu heiraten. Du bist mir ein schöner Masochist. Und von was willst du leben – hast du darüber einmal nachgedacht? Du bist dir doch darüber klar, daß du deine Stellung nicht mehr lange behältst – inzwischen müssen sie dir doch auf die Schliche gekommen sein. Ein wahres Wunder, daß sie dich nicht schon längst gefeuert haben. Es ist jedenfalls ein Rekord für dich – wie lange ist es jetzt her, *drei Jahre*? Ich kann mich noch erinnern, als drei Tage für dich eine lange Zeit waren. Natürlich wirst du dir, falls sie die Richtige ist, keine Sorge mehr zu machen brauchen, ob du deine Stellung behältst oder nicht – *sie wird dich aushalten*. Das wäre ideal, nicht wahr?

Dann könntest du diese Meisterwerke schreiben, die du uns immer versprichst. Du lieber Himmel, ich glaube, du bist nur deshalb so darauf aus, deine Frau loszuwerden: Das Mädel ist hinter dir her, sie drückt dir die Nase auf den Schleifstein. Mein Gott, was für eine Qual muß es für dich sein, jeden Morgen aufzustehen und zur Arbeit zu gehen! Wie bringst du das fertig? Sag' mir das. Früher warst du zu verdammt faul, um auch nur zum Essen aufzustehen. Also, Ulric, ich habe diesen Kerl drei Tage lang im Bett bleiben sehen. Es hat ihm nichts gefehlt . . . konnte nur einfach den Gedanken nicht ertragen, der Welt ins Gesicht sehen zu müssen. Manchmal war er liebeskrank. Oder einfach in Selbstmordstimmung. Das war etwas, was er mit Vorliebe tat – uns mit Selbstmord drohen. (Er schaute mich im Rückspiegel an.) *Du hast diese Tage vergessen, was?* Jetzt möchte er leben . . . Ich weiß nicht warum . . . nichts hat sich bei ihm geändert . . . alles ist noch genauso lausig wie immer. Nur spricht er davon, der Welt etwas zu geben – ein Meisterwerk, nichts Geringeres. Mit einem ganz gewöhnlichen Buch, *das sich gut verkaufen läßt*, gibt er sich nicht ab. O nein, er nicht! Es muß etwas Einmaliges, etwas Unerhörtes sein. Nun, ich warte darauf. Ich behaupte nicht, du wirst es nicht fertigbringen, und ich sage auch nicht, daß es dir gelingt. Ich warte einfach. Inzwischen müssen wir übrigen weiter unseren Lebensunterhalt verdienen. Wir können nicht unser ganzes Leben lang versuchen, ein Meisterwerk hervorzubringen. (Er machte eine Atempause.) Wißt ihr, manchmal ist mir, als würde ich selbst gerne ein Buch schreiben – nur um diesem Kerl zu beweisen, daß man dazu keine solchen Possen zu treiben braucht. Ich glaube, wenn ich wollte, könnte ich ein Buch in sechs Monaten schreiben – nebenbei, ohne meine Praxis zu vernachlässigen. Ich behaupte nicht, daß es preisgekrönt werden würde. Ich habe mich nie gerühmt, ein *Künstler* zu sein. Was mich bei diesem komischen Vogel auf die Palme bringt, ist, daß er so verdammt sicher ist, ein Künstler zu sein. Er ist sicher, daß er einem Hergesheimer oder einem Dreiser unendlich überlegen ist – und doch hat er nichts und gar nichts, womit er es beweisen könnte. Wir sollen es ihm einfach glauben. Er wird grob, wenn man ihn bittet, einem etwas Greifbares wie ein Manuskript zu zeigen. Könnt ihr euch vorstellen, wie ich versuche, bei einem Richter den Eindruck zu erwecken, daß ich ein tüchtiger Anwalt bin, ohne auch nur mein Examen gemacht zu haben? Ich weiß natürlich, daß es kein Diplom gibt, was man jemand unter die Nase halten könnte, um zu beweisen, daß man ein Schriftsteller ist, aber ein Manuskript könnte man schon jemand unter die Nase halten – was? Er behauptet, er habe bereits mehrere Bücher geschrieben – na schön, wo sind sie? Hat sie jemals jemand zu Gesicht bekommen?«

Hier unterbrach Ulric ihn, um ein gutes Wort für mich einzulegen. Ich lehnte mich in meinen weichen Sitz zurück und kicherte vor mich hin. Ich genoß diese Tiraden von MacGregor.

»Na schön«, fiel MacGregor wieder ein, »wenn Sie sagen, Sie haben ein Manuskript gesehen, so will ich Ihr Wort dafür gelten lassen. Mir zeigt er nie etwas, der alte Gauner. Vermutlich hat er keinerlei Respekt vor meinem Urteil. Ich weiß nur, wenn man ihn reden hört, möchte man glauben, er sei ein Genie. Man braucht nur irgendeinen Autor zu nennen – keiner paßt ihm. Sogar Anatole France taugt nichts. Er muß ziemlich hoch hinauswollen, wenn er diese Vögel auf einen zweitrangigen Platz verweist. Meiner Ansicht nach ist ein Mann wie Joseph Conrad nicht nur ein Künstler, sondern ein Meister. Er glaubt, Conrad werde überschätzt. Melville, sagt er, sei ihm unendlich überlegen. Und du lieber Himmel, wissen Sie, was er mir dann eines Tages gesteht? *Daß er Melville nie gelesen hat!* Aber das spiele dabei keine Rolle, meint er. Wie soll man mit einem solchen Kerl vernünftig reden? Auch ich habe Melville nicht gelesen, aber der Teufel hole mich, wenn ich glauben soll, daß er besser ist als Conrad – jedenfalls nicht, bevor ich ihn gelesen habe.«

»Nun«, meinte Ulric, »vielleicht ist das gar nicht so verrückt von ihm. Eine Menge Leute, die nie einen Giotto gesehen haben, sind zum Beispiel völlig sicher, daß er besser ist als Maxfield Parrish.«

»Das ist etwas anderes«, sagte MacGregor. »Der Wert von Giottos wie von Conrads Werk ist unbestritten. Dagegen handelt es sich bei Melville, wenn ich es richtig sehe, mehr um einen Außenseiter. Diese Generation mag ihn höher einschätzen als Joseph Conrad, aber es ist gut möglich, daß er nach hundert oder zweihundert Jahren wie ein Komet erlischt und vergessen wird.

Er war schon fast vergessen, als man ihn kürzlich wiederentdeckte.«

»Und was läßt Sie glauben, daß Conrads Ruhm in hundert oder zweihundert Jahren nicht auch erloschen ist?« fragte Ulric.

»Weil alles an ihm echt ist. Sein Werk beruht auf solider Leistung. Er ist *in der ganzen Welt* beliebt, bereits in Dutzende von Sprachen übersetzt. Dasselbe gilt für Jack London oder O'Henry, entschieden mittelmäßige, aber auch ebenso entschieden sich behauptende Schriftsteller, soweit ich etwas davon verstehe. Qualität ist nicht alles. Popularität ist genauso wichtig wie Qualität. Was die Kraft, sich zu behaupten, betrifft, so kann der Schriftsteller, der den größten Anklang findet – vorausgesetzt, er hat eine gewisse Qualität und ist nicht bloß Schmierant –, sicher sein, daß er den höheren, reineren Typ des Schriftstellers überdauert. Fast jedermann kann Conrad lesen, aber nicht jedermann Melville. Und wenn es um einen Einzelfall wie Lewis Carroll geht, so möchte ich wetten, daß er in der englischsprechenden Welt Shakespeare überdauern wird . . .«

Er sinnierte einen Augenblick und fuhr dann fort: »Bei der Malerei ist es meiner Ansicht nach etwas anderes. Es gehört mehr dazu, ein gutes Bild zu beurteilen als ein gutes Buch. Die Leute scheinen zu glauben, daß sie, weil sie lesen und schreiben können, ein gutes Buch von einem schlechten zu unterscheiden vermögen. Sogar Schriftsteller – gute Schriftsteller meine ich – stimmen nicht darin überein, was gut und was schlecht ist. Ebensowenig tun das die Maler im Hinblick auf Bilder. Und doch bin ich der Ansicht, daß im allgemeinen Maler bezüglich der Leistung oder des Mangels an Leistung im Werk eines wohlbekannten Künstlers eher übereinstimmen, als das Schriftsteller bezüglich der Dichtung tun. Nur ein zweitklassiger Maler würde zum Beispiel den Wert von Cézannes Werk in Frage stellen. Aber man nehme den Fall von Dickens oder Henry James und sehe, was für erstaunliche Meinungsverschiedenheiten es unter begabten Schriftstellern und Kritikern über ihre jeweiligen Verdienste gibt. Wenn heutigentags ein Schriftsteller in seinem Bereich ebenso bizarr wäre wie Picasso in seinem, würdet ihr bald sehen, worauf ich hinauswill. Auch wenn sie sein Werk nicht mögen, stimmen doch die meisten Leute, die etwas von Kunst verstehen, darin überein, daß Picasso ein großes Genie ist. Nun nehmt James Joyce, der reichlich exzentrisch als Schriftsteller ist, hat er annähernd das Prestige von Picasso erreicht? Ausgenommen einige wenige Gelehrte, ausgenommen die Snobs, die mit allem Schritt zu halten versuchen, gründet sich sein Ruf, so wie die Dinge heutzutage stehen, größtenteils darauf, daß er ein Monstrum ist. Sein Genie wird nicht bestritten, das gebe ich zu, aber es ist sozusagen befleckt. Picasso flößt Achtung ein, auch wenn er nicht immer verstanden wird. Aber Joyce ist etwas wie eine Zielscheibe des Spottes – sein Ruhm wächst nur deshalb, weil er für die Allgemeinheit so unzugänglich ist. Man läßt ihn gelten als ein Monstrum, ein Phänomen wie der Riese von Cardiff ... Und noch etwas anderes, weil ich gerade dabei bin – ganz gleich, wie gewagt ein genialer Maler sein mag, man setzt sich mit ihm viel schneller auseinander als mit einem Schriftsteller von gleichem Format. Im Höchstfall dauert es für einen revolutionären Maler dreißig oder vierzig Jahre, bis er anerkannt wird; ein Schriftsteller braucht dazu manchmal Jahrhunderte. Um auf Melville zurückzukommen – was ich meinte, war: sechzig oder siebzig Jahre mußten vergehen, bis er sich wirklich durchsetzte. Wir wissen noch nicht, ob das so bleiben wird. Vielleicht gerät er in weiteren zwei oder drei Generationen in Vergessenheit. Er behauptet sich nur eben so, und das auch nur in gewissen Kreisen. Conrad dagegen hat Wurzeln geschlagen, überall. Das ist etwas, was man nicht leicht abtun kann. Ob er es nun verdient oder nicht, ist eine andere Sache. Ich glaube, wenn wir die Wahrheit wüßten, würden wir feststellen, daß eine Menge Menschen abgewürgt wurden oder der Vergessenheit anheimfielen, die es verdient hätten, in unserem Gedächtnis lebendig zu bleiben. Es ist schwer zu beweisen, das weiß ich, aber ich habe das Gefühl, daß etwas Wahres an dem ist, was ich sage. Man braucht nur im täglichen Leben um sich zu blicken, um diese Feststellung überall zu treffen. Ich kenne selbst, auf meinem eigenen Gebiet, Dutzende von Männern, die es verdienten, im Obersten Bundesgericht zu sitzen. Sie haben ausgespielt, sind erledigt – aber was beweist das? Beweist es, daß sie nicht besser gewesen wären als die alten Stümper, die wir jetzt dort sitzen haben? Es kann nur alle vier Jahre ein Präsident der Vereinigten Staaten gewählt werden:

Bedeutet das, daß der Mann, der zufällig (meist zu Unrecht) gewählt wird, besser ist als diejenigen, die unterlagen, oder als Tausende unbekannter Männer, die sich nie auch nur träumen ließen, für das Amt zu kandidieren? Nein, es scheint mir, daß oftmals jene, die den Ehrenplatz bekommen, sich als diejenigen herausstellen, die ihn am wenigsten verdient haben. Die ihn wirklich verdienen, nehmen häufig eine untergeordnete Stellung ein, entweder aus Bescheidenheit oder aus Selbstachtung. Lincoln wollte nie Präsident der Vereinigten Staaten werden, das Amt wurde ihm aufgezwungen. Er wurde praktisch hineingehetzt. Zum Glück erwies er sich als der richtige Mann – aber es hätte ebensogut anders kommen können. Er wurde nicht gewählt, weil er der geeignete Mann war. Ganz im Gegenteil. Nun, Scheiße, ich schweife ab. Ich weiß nicht, was zum Teufel mich in Fahrt gebracht hat ...«

Er hielt gerade genug inne, um sich eine neue Zigarre anzuzünden, dann fuhr er fort: »Übrigens fällt mir dabei noch etwas ein, und ich weiß jetzt auch wieder, worauf ich eigentlich hinauswollte, nämlich – mir tut der Mann leid, der zum Schriftsteller geboren ist. Darum nehme ich diesen Kerl hier so auf den Arm: Ich versuche, ihn zu entmutigen, denn ich weiß, was ihm blüht. Wenn er wirklich etwas taugt, ist er geliefert. Ein Maler kann ein halbes Dutzend Bilder in einem Jahr aus dem Ärmel schütteln, so sagt man mir. Aber ein Schriftsteller – er braucht manchmal zehn Jahre, um ein Buch zu schreiben, und wenn es, wie gesagt, gut ist, dauert es weitere zehn Jahre, einen Verleger dafür zu finden, und danach sind mindestens fünfzehn bis zwanzig Jahre nötig, bevor es vom Publikum anerkannt wird. Das ist nahezu ein ganzes Leben – für ein einziges Buch, wohlgemerkt. Wie soll er in der Zwischenzeit leben? Nun, er lebt gewöhnlich wie ein Hund. Ein Bettler lebt daneben wie ein König. Niemand würde eine solche Laufbahn einschlagen, wenn er wüßte, was ihn erwartet. Für mich ist das Ganze unsinnig. Ich sage offen heraus, daß es das nicht wert ist. Die Kunst war nie dazu bestimmt, auf diese Weise hervorgebracht zu werden. Der springende Punkt ist, daß Kunst heutzutage ein Luxus ist. Ich könnte weiterleben, ohne jemals ein Buch zu lesen oder ein Bild anzuschauen. Wir haben zu viele andere Dinge – wir brauchen keine Bücher oder

Bilder. Musik ja – Musik werden wir immer brauchen. Nicht notwendigerweise gute Musik – aber Musik. Sowieso schreibt heutzutage niemand mehr gute Musik . . . So wie ich es sehe, geht die Welt vor die Hunde. Man braucht nicht viel Verstand, um weiterzukommen, so wie die Dinge liegen. Tatsächlich, je weniger Verstand man hat, desto besser ist man dran. Wir haben es inzwischen so eingerichtet, daß die Dinge einem auf dem Präsentierteller serviert werden. Man braucht nur zu wissen, wie man eine kleine Sache leidlich gut macht, man tritt einer Gewerkschaft bei, tut sowenig Arbeit wie möglich und wird pensioniert, wenn man ins entsprechende Alter kommt. Hätte man ästhetische Neigungen, so wäre man nicht imstande, die stupide Routine jahraus, jahrein durchzuhalten. Die Kunst macht einen ruhelos, unzufrieden. Unser industrielles System kann es sich nicht leisten, das zuzulassen – also bieten sie einem besänftigende kleine Surrogate, um einen vergessen zu machen, daß man ein Mensch ist. Bald wird es überhaupt keine Kunst mehr geben, sage ich euch. Man wird die Leute dafür bezahlen müssen, in ein Museum zu gehen oder ein Konzert anzuhören. Ich behaupte nicht, daß das für immer so weitergehen wird. Nein, gerade wenn alles glatt und wie am Schnürchen läuft, niemand mehr meckert, keiner mehr ruhelos oder unzufrieden ist, wird die Chose zusammenbrechen. Der Mensch ist nicht dazu bestimmt, eine Maschine zu sein. Das Komische an allen diesen utopischen Regierungssystemen ist, daß sie immer versprechen, den Menschen frei zu machen – aber zunächst versuchen sie, ihn wie eine automatische Uhr laufen zu lassen. Sie verlangen vom einzelnen, daß er ein Sklave wird, und wollen so der Menschheit die Freiheit bringen. Das ist eine eigenartige Logik. Ich sage nicht, daß das gegenwärtige System besser ist. In der Tat wäre es schwierig, sich etwas Schlimmeres vorzustellen als dasjenige, das wir jetzt haben. Aber ich weiß, es wird nicht besser dadurch, daß wir die kleinen Rechte, die wir jetzt haben, aufgeben. Ich glaube nicht, daß wir mehr Rechte wollen – ich glaube, was wir wollen, sind größere Ideen. Du lieber Himmel, wenn ich sehe, was Anwälte und Richter bewahren wollen, krieg' ich das Kotzen. Das Recht hat keinerlei Beziehung zu den menschlichen Bedürfnissen, es ist ein von einem Syndikat von Parasiten betriebener Schwindel.

Nehmt nur einmal ein Gesetzbuch zur Hand und lest euch irgendeinen Paragraphen laut vor. Es klingt irrsinnig, wenn man bei vollem Verstand ist. Bei Gott, es *ist* irrsinnig, ich weiß es wohl! Du lieber Gott, wenn ich anfange, das Gesetz in Frage zu stellen, muß ich auch andere Dinge in Frage stellen. Ich würde verrückt, wenn ich die Dinge klaren Auges ansähe. Das kann man nicht – nicht wenn man Schritt halten will. Man muß beim Weitermachen die Augen zukneifen. Man muß so tun, als habe es Sinn. Man muß die Leute annehmen lassen, daß man weiß, was man tut. *Aber niemand weiß, was er tut!* Wir stehen nicht am Morgen auf und *überlegen*, was wir jetzt tun werden. Nein, Freundchen! Wir stehen in einem Nebel auf und schlurfen mit einem Kater durch einen finsteren Tunnel. Wir machen das Spiel mit. Wir wissen zwar, daß es ein schmutziger, lausiger Schwindel ist, aber wir können es nicht ändern – uns bleibt keine andere Wahl. Wir sind in gewisse Verhältnisse hineingeboren, haben uns ihnen völlig angepaßt: Wir können da und dort ein wenig herumklempnern, wie man es an einem lecken Boot tun würde, aber etwas anderes ist nicht möglich, es ist keine Zeit dazu, man muß in den Hafen kommen – oder bildet sich das wenigstens ein. Natürlich werden wir nie hinkommen. Das Boot wird zuerst untergehen, glaubt meinem Wort . . . Wäre ich nun Henry hier, fühlte ich so sicher wie er, daß ich ein Künstler bin, glaubt ihr, daß ich mir dann die Mühe machen würde, es der Welt zu beweisen? *Nein, ich dächte nicht daran.* Ich würde nicht eine einzige Zeile zu Papier bringen. Ich würde nur einfach meinen Gedanken und meinen Träumen nachhängen und es damit bewenden lassen. Ich würde jede Art Arbeit annehmen, alles, was mich über Wasser hält, und zu der Welt sagen: ›Rutscht mir alle den Buckel 'runter, *mich* könnt ihr nicht auf Touren bringen! Mich laßt ihr nicht Hungers sterben, um zu beweisen, daß ich ein Künstler bin. Nein, Freundchen – ich weiß, was ich weiß, und niemand kann mir etwas anderes erzählen.‹ Ich würde mich nur durchs Leben hindurchschlängeln, sowenig tun wie möglich und mich soviel wie möglich amüsieren. Wenn ich gute, gehaltvolle, umwälzende Ideen hätte, würde ich sie genüßlich bei mir behalten. Ich würde nicht versuchen, sie den Leuten einzutrichtern. Die meiste Zeit würde ich mich dumm verhalten. Ich wäre ein Jasager, einer, der sich genau nach den Vorschriften richtet. Ich würde die anderen über mich hinweggehen lassen, wenn sie wollten. Jedenfalls so lange, als ich in meinem Herzen und in meiner Seele wüßte, daß ich wirklich jemand bin. Ich würde mich in der Mitte des Lebens zur Ruhe setzen. Ich würde nicht erst warten, bis ich alt und gebrechlich bin, bis man mich zuerst bis aufs Blut ausgequetscht und dann mit dem Nobelpreis getröstet hat ... Ich weiß, das klingt ein bißchen verschroben. Ich weiß, daß Ideen Form und Inhalt gegeben werden muß. Aber ich spreche mehr über Wissen und Sein als über Tun. Schließlich wird man nur etwas, um es zu sein – es würde keinen Spaß machen, einfach die ganze Zeit etwas zu werden, nicht wahr? Nun, angenommen, man sagt sich: Zum Teufel damit, ein Künstler zu werden, ich weiß, daß ich einer bin, und will nichts anderes, als einer sein – *was dann?* Was bedeutet es, ein Künstler zu sein? Bedeutet es, daß man Bücher schreiben oder Bilder malen muß? Das ist nebensächlich, nehme ich an, und nur der greifbare Beweis, daß man einer ist ... Angenommen, Henry, du hättest das größte Buch geschrieben, das je geschrieben wurde, und gerade als du es fertig hattest, hättest du das Manuskript verloren. Und angenommen, niemand wüßte, daß du dieses große Buch geschrieben hast, nicht einmal deine engsten Freunde? In einem solchen Fall wärest du genau da, wo ich bin, der nicht einen Strich zu Papier gebracht hat, stimmt's? Wenn wir beide plötzlich zu diesem Zeitpunkt sterben würden, würde die Welt nie wissen, daß einer von uns ein Künstler war. Ich hätte es gut gehabt, und du hättest dein ganzes Leben vertan.«

An diesem Punkt konnte Ulric es nicht länger aushalten. »Es ist genau das Gegenteil«, protestierte er. »Ein Künstler genießt nicht das Leben, indem er sich seiner Aufgabe entzieht. Sie sind derjenige, der sein Leben ungenutzt ließe. Kunst ist keine Solo-Leistung, sondern eine Symphonie im Dunkeln mit Millionen von Mitwirkenden und Millionen von Zuhörern. Die Freude an einem schönen Gedanken ist nichts im Vergleich mit dem Genuß, ihm Ausdruck – *bleibenden* Ausdruck – zu verleihen. Tatsächlich ist es fast unmöglich, darauf zu verzichten, einem großen Gedanken Ausdruck zu geben. Wir sind nur Werkzeuge einer größeren Macht. Wir sind, so wie es sich verhält, schöpferisch auf Grund einer Erlaubnis, eines Gnadenakts. Niemand ist allein und durch sich selbst schöpferisch. Ein Künstler ist ein Werkzeug, das etwas bereits Vorhandenes aufzeichnet, etwas, das der ganzen Welt gehört und das er, wenn er ein Künstler ist, der Welt zurückgeben muß. Seine schönen Ideen für sich zu behalten wäre dasselbe, als sei man ein Virtuose und sitze mit gefalteten Händen in einem Orchester. *Das brächte man einfach nicht fertig!* Was Ihr Beispiel betrifft, das Sie von einem Autor gegeben haben, der sein Lebenswerk in Form eines Manuskripts verliert, so würde ich einen solchen Menschen mit einem wundervollen Musiker vergleichen, der die ganze Zeit mit dem Orchester gespielt hat – nur in einem anderen Raum, wo niemand ihn hörte. Aber deshalb wäre er nicht weniger ein Mitwirkender noch würde es ihn des Vergnügens berauben, bereit zu sein, dem Dirigenten zu folgen oder den Klängen seines Instruments zu lauschen. Der größte Irrtum, den Sie begehen, ist Ihr Glaube, daß Genuß etwas ist, das man nicht erarbeiten muß, daß, wenn Sie wissen, Sie können gut Geige spielen, es dasselbe ist, wie sie zu spielen. Das ist so dumm, daß ich nicht weiß, warum ich mir die Mühe mache, darüber zu sprechen. Was den Lohn betrifft, so verwechseln Sie immer Anerkennung mit Lohn. Das sind zwei grundverschiedene Dinge. Sogar wenn Sie für das, was Sie tun, nicht bezahlt werden, haben Sie wenigstens die Befriedigung der Tätigkeit. Es ist ein Jammer, daß wir solche Betonung darauf legen, für unsere Mühen bezahlt zu werden – das ist wirklich nicht nötig, und niemand weiß das besser als der Künstler. Der Grund, warum es ihm so schlechtgeht, liegt darin, daß er sich dazu entschließt, seine Arbeit unentgeltlich zu machen. Er vergißt, wie Sie sagen, daß er ja leben muß. Aber das ist in Wirklichkeit ein Segen. Es ist weit besser, daß man mit wundervollen Ideen beschäftigt ist als mit der nächsten Mahlzeit oder der Miete oder einem Paar neuer Schuhe. Natürlich, wenn es sich darum dreht, daß man essen muß, wird Essen zu einer Zwangsvorstellung. Aber der Unterschied zwischen einem Künstler und dem gewöhnlichen Menschen ist, daß der Künstler, wenn er etwas zu essen bekommt, sofort in seine eigene grenzenlose Welt zurückfällt und, während er sich in dieser Welt befindet, ein König ist, während Ihr gewöhnlicher Trottel nicht viel mehr als eine Tankstation ist, mit nichts dazwischen als Staub und Rauch. Und selbst wenn man annimmt, Sie seien kein gewöhnlicher Zeitgenosse, sondern ein wohlhabendes Individuum, das seinen Neigungen, seinen Launen und seinen Trieben frönen kann: glauben Sie auch nur einen Augenblick, daß ein Millionär Essen oder Wein oder Frauen ebenso genießt wie ein hungernder Künstler? Um etwas zu genießen, muß man aufnahmebereit sein. Es verlangt eine gewisse Kontrolle, Disziplin, *Keuschheit* möchte ich sagen. Vor allem setzt es ein Verlangen voraus, und Verlangen ist etwas, das man durch die richtige Lebensweise nähren muß. Ich spreche jetzt, als wäre ich ein Künstler – ich bin nicht wirklich einer, sondern nur ein Werbegraphiker, aber ich weiß genug davon, um zu sagen, daß ich den Menschen beneide, der den Mut hat, Künstler zu sein – ich beneide ihn, weil ich weiß, daß er unendlich reicher ist als jeder andere. Er ist reicher, weil er sich selbst verausgabt, weil er sich die ganze Zeit selbst herschenkt, nicht nur seine Arbeit, Geld oder Talente. Sie könnten nie ein Künstler sein, vor allem weil Ihnen der Glauben fehlt. Sie könnten keine schönen Ideen haben, weil Sie diese im voraus abtöten. Sie verleugnen, was nötig ist, um Schönes zu schaffen, nämlich die Liebe, die Liebe zum Leben, die Liebe zum Leben um seiner selbst willen. Sie sehen in allem den schwachen Punkt, den Wurm. Ein Künstler, selbst wenn er einen Makel an seiner Sache entdeckt, verwandelt sie in etwas Makelloses, wenn ich es so ausdrücken darf. Er versucht nicht, vorzugeben, ein Wurm sei eine Blume oder ein Engel, aber er verbindet ihn mit etwas Größerem. Er weiß, daß die Welt nicht voll Würmer ist, auch wenn er eine Million oder eine Milliarde von ihnen sieht. Sie sehen einen einzigen Wurm und sagen: ›Seht, wie faul alles ist!‹ Sie können nicht über den Wurm hinausschauen . . . Nun, verzeihen Sie, ich habe es nicht so sarkastisch oder so persönlich gemeint. Aber ich hoffe, Sie sehen, worauf ich hinauswill . . .«

»Machen Sie sich da keine Gedanken«, sagte MacGregor lebhaft und heiter. »Es tut gut, hin und wieder die Meinung eines anderen zu hören. Vielleicht haben Sie recht. Mag sein, daß ich übertrieben pessimistisch bin. Aber das ist nun einmal meine Natur. Ich glaube, ich wäre viel glücklicher, wenn ich es in Ihrem Licht sehen könnte – aber ich kann nicht. Nebenbei bemerkt muß ich gestehen, daß ich wirklich nie einem guten Künstler begegnet bin. Es wäre ein Vergnügen, sich manchmal mit einem zu unterhalten.«

»Nun«, meinte Ulric, »Sie haben sich lange genug mit einem unterhalten, ohne es zu wissen. Wie wollen Sie einen guten Künstler erkennen, falls Sie einem begegnen, wenn Sie nicht einen in Ihrem Freund hier erkennen können?«

»Es freut mich, daß Sie das sagen«, versetzte MacGregor. »Und jetzt, wo Sie keinen guten Faden an mir gelassen haben, will ich zugeben, daß auch ich ihn für einen Künstler halte und immer gehalten habe. Was das betrifft, daß man ihm zuhören soll, so tue ich auch das, und zwar ganz ernsthaft. Aber dann habe ich auch meine Zweifel. Sehen Sie, wenn ich ihm zu lange zuhörte, würde er meine Existenz untergraben. Ich weiß, er hat recht, aber wie ich Ihnen vorhin schon sagte, wenn man weiterkommen, wenn man leben will, kann man sich solche Gedanken einfach nicht leisten. Freilich hat er recht! Ich würde jederzeit mit ihm tauschen, dem Glückspilz. Was habe ich mit allen meinen Anstrengungen erreicht? Ich bin ein Anwalt. *Na und?* Ich könnte ebensogut ein Haufen Scheiße sein. Gewiß, Sie können sicher sein, daß ich mit ihm tauschen möchte. Nur bin ich kein Künstler, wie Sie sagten. Ich glaube, es liegt einfach daran, daß ich mich mit der Wahrheit nicht abfinden kann, nur ein weiterer Niemand zu sein . . .«

7

Bei meiner Rückkehr in die Stadt fand ich einen Zettel von Mara an Ulrics Tür. Sie war, kurz nachdem wir weggefahren waren, angekommen. Hatte auf der Treppe gesessen und auf mich gewartet – stundenlang gewartet, wenn ich ihren Worten glauben durfte. In der Nachschrift hieß es, daß sie mit ihren beiden Freundinnen nach Rockaway fahren wollte. Ich sollte sie dort anrufen, sobald ich konnte.

Als ich schließlich zu ihr hinausfuhr, war es schon dunkel, und sie erwartete mich am Bahnhof. Sie war im Badeanzug, über den sie einen Regenmantel geworfen hatte. Florrie und Hannah schliefen sich wieder im Hotel aus. Hannah hatte ihre schöne neue Zahnprothese verloren und war in einem Zustand tiefer Niedergeschlagenheit. Florrie, sagte sie, wollte wieder in die Wälder zurückgehen. Sie hatte sich heftig in Bill, einen der Hinterwäldler, verknallt. Aber zuerst mußte sie eine Abtreibung vornehmen lassen. Das war nichts Besonderes – jedenfalls nicht für Florrie. Das einzige, was ihr dabei Sorge bereitete, war, daß sie mit jeder Abtreibung da unten größer zu werden schien. Bald würde sie es nur noch mit Niggern aufnehmen können, meinte sie.

Mara ging mit mir in ein anderes Hotel, wo wir zusammen übernachten wollten. Wir saßen in dem traurigen Speisesaal eine Weile plaudernd bei einem Glas Bier. Sie sah seltsam aus in diesem Regenmantel – wie jemand, der mitten in der Nacht durch eine Feuersbrunst aus dem Haus getrieben worden war. Wir konnten es kaum erwarten, ins Bett zu gehen, aber um keinen Verdacht zu erwecken, mußten wir so tun, als hätten wir keine große Eile. Ich hatte jedes Ortsgefühl verloren: Mir war, als hätten wir uns unmittelbar nach einem allgemeinen Exodus in einem dunklen Zimmer am Atlantischen Ozean getroffen. Zwei oder drei andere Pärchen kamen lautlos hereingeschlüpft, nippten an ihren Getränken und unterhielten sich verstohlen in gedämpftem Flüsterton. Ein Mann ging durch den Raum mit einem blutigen Hackmesser, ein geköpftes Huhn an den Beinen haltend. Das Blut tröpfelte auf den Boden und hinterließ eine Zickzackspur – als sei eine betrunkene Hure hier durchgegangen, die ungehemmt menstruierte.

Schließlich wurden wir zu einer Kammer am Ende eines langen Ganges geführt. Es war wie der Endpunkt eines häßlichen Traumes oder die fehlende Hälfte eines Bildes von Chirico. Der Gang bildete die Achse von zwei völlig beziehungslosen Welten. Ging man nach links statt nach rechts, so fand man vielleicht seinen Weg nie mehr zurück. Wir zogen uns aus und fielen in einem sexuellen Erregungszustand auf die eiserne Bettstelle. Wir machten uns daran wie zwei Ringkämpfer, die man allein gelassen hat, um sich in einer leeren Arena zu entwirren, nachdem die Lichter ausgelöscht worden sind und die Menge sich zerstreut hat. Mara mühte sich verzweifelt, einen Orgasmus herbeizuführen. Sie war irgendwie losgelöst von ihrem Sexualapparat. Es war Nacht, und Mara war im Dunkeln verloren. Ihre Bewegungen waren die einer Träumenden, die sich verzweifelt bemühte, wieder in den Körper einzutreten, der begonnen hatte, sich zu ergeben. Ich stand auf, um mich zu waschen, um mein Glied mit etwas kaltem Wasser abzukühlen. Es gab kein Waschbecken im Zimmer. In dem gelben Licht einer schwachen Glühbirne sah ich mein Bild in einem zersprungenen Spiegel. Ich sah aus wie Jack the Ripper, der einen Strohhut in einem Nachttopf sucht. Mara lag ausgestreckt auf dem Bett, und atemlos schwitzend. Sie sah aus wie das zerschmetterte Mosaik einer Odaliske. Ich schlüpfte in meine Hose und wankte über den Tunnel des Korridors auf der Suche nach dem Waschraum. Ein kahlköpfiger Mann, bis zum Gürtel entblößt, stand vor einem Marmorbecken und wusch sich Oberkörper und Achselhöhlen. Ich wartete geduldig, bis er fertig war. Er schnaufte wie ein Walroß bei seinen Waschungen. Als er sie beendet hatte, öffnete er eine Büchse Talkum und bestäubte damit ausgiebig seinen Torso, der faltig und krustig wie eine Elefantenhaut war.

Als ich zurückkam, rauchte Mara eine Zigarette und spielte mit sich selbst. Sie brannte vor Verlangen. Wir machten uns wieder ans Werk, versuchten es diesmal auf Hundeart, aber noch immer wollte es nicht klappen. Das Zimmer begann zu schwanken und sich aufzublähen, die Wände schwitzten, die strohgefüllte Matratze berührte fast den Fußboden. Der Akt begann alle Aspekte und Ausmaße eines beängstigenden Traumes anzunehmen. Vom Ende des Ganges her kam das stoßhafte, röchelnde Schnarchen eines Asthmatikers. Es klang wie der Schwanz einer Windsbraut, die durch ein mit Blech ausgeschlagenes Rattenloch pfeift.

Gerade als sie im Begriff war zu kommen, hörten wir, wie jemand sich an der Tür zu schaffen machte. Ich glitt von Mara herunter und streckte den Kopf zur Tür hinaus. Es war ein Betrunkener, der sein Zimmer suchte. Einige Minuten später, als ich zum Waschraum ging, um meinem Schwanz noch ein kühles Spritzbad zu geben, suchte der Mann noch immer sein Zimmer. Die Oberfenster waren alle geöffnet, und durch sie drang eine röchelnde Kakophonie, die mich an die Offenbarung von Johannes dem Heuschreckenesser denken ließ. Als ich zurückkehrte, um die Zerreißprobe wiederaufzunehmen, fühlte sich mein Glied an, als sei es aus alten Gummibändern gemacht. Ich hatte überhaupt kein Gefühl mehr darin, es war, als schiebe man ein steifes Stück Talg in ein Abflußrohr. Aber noch schlimmer: es war keine Ladung mehr in der Batterie. Wenn jetzt noch etwas käme, dann höchstens so etwas wie Galle und lederige Würmer oder ein Tropfen Eiter in Quarkwasser. Was mich überraschte, war, daß er weiter wie ein Hammer stand. Er hatte ganz das Aussehen eines Geschlechtsorgans verloren. Er sah ekelhaft aus, wie ein Plunderding aus einem Einheitspreisladen, wie der rote Schwimmer ohne Köder bei einer Angel. Und an diesem roten und schlüpfrigen Ding wand sich Mara wie ein Aal. Sie war nicht länger mehr eine Frau in Hitze, sie war nicht einmal eine Frau – sie war nur noch eine Masse von undefinierbaren Umrissen, die sich schlängelte und krümmte wie ein Stück frischer Köder, den man in einer stürmischen See verkehrt herum in einem konvexen Spiegel sieht.

Ich hatte schon lange das Interesse an ihren Verrenkungen verloren; ausgenommen jenen Teil von mir, der in ihr steckte, war ich kühl wie eine Gurke und fern wie der Sirius. Es war wie bei einer aus fernen Zonen telefonisch übermittelten Todesnachricht, die jemanden betraf, den man seit langer Zeit vergessen hatte. Ich wartete nur darauf, diese unglaubliche, fehlgeborene Explosion nasser Sterne zu fühlen, die auf den Grund des Mutterschoßes wie tote Schnecken zurückfallen.

Gegen Morgen – Einheitszeit für den östlichen Teil der USA – sah ich an dem gefrorenen kondensmilchartigen Ausdruck ihres Kinns, daß es soweit war. Ihr Gesicht machte alle Phasen embryonalen Lebens durch, nur in umgekehrtem Ablauf. Mit dem letzten erlöschenden Funken sank es zusammen wie eine durchstochene Blase, die Augen und Nasenflügel dampften wie geröstete Eicheln in einem leicht gerunzelten See blasser Haut. Ich fiel von ihr herunter und in einen Dämmerzustand, der gegen Abend mit einem Klopfen an der Tür und frischen Handtüchern endete. Ich blickte zum Fenster hinaus und sah ein Gewirr geteerter, da und dort mit grauen Tauben gesprenkelter Dächer. Vom Meer kam das Brausen der Brandung, gefolgt von einer

Bratpfannen-Symphonie von gereiztem Blech, das in einem Sprühregen von 139 Grad Celsius abkühlte. Das Hotel summte und brummte wie eine dicke, todgeweihte Sumpffliege in der Einsamkeit eines Kiefernwaldes. An der Achse der Korridors war inzwischen eine weitere Senkung und Ausbuchtung entstanden. Die Welt erster Klasse zur Linken war vollständig abgeschlossen und mit Brettern verrammelt wie diese riesigen Badeanstalten entlang der Strandpromenade, die sich am Ende der Saison in sich selbst zurückziehen und durch zahllose Spalten und Ritze ihr Leben aushauchen. Die andere, namenlose Welt zur Rechten war bereits durch einen automatischen Aufwerfhammer zerschlagen und zertrümmert worden – zweifellos das Werk eines Wahnsinnigen, der versucht hatte, seine Existenzberechtigung als Tagelöhner zu beweisen. Der Boden war glitschig und schlüpfrig, als habe sich den ganzen Tag über eine Armee mit Reißverschluß versehener Seehunde zur Toilette hin- und wieder zurückgeschlängelt. Da und dort ließ eine offene Tür grotesk plastische Wassernymphen sehen, die es fertiggebracht hatten, ihr Avoirdupois von Brustkugeln in sylphidische Fischernetze aus gesponnenem Glas mit Borten aus nassem Ton zu zwängen. Die letzten Rosen des Sommers welkten dahin zu kropfartigen Eutern mit Armen und Beinen. Bald würde die Epidemie vorüber sein und das Meer wieder seine gallertartige Majestät, seine pflanzenschleimige Würde, seine düstere und tückische Einsamkeit annehmen.

Wir streckten uns in der Mulde einer eiternden Sanddüne neben einem Büschel wogenden, stinkenden Unkrauts an der windgeschützten Seite einer Schotterstraße aus, über welche die Sendboten des Fortschritts und der Aufklärung mit dem bekannten und beruhigenden Geklapper rollten, das die sanfte Fortbewegung von spuckenden und furzenden, mit stählernen Stricknadeln zusammengewobenen blechernen Erfindungen begleitet. Die Sonne ging wie gewöhnlich im Westen unter, jedoch nicht in Glanz und Herrlichkeit, sondern angewidert wie ein gewaltiges, in Wolken von Rotz und Schleim gehülltes Omelett. Es war der ideale Sonnenuntergang für Liebe, so wie die Drugstores sie zwischen den Einbanddeckeln handlicher Taschenbuchausgaben verkaufen oder ausleihen. Ich zog die Schuhe aus und legte meine große Zehe mit Muße in die erste Kerbe zwischen Maras Beinen. Ihr Kopf wies nach Süden, meiner nach Norden. Wir betteten unsere Köpfe auf die verschränkten Hände, unsere Körper waren entspannt und trieben mühelos in der magnetischen Strömung wie zwei riesige, auf einen Benzinsee herabhängende Zweige. Ein Besucher aus der Renaissance, der unvermittelt auf uns gestoßen wäre, hätte sehr wohl annehmen können, daß wir einem Bild entstiegen waren, welches das gewaltsame Ende des räudigen Gefolges eines sybaritischen Dogen darstellte. Wir lagen am Rande einer Trümmerwelt, die Komposition war eine ziemlich hastig hingeworfene Studie von Perspektive und Verkürzung, in der unsere auf dem Boden liegenden Gestalten als malerisches Detail dienten.

Die Unterhaltung war völlig sprunghaft, sie drang mit einem dumpfen Ton hervor wie ein Geschoß, das auf Muskeln und Sehnen stößt. Wir plauderten nicht, wir parkten nur unsere Geschlechtsorgane auf der freien Parklücke anthropoider Kaugummi-Maschinen am Rande einer Benzinoase. Die Nacht würde poetisch über den Schauplatz hereinbrechen wie eine Ladung Leichengift in einer faulen Tomate. Hannah würde ihre künstlichen Zähne hinter dem mechanischen Klavier finden. Florrie einen rostigen Büchsenöffner verwenden, um mit ihm das Blut zum Fließen zu bringen.

Der nasse Sand haftete an unseren Körpern mit der Zähigkeit einer frisch gekleisterten Tapete. Von den nahe gelegenen Fabriken und Krankenhäusern kam der einschmeichelnde Duft ausströmender Chemikalien, von in Pipi getränktem Haar, von nutzlosen, lebendig herausgerissenen Organen, die man langsam eine Ewigkeit lang in verschlossenen, mit großer Sorgfalt und Ehrfurcht etikettierten Gefäßen verfaulen ließ. Ein kurzer Dämmerschlaf in den Armen von Morpheus dem Donaudackel.

Als ich in die Stadt zurückkam, erkundigte sich Maude in ihrer höflichen, aalglatten Art, ob ich einen angenehmen freien Tag verbracht hätte. Sie bemerkte, ich sähe ziemlich mitgenommen aus, und fügte hinzu, sie dächte daran, selbst ein wenig Urlaub zu machen. Sie habe eine Einladung von einer alten Freundin aus der Klosterschule bekommen, einige Tage bei ihr auf dem Land zu verbringen. Ich fand das eine vorzügliche Idee.

Zwei Tage später begleitete ich sie und das Kind zum Bahnhof. Sie fragte mich, ob ich nicht Lust hätte, ein Stück mitzufahren. Ich sah keinen Grund, warum ich das nicht sollte. Außerdem dachte ich, sie habe mir vielleicht etwas Wichtiges zu sagen. Ich stieg mit ihnen in den Zug und fuhr ein Stück weit ins Land hinein, wobei ich über unwichtige Dinge sprach und mich die ganze Zeit fragte, wann sie endlich mit der Sprache herausrücken würde. Schließlich stieg ich aus und winkte Lebewohl. »Sag auf Wiedersehen zu Papi«, drängte sie das Kind. »Du wirst ihn ein paar Wochen lang nicht sehen.« »Auf Wiedersehen, auf Wiedersehen!« winkte ich gutmütig, wie ein Papa aus der Vorstadt, der sich von seiner Frau und seinem Kind verabschiedet. Ein paar Wochen, hatte sie gesagt. Das wäre großartig. Ich ging auf dem Bahnhof hin und her, wartete auf den Zug und überlegte, was ich alles während ihrer Abwesenheit tun würde. Mara würde entzückt sein. Es wäre, als hätte man private Flitterwochen: Wir konnten im Verlauf von ein paar Wochen eine Million wundervolle Dinge tun.

Am nächsten Tag erwachte ich mit schrecklichen Ohrenschmerzen. Ich rief Mara an und bat sie, mich in der Praxis des Arztes zu treffen. Der Arzt war einer von den dämonischen Freunden meiner Frau. Er hatte das Kind beinahe einmal mit seinen mittelalterlichen Folterinstrumenten umgebracht. Nun war die Reihe an mir. Ich trennte mich von Mara und ließ sie auf einer Bank in der Nähe des Parkeingangs auf mich warten.

Der Arzt schien entzückt, mich zu sehen. Während er mich in eine pseudo-literarische Diskussion verwickelte, legte er seine Instrumente zum Sterilisieren zurecht. Dann überprüfte er einen elektrisch betriebenen Glaskasten, der wie ein Fernschreiber aussah, aber in Wirklichkeit eine teuflische, unmenschliche, blutsaugende Apparatur war, die er zum Abschied an mir ausprobieren wollte.

So viele Ärzte hatten an meinem Ohr herumgepfuscht, daß ich inzwischen ein ausgesprochener Veteran war. Jedes neuerliche Eindringen bedeutete, daß der tote Knochen dem Hirn immer näher rückte. Schließlich würde eine große Vereinigung stattfinden, der Warzenfortsatz des Schläfenbeins würde sich wie ein wilder Mustang gebärden, es würde ein Konzert von silbernen

Sägen und silbernen Hämmern geben, und ich würde nach Hause verfrachtet werden mit einem nach einer Seite verzogenen Gesicht wie ein hämorrhagischer Rhapsode.

»Sie hören natürlich nicht mehr auf diesem Ohr?« fragte er und versenkte ohne ein Wort der Warnung einen heißen Draht ins Innerste meines Schädels.

»Nein, überhaupt nicht«, antwortete ich und glitt vor Schmerz fast vom Stuhl.

»Das wird nun ein bißchen weh tun«, meinte er, wobei er mit einem teuflisch aussehenden Angelhaken herumhantierte.

So ging es weiter, jeder Eingriff schmerzte ein wenig mehr als der vorhergehende, bis ich so außer mir vor Schmerzen war, daß ich ihm einen Tritt in den Wanst versetzen wollte. Da war jedoch noch der elektrische Kasten: Er sollte die Gehörgänge spülen, das letzte Jota Eiter herausziehen und mich, der ich mich wie ein wildes Pferd aufbäumte, auf die Straße entlassen.

»Es ist eine böse Geschichte«, meinte er und zündete sich eine Zigarette an, um mir eine Atempause zu gewähren. »Ich möchte sie selbst nicht durchmachen. Wenn es schlimmer wird, sollte ich Sie lieber operieren.«

Ich machte mich zur Spülung bereit. Er führte die Düse ein und schaltete den Strom an. Mir war, als spüle er mein Gehirn mit einer Blausäurelösung. Der Eiter kam heraus und mit ihm ein dünner Strahl Blut. Der Schmerz war furchtbar.

»Tut es wirklich so weh?« rief er, als er sah, daß ich leichenblaß wurde.

»Es tut noch schlimmer weh«, erwiderte ich. »Wenn Sie nicht bald aufhören, schlage ich den Kasten kaputt. Lieber habe ich drei Warzenfortsätze und sehe aus wie ein verblödeter Frosch.«

Er zog die Düse heraus und mit ihr das Innere meines Ohrs, meines Kleinhirns, einer Niere und das Mark meines Steißbeins.

»Eine saubere Arbeit«, sagte ich. »Wann soll ich wiederkommen?«

Er sagte, es sei am besten, wenn ich morgen noch einmal käme – nur um nachzusehen, wie es voranging.

Mara bekam einen Schrecken, als sie mich sah. Sie wollte mich sofort nach Hause bringen und pflegen. Ich war so fertig, daß ich niemanden um mich ertragen konnte. Ich sagte ihr eilig Lebewohl. »Hol' mich morgen ab!«

Wie ein Betrunkener wankte ich heim und fiel auf die Couch, in einen tiefen, betäubten Schlaf. Als ich erwachte, dämmerte der Morgen. Ich fühlte mich glänzend. Ich stand auf und ging auf einen Bummel durch den Park. Die Schwäne erwachten zum Leben: Sie hatten keine Warzenfortsätze.

Wenn der Schmerz aufhört, erscheint einem das Leben großartig – sogar ohne Geld oder Freunde oder große Ambitionen. Nur mühelos atmen und seines Weges gehen zu können, ohne einen plötzlichen Krampf oder ein unerwartetes Zucken. Gerade dann sind Schwäne sehr schön. Auch Bäume. Sogar Automobile. Das Leben gleitet auf Rollschuhen dahin. Die Erde ist trächtig und wirbelt ständig neue Magnetfelder im Raum auf. Schau, wie der Wind die kleinen Grashalme biegt! Jeder kleine Halm ist empfindungsfähig; alles reagiert. Würde die Erde selbst sich in Schmerzen winden, wir könnten nichts dagegen tun. Die Planeten haben nie Ohrenschmerzen. Sie sind immun, obwohl sie unsagbaren Kummer und unsagbares Leid gebären.

Dieses eine Mal war ich vorzeitig im Büro. Ich arbeitete wie ein Berserker, ohne die geringste Müdigkeit zu verspüren. Zur verabredeten Zeit traf ich Mara. Sie wollte sich wieder auf die Parkbank an derselben Stelle setzen.

Diesmal warf der Arzt lediglich einen Blick auf das Ohr, entfernte den frischen Schorf, betupfte es mit einer schmerzlindernden Salbe und tamponierte es. »Sieht gut aus«, murmelte er, »kommen Sie in einer Woche wieder.«

Wir waren gut gelaunt, Mara und ich. Wir aßen in einem Gasthaus zu Abend, mit einem Glas Chianti. Es war ein linder Abend, wie geschaffen für ein Schlendern über die Hügel. Nach einiger Zeit legten wir uns ins Gras und schauten hinauf zu den Sternen. »Glaubst du, daß sie wirklich einige Wochen fortbleibt?« fragte Mara.

Es schien zu schön, um wahr zu sein.

»Vielleicht kommt sie nie mehr zurück«, sagte ich. »Mag sein, daß es das war, was sie mir sagen wollte, als sie mich bat, ich sollte ein Stück mitfahren. Vielleicht hat sie in letzter Minute der Mut verlassen.«

Mara glaubte nicht, daß sie zu einem solchen Opfer fähig war. Aber es war sowieso gleichgültig. Wir konnten eine Zeitlang glücklich sein und vergessen, daß es sie überhaupt gab.

»Ich wollte, wir könnten für immer aus diesem Land fortgehen«, meinte Mara. »Ich wollte, wir könnten in ein anderes Land gehen, wo niemand uns kennt.«

Ich stimmte zu, daß das ideal wäre. »Vielleicht tun wir es«, sagte ich. »Es gibt hier keine Menschenseele, an der mir etwas gelegen ist. Mein ganzes Leben war sinnlos – bist du kamst.«

»Gehen wir auf dem See rudern«, schlug Mara plötzlich vor. Wir standen auf und schlenderten zu den Ruderbooten. Zu spät, die Boote waren alle angekettet. Ziellos schlugen wir einen Fußweg ein, der am Wasser entlangführte. Bald darauf kamen wir an ein kleines, über dem Wasser erbautes Gasthaus. Es war verlassen. Ich setzte mich auf die rohgezimmerte Bank, und Mara setzte sich mir auf den Schoß. Sie hatte das steife, getupfte Sommerkleid an, das ich so gern mochte. Darunter nicht einen Faden. Sie stand einen Augenblick von meinem Schoß auf und setzte sich, indem sie ihr Kleid hochhob, im Reitsitz auf mich. Wir hatten einen wundervollen engmaschigen Fick. Als er zu Ende war, saßen wir eine Weile da, ohne uns voneinander zu lösen, wir knabberten nur stumm einer an des anderen Lippen und Ohren.

Dann standen wir auf und wuschen uns mit unseren Taschentüchern am Seeufer. Ich trocknete gerade meinen Schwengel mit dem Hemdzipfel ab, als Mara plötzlich meinen Arm ergriff und auf etwas sich hinter dem Gebüsch Bewegendes deutete. Alles, was ich sehen konnte, war ein Schimmern von etwas Glänzendem. Ich knöpfte rasch meine Hose zu, und indem ich Mara beim Arm nahm, gingen wir wieder zu dem Kiespfad zurück und langsam in der entgegengesetzten Richtung davon.

»Es war einer von der Polente, ich bin sicher«, sagte Mara. »Sie tun das, diese schmutzigen Perverslinge. Sie verstecken sich immer im Gebüsch und belauern die Leute.«

Einen Augenblick später hörten wir tatsächlich den schweren Schritt eines stumpfsinnigen irischen Polypen.

»Einen Augenblick mal«, rief er, »wo wollen Sie da hin?«

»Was meinen Sie damit?« fragte ich und tat entrüstet. »Können Sie nicht sehen, daß wir spazierengehen?«

»Es ist auch höchste Zeit, daß Sie spazierengehen«, sagte er. »Ich hätte nicht übel Lust, Sie mit mir einen Spaziergang zum Revier machen zu lassen. Was glauben Sie, was das hier ist – ein Gestüt?«

Ich tat so, als wüßte ich nicht, von was er redete. Als irischen Polizisten ärgerte ihn das.

»Riskieren Sie keine Lippe«, sagte er. »Sie bringen besser diese Dame in Sicherheit, bevor ich Sie festnehme.«

»Das ist meine Frau.«

»So . . . *Ihre Frau*? Na so was, ist das nicht nett? Nur ein bißchen geschnäbelt und gegirrt was? Auch Ihre Geschlechtsteile öffentlich gewaschen – verflucht will ich sein, wenn ich je etwas dergleichen gesehen habe. Haben Sie's jetzt mal nur nicht so eilig. Sie haben sich eines schweren Vergehens schuldig gemacht, lieber Mann, und wenn das wirklich Ihre Frau ist, so ist sie auch mit dran.«

»Hören Sie, Sie wollen doch nicht behaupten . . .«

»Wie heißen Sie«, fragte er, mich kurz unterbrechend, und schickte sich an, sein kleines Notizbuch zu zücken.

Ich sagte es ihm.

»Und wo wohnen Sie?«

Ich sagte es.

»Und *ihr* Name?«

»Derselbe wie meiner – sie ist meine Frau, ich sagte es Ihnen doch.«

»Allerdings«, sagte er, mit einem lüsternen Seitenblick. »Na schön. Dann also, womit verdienen Sie Ihren Lebensunterhalt? *Arbeiten Sie?*«

Ich zog meine Brieftasche heraus und zeigte ihm den kosmodämonischen Ausweis, den ich immer bei mir hatte und der mich berechtigte, kostenlos mit allen Untergrund- und Hochbahnen sowie Trambahnlinien der Stadt New York, der Unter-, Mittel- und Oberstadt, zu fahren. Darauf kratzte er sich am Kopf und schob seine Mütze nach hinten. »Sie sind also der Personalleiter, was? Eine ziemlich verantwortungsvolle Stellung für einen jungen Mann wie Sie.« Gewichtige Pause. »Ich nehme an, Sie möchten Ihre Stellung gern noch ein wenig länger behalten – möchten Sie das nicht?«

Plötzlich hatte ich Visionen und sah meinen Namen in den Schlagzeilen der Morgenzeitungen prangen. Eine schöne Geschichte konnten die Reporter daraus machen, wenn sie wollten. Es war an der Zeit, etwas zu unternehmen.

»Passen Sie auf, Herr Polizeimeister«, sagte ich, »lassen Sie uns in Ruhe über die Sache reden. Ich wohne hier in der Nähe – warum gehen Sie nicht mit mir hinüber zu unserm Haus. Vielleicht waren meine Frau und ich ein wenig leichtsinnig – wir sind noch nicht sehr lange verheiratet. Wir hätten uns nicht so an einem öffentlichen Ort aufführen sollen, aber es war dunkel und niemand in der Nähe . . .«

»Nun, vielleicht läßt sich das in Ordnung bringen«, sagt er. »Sie wollen doch wohl Ihre Stellung nicht verlieren?«

»Nein, das will ich nicht«, sage ich und frage mich gleichzeitig, wieviel ich in der Tasche habe und ob er darauf anspringen wird oder nicht.

Mara kramte in ihrer Handtasche.

»Jetzt haben Sie's nur nicht so eilig, meine Dame. Sie wissen, daß Sie einen Hüter des Gesetzes nicht bestechen können. Nebenbei bemerkt, in welche Kirche gehen Sie, wenn das nicht zu neugierig ist?«

Ich antwortete schnell und nannte den Namen der katholischen Kirche an unserer Ecke.

»Dann sind Sie einer von Pater O'Malleys Jungens! Na, warum haben Sie mir das nicht gleich gesagt? Sicherlich möchten Sie die Pfarrgemeinde nicht in Unehre bringen?«

Ich sagte ihm, ich würde mich umbringen, wenn Pater O'Malley davon erfahren würde.

»Und Sie wurden in Pater O'Malleys Kirche getraut?«

»Ja, Pa . . . ich meine Herr Polizeimeister. Wir wurden vergangenen April getraut.«

Ich versuchte, die Geldscheine in meiner Tasche zu zählen, ohne sie herauszuziehen. Anscheinend waren nur drei oder vier Kröten da. Ich fragte mich, wieviel Mara wohl haben mochte. Der Polyp hatte sich in Marsch gesetzt, und wir gingen neben ihm her. Jetzt blieb er stehen. Er deutete mit seinem Knüppel nach vorne. Und mit erhobenem Knüppel, den Kopf ein wenig abgewandt, hielt er einen salbungsvollen Monolog über ein kommendes Novene für unsere Liebe Frau vom Fliehenden Strebebogen oder etwas dergleichen, wobei er sagte, während er seine linke Hand hinstreckte, der kürzeste Weg aus dem Park sei geradeaus, und merkt euch, benehmt euch gut und so weiter. Mara und ich stopften ihm hastig einige Scheine in die Hand, und indem wir ihm für seine Freundlichkeit dankten, hauten wir ab wie der Blitz.

»Ich glaube, du kommst besser mit mir nach Hause«, sagte ich. »Wenn es nicht genug war, was wir ihm gegeben haben, kommt er vielleicht und stattet uns einen Besuch ab. Ich traue diesen Schweinehunden nicht . . . Pater O'Malley *Scheiße*!«

Wir eilten nach Hause und schlossen uns ein. Mara zitterte noch immer. Ich brachte ein wenig Portwein zum Vorschein, der in einem Schränkchen versteckt war.

»Jetzt fehlt nur noch«, sagte ich, während ich ein Gläschen kippte, »daß Maude zurückkommt und uns überrascht.«

»Das würde sie doch nicht tun, was?«

»Gott allein weiß, zu was sie alles imstande ist.«

»Ich glaube, wir schlafen besser hier unten«, schlug Mara vor. »Ich möchte nicht gern in ihrem Bett schlafen.«

Wir tranken die Flasche leer und zogen uns aus. Mara kam in Maudes seidenem Kimono aus dem Badezimmer. Es gab mir einen Stich, sie in einem Kleidungsstück von Maude zu sehen. »Ich bin deine Frau, nicht wahr?« sagte sie und schlang die Arme um mich. Es durchrieselte mich, sie das sagen zu hören. Sie ging im Zimmer umher und untersuchte die Dinge.

»Wo schreibst Du?« wollte sie wissen. »An diesem Tisch?«

Ich nickte.

»Du müßtest einen großen Tisch und ein eigenes Zimmer haben. Wie kannst du hier arbeiten?«

»Ich habe oben einen großen Schreibtisch.«

»Wo? Im Schlafzimmer?«

»Nein, im Wohnzimmer. Es ist wundervoll traurig dort oben – möchtest du es sehen?«

»Nein«, sagte sie rasch. »Ich möchte lieber nicht hinaufgehen. Ich will mir immer vorstellen, wie du dort am Fenster sitzt . . . Hast du mir da in der Ecke all die Briefe geschrieben?«

»Nein«, sagte ich, »die habe ich in der Küche geschrieben.«

»Zeig mir«, sagte sie, »zeig mir nur eben, wo du gesessen hast. Ich möchte wissen, wie du ausgesehen hast.«

Ich nahm sie bei der Hand und führte sie in die Küche. Ich setzte mich und tat, als schriebe ich ihr einen Brief. Sie beugte sich über mich, und indem sie ihre Lippen auf den Tisch drückte, küßte sie die von meinen Armen umschlossene Stelle.

»Ich habe mir nie träumen lassen, daß ich dein Heim sehen würde«, sagte sie. »Es ist seltsam, den Ort zu sehen, der einen solchen Einfluß auf mein Leben haben soll. Es ist ein heiliger Ort. Ich wollte, wir könnten diesen Tisch und diesen Stuhl – alles – sogar den Ofen mit uns nehmen. Ich wollte, wir könnten das ganze Zimmer forttransportieren und in unsere eigene Wohnung einbauen. Es gehört zu uns, dieses Zimmer.«

Wir schlugen auf dem Diwan im Erdgeschoß unser Lager auf. Es war ein warmer Abend, und wir legten uns nackt schlafen. Gegen sieben Uhr morgens, als wir eng umschlungen einer in des anderen Armen lagen, wurden die Schiebetüren heftig aufgestoßen, und da standen meine liebe Frau, der im oberen Stockwerk wohnende Hausbesitzer und dessen Tochter. Wir wurden in flagranti überrascht. Ich sprang splitternackt aus dem Bett, ergriff ein Handtuch, das auf dem Stuhl neben der Couch lag, schlang es um mich und wartete auf den Urteilsspruch. Maude gab ihren Zeugen ein Zeichen, hereinzukommen und einen Blick auf Mara zu werfen, die dalag und ein Leintuch über ihren Busen hielt.

»Ich muß dich bitten, diese Frau so schnell wie möglich hier herauszuschaffen«, sagte Maude, und damit machte sie auf dem Absatz kehrt und ging mit ihren Zeugen nach oben.

Hatte sie die ganze Nacht oben in unserem eigenen Bett geschlafen? Wenn ja, warum hatte sie bis zum Morgen gewartet?

»Nimm's nicht tragisch, Mara. Die Milch ist nun schon verschüttet. Wir können ebensogut bleiben und frühstücken.«

Ich zog mich eilig an und lief fort, um Speck und Eier zu holen.

»Mein Gott, ich verstehe nicht, wie du das so auf die leichte Schulter nehmen kannst«, meinte sie, mit einer Zigarette zwischen den Lippen am Tisch sitzend, wobei sie mir zusah, wie ich das Frühstück bereitete. »Hast du denn keine Gefühle?«

»Freilich hab' ich die. Mein Gefühl ist, daß alles glänzend verlaufen ist. *Ich bin frei*, bist du dir dessen bewußt?«

»Was willst du jetzt tun?«

»Ich werde erst einmal arbeiten. Heute abend gehe ich zu Ulric – du kannst mich dort treffen. Ich habe so eine Ahnung, daß mein Freund Stanley hinter alledem steckt. Wir werden ja sehen.«

Im Büro sandte ich ein Telegramm an Stanley, er solle mich am Abend bei Ulric treffen. Im Laufe des Tages bekam ich einen Telefonanruf von Maude, in dem sie mir nahelegte, mir ein Zimmer zu suchen. Sie sagte, sie würde die Scheidung so schnell wie möglich einreichen. Kein Kommentar zu der Lage, nur eine rein sachliche Feststellung. Ich sollte sie wissen lassen, wann ich meine Sachen abholen wollte.

Ulric nahm es ziemlich ernst. Es bedeutete eine Änderung der Lebensweise, und alle Änderungen waren für ihn eine ernste Sache. Mara dagegen war ganz selbstbeherrscht und sah erwartungsvoll dem neuen Leben entgegen. Blieb noch abzuwarten, wie Stanley es aufnehmen würde.

In diesem Augenblick läutete es, und da war er auch schon, finster wie immer und betrunken wie ein Pope. Ich hatte ihn in einem solchen Zustand seit Jahren nicht gesehen. Er hatte das Gefühl, daß es ein Ereignis von großer Bedeutung war und daß es gebührend gefeiert werden sollte. Wenn ich gehofft hatte, daß ich Einzelheiten von ihm erfahren würde, so hatte ich mich getäuscht. »Ich habe dir ja gesagt, daß ich es für dich in Ordnung bringen würde«, meinte er. »Du bist wie eine Fliege ins Netz gegangen. Ich hatte es mir bis aufs I-Tüpfelchen ausgedacht. Ich habe dir keine Fragen zu stellen brauchen, nicht wahr? Ich wußte genau, was du tun würdest.«

Er nahm einen Schluck aus der Reiseflasche, die er in der Innentasche seiner Jacke bei sich trug. Er machte sich nicht einmal die Mühe, seinen Hut abzunehmen. Ich konnte ihn mir jetzt vorstellen, wie er in Fort Oglethorpe ausgesehen haben mußte. Er gehörte zu der Sorte Burschen, um die ich einen weiten Bogen gemacht hätte, wenn ich sie in diesem Zustand sehen würde.

Das Telefon läutete. Es war Dr. Kronski, der *Mister* Miller verlangte. »Meine Glückwünsche!« rief er. »Ich komme in ein paar Minuten, um dich zu sehen. Ich habe dir etwas zu sagen.«

»Nebenbei bemerkt«, sagte ich, »kennst du jemanden, der ein Zimmer zu vermieten hat?«

»Gerade darüber wollte ich mit dir reden. Ich habe etwas, das wie für dich geschaffen ist – oben in der Bronx. Es gehört einem Freund von mir – er ist Arzt. Du kannst einen ganzen Flügel des Hauses für dich haben. Warum ziehst du nicht mit Mara zusammen? Es wird dir dort gefallen. Er hat ein Billardzimmer im Erdgeschoß und eine gute Bibliothek und ...«

»Ist er Jude?« fragte ich.

»*Ob* er Jude ist? Er ist Zionist, Anarchist, Talmudist und Abortionist. Ein verdammt feiner Kerl – und wenn du in Not bist und Hilfe brauchst, gibt er dir sein letztes Hemd. Ich war gerade bei dir daheim – daher weiß ich es. Deine Frau scheint ganz aus dem Häuschen vor Freude zu sein. Sie wird recht angenehm von dem Geld leben können, das du ihr zahlen mußt.«

Ich erzählte Mara, was er gesagt hatte. Wir beschlossen, uns die Wohnung auf der Stelle anzuschauen. Stanley war verschwunden. Ulric glaubte, er sei vielleicht ins Badezimmer gegangen.

Ich ging zum Badezimmer und klopfte. Keine Antwort. Ich stieß die Tür auf. Stanley lag völlig angezogen in der Badewanne, seinen Hut über den Augen, die leere Flasche in der Hand. Ich ließ ihn liegen.

»Er ist vermutlich fortgegangen«, rief ich Ulric zu, während wir aus dem Haus segelten.

Drittes Buch

8

Die Bronx! Es war uns ein ganzer Flügel des Hauses versprochen worden – ein Truthahnflügel, mit Federn und Gänsehautpickeln dazu. Kronskis Vorstellung von einem Retiro.

Es war eine selbstmörderische Zeit, die mit Küchenschaben und heißen Pastrami-Sandwiches begann und à la Newberg in einem behaglichen Plätzchen am Riverside Drive endete, wo Mrs. Kronski die Zweite sich an die undankbare Aufgabe machte, einen zykloramischen Anhang zu den Geisteskrankheiten zu illustrieren.

Unter Kronskis Einfluß beschloß Mara, ihren Namen noch einmal von Mara in Mona zu ändern. Es gab noch andere, bedeutungsvollere Änderungen, die ihren Ursprung auch hier in den Bezirken der Bronx hatten.

Wir waren spät am Abend zu Dr. Onirificks Hölle gekommen. Ein leichter Schnee war gefallen, und die bunten Glasscheiben in der Haustür waren mit einer weißen Schicht bedeckt. Es war typisch für Kronski, daß er uns diesen Ort für die »Flitterwochen« empfohlen hatte. Sogar die Küchenschaben, die die Wände auf und ab huschten, sobald wir Licht machten, kamen uns bekannt vor – und von Gott gesandt. Der Billardtisch, der in einer Ecke des Zimmers stand, war zuerst ein wenig verwirrend, aber als der kleine Junge von Dr. Onirifick seinen Hosenschlitz aufknöpfte und gegen das Tischbein pinkelte, schien alles ganz, wie es sein sollte.

Die Haustür führte direkt in unser Zimmer, das, wie gesagt, mit einem Billardtisch, einer großen Messingbettstelle mit Eiderdaunen-Steppdecken, einem Schreibtisch, einem Flügel, einem Schaukelpferd, einem Kamin, einem mit Fliegendreck beschmutzten zersprungenen Spiegel, zwei Spucknäpfen und einem Sofa ausgestattet war. Es gab nicht weniger als acht Fenster in unserem Zimmer. Zwei davon hatten Jalousien, die nur zu zwei Dritteln heruntergelassen werden konnten. Die anderen Fenster waren völlig kahl und von oben bis unten mit Spinnweben geschmückt. Es war wirklich gemütlich. Niemand brauchte hier zu klingeln oder anzuklopfen. Jedermann kam unangemeldet herein und suchte sich seinen Weg so gut er konnte. Es war »ein Zimmer mit einem Blick« – nach innen wie nach außen.

Hier also begannen wir unser Zusammenleben. Ein vielversprechendes Debüt! Das einzige, was fehlte, war ein Ausguß, in den wir beim Geräusch laufenden Wassers urinieren konnten. Auch eine Harfe wäre uns zustatten gekommen, besonders bei den drolligen Gelegenheiten, wenn Dr. Onirificks Familie es satt hatte, unten in der Waschküche zu sitzen, und sie in unser Zimmer heraufgewatschelt kamen wie Alke und Pinguine und uns in völligem Schweigen beobachteten, wie wir aßen oder badeten oder uns der Liebe hingaben oder einander die Läuse aus den Haaren kämmten. Welche Sprache sie redeten, blieb uns ein Rätsel. Sie waren stumm wie das Rentier, und nichts konnte sie erschrecken oder erstaunen, nicht einmal der Anblick eines räudigen Fötus.

Dr. Onirifick war immer sehr beschäftigt. Er war auf Kinderkrankheiten spezialisiert, aber die einzigen Kinder, die wir während unseres Aufenthalts jemals zu Gesicht bekamen, waren solche in embryonalem Zustand, die er in kleine Stücke zerlegte und ins Abflußrohr warf. Er hatte drei eigene Kinder. Sie waren alle drei supernormal und durften sich aus diesem Grund benehmen, wie sie wollten. Das jüngste, etwa fünf Jahre alt und bereits ein Hexenmeister in Algebra, war eindeutig auf dem besten Weg, sowohl ein Pyromane wie ein mathematisches Genie zu werden. Zweimal hatte er Feuer an das Haus gelegt. Seine letzte Heldentat offenbarte eine noch erfindungsreichere Geistesverfassung. Sie bestand darin, einen Kinderwagen in Brand zu setzen, in dem ein Säugling lag, und den Wagen dann bergab auf eine verkehrsreiche Fahrbahn zu stoßen.

Fürwahr ein gemütlicher Ort, um das Leben neu zu beginnen.

Da war Ghompal, ein ehemaliger Bote, den Kronski von der Kosmodämonischen Telegrafen-Gesellschaft gerettet hatte, als diese Institution ihre nichtkaukasischen Angestellten auszumerzen begann. Ghompal, seiner Herkunft nach ein Drawida und schwarz wie die Sünde, war einer der ersten gewesen, die den Laufpaß bekamen. Er war eine empfindsame Seele, äußerst bescheiden, demütig, treu und aufopfernd – beinahe in peinlichem Maße. Dr. Onirifick gab ihm entgegenkommenderweise eine Stellung in seinem großen Hauswesen – als glorifizierter Schornsteinfeger. Wo Ghompal aß und schlief, blieb ein Geheimnis. Er bewegte sich lautlos in Erfüllung seiner Pflichten, verflüchtigte sich, wenn er es für angebracht hielt, mit der Geschwindigkeit eines Gespenstes. Kronski rühmte sich, in der Person dieses Ausgestoßenen einen erstrangigen Gelehrten gerettet zu haben. »Er schreibt eine Weltgeschichte«, erzählte er uns eindrucksvoll. Er unterließ es zu erwähnen, daß Ghompal zusätzlich zu seinen Pflichten als Sekretär, Kinderwärter, Zimmermädchen Tellerwäscher und Laufbursche auch den Heizkessel versah, die Asche ausleerte, Schnee schaufelte, die Wände tapezierte und die Nebenräume tünchte. Niemand versuchte mit dem Problem der Küchenschaben fertig zu werden. Millionen von ihnen hielten sich unter den Leisten, der Holzvertäfelung und der Tapete versteckt. Man brauchte nur das Licht anzuschalten, und sie strömten in doppeltem, dreifachem Gänsemarsch, Kolonne um Kolonne, von Wänden, Decke, Boden, Ritzen und Spalten herbei – wahre Heere von ihnen paradierten, schwärmten aus, manövrierten, als gehorchten sie den Befehlen einer unsichtbaren Superschabe von Exerziermeister. Zuerst war es abstoßend, dann ekelhaft, und schließlich, wie bei den anderen seltsamen, beunruhigenden Erscheinungen, die Dr. Onirificks Haushalt kennzeichneten, wurde ihr Vorhandensein von uns allen als unvermeidlich hingenommen.

Der Flügel war völlig verstimmt. Kronskis Frau, eine schüchterne Maus, deren Lippen ständig zu einem mißbilligenden Lächeln gekräuselt schienen, saß häufig da und bearbeitete die Tasten dieses Instrumentes, offenbar ohne die greulichen Dissonanzen wahrzunehmen, die ihre gelenkigen Finger hervorbrachten. Es war eine Qual, sie beispielsweise die Barkarole spielen zu hören. Sie schien die falschen Töne, die mißtönenden Klänge überhaupt nicht zu hören. Sie spielte mit einem Ausdruck vollkommener innerer Gelassenheit, ihre Seele hingerissen, ihre Sinne betäubt und bestrickt. Es war eine giftige Gemütsruhe, die niemanden täuschen konnte, nicht einmal sie selbst, denn in dem Augenblick, in dem ihre Finger aufhörten, über die Tasten zu gleiten, wurde sie wieder, was sie in Wirklichkeit war: eine kleinliche, boshafte, mißgünstige, niederträchtige Schlampe.

Es war komisch, zu sehen, wie Kronski vorgab, in dieser zweiten Frau ein Juwel gefunden zu haben. Es wäre pathetisch, um nicht zu sagen tragisch gewesen, wenn er nicht eine so lächerliche Figur abgegeben hätte. Er scharwenzelte um sie herum wie ein verliebter Tümmler. Ihre sarkastischen Bemerkungen und Sticheleien dienten nur dazu, die schwerfällige, linkische Gestalt anzuspornen, in der sich eine überempfindliche Seele verbarg. Er drehte und wand sich wie ein verwundeter Delphin, der Speichel tropfte ihm aus dem Mund, der Schweiß floß von seiner Stirn und überströmte seine allzu wässerigen Augen. Es war eine schreckliche Scharade, die er uns bei solchen Gelegenheiten vorführte. Obwohl man ihn bemitleidete, mußte man lachen – lachen, bis einem die Tränen in die Augen traten.

Wenn Curley anwesend war, wandte er sich mitten in seinen Possen wütend gegen Curley und machte seiner schlechten Laune Luft. Er hatte einen Haß gegen Curley, der unerklärlich war. Entweder war es Neid oder Eifersucht, was diese unkontrollierten Wutausbrüche hervorrief – was immer es war, Kronski verhielt sich in solchen Augenblicken wie ein Besessener. Wie eine riesige Katze umkreiste er den armen Curley, verhöhnte ihn, reizte ihn, stichelte ihn mit Vorwürfen, Verleumdungen und Beleidigungen, bis ihm tatsächlich der Schaum vor dem Mund stand.

»Warum tust du nichts, sagst du nichts?« höhnte er. »Heb deine Flossen! Versetz mir einen Schlag, warum tust du's nicht? Du bist ein Jammerlappen, was? Du bist nur ein Wurm, ein Schleicher, ein Handlanger.«

Curley sah ihn schief mit einem verächtlichen Lächeln an, ohne ein Wort zu erwidern, aber gelassen und bereit zuzuschlagen, falls Kronski alle Selbstbeherrschung verlieren sollte.

Niemand verstand, wieso es zu diesen häßlichen Szenen kam. Vor allem Ghompal nicht. In seiner Heimat hatte er solche Auftritte offensichtlich nie erlebt. Sie schmerzten ihn, verletzten und schockierten ihn. Kronski fühlte das deutlich und verabscheute sich selbst sogar noch mehr als Curley. Je mehr er in Ghompals Achtung sank, desto mehr bemühte er sich, sich bei dem Hindu beliebt zu machen.

»Er ist wirklich eine gute Seele«, sagte er zu uns. »Ich würde alles für Ghompal tun – aber auch *alles*.«

Es gab viele Dinge, die er hätte tun können, um das Los des letzteren zu erleichtern, aber Kronski verstand es, den Eindruck zu erwecken, er würde, wenn es an der Zeit sei, etwas ganz Besonderes tun. Mit etwas Geringerem würde er sich nicht zufriedengeben. Es ging ihm gegen den Strich, wenn er sah, daß jemand Ghompal half. »Du versuchst wohl, dein Gewissen zu beschwichtigen, was?« bemerkte er bissig. »Warum umarmst und küßt du ihn nicht gleich? Angst vor Ansteckung, was?«

Genau das tat ich einmal, um ihn in Verlegenheit zu bringen. Ich ging zu Ghompal, legte die Arme um ihn und küßte ihn auf die Stirn. Kronski sah uns beschämt an. Jeder wußte, daß Ghompal die Syphilis hatte.

Dann gab es natürlich noch Dr. Onirifick selbst, weniger ein menschliches Wesen als eine Gegenwart, die sich im ganzen Haus spürbar machte. Was ging in seinem Arbeitszimmer im zweiten Stock wohl vor? Keiner von uns wußte das wirklich. Kronski, in seiner ausgeklügelten, melodramatischen Art, entwarf krasse Phantasiebilder von Abtreibungen und Verführungen – blutige Puzzlespiele, die nur ein Ungeheuer sich ausdenken konnte. Bei den wenigen Gelegenheiten, wo wir uns begegneten, machte Dr. Onirifick mir den Eindruck eines vor allen Dingen freundlichen, gutmütigen Mannes mit einem bescheidenen Wissen und einem großen Interesse an Musik. Nur ein paar flüchtige Augenblicke sah ich ihn seine innere Ausgeglichenheit verlieren – und das war durchaus gerechtfertigt. Ich hatte ein Buch von Hilaire Belloc gelesen, das von den Judenverfolgungen im Lauf der Jahrhunderte handelte. Das Buch auch nur zu erwähnen, wirkte auf ihn wie ein rotes Tuch, und ich bereute sofort meinen Fehler. In teuflischer Art versuchte Kronski die Kluft zu vertiefen.

»Warum nähren wir diese Schlange an unserem Busen?« schien er zu sagen, wobei er die Augenbrauen runzelte und sich in seiner üblichen Art drehte und wendete. Dr. Onirifick überging es jedoch, indem er mich so behandelte, als sei ich lediglich ein weiterer leichtgläubiger Dummkopf, der auf die Erzkasuistik eines krankhaften katholischen Geistes hereingefallen war.

»Er war heute abend ganz durcheinander«, erklärte Kronski, nachdem der Doktor sich zurückgezogen hatte. »Weißt du, er ist hinter seiner zwölfjährigen Nichte her, und seine Frau paßt auf ihn auf. Sie hat ihm mit dem Staatsanwalt gedroht, falls er nicht aufhört, dem Mädchen nachzulaufen. Sie ist eifersüchtig wie der Teufel – kein Wunder. Außerdem sind ihr die Abtreibungen eine Qual, die jeden Tag direkt unter ihrer Nase vorgenommen werden und sozusagen ihr Heim beflecken. Sie schwört, daß etwas mit ihm nicht stimmt. Auch mit ihr stimmt etwas nicht, genau besehen. Wenn du mich fragst, glaube ich, sie hat Angst, daß er sie eines Nachts aufschlitzt. Sie schaut immer seine Hände an, als käme er geradewegs von einem Mord zu ihr.«

Er hielt einen Augenblick inne, damit wir diese Bemerkungen auf uns wirken ließen. »Noch etwas anderes nagt an ihr«, fuhr er fort. »Die Tochter wächst heran . . . sie wird bald eine junge Frau sein. Nun, mit so einem Mann kann man begreifen, was sie beunruhigt. Es ist nicht nur der Gedanke an Blutschande – der schrecklich genug ist –, sondern der weitere Gedanke, daß . . . daß er eines Nachts mit blutigen Händen zu ihr kommt. Händen, die das Leben im Mutterleib der eigenen Tochter mordeten . . . Kompliziert, was? Aber nicht unmöglich. Nicht mit diesem Kerl! So einem feinen Zeitgenossen. Ein empfindsamer, feinfühliger Bursche, wirklich. Sie hat recht. Und es wird noch schlimmer dadurch, daß er fast wie Christus ist. Man kann mit ihm nicht über den Sexualtrieb sprechen, denn er wird kein Wort von dem, was du sagst, gelten lassen. Er tut so, als sei er völlig unschuldig. Aber er steckt tief drin. Eines Tages wird die Polizei kommen und ihn mitnehmen – es wird einen höllischen Stunk geben, du wirst sehen . . .«

Daß Dr. Onirifick es Kronski ermöglicht hatte, sein Medizinstudium fortzusetzen, wußte ich. Und daß Kronski einen außergewöhnlichen Weg finden mußte, um das Dr. Onirifick zurückzuzahlen, dessen war ich mir auch bewußt. Nichts würde besser zu ihm passen, als dafür zu sorgen, daß sein Freund vollständig in sich zerbrach. Dann würde Kronski mit großer Geste zu Hilfe kommen. Er würde etwas völlig Unerwartetes tun – etwas, was noch nie ein Mensch für einen anderen getan hatte. In solchen Bahnen bewegte sich sein Denken. Mittlerweile beschleunigte er durch das Verbreiten von Gerüchten, durch Verleumdung und Rufmord den unvermeidlichen Sturz seines Freundes. Es verlangte ihn tatsächlich brennend danach, sich für seinen Freund einzusetzen, ihn zu rehabilitieren, ihm überreichlich die Güte seines Herzens zu vergelten, die er ihm dadurch gezeigt hatte, daß er ihm das Universitätsstudium ermöglichte. Seinem Freund zuliebe war er bereit, das Haus abzureißen, um ihn aus den Trümmern retten zu können. Eine seltsame Einstellung. Ein pervertierter Galahad. Einer, der sich unberufen in fremde Dinge einmischt. Ein Einmischling. Ein Super-Einmischling. Immer darauf bedacht, Schlimmes zu verschlimmern, so daß er, Kronski, in der allerletzten Not eingreifen und die Lage wie durch ein Wunder verändern konnte. Allerdings war es nicht Dankbarkeit, was er begehrte, sondern Anerkennung – Anerkennung höherer Kräfte, Anerkennung seiner Einmaligkeit.

Als er noch Assistenzarzt war, besuchte ich ihn gelegentlich in dem Krankenhaus, wo er seine Zeit abdiente. Wir pflegten mit den anderen Assistenzärzten Billard zu spielen. Ich besuchte das Krankenhaus nur, wenn ich in verzweifelter Stimmung war, wenn ich etwas essen oder ein paar Dollar geliehen haben wollte. Ich verabscheute die Atmosphäre dort. Ich konnte seine Kollegen, ihre Manieren, ihre Gespräche, sogar ihre Ziele nicht ausstehen. Die große Heilkunst bedeutete ihnen nichts. Sie strebten eine behagliche Pfründe an, das war alles. Die meisten hatten sowenig natürliche Begabung für Medizin – wie ein Politiker für Staatskunst. Sie verfügten nicht einmal über die Grundvoraussetzungen des Heilberufs: die Liebe zum Menschen. Sie waren abgestumpft, herzlos, völlig egozentrisch, völlig uninteressiert an allem außer ihrem eigenen Fortkommen. Sie waren schlimmere Gefühlsrohlinge als die Schlächter im Schlachthaus.

Kronski fühlte sich ganz zu Hause in dieser Umgebung. Er wußte mehr als die anderen, konnte sie in Grund und Boden reden, sie überlisten, sie überschreien. Er war ein besserer Billardspieler, ein besserer Würfelspieler, ein besserer Schachspieler, er war in allem besser. Er wußte über alles Bescheid und spuckte es gerne aus, paradierte auf und ab in seiner eigenen Kotze.

Natürlich wurde er von ganzem Herzen verabscheut. Von geselliger Natur, brachte er es trotz seiner unangenehmen Charaktereigenschaften fertig, dauernd seinesgleichen um sich zu versammeln. Wäre er gezwungen gewesen, allein zu leben, so wäre er auseinandergefallen. Er wußte, daß er unerwünscht war: Niemand suchte ihn jemals auf, es sei denn, weil er ihn um eine Gefälligkeit bitten wollte. Wenn er allein war, muß ihm die Erkenntnis seiner Misere bittere Augenblicke verursacht haben. Es war nicht leicht zu durchschauen, wie er sich selbst wirklich einschätzte, denn in Gegenwart von anderen war er ganz Wohlbehagen, Heiterkeit, Prahlerei, Angabe, Überheblichkeit und Großspurigkeit. Er benahm sich so, als probe er eine Rolle vor einem unsichtbaren Spiegel. Und wie verliebt er in sich war! Ja, und welcher Ekel war hinter dieser Fassade, dieser Eigenliebe! »Ich rieche schlecht!« muß er sich jeden Abend gesagt haben, wenn er allein in seinem Zimmer war. »Aber ich werde doch noch etwas Großartiges tun . . . wartet nur!«

Von Zeit zu Zeit suchten ihn Depressionen heim. Dann war er ein bedauernswertes Geschöpf – etwas ganz Unmenschliches, etwas nicht zur Tierwelt, sondern zum Pflanzenreich Gehörendes. Er ließ sich irgendwo hinplumpsen und verfaulen. In diesem Zustand sprossen Tumore aus ihm hervor wie aus einer riesigen schimmligen Kartoffel, die im Dunkeln verrottete. Nichts konnte ihn aus seiner Lethargie aufstören. Wo immer er sich befand, blieb er untätig, unablässig brütend, so als ginge die Welt unter.

Soweit man das erkennen konnte, hatte er keine persönlichen Probleme. Er war ein Ungeheuer, das aus dem Pflanzenreich hervorgegangen war, ohne durch das Tierstadium hindurchzugehen. Sein fast empfindungsloser Körper war mit einem Geist ausgestattet, der ihn wie ein Tyrann beherrschte. Sein Gefühlsleben war ein Brei, den er wie ein betrunkener Kosak auslöffelte. Es war etwas nahezu Kannibalisches in seiner Zärtlichkeit. Er verlangte nicht die Eingebungen und Regungen des Herzens, sondern das Herz selbst, und mit ihm möglichst den Magen, die

Leber, die Bauchspeicheldrüse und andere zarte, eßbare Teile des menschlichen Organismus. In seinen verzückten Augenblicken schien er nicht nur darauf aus, das Objekt seiner Zärtlichkeit zu verschlingen, sondern den anderen aufzufordern, auch ihn zu verschlingen. Sein Mund verzerrte sich in einer wahrhaften Ekstase der Kinnbacken, in die er sich hineinsteigerte, bis sein Innerstes in einer schwammigen Ektoplasma-Substanz hervorkam. Es war ein gräßlicher Erregungszustand, erschreckend, weil er keine Grenzen kannte. Es war ein entpersönlichtes Bedürfnis und ein Rückstand, ein Überbleibsel von einem archaischen Verzükkungszustand – die zurückgebliebene Erinnerung an Krabben und Schlangen, ihre hinausgezögerten Paarungen im Urschleim längst vergessener Jahrhunderte.

Und jetzt, in Schloß Schabenhall, wie wir es nannten, lag ein köstliches Sexualomelette in der Pfanne, das wir alle – jeder auf seine eigene Weise – genießen sollten. Es war etwas Intestinales in der Atmosphäre dieses Etablissements – denn das war es mehr als ein Heim. Es war sozusagen die Liebesklinik, wo Embryos wie Unkraut sprossen – und wie Unkraut mit den Wurzeln ausgerissen oder mit der Sense niedergemäht wurden.

Wie es jemals hatte geschehen können, daß der Personalchef der großen Kosmodämonischen Telegrafen-Gesellschaft in diese bluttriefende Sexbude geraten und in die Falle gegangen war, kann ich heute noch nicht verstehen. In dem Augenblick, wo ich an der Hochbahnstation aus dem Zug stieg und mich anschickte, die Treppe hinunter ins Herz der Bronx zu gehen, wurde ich ein anderer Mensch. Es war nur ein paar Häuserblocks weit zu Dr. Onirificks Etablissement, gerade genug, um mich umzustellen, um mir Zeit zu geben, daß ich in die Rolle des sensiblen Genies, des romantischen Dichters, des glücklichen Mystikers schlüpfen konnte, der seine wahre Liebe gefunden hatte und bereit war, für sie zu sterben. – Es bestand eine schreckliche Dissonanz zwischen diesem inneren Daseinszustand und der äußeren Atmosphäre der Umgebung, durch die ich jeden Abend hindurch mußte. Überall ragten die grimmigen, einförmigen Mauern auf. Dahinter wohnten Familien, deren ganzes Leben sich um Arbeit drehte. Fleißige, geduldige, ehrgeizige Sklaven, deren einziges Ziel Befreiung war. In der Zwischenzeit fanden sie sich mit allem ab –

blind für Unbequemlichkeit, immun gegen Häßlichkeit. Heroische kleine Seelen, deren Besessenheit, sich aus der Knechtschaft der Arbeit zu befreien, in Wahrheit nur dazu diente, den Schmutz und das Elend ihres Lebens zu vergrößern.

Welchen Beweis hatte ich, daß Armut auch ein anderes Gesicht haben konnte? Nur die verschwommene, undeutliche Erinnerung an meine Kindheit im vierzehnten Bezirk, Brooklyn. Die Erinnerung an ein Kind, das beschirmt und dem jede Möglichkeit gegeben worden war, das nichts gekannt hatte als Freude und Freiheit – bis es zehn Jahre alt war.

Warum hatte ich den Fehler begangen, mich mit Dr. Onirifick zu unterhalten? Ich hatte an diesem Abend nicht vorgehabt, über die Juden zu sprechen – sondern nur über ›*Der Weg nach Rom*‹. Das war ein Buch von Belloc, das mich wirklich begeisterte. Ein sensibler Mensch, ein Gelehrter, ein Mann, für den die europäische Geschichte eine lebendige Erinnerung war – er hatte beschlossen, nur einen Rucksack auf dem Rücken und einen derben Wanderstock in der Hand, von Paris nach Rom zu wandern. Und er tat es. Unterwegs ereigneten sich alle die Dinge, die sich immer unterwegs ereignen. Es war das erste Mal, daß ich den Unterschied zwischen Ausführung und Ziel richtig verstand und daß mir die Wahrheit bewußt wurde: daß es das Ziel des Lebens ist, es zu leben. Wie ich Hilaire Belloc um dieses Abenteuer beneidete! Sogar bis zum heutigen Tag sehe ich die kleinen Bleistiftskizzen vor mir, die er von Mauern und Kuppeln, von Spitztürmen und Bastionen gemacht hat. Ich brauche nur an den Titel des Buches zu denken, und schon blicke ich wieder über die Felder oder stehe auf einer malerischen mittelalterlichen Brücke oder mache ein Nickerchen neben einem stillen Kanal im Herzen Frankreichs. Nie ließ ich mir träumen, daß es mir möglich sein würde, dieses Land zu sehen, durch diese Felder zu wandern, auf diesen gleichen Brücken zu stehen, diesen gleichen Kanälen zu folgen. Für mich kam das nie in Frage! Ich war verdammt.

Wenn ich an die List denke, durch die ich befreit wurde, wenn ich denke, daß ich aus diesem Gefängnis entlassen wurde, weil diejenige, die ich liebte, mich los sein wollte, was für ein trauriges, verwirrtes, rätselhaftes Lächeln zieht dann über mein Gesicht. Wie verworren und verwickelt doch alles ist! Wir sind denen dankbar, die uns einen Dolchstoß in den Rücken versetzen. Wir laufen vor denen davon, die uns helfen wollen. Wir beglückwünschen uns zu unserem Glück, ohne uns träumen zu lassen, daß unser Glück ein Sumpf sein könnte, aus dem wir uns nie wieder herausziehen können. Wir laufen mit abgewandtem Kopf vorwärts, rennen blindlings in die Falle. Wir entkommen nie – außer in eine Sackgasse.

Ich gehe durch die Bronx, fünf oder sechs Häuserblocks weit, gerade Zeit und Raum genug, um mich in einen Korkenzieher zu verwandeln. Mona wird dasein und auf mich warten. Sie wird mich so herzlich umarmen, als hätten wir das nie zuvor getan. Wir werden nur zwei Stunden miteinander haben, und dann wird sie mich verlassen – um in den Tanzpalast zu gehen, wo sie noch immer als Taxigirl arbeitet. Ich werde fest schlafen, wenn sie um drei oder vier Uhr morgens zurückkommt. Sie wird schmollen und sich ärgern, wenn ich nicht aufwache, wenn ich sie nicht leidenschaftlich in die Arme schließe und ihr sage, wie sehr ich sie liebe. Sie hat mir jede Nacht so viel zu erzählen, und es ist keine Zeit dazu. Morgens, wenn ich fortgehe, schläft sie tief. Wir kommen und gehen wie Eisenbahnzüge. Dies ist der Anfang unseres Zusammenlebens.

Ich liebe sie von ganzem Herzen und ganzer Seele. Sie bedeutet mir alles. Und doch hat sie nichts von der Frau, die ich erträumte, von diesen Idealwesen, die ich als Junge verehrte. Sie entspricht in nichts dem Vorstellungsbild, das ich mir in meinem Inneren gemacht hatte. Sie ist ein völlig neues Image, etwas Fremdes, etwas, was das Schicksal aus einer unbekannten Sphäre mir über den Weg wirbelte. Wie ich sie betrachte, wie ich sie Stück für Stück lieben lerne, finde ich, daß ihre Gesamterscheinung mir entgeht. Meine Liebe läßt sich addieren wie eine Summe, aber sie, die eine und einzige, die ich mit verzweifelter, inbrünstiger Liebe suche, verflüchtigt sich wie ein Elixier. Sie ist völlig, fast sklavisch mein, aber ich besitze sie nicht. Ich bin's, der besessen ist. Besessen von einer Liebe, wie sie mir nie vorher geboten wurde – einer verschlingenden, totalen Liebe, einer Liebe sogar zu meinen Zehennägeln und dem Schmutz unter ihnen –, und doch sind meine Hände in ständiger Unruhe, suchen zu fassen und zu umklammern – und greifen nichts.

Eines Abends auf dem Heimweg bemerkte ich aus dem Augenwinkel eines dieser sanften, sinnlichen Geschöpfe aus dem Ghetto, die den Seiten des Alten Testaments entstiegen zu sein scheinen. Es war eine Jüdin, die Ruth oder Esther heißen mußte. Oder vielleicht Miriam. Ja, Miriam! Das war der Name, den ich suchte. Warum hatte dieser Name einen so wundervollen Klang für mich? Wie konnte eine so einfache Benennung so starke Gefühle hervorrufen? Immer wieder stellte ich mir diese Frage.

Miriam ist der Name der Namen. Wenn ich alle Frauen zu dem vollendeten Ideal formen könnte, wenn ich diesem Ideal alle Eigenschaften zu geben vermöchte, die ich bei Frauen suche, würde es Miriam heißen.

Ich hatte vollkommen das bezaubernde Geschöpf vergessen, das diese Überlegungen auslöste. Ich war etwas auf der Spur, und als mein Schritt sich beschleunigte, mein Herz heftiger klopfte, erinnerte ich mich plötzlich an das Gesicht, die Stimme, die Gestalt, die Gesten jener Miriam, die ich als zwölfjähriger Junge gekannt hatte. Miriam Painter hieß sie. Erst fünfzehn oder sechzehn Jahre alt, aber voll entwickelt, strahlend lebensvoll, lieblich wie eine Blume und – unberührbar. Sie war keine Jüdin, ebensowenig erinnerte sie auch nur im entferntesten an jene legendären Gestalten des Alten Testaments. (Oder vielleicht hatte ich damals das Alte Testament noch nicht gelesen.) Sie war die junge Frau mit langem, kastanienbraunem Haar, mit ehrlichen, offenen Augen und ziemlich vollen Lippen, die mich freundlich grüßte, sooft wir uns auf der Straße begegneten. Immer ungezwungen, immer aufgeschlossen, immer strahlend vor Gesundheit und Gutmütigkeit. Außerdem gescheit, mitfühlend, verständnisvoll. Bei ihr war es nicht nötig, unbeholfene Vorspiele zu machen: Immer kam sie strahlend vor heimlicher, innerer Freude, immer überströmend auf mich zu. Sie verschlang mich und riß mich mit. Sie umfaßte mich wie eine Mutter, wärmte mich wie eine Geliebte, entließ mich wie eine Fee. Nie hatte ich ihr gegenüber einen unreinen Gedanken: Ich begehrte sie nie, verlangte nie nach einer Zärtlichkeit. Ich liebte sie so innig, so vollkommen, daß es mir jedesmal, wenn ich ihr begegnete, vorkam, als sei ich neu geboren. Alles, was ich verlangte, war nur, daß sie am Leben bleiben, auf dieser Erde sein, irgendwo, gleichviel wo, auf dieser

Welt vorhanden sein und nie sterben sollte. Ich erhoffte nichts, wollte nichts von ihr. Allein ihre Existenz war mir völlig genug. Ja, ich pflegte ins Haus zu laufen, mich zu verstecken und Gott laut zu danken, Miriam auf diese unsere Welt gesandt zu haben. Was für ein Wunder! Und was für ein Segen, so zu lieben!

Ich weiß nicht mehr, wie lange das dauerte. Ich habe nicht die geringste Ahnung, ob sie sich meiner Anbetung bewußt war oder nicht. Was machte das schon aus? Ich war in die Liebe verliebt. Zu lieben! Sich voll und ganz hinzugeben, sich vor dem göttlichen Bild in den Staub zu werfen, tausend imaginäre Tode zu sterben, jede Spur von sich selbst auszutilgen, das ganze Weltall in dem lebenden Bildnis eines anderen verkörpert und wie in einen Schrein eingeschlossen zu finden! Jünglingshaft, so sagen wir. Unsinn! Das ist der Keim des zukünftigen Lebens, das Samenkorn, das wir verbergen, das wir tief in uns vergraben, ersticken und unterdrücken und nach Möglichkeit vernichten, wenn wir von einem Erlebnis zum anderen schreiten, umhertappen und taumeln und unseren Weg verlieren.

Zu dem Zeitpunkt, als ich das zweite Ideal – Una Gifford – kennenlerne, bin ich bereits angekränkelt. Erst fünfzehn Jahre alt – und schon nagt der Krebs an meinem Lebensnerv. Wie es erklären? Miriam verschwand aus meinem Leben, nicht dramatisch, sondern still und leise und unauffällig. Sie verflüchtigte sich einfach, ward nicht mehr gesehen. Ich wurde mir nicht einmal bewußt, was das bedeutete. Ich dachte nicht einmal daran. Leute kamen und gingen, Dinge tauchten auf und verschwanden. Ich befand mich in dem großen Strom, wie die anderen – und es war durchaus natürlich, obschon unerklärlich. Ich fing an zu lesen, zuviel zu lesen. Ich wandte mich nach innen, verschloß mich in mir selbst, wie Blumen sich in der Nacht schließen.

Una Gifford bringt mir nichts als Kummer und Qual. Ich will sie besitzen, brauche sie, kann ohne sie nicht leben. Sie sagt weder ja noch nein, aus dem einfachen Grund, weil ich nicht den Mut habe, ihr die Gewissensfrage zu stellen. Ich werde bald sechzehn, und wir sind beide noch in der Schule – erst im kommenden Jahr machen wir unser Abschlußexamen. Wie kann ein Mädchen im gleichen Alter wie man selbst, dem man nur zunickt oder das man nur anstarrt, die Frau sein, ohne die das Leben unmöglich ist? Wie kann man von Heirat träumen, bevor man die Schwelle des Lebens überschritten hat? Aber wenn ich damals im Alter von fünfzehn Jahren mit Una Gifford durchgebrannt wäre, wenn ich sie geheiratet und zehn Kinder von ihr bekommen hätte, wäre es richtig gewesen, absolut richtig. Was lag schon daran, wenn ich mich völlig anders entwickelte, auf den Grund herabsank? Was machte es aus, wenn es ein vorzeitiges Altern bedeutete? Ich hatte ein Verlangen nach ihr, das nie befriedigt wurde, und dieses Verlangen war wie eine Wunde, die wuchs und wuchs, bis sie ein klaffendes Loch war. Als das Leben weiterging, als dieses verzweifelte Verlangen dringlicher wurde, zerrte ich alles in das Loch und tötete es.

Als ich Mona kennenlernte, war mir nicht bewußt, wie sehr sie mich brauchte. Auch erkannte ich nicht, wie sehr sie ihr Leben, ihre Gewohnheiten geändert, mit ihrer Vergangenheit und ihrem Vorleben gebrochen hatte, um mir jenes ideale Vorstellungsbild zu bieten, das ich mir, wie sie nur allzu schnell erkannte, von ihr geschaffen hatte. Sie hatte alles geändert – ihren Namen, ihren Geburtsort, ihre Mutter, ihre Erziehung, ihre Freunde, ihre Neigungen, ja sogar ihre Wünsche. Es war charakteristisch für sie, daß sie auch meinen Namen ändern wollte, was sie auch tat. Ich war jetzt Val, die Koseform von Valentin, deren ich mich immer geschämt hatte – es klang wie der Spitzname eines Homo –, aber jetzt, wo er von ihren Lippen kam, gewann er an Glanz und schien zu mir zu passen. Niemand sonst nannte mich Val, obwohl sie Mona diesen Namen wieder und wieder sagen hörten. Für meine Freunde war ich, was ich immer gewesen war. Sie ließen sich durch eine bloße Namensänderung nicht hypnotisieren.

Verwandlungen ... Ich erinnere mich lebhaft an die erste Nacht, die wir in Dr. Onirificks Haus verbrachten. Wir hatten gemeinsam geduscht und schauderten beim Anblick der Myriaden von Silberfischchen, die das Badezimmer bevölkerten. Wie schlüpften ins Bett unter die Eiderdaunen. Wir hatten einen ekstatischen Fick in diesem seltsamen öffentlichen Zimmer, das mit bizarren Gegenständen angefüllt war. In dieser Nacht wurden wir sehr nah zusammengeführt. Ich hatte mich von meiner Frau, Mona sich von ihren Eltern getrennt. Wir wußten nicht recht, warum wir uns bereit gefunden hatten, in diesem fremdartigen Haus zu wohnen. Bei klarem Verstand hätte keiner von uns sich träumen lassen, einen solchen Schauplatz für unsere Liebe zu wählen, aber wir waren nicht bei klaren Sinnen. Wir fieberten einem neuen Leben entgegen und fühlten uns beide schuldig wegen der Verbrechen, die wir begangen hatten, um uns in das große Abenteuer zu stürzen. Mona empfand das anfänglich stärker als ich. Sie fühlte, daß sie an dem Bruch schuldig war. Nicht meine Frau, sondern das Kind, das ich zurückgelassen hatte, tat ihr leid. Das bedrückte sie. Dazu kam zweifellos die Angst, ich würde eines Tages aufwachen und erkennen, daß ich einen Irrtum begangen hatte. Sie gab sich alle erdenkliche Mühe, sich unersetzlich zu machen, mich mit solcher Hingabe, solch völliger Selbstaufopferung zu lieben, daß die Vergangenheit ausgelöscht wäre. Sie tat das nicht bewußt. Sie wurde nicht einmal gewahr, was sie tat. Aber sie klammerte sich verzweifelt an mich, so verzweifelt, daß mir heute noch, wenn ich jetzt daran denke, die Tränen in die Augen steigen. Denn es war unnötig: Ich brauchte sie noch dringender als sie mich.

Und so, als wir in dieser Nacht einschliefen, als sie sich nach der anderen Seite drehte, um mir den Rücken zuzuwenden, glitt die Decke herunter, und ich wurde bei der animalisch zusammengekauerten Haltung, die sie angenommen hatte, der festen Beschaffenheit ihres Rückens gewahr. Mit beiden Händen liebkoste ich ihr Fleisch, streichelte ihren Rücken, wie man die Flanken einer Löwin streicheln würde. Es war merkwürdig, daß ich nie ihren prachtvollen Rücken bemerkt hatte. Wir hatten viele Male miteinander geschlafen und waren in allen möglichen Stellungen eingeschlummert, aber ich hatte ihn nicht wahrgenommen. Jetzt, in diesem riesigen Bett, das in dem schwachen Licht des großen Zimmers zu schweben schien, prägte sich ihr Rücken meinem Gedächtnis ein. Ich machte mir keine deutlichen Gedanken darüber – sondern empfand nur vage Freudegefühle über die Kraft und Vitalität, die in ihr steckten. *Eine, die die Welt auf ihrem Rücken tragen könnte!* Ich formulierte das nicht so deutlich, aber der Gedanke war in einem obskuren, dunklen Bereich meines Bewußtseins vorhanden. Oder vielmehr in meinen Fingerspitzen.

Unter der Dusche hatte ich sie wegen ihres Bäuchleins aufgezogen, das ziemlich üppig gedieh, und ich merkte sofort, daß sie äußerst empfindlich war, was ihre Figur betraf. Aber ich kritisierte ihre üppige Gestalt nicht, sondern war entzückt, sie zu entdecken. Sie barg ein Versprechen, dachte ich. Und dann begann dieser so reich ausgestattete Körper vor meinen Augen abzunehmen. Die innere Qual begann ihren Tribut zu fordern. Zur gleichen Zeit begann das Feuer, das in ihr war, heller zu brennen. Ihr Fleisch wurde aufgezehrt von der sie verheerenden Leidenschaft. Ihr kräftiger, säulenförmiger Hals – der Teil ihres Körpers, den ich am meisten bewunderte – wurde schlanker und immer schlanker, bis der Kopf wie eine riesige Pfingstrose auf gebrechlichem Stengel zu schwanken schien.

»Du bist doch nicht krank?« fragte ich, beunruhigt über diese rasch fortschreitende Veränderung.

»Natürlich nicht«, erwiderte sie. »Ich will abnehmen.«

»Aber du übertreibst es, Mona.«

»Ich war so als Mädchen«, gab sie zur Antwort. »Es ist ganz natürlich für mich, schlank zu sein.«

»Aber ich möchte gar nicht, daß du so schlank wirst. Ich will nicht, daß du dich veränderst. Schau deinen Hals an – willst du einen dürren Hals haben?«

»Mein Hals ist nicht dürr«, sagte sie und sprang auf, um sich im Spiegel zu betrachten.

»Ich habe nicht gesagt, daß er das ist, Mona . . . aber er könnte es werden, wenn du weiter so rücksichtslos auf Abnehmen bedacht bist.«

»Bitte, Val, sprich nicht davon. Du verstehst nicht . . .«

»Mona, sprich nicht so. Ich kritisiere dich nicht. Ich will dich nur beschützen.«

»Du magst mich so nicht . . . ist es das?«

»Mona, ich mag dich, wie du bist. Ich liebe dich, bete dich an. Aber sei bitte vernünftig. Ich habe Angst, daß du dahinschmilzt, dich in dünne Luft auflöst. Ich will nicht, daß du krank wirst . . .«

»Sei nicht töricht, Val. Ich habe mich nie im Leben besser gefühlt. Nebenbei bemerkt«, fügte sie hinzu, »wirst du die Kleine diesen Sonntag besuchen?« Sie sprach nie den Namen meiner

Frau oder meines Kindes aus. Auch zog sie es vor zu glauben, ich würde bei diesen wöchentlichen Abstechern nach Brooklyn nur das Kind besuchen.

Wahrscheinlich würde ich hingehen, sagte ich ... gab es einen Grund, das nicht zu tun?

»Nein, nein!« sagte sie, warf ihren Kopf merkwürdig herum und suchte etwas in der Kommodenschublade.

Als sie sich vorbeugte, stand ich hinter ihr und umschlang ihre Hüften mit meinen Armen.

»Mona, sag' mir etwas ... Ist es dir sehr arg, wenn ich dorthin gehe? Sag' es mir ehrlich. Denn wenn es so ist, gehe ich nicht mehr hin. Es muß sowieso eines Tages ein Ende haben.«

»Du weißt, ich will gar nicht, daß du damit aufhörst. Habe ich jemals etwas dagegen gesagt?«

»Nei-ein«, sagte ich, ließ den Kopf hängen und starrte angestrengt auf den Teppich. »Nein-ein, du sagst nie etwas. Aber manchmal wollte ich, du würdest etwas sagen ...«

»Warum sagst du das?« rief sie scharf. Sie sah beinahe entrüstet aus. »Hast du nicht ein Recht, deine eigene Tochter zu sehen? Ich würde es tun, wenn ich an deiner Stelle wäre.« Sie hielt einen Augenblick inne, und dann, unfähig, sich zu beherrschen, platzte sie heraus: »Ich hätte sie nie verlassen, wenn es mein Kind gewesen wäre. Ich hätte sie um keinen Preis aufgegeben!«

»Mona! Was sagst du da? Was soll das bedeuten?«

»Genau das. Ich weiß nicht, wie du das fertigbringst. Ich bin ein solches Opfer nicht wert. Niemand ist es.«

»Reden wir nicht mehr davon«, sagte ich. »Wir sagen Dinge, die wir gar nicht meinen. Ich versichere dir, ich bereue nichts. Es war kein Opfer, daß mußt du verstehen. Ich wollte dich, und ich hab' dich bekommen. Ich bin glücklich. Ich könnte jeden vergessen, wenn es sein müßte. Du bedeutest die ganze Welt für mich – und du weißt es.«

Ich zog sie an mich. Eine Träne rollte ihr die Wange herunter.

»Hör zu, Val, ich bitte dich nicht, irgend etwas aufzugeben, aber ...«

»Aber was?«

»Könntest du mich nicht von Zeit zu Zeit nachts abholen, wenn ich mit der Arbeit aufhöre?«

»Um zwei Uhr morgens?«

»Ich weiß . . . es ist tatsächlich eine unmenschliche Zeit . . . aber ich fühle mich schrecklich einsam, wenn ich den Tanzpalast verlasse. Besonders nach dem Tanzen mit allen diesen Männern, allen diesen schrecklich dummen, schäbigen Kerlen, die mir nichts bedeuten. Ich komme nach Hause, und du schläfst. Und wo bleibe ich?«

»Sag' das nicht, *bitte*. Ja, natürlich werde ich dich abholen – dann und wann.«

»Könntest du nicht nach dem Abendessen ein wenig ausruhen und . . .«

»Sicher könnte ich das. Warum hast du mir das nicht eher gesagt? Es war egoistisch von mir, daß ich nicht von selbst daran gedacht habe.«

»Du bist nicht egoistisch, Val.«

»Ich bin zu . . . Hör zu, wie wär's, wenn ich dich heute abend hinbrächte? Ich fahre zurück, mache ein Nickerchen und hole dich ab, wenn geschlossen wird.«

»Wird dir das auch nicht zuviel?«

»Nein, Mona, es wird wundervoll sein.«

Auf dem Heimweg jedoch wurde mir klar, was es hieß, meine Stunden so einzuteilen. Um zwei Uhr würden wir irgendwo einen Happen essen. Eine Stunde Fahrt mit der Hochbahn. Im Bett würde Mona eine Weile schwatzen, ehe sie einschlief. Inzwischen würde es fast fünf Uhr sein, und um sieben mußte ich wieder auf den Beinen sein und bereit zur Arbeit.

Ich gewöhnte mir an, mich jeden Abend zum Rendezvous vor dem Tanzpalast umzuziehen. Nicht, daß ich jeden Abend hingegangen wäre, nein, aber doch sooft wie möglich. Mit dem Anziehen alter Sachen – ein Khakihemd, ein Paar Mokassins, einen der Stöcke wirbelnd, die Mona Carruthers geklaut hatte – setzte sich mein romantisches Ich durch. Ich führte ein Doppelleben: eines bei der Kosmodämonischen Telegrafen-Gesellschaft und ein anderes mit Mona. Manchmal setzte sich Florrie im Restaurant zu uns. Sie hatte einen neuen Liebhaber gefunden, einen deutschen Arzt, der nach allem, was sie erzählte, einen riesigen Schwengel haben mußte. Er war der einzige Mann, der sie befriedigen konnte, daraus machte sie kein Hehl. Wer hätte diesem zart aussehenden Geschöpf mit seiner typisch irischen Fratze, dem Broadwaytyp par excellence, zugetraut, daß zwischen ihren Beinen ein Spalt klaffte, groß genug, um einen Vorschlaghammer darin zu versenken – oder daß sie sowohl Frauen als auch Männer liebte? Sie liebte alles, was mit Sex zu tun hatte. Der Spalt war in ihrem Denken verwurzelt. Er dehnte sich immer weiter und weiter aus, bis im Denken oder im Spalt für nichts mehr Raum blieb als für einen übermenschlichen Pint.

Eines Abends, nachdem ich Mona an ihren Arbeitsplatz gebracht hatte, wanderte ich durch die Nebenstraßen. Ich hatte vor, vielleicht in ein Kino zu gehen und Mona nach der Vorstellung zu treffen. Als ich an einem Torweg vorbeikam, hörte ich jemand meinen Namen rufen. Ich drehte mich um – und im Torweg standen, als versteckten sie sich vor jemandem, Florrie und Hannah Bell. Wir gingen über die Straße, um ein Glas zu trinken. Die Mädchen benahmen sich nervös und zappelig. Sie sagten, sie müßten in ein paar Minuten gehen – sie wollten nur eben, um keine Spielverderberinnen zu sein, einen Whisky mittrinken. Ich war nie zuvor mit ihnen allein gewesen, und sie waren unsicher, als ob sie Angst hätten, etwas auszuplaudern, was ich nicht wissen sollte. Ganz harmlos ergriff ich Florries Hand, die auf ihrem Schoß lag, und drückte sie, um Florrie zu beruhigen – worüber, weiß ich selbst nicht. Zu meiner Überraschung drückte auch sie meine Hand lebhaft, und dann, indem sie sich vorbeugte, als wolle sie etwas Vertrauliches zu Hannah sagen, löste sie ihren Griff und machte sich an meinem Hosenschlitz zu schaffen. In diesem Augenblick kam ein Mann herein, den die beiden überschwenglich begrüßten. Ich wurde als ein Freund vorgestellt. Der Mann hieß Monahan. »Er ist Geheimpolizist«, flüsterte Florrie und warf mir einen schmelzenden Blick zu. Der Mann hatte sich kaum gesetzt, als Florrie aufsprang, Hannahs Arm ergriff und sie hastig aus dem Lokal hinauszog. An der Tür winkte sie noch zum Abschied. Sie liefen über die Straße auf den Torweg zu, in dem sie sich versteckt hatten.

»Ein seltsames Benehmen«, meinte Monahan. »Was wollen Sie trinken?« fragte er und rief den Kellner. Ich bestellte noch einen Whisky und schaute mein Gegenüber gleichgültig an. Ich war nicht begeistert von dem Gedanken, neben einem Geheimpolizisten zu sitzen. Monahan jedoch dachte offenbar anders darüber. Er schien froh, daß er jemanden gefunden hatte, mit dem er sprechen konnte. Beim Anblick des Spazierstocks und der saloppen Aufmachung kam er sofort zu dem Schluß, daß ich ein Künstler oder so was sei.

»Sie sehen wie ein Künstler aus (er meinte wie ein Maler), aber Sie sind kein Künstler. Ihre Hände sind zu feingliedrig.« Er ergriff meine Hände und untersuchte sie schnell. »Sie sind auch kein Musiker«, fügte er hinzu. »Nun, es bleibt nur noch eines übrig – Sie sind Schriftsteller!«

Ich nickte, halb amüsiert, halb irritiert. Er war der Typ des Iren, und seine Direktheit ging mir gegen den Strich. Ich sah das unvermeidliche, herausfordernde *Warum? Warum nicht? Wie kam das? Was meinen Sie damit?* voraus. Wie immer fing ich damit an, umgänglich und nachsichtig zu sein. Ich pflichtete ihm in allem bei. Aber er wollte nicht, daß ich ihm beipflichtete – er wollte diskutieren.

Ich hatte noch kaum ein Wort gesagt, und doch hatte er mich innerhalb weniger Minuten schon beleidigt und mir gleichzeitig versichert, wie gern er mich mochte.

»So jemanden wie Sie wollte ich schon immer kennenlernen«, meinte er und bestellte neue Getränke. »Sie wissen mehr als ich, aber Sie reden nicht gerne. Ich bin Ihnen nicht gut genug, ich bin ein ungeistiger Mensch. Aber da sind Sie im Irrtum. Vielleicht weiß ich eine Menge Dinge, von denen Sie nichts ahnen. Vielleicht könnte ich Ihnen allerlei erzählen. *Warum fragen Sie mich nichts?*«

Was sollte man darauf sagen? Es gab nichts, was ich wissen wollte – jedenfalls nicht von ihm. Ich wollte aufstehen und gehen – ohne ihn zu beleidigen. Ich wollte nicht von diesem langen, behaarten Arm auf meinen Platz zurückgezwungen und besabbert, ausgequetscht, provoziert und beleidigt werden. Außerdem fühlte ich mich etwas benebelt. Ich dachte an Florrie und wie merkwürdig sie sich benommen hatte – ich fühlte noch ihre Hand an meinem Hosenschlitz herumfingern.

»Sie scheinen nicht ganz dazusein«, sagte er. »Ich glaubte, Schriftsteller seien auf Draht, immer mit einer schlagfertigen Antwort bei der Hand. Was ist los – warum sind Sie so ungesellig? Vielleicht gefällt Ihnen mein Gesicht nicht? *Hören Sie zu* –« und er legte mir seine schwere Hand auf den Arm – »nehmen Sie eins zur Kenntnis . . . ich bin Ihr Freund. Ich möchte mich mit Ihnen unterhalten. Sie werden mir Dinge sagen . . . alle die Dinge, die ich nicht weiß. Sie werden mich aufklären. Kann sein, daß mir nicht alles gleich eingeht, aber ich werde zuhören. Wir gehen hier nicht fort, bevor wir das nicht in Ordnung gebracht haben, verstehen Sie, was ich meine?« Es war ein typisch irisches Lächeln, mit dem er mich ansah, eine Mischung aus Wärme, Aufrichtigkeit, Verlegenheit und Gewalttätigkeit. Es bedeutete, daß er aus aus mir herausquetschen würde, was er wollte – oder mich zur Schnecke machen würde. Aus einem unerklärlichen Grund war er überzeugt, daß ich über etwas verfügte, was er ernstlich brauchte – einen Schlüssel zu dem Rätsel des Lebens, der ihm, auch wenn er ihn nicht ganz erfassen konnte, gut zustatten käme.

Inzwischen war ich einer Panik nahe. Es war genau die Situation, mit der ich nicht fertig werde. Ich hätte den schäbigen Kerl kaltblütig ermorden können.

Er wollte wohl einen geistigen Kinnhaken von mir versetzt bekommen. Er hatte es satt, bei anderen ständig auf den Busch zu klopfen – er wollte jemanden, der sich mit *ihm* beschäftigte.

Ich beschloß, direkt vorzugehen, ihn mit einem Ausfall klein und häßlich zu machen und dann auf meine geistigen Fähigkeiten zu vertrauen.

»Sie wollen, daß ich offen und ehrlich rede, nicht wahr?« Ich sah ihn mit einem unschuldigen Lächeln an.

»Aber gewiß«, entgegnete er. »Schießen Sie los! Ich kann es vertragen.«

»Na schön, um anzufangen«, sagte ich, immer noch mit dem sanften, beruhigenden Lächeln, »Sie sind nicht mehr als eine Laus – und wissen es. Sie haben vor etwas Angst, was es ist, weiß ich noch nicht, aber wir werden's schon noch herausfinden. Mir gegenüber geben Sie vor, ein ungeistiger Mensch, ein Niemand zu sein, aber Sie selber halten sich für clever, für einen tollen Burschen und für hart im Nehmen. Sie fürchten sich vor nichts, stimmt's? Das ist alles Quatsch, und Sie wissen es. Ihnen ist angst und bange. Sie sagen, Sie können alles vertragen. *Was* vertragen? *Einen Schlag aufs Kinn?* Natürlich können Sie das, mit einer Zementfresse wie der Ihrigen. Aber können Sie die Wahrheit ertragen?«

Er streifte mich mit einem harten, funkelnden Lächeln. Sein heftig errötetes Gesicht zeigte, daß er sein möglichstes tat, um sich zu beherrschen. Er wollte sagen: »Ja, fahren Sie fort!« – aber die Worte blieben ihm im Hals stecken. Er nickte nur und schaltete das elektrische Lächeln ein.

»Sie haben so manche miese Ratte mit bloßer Faust niedergeschlagen, habe ich recht? Jemand hielt den Kerl, und Sie machten sich über ihn her, bis er um Hilfe schrie. Sie quetschten ein Geständnis aus ihm heraus, klopften sich die Hände ab und kippten einen hinter die Binde! Er war eine miese Ratte und verdiente, was er bekam. Aber Sie sind die größere Ratte und das nagt an Ihnen. Sie bereiten den Menschen gerne Schmerzen. Als Kind haben Sie vermutlich den Fliegen die Flügel ausgerissen. Jemand hat Ihnen einmal Kummer bereitet, und das können Sie nicht vergessen.« (Ich fühlte, wie er dabei zusammenzuckte.) »Sie gehen regelmäßig in die Kirche und zur Beichte, aber Sie sagen nicht die Wahrheit. Sie sagen nur halbe Wahrheiten. Sie sagen nie dem Pater, was für ein lausiger, schäbiger Kerl Sie in Wirklichkeit sind. Sie erzählen ihm nur Ihre kleinen Sünden. Sie sagen ihm nie, welches Vergnügen es Ihnen macht, wehrlose Burschen zusammenzuschlagen, die Ihnen nie etwas zuleide getan haben. Und natürlich werfen Sie immer eine großzügige Spende in den Opferstock. *Schweigegeld!* Als ob das Ihr Gewissen beruhigen könnte! Jedermann sagt, was für ein feiner Kerl Sie sind – außer die armen Teufel, die Sie zur Strecke bringen und zusammenschlagen. Sie beruhigen sich damit, daß das Ihr Beruf ist, Sie müßten so sein, sonst . . . Es ist schwer für Sie, sich vorzustellen, was Sie tun könnten, falls Sie jemals Ihre Stellung verlieren sollten. Was für Fähigkeiten haben Sie? Was können Sie? Wozu sind Sie zu gebrauchen? Freilich, Sie könnten einen Straßenkehrer oder Müllkutscher abgeben, wenn ich auch zweifle, daß Sie das Zeug dazu haben. Aber Sie können nichts Nützliches, habe ich recht? Sie lesen nicht, verkehren mit niemandem außer Ihresgleichen. Ihr einziges Interesse ist die Politik. Sehr wichtig, die Politik! Man weiß nie, wann man vielleicht einen Freund braucht. Könnten eines Tages den falschen Burschen umbringen, was dann? Dann würden Sie jemanden brauchen, der für Sie lügt, jemanden, der für Sie eintritt – einen erbärmlichen Wurm wie Sie selbst, der nicht eine Spur von Rückgrat oder einen Funken von Anstand in sich hat. Und zum Dank würden Sie *ihm* eines Tages einen guten Dienst erweisen – ich meine, Sie würden zu gegebener Zeit jemanden kaltmachen, wenn er Sie darum bäte.«

Ich hielt nur einen Augenblick inne.

»Wenn Sie wirklich wissen wollen, was ich denke, dann würde ich sagen, daß Sie bereits ein Dutzend unschuldige Menschen umgebracht haben. Ich möchte wetten, Sie haben eine so fette Brieftasche, daß Sie damit einem Pferd das Maul stopfen können. Ich möchte wetten, daß Sie etwas auf dem Gewissen haben – und hierhergekommen sind, um es zu ertränken. Ich möchte wetten, daß Sie wissen, warum diese Mädchen so plötzlich aufgestanden und über die Straße gerannt sind. Ich möchte wetten, daß Sie, wenn wir alles über Sie wüßten, reif für den elektrischen Stuhl wären . . .«

Völlig außer Atem hielt ich inne und rieb mechanisch mein Kinn, ganz überrascht, es noch intakt zu finden. Monahan, unfähig, länger an sich zu halten, brach in ein beängstigendes Gelächter aus.

»Sie sind verrückt«, sagte er. »Verrückt wie 'ne Wanze, aber ich mag Sie. Legen Sie ruhig weiter los. Sagen Sie ruhig das Schlimmste – ich möchte es hören.« Und damit rief er den Kellner und bestellte noch eine Runde. »In einem Punkt haben Sie recht«, sagte er, »ich habe eine dicke Brieftasche. *Wollen Sie sie sehen?*« Er brachte ein Bündel Dollarnoten zum Vorschein und flippte sie unter meiner Nase wie ein Kartenspieler. »Nur weiter, geben Sie es mir . . .!«

Der Anblick des Geldes brachte mich aus dem Konzept. Mein einziger Gedanke war, wie ich ihn um einiges von seinem ergaunerten Zaster erleichtern konnte.

»Es war wirklich ein wenig verrückt, was ich Ihnen da gerade alles aufgetischt habe«, fing ich in einem völlig veränderten Ton an. »Ich bin erstaunt, daß Sie nicht ausgeholt und mir eine gelangt haben. Meine Nerven sind überreizt, nehme ich an . . .«

»Das brauchen Sie *mir* nicht zu sagen«, schnitt Monahan mir das Wort ab.

Ich schlug einen noch konzilianteren Ton an. »Ich will Ihnen lieber etwas über mich selbst erzählen«, fuhr ich mit ruhiger Stimme fort, und ich skizzierte ihm kurz meine Stellung in der kosmodämonischen Eisbahn, meine Beziehung zu O'Rourke, dem Detektiv der Gesellschaft, meinen Ehrgeiz, ein Schriftsteller zu sein, meine Besuche in der psychopathologischen Station und so weiter. Gerade genug, damit er wußte, daß ich kein Träumer war. O'Rourkes Name beeindruckte ihn. O'Rourkes Bruder war (wie ich sehr wohl wußte) Monahans Vorgesetzter, und er hatte einen gewaltigen Respekt vor ihm.

»Und Sie verkehren mit O'Rourke?«

»Er ist ein guter Freund von mir«, erwiderte ich. »Ein Mann, den ich achte. Er ist beinahe wie ein Vater zu mir. Von ihm habe ich etwas über die menschliche Natur gelernt. O'Rourke ist viel zu gut für seinen Job. Er gehört woandershin, wo, weiß ich nicht. Jedenfalls scheint er dort, wo er ist, zufrieden zu sein, obschon er sich zu Tode schuftet. Was mich wurmt, ist, daß er nicht genügend Anerkennung findet.«

Ich fuhr in dieser Tonart fort, lobte O'Rourkes Tugenden über den grünen Klee und spielte nicht gar zu diskret auf den Unterschied zwischen O'Rourkes Methoden und denen des gewöhnlichen Polypen an.

Meine Worte hatten die beabsichtigte Wirkung. Monahan schmolz, wurde butterweich.

»Sie sehen mich falsch«, platzte er schließlich heraus. »Ich habe ein ebenso großes Herz wie jeder andere, nur zeige ich es nicht. Man kann sich nicht allen gegenüber ehrlich geben – jedenfalls nicht in *diesem* Beruf. Wir sind nicht alle wie O'Rourke, das gebe ich Ihnen zu, aber wir sind schließlich Menschen, du lieber Himmel! Sie sind ein Idealist. Deshalb wollen Sie überall Vollkommenheit . . .« Er sah mich mit einem seltsamen Blick an, murmelte in sich hinein. Dann fuhr er mit klarer, ruhiger Stimme fort: »Je länger ich Sie reden höre, desto besser gefallen Sie mir. Sie haben etwas, was ich auch einmal gehabt habe. Damals habe ich mich dessen geschämt . . . Sie verstehen, ich hatte Angst, ein Weichling oder so was zu sein. Das Leben hat Sie nicht verwöhnt – das gefällt mir an Ihnen. Sie wissen, was das bedeutet, und doch macht es Sie nicht bitter oder böse. Sie haben kurz vorher ziemlich häßliche Dinge gesagt, und um Ihnen die Wahrheit zu gestehen, ich war drauf und dran, Ihnen einen Schwinger zu versetzen. *Warum habe ich es nicht getan?* Weil es nicht an *mich* gerichtet war: Sie spielten auf alle diese Männer an, wie ich einer bin, die irgendwo auf falscher Fährte sind. Was Sie sagen, klingt persönlich, ist aber nicht so gemeint. Sie richten die ganze Zeit das Wort an die Welt. Sie hätten Prediger werden sollen, ist Ihnen das klar? Sie und O'Rourke, Sie sind ein gutes Gespann. Ich meine es ernst. Männer wie ich haben einen Job, der uns kein Vergnügen macht. Leute wie Sie aber arbeiten um des Vergnügens willen. Und was mehr ist . . . nun, machen Sie sich nichts draus . . . Hören Sie mal, geben Sie mir Ihre Hand . . .« Er nahm meine freie Hand und umschloß sie mit festem Griff. »*Sehen Sie* –« ich zuckte zusammen, als er Druck anwendete – »ich könnte Ihre Hand zu Brei zerquetschen. Ich brauchte mich gar nicht erst anzustrengen. Ich könnte einfach so sitzen bleiben, mit Ihnen reden, Sie unverwandt ansehen und Ihre Hand zu Brei zerdrücken. So stark bin ich.«

Er lockerte seinen Griff, und ich zog rasch meine Hand weg. Sie fühlte sich taub und gelähmt an.

»Das ist gar nichts, wissen Sie«, fuhr er fort. »Es ist dumme, brutale Kraft. Sie haben eine andere Art von Kraft, die mir fehlt. Sie könnten mit Ihrer Zunge Hackfleisch aus mir machen. Sie haben Verstand.« Wie geistesabwesend ließ er seinen Blick schweifen. »Was macht Ihre Hand?« sagte er wie traumverloren. »Ich habe Ihnen doch nicht weh getan?«

Ich befühlte sie mit meiner anderen Hand. Sie war schlaff und nicht zu gebrauchen.

»Schon in Ordnung, denk' ich.«

Er sah mich durchdringend an, dann platzte er lachend heraus: »Ich habe Hunger. Gehen wir etwas essen.«

Wir gingen nach unten und inspizierten zuerst die Küche. Er wollte, daß ich sah, wie sauber alles war: Er ging umher und nahm Tranchier- und Hackmesser in die Hand, hielt sie gegen das Licht, damit ich sie untersuchen und bewundern konnte.

»Ich mußte einmal einen Kerl mit so einem Ding zerkleinern.«

Er schwenkte ein Hackmesser. »Spaltete ihn schön säuberlich entzwei.«

Liebevoll meinen Arm nehmend, führte er mich wieder nach oben. »Henry«, sagte er, »wir wollen Kumpels sein. Du erzählst mir jetzt mehr von dir – und laß mich dir helfen. Du hast eine Frau – noch dazu eine sehr schöne.« Ich zuckte unwillkürlich zusammen. Er faßte mich fester am Arm und führte mich zum Tisch.

»Henry, sprechen wir zur Abwechslung einmal offen. Ich weiß ein paar Dinge, auch wenn ich nicht so aussehe.« *Pause.* »Hol' deine Frau aus diesem Saftladen heraus!«

Ich wollte gerade sagen: »Welchem Saftladen?«, als er fortfuhr: »Ein Mann kann in alle möglichen Dinge verwickelt werden und sauber dabei herauskommen. Manchmal. Aber bei einer Frau ist das was anderes. Du hast es nicht gerne, daß sie dort arbeitet, unter all diesen Flittchen, nicht wahr? Finde einmal heraus, was sie dort hält. Werde jetzt nicht böse . . . Ich will deine Gefühle nicht verletzen. Ich weiß nichts über deine Frau – das heißt, nicht mehr, als ich gehört habe . . .«

»Sie ist nicht meine Frau«, stieß ich hervor.

»Nun, was immer sie für dich ist«, sagte er ruhig, als wäre das eine ganz unwichtige Einzelheit, »bring' sie heraus aus diesem Saftladen! Das sage ich dir als Freund. Ich weiß, wovon ich rede.«

Allmählich machte ich mir einen Reim darauf. Mir fielen Florrie und Hannah ein und ihr plötzlicher Aufbruch. Stand eine Razzia bevor, hatte mich jemand angezeigt, oder wollte mich jemand erpressen? Versuchte er mich zu warnen?

Er muß erraten haben, was in meinem Kopf vorging, denn das nächste, was aus seinem Munde kam, war: »Wenn sie Arbeit haben muß, laß mich versuchen, etwas für sie zu finden. Sie könnte doch etwas anderes machen, nicht wahr? Ein attraktives Mädchen wie sie . . .«

»Hören wir auf damit«, sagte ich, »und danke für den Wink.«

Eine Weile aßen wir schweigend. Dann, ohne Bezug auf unser Gespräch, zog Monahan das dicke Banknotenbündel heraus und blätterte zwei Fünfzigdollarscheine auf den Tisch. Er legte sie neben meinen Teller. »Nimm sie«, sagte er, »und steck' sie in die

Tasche. Laß sie's beim Theater versuchen – warum tust du das nicht?« Er neigte den Kopf, um eine Gabel voll Spaghetti in den Mund zu schaufeln. Ich nahm die Geldscheine und steckte sie ruhig in meine Hosentasche. Sobald ich mich loseisen konnte, brach ich auf, um Mona vor dem Tanzpalast zu treffen. Ich war in einer seltsamen Stimmung.

Mir wirbelte ein wenig der Kopf, als ich gut gelaunt Richtung Broadway dahinschlenderte. Ich war entschlossen, fröhlich zu sein, obwohl mir eine innere Stimme sagte, daß ich allen Grund hätte, besorgt zu sein. Das Essen und die paar Abschiedsspritzen, die Monahan mir verpaßt hatte, hatten mich etwas ernüchtert. Ich fühlte mich gelockert und überschwenglich, in einer Stimmung, in der ich an meinen eigenen Gedanken Gefallen fand. *Euphorisch*, würde Kronski gesagt haben. Für mich bedeutete das immer, grundlos glücklich zu sein. Einfach glücklich zu sein, zu wissen, daß man glücklich ist, und glücklich zu bleiben, gleichviel, was irgend jemand sagt oder tut. Es war keine alkoholische Fröhlichkeit – die paar Gläser Whisky hatten vielleicht die heitere Stimmung gefördert, aber nicht mehr. Es war kein untergeordnetes Ich, das hier an die Oberfläche kam, sondern eher ein übergeordnetes, wenn ich es so ausdrücken darf. Mit jedem Schritt, den ich machte, verflüchtigte sich der Alkoholdunst. Mein Denken wurde erschreckend klar.

Als ich an einem Theater vorbeikam, brachte mir ein flüchtiger Blick auf einen Programmanschlag ein vertrautes Gesicht in Erinnerung. Ich wußte, wer es war, den Namen und alles andere, aber – um die Wahrheit zu gestehen, ich war soviel mehr über das überrascht, was in mir vorging, als daß ich Raum und Zeit gehabt hätte, von etwas überrascht zu sein, was jemand anderem geschehen war. Ich würde später zu *ihr* zurückkommen, wenn die Euphorie vergangen war. Und gerade als ich mir das versprach, wem sollte ich in die Arme laufen – meinem alten Freund Bill Woodruff.

Hallo, hallo, wie geht's dir, ja gut, lange Zeit her, seit ich dich zuletzt gesehen habe, was treibst du, wie geht's deiner Frau, sehe dich hoffentlich bald mal wieder. Ich hab's eilig, bestimmt komme ich, bis dahin leb wohl . . . so ging es, ratatata. Zwei feste Körper, die zur unrichtigen Zeit im Raum kollidierten, ihre

Oberflächen aneinander rieben, Erinnerungen austauschten, die falsche Verbindung herstellten, Versprechen machten und Gegenversprechen gaben, vergaßen, sich trennten, sich wieder erinnerten . . . hastig, mechanisch, sinnlos – und was zum Teufel soll das Ganze?

Nach zehn Jahren sah er völlig unverändert aus, Woodruff. Ich wollte einen Blick auf mich im Spiegel werfen – in aller Eile. *Zehn Jahre!* Und er wollte alle Neuigkeiten in aller Kürze. Blöder Idiot! Ein sentimentaler Mensch. *Zehn Jahre*. Ich lief die Jahre zurück durch einen langen, gewundenen Gang mit Zerrspiegeln an beiden Seiten. Ich gelangte genau zu der Stelle in Raum und Zeit, wo ich Woodruff in meinem Denken in der Art und Weise fixiert hatte, wie ich ihn immer, sogar im Jenseits, sehen würde. Er war dort aufgespießt wie ein Zweiflügler unter dem Mikroskop. Hier drehte er sich hilflos um seine Achse. Und hier kommt *sie* ins Bild – sie, deren Erscheinung mir blitzartig durch den Kopf schoß, als ich am Theater vorbeiging. In sie war er vernarrt gewesen – das Mädchen, ohne das er nicht leben konnte, und jedermann mußte ihm helfen, um sie zu werben, sogar seine Mutter und sein Vater, sogar diese Glucke von einem preußischen Schwager, dessen Draufgängertum er verabscheute.

Ida Verlaine. Sie machte ihrem Namen alle Ehre. Sie war genauso, wie ihr Name klang – hübsch, eitel, theatralisch, treulos, verwöhnt, verhätschelt, verpäppelt. Schön wie eine Puppe aus Meißner Porzellan – nur daß sie rabenschwarze Flechten und beseelte javanische Schlitzaugen hatte. Falls sie überhaupt eine Seele besaß! Sie ging vollkommen im Körperlichen auf, lebte ihren Sinnen, ihren Begierden – und leitete die Schau, die Körperschau, mit ihrem tyrannischen kleinen Willen, den der arme Woodruff als monumentale Charakterstärke auslegte.

Ida, Ida . . . Er lag uns dauernd mit ihr in den Ohren. Sie war in einer perversen Art grazil, wie eine von Cranachs Aktfiguren. Der Körper war sehr hellhäutig, das Haar tiefschwarz, die Seele rückwärts geneigt wie ein Stein, der sich aus einem ägyptischen Relief gelockert hat. Als er um sie warb, hatte es schmachvolle Szenen zwischen ihnen gegeben. Wenn Woodruff sie verließ, weinte sie oft. Am nächsten Tag schickte er ihr Orchideen oder einen schönen Schmuck, oder eine riesige Bonbonniere. Ida verschlang alles wie eine Anakonda. Sie war herzlos und unersättlich.

Schließlich setzte er es durch, daß sie ihn heiratete. Er mußte sie bestochen haben, denn es war offensichtlich, daß sie ihn verachtete. Er baute ein schönes, kleines Liebesnest, das weit über seine Mittel ging, kaufte ihr Kleider und andere Dinge, die sie gerne haben wollte, führte sie an mehreren Abenden in der Woche ins Theater, stopfte sie voll Süßigkeiten, saß neben ihr und hielt ihre Hand, wenn sie ihre Menstruationsbeschwerden hatte, konsultierte einen Spezialisten, wenn sie ein wenig hustete, und spielte überhaupt den verliebten, vernarrten Ehemann. Je mehr er für sie tat, desto weniger machte sie sich aus ihm. Sie war ein Ungeheuer von Kopf bis Fuß. Allmählich sickerte durch, daß sie frigid war. Keiner von uns glaubte das natürlich, außer Woodruff. Er sollte dieselbe Erfahrung später mit seiner zweiten Frau machen, und wenn er lange genug gelebt hätte, wäre es ihm mit der dritten und vierten Frau nicht anders ergangen. Seine Vernarrtheit in Ida war so groß, daß ich glaube, wenn sie ihre Beine verloren hätte, so hätte das an seiner Verliebtheit nicht das geringste geändert – er hätte sie womöglich noch mehr geliebt.

Bei allen seinen Fehlern war Woodruff auf Freundschaft erpicht. Es gab mindestens sechs von uns, die er ins Herz geschlossen hatte und denen er unbedingt vertraute. Ich gehörte dazu – war sein ältester Freund, genauer gesagt. Ich hatte das Privileg, in seinem Heim nach Belieben aus und ein gehen zu können. Ich konnte dort essen, schlafen, baden und mich rasieren. Ich gehörte zur Familie.

Von allem Anfang an konnte ich Ida nicht leiden, nicht wegen ihres Verhaltens Woodruff gegenüber, sondern instinktiv. Ida andererseits war unsicher in meiner Gegenwart. Sie wußte nicht recht, was sie aus mir machen sollte. Ich kritisierte sie nie, wie ich ihr auch nie schmeichelte. Ich verhielt mich so, als sei sie die Frau meines Freundes und nichts anderes. Natürlich war sie mit einer solchen Einstellung nicht zufrieden. Sie wollte mich in ihren Bann schlagen, mich ganz nach ihrer Pfeife tanzen lassen, wie sie es mit Woodruff und ihren anderen Verehrern getan hatte. Seltsamerweise war ich nie unempfänglicher gegen die Reize einer Frau. Ich machte mir ganz einfach keinen Pfifferling aus ihr als Person, obschon ich mich manchmal fragte, wie sie wohl fikken mochte. Ich fragte mich das rein theoretisch, aber irgendwie erriet sie das, und es ging ihr gegen den Strich.

Manchmal, wenn ich die Nacht bei ihnen verbracht hatte, beklagte sie sich laut, daß sie nicht mit mir allein gelassen werden wolle. Woodruff stand an der Tür und wollte zur Arbeit gehen, während sie vorgab, beunruhigt zu sein. Ich lag im Bett und wartete darauf, daß sie mir das Frühstück brachte. Und Woodruff sagte zu ihr: »Rede doch nicht so etwas, Ida. Er tut dir nichts an – ich würde ihm mein Leben anvertrauen.«

Ein anderes Mal brach ich in Lachen aus und rief: »Hab' keine Angst, Ida, ich vergewaltige dich nicht. Ich bin impotent.«

»Du und impotent?« schrie sie mit gespielter Hysterie. »Du bist nicht impotent. Du bist ein Lüstling.«

»Bring ihm sein Frühstück!« schnitt Woodruff ihr das Wort ab und ging fort zur Arbeit.

Der Gedanke, mich im Bett zu bedienen, war ihr zuwider. Sie tat das nicht für ihren Mann und vermochte nicht einzusehen, warum sie es dann für mich tun sollte. Im Bett frühstücken war etwas, was ich nur bei Woodruffs tat. Ich tat es eigens, um Ida zu ärgern und zu demütigen.

»Warum stehst du nicht auf und kommst an den Frühstückstisch?« sagte sie.

»Ich kann nicht – ich habe einen Ständer.«

»Oh, hör auf, über so was zu reden. Kannst du an nichts anderes denken als an Sex?«

Ihre Worte ließen durchblicken, daß Sex für sie schrecklich, scheußlich, einfach widerwärtig war, aber ihr Benehmen bewies genau das Gegenteil. Sie war eine läufige Hündin, nur deshalb frigid, weil sie im Herzen eine Hure war. Ließ ich meine Hand ihr Bein hochgleiten, wenn sie mir das Tablett auf den Schoß stellte, sagte sie: »Bist du jetzt zufrieden? Befühl' es nur gut, wo du schon dabei bist. Ich wollte, Bill könnte dich sehen – damit er sieht, was für einen treuen Freund er an dir hat.«

»Warum erzählst du's ihm nicht?« sage ich eines Tages.

»Er würde es mir nicht glauben, der Simpel. Er würde denken, ich wollte ihn nur eifersüchtig machen.«

Ich bat sie, das Bad für mich einlaufen zu lassen. Sie tat so, als könne sie sich nicht dazu entschließen, tat es aber dann doch. Eines Tages, als ich in der Wanne saß und mich abseifte, bemerkte ich, daß sie die Handtücher vergessen hatte. »Ida«, rief ich, »bring mir ein paar Handtücher!« Sie kam ins Badezimmer herein und brachte sie mir. Sie hatte einen seidenen Morgenmantel und Seidenstrümpfe an. Als sie sich über die Wanne beugte, um die Handtücher auf das Gestell zu hängen, öffnete sich ihr Morgenmantel eine Handbreit. Ich kniete mich hin und vergrub meinen Kopf in ihrem Vlies. Es ging so schnell, daß sie nicht Zeit hatte, sich dagegen zu wehren oder auch nur so zu tun, als wehre sie sich dagegen. Im nächsten Augenblick hatte ich sie samt Strümpfen und allem in die Wanne gezogen. Ich streifte ihr den Morgenmantel ab und warf ihn auf den Boden. Die Strümpfe durfte sie anbehalten – das ließ sie lüsterner, mehr nach dem Cranach-Typ aussehen. Ich legte mich zurück und zog sie auf mich. Sie war wie eine läufige Hündin, biß mich überall, schnappte nach Luft und wand sich wie ein Wurm am Angelhaken. Als wir uns abtrockneten, beugte sie sich herunter und fing an, an meinem Schwanz zu lecken. Ich saß auf dem Rand der Wanne, und sie kniete, ihn gierig verschlingend, zu meinen Füßen. Nach einer Weile ließ ich sie aufstehen und sich bücken. Dann besorgte ich es ihr von hinten. Sie hatte ein kleines, saftiges Loch, das mir wie ein Handschuh paßte. Ich biß in ihren Nacken, ihre Ohrläppchen, die empfindliche Stelle ihrer Schulter, und als ich mich von ihr löste, hinterließ ich das Mal meiner Zähne auf ihrem schönen weißen Hintern. Nicht ein Wort wurde zwischen uns gesprochen. Als wir fertig waren, ging sie in ihr Zimmer und zog sich an. Ich hörte sie leise vor sich hin summen. Ich ganz überrascht, daß sie es fertigbrachte, ihre Zärtlichkeit so auszudrücken. – Von diesem Tag an wartete sie nur darauf, bis Woodruff gegangen war, um sich auf mich zu stürzen.

»Hast du keine Angst, er könnte unerwartet zurückkommen und dich mit mir im Bett finden?« fragte ich einmal.

»Er würde seinen Augen nicht trauen. Er würde glauben, wir machten Spaß.«

»Er würde nicht glauben, wir machten nur Spaß, wenn er das fühlen würde«, und ich verpaßte ihr einen Stoß, daß es ihr den Atem verschlug.

»Mein Gott, wenn er mich nur zu nehmen wüßte! Er ist zu begehrlich. Er nimmt ihn heraus wie einen Besenstiel und schiebt ihn hinein, bevor ich eine Möglichkeit hatte, etwas zu fühlen. Ich liege einfach da und laß ihn sich abarbeiten – es ist im Nu vorbei. Aber bei dir werde ich heiß, bevor du mich auch nur berührst. Nur deshalb, weil du dir nichts draus machst, nehme ich an. Du magst mich nicht wirklich, nicht wahr?«

»Ich mag *das*«, erwiderte ich und versetzte ihr einen kräftigen Stoß mit meinem Steifen. »Ich mag deine Mieze, Ida ... sie ist das Beste an dir.«

»Du Hund«, sagte sie. »Ich sollte dich dafür hassen.«

»Warum haßt du mich dann nicht?«

»Ach, sprich nicht davon«, murmelte sie, kuschelte sich enger an mich und steigerte sich hinein bis zur Raserei. »Laß ihn nur eben dort und halte mich fest! Hier, beiß meinen Busen ... nicht zu fest ... *so*, so ist's recht.« Sie griff nach meiner Hand und drückte meine Finger in ihren Spalt. »Los, tu's, tu's!« murmelte sie mit rollenden Augen und stoßendem Atem.

Ein wenig später, beim Mittagessen: »Mußt du jetzt weglaufen? Kannst du nicht noch ein bißchen bleiben?«

»Du willst noch eine Nummer schieben, stimmt's?«

»Kannst du es nicht ein wenig zarter ausdrücken? Du lieber Himmel, wenn Bill dich das jemals sagen hörte!«

Ich stand auf und rückte ihren Stuhl zurecht. Ich nahm ihr Bein und schwang es über die Armlehne.

»Du trägst nie Unterwäsche, was? Du bist eine Schlampe, weißt du das?«

Ich zog ihr Kleid hoch und ließ sie so dasitzen, während ich meinen Kaffee austrank.

»Spiel ein bißchen damit, während ich ihn austrinke.«

»Du bist ordinär«, sagte sie, tat aber, was ich ihr sagte.

»Nimm deine zwei Finger und mach sie auf. Mir gefällt die Farbe davon. Sie ist innen rot wie eine Koralle. Ganz wie deine Ohren. Du sagst, er habe einen fürchterlichen Schwengel – Bill. Ich weiß nicht, wie er ihn jemals da hineinbringt.« Damit griff ich nach einer Kerze auf dem Toilettentisch neben mir und reichte sie ihr.

»Laß mal sehen, ob du sie ganz hineinbringen kannst.«

Sie legte das andere Bein über die andere Armlehne und begann sie hineinzuzwängen. Sie betrachtete sich aufmerksam, ihr Lippen öffneten sich wie kurz vor einem Orgasmus. Sie begann sich hin und her zu bewegen, dann ließ sie ihren Hintern kreisen. Ich schob ihren Sessel weiter zurück, ließ mich auf die Knie nieder und sah zu.

»Du kannst mich zu allem bringen, du abscheulicher Teufel.«

»Aber es gefällt dir, nicht wahr?«

Sie war drauf und dran zu kommen. Ich zog die Kerze heraus und schob drei Finger in ihren Spalt.

»Ist es dick genug für dich?« Sie preßte meinen Kopf an sich und biß mich in die Lippen.

Ich erhob mich und knöpfte meinen Hosenschlitz auf. Im Nu hatte sie ihn heraußen und in ihrem Mund. Schlaps, schlaps, wie ein hungriger Raubvogel. Ich entlud mich in ihren Mund.

»Du lieber Himmel«, sagte sie, wobei sie würgte und spuckte, »das habe ich noch nie gemacht.« Sie lief ins Badezimmer, als habe sie Gift geschluckt.

Ich ging ins Schlafzimmer und warf mich aufs Bett. Ich zündete eine Zigarette an und wartete, bis sie zu mir kam. Ich wußte, daß sich die Sache noch in die Länge ziehen würde.

Sie kam in dem seidenen Morgenmantel zurück und war nackt darunter. »Zieh deine Sachen aus«, sagte sie, schlug die Decke zurück und schlüpfte neben mich. Wir lagen einander liebkosend da, ihre Möse klatschnaß.

»Du riechst wundervoll«, sagte ich.« Was hast du gemacht?«

Sie schob meine Hand weg und hielt sie mir an die Nase.

»Nicht übel«, sagte ich. »Was ist es?«

»Rate mal!«

Sie stand impulsiv auf, ging ins Badezimmer und kam mit einer Parfümflasche zurück. Sie schüttete etwas in ihre Hand und rieb meine Genitalien damit ein. Dann spritzte sie mir einige Tropfen auf die Schamhaare. Es brannte wie Feuer. Ich ergriff rasch die Flasche und übergoß sie damit von Kopf bis Fuß. Dann begann ich ihre Achselhöhle zu lecken, kaute an dem Haar über ihrer Möse und ließ meine Zunge wie eine Schlange die Rundung ihrer Schenkel hinuntergleiten. Sie schnellte auf und ab, als habe sie Krämpfe. Es ging so weiter, bis ich einen solchen Steifen hatte, daß er, sogar nachdem ich eine Ladung in sie abgeschossen hatte, wie ein Hammer dastand. Das regte sie schrecklich auf. Sie wollte alle möglichen Stellungen ausprobieren und tat das auch. Sie hatte mehrere Orgasmen hintereinander und fiel dabei fast in Ohnmacht. Ich legte sie auf einen kleinen Tisch, und als sie gerade daran war zu explodieren, hob ich sie rasch mit meinem Pint hoch und marschierte mit ihr im Zimmer herum. Dann zog ich ihn heraus und ließ sie auf den Händen gehen, indem ich sie an den Schenkeln hielt, um ihn hin und wieder hinein- und herausschlüpfen zu lassen, was sie dann noch mehr erregte.

Ihre Lippen waren völlig zerbissen, und sie war voller Lutschflecke, einige grün, andere blau. Ich hatte einen komischen Geschmack von Fischleim und Chanel 976 1/2 im Mund. Mein Schwanz sah aus wie ein zerquetschter Gummischlauch. Er hing zwischen meinen Beinen, ein paar Zentimeter länger als normal und bis zur Unkenntlichkeit geschwollen. Als ich auf die Straße kam, war mir schwach in den Knien. Ich ging in den nächsten Drugstore und stürzte zwei Glas Malzmilch hinunter. Ein königlicher Fick, dachte ich bei mir und fragte mich, wie ich mich verhalten sollte, wenn ich Woodruff wiedersah.

Über Woodruff prasselten die Ereignisse herein. Erst einmal verlor er seinen Posten bei der Bank. Dann lief Ida mit einem seiner besten Freunde davon. Als er dahinterkam, daß sie schon ein Jahr mit dem Burschen geschlafen hatte, ehe sie davonlief, war er so verzweifelt, daß er auf eine Sauftour ging, die ein Jahr dauerte. Danach wurde er von einem Wagen überfahren, und sein Gehirn wurde trepaniert. Dann verlor seine Schwester den Verstand, legte Feuer an ihr Haus und verbrannte ihre eigenen Kinder bei lebendigem Leib.

Er konnte nicht verstehen, warum diese Dinge ausgerechnet ihm, Bill Woodruff, passierten, der nie jemandem etwas zuleide getan hatte.

Hin und wieder begegnete ich ihm auf dem Broadway, und wir plauderten ein wenig, an einer Straßenecke stehend. Er machte nie eine Andeutung, daß er mich im Verdacht hatte, an seiner geliebten Ida herumgebastelt zu haben. Er sprach jetzt voll Bitterkeit von ihr als einer undankbaren Schlampe, die nie einen Funken Gefühl gezeigt hätte, aber ganz offensichtlich liebte er sie noch immer. Er hatte jedoch mit einem anderen Mädchen, einer Maniküre, angebändelt, die, wie er sich ausdrückte, zwar nicht so attraktiv war wie Ida, aber treu und verläßlich. »Ich möchte, daß du sie einmal kennenlernst«, meinte er. Ich versprach – bei Gelegenheit. Und dann, als ich mich von ihm trennte, fragte ich: »Was ist aus Ida geworden, hörst du etwas von ihr?«

»Sie ist beim Theater«, sagte er. »Dahin gehört sie auch. Man muß sie auf Grund ihres guten Aussehens genommen haben – soweit ich es beurteilen konnte, hatte sie nie Talent.«

Ida Verlaine . . . Ich dachte noch an sie und an diese freien, unbeschwerten Tage in der Vergangenheit, als ich meinen Posten am Eingang des Tanzpalastes bezog. Ich mußte einige Minuten totschlagen. Das Geld in meiner Tasche hatte ich vergessen. Noch immer war ich im Bann der Vergangenheit. Fragte mich, ob ich nicht eines Tages ins Theater gehen und aus der dritten Reihe einen Blick auf Ida werfen sollte. Oder in ihre Garderobe hinaufgehen und ein kleines Tête-à-tête mit ihr haben sollte, während sie sich zurechtmachte. Ich fragte mich, ob ihr Körper noch so weiß war wie damals. Ihr schwarzes Haar trug sie zu jener Zeit lang und über die Schultern hängend. Sie war wirklich eine hinreißende Möse. Nur Möse. Und Woodruff, so verwirrt von alldem, so unschuldig, so voller Anbetung. Ich erinnere mich, wie er einmal sagte, daß er jede Nacht ihren Hintern zu küssen pflegte, um ihr zu zeigen, was für ein ergebener Sklave er war. Es ist ein Wunder, daß sie ihn nie angepinkelt hat. Er hätte es verdient, der Dummkopf!

Und dann dachte ich an etwas, was mich zum Lachen brachte. Die Männer glauben immer, einen großen Schwanz zu haben, sei einer der größten Glücksfälle des Lebens. Sie glauben, man brauche nur damit vor einer Frau herumzuwedeln – und sie gehört einem. Nun, wenn jemand einen großen Schwanz hatte, dann war es Bill Woodruff. Es war ein richtiggehender Pferdeschwengel. Ich erinnere mich, als ich ihn das erste Mal sah, wollte ich kaum meinen Augen trauen. Ida hätte seine Sklavin sein müssen, wenn an all dem Quatsch über große Schwänze etwas Wahres wäre. Er machte wohl Eindruck auf sie, aber auf die falsche Weise. Sie hatte Angst davor. Er ließ sie zu Eis erstarren. Und je mehr er ihn hineinschob und zustieß, desto mehr zog sie sich zusammen. Er hätte sie ebensogut zwischen die Titten oder in die Achselhöhle ficken können. Das hätte ihr mehr Spaß gemacht, darüber besteht kein Zweifel. Allerdings kamen Woodruff solche Gedanken nie. Er hätte sie für erniedrigend gehalten. Man kann nicht eine Frau, die man vergöttert, bitten, sich zwischen die Titten vögeln zu lassen. Wie er zu seiner Befriedigung kam, habe ich nie gefragt. Aber über dieses arschleckerische Ritual mußte ich lächeln. Es ist hart, in eine Frau vernarrt zu sein und dann festzustellen, daß die Natur einem einen bösen Streich gespielt hat.

Ida Verlaine . . . Mir schwante, daß ich sie bald aufsuchen würde. Sie würde nicht mehr dieselbe Möse haben, die mir wie ein Handschuh paßte, da brauchte man sich nichts vorzumachen. Wie ich Ida kannte, war sie inzwischen wacker ausgeweitet worden. Wenn jedoch noch etwas Saft übriggeblieben war, wenn ihr Hintern sich noch so glatt und schlüpfrig anfühlte, würde es die Mühe lohnen, noch einmal einen Versuch zu machen.

Ich fing an, einen Steifen zu bekommen, als ich an sie dachte.

Ich wartete über eine halbe Stunde, aber kein Anzeichen von Mona. Ich beschloß, hinaufzugehen und mich zu erkundigen. Erfuhr, daß sie frühzeitig mit heftigem Kopfweh nach Hause gegangen war.

9

Erst am nächsten Abend nach dem Essen fand ich heraus, warum sie den Tanzpalast vorzeitig verlassen hatte. Sie hatte eine Nachricht von daheim erhalten und war fortgeeilt, um ihre Eltern zu sehen. Ich drang nicht in sie, denn ich wußte, wie verschlossen sie hinsichtlich dieses anderen Lebens war. Aus irgendeinem Grund jedoch wollte sie sich die Sache vom Herzen reden. Wie gewöhnlich machte sie eine geheimnisvolle Angelegenheit daraus. Es war schwierig, aus ihrer Geschichte klug zu werden. Alles, was ich mir zusammenreimen konnte, war, daß sie in Not waren – und mit »sie« meinte sie die ganze Familie, einschließlich ihrer drei Brüder und ihrer Schwägerin.

»Leben sie alle unter einem Dach?« fragte ich unschuldig.

»Das spielt dabei keine Rolle«, sagte sie, seltsam gereizt.

Ich blieb eine Weile stumm. Dann wagte ich es, sie nach ihrer Schwester zu fragen, von der sie mir einmal erzählt hatte, sie sei sogar noch schöner als sie selbst – »nur sehr normal«, wie sie es ausdrückte.

»Hast du nicht gesagt, sie ist verheiratet?«

»Ja, freilich ist sie das. Was hat das damit zu tun?«

»Mit was?« fragte ich, wobei ich nun selbst ein bißchen gereizt wurde.

»Von was reden wir eigentlich?«

Ich lachte. »Das möchte ich auch wissen. Worum handelt es sich? Was versuchst du mir zu sagen?«

»Du hörst nicht zu. *Meine Schwester* – vermutlich glaubst du mir nicht, daß ich eine Schwester habe?«

»Warum sagst du das? Natürlich glaube ich dir. Nur kann ich nicht glauben, daß sie hübscher ist als du.«

»Sie ist es aber, ob du's glaubst oder nicht«, fuhr sie mich an. »Ich verachte sie. Es ist nicht Eifersucht, wenn du das glauben solltest. Ich verachte sie, weil sie keine Phantasie hat. Sie sieht, was geschieht, und rührt keinen Finger. Sie ist durch und durch selbstsüchtig.«

»Ich nehme an«, begann ich ruhig, »es ist immer dasselbe Problem – sie wollen, daß du ihnen hilfst. Nun, vielleicht, daß ich . . .«

»*Du!* Was kannst du schon tun? Bitte, Val, fang' nicht wieder an, so zu reden.« Sie lachte hysterisch. »Mein Gott, es erinnert mich an meine Brüder. Sie alle machen Vorschläge – und niemand tut etwas.«

»Aber, Mona, ich rede nicht ins Leere. Ich . . .«

Sie wandte sich mir beinahe wütend zu. »Du hast deine Frau und deine Tochter zu versorgen, nicht wahr? Ich will nichts von deiner Hilfe hören. Das ist *mein* Problem. Nur weiß ich nicht, warum ich alles allein machen soll. Die Jungens könnten etwas tun, wenn sie wollten. Du lieber Himmel, ich unterstützte sie jahrelang. Ich habe die ganze Familie unterstützt – und jetzt verlangen sie mehr von mir. Ich kann nicht mehr tun. Es ist nicht recht und billig . . .«

Ein Schweigen trat ein, und dann fuhr sie fort: »Mein Vater

ist ein kranker Mann – von ihm erwarte ich nichts. Außerdem ist er der einzige, an dem mir etwas liegt. Wenn er nicht wäre, würde ich ihnen die kalte Schulter zeigen – ich würde fortgehen und sie ihrem Schicksal überlassen.«

»Was ist denn nun mit deinen Brüdern?« fragte ich, »was hält sie ab, etwas zu tun?«

»Nichts als Faulheit«, erwiderte sie. »Ich habe sie zu sehr verwöhnt. Ich ließ sie in dem Glauben, sie seien hilflos.«

»Willst du damit sagen, daß niemand arbeitet – keiner von ihnen?«

»O doch, dann und wann nimmt einer von ihnen für ein paar Wochen eine Arbeit an und gibt sie dann aus irgendeinem dummen Grund wieder auf. Sie wissen, daß ich immer da bin, sie zu retten . . . Ich kann so nicht weiterleben!« stieß sie hervor. »Ich will nicht, daß sie mein Leben zerstören. Ich möchte bei dir sein – und sie ziehen mich fort. Es kümmert sie nicht, was ich tue, solange ich Geld 'ranschaffe. Geld, Geld! Guter Gott, wie ich es hasse, dieses Wort zu hören!«

»Aber Mona«, sagte ich sanft, »ich habe etwas Geld für dich. Ja, wirklich. Sieh!«

Ich zog die zwei Fünfzigdollarscheine heraus und legte sie in ihre Hand.

Zu meiner Überraschung begann sie zu lachen, ein unheimliches, dreizackiges Lachen, das immer unbeherrschter wurde. Ich legte die Arme um sie. »Ruhig, Mona, ruhig, du bist schrecklich durcheinander.«

Tränen traten ihr in die Augen. »Ich kann es nicht ändern, Val«, sagte sie schwach, »es erinnert mich so sehr an meinen Vater. Er pflegte dasselbe zu tun. Gerade wenn alles am schwärzesten aussah, tauchte er mit Blumen oder einem verrückten Geschenk auf. Du bist genau wie er. Ihr seid Träumer, alle beide. Darum liebe ich dich.« Sie schlang leidenschaftlich die Arme um mich und begann zu schluchzen. »Sag' mir nicht, wo du's herhast«, murmelte sie. »Es ist mir gleichgültig. Es macht mir nichts aus, selbst wenn du es gestohlen hast. Ich würde für dich stehlen, das weißt du doch? Val, sie verdienen das Geld nicht. Ich will, daß du dir etwas für dich selbst kaufst . . . Oder«, fügte sie impulsiv hinzu, »besorge etwas für die Kleine. Etwas Schönes,

Wundervolles, etwas, an das sie sich immer erinnern wird. Val«, sagte sie und versuchte sich zu fassen, »du vertraust mir doch, nicht wahr? Du wirst mich nie Dinge fragen, die ich nicht beantworten kann? Versprich mir's!«

Wir saßen in dem großen Ohrenstuhl. Ich hielt sie auf meinem Schoß und streichelte als Antwort ihr Haar.

»Siehst du, Val, ohne dich weiß ich nicht, was aus mir geworden wäre. Bis ich dich kennenlernte, hatte ich das Gefühl . . . nun, beinahe, als gehöre mein Leben nicht mir. Es war mir gleichgültig, was ich tat, wenn sie mich nur in Frieden ließen. Ich kann es nicht ertragen, daß sie um etwas bitten müssen. Ich fühle mich gedemütigt. Sie sind alle so hilflos, jeder einzelne von ihnen. Ausgenommen meine Schwester. Sie könnte etwas tun, sie hat einen sehr praktischen nüchternen Verstand. Aber sie will die große Dame spielen. ›Es genügt, eine Liederliche in der Familie zu haben‹, sagt sie, und damit meint sie mich. Ich habe Schande über sie gebracht, glaubt sie. Und sie will mich bestrafen, indem sie mich zwingt, immer neue Demütigungen hinzunehmen. Sie findet ein teuflisches Vergnügen daran, mich das Geld heranschaffen zu sehen, für das kein anderer einen Finger rührt. Sie macht alle möglichen gemeinen Andeutungen. Ich könnte sie umbringen. Und mein Vater scheint sich der Lage überhaupt nicht bewußt zu sein. Er hält sie für süß – *engelhaft*. Er würde sie nicht das kleinste Opfer bringen lassen – sie ist zu zart, um der brutalen Beschmutzung durch die Welt ausgesetzt zu werden. Außerdem ist sie Gattin und Mutter. Aber ich . . .« Ihre Augen füllten sich wieder mit Tränen. »Ich weiß nicht, aus was sie glauben, daß ich gemacht bin. *Ich bin stark*, das ist alles, was sie glauben. Ich kann alles aushalten. Ich bin die Hemmungslose. Bei Gott, manchmal glaube ich, sie sind wahnsinnig, die ganze Bande. Woher glauben sie, daß ich das Geld bekomme? Ihnen ist das gleich . . . *sie wagen es nicht, zu fragen*.«

»Wird dein Vater jemals gesund werden?« fragte ich nach einem langen Schweigen.

»Ich weiß nicht, Val. Wenn er tot wäre«, fügte sie hinzu, »würde ich zu den anderen nie wieder hingehen. Sie könnten verhungern, ich würde keinen Finger für sie rühren. Weißt du, du ähnelst ihm äußerlich überhaupt nicht, und doch seid ihr einander so gleich. Du bist schwach und weichherzig wie er. Aber du wurdest nicht verwöhnt, wie er es wurde. Du verstehst, für dich zu sorgen, wenn du es willst – er aber lernte das nie. Er war immer hilflos. Meine Stiefmutter saugte ihm das Blut aus. Sie behandelte ihn, wie sie mich behandelt. Alles muß nach ihrem Kopf gehen . . . Ich wollte, du könntest ihn kennenlernen – bevor er stirbt. Ich habe oft davon geträumt.«

»Wir werden uns vermutlich eines Tages kennenlernen«, sagte ich, obwohl ich das für wenig wahrscheinlich hielt.

»Du wärst von ihm begeistert, Val. Er hat so einen wundervollen Sinn für Humor. Er ist auch ein großer Geschichtenerzähler. Ich glaube, er wäre Schriftsteller geworden, wenn er nicht meine Stiefmutter geheiratet hätte.«

Sie stand auf und begann Toilette zu machen, wobei sie noch immer liebevoll über ihren Vater und das Leben sprach, das er in Wien und an anderen Orten geführt hatte. Es wurde Zeit, zum Tanzpalast aufzubrechen.

Plötzlich wandte sie sich abrupt vom Spiegel ab und sagte: »Val, warum schreibst du nicht in deiner Freizeit? Du wolltest doch immer schreiben – warum tust du's nicht? Du brauchst mich nicht so oft abzuholen. Viel lieber käme ich nach Hause und fände dich an der Schreibmaschine bei der Arbeit. Du willst doch nicht dein ganzes Leben in dieser Stellung bleiben, oder?«

Sie kam zu mir und legte die Arme um mich. »Laß mich auf deinem Schoß sitzen«, sagte sie. »Hör zu, Val, du darfst dich nicht für mich opfern. Es ist schlimm genug, daß das einer von uns tut. Ich will, daß du dich freimachst. Ich *weiß*, du bist ein Schriftsteller – und ich mache mir nichts daraus, wie lange es dauert, bis du bekannt wirst. Ich will dir helfen . . . *Val*, du hörst nicht zu.« Sie rüttelte mich sanft. »An was denkst du?«

»Ach, an nichts. Ich träumte nur eben.«

»Val, tu etwas, *bitte*! Laß uns nicht so weitermachen. Schau dir diese Wohnung an! Wie sind wir überhaupt hierhergeraten? Was tun wir hier? Wir sind auch ein bißchen verrückt, du und ich. Val, fang' an – *heute abend, ja*? Ich mag dich so gern, wenn du melancholisch bist. Es gefällt mir zu denken, daß deine Gedanken sich um andere Dinge drehen. Ich mag es, wenn du verrückte Sachen sagst. Ich wollte, ich könnte in dieser Art denken.

Ich würde alles dafür geben, eine Schriftstellerin zu sein. Verstand zu haben, zu träumen, in den Problemen anderer Menschen aufzugehen, an etwas anderes zu denken als nur an Arbeit und Geld . . . Du erinnerst dich an diese Geschichte, die du einmal für mich geschrieben hast – über Tony und Joey? Warum schreibst du nicht wieder etwas für mich? Nur für *mich*, Val, wir müssen versuchen, etwas zu unternehmen . . . wir *müssen* einen Ausweg finden. Hörst du?«

Ich hörte nur zu gut. Ihre Worte schwirrten mir durch den Kopf wie ein Kehrreim.

Ich spang auf, wie um die Spinnweben zu entfernen, ergriff sie um die Hüfte und hielt sie auf Armeslänge von mir ab. »Mona, die Dinge werden bald anders werden. Sehr bald. Ich fühle es . . . Komm, ich bringe dich an die Haltestelle – ich brauche frische Luft.«

Ich konnte sehen, daß sie ein wenig enttäuscht war. Sie hatte sich etwas Positiveres erhofft.

»Mona«, sagte ich, als wir schnell die Straße hinuntergingen. »Man ändert nicht alles auf einmal, einfach so! Ich möchte gerne schreiben, dessen bin ich sicher. Aber ich muß mich sammeln. Ich verlange nicht, es leicht zu haben, aber ich brauche ein wenig Ruhe. Ich kann nicht so ohne weiteres von einer Sache auf die andere umschalten. Mir ist meine Arbeit genauso verhaßt wie dir die deine. Und ich will keine andere Arbeit: Ich will einen vollständigen Bruch. Ich will eine Zeitlang für mich sein, ich will sehen, wie man sich dabei fühlt. Ich kenne mich kaum, so wie ich lebe. Ich bin verschüttet. Ich weiß alles über andere – und nichts von mir selbst. Ich weiß nur, daß ich *fühle*. Ich fühle zuviel. Ich bin völlig ausgetrocknet. Ich wollte, ich hätte Tage, Wochen, Monate, nur um zu denken. Jetzt denke ich von einem Augenblick zum anderen. *Zu denken* ist ein Luxus.«

Sie drückte meine Hand, wie um mir zu sagen, daß sie mich verstand.

»Wenn ich hierher zurückkomme, werde ich mich hinsetzen und zu denken versuchen. Vielleicht werde ich einschlafen. Es scheint, als sei ich nur zum Handeln fähig. Ich bin eine Maschine geworden . . . Weißt du, was ich manchmal glaube?« fuhr ich fort. »Ich glaube, wenn ich nur zwei oder drei ruhige Tage zu nichts anderem als zum Nachdenken hätte, würde ich alles über den Haufen werfen. Im Grunde ist alles unsinnig. Es ist so, weil wir nicht zu denken wagen. Ich sollte eines Tages ins Büro gehen und diesem Spivak den Schädel einschlagen. Das ist der erste Schritt . . .«

Wir waren bei der Hochbahnstation angekommen.

»Denk jetzt nicht an solche Dinge«, meinte sie. »Setz dich hin und träume. Träume etwas Wundervolles für mich. Denk nicht an diese häßlichen kleinen Menschen. Denk an *uns*!«

Sie lief leichtfüßig die Stufen hinauf, wobei sie mir ein Lebwohl winkte.

Ich schlenderte gemächlich zum Haus zurück, von einem anderen, reicheren Leben träumend, als ich mich plötzlich erinnerte – oder mich zu erinnern glaubte –, daß sie die zwei Fünfzigdollarscheine auf dem Kaminsims unter der mit künstlichen Blumen gefüllten Vase liegengelassen hatte. Ich konnte sie zur Hälfte herausragen sehen, ganz wie Mona sie daruntergeschoben hatte. Ich setzte mich in Trab. Ich wußte, daß Kronski, wenn er sie entdeckte, sie klauen würde. Er würde das tun, nicht weil er unehrlich war, sondern um mich zu beunruhigen.

Als ich mich dem Haus näherte, dachte ich an den verrückten Sheldon. Ich begann sogar seine Sprechweise nachzuahmen, obwohl ich vom Laufen außer Atem war. Ich lachte in mich hinein, als ich die Tür öffnete.

Das Zimmer war leer und das Geld fort. Ich wußte, daß es so sein würde. Ich setzte mich hin und lachte wieder. Warum hatte ich Mona gegenüber nichts von Monahan erwähnt? Gewöhnlich plauderte ich alles gleich heraus, aber diesmal hatte mich etwas abgehalten – ein instinktives Mißtrauen gegen Monahans Absichten.

Ich war drauf und dran, im Tanzpalast anzurufen, um Mona zu fragen, ob sie das Geld vielleicht an sich genommen hatte, ohne daß es mir aufgefallen war. Ich stand auf, um zum Telefon zu gehen, wurde dann aber anderen Sinnes. Mich überkam das Verlangen, ein wenig das Haus zu inspizieren. Ich ging auf die Rückseite und stieg die Treppe hinunter. Nach einigen Schritten kam ich zu einem großen, grell beleuchteten Raum, in dem Wäsche trocknete. An einer Wand stand eine Bank wie in einem

Schulzimmer, und auf ihr saß ein alter Mann mit einem weißen Bart und einem Samtkäppchen. Er saß vorgebeugt, sein Kopf ruhte auf dem Rücken seiner auf einen Stock gestützten Hand. Er schien mit leerem Blick in den Raum zu starren.

Er gab mit den Augen ein Zeichen des Erkennens. Sein Körper blieb unbeweglich. Ich hatte viele Mitglieder der Familie gesehen, aber ihn noch nie. Ich begrüßte ihn auf deutsch in dem Glauben, er würde das dem Englischen vorziehen, das niemand in diesem merkwürdigen Haus zu sprechen schien.

»Sie können englisch sprechen, wenn Sie wollen«, sagte er mit einem starken Akzent. Er starrte geradeaus vor sich hin in den Raum, wie vorher.

»Störe ich Sie?«

»Durchaus nicht.«

Ich glaubte ihm sagen zu müssen, wer ich war. »Ich heiße ...«

»Und ich«, erklärte er, ohne abzuwarten, bis ich meinen Namen gesagt hatte, »bin Dr. Onirificks Vater. Er hat sicher nie von mir gesprochen, nehme ich an?«

»Nein«, sagte ich, »das hat er nie. Aber ich sehe ihn ja kaum.«

»Er ist ein sehr beschäftigter Mann. Zu beschäftigt vielleicht ...« Dann setzte er hinzu: »Aber er wird eines Tages bestraft werden. Man darf nicht morden, nicht einmal die Ungeborenen. Hier ist es besser – hier herrscht Friede.«

»Möchten Sie nicht, daß ich einige der Lichter hier auslösche?« fragte ich in der Hoffnung, seine Gedanken auf ein anderes Thema abzulenken.

»Es soll hell sein«, antwortete er. »Heller ... heller ... Er arbeitet im Dunkeln dort droben. Er ist zu hochmütig. Er arbeitet für den Teufel. Es ist besser hier bei der nassen Wäsche.« Er schwieg einen Augenblick. Man hörte das Geräusch von Wassertropfen, die von den nassen Wäschestücken fielen. Es schauderte mich. Ich dachte an das Blut, das von Dr. Onirificks Händen tropfte. »Ja, Blutstropfen«, sagte der alte Mann, als lese er meine Gedanken. »Er ist ein Schlächter. Sein Denken ist auf den Tod gerichtet. Das ist das Finsterste am menschlichen Geist – töten, was sich müht, geboren zu werden. Sogar Tiere sollte man nicht töten, außer als Opfer. Mein Sohn weiß alles – aber er weiß nicht, daß Mord die größte Sünde ist. Hier ist Licht, viel Licht ... und *er* sitzt dort oben in der Finsternis. Sein Vater sitzt im Keller, betet für ihn, und *er* ist dort oben, schlachtet und schlachtet. Überall ist Blut. Das Haus ist besudelt. Es ist besser hier bei der Wäsche. Ich würde auch das Geld waschen, wenn ich könnte. Dies ist der einzige reine Raum im Haus. Und das Licht ist gut. Licht. Licht. Wir müssen ihnen die Augen öffnen, damit sie sehen können. Der Mensch soll nicht im Dunkeln arbeiten. Der Geist muß klar sein, muß wissen, was er tut.«

Ich sagte nichts. Ich hörte achtungsvoll zu, gebannt von dem Gemurmel der Worte, dem blendenden Licht. Der alte Mann hatte das Gesicht und das Benehmen eines Patriziers. Der Kaftan, den er trug, und das Samtkäppchen betonten seine stolze Art. Seine schönen, empfindsamen Hände waren die eines Chirurgen; die blauen Adern traten wie Quecksilber hervor. Er saß in seinem grell beleuchteten Verlies wie ein aus seinem Heimatland verbannter Hofarzt. Er erinnerte mich lebhaft an gewisse berühmte Ärzte, die am spanischen Hof zur Zeit der Mauren tätig waren. Etwas Silbernes, Musikalisches haftete seinem Wesen an. Er war reinen Geistes, und das strahlte aus jeder Pore seines Ichs.

Jetzt hörte ich das Trippeln von Füßen, die in Pantoffeln steckten. Es war Ghompal; in der Hand hielt er eine Schale warmer Milch. Sofort änderte sich der Gesichtsausdruck des alten Mannes. Er lehnte sich an die Wand zurück und schaute Ghompal mit Wärme und Zärtlichkeit an.

»Das ist mein Sohn, mein wahrer Sohn«, sagte er und richtete seinen offenen Blick auf mich.

Ich wechselte einige Worte mit Ghompal, als er die Schale an die Lippen des alten Mannes hielt. Es war ein Vergnügen, dem Hindu zuzusehen. Wie niedrig auch die Dienstleistung war, er führte sie mit Würde aus. Je niedriger die Dienstleistung, desto mehr adelte sie ihn. Niemals schien er gedemütigt oder verlegen zu sein. Ebensowenig stellte er sich in den Schatten. Immer blieb er derselbe, stets vollkommen und ausschließlich er selbst. Ich versuchte mir Kronski vorzustellen, wenn er einen solchen Dienst ausführte.

Ghompal verließ für einige Augenblicke den Raum, um mit

einem Paar warmer Hausschuhe zurückzukommen. Er kniete zu Füßen des alten Mannes nieder, und als er diesen Ritus vollzog, streichelte der alte Mann freundlich Ghompals Kopf.

»Du bist einer der Söhne des Lichts«, sagte der alte Mann, faßte Ghompal unter das Kinn, hob seinen Kopf hoch und schaute ihm mit einem festen, klaren Blick in die Augen. Ghompal gab des alten Mannes Blick mit demselben klaren, schmelzenden Leuchten zurück. Sie schienen sich jeder in des anderen Ich zu ergießen – zwei Behältnisse flüssigen Lichts, die in einem reinigenden Austausch überflossen. Plötzlich wurde mir bewußt, daß das blendende Licht, das von den nackten elektrischen Birnen ausstrahlte, nichts im Vergleich zu dieser Emanation von Licht war, die sich zwischen den beiden abgespielt hatte. Vielleicht wurde der alte Mann dieses gelbe, künstliche Licht, das der Mensch erfunden hatte, nicht gewahr. Möglicherweise war der Raum von diesem strahlenden Licht erleuchtet, das aus seiner Seele kam. Sogar jetzt, obwohl sie aufgehört hatten, einander in die Augen zu schauen, war der Raum merklich heller als zuvor. Es war wie das Nachglühen eines flammenden Sonnenuntergangs, eine überirdische, himmlische Helligkeit.

Ich stahl mich zurück ins Wohnzimmer, um auf Ghompal zu warten. Er hatte mir etwas zu sagen. Ich fand Kronski in dem Lehnstuhl sitzen und eines meiner Bücher lesen. Er war scheinbar ruhiger, stiller als gewöhnlich, nicht gebändigt, sondern *gefestigt* in einer merkwürdigen, undisziplinierten Weise.

»Hallo! Ich wußte nicht, daß du daheim bist«, sagte er, aufgeschreckt durch meine unerwartete Gegenwart. »Ich warf gerade einen Blick in einen von deinen Schmökern.« Er schleuderte das Buch beiseite. Es war Arthur Mackens ›*Hügel der Träume*‹.

Ehe er die Möglichkeit hatte, wieder mit seinem üblichen Gehänsel anzufangen, kam Ghompal herein. Er ging auf mich zu, das Geld in der Hand. Ich nahm es mit einem Lächeln, dankte ihm und steckte es in die Tasche. Für Kronski sah es so aus, als habe ich es mir von Ghompal geborgt. Er war verärgert – ja, mehr als das: *indigniert*.

»Du lieber Himmel, mußt du dir ausgerechnet von *ihm* Geld pumpen?«

Ghompal stellte das sofort richtig, aber Kronski schnitt ihm das

Wort ab: »Du brauchst nicht seinetwegen zu lügen. Ich kenne seine Schliche.«

Ghompal verteidigte mich wieder. »Mr. Miller hat keine Schliche bei mir angewandt«, erklärte er ruhig und überzeugend.

»Na schön, du sollst recht haben«, meinte Kronski. »Aber mach um Himmels willen keinen Engel aus ihm. Ich weiß schon, daß er gut zu dir war – und zu allen deinen Kameraden beim Botendienst –, aber nicht, weil er ein gutes Herz hat . . . Er hat eine Vorliebe für euch Hindus, weil ihr komische Vögel seid, verstehst du?«

Ghompal lächelte ihn nachsichtig an, als verstehe er die Verirrungen eines kranken Gehirns.

Kronski reagierte gereizt auf dieses Lächeln Ghompals. »Schau mich nicht mit diesem mitleidigen Lächeln an«, schrie er. »Ich bin kein bedauernswerter Kastenloser. Ich bin Doktor der Medizin. Ich bin ein . . .«

»Sie sind noch ein Kind«, erwiderte Ghompal ruhig und unerschütterlich. »Jedermann mit ein wenig Verstand kann Doktor werden . . .«

Daraufhin keifte Kronski böse: »Kann man das, wirklich? Einfach so, ja? Einfach so, als rolle man einen Baumstamm . . .« Er blickte sich um, als suche er eine Stelle, wo er ausspucken konnte.

»In Indien sagen wir . . .« Und Ghompal begann eine dieser kindlichen Geschichten, die für einen analytischen Geist niederschmetternd sind. Ghompal hatte für jede Situation eine kleine Geschichte parat. Ich genoß sie in vollen Zügen. Sie waren wie einfache, homöopathische Heilmittel, wie kleine Wahrheitspillen, die in einer harmlosen Hülle steckten. Man konnte sie danach nie vergessen, das gefiel mir an diesen Geschichten so besonders. *Wir* schreiben dicke Bücher, um eine einfache Idee zu erläutern. Der Orientale erzählt eine einfache, pointierte Geschichte, die sich im Kopf wie ein Diamant festsetzt. Die Geschichte, die Ghompal erzählte, handelte von einem Glühwürmchen, auf das der nackte Fuß eines geistesabwesenden Philosophen getreten war. Kronski verabscheute Anekdoten, bei denen niedrigere Lebensformen mit höheren Wesen wie dem

Menschen auf einer intellektuellen Basis miteinander in Beziehung gebracht wurden. Er empfand es als eine persönliche Erniedrigung, eine boshafte Verunglimpfung.

Unwillkürlich mußte er dennoch über den Ausgang der Geschichte lächeln. Außerdem bereute er bereits sein grobes Benehmen. Er hatte eine tiefe Achtung vor Ghompal. Es wurmte ihn, daß er, um mich zu ducken, Ghompal hatte scharf anfahren müssen. Also erkundigte er sich, noch immer lächelnd, mit freundlicher Stimme nach Ghose, einem der Hindus, der vor einigen Monaten in seine Heimat zurückgekehrt war.

Ghose war bald nach seiner Ankunft in Indien an Dysenterie gestorben, teilte ihm Ghompal mit.

»Das ist ja scheußlich«, meinte Kronski und schüttelte verzweiflungsvoll den Kopf, als wolle er andeuten, daß es hoffnungslos sei, die Zustände in einem Land wie Indien bessern zu wollen. Dann, mit dem traurigen Anflug eines Lächelns, an mich gewandt: »Du erinnerst dich doch noch an Ghose? Den dicken, pausbäckigen kleinen Burschen, der wie ein sitzender Buddha aussah?«

Ich nickte. »Freilich erinnere ich mich an ihn. Ich habe doch das Geld für seine Rückreise nach Indien aufgetrieben.«

»Ghose war ein Heiliger«, sagte Kronski nachdrücklich.

Ein sanftes Stirnrunzeln huschte über Ghompals Gesicht. »Nein, nicht ein *Heiliger*«, meinte er. »Wir haben in Indien viele Männer, die . . .«

»Ich weiß, was du sagen willst«, fiel Kronski ihm ins Wort. »Aber gleichviel, für *mich* war Ghose ein Heiliger. *Dysenterie!* Guter Gott, es ist wie im Mittelalter . . . ja, sogar noch schlimmer!« Und er verlor sich in einer schrecklichen Schilderung von Krankheiten, die heute noch in Indien auftraten. Und von Krankheit zu Armut und von Armut zu Aberglauben und davon zu Sklaverei, Entwürdigung, Verzweiflung, Gleichgültigkeit und Hoffnungslosigkeit. Indien war nicht viel anderes als eine riesige, in Verwesung begriffene Grabstätte, ein Leichenhaus, das von korrupten englischen Ausbeutern, die im Bunde mit wahnsinnigen und perfiden Radschas und Maharadschas waren, beherrscht wurde. Kein Wort über die Baukunst, die Musik, die Gelehrsamkeit, die Religion, die Philosophien, die schönen Physiognomien, die Grazie und Zartheit der Frauen, den Farbenreichtum der Kleider, die prickelnden Gerüche, die melodisch tönenden Glokken, die großen Gongs, die prachtvollen Landschaften, die Orgie von Blumen, die unaufhörlichen Prozessionen, den Zusammenprall der Sprachen, Rassen und Typen, die Gärung und Vermehrung inmitten von Tod und Verderbnis. Was er sagte, war wie immer statistisch korrekt, stellte aber nur die negative Seite des Bildes dar. Indien, das stimmte, verblutete sich. Aber der lebendige Teil dieses Landes glänzte und strahlte auf eine Weise, die Kronski nie zu würdigen verstand. Nie nannte er eine Stadt beim Namen, machte niemals einen Unterschied zwischen Agra und Delhi, Lahore und Mysore, Darjeeling und Karatschi, Bombay und Kalkutta, Benares und Colombo. Parse, Dschaina, Hindu, Buddhist – sie waren alle eins, alle elende Opfer der Unterdrükkung, verrotteten alle langsam unter einer mörderischen Sonne, um eine imperialistische Fettlebe zu ermöglichen.

Zwischen ihm und Ghompal folgte jetzt eine Diskussion, der ich nur mit halbem Ohr zuhörte. Jedesmal, wenn der Name einer Stadt in ihrem Gespräch fiel, geriet ich in einen Rausch der Gefühle. Allein die Erwähnung solcher Worte wie Bengalen, Gudscharati, Malabarküste, Kali-ghat, Nepal, Kaschmir, Sikh, Bhagawadgita, Upanischaden, Raga, Stupa, Pravritti, Sudra, Paranirwana, Chela, Guru, Hounaman, Siwa genügten, mich für den Rest des Abends in Verzückung zu versetzen. Wie konnte ein Mann, der dazu verurteilt war, das eingeengte Leben eines Arztes in einer kalten, brutalen Großstadt wie New York zu führen, davon zu sprechen wagen, einen Subkontinent von einer halben Milliarde Menschenseelen, deren Probleme so groß, so vielförmig waren, daß sie die Phantasie von Indiens eigenen großen brahmanischen Gelehrten ins Wanken brachten, in Ordnung zu bringen? Kein Wunder, daß er sich von den heiligen Charakteren, mit denen er in den Höllenregionen der kosmokokkischen Körperschaft von Amerika in Berührung gekommen war, angezogen fühlte. Diese »Jungens«, wie Ghompal sie nannte (sie waren im Alter von dreiundzwanzig bis fünfunddreißig Jahren), waren wie ausgesuchte Krieger, wie ausgewählte Jünger. Die Mühsale, die sie erduldet hatten, zuerst, um nach Amerika zu kommen, dann darum kämpfend, Leib und Seele zusammenzuhalten, während sie ihr Studium beendeten, schließlich auf alles zu verzichten, um sich ganz dem Fortschritt ihres Volkes zu widmen – nun, kein Amerikaner, jedenfalls kein weißer Amerikaner, konnte sich mit etwas Vergleichbarem rühmen. Wenn dann und wann einer dieser »Jungens« vom rechten Weg abkam, der Schoßhund einer Dame der Gesellschaft oder der Sklave einer hinreißend schönen Tänzerin wurde, war mir, als sollte ich mich darüber freuen. Es tat mir wohl, wenn ich von einem auf weiche Kissen gebetteten Hindujungen hörte, der sich reiche Mahlzeiten leisten konnte, Brillantringe trug, in Nachtclubs tanzte, einen schönen Sportwagen fuhr, junge, unberührte Mädchen verführte und so weiter. Ich erinnerte mich an einen gebildeten jungen Parsen, der mit einer vergnügungssüchtigen Frau in mittleren Jahren durchgebrannt war. Ich rief mir die boshaften Geschichten ins Gedächnis zurück, die über ihn verbreitet wurden, die demoralisierende Wirkung, die er bei den weniger Disziplinierten auslöste. Es war großartig. Gierig verfolgte ich seine Laufbahn, leckte im Geiste die Abfälle auf, als er von einer gesellschaftlichen Sphäre in die andere höherstieg. Und dann eines Tages, als ich krank in dem Leichenschauhaus lag, das meine Frau aus meinem Zimmer gemacht hatte, besuchte er mich, brachte Blumen, Obst und Bücher mit, saß an meinem Bett und hielt meine Hand, sprach zu mir von Indien, dem wundervollen Leben, das er als Kind gekannt, und von den Miseren, die er in der Folge durchgemacht hatte, von den ihm von den Amerikanern zugefügten Demütigungen, von seinem Lebenshunger, dem Hunger nach einem ausgefüllten, reichen, glanzvollen Leben, und wie er die Gelegenheit, als sie sich ihm bot, ergriffen und leer gefunden hatte – leer von allem außer eleganter Kleidung, Juwelen, Geld und Frauen. Er habe das alles aufgegeben, vertraute er mir an. Er wolle zurückgehen zu seinen Landsleuten, mit ihnen leiden, sie aufrichten, wenn er konnte, und wenn nicht, mit ihnen sterben – sterben, wie sie starben, auf der Straße, nackt, ohne ein Dach über dem Kopf, unberührbar, verachtet, zu Boden getreten, gemieden, angespuckt, ein Knochenbündel, bei dem es sogar die Geier schwer fänden, sich daran zu mästen. Er würde das nicht aus Schuldgefühl, Gewissensbissen oder Reue tun, sondern weil Indien in Lumpen, Indien wie von Maden zerfressen, das hungernde Indien, Indien, das sich unter dem Absatz des Eroberers wand, ihm mehr bedeutete als alle Annehmlichkeiten, Möglichkeiten und Vorteile eines herzlosen Landes wie Amerika. Er war, wie gesagt, ein Parse, und seine Familie war einmal reich gewesen – wenigstens hatte er eine glückliche Kindheit gekannt. Aber es gab andere Hindus, die in Feld und Wald aufgewachsen waren, die das gelebt hatten, was uns als ein tierisches Dasein erscheinen würde. Wie diese unbekannten, scheuen Menschen jemals die riesigen Hindernisse überwanden, denen sie von Tag zu Tag begegneten, bleibt bis zum heutigen Tag ein Rätsel für mich. Mit ihnen jedenfalls wanderte ich durch die Straßen, die von Dorf zu Stadt und von Stadt zu Großstadt führen. Mit ihnen lauschte ich den Liedern des einfachen Volkes, den Erzählungen alter Männer, den Gebeten der Frommen, den Ermahnungen der Gurus, den Märchen der Geschichtenerzähler, der Musik der Straßenmusikanten, dem Jammern und Wehklagen der Trauernden. Durch ihre Augen sah ich das Elend, das einem großen Volk auferlegt war. Aber ich sah auch, daß es Eigenschaften gibt, die das größte Elend überleben. In ihren Gesichtern entdeckte ich, wenn sie ihre Erlebnisse berichteten, die Güte, Demut, Ehrfurcht, Frömmigkeit, Wahrheitsliebe und Rechtschaffenheit der Millionen widergespiegelt, deren Schicksal uns verwirrt und beunruhigt. Sie sterben wie die Fliegen und werden wiedergeboren. Sie wachsen und vermehren sich. Sie bringen Gebete und Opfer dar, sie leisten keinen Widerstand – und doch kann kein Fremdenteufel sie von dem Boden ausrotten, den sie mit ihren ausgezehrten Kadavern düngen. Es sind Menschen aller Art, die aus den verschiedensten Verhältnissen kommen, Menschen aller Hautfarben, aller Zungen, aller Religionsgemeinschaften, sie wuchern wie Unkraut und werden niedergetrampelt wie Unkraut. Den Vorhang auch nur über dem winzigsten Abschnitt dieses brodelnden Lebens zu heben, läßt den Verstand in schwindelerregender Ungewißheit zurück. Manche sind wie geschliffene Edelsteine, andere wie seltene Blumen, wieder andere wie Monumente, manche wie flammende Bildnisse des Göttlichen, andere wie entkörperlichte Geister, wieder andere wie verfaulende Pflanzen: Seite an Seite bewegen sie sich in einem endlosen, wirren Haufen.

Mitten in diesen Überlegungen erinnerte mich Kronski mit lauter Stimme daran, daß er Sheldon begegnet war. »Er wollte dich besuchen, der verflixte Dummkopf, aber ich wimmelte ihn ab . . . Ich glaube, er wollte dir Geld borgen.«

Der verrückte Sheldon! Seltsam, daß ich auf dem Heimweg an ihn gedacht hatte. Geld, ja . . . mir hatte so etwas geschwant, als ob Sheldon mir wieder Geld leihen würde. Ich hatte keine Ahnung, wieviel ich ihm eigentlich schuldete. Ich rechnete nicht damit, es ihm zurückzuzahlen – ebensowenig tat er das. Ich nahm, was er mir anbot, denn das machte ihn glücklich. Er war verrückt wie ein Märzhase, aber schlau und gerissen, außerdem praktisch. Aus irgendeinem unerfindlichen persönlichen Grund, den ich nie auch nur zu ergründen versuchte, hatte er sich wie ein Blutegel an mich gehängt.

Was mich an Sheldon faszinierte, waren die Grimassen, die er machte. Die Art, wie er gluckste, wenn er sprach. Es war, als würge ihn eine unsichtbare Hand. Sicherlich hatte er einige schreckliche Erlebnisse in diesem mörderischen Ghetto von Krakau gehabt, in dem er aufgewachsen war. Es gab einen Vorfall, den ich nie vergessen werde: er hatte sich bei einem Pogrom unmittelbar vor seiner Flucht aus Polen ereignet. Er war während des Gemetzels, das auf der Straße stattfand, in einer Panik nach Hause gelaufen und fand dort das Zimmer voll Soldaten. Seine Schwester, die schwanger war, lag auf dem Boden, vergewaltigt von einem Soldaten nach dem anderen. Seine Mutter und sein Vater, mit im Rücken gefesselten Armen, wurden gezwungen, diesem schrecklichen Schauspiel zuzusehen. Sheldon, völlig außer sich, hatte sich auf die Soldaten gestürzt und wurde mit einem Säbelhieb niedergeschlagen. Als er zu sich kam, waren seine Eltern tot. Der Körper seiner Schwester lag nackt neben ihnen, ihr Bauch war aufgeschlitzt und mit Stroh ausgestopft.

Wir gingen an jenem Abend durch den Tompkins Park, als er mir diese Geschichte zum erstenmal erzählte. (Er wiederholte sie in der Folge mehrmals, immer in der gleichen Weise bis auf die von ihm gebrauchten Worte. Und jedesmal standen mir die Haare zu Berge, und ein Schaudern lief mir den Rücken hinunter.) Doch an jenem ersten Abend bemerkte ich am Schluß der Geschichte, wie eine seltsame Veränderung mit ihm vorging. Er schnitt diese Grimassen, die ich schon erwähnte. Es war, als versuchte er zu pfeifen und brächte es nicht fertig. Seine Augen, die ungewöhnlich klein, sandfarben und immer ein wenig entzündet waren, schrumpften zur Größe zweier Geschoßkugeln zusammen. Es war nichts zwischen den Lidern zu sehen als zwei brennende Pupillen, die mich glatt durchbohrten. Ich hatte ein äußerst unheimliches Gefühl, als er meinen Arm ergriff und sein Gesicht nahe an meines brachte, wobei er ein ersticktes, glucksendes Geräusch von sich gab, das schließlich in ein Geräusch umschlug, das ganz dem Ton einer Trillerpfeife ähnelte. Die ihn überkommenden Gefühle waren so überwältigend, daß für einige Minuten, während er mich fieberhaft umklammerte und sein Gesicht dicht an meines preßte, aus seiner Kehle kein als menschlich erkennbarer Laut, nichts, was man im entferntesten als Sprechen hätte bezeichnen können, hervorkam. Aber was für eine Sprache war diese glucksende, zischende, würgende, pfeifende Raserei! Ich konnte mein Gesicht nicht abwenden, selbst wenn ich es gewollt hätte. Ebensowenig vermochte ich seinen Griff zu lockern, denn er hielt mich fest in der Zange. Ich fragte mich, wie lange es dauern und ob er nachher einen Anfall bekommen würde. Aber nein! – wenn seine Erregung sich gelegt hatte, begann er mit einer ruhigen, leisen Stimme in äußerst sachlichem Ton zu sprechen, ganz, als sei nichts passiert. Wir hatten wieder eine schnellere Gangart eingeschlagen und kamen ans andere Ende des Parks. Er sprach von den Juwelen, die er so schlauerweise verschluckt hatte, dem hohen Wert, auf den sie geschätzt worden waren, wie die Smaragde und Rubine funkelten, wie sparsam er lebte, er sprach von den Versicherungspolicen, die er in seiner Freizeit verkaufte, und anderen Tatsachen und Geschehnissen, die scheinbar nichts damit zu tun hatten.

Er erzählte diese Dinge, wie gesagt, in einem unnatürlich gedämpften Ton und mit fast monotoner Stimme, außer daß er hin und wieder am Ende eines Satzes die Stimme hob und unwillkürlich mit einem Fragezeichen schloß. Mittlerweile jedoch erfuhr sein Verhalten eine drastische Änderung. Er wurde – ich kann es nicht anders erklären – einem Luchs ähnlich. Alles, was er erzählte, schien an ein unsichtbares Auditorium gerichtet zu sein.

Anscheinend benützte er mich nur als Zuhörer, um in einer

listigen, verstohlenen Art Dinge zu übermitteln, die sich diese »andere« anwesende, aber unsichtbare Person auf seine oder ihre Weise auslegen konnte. »Sheldon ist kein Narr«, sagte er in dieser verblümten, andeutenden Sprache. »Sheldon hat gewisse kleine Streiche, die ihm gespielt wurden, nicht vergessen. Sheldon benimmt sich jetzt wie ein Gentleman, sehr *comme il faut*, aber er schläft nicht . . . nein, Sheldon ist immer auf dem *Qui-vive*. Sheldon kann den Fuchs spielen, wenn er muß. Sheldon kann sich elegant kleiden wie nur einer und sich *äußerst* höflich benehmen. Sheldon ist liebenswürdig, immer hilfsbereit. Sheldon ist gut zu kleinen Kindern, *sogar zu polnischen Kindern*. Sheldon bittet um nichts. Sheldon ist sehr still, sehr ruhig, sehr wohlerzogen . . . ABER HÜTET EUCH!!!« Und dann stieß Sheldon zu meiner Überraschung einen langgezogenen, klaren Pfiff aus, der zweifellos als Warnung an den Unsichtbaren gemeint war. *Hütet euch vor dem Tag!* So klar wie das war sein Pfiff. *Hütet euch*, denn Sheldon bereitet etwas Superdiabolisches vor – etwas, was das schwerfällige Hirn eines Polacken sich nie ausdenken oder erfinden könnte. Sheldon ist all diese Jahre hindurch nicht müßig gewesen . . .

Ohne große Umstände hatte es mit dem Geldleihen angefangen. Es begann an jenem Abend bei einer Tasse Kaffee. Wie gewöhnlich hatte ich nur fünf oder zehn Cent in der Tasche und mußte deshalb Sheldon die Rechnung überlassen. Der Gedanke, der Personalchef könnte kein Geld bei sich haben, war für Sheldon so unerträglich, daß ich einen Augenblick fürchtete, er würde alle seine Juwelen versetzen.

»Fünf Dollar sind genug, Sheldon«, sagte ich, »Wenn Sie darauf bestehen, mir etwas zu borgen.«

Ein empörter Ausdruck trat in Sheldons Gesicht. »O nein, o nei-ei-en!« rief er mit schriller, kratzender Stimme, die fast in ein Pfeifen überging. »Sheldon gibt nie fünf Dollar. Nei-en, Mr. Miller, Sheldon gibt *fünfzig* Dollar!«

Und bei Gott, damit fischte er fünfzig Dollar in Fünfer- und Einernoten heraus. Wieder setzte er seine luchsartige Miene auf, blickte über mich hinweg, während er das Geld hinblätterte, murmelte etwas zwischen den Zähnen, daß er es schon zeigen würde, was für ein Mann er, Sheldon, war.

»Aber Sheldon, morgen werde ich wieder blank sein«, sagte ich und legte eine Pause ein, um zu sehen, was für eine Wirkung das haben würde.

Sheldon lächelte, ein verschmitztes, listiges Lächeln, als teile er mit mir ein großes Geheimnis.

»Dann wird Ihnen Sheldon morgen weitere fünfzig Dollar geben«, erwiderte er und brachte diese Worte auf eine seltsam zischende Weise hervor.

»Ich habe keine Ahnung, wann Sie das Geld zurückbekommen werden«, warnte ich.

Als Antwort darauf holte Sheldon aus seiner Tasche drei schmierige Sparbücher hervor. Die Einlagen beliefen sich auf über zweitausend Dollar. Aus seiner Westentasche zog er einige Ringe hervor, deren Steine durchaus echt glitzerten.

»Das ist nichts«, meinte er. »Sheldon sagt nicht alles.«

Das war der Anfang unserer – für den Personalchef einer kosmokokkischen Gesellschaft ziemlich merkwürdigen – Beziehung. Manchmal fragte ich mich, ob andere Personalchefs auch diese Vorteile genossen. Wenn ich gelegentlich beim Mittagessen mit ihnen zusammenkam, fühlte ich mich mehr wie ein Botenjunge als wie ein Personalchef. Ich konnte nie diese Würde und Selbstsicherheit aufbringen, mit der sie sich ständig umgaben. Mir kam es vor, als schauten sie mir nie in die Augen, wenn ich sprach, sondern immer auf meine ausgebeulte Hose, meine abgetragenen Schuhe, mein zerrissenes schmutziges Hemd oder die Löcher in meinem Hut. Wenn ich ihnen eine harmlose kleine Geschichte erzählte, machten sie so viel davon her, daß ich in Verlegenheit geriet. Sie waren zum Beispiel ungeheuer beeindruckt, als ich ihnen von einem Boten im Büro in der Broad Street erzählte, der sich seine Wartezeit mit dem Lesen von Dante, Homer und Thomas von Aquin im Original vertrieb. Sie hatten nicht mehr die Geduld, sich anzuhören, daß er einmal Professor an der Universität Bologna gewesen war, daß er versucht hatte, Selbstmord zu begehen, weil seine Frau und seine drei Kinder bei einem Eisenbahnunglück ums Leben gekommen waren, daß er sein Gedächtnis verloren hatte und mit dem Paß eines anderen Mannes in Amerika angekommen war und daß er erst, nachdem er ein halbes Jahr als Bote tätig gewesen war, seine wahre Identität wiederentdeckt hatte. Daß er die Arbeit angenehm gefunden hatte und es vorzog, Bote zu bleiben, daß er anonym zu bleiben wünschte – diese Dinge hätten zu phantastisch für ihre Ohren geklungen. Alles, was sie begreifen und worüber sie staunen konnten, war, daß ein »Bote« in Livree die Klassiker im Originaltext lesen konnte. Hin und wieder lieh ich mir, wenn ich einen dieser amüsanten Vorfälle erzählt hatte, eine Zehndollarnote von einem von ihnen, natürlich ohne die Absicht, das Geld jemals zurückzuzahlen. Ich fühlte mich berechtigt, einen kleinen Notgroschen für meine Dienste als Unterhalter aus ihnen herauszuquetschen. Und zu welchem Herumgestottere nahmen sie ihre Zuflucht, bevor sie diese nichtigen Beträge ausspuckten! Was für ein Gegensatz zu dem leichten Pump, den ich bei den »doofen« Boten aufnahm!

Überlegungen dieser Art regten mich immer bis an den Rand der Verzweiflung auf. Zehn Minuten nach innen gerichteter Träumerei, und es war mein sehnlichstes Verlangen, ein Buch zu schreiben. Ich dachte an Mona. Und sei es auch nur ihr zuliebe, ich sollte damit beginnen. Und *wo* würde ich beginnen? In diesem Zimmer, das wie die Vorhalle einer Irrenanstalt war? Sollte ich mit Kronski beginnen, der mir über die Schulter schaute?

Irgendwo hatte ich unlängst von einer verlassenen Stadt in Burma gelesen, der ehemaligen Hauptstadt einer Gegend, wo im Umkreis von hundert Meilen einstmals achttausend blühende Tempel gestanden hatten. In dem ganzen Gebiet gab es jetzt keine Bewohner mehr, seit tausend oder mehr Jahren. Nur einige einsame, wahrscheinlich halbverrückte Priester waren heute zwischen den leeren Tempeln zu finden. Schlangen, Fledermäuse und Eulen suchten die heiligen Bauten heim. Nachts heulten die Schakale zwischen den Ruinen.

Warum sollte dieses Bild der Trostlosigkeit eine so quälende Niedergeschlagenheit in mir hervorrufen? Warum sollten achttausend leere, in Trümmern liegende Tempel solchen Schmerz verursachen? Menschen sterben, Rassen verschwinden, Religionen vergehen: Das ist der Lauf der Dinge. Aber daß etwas Schönes bleiben und doch nicht die Macht haben sollte, uns zu bewegen, uns zu fesseln, war ein Rätsel, das mich bedrückte. *Denn ich hatte noch nicht einmal angefangen zu bauen!* Im Geist sah ich die Ruinen meiner eigenen Tempel, bevor auch nur ein Ziegel auf den anderen gelegt war. In einer wunderlichen Art streiften wir, ich und die »doofen« Boten, die mir helfen sollten, um die verlassenen Orte des Geistes, wie die nachts heulenden Schakale. Wir wandelten inmitten der Hallen eines Himmelsgebäudes, einer Traumpagode, die verlassen sein würde, bevor sie irdische Formen annehmen konnte. In Burma hatten die Eindringlinge den Geist des Menschen in Grund und Boden gestampft. So war's in der Geschichte der Menschheit wieder und wieder geschehen, und es war erklärlich. Aber was hinderte uns, die Träumer dieses Kontinents, unseren Phantasiegebäuden Form und Inhalt zu geben? Das Geschlecht der visionären Baumeister war so gut wie ausgestorben. Das menschliche Genie war in die gewohnten Bahnen und in andere Kanäle geleitet worden. So hieß es. Ich konnte mich nicht damit abfinden. Ich habe mir die einzelnen Steine, die Tragbalken, die Portale angesehen und die Fenster, die sogar in schlichten Häusern wie Augen der Seele sind. Ich habe sie angesehen, wie ich das bei einzelnen Seiten dieser Bücher getan habe, und ich habe eine Architektur gefunden, die vom Leben unseres Volkes, sei es in Büchern, im Gesetz, in Stein oder im Brauchtum, berichtet. Ich sah, daß sie (erstmals im Geist gesehen) geschaffen, dann vergegenständlicht wurde, daß man ihr Licht, Luft und Raum, einen Zweck und eine Bedeutung sowie einen Rhythmus gab, der aufstieg und unterging, ein Wachstum vom Samen bis zu einem blühenden Baum, ein Verfall vom welken Blatt und dürren Zweig zurück zum Samen – und einem Kompost, um den Samen zu düngen. Ich sah diesen Kontinent wie andere Kontinente vorher und nachher: Schöpfungen in jedem Sinne des Wortes, einschließlich der Katastrophen, die ihr Vorhandensein in Vergessenheit geraten ließen . . .

Nachdem Kronski und Ghompal sich zurückgezogen hatten, fühlte ich mich so hellwach, so angeregt von den Gedanken, die mir durch den Kopf gingen, daß ich das Bedürfnis hatte, einen langen Spaziergang zu machen. Während ich mich dafür anzog, betrachtete ich mich im Spiegel. Ich ahmte diese pfeifende Grimasse Sheldons nach und beglückwünschte mich zu meiner mimischen Begabung. Es gab eine Zeit, wo ich geglaubt hatte, ich würde einen guten Clown abgeben. Da gab es einen Jungen in der Schule, der als mein Zwillingsbruder galt. Wir standen einander sehr nahe, und später, nachdem wir unser Abschlußexamen gemacht hatten, gründeten wir einen Klub, der aus zwölf Mitgliedern bestand und den wir die Xerxes-Gesellschaft nannten. Die Initiative lag bei uns beiden, die anderen waren nur Treibholz. Aus Verzweiflung improvisierten George Marshall und ich manchmal Clownerien für die anderen, um sie bei Laune zu halten. In der Rückerinnerung schien mir diesen Augenblikken etwas Tragisches anzuhaften. Die Abhängigkeit der anderen war wirklich erschütternd: Sie war ein Vorgeschmack der allgemeinen Trägheit und Apathie, auf die ich mein ganzes Leben lang stoßen sollte. Beim Gedanken an George Marshall begann ich noch mehr Gesichter zu schneiden. Es gelang mir so gut, daß ich ein wenig Angst vor mir selbst bekam. Denn plötzlich erinnerte ich mich an den Tag, als ich zum erstenmal in meinem Leben in den Spiegel schaute und mir bewußt wurde, daß ich einen Fremden anstarrte. Das geschah, nachdem ich mit George Marshall und MacGregor im Theater gewesen war. George Marshall hatte an jenem Abend etwas gesagt, das mich zutiefst beunruhigte. Ich war böse auf ihn wegen seiner Dummheit, aber ich konnte nicht leugnen, daß er den Finger auf eine wunde Stelle gelegt hatte. Er hatte etwas gesagt, was mir zum Bewußtsein brachte, daß unsere Zwillingsbrüderschaft zu Ende war, daß wir von nun an Feinde sein würden. Und er hatte recht, obwohl die Gründe, die er dafür angegeben hatte, falsch waren. Von diesem Tag an begann ich meinen Busenfreund George Marshall lächerlich zu machen. Ich wollte in jeder Beziehung das Gegenteil von ihm sein. Es war wie die Spaltung eines Chromosoms.

George Marshall lebte mit der Welt, in ihr und von ihr. Er schlug Wurzeln und wuchs wie ein Baum, und es bestand kein Zweifel, daß er seinen Platz und mit ihm ein verhältnismäßig volles Maß Glück gefunden hatte. Doch als ich an diesem Abend in den Spiegel schaute, wobei ich mein eigenes Gesicht verleugnete, wußte ich, daß das, was George Marshall hinsichtlich meiner Zukunft prophezeit hatte, nur oberflächlich gesehen richtig war. George Marshall hatte mich nie wirklich verstanden. In dem Augenblick, wo er argwöhnte, daß ich *anders* war, hatte er mich verleugnet.

Ich betrachtete noch immer mein Spiegelbild, als mir diese Erinnerungen durch den Kopf schossen. Mein Gesicht war traurig und gedankenvoll geworden. Es war nicht mehr mein Bild, das ich betrachtete, sondern das Bild einer Erinnerung an mich in einem anderen Augenblick – als ich eines Nachts auf einer offenen Veranda saß und einem Hindu-»Jungen« namens Tawde zuhörte. Auch Tawde hatte in jener Nacht etwas gesagt, das in mir eine tiefe Unruhe hervorgerufen hatte. Aber Tawde hatte als Freund gesprochen. Er hielt meine Hand, so wie es Hindus tun. Ein Vorübergehender, der uns sah, hätte uns für ein Liebespaar halten könne. Tawde versuchte, mich die Dinge in einem anderen Licht sehen zu lassen. Was ihn verwirrte, war, daß ich »im Herzen gut« war und doch rings um mich Leid verbreitete. Tawde wollte, daß ich aufrichtig zu mir sein sollte – zu diesem Ich, das er als mein »wahres« Ich erkannte und gelten ließ. Er schien der Kompliziertheit meiner Natur nicht gewahr zu werden, und wenn er es tat, billigte er ihr keine Wichtigkeit zu. Er verstand nicht, warum ich mit meiner Stellung im Leben unzufrieden war, besonders da ich soviel Gutes tat. Daß man zutiefst angeekelt davon sein konnte, nur ein Werkzeug des Guten zu sein, war unvorstellbar für ihn. Er merkte nicht, daß ich nur ein blindes Werkzeug war, lediglich dem Gesetz der Trägheit folgte und Trägheit verabscheute, sogar wenn sie Gutes tun bedeutete.

Ich verließ Tawde in jener Nacht in einem Zustand der Verzweiflung. Ich verabscheute den Gedanken, von dummen Glukken umgeben zu sein, die meine Hand hielten und mich trösteten, um mich in Fesseln zu halten. Eine finstere Fröhlichkeit überkam mich, als ich mich weiter von ihm entfernte. Statt nach Hause zu gehen, lenkte ich meine Schritte instinktiv zu dem möblierten Zimmer, in dem die Kellnerin wohnte, mit der ich ein romantisches Verhältnis hatte. Sie kam im Nachthemd an die Tür und bat mich, der späten Stunde wegen nicht mit ihr nach oben zu gehen. Wir gingen in die Eingangshalle hinein und lehnten uns an den Heizkörper, um uns warm zu halten. Im Nu hatte ich ihn draußen und verpaßte ihn ihr so gut, wie ich das in dieser angespannten Stellung konnte. Sie zitterte vor Angst und Wonne. Als es vorbei war, machte sie mir Vorwürfe, daß ich rücksichtslos sei. »Warum tust du so was?« wisperte sie, eng an mich geschmiegt. Ich lief fort und ließ sie verblüfft am Fuß der Treppe stehen. Als ich durch die Straßen rannte, wiederholte ich mir wieder und wieder den Satz: »Was ist das wahre Ich?«

Dieser Satz war's, der mich jetzt begleitete, als ich durch die häßlichen Straßen der Bronx lief. Warum lief ich? Was trieb mich zu dieser Eile an? Ich verlangsamte meine Schritte, als wollte ich, daß der Dämon mich überholte ...

Wenn man immer wieder seine Impulse abwürgt, wird man am Ende zu einem phlegmatischen Holzkopf. Schließlich spuckt man einen Klumpen aus, der einen völlig ausgetrocknet zurückläßt und von dem man erst Jahre später merkt, daß er kein Schleimklumpen, sondern dein innerstes Ich war. Wenn man das verliert, wird man immer durch finstere Straßen rennen wie ein von Gespenstern verfolgter Irrer. Man wird immer völlig aufrichtig sagen können: »Ich weiß nicht, was ich im Leben soll.« Man kann sich glatt durch den zylindrischen Tubus des Lebens hindurchwinden und am verkehrten Ende des Fernrohrs herauskommen, so daß man alles, was jenseits von einem liegt, außer Reichweite und teuflisch verdreht sieht. Danach ist das Spiel aus. Welche Richtung auch immer man einschlägt, man wird sich in einem Spiegelsaal befinden. Man wird rennen wie ein Verrückter auf der Suche nach einem Ausgang, um festzustellen, daß man nur von Zerrbildern seines eigenen reizenden Ichs umgeben ist.

Was ich an George Marshall, Kronski, Tawde und den zahllosen Scharen, die sie vertraten, am wenigsten leiden konnte, war ihr oberflächlicher Ernst. Der wahrhaft ernste Mensch ist fröhlich, fast lässig. Ich verachtete Leute, die sich, weil ihnen der eigene Ballast fehlte, mit den Problemen der Welt belasteten. Der Mensch, der ewig über den Zustand der Menschheit beunruhigt ist, hat entweder keine eigenen Probleme oder weigert sich, ihnen ins Auge zu sehen. Ich spreche von der großen Mehrheit, nicht von den wenigen, die sich befreit und die Dinge durchdacht haben und damit privilegiert sind, sich mit der ganzen Menschheit zu identifizieren, und auf diese Weise den größten Luxus genießen, den es in dieser Welt gibt: zu dienen.

Es gab noch etwas anderes, dem ich aufrichtig mißtraute: *Arbeit*. Arbeit, so schien es mir schon in früher Jugend, ist eine dem Dummkopf vorbehaltene Tätigkeit. Sie ist das genaue Gegenteil von Schöpfung, die Spiel ist und eben darum, weil sie keine andere Daseinsberechtigung hat als sich selbst, die stärkste Antriebskraft des Lebens ist. Hat jemals jemand behauptet, Gott habe die Welt geschaffen, damit er selbst Arbeit habe? Durch eine Kette von Umständen, die nichts mit Vernunft oder Verstand zu tun hatten, war ich wie die anderen geworden – ein Arbeitssklave. Ich hatte die trostlose Entschuldigung, durch meine Arbeit Frau und Kind zu erhalten. Daß es eine fadenscheinige Entschuldigung war, wußte ich, denn wenn ich morgen tot umfiele, würden sie irgendwie weiterleben. Warum hörte ich nicht mit allem auf und spielte Ichsein? Der Teil von mir, der sich der Arbeit widmete, der es meiner Frau und meinem Kind ermöglichte, so zu leben, wie sie es gedankenlos verlangten, dieser Teil von mir, der das Rad in Gang hielt, war – eine völlig illusorische, egozentrische Vorstellung! – der unbedeutendste Teil von mir. Ich gab der Welt nichts damit, daß ich meine Funktion als Brotverdiener erfüllte. Die Welt verlangte ihren Tribut von mir, das war alles.

Die Welt würde erst dann etwas Wertvolles von mir erhalten, wenn ich aufhörte, mich als Mitglied der Gesellschaft zu fühlen, und ich *selbst* wurde. Der Staat, die Nation, die vereinigten Nationen der Welt waren nur die Summe der Individuen, die die Fehler ihrer Vorväter wiederholten. Schon bei ihrer Geburt gerieten sie in die Tretmühle und bewegten sie bis zu ihrem Tode – versuchten dieser Versklavung dadurch Würde zu geben, daß sie sie »Leben« nannten. Wenn man jemanden auffordert, zu erklären oder zu definieren, was Leben ist, was Sinn und Ziel des Ganzen sei, so wird einem nur ein leerer Blick zur Antwort. Das Leben war etwas, mit dem sich die Philosophen in Büchern auseinandersetzten, die niemand las. Die mitten im Leben Stehenden, die »alten Klepper in den Sielen«, haben keine Zeit für solche müßigen Fragen. »*Man muß etwas zu essen haben, nicht wahr?*« Diese Frage, von der man glaubte, sie sei eine Ausrede, und die bereits von den Eingeweihten beantwortet worden war, wenn auch nicht völlig verneinend, so doch wenigstens in einem verhältnismäßig beunruhigenden verneinenden Sinn, war der Schlüssel zu den anderen Fragen, die in einer wahrhaft euklidischen Reihe folgten. Obwohl ich nur wenig gelesen hatte, hatte ich doch die Beobachtung gemacht, daß die Menschen, die am meisten *im* Leben standen, die das Leben formten, die das Leben selbst waren, wenig aßen, wenig schliefen, wenig oder nichts besaßen. Sie fühlten keine illusionäre Verpflichtung, für den Fortbestand ihrer Angehörigen und Anverwandten oder die Erhaltung des Staates zu sorgen. Es ging ihnen um die Wahrheit – und nur um die Wahrheit. Sie erkannten nur eine Art von Tätigkeit an – die *schöpferische*. Niemand konnte etwas von ihnen verlangen, denn sie hatten sich aus eigenen Stücken gelobt, alles zu geben. Sie gaben aus freien Stücken, denn das ist die einzige Art zu geben. Das war die Lebensweise, die mir gefiel: sie war vernünftig. Das *war* das Leben – nicht der leere Schein, dem meine Umgebung Verehrung zollte.

Ich hatte das alles schon an der Schwelle des Mannesalters mit meinem Verstand begriffen. Aber erst mußte eine große Lebenskomödie durchgestanden werden, bevor diese Vision der Wirklichkeit die bewegende Kraft werden konnte. Der ungeheure Lebenshunger, den andere in mir fühlten, wirkte wie ein Magnet. Er zog diejenigen an, die meine besondere Art von Hunger nötig hatten. Der Hunger wurde tausendfach vergrößert. Es war, als ob diejenigen, die an mir (wie Eisenspäne) hingen, aufgeladen würden und ihrerseits andere anzögen. Gefühl reift zu Erfahrung, und Erfahrung gebiert neue Erfahrung.

Insgeheim sehnte ich mich danach, mich loszulösen von allen diesen fremden Leben, die sich mit dem Muster meines eigenen verwoben hatten und mein Schicksal zu einem Teil des ihrigen machten. Alle diese sich anhäufenden Erfahrungen, die nur kraft der Trägheit die meinen waren, abzuschütteln, erforderte eine heftige Anstrengung. Hin und wieder wehrte ich mich gegen das Netz und zog daran, aber nur um mich noch mehr darin zu verstricken. Meine Befreiung schien Schmerz und Leid für diejenigen mit sich zu bringen, die mir nahestanden und mir teuer waren. Jede Bewegung, die ich zu meinem eigenen, persönlichen Besten machte, löste Vorwurf und Mißbilligung aus. Ich war ein tausendfacher Verräter. Ich hatte sogar das Recht verloren, krank zu werden – weil »sie« mich brauchten. Es war mir nicht *gestattet*, untätig zu bleiben. Wäre ich gestorben, so hätten sie, glaube ich, meine Leiche zu einem Scheinleben galvanisiert.

»Ich stand vor einem Spiegel und sagte angsterfüllt: ›Ich will sehen, wie ich im Spiegel mit geschlossenen Augen aussehe.‹«

Diese Worte von Jean Paul riefen, als ich zum erstenmal auf sie stieß, eine unbeschreibliche Erschütterung in mir hervor. So wie die folgenden von Novalis, die fast wie eine logische Ergänzung zu den vorherigen erscheinen: »Der Sitz der Seele ist da, wo sich Innenwelt und Außenwelt berühren. Wo sie sich durchdringen, ist er in jedem Punkt der Durchdringung.«

». . . sich seines transcendentalen Selbst zu bemächtigen, das Ich seines Ich's zu seyn . . . Ohne vollendetes Selbstverständnis wird man nie andere wahrhaft verstehen lernen«, sagte Novalis.

Es gibt eine Zeit, in der einen Ideen tyrannisieren, wo man nur ein hilfloses Opfer der Gedanken eines anderen ist. Diese »Besessenheit« von einem anderen scheint in Zeiten der Entpersönlichung vor sich zu gehen, wenn die sich bekriegenden Ichs sich trennen. Normalerweise läßt man sich von Ideen nicht beherrschen. Sie kommen und gehen, werden akzeptiert oder abgelehnt, wie Hemden angelegt, wie schmutzige Socken ausgezogen. Aber in den Zeitspannen, die wir Krisen nennen, wenn der Geist sich spaltet und splittert wie ein Diamant unter den Schlägen eines Vorschlaghammers, bekommen diese unschuldigen Ideen eines Träumers Macht, setzen sich in den Vertiefungen des Gehirns fest und führen durch einen feinen Infiltrationsprozeß zu einer eindeutigen, unwiderruflichen Persönlichkeitsveränderung. Äußerlich findet kein großer Wandel statt. Der von ihnen befallene Mensch verhält sich nicht plötzlich anders – im Gegenteil, er kann sich »normaler« als zuvor verhalten. Diese scheinbare Normalität nimmt immer mehr die Eigenschaft eines Schutzes an. Von äußerlicher Täuschung geht der Mensch zu innerlicher Täuschung über. Doch mit jeder neuen Krise wird er sich deutlicher einer Veränderung bewußt, die keine Veränderung, sondern eher eine Intensivierung von etwas tief in ihm Verborgenen ist. Jetzt vermag er, wenn er die Augen schließt, sich wirklich selbst zu sehen. Er sieht nicht mehr eine Maske. Er sieht, genauer gesagt, ohne zu sehen. Vision ohne Sehen, ein flüchtiges Erfassen von Immateriellem: das Verschmelzen von Sicht und Laut – in der Tiefe des Netzes. Hier strömen die fernen Persönlichkeiten, die der groben Aufnahmefähigkeit der Sinne entgehen, hier überlagern die Obertöne der Erkenntnis einander vorsichtig in hell vibrierenden Harmonien. Hier wird keine Sprache verwendet, keine Konturen werden umrissen.

Wenn ein Schiff sinkt, kommt es langsam auf dem Meeresboden zur Ruhe. Die Spiere, die Masten, die Takelage treiben fort. Auf dem Meeresboden des Todes bedeckt sich der lecke Schiffsrumpf mit Juwelen. Unbarmherzig beginnt das anatomische Leben. Was einmal ein Schiff war, wird zum unzerstörbaren Namenlosen.

Wie Schiffe scheitern immer wieder Menschen. Nur die Erinnerung rettet sie vor völliger Auflösung. Dichter sticken ihre Worte in das Gewebe, Strohhalme für Ertrinkende, um sich daran zu klammern, wenn sie ins Nichts sinken. Gespenster klettern auf wässerigen Treppen zurück, imaginäre Aufstiege, schwindelerregende Stürze, rufen Zahlen, Daten, Ereignisse ins Gedächtnis zurück, indem sie sich von Gas zu Flüssigkeit und wieder zurück verwandeln. Kein Gehirn ist imstande, die sich ändernden Veränderungen zu verzeichnen. Nichts geschieht im Gehirn außer dem allmählichen Verkümmern und Verfall der Zellen. Aber nicht klassifizierte, nicht benannte, nicht assimilierte Welten formen, trennen, vereinen, lösen sich auf und harmonieren unaufhörlich miteinander im Geist der Menschen. In der geistigen Welt sind Ideen die unzerstörbaren Elemente, die die juwelengeschmückten Sternbilder des Innenlebens bilden. Wir bewegen uns frei innerhalb ihrer Bahnen, wenn wir ihrem verwickelten Vorbild folgen, versklavt oder besessen, wenn wir versuchen, sie uns untertan zu machen. Alles Äußere ist nur eine vom Denkapparat projizierte Reflexion.

Die Schöpfung ist das ewige Spiel, das an den Grenzen vor sich geht. Sie ist spontan und zwingend, sie gehorcht einem Gesetz. Man tritt vom Spiegel weg, und der Vorhang geht auf. *Séance permanente*. Nur Wahnsinnige sind ausgeschlossen. Nur solche, die, wie wir sagen, »den Verstand verloren haben«. Denn diese hören nie auf zu träumen, daß sie träumen. Mit offenen Augen standen sie vor dem Spiegel und fielen in tiefen Schlaf. Sie verschlossen ihren Schatten im Grab der Erinnerung. In ihnen zerfallen die Sterne, um das zu bilden, was Victor Hugo als »eine blendende Menagerie von Sonnen« bezeichnete, »die sich aus

Liebe zu den Pudeln und Neufundländern der Unendlichkeit machen«.
Das schöpferische Leben! Aufstieg. Über sich selbst hinaus. Aufsteigen ins Blaue, nach fliegenden Leitern greifen, in höheren Regionen schweben, emporrauschen, die Welt an den Haaren hochziehen, die Engel von ihren ätherischen Lagerstätten aufrütteln, eintauchen in astrale Tiefen, sich an Kometenschweife klammern. Nietzsche hatte verzückt davon geschrieben – und war dann mit dem Gesicht voran in dem Spiegel ohnmächtig geworden, um in der Blüte des Lebens zu sterben. ». . . die Treppen bis zu mir: wo alle Treppen aufhören . . .«, schrieb er, und dann war plötzlich kein Boden mehr da. Der Geist wurde wie ein zersplitterter Diamant von den Hammerschlägen der Wahrheit zu Staub zermahlen.

Es gab eine Zeit, in der ich meinen Vater häufig vertrat. Ich wurde lange Stunden allein gelassen, eingepfercht in der kleinen Bude, die wir als Büro benützten. Während er mit seinen Saufkumpanen zusammen war, stärkte ich mich aus der Flasche schöpferischen Lebens. Meine Gefährten waren die Freigeister, die Lehensherren der Seele. Der dort in dem spärlichen gelben Licht sitzende junge Mann geriet völlig aus den Angeln: lebte in den tiefen Gletscherspalten großer Gedanken wie ein in die dürren Bodenfalten einer hochragenden Gebirgskette gekauerter Eremit. Von der Wahrheit wechselte er über zur Phantasie, und von der Phantasie zur Erfindung. Vor dieser letzten Pforte, durch die es keine Rückkehr gibt, befiel ihn Furcht. Sich weiter zu wagen hieß allein wandern, ganz auf sich selbst gestellt sein.

Zweck der Selbstzucht ist es, die Freiheit zu fördern. Aber die Freiheit führt zur Grenzenlosigkeit – und Grenzenlosigkeit ist erschreckend. Dann tauchte der ermutigende Gedanke auf, am Rande haltzumachen, die Geheimnisse des Impulses, Dranges und Antriebs in Worten festzuhalten und die Sinne in menschlichen Gerüchen zu baden. Ganz Mensch zu werden, der verkörperte mitleidige Quälgeist, der Schlosser der großen Tür, die jenseits und fort und für immer ins Alleinsein führt . . .

Menschen gehen unter wie Schiffe. Auch Kinder. Es gibt Kinder, die im Alter von neun Jahren auf den Grund sinken und das Geheimnis ihres Verrats mit sich nehmen. Es gibt heimtückische

Ungeheuer, die einen mit dem einschmeichelnden, unschuldsvollen Blick der Jugend ansehen: Ihre Verbrechen werden nicht registriert, denn wir haben keine Namen für sie.

Warum verfolgen uns liebliche Gesichter so? Haben ungewöhnliche Blumen böse Wurzeln?

Die Frau, die ich Stück für Stück, Füße, Hände, Haare, Lippen, Ohren, Brüste, vom Nabel zum Mund und vom Mund zu den Augen forschend betrachtete, der ich verfallen war, in die ich meine Krallen schlug, die ich biß und mit Küssen erstickte – die Frau, die Mara gewesen und jetzt Mona war, die andere Namen gehabt und haben würde, die als ein anderer Mensch in anderer Umgebung und unter anderen Bedingungen gelebt hatte und leben würde –, war ebenso undurchdringlich wie eine kalte Statue in dem vergessenen Garten eines verlorenen Kontinents. Mit neun Jahren oder früher mochte sie auf den ohnmächtigen Abzug eines Revolvers, der nie dazu bestimmt war loszugehen, gedrückt haben und war wie ein toter Schwan aus den Höhen ihrer Träume gestürzt. Es könnte sehr wohl so gewesen sein, denn körperlich war sie aufgelöst, geistig wie hierhin und dorthin verstobener Staub. In ihrem Herzen schlug eine Glocke, aber was das bedeutete, wußte niemand. Ihr Bild entsprach keinem der Bilder, die ich mir in meinem Herzen geformt hatte. Sie hatte mir dieses Bild aufgedrängt, es wie hauchdünne Gaze in einem Augenblick des Verletztseins tief zwischen die Windungen meines Gehirns gleiten lassen. Und als sich die Wunde schloß, war der Abdruck davon wie ein auf einen Stein gepreßtes zartes Blatt zurückgeblieben.

Spukhafte Nächte, in denen ich, von Schöpferdrang erfüllt, nur ihre Augen sah, und in diesen Augen stiegen wie aus brodelnden Lavateilchen Trugbilder an die Oberfläche, verblaßten, verschwanden, tauchten wieder auf, und mit ihnen Grauen, Vorahnungen drohenden Unheils, Furcht und Geheimnis. Ein ständig verfolgtes Wesen, eine verborgene Blume, deren Duft die Bluthunde nie aufnahmen. Hinter den Trugbildern stand durch das Dschungeldickicht spähend ein scheues Kind, das sich wollüstig anzubieten schien. Dann tauchte der Schwan langsam unter, wie im Film, und Schneeflocken fielen mit dem fallenden Körper, und dann Trugbilder, immer neue Trugbilder, die Augen werden wieder zu Augen, brennend wie glimmende Kohlen, dann glühend wie schwelende Glut, schließlich sanft wie Blumen. Dann tauchen Nase, Mund, Wangen und Ohren aus dem Chaos auf, schwer wie der Mond, eine Maske zeigt ihr wahres Gesicht, Fleisch nimmt Form, Gestalt und Ausdruck an.

Nacht um Nacht von Worten zu Träumen, zu Fleisch und Trugbildern. Besessenheit und Befreiung von der Besessenheit. Die Blumen des Mondes, breitfächerige Dschungelpalmen, das Gebell von Bluthunden, der zarte weiße Körper eines Kindes, die brodelnde Lava, das Rallentando der Schneeflocken, der bodenlose Untergrund, wo Rauch zu Fleisch erblüht. Und was ist das Fleisch anderes als Mond? Und was der Mond anderes als Nacht? Die Nacht ist Sehnen, Sehnen, unerträgliches Sehnen.

»Denke an *uns*!« sagte sie an jenem Abend, als sie sich abwandte und schnell die Stufen hinaufflog. Und es war, als könnte ich an nichts anderes denken. Wir zwei und die endlos ansteigende Treppe. Dann die »entgegengesetzte Treppe«: die Treppe in meines Vaters Büro, die Treppe, die zu Verbrechen, zu Irrsinn, zu den Pforten der Erfindung führt. Wie *konnte* ich an etwas anderes denken?

Schöpfung. Die Legende schaffen, in die ich den Schlüssel einpassen konnte, der ihre Seele aufschließen würde.

Eine Frau, die versucht, ihr Geheimnis mitzuteilen. Eine verzweifelte Frau, die durch Liebe sich mit sich selbst zu vereinen sucht. Vor der Unermeßlichkeit des Geheimnisses steht man wie ein Tausendfüßler, der den Boden unter den Füßen verliert. Jedes Tor, das sich auftut, führt in eine größere Leere. Man muß wie ein Stern in dem pfadlosen Meer der Zeit schwimmen. Man muß die Geduld von Radium haben, das unter einem Himalajagipfel vergraben liegt.

Es ist jetzt an die zwanzig Jahre her, seit ich das Studium der photogenen Seele begann. In dieser Zeit habe ich Hunderte von Experimenten gemacht. Das Ergebnis ist, daß ich ein wenig mehr – über mich selbst weiß. Ich glaube, es muß wohl etwas Ähnliches wie bei dem politischen Führer oder dem militärischen Genie sein. Man entdeckt nichts von den Geheimnissen des Universums – bestenfalls lernt man etwas über die Natur des Schicksals.

Am Anfang will man an jedes Problem direkt herangehen. Je direkter und beharrlicher die Annäherung ist, desto rascher und sicherer gelingt es einem, sich im Netz zu verfangen. Niemand ist hilfloser als der heroische Mensch. Und niemand kann mehr Tragödie und Verwirrung stiften als ein solcher Typ. Indem er sein Schwert über dem gordischen Knoten schwingt, verspricht er eine rasche Erlösung. Ein Wahn, der in einem Meer von Blut endet.

Der schöpferische Künstler hat etwas mit dem Helden gemeinsam. Obschon er auf einer anderen Ebene wirkt, glaubt auch er, daß er Lösungen zu bieten hat. Er gibt sein Leben dafür hin, um imaginäre Siege zu erringen. Am Schluß jedes großen Experiments – gleichgültig, ob es der Staatsmann, der Krieger, der Dichter oder der Philosoph durchführt – zeigen die Probleme des Lebens das gleiche rätselhafte Aussehen. Die glücklichsten Völker, sagt man, seien diejenigen, die keine Geschichte haben. Diejenigen, die eine historische Vergangenheit ihr eigen nennen und die Geschichte gemacht haben, scheinen mit ihren Leistungen nur die Ewigkeit des Kampfes bestätigt zu haben. Sie verschwinden zum Schluß ebenso wie diejenigen, die keine Anstrengung machen, sondern damit zufrieden sind, einfach zu leben und das Leben zu genießen.

Der schöpferische Mensch soll (beim Ringen mit seinem Ausdrucksmittel) ein Glücksgefühl empfinden, das die Mühe und Qual aufwiegt, wenn es diese nicht sogar überwiegt, die das Streben, einen künstlerischen Ausdruck zu finden, begleiten. Er lebt für sein Werk, sagen wir. Aber diese einzigartige Lebensart ist je nach dem Menschen äußerst verschieden. Nur in dem Maße, in dem er sich eines intensiveren, reicheren Lebens bewußt ist, kann man von ihm behaupten, daß er für sein Werk lebt. Wo das Bewußtsein fehlt, hat es weder Sinn noch Vorteil, das abenteuerliche Leben der Wirklichkeit durch das der Phantasie zu ersetzen. Jedermann, der sich über die Aktivitäten des täglichen Einerleis erhebt, tut das nicht nur in der Hoffnung, den Bereich seiner Erfahrungen zu erweitern, sondern um den Prozeß zu beschleunigen. Nur in diesem Sinn hat der Kampf überhaupt eine Bedeutung. Nimmt man diesen Standpunkt ein, wird der Unterschied zwischen Fehlschlag und Erfolg aufgehoben. Und das erfährt jeder große Künstler auf seinem Weg – nämlich, daß der Prozeß, in den er verwickelt ist, mit einer anderen Dimension des Lebens zu tun hat, und daß er, indem er sich mit diesem Prozeß identifiziert, das Leben *bereichert*. Bei dieser Anschauung der Dinge steht er dauernd abseits – und geschützt – von und vor dem tükkischen Tod, der rings um ihn zu triumphieren scheint. Er ahnt, daß das große Geheimnis zwar nie verstanden, aber seinem Wesen einverleibt wird. Er muß sich zu einem Teil des Mysteriums machen, um sowohl *in* als auch mit ihm zu leben. Hinnahme ist die Erlösung: Sie ist eine Kunst, nicht eine egoistische Leistung des Intellekts. Durch die Kunst also stellt man schließlich Kontakt mit der Wirklichkeit her: Das ist die große Entdeckung. Hier ist alles Spiel und Erfindung. Hier gibt es keinen festen Boden, von dem aus die Projektile gestartet werden können, die die Miasmen von Torheit, Unwissenheit und Gier durchdringen sollen. Die Welt braucht *nicht* in Ordnung gebracht zu werden: Die Welt ist formgewordene Ordnung. An uns ist es, uns in Einklang mit dieser Ordnung zu bringen, zu wissen, was die Weltordnung im Gegensatz zu den Ordnungen unseres Wunschdenkens ist, die wir einander aufzuzwingen suchen. Die Macht, die wir gerne besitzen möchten, um dem Guten, dem Wahren und Schönen zum Sieg zu verhelfen, würde sich, wenn wir sie besitzen könnten, nur als ein Mittel gegenseitiger Zerstörung erweisen. Es ist ein Glück, daß wir machtlos sind. Wir müssen zuerst Einsicht, dann Disziplin und Nachsicht lernen. Bis wir die Demut haben, das Vorhandensein einer über die unsrige hinausgehenden Einsicht anzuerkennen, bis wir Glauben und Vertrauen in übergeordnete Kräfte haben, muß der Blinde den Blinden führen. Die Menschen, die glauben, daß Arbeit und Verstand alles vermögen, werden immer wieder durch ausgefallene und unvorhersehbare Wendungen der Ereignisse enttäuscht. Sie sind diejenigen, die dauernd enttäuscht sind. Da sie nicht länger den Göttern oder Gott die Schuld geben können, wenden sie sich gegen ihre Mitmenschen und machen ihrem ohnmächtigen Zorn Luft mit dem Schrei: »Verrat! Dummheit!« und anderen leeren Worten.

Die große Freude des Künstlers besteht darin, daß er einer höheren Ordnung der Dinge gewahr wird und dadurch, daß er sich zwangsläufig und spontan seiner Impulse bedient, die Ähnlichkeit zwischen menschlicher Schöpfung und dem, was »göttliche« Schöpfung genannt wird, erkennt. In Werken der Phantasie ist das Vorhandensein eines Gesetzes, das sich durch Ordnung offenbart, sogar noch augenfälliger als in anderen Kunstwerken. Nichts ist weniger verrückt, weniger chaotisch als ein Werk der Phantasie. Eine solche Schöpfung, die nichts weniger als reine Erfindung ist, durchdringt alle Ebenen – schafft sich wie Wasser seine eigene Ebene. Die endlosen Auslegungen, die vorgebracht werden, leisten keinen Beitrag, außer daß sie die Bedeutung des scheinbar Unverständlichen noch erhöhen. Diese Unverständlichkeit bekommt irgendwie einen tieferen Sinn. Jedermann ist beeindruckt, einschließlich diejenigen, die vorgeben, nicht beeindruckt zu sein. Etwas ist in den Werken der Phantasie vorhanden, das nur mit einem Elixier verglichen werden kann. Dieses geheimnisvolle, oft als »reiner Unsinn« bezeichnete Element bringt den Duft und die Würze dieser größeren und völlig undurchdringlichen Welt mit sich, in der wir und alle Himmelskörper ihr Dasein haben. Das Wort »Unsinn« ist eines der verwirrendsten Worte unseres Vokabulars. Es hat nur eine negative Eigenschaft – wie der Tod. Niemand kann Unsinn erklären: Man kann ihn nur demonstrieren. Dem noch hinzuzufügen, daß Sinn und Unsinn austauschbar sind, hieße nur, das noch zu betonen. Unsinn gehört anderen Welten, anderen Dimensionen an, und die Geste, mit der wir ihn zeitweise von uns weisen, die Endgültigkeit, mit der wir ihn abtun, bezeugt seine beunruhigende Natur. Was wir nicht in unser enges Begriffssystem eingliedern können, lehnen wir ab. So kann man vielleicht sehen, daß Tiefe und Unsinn gewisse unerwartete Ähnlichkeiten haben.

Warum stürzte ich mich nicht sofort in reinen Unsinn? Weil ich, wie andere, Angst davor hatte. Und überzeugender als das war die Tatsache, daß ich, weit davon entfernt, mich in ein Jenseits zu versetzen, zutiefst in dem Netz gefangen war. Ich hatte meine eigene destruktive Schulung im Dadaismus überlebt: Ich war, wenn dies das richtige Wort ist, fortgeschritten vom Lernenden zum Kritiker und Streitaxtschwinger. Meine literarischen Versuche lagen in Trümmern wie die von den Vandalen geplünderten Städte des Altertums. Ich wollte aufbauen, aber die

Materialien waren unzuverlässig und die Pläne nicht einmal zu Blaupausen gediehen. Wenn die Substanz der Kunst die menschliche Seele ist, dann muß ich gestehen, daß ich, da es tote Seelen waren, nichts unter meinen Händen keimen sehen konnte.

In der Überfülle dramatischer Episoden gefangen und unaufhörlich beteiligt zu sein, bedeutet unter anderem, daß man die Umrisse dieses größeren Dramas nicht gewahr wird, von dem die menschliche Aktivität nur ein kleiner Teil ist. Der Akt des Schreibens setzt einer Art der Aktivität ein Ende, um eine andere freizusetzen. Wenn ein Mönch, vom Gebet erfüllt, meditierend langsam und schweigend durch die Halle eines Tempels schreitet und so schreitend eine Gebetsmühle nach der anderen in Tätigkeit setzt, liefert er ein lebendiges Bild dessen, was geschieht, wenn man sich zum Schreiben hinsetzt. Der Geist des Schriftstellers, nicht länger mit Beobachten und Wissen beschäftigt, ergeht sich meditierend in einer Welt von Formen, die er allein durch die Berührung seiner Schwingen in Bewegung versetzt. Nicht wie ein Tyrann, der seinen Willen an den unterjochten Günstlingen seines usurpierten Königreichs ausläßt. Eher ein Forscher, der die schlummernden Gebilde seines Traumes ins Leben ruft. Der Akt des Träumens versetzt, wie ein frischer Luftzug in einem verlassenen Haus, die Einrichtung des Geistes in eine neue Umwelt. Die Stühle und Tische arbeiten mit, ein Effluvium setzt ein, ein Spiel hat begonnen.

Nach dem Zweck dieses Spieles zu fragen, in welcher Beziehung es zum Leben steht, ist müßig. Ebensogut kann man den Schöpfer fragen, wozu Vulkane? Warum Orkane? – da sie offensichtlich nur Katstrophen hervorbringen. Aber so wie Katastrophen nur für die davon Betroffenen Katastrophen sind, während sie aufschlußreich für diejenigen sein können, die sie überleben und erforschen, genauso ist es mit der schöpferischen Welt. Der Träumer, der von seiner Reise zurückkehrt, kann und wird gewöhnlich, wenn er nicht unterwegs Schiffbruch erleidet, den Zerfall seines zarten Traumgebildes in anderen Stoff verwandeln. Bei einem Kind mag das Zerplatzen einer Seifenblase nichts anderes hervorrufen als Überraschung und Entzücken. Der Beobachter von Illusionen und Luftspiegelungen reagiert vielleicht anders. Ein Wissenschaftler mag einer Seifenblase den Gefühlsreichtum einer Gedankenwelt entgegenbringen. Dasselbe Phänomen, welches das Kind vor Vergnügen jauchzen läßt, kann im Denken eines seriösen Experimentators zu einer verblüffenden Vision der Wahrheit führen. In dem Künstler scheinen sich diese gegensätzlichen Reaktionen zu verbinden oder zu verschmelzen, um diesen letzten, *Verwirklichung* genannten großen Katalysator hervorzubringen. Sehen, wissen, entdecken, Freude empfinden – diese Fähigkeiten oder Kräfte sind blaß und leblos, wenn sie nicht verwirklicht werden: Das Spiel des Künstlers besteht darin, die Wirklichkeit zu überwinden. Das heißt, über die reine »Katastrophe« hinauszusehen, die dem bloßen Auge das Bild eines verlorenen Schlachtfeldes bietet. Denn seit Menschengedenken kann das Bild, das die Welt dem bloßen menschlichen Auge geboten hat, kaum anders erscheinen als ein mörderisches Schlachtfeld für eine verlorene Sache. So war es, und so wird es bleiben, bis der Mensch aufhört, sich bloß als den Träger des Konflikts zu betrachten. Bis er die Aufgabe in Angriff nimmt, das »Ich seines Ichs« zu werden.

10

An Samstagen legte ich gewöhnlich mittags die Arbeit nieder und ging entweder mit Hymie Laubscher und Romero oder mit O'Rourke und O'Mara zum Mittagessen. Manchmal gesellte sich Curley zu uns oder George Miltiades, ein griechischer Dichter und Gelehrter, einer der Boten. Hin und wieder lud O'Mara Irma und Dolores ein, uns Gesellschaft zu leisten. Sie hatten sich von einfachen Sekretärinnen im kosmokokkischen Stellenvermittlungsbüro zu Einkäuferinnen in einem großen Warenhaus auf der Fifth Avenue emporgearbeitet. Das Essen zog sich gewöhnlich bis drei oder vier Uhr nachmittags hin. Dann machte ich mich mit schleppenden Füßen auf den Weg nach Brooklyn, um Maude und der Kleinen meinen wöchentlichen Besuch abzustatten.

Da noch Schnee lag, konnten wir nicht mehr unsere Spaziergänge durch den Park machen. Maude hatte zumeist ein Negligé an und einen Bademantel darüber. Ihre langen Haare hingen offen fast bis zu ihrer Hüfte herab. Die Zimmer waren überheizt und mit Möbeln überladen. Gewöhnlich hatte sie eine Pralinenschachtel neben der Couch, auf der sie sich ausruhte.

Die Begrüßung, die wir tauschten, hätten einen glauben lassen, daß wir alte Freunde seien. Manchmal war das Kind nicht da, wenn ich kam, sondern in ein Nachbarhaus gegangen, um mit einer kleinen Freundin zu spielen.

»Sie hat bis drei Uhr auf dich gewartet«, sagte Maude mit leise vorwurfsvoller Miene, aber insgeheim entzückt, daß es sich so ergeben hatte. Ich erklärte, daß meine Arbeit mich im Büro festgehalten habe. Daraufhin warf sie mir einen Blick zu, der bedeutete: »Ich kenne deine Ausreden. Warum denkst du dir nicht mal was anderes aus?«

»Wie geht es deiner Freundin Dolores?« fragte sie plötzlich. »Oder –« sie streifte mich mit einem scharfen Blick – »ist sie nicht mehr deine Freundin?«

Solche Fragen sollten eine zarte Anspielung darauf sein, daß sie hoffte, ich würde die andere Frau (Mona) nicht so betrügen, wie ich sie betrogen hatte. Sie erwähnte natürlich Monas Namen nie, ebensowenig wie ich das tat. Sie sagte »sie« oder »ihr« in einer Art, die unmißverständlich klarmachte, wen sie meinte.

Diesen Fragen haftete auch ein Unterton von tieferer Bedeutung an. Da das Scheidungsverfahren sich erst im Anfangsstadium befand und der Bruch dem Gesetz nach noch nicht definitiv vollzogen war, konnte man nicht sagen, was in der Zwischenzeit noch alles geschehen würde. Wir waren wenigstens keine Feinde mehr. Es gab immer noch das Kind zwischen uns – ein starkes Band. Und bis sie ihr Leben anders einrichten konnte, waren beide noch von mir abhängig. Sie hätte gern mehr über mein Leben mit Mona gewußt, ob es so glatt ging, wie wir erwartet hatten, oder nicht, aber ihr Stolz verbot ihr, allzu offene Fragen zu stellen. Zweifellos überlegte sie insgeheim, daß die sieben Jahre, die wir zusammen gelebt hatten, einen nicht ganz unbedeutenden Faktor in dieser allem Anschein nach delikaten Situation darstellten. Eine falsche Bewegung von Monas Seite, und ich würde wieder in meinen alten Trott verfallen. Es war ihr daran gelegen, das Beste aus dieser seltsamen neuen Freundschaft, die wir geschlossen hatten, zu machen. Sie konnte vielleicht den Boden für eine andere und tiefere Beziehung vorbereiten.

Sie tat mir manchmal leid, wenn diese unausgesprochene Hoffnung sich nur zu deutlich zeigte. Meinerseits hatte ich nie die geringste Angst, ich könnte wieder in den alten Trott des Ehelebens mit ihr zurücksinken. Sollte Mona etwas zustoßen – eine andere Trennung als die durch den Tod konnte ich mir nicht vorstellen –, so würde ich jedenfalls nie wieder ein Leben mit Maude beginnen. Viel wahrscheinlicher war, daß ich mich jemandem wie Irma oder Dolores, ja sogar Monica, der kleinen Kellnerin aus dem griechischen Restaurant, zuwenden würde.

»Warum setzt du dich nicht neben mich – ich beiße dich nicht.«

Ihre Stimme schien von weit her zu kommen. Häufig, wenn Maude und ich allein waren, wanderten meine Gedanken fort. Ich reagierte dann wie zum Beispiel jetzt in einem halb entrückten Zustand, wobei der Körper ihren Wünschen gehorchte, während ich sonst abwesend war. Immer entspann sich zwischen uns ein kurzer Willenskampf – oder vielmehr ein Kampf zwischen ihrem Willen und meiner Willenlosigkeit. Ich hatte keine Lust, ihre erotische Phantasie zu kitzeln. Ich war gekommen, um einige Stunden totzuschlagen, und wollte fortgehen, ohne frische Wunden zu öffnen. Gewöhnlich jedoch strich meine Hand geistesabwesend über ihr üppigen Formen. Zuerst war nicht mehr daran als die unwillkürliche Liebkosung, die man einem Lieblingstier angedeihen läßt. Aber allmählich ließ sie mich spüren, daß sie mit heimlichem Vergnügen darauf reagierte. Dann, gerade wenn es ihr gelungen war, meine Aufmerksamkeit auf ihren Körper zu lenken, machte sie eine abrupte Bewegung, um die Verbindung abzubrechen.

»*Vergiß nicht, ich bin nicht mehr deine Frau!*«

So etwas schleuderte sie mir mit Vorliebe ins Gesicht, da sie wußte, daß es mich zu erneuten Bemühungen veranlassen, daß es mein Denken und auch meine Finger auf das verbotene Objekt hinlenken würde: auf sie selbst. Diese Zurechtweisungen dienten noch einem anderen Zweck – sie weckten ein Bewußtsein ihrer Macht, zu gewähren oder zu verweigern. Sie schien immer mit ihrem Körper zu sagen: »Du kannst ihn nicht bekommen, wenn du keine Notiz von *mir* nimmst.« Die Vorstellung, ich könnte mit ihrem Körper allein zufrieden sein, war höchst demütigend für sie. »Ich würde dir mehr geben, als sonst eine Frau dir bieten kann«, schien sie zu sagen, »wenn du mich nur *ansehen*, nur *mich*, mein wahres Selbst, sehen würdest.« Sie wußte nur zu gut, daß ich über sie hinwegsah, daß die Verschiebung unserer Mittelpunkte nun viel wirklicher, viel gefährlicher war als je. Sie wußte auch, daß es keinen anderen Weg gab, mich zu erreichen, als durch den Körper.

Es ist eine sonderbare Tatsache, daß ein Körper, wie vertraut er auch dem Auge und der Berührung sein mag, beredt geheimnisvoll werden kann in dem Augenblick, wo wir spüren, daß sein Besitzer sich uns entzieht. Ich erinnere mich an den erneuten Eifer, mit dem ich Maudes Körper erforschte, nachdem ich erfuhr, daß sie einen Arzt zu einer vaginalen Untersuchung aufgesucht hatte. Was der Sache noch eine besondere Würze verlieh, war die Tatsache, daß der Arzt ein alter Verehrer von ihr war, einer von den Verehrern, die sie nie erwähnt hatte. Aus heiterem Himmel verkündete sie eines Tages, daß sie bei ihm in der Sprechstunde gewesen sei, daß sie eines Tages gefallen sei, wovon sie mir nichts gesagt hatte, und nachdem sie unlängst ihrem alten Liebhaber in die Arme gelaufen war, von dem sie wußte, daß sie ihm trauen durfte (!), hatte sie beschlossen, sich von ihm untersuchen zu lassen.

»Du bist einfach zu ihm hingegangen und hast ihn gebeten, dich zu untersuchen?«

»Nein, nicht ganz so.« Sie mußte selbst darüber lachen.

»Nun, wie war's denn dann?«

Ich wollte wissen, ob er bei ihr im Laufe der inzwischen vergangenen fünf oder sechs Jahre eine Veränderung zum Vorteil oder Nachteil festgestellt hatte. Hatte er irgendwelche Annäherungsversuche unternommen? Er war zwar verheiratet, was sie mir schon früher erzählt hatte. Aber er war auch ungewöhnlich gut aussehend, eine anziehende Persönlichkeit, wie sie sich bemüßigt fühlte, mir mitzuteilen.

»Nun, was für ein Gefühl war es, sich auf den Tisch zu legen und die Beine vor deinem alten Liebhaber auseinanderzuspreizen?«

Sie versuchte mir zu verstehen zu geben, daß sie völlig frigid geworden sei, daß Dr. Hilary – oder wie zum Teufel immer er hieß – sie aufgefordert habe, sich völlig zu entspannen, daß er sie daran erinnert habe, er handle als Arzt und so weiter und so fort.

»Na, und hast du dich entspannt – schließlich?«

Wieder lachte sie dieses quälende Lachen, das sie immer produzierte, wenn sie von »genierlichen« Dingen sprechen mußte.

»Nun, was hat er getan?« drängte ich.

»Oh, nicht viel, wirklich. Er untersuchte nur die Vagina (sie wollte nicht sagen *meine* Vagina!) mit seinem Finger. Er hatte natürlich einen Gummihandschuh übergezogen.« Sie fügte das hinzu, um sich von dem Verdacht reinzuwaschen, die Prozedur könnte etwas anderes als rein sachlich gewesen sein.

»Er sagte, es sei alles in bester Ordnung«, sagte sie zu meiner Überraschung aus freien Stücken.

»Ach, hat er das gesagt, was? Er hat dich demnach eingehend untersucht?«

Die Erinnerung an diesen kleinen Vorfall war durch eine Bemerkung geweckt worden, die sie gerade gemacht hatte. Sie sagte, sie sei beunruhigt gewesen wegen der alten Schmerzen, die sich unlängst wieder eingestellt hätten. Sie beschrieb noch einmal, wie sie vor Jahren gefallen war und wie sie irrtümlich geglaubt hatte, sie habe sich das Becken verletzt. Sie sprach mit solchem Ernst, daß ich, als sie meine Hand ergriff und sie über ihre Scheide gerade auf die Erhöhung des Venusbergs legte, diese Geste für völlig unschuldig hielt. Sie hatte dort einen dichten Haarwuchs, einen richtigen Rosenbusch, der, wenn die Finger sich in seine Reichweite verirrten, sich sofort aufrichtete, steif wie eine Bürste wurde. Es war eines dieser buschigen Dinger, die einen verrückt machen, wenn man sie durch ein dünnes Gewebe von Seide oder dünnem Samt berührt. Häufig, in der ersten Zeit, wenn sie reizvolle dünne Sachen trug, sich kokett und verführerisch benahm, griff ich rasch danach und hielt ihn fest, selbst wenn wir uns an einem öffentlichen Ort, im Foyer eines Theaters oder in einer Hochbahnstation befanden. Dann wurde sie zumeist wütend auf mich. Aber wenn ich dicht bei ihr stand und meine tastende Hand so den Blicken anderer entzogen war, hielt ich ihn weiter fest und sagte: »Niemand kann sehen, was ich tue. Rühr dich nicht!« Und ich sprach weiter auf sie ein, meine Hand in ihrer Muff vergraben, sie hypnotisiert vor Angst. Im Theater spreizte sie immer, sobald die Lichter gedämpft wurden, die Beine, damit ich mit ihr mein Spiel treiben konnte. Sie fand nichts dabei, dann meinen Hosenschlitz aufzuknöpfen und während der Aufführung mit meinem Piephahn zu spielen.

Ihre Mieze hatte immer noch ihre Reize. Ich wurde mir dessen bewußt, als meine Hand jetzt am Rand ihrer dicken Felltasche lag. Sie hielt dauernd ein Gespräch im Fluß, um den peinlichen Augenblick hinauszuzögern, wenn nur noch der Druck meiner Hand dasein würde und das stillschweigende Eingeständnis, daß sie sich wünschte, sie möge dort verweilen.

Als sei ich lebhaft an dem interessiert, was sie erzählte, erinnerte ich sie plötzlich an ihren Stiefvater, den sie verloren hatte. Wie von mir erwartet, ging sie sofort begeistert auf die Anregung ein. Erregt allein schon durch die Erwähnung seines Namens, legte sie ihre Hand auf die meine und drückte sie herzhaft. Daß meine Hand ein wenig tiefer hinunterschlüpfte, die Finger sich in dem dichten Vlies verfingen, schien sie – für den Augenblick wenigstens – überhaupt nicht zu stören. Sie fuhr fort, ganz wie ein Schulmädchen von ihm zu schwärmen. Als meine Finger sich verflochten und entflochten, fühlte ich, wie eine doppelte Leidenschaft sich in mir regte. Vor Jahren, als ich sie zum erstenmal besuchte, war ich von einer heftigen Eifersucht auf diesen Stiefvater geplagt. Sie war damals ein Mädchen von zweiundzwanzig oder dreiundzwanzig Jahren, mit voll erblühter Figur, reif in jedem Sinne des Wortes. Sie in der Abenddämmerung beim Fenster auf seinem Schoß sitzen zu sehen, wobei sie zu ihm mit leiser, zärtlicher Stimme sprach, machte mich rasend. »Ich liebe ihn«, sagte sie, als entschuldigte das ihr Benehmen, denn bei ihr bedeutete das Wort Liebe etwas Reines, etwas von fleischlicher Lust Getrenntes. Es war im Sommer, als diese Szenen sich abspielten, und ich, der ich nur darauf wartete, daß der alte Knacker sie freigab, war mir nur zu sehr des warmen, nackten Fleisches unter dem dünnen, gazeartigen Kleid, das sie trug, bewußt. Sie hätte ebensogut nackt auf seinem Schoß sitzen können, dachte ich. Ich war mir immer ihres Gewichts auf seinem Schoß bewußt, immer der Art bewußt, wie sie sich mit sanft wiegenden Schenkeln, ihren üppigen Spalt fest über seinem Hosenschlitz verankernd, auf ihm zurechtsetzte. Ich war sicher, daß er, wie rein die Liebe des alten Mannes zu ihr auch war, gewahr geworden sein mußte, welch saftige Frucht er in den Armen hielt. Nur ein Leichnam hätte unzugänglich für den Saft und die Glut sein können, die von diesem warmen Körper ausgingen. Außerdem, je besser ich sie kennenlernte, desto natürlicher fand ich es für sie, daß sie ihren Körper in dieser verstohlenen, lüsternen Art anbot. Ein inzestuöses Verhältnis war bei ihr nicht unmöglich. Wenn sie schon »geschändet« werden mußte, zog sie es vor, daß das durch den Vater, den sie liebte, geschah. Die Tatsache, daß er nicht ihr wirklicher Vater, sondern der von ihr auserwählte war, vereinfachte die Sachlage, wenn sie überhaupt jemals so weit ging, offen an solche Dinge zu denken. Es war diese verdammte, pervertierte Bindung, die es für mich damals so schwierig machte, sie in ein klares, offenes Sexualverhältnis zu führen. Sie erwartete von mir eine Liebe, die ich ihr nicht geben konnte. Sie wollte, daß ich sie verhätschelte wie ein Kind, ihr süße Nichtigkeiten ins Ohr flüsterte, sie liebkoste, verwöhnte und aufheiterte. Sie wollte, daß ich sie in einer absurden, inzestuösen Weise in die Arme schloß und streichelte. Sie wollte nicht zugeben, daß sie eine Scheide hatte und ich einen Schwanz. Sie wollte Liebesgeflüster und stumme, heimliche Knutschereien, Erforschungen mit den Händen. Ich war ihr zu direkt, zu brutal.

Nachdem sie es richtig zu schmecken bekommen hatte, war sie fast von Sinnen vor Leidenschaft, Zorn, Scham, Demütigung und was noch alles. Sie hatte offensichtlich nie geglaubt, daß es so genußreich – oder auch so ekelhaft sein würde. Das – für sie – Ekelhafte war die Hingabe. Zu denken, daß zwischen den Beinen des Mannes etwas hing, was sie sich selbst völlig vergessen lassen konnte, war für sie zum Verzweifeln. Sie wollte so sehr unabhängig, wenn nicht ganz Kind sein. Sie wollte nichts wissen von dem Zwischengebiet, dem Sichergeben, der Verschmelzung, dem Austausch. Sie wollte dieses kleine, in ihrer Brust verborgene verkrampfte Innerste ihres Ichs bewahren und sich nur das legitime Vergnügen gestatten, den Körper preiszugeben. Daß Körper und Seele nicht getrennt werden konnten, besonders nicht im Geschlechtsakt, war für sie eine Quelle tiefsten Kummers. Sie benahm sich immer so, als habe sie damit, daß sie ihre Möse der

Erforschung durch den Penis überließ, etwas verloren, ein Teilchen ihres unergründlichen Ichs, ein Element, das nie ersetzt werden konnte. Je mehr sie dagegen ankämpfte, desto vollständiger lieferte sie sich aus. Keine Frau vermag so wild zu vögeln wie die Hysterikerin, die ihren Geist frigid gemacht hat.

Während ich nun mit den steifen, drahtigen Haaren ihres Busches spielte, gelegentlich einen Finger sich hinunter zur Spitze ihrer Möse verirren ließ, wanderten meine Gedanken vagabundierend tief in die Vergangenheit zurück. Ich hatte fast das Gefühl, daß ich ihr Stiefvater war, daß ich mit dieser lüsternen Tochter in der hypnotischen Dämmerung eines überheizten Zimmers spielte. Alles war gleichzeitig falsch, tief und wirklich. Wenn ich mich so, wie sie es wollte, verhalten, die Rolle des zärtlichen, verständnisvollen Liebhabers spielen würde, bestünde kein Zweifel hinsichtlich der Belohnung. Sie würde mich mit leidenschaftlicher Hingabe verschlingen. Es galt nur, den Schein aufrechtzuerhalten, und schon würde sie ihre Schenkel mit einer vulkanischen Glut öffnen.

»Laß mich sehen, ob es innen weh tut«, flüsterte ich, zog meine Hand weg und ließ sie geschickt unter das dünne Gewebe und ihre Scheide hinaufgleiten. Die Säfte sickerten aus ihr, ihre Beine glitten weiter auseinander und reagierten auf den leisesten Druck meiner Hand.

»Hier . . . tut es *hier* weh?« fragte ich, wobei ich tief in sie eindrang.

Ihre Augen waren halb geschlossen. Sie nickte ausdruckslos, was weder ja noch nein bedeutete. Ich schob noch zwei Finger in ihre Möse und legte mich wortlos neben sie. Ich schob den Arm unter ihren Kopf und zog sie sanft an mich, während meine Finger noch immer flink die aus ihr sickernden Säfte zum Schäumen brachten. Sie lag still, völlig passiv da, ihre Gedanken ganz von dem Spiel meiner Finger absorbiert. Ich nahm ihre Hand und ließ sie in meinen Hosenschlitz gleiten, dessen Knöpfe sich wie durch einen Zauber geöffnet hatten. Sie umfaßte mein Glied fest und zart, liebkoste es mit geübtem Griff. Verstohlen streifte ich sie mit einem raschen Blick und sah einen fast seligen Ausdruck in ihrem Gesicht. Das war's, was sie gern hatte, dieser blinde, tastende Austausch von Gefühlen. Wenn sie nur wirklich in Schlaf fallen, sich ficken lassen und so tun könnte, als habe sie keinen aufmerksamen, wachen Anteil daran . . . nur einfach sich völlig hingeben und doch unschuldig sein könnte . . . was wäre das für eine Wonne! Sie hatte es gern, ganz tief innen gefickt zu werden, während sie still, wie in Trance, dalag. Die Signalvorrichtungen aufgerichtet, geöffnet, jubilierend, zuckend, erregt, saugend, umklammernd – so konnte sie nach Herzenslust ficken, ficken, bis der letzte Tropfen Saft herausgepumpt war.

Jetzt war es dringend erforderlich, keine falsche Bewegung zu machen, nicht die dünne Haut zu durchlöchern, die sie noch immer wie ein Kokon um ihr nacktes, fleischliches Ich spann. Der Übergang vom Finger zum Pint erforderte die Geschicklichkeit eines Hypnotiseurs. Die fast unerträgliche Lust mußte ganz allmählich gesteigert werden, als wäre sie ein Gift, an das sich der Körper nur allmählich gewöhnte. Sie würde durch den Schleier des Gespinstes gefickt werden müssen, ganz wie vor Jahren, als ich, um sie zu nehmen, sie durch ihr Nachthemd notzüchtigen mußte. Ein teuflischer Gedanke kam mir in den Sinn, als mein Schwanz vor Wonne unter ihren geschickten Liebkosungen zuckte. Ich dachte daran, wie sie in der Dämmerung auf dem Schoß ihres Stiefvaters saß, ihren Spalt wie immer an seinen Hosenschlitz gepreßt. Ich fragte mich, was für ein Gesicht sie gemacht hätte, hätte sie gefühlt, daß sein Glühwurm in ihre verträumte Möse eindrang. Wenn, während sie ihm die perverse Litanei ihrer Jungmädchenschwärmerei in die Ohren flüsterte, ohne zu merken, daß ihr gazeartiges Kleid nicht mehr ihre nackten Hinterbacken bedeckte, dieses unaussprechliche, zwischen seinen Beinen versteckte Ding sich plötzlich bolzengerade aufgerichtet und in sie hineingewunden hätte, explodierend wie eine Wasserpistole. Ich schaute sie an, um zu sehen, ob sie meine Gedanken lesen konnte, während ich die Fältchen und Vertiefungen ihrer entflammten Möse mit kühnen, unternehmungslustigen Fühlern erforschte. Ihre Augen waren fest geschlossen, ihre Lippen wollüstig geteilt, der untere Teil ihres Körpers begann zu wippen und sich zu winden, als versuche er sich aus einem Netz zu befreien. Sanft nahm ich ihre Hand von meinem Schwanz fort, während ich gleichzeitig behutsam ihr eines Bein hob und es über mich schlang. Einige Augenblicke ließ ich meinen Pint am Eingang ihres Spaltes auf und ab zucken, ihn von vorne nach hinten und wieder zurück gleiten, als wäre er ein biegsames Gummispielzeug. Ein blöder Refrain ging mir durch den Kopf: »Rat mal, was ist das, was ich über deinen Kopf halte – *was Feines oder Superfeines?*« Ich spannte sie mit diesem Spielchen eine Weile auf die Folter, steckte dann und wann die Eichel meines Schwanzes ein Stück weit hinein, führte sie dann hinauf zur Spitze ihrer Scheide und ließ sie sich an ihr taufrisches Vlies schmiegen. Ganz plötzlich atmete sie schwer und schwang sich mit weit geöffneten Augen zu einer ganzen Drehung herum. Indem sie sich auf Händen und Füßen im Gleichgewicht hielt, bemühte sie sich wie von Sinnen, meinen Schwanz mit ihrer glitschigen Falle einzufangen. Ich legte beide Hände um ihre Hinterbacken, während die Finger ein Glissando dem inneren Rand ihrer geschwollenen Möse entlang vollführten, und indem ich sie öffnete, wie man das bei einem eingerissenen Gummiball tun würde, brachte ich meinen Pint an die empfindsame Stelle und wartete, daß sie käme. Einen Augenblick lang glaubte ich, sie sei plötzlich anderen Sinnes geworden. Ihr Kopf, der lose heruntergehangen hatte, während die Augen hilflos den wilden Bewegungen ihrer Möse folgten, richtete sich jetzt straff auf, und der Blick war plötzlich auf einen Punkt über meinem Kopf gerichtet. Ein Ausdruck äußerster selbstischer Lust erfüllte ihr aufgerissenes, umherwanderndes Auge, und als sie mit dem Hintern zu rotieren begann, während mein Schwanz nur halb in ihr steckte, fing sie an, an ihrer Unterlippe zu kauen. Da glitt ich ein wenig tiefer hinunter, und indem ich sie mit meiner ganzen Kraft herunterzog, stieß ich ihn tief bis ans Heft hinein, so daß sie ein Stöhnen hören ließ und ihr Kopf vornüber auf das Kissen sank. In diesem Augenblick, als ich ebensogut eine Mohrrübe hätte nehmen und damit in ihr herumfuhrwerken können, hörten wir ein lautes Klopfen an der Tür. Wir waren beide so erschrocken, daß unsere Herzen fast zu schlagen aufhörten. Wie gewöhnlich faßte sie sich zuerst. Indem sie sich von mir losriß, lief sie zur Tür.

»Wer ist da?« fragte sie.

»Ich bin's nur«, kam die schüchterne, zitterige Stimme, die ich sofort erkannte.

»Ach, du bist's! Warum hast du das nicht gesagt? Was gibt's?«

»Ich wollte nur wissen«, kam die schwache, schleppende Stimme mit einer Langsamkeit, die einen zur Verzweiflung treiben konnte, »ob Henry da ist?«

»Ja, natürlich ist er da«, fuhr Maude sie an, indem sie sich zusammennahm. »Oh, Melanie«, sagte sie, als ob diese sie auf die Folter spanne, »ist das alles, was du wissen wolltest? Konntest du nicht . . .?«

»Da ist ein Telefonanruf für Henry«, sagte die arme, alte Melanie. Und dann, sogar noch langsamer, als könnte sie sich nur gerade zu so viel aufraffen: »Ich . . . glaube . . . es ist wichtig.«

»Na schön«, rief ich, stand von der Couch auf und knöpfte meinen Hosenschlitz zu, »ich komme gleich!«

Als ich den Hörer nahm, bekam ich einen richtigen Schreck. Es war Curley, der aus Schloß Schabenhall anrief. Er könne mir nicht sagen, was los sei, beteuerte er, aber ich sollte so schnell wie möglich nach Hause kommen.

»Quatsch nicht so daher«, sagte ich, »sag mir die Wahrheit. Was ist passiert? Ist was mit Mona?«

»Ja«, erwiderte er, »aber sie wird schon bald wieder in Ordnung sein.«

»Sie ist also nicht tot?«

»Nein, aber es war nahe daran. Mach schnell . . .« Und damit legte er auf.

In der Diele wäre ich fast mit Melanie zusammengestoßen, die mit halb entblößtem Busen umherhumpelte und von melancholischer Befriedigung erfüllt schien. Sie sah mich mit einem verständnisvollen Blick an, einer Mischung aus Mitleid, Neid und Vorwurf.

»Ich hätte dich nicht gestört, weiß du –« ihre Stimme war langsam und affektiert – »wenn nicht gesagt worden wäre, es sei dringend«, und sie schleppte ihren Leib zur Treppe hin, »lieber Gott, es gibt soviel zu tun. Wenn man jung ist . . .«

Ich wartete nicht, bis sie zu Ende gesprochen hatte. Ich lief hinunter und fast in Maudes Arme.

»Was ist los?« fragte sie besorgt. Dann, da ich nicht sofort antwortete, fügte sie hinzu. »Ist etwas passiert mit . . . mit *ihr*?«

»Nichts Ernstliches, hoffe ich«, erwiderte ich und suchte nach meinem Mantel und Hut.

»Mußt du sofort gehen? Ich meine . . .«

Es war mehr als Angst in Maudes Stimme. Eine Spur von Enttäuschung, eine leise Andeutung von Mißbilligung.

»Ich habe kein Licht gemacht«, fuhr sie fort und ging auf die Lampe zu, wie um sie anzuschalten, »weil ich Angst hatte, Melanie könnte vielleicht mit dir herunterkommen.« Sie machte sich ein wenig an ihrem Bademantel zu schaffen, wie um meine Gedanken wieder auf das Thema zu lenken, das sie vordringlich beschäftigte.

Plötzlich wurde ich mir bewußt, daß es grausam war, ohne ein kleines Zeichen der Zärtlichkeit davonzulaufen.

»Ich muß mich wirklich beeilen«, sagte ich, indem ich Hut und Mantel weglegte und schnell neben sie trat. »Es ist mir arg, dich nun einfach so verlassen zu müssen«, und indem ich ihre Hand ergriff, die im Begriff war, die Lampe anzuschalten, zog ich sie an mich und umarmte sie. Sie leistete keinen Widerstand. Im Gegenteil, sie legte den Kopf zurück und bot ihre Lippen an. Im Nu war meine Zunge in ihrem Mund, und ihr biegsamer, warmer Körper preßte sich krampfhaft an meinen. (»Eil dich, eil dich!« kamen Curleys Worte.) »Ich werde rasch machen«, nahm ich mir vor, ohne mich jetzt darum zu kümmern, ob ich eine vorschnelle Bewegung machte oder nicht. Ich ließ meine Hand unter ihr Kleid schlüpfen und steckte die Finger in ihren Spalt. Zu meiner Überraschung griff sie nach meinem Hosenschlitz, knöpfte ihn auf und holte meinen Schwanz heraus. Ich stellte sie mit dem Rücken zur Wand, und sie preßte meinen Schwanz an ihre Möse. Sie war jetzt ganz von fleischlicher Lust entflammt, sich jeder Bewegung, die sie machte, überlegt und fordernd bewußt. Sie ging mit meinem Schwanz um, als wäre er ihr Privateigentum.

Es war mißlich, versuchen zu wollen, es ihr kerzengerade aufgerichtet zu besorgen. »Legen wir uns hierher«, wisperte sie, wobei sie in die Knie ging und mich zu sich herunterzog.

»Du wirst dich erkälten«, sagte ich, als sie fieberhaft versuchte, sich ihrer Sachen zu entledigen.

»Das ist mir gleich«, meinte sie, zog unbekümmert meine

Hose herunter und drückte mich an sich. »O Gott!« stöhnte sie, nagte wieder an ihren Lippen und umfaßte meine Hoden, als ich langsam meinen Schwanz hineinschob. »O Gott, gib ihn mir ... steck ihn der ganzen Länge nach hinein!« – und sie keuchte und stöhnte vor Lust.

Nicht ohne den Wunsch, auf der Stelle aufzuspringen und meinen Mantel und Hut zu nehmen, verweilte ich auf ihr liegend, meinen Schwanz noch in ihr und steif wie ein Ladestock. Sie war innen wie eine reife Frucht, deren Fruchtfleisch zu platzen schien. Bald darauf fühlte ich die kleinen Flaggen flattern – es war wie eine sich wiegende Blume, und die Liebkosung der Blütenblätter war schier unerträglich. Sie bewegten sich unkontrollierbar, nicht mit harten, krampfartigen Zuckungen, sondern wie seidene Fähnchen, die auf eine leichte Brise reagierten. Und dann war es so, als übernehme sie plötzlich die Kontrolle: Mit den Wänden ihrer Scheide wurde sie im Innern zu einer geschmeidigen Zitronenpresse, die beliebig zog und festhielt, fast als sei hier eine unsichtbare Hand am Werk.

Völlig unbeweglich daliegend, überließ ich mich diesen kunstvollen Manipulationen. (»Eil dich, eil dich!« Aber jetzt erinnerte ich mich auch sehr deutlich, daß er gesagt hatte, sie sei nicht tot.) Ich konnte mir ja ein Taxi bestellen. Auf einige Minuten mehr oder weniger kam es nicht an. Niemand würde jemals auf den Gedanken kommen, daß ich mich deshalb verspätet hatte.

(Genieße dein Vergnügen, solange es geht ... Genieße dein Vergnügen ...)

Sie wußte jetzt, daß ich nicht fortlaufen würde, daß sie es ganz nach ihrem Willen in die Länge ziehen konnte, besonders wenn sie so still dalag und nur mit der inneren Möse fickte – fickte, ohne einen Gedanken daran zu verschwenden.

Ich preßte meinen Mund auf den ihren und begann mit der Zunge zu vögeln. Sie konnte die erstaunlichsten Dinge mit ihrer Zunge anstellen, Dinge, von denen ich vergessen hatte, daß sie sie beherrschte. Manchmal ließ sie ihre Zunge in meine Kehle schlüpfen, so als sollte ich sie schlucken, aber nur um sie dann genußreich qualvoll wieder zurückzuziehen, damit sie sich auf das Signal unten konzentrieren konnte. Einmal zog ich meinen Schwanz ganz heraus, um ihn Luft schöpfen zu lassen, doch sie griff gierig nach ihm und ließ ihn wieder hineingleiten, wobei sie sich vorbeugte, damit er tief bis zum Grund kam. Nun zog ich ihn knapp bis zum Ende ihrer Scheide heraus, und wie ein Hund mit seiner feuchten Nase schnupperte ich daran mit der Eichel meines Glieds. Dieses Spielchen war zuviel für sie. Es fing jetzt an, ihr zu kommen, ein lang anhaltender Orgasmus, der sanft wie ein fünfzackiger Stern explodierte. Ich war in einem so kaltblütigen Zustand der Selbstbeherrschung, daß ich mein Glied, als sie ihre Zuckungen durchmachte, wie einen Dämon in ihr hinauf, seitwärts, hinunter, hinein, wieder heraus, tief eintauchend, sich aufbäumend, stoßend und schnaubend herumfuhrwerken ließ, vollkommen meiner Sache sicher, daß es mir erst kommen würde, wenn ich verdammt soweit und bereit dazu war.

Und jetzt tat sie etwas, was sie noch nie zuvor getan hatte. Indem sie sich mit hemmungsloser Hingabe bewegte, mich in die Lippen, den Hals, die Ohren biß, wiederholte sie wie ein verrückt gewordener Automat: »Mach weiter, gib ihn mir, gib ihn, mach weiter, o Gott, gib ihn, gib ihn mir!« – verfiel dabei von einem Orgasmus in den anderen, schob, stieß zu, bäumte sich auf, ließ ihr Hinterteil rotieren, hob die Beine und schlang sie mir um den Nacken, stöhnte, grunzte, quiekte wie ein Schwein, und dann plötzlich, völlig erschöpft, drang sie in mich, abzuschießen. »Schieß ab, schieß ab . . . ich werde verrückt.« Während sie wie ein Hafersack dalag, keuchend, schwitzend, völlig hilflos und verausgabt wie sie war, rammte ich meine Rute langsam und bedächtig hin und her, und als ich das Lendenstück, den Kartoffelbrei, den Bratensaft und alle Gewürze genossen hatte, schoß ich in ihren Gebärmuttermund eine Ladung, die sie erschütterte wie ein elektrischer Schlag.

In der Untergrund versuchte ich mich auf das, was mir bevorstand, vorzubereiten. Irgendwie hatte ich das sichere Gefühl, daß Mona nicht in Gefahr war. Um die Wahrheit zu sagen, war die Nachricht kein ganz unerwarteter Schlag. Seit Wochen hatte ich etwas dergleichen erwartet. Eine Frau kann nicht ständig so tun, als sei sie gleichgültig, wenn ihre ganze Zukunft auf dem Spiel steht. Besonders nicht eine Frau, die sich schuldig fühlt. Zwar war ich sicher, daß sie versucht hatte, eine Verzweiflungstat zu begehen, doch wußte ich ebenso sicher, daß ihre Instinkte sie davor bewahren würden, ihrem Leben ein Ende zu machen. Was ich mehr als alles andere fürchtete, war, daß sie die Sache stümperhaft angepackt haben könnte. Meine Neugier war geweckt. Was hatte sie getan? Wie war sie vorgegangen? Hatte sie es geplant, wissend, daß Curley ihr zu Hilfe kommen würde? Ich hoffte in einer seltsam verdrehten Art, daß ihre Geschichte überzeugend klingen würde. Ich wollte keine unsinnige, ausgefallene Erzählung zu hören bekommen, die mich in meiner aus dem Gleichgewicht gebrachten Verfassung vielleicht in hysterisches Gelächter würde ausbrechen lassen. Ich wollte mit treuherzigem Gesicht zuhören können – traurig und mitfühlend aussehen, denn mir war traurig und mitfühlend zumute. Dramatische Ereignisse wirkten immer merkwürdig auf mich, weckten bei mir immer den Sinn fürs Lächerliche, besonders wenn Liebe dabei im Spiel war. Vielleicht konnte ich darum in Augenblicken der Verzweiflung immer über mich selbst lachen. In dem Augenblick, wo ich beschloß zu handeln, wurde ich ein anderer Mensch – der Handelnde. Und natürlich übertrieb ich immer meine Rolle. Ich nehme an, daß dieses seltsame Betragen im Grunde auf einer unheilbaren Abneigung gegen jede Täuschung oder Selbsttäuschung beruhte. Selbst wenn es darum ging, mich in Sicherheit zu bringen, widerstrebte es mir, Menschen zu täuschen. Den Widerstand einer Frau zu brechen, sie dahin zu bringen, einen zu lieben, ihre Eifersucht zu wecken, sie zurückzugewinnen – es ging mir gegen den Strich, diese Dinge, und sei es durch die unbewußte Anwendung legitimer Methoden, zu erreichen. Es war kein Triumph oder eine Befriedigung für mich darin, es sei denn, die Frau ergab sich freiwillig. Ich war immer ein schlechter Freier. Ich ließ mich leicht entmutigen, nicht weil ich meine eigenen Fähigkeiten bezweifelte, sondern weil ich ihnen mißtraute. Ich wollte, daß die Frau zu mir kam. Ich wollte, daß *sie* die Avancen machte. Keine Gefahr, daß sie zu kühn wurde! Je rückhaltloser sie sich gab, desto mehr bewunderte ich sie. Ich verabscheute Jungfrauen und schüchterne Veilchen. *La femme fatale* – das war mein Ideal.

Wie ungern geben wir zu, daß wir nichts lieber möchten, als der Sklave sein! Sklave und Gebieter zur gleichen Zeit! Denn auch in der Liebe ist der Sklave immer der maskierte Gebieter.

Der Mann, der eine Frau erobern, sie unterwerfen, sie seinem Willen beugen und seinen Wünschen entsprechend formen muß – ist er nicht der Sklave seiner Sklavin? Wie leicht ist es in diesem Verhältnis für die Frau, das Gleichgewicht der Macht zu zerstören! Allein schon die Drohung der Unabhängigkeit seitens der Frau genügt – und dem galanten Despoten schwindelt es vor den Augen. Aber wenn sie in der Lage sind, sich einander rückhaltlos in die Arme zu werfen, nichts verbergen, alles preisgeben, sich gegenseitig ihre Abhängigkeit eingestehen, erfreuen sie sich dann nicht einer großen und ungeahnten Freiheit? Der Mann, der sich nicht verhehlt, daß er ein Feigling ist, hat den ersten Schritt getan, um seine Angst zu überwinden. Aber der Mann, der das unumwunden jedem gegenüber zugibt, der bittet, das an ihm gelten zu lassen und beim Umgang mit ihm entsprechend Nachsicht zu üben, ein solcher Mann ist auf dem Wege, ein Held zu werden. Er ist oft überrascht, wenn die Feuerprobe kommt, zu entdecken, daß er keine Furcht kennt. Befreit von der Angst, sich selbst als Feigling zu betrachten, ist er keiner mehr: Nur die Probe aufs Exempel ist nötig, um die Metamorphose hervorzurufen. Das gleiche gilt für die Liebe. Der Mann, der nicht nur sich selbst, sondern seinen Mitmenschen und der von ihm angebeteten Frau gegenüber zugibt, daß ihn eine Frau um den Finger wikkeln könne, daß er hilflos sei, was das andere Geschlecht betrifft, entdeckt gewöhnlich, daß er der Stärkere von beiden ist. Nichts bricht den Widerstand einer Frau schneller als völlige Preisgabe. Eine Frau ist darauf vorbereitet, Widerstand zu leisten, bestürmt zu werden: Alles ist bei ihr darauf ausgerichtet, entsprechend zu reagieren. Begegnet sie keinem Widerstand, dann fällt sie kopfüber in die Falle. Sich voll und ganz hingeben zu können ist der größte Luxus, den das Leben zu bieten hat. Die wirkliche Liebe beginnt erst an diesem Auflösungspunkt. Das persönliche Leben beruht ganz und gar auf Abhängigkeit, gegenseitiger Abhängigkeit. Die Gesellschaft ist eine Ansammlung von Personen, die alle voneinander abhängig sind. Es gibt ein anderes, reicheres Leben außer dem farblosen der Gesellschaft, außer dem persönlichen, aber es ist nicht möglich, es zu kennen, es zu erreichen, ohne zuerst durch die Höhen und Tiefen des persönlichen Dschungels hindurchzugehen. Um der große Liebhaber, der Hypnotiseur und Katalysator, der blendende Mittelpunkt und belebende Einfluß der Welt zu werden, muß man zuerst die tiefe Weisheit erleben, ein Erznarr zu sein. Ein Mann, dessen Großmut des Herzens ihn zu Torheit und Verderben führt, ist für eine Frau unwiderstehlich. Für die liebende Frau, heißt das. Was diejenigen betrifft, die lediglich geliebt werden wollen, die nur ihre eigene Rückstrahlung im Spiegel suchen, so wird sie keine auch noch so große Liebe jemals befriedigen. In einer so liebeshungrigen Welt ist es kein Wunder, daß Männer und Frauen von dem Zauber und Glanz ihres widergespiegelten eigenen Ichs geblendet sind. Kein Wunder, daß am Schluß der Revolverschuß steht. Kein Wunder, daß es den zermalmenden Rädern des Untergrundexpresses, wenn sie auch den Körper in Stücke schneiden, nicht gelingt, das Liebeselixier rascher heranzuführen. In dem egozentrischen Prisma ist das hilflose Opfer von eben dem Licht umstellt, das es bricht. Das Ego stirbt in seinem eigenen Glaskäfig . . .

Meine Gedanken liefen im Krebsgang. Plötzlich tauchte Melanies Bild auf. Sie war immer da, wie ein fleischiger Tumor. Etwas Tierisches und zugleich Engelhaftes war an ihr. Immer humpelte sie umher, sprach ihre Worte gedehnt, brummte und plapperte dummes Zeug, ihre riesigen, melancholischen Augen lagen wie heiße Kohlen in ihren Höhlen. Sie war eines von diesen schönen hypochondrischen Wesen, die, indem sie geschlechtslos werden, die geheimnisvollen sinnlichen Eigenschaften der Geschöpfe annehmen, die die apokalyptische Menagerie von William Blake bevölkern. Sie war in ungewöhnlichem Maße zerstreut, nicht was die gewöhnlichen Nichtigkeiten des Alltagslebens betrifft, sondern bezüglich ihres Körpers. Sie fand durchaus nichts Ungewöhnliches dabei, mit unverhüllten vollen milchweißen Titten in der Wohnung umherzulaufen, während sie die nie enden wollende Hausarbeit verrichtete. Maude schimpfte sie immer heftig aus, war stets wütend über Melanies Schamlosigkeiten, wie sie es nannte. Aber Melanie war so unschuldsvoll wie ein verrückter Otter. Und wenn das Wort Otter befremdlich klingt, so nur darum, weil es so treffend ist. Bei Melanie kamen mir immer alle möglichen absurden Bilder in den Sinn. Sie war sozusagen nur »leicht« verrückt. Je mehr ihre geistigen Fähigkeiten versiegten, desto dominierender wurde ihr Körper. Ihr

Verstand war ins Fleischliche herabgesunken, und wenn sie linkisch und närrisch in ihren Bewegungen war, dann nur darum, weil sie mit diesem fleischlichen Körper dachte und nicht mit ihrem Gehirn. Was immer an Sex in ihr war, schien über den Körper verteilt zu sein. Es war nicht mehr lokalisiert, weder zwischen ihren Beinen noch sonstwo. Sie hatte keinerlei Schamgefühl. Das Haar ihrer Möse, hätte sie dieses zufällig am Frühstückstisch, während sie uns bediente, enthüllt, unterschied sich für sie in nichts von ihren Zehennägeln oder ihrem Bauchnabel. Ich bin sicher, wenn ich jemals geistesabwesend ihre Möse gestreichelt hätte, während ich nach der Kaffeekanne griff, hätte sie nicht anders reagiert, als würde ich ihren Arm berührt haben. Oft, wenn ich ein Bad nahm, öffnete sie völlig unbeteiligt die Tür und hängte die Handtücher auf das Gestell über der Wanne, wobei sie sich mit schwacher, zurückhaltender Stimme entschuldigte, doch ohne jemals den leisesten Versuch zu machen, ihren Blick abzuwenden. Manchmal verweilte sie bei solchen Gelegenheiten einige Augenblicke und unterhielt sich mit mir – über ihre Tierlieblinge, ihre entzündeten Fußballen oder das morgige Mittagessen –, wobei sie mich mit völliger Ungeniertheit ansah, nie im geringsten verlegen. Wenn sie auch nicht mehr jung war und weißes Haar hatte, war ihr Fleisch doch lebendig, beinahe empörend lebendig für jemanden in ihrem Alter. Natürlich bekam ich hin und wieder eine Erektion, wenn ich in der Wanne lag und sie mich unverfroren betrachtete und reinen Unsinn schwatzte. Ein paarmal hatte Maude uns überrascht. Sie war natürlich entsetzt. »Du bist wohl verrückt«, sagte sie zu Melanie. »Meine Güte, was für ein Getue du machst!« antwortete die darauf. »Ich bin sicher, daß Henry nichts dagegen hat«, und sie lächelte dieses melancholische, sehnsüchtige Lächeln hypochondrischer Menschen. Dann schlurfte sie in ihr Zimmer davon. Wo immer wir wohnten, Melanies Zimmer war immer genau dasselbe. Es war ein Zimmer, in dem die Dementia eingekäfigt und eingesperrt war. Immer gab es darin den Papagei in seinem Bauer, immer einen räudigen Pudel, stets dieselben alten Fotos, die Nähmaschine, das Messingbett und die altmodische Truhe. Ein unordentliches Zimmer, das Melanie wie das Paradies vorkam. Ein von schrillem Gebell, von Gekreisch – unterbrochen durch zärtliches Gemurmel, Schmeichelworte, Gegurre, verwirrte Reden, Liebesbeteuerungen – erfülltes Zimmer. Manchmal überraschte ich sie beim Vorübergehen an der offenen Tür, wie sie nur im Nachthemd auf dem Bett saß, den Papagei auf ihrer verkrümmten Hand, den Hund zwischen ihren Beinen schnuppernd. »Hallo«, sagte sie dann und schaute mit reiner, sanfter Unschuld zu mir auf. »Ein schöner Tag heute, nicht wahr?« Und vielleicht schob sie den Hund weg, nicht aus Scham oder Verlegenheit, sondern weil er sie mit seiner teuflisch geschickten, feuchten kleinen Zunge kitzelte.

Manchmal stahl ich mich heimlich in ihr Zimmer, nur um herumzuschnüffeln. Ich war neugierig, was Melanie betraf, welche Briefe sie erhielt, welche Bücher sie las, und so weiter. Nichts in ihrem Zimmer war weggeschlossen. Ebensowenig war jemals etwas ganz aufgebraucht. Immer war ein wenig Wasser in der Untertasse unter dem Bett, immer lagen einige angeknabberte Kekse oder ein Stück Kuchen, das sie angebissen und vergessen hatte, auf der Truhe. Mitunter lag ein aufgeschlagenes Buch auf dem Bett, die Seite durch einen zerrissenen Pantoffel offengehalten. Bulwer-Lytton gehörte offenbar zu ihren Lieblingsautoren, ebenso Rider Haggard. Sie schien sich für Magie zu interessieren, besonders für die schwarze Kunst. Da gab es eine Broschüre über Mesmerismus, die allem Anschein nach reichlich oft benutzt worden war. Die überraschendste Entdeckung, in einer Kommodenschublade, war ein Gummiinstrument, für das es nur einen Verwendungszweck gab, es sei denn, daß Melanie, in ihrer verschrobenen Art, es für ganz unschuldige Zwecke benutzte. Ob Melanie sich manchmal eine angenehme Stunde mit diesem Gegenstand bereitete, wie es in früheren Zeiten die Nonnen taten, oder ob sie ihn in einem Trödelladen gekauft und für einen unerwarteten Bedarf im Verlauf ihres zeitlosen Lebens beiseite gelegt hatte, blieb mir ein Rätsel. Ich konnte mir unschwer ausmalen, wie sie mit ihrem zerrissenen Hemd auf der schmutzigen Steppdecke lag und dieses Ding mit geistesabwesender Unbekümmertheit in ihrer Scheide hin und her schob. Ich konnte mir sogar den Hund vorstellen, wie er den Saft aufleckte, der langsam zwischen ihren Beinen herabrann. Und der wie wahnsinnig kreischende Papagei, der vielleicht einen blöden Satz, den Melanie ihm beigebracht hatte, wiederholte, wie: »Immer schön langsam, meine Liebe!« oder »Nu' mach' schon, nu' mach' schon!«

Eine wunderliche Person, diese Melanie, und obwohl eine Schraube bei ihr locker war, verstand sie doch in einer primitiven, fast kannibalischen Art, daß es Sex wie Nahrung und Wasser und Schlaf und entzündete Fußballen überall gab. Es ärgerte mich immer, daß Maude so unnötige Umstände machte, wenn Melanie in der Nähe war. Wenn wir nach dem Abendessen auf dem Sofa lagen, um einen ruhigen kleinen Fick in der Dunkelheit zu genießen, sprang Maude plötzlich auf und schaltete gedämpftes Licht an – damit Melanie ja nicht argwöhnen sollte, was wir trieben, oder damit sie nicht gedankenlos hereinplatzte, um uns einen Brief zu bringen, den sie beim Frühstück vergessen hatte, uns zu geben. Mich belustigte der Gedanke, wie Melanie, nur weil sie mir einen Brief bringen wollte, uns überraschte (etwa wenn Maude gerade auf mich kletterte), und wie ich den Brief mit einem Lächeln und einem Dankeschön nehme und Melanie einen Augenblick dasteht, um einige Belanglosigkeiten darüber zu sagen, daß das heiße Wasser zu heiß ist, oder um Maude zu fragen, ob sie am Morgen Eier oder Käse haben wolle. Es hätte mir großen Spaß gemacht, Maude eine solche Kraftprobe vorzuführen. Aber Maude brachte es nie fertig, sich selbst gegenüber zuzugeben, daß Melanie von dem intimen Verkehr wußte, den wir miteinander hatten. Da Maude sie entweder für eine Idiotin oder für völlig übergeschnappt hielt, hatte sie sich zu der Überzeugung durchgerungen, Menschen wie Melanie dächten nie an Sex. Ihr Stiefvater hatte keinen Geschlechtsverkehr mit diesem schwachsinnigen Geschöpf gehabt, dessen war sie sicher. Sie wollte nicht näher darauf eingehen, warum sie dessen so sicher war, aber sie wußte das mit Bestimmtheit, und die Art, wie sie das Thema abtat, zeigte nur zu deutlich, daß sie der Auffassung war, ihrem Stiefvater sei Unrecht zugefügt worden. Wenn man ihren Gedankengängen folgte, hätte man beinahe glauben können, Melanie habe sich absichtlich um den Verstand gebracht, nur um den Stiefvater um etwas, was ihm geschlechtlich zustand, zu bringen.

Melanie hatte eine Schwäche für mich, immer ergriff sie für mich Partei, wenn ich mit Maude stritt, und machte, soweit ich mich erinnern kann, kein einziges Mal den Versuch, mir mein schändlich schlechtes Betragen vorzuwerfen. So war es von allem Anfang an. Maude versuchte in der ersten Zeit zu verhindern, daß sie mir unter die Augen kam. Melanie war etwas, dessen sie sich zutiefst schämte – eine wandelnde Erinnerung an die Familienschande, wie es schien. Melanie kannte offenbar nicht den Unterschied zwischen guten und bösen Menschen – sie ließ sich nur von dem Prinzip leiten, auf Freundlichkeit sofort zu reagieren. Und als sie entdeckte, daß ich nicht vor ihr davonzulaufen versuchte, sobald sie ihre Klappe aufmachte, als sie feststellte, daß ich ihrem Geschwätz zuhörte, ohne wie Maude ungeduldig zu werden, als sie merkte, daß ich Essen, Bier und Wein, besonders die verschiedenen Käsesorten und Bologneser Würstchen genoß, war sie bereit, meine Sklavin zu sein. Manchmal führte ich die wundervollsten schwachsinnigen Unterhaltungen mit ihr, wenn Maude nicht da war – gewöhnlich in der Küche bei einer Flasche Bier, die zwischen uns stand, und vielleicht einer kleinen Leberwurst und einem Stückchen Liederkranz-Käse dazu. Da ich ihr bei solchen Gelegenheiten freien Lauf ließ, bekam ich bemerkenswerte Einblicke in ihre nicht uninteressante Vergangenheit. »Sie« stammten offenbar aus einer trägen, halb konstipierten Gegend, wo der Frankenwein fließt. Die Frauen erwischte es immer, und die Männer kamen immer aus irgendeinem geringfügigen Grund ins Gefängnis. Es war so eine Art Sonntagsschul-Picknickatmosphäre mit Bierfässern, belegten Pumpernickelbroten, Taftunterröcken, Spitzenunterhosen und zufrieden auf den Wiesen fickenden Ziegen. Manchmal war ich drauf und dran, sie zu fragen, ob sie sich jemals von einem Shetlandpony hatte ficken lassen. Wenn Melanie das Gefühl hatte, man wolle das wirklich wissen, dann beantwortete sie eine solche Frage ohne die geringsten Umschweife. Man konnte von einer solchen Frage im gleichen Atemzug dazu übergehen, sich nach ihrer Kommunion zu erkundigen. Es stand kein Zensor an der Schwelle ihres Unterbewußtseins. Boten kamen und gingen ohne die geringste Förmlichkeit.

Es war herzerquickend zu sehen, wie sie sich zu dem kleinen Japsen verhielt, der unser Stamm-Mieter war. Tori Takekuchi hieß er – ein reizendes, freundliches, prächtiges Kerlchen. Er hatte die Situation auf den ersten Blick erkannt, trotz seiner ungenügenden Sprachkenntnisse. Freilich war es für ihn als Japaner leicht, Melanie anzulächeln und anzustrahlen, wenn sie sich auf seine Türschwelle postierte und drauflosplapperte und meckerte wie eine verrückte Ziege. Er lächelte uns in der gleichen Weise an, auch wenn wir ihm eine schlimme Katastrophe mitteilten. Ich glaube, er hätte ebenso gelächelt, wenn ich ihm gesagt hätte, daß ich in einigen Minuten sterben würde. Natürlich wußte Melanie, daß Orientalen in dieser undurchdringlichen Weise lächeln, aber sie fand, Mr. T.s Lächeln – so nannte sie ihn immer, »Mr. T.« – sei besonders gewinnend. Sie fand, er sei wie eine Puppe. Auch so sauber und ordentlich! Ließ nie ein Stäubchen Schmutz zurück.

Als wir vertrauter miteinander wurden – und ich muß sagen, daß wir alle sehr intim wurden, bevor ein oder zwei Monate vergangen waren –, begann Mr. T. Mädchen mit auf sein Zimmer zu nehmen. Er hatte, um sicherzugehen, mich eines Tages diskret beiseite genommen und gefragt, ob es ihm erlaubt sei, gelegentlich eine junge Dame nach Hause zu bringen, mit der fadenscheinigen (mit breitem Grinsen vorgebrachten) Entschuldigung, er habe geschäftlich mit ihnen zu tun. Ich benützte diesen Vorwand, um Maudes Einwilligung zu erhalten. Ich gab vor, der häßliche kleine Kerl sei so wenig anziehend, daß es gar nichts anderes als etwas Geschäftliches sein könnte, was ein hübsches amerikanisches Mädchen in sein Zimmer lockte. Maude erklärte sich zögernd einverstanden, hin und her gerissen von dem Wunsch, den Nachbarn gegenüber den Schein zu wahren, und der Angst, einen großzügigen Mieter, dessen Geld wir brauchten, zu verlieren.

Ich war nicht daheim, als die erste Besucherin die Schwelle überschritt, hörte aber am nächsten Tag davon – hörte, daß sie »schrecklich niedlich« sei. Es war Melanie, die aus der Schule plauderte. Sie war so froh, daß er eine Freundin gefunden hatte, so klein wie er selbst.

»Aber sie ist keine Freundin«, warf Maude steif ein.

»Na schön«, sagte Melanie gedehnt, »vielleicht hat er nur geschäftlich mit ihr zu tun . . . aber sie war schrecklich niedlich. Er braucht ein Mädchen, genau wie jeder andere.«

Einige Wochen später hatte Mr. T. auf ein anderes Mädchen umgesattelt. Diese war nicht so »niedlich«. Sie war gut einen Kopf größer als er, gebaut wie ein Panther, und ganz offensichtlich nicht gekommen, um über Geschäfte zu reden.

Ich beglückwünschte ihn am nächsten Morgen am Frühstückstisch und fragte ihn rundheraus, wo er denn eine so auffallende Schönheit aufgegabelt habe.

»Im Tanzpalast«, erklärte Mr. T. und entblößte äußerst liebenswürdig seine gelben Fangzähne, um dann in ein backfischhaftes Gekicher auszubrechen.

»Sehr gescheit, ja?« fragte ich, nur um das Gespräch im Fluß zu halten.

»O ja, sie sehr intelligent, sie sehr gutes Mädchen.«

»Passen Sie nur auf, daß sie Ihnen keinen Tripper anhängt«, sagte ich, während ich ruhig meinen Kaffee schlürfte.

Ich glaubte, Maude würde vom Stuhl fallen. Wie konnte ich so zu Mr. T. sprechen? Es war sowohl beleidigend als auch widerlich, das sollte ich mir gesagt sein lassen.

Mr. T. machte ein verlegenes Gesicht. Er hatte das Wort »Tripper« noch nicht gelernt. Natürlich lächelte er – warum sollte er nicht? Er kümmerte sich keinen Deut darum, was wir sagten, solange wir ihm erlaubten, zu tun, was ihm beliebte.

Aus Höflichkeit gab ich unaufgefordert eine Erklärung. *Kopfweh*, definierte ich.

Daraufhin lachte er schallend. Sehr guter Witz. Ja, er hatte verstanden. Er hatte nichts verstanden, der kleine Schwanzritter, aber es war höflich, ihn glauben zu lassen, er habe verstanden. Dann lächelte auch ich, ein Banjo-Lächeln, woraufhin Mr. T. noch einmal kicherte, seine Finger im Wasserglas wusch, rülpste und seine Serviette auf den Boden warf.

Ich muß gestehen, daß er guten Geschmack hatte, dieser Mr. T. Zweifellos war er mit seinem Geld freigebig. Sie ließen mir das Wasser im Mund zusammenlaufen, manche von ihnen. Ich glaube nicht, daß ihm ihre Schönheit viel bedeutete. Er interessierte sich wahrscheinlich mehr für ihr Gewicht, die Beschaffenheit ihrer Haut und vor allem ihre Sauberkeit. Er hatte alle Arten – rothaarige, blonde, brünette, kleine, große, dicke, schlanke –, ganz als habe er sie aus einem Loskorb gezogen. Er kaufte Mösen

– das war alles. Gleichzeitig lernte er ein wenig mehr Englisch. (»Wie sagt man das ...?« – »Wie heißt das?« – »Mögen Sie Bon-bons, ja?«) Er verstand sich gut darauf, Geschenke zu machen – das war eine Kunst bei ihm. Oft dachte ich, wenn ich ihn ein Mädchen mit in sein Zimmer nehmen sah, ihn kichern und in dieser Ficki-wicki-Art der Japsen stammeln hörte, wieviel besser die Mädchen dran waren, daß sie Mr. T. erwischt hatten, statt einen jungen amerikanischen College-Boy, der auf Abenteuer ausging. Ich hatte auch das sichere Gefühl, daß Mr. T. immer den Gegenwert für sein Geld bekam. (»Sie sich umdrehen, bitte.« – »Sie jetzt lutschen, ja?«) Verglichen mit den Künstlerinnen in seinem eigenen Land müssen diese doofen amerikanischen Nutten eine traurige Figur in Mr. T.s Augen abgegeben haben. Ich erinnerte mich an O'Maras Schilderung seiner Besuche in japanischen Bordells. Die reinsten Opiumträume, wenn man ihn hörte. Die Betonung wurde offenbar auf die Präliminarien gelegt. Es gab Musik, Räucherkerzen, Bäder, Massagen, Liebkosungen – ein ganzes Konzert der Verführung und Verzauberung, wodurch der schließliche Vollzug zu einer Sache von kaum erträglicher Verzückung gemacht wurde. »Ganz wie Puppen«, erzählte O'Mara. »Und so anschmiegsam, so zärtlich. Sie behexen einen.« Dann geriet er in Begeisterungsausbrüche über die Kunstfertigkeiten, die sie in petto haben. Sie schienen ein Handbuch des Fikkens zu besitzen, das dort anfing, wo unseres aufhörte. Und das alles in einer Umgebung von heiterer Anmut, als sei Ficken die vergeistigte Kunst, der Vorhof zum Himmel.

Mr. T. in seinem möblierten Zimmer wußte das beste daraus zu machen, und er konnte von Glück sagen, wenn er ein Stück abgelagertes Holz zum Feuermachen fand. Ob es ihm Vergnügen machte oder nicht, war schwer zu sagen, denn auf alle Fragen antwortete er unabänderlich: »Sehr gut.« Hin und wieder, wenn ich spät nach Hause kam, überraschte ich ihn, wie er nach einer Sitzung mit einer amerikanischen Möse ins Badezimmer ging. Er ging dorthin immer in Strohsandalen und Kimono – einem kurzen Kimono, der knapp seinen Schwanz bedeckte. Maude fand es ungehörig, daß er in dieser Aufmachung umherlief, aber Melanie war der Ansicht, es passe zu ihm wie der Strich überm T. »Sie laufen alle so 'rum«, meinte sie, ohne auch nur das geringste davon zu wissen, aber stets bereit, die Partei des anderen zu ergreifen.

»Gut amüsiert, Mr. T.?« lächelte ich.

»Sehr gut, sehr gut«, und dann ein Kichern. Vielleicht kratzte er sich an seinen Eiern, während er seine Zähne mit einem Grinsen entblößte. »Wasser heiß, ja?« Im Badezimmer verrichtete er dann seine endlosen Waschungen.

Wenn er vermutete, daß Maude schlief, winkte er mir manchmal mit dem Finger, was bedeutete, daß er mir etwas zu zeigen habe. Dann folgte ich ihm in sein Zimmer.

»Ich kommen herein, ja?« sagte er und erschreckte damit das Mädchen über alle Maßen. »Dies Mr. Miller, mein Freund von mir . . . dies Miss Brown.« Sie hieß immer Brown, Smith oder Jones, bemerkte ich. Wahrscheinlich machte er sich nie die Mühe, sie nach ihrem wirklichen Namen zu fragen.

Manche Mädchen waren von überraschendem Format, muß ich sagen. »Ist er nicht niedlich?« konnte man oft von ihnen hören. Worauf Mr. T. zu dem Mädchen ging, wie man an eine Figur in einem Schaufenster herantritt, und ihr Kleid hochhob. »Sie sehr schön, ja?« Und er machte sich daran, ihre Möse zu inspizieren, als habe er Aktien darauf gekauft.

»Hände weg, du kleiner Teufel, das darfst du mit mir nicht machen!« sagte das Mädchen.

»Du jetzt gehen, ja?« Das war Mr. T.s Art, sie zu entlassen. Es klang verteufelt grob – obwohl es aus einem gelben Bäuchlein kam. Aber Mr. T. merkte nicht, daß er taktlos war. Er hatte sie tüchtig gefickt, ihren Hintern geleckt, sie mit klingender Münze entlohnt und ihr noch dazu ein kleines Geschenk gemacht . . . *was mehr*, um Himmels willen. »Du jetzt gehen, ja?« Und er schloß halb die Augen, machte ein völlig hölzernes und uninteressiertes Gesicht und ließ das Mädchen nicht im geringsten darüber im Zweifel, daß es, je schneller sie ging, desto besser für sie war.

»Nächstes Mal *Sie versuchen*! Sie sehr klein:« Hier grinste er, machte mit den Fingern eine kleine Geste, um mir zu zeigen, wie glatt es ging. »Japanisches Mädchen manchmal sehr groß. Dieses Land großes Mädchen klein. Sehr gut.« Er leckte sich die Lippen nach einer solchen Bemerkung. Dann, wie um die Gelegenheit beim Schopf zu ergreifen, nahm er einen Zahnstocher, und während er in seinen Zähnen stocherte, suchte er die Worte, die er in sein kleines Notizbuch geschrieben hatte. »*Dies bedeuten was?*« Und er zeigte mir Worte wie »prekär« oder »überirdisch«. »Nun ich Ihnen lerne japanisches Wort – *ohio*! Das bedeutet Guten Morgen!« Ein breites Grinsen. Immer noch stochert er sich in den Zähnen oder untersucht seine Zehen.

»Japanisch sehr einfach. Alle Worte in derselben Weise ausgesprochen«, und er ratterte eine Reihe von Worten herunter, wobei er kicherte, weil sie vermutlich »Scheißkerl«, »weißer Schuft«, »Fremdenteufel« und so weiter bedeuteten. Ich machte mir einen Dreck daraus, was die Worte bedeuteten, da ich ja nicht die Absicht hatte, ein ernsthaftes Studium der japanischen Sprache zu betreiben. Was mich mehr interessierte, war, wie er es anstellte, weiße Frauen aufzutreiben. Wenn man ihn hörte, war alles sehr einfach. Natürlich wurden viele Mädchen von einem Japs dem anderen empfohlen. Und viele ebendieser Mädchen müssen sich auf Japse spezialisiert haben, weil sie wußten, daß sie sauber und freigebig waren. Sie waren ein gefundenes Fressen für die Japsen – und es war ein einträgliches Geschäft. Sie fuhren ihre eigenen Wagen, kleideten sich gut, aßen in guten Restaurants und so fort. Ein Chinese war ganz anders. Chinesen waren Mädchenhändler. Aber einem Japsen konnte man trauen. Und so fort. Ich konnte dem Gedankengang der Mädchen durchaus folgen. Was sie am meisten schätzten, waren die kleinen Geschenke, die sie von den Japsen bekamen. Amerikanische Männer dachten nie daran, Geschenke zu machen, das war nicht üblich. Ein Bursche mußte ein Dummkopf sein, um sein Geld für ein Geschenk für eine Hure zum Fenster hinauszuwerfen.

Ich weiß nicht, warum meine Gedanken sich zurück auf den liebenswürdigen Mr. T. richteten. Es ist eine teuflisch lange Fahrt zur Bronx, und wenn man seine Gedanken umherschweifen läßt, kann man zwischen Borough Hall und Tremont ein Buch schreiben. Außerdem begann sich trotz der erschöpfenden Ausschweifung mit Maude eine jener langsamen, schleichenden Erektionen zu melden. Es ist eine zum Gemeinplatz gewordene, aber trotzdem wahre Beobachtung – je mehr man fickt, desto mehr will man ficken, und desto besser fickt man! Wenn man es übertreibt, scheint der Schwanz biegsamer zu werden. Er hängt schlapp herunter, ist aber auf dem Posten. Man braucht nur mit der Hand über den Hosenschlitz zu streichen, und er reagiert. Tagelang kann man mit einem zwischen den Beinen baumelnden Gummischlauch herumlaufen. Die Frauen scheinen das auch zu fühlen.

Dann und wann versuchte ich meine Gedanken auf Mona zu richten, meinem Gesicht einen deutlichen Ausdruck der Sorge zu geben, aber er wollte nicht vorhalten. Mir war zu verdammt gut, zu entspannt, zu sorglos zumute. So schrecklich es klingt, ich dachte mehr an den Fick, den ich ihr zu verpassen hoffte, wenn ich sie erst einmal beruhigt hatte. Ich roch an meinen Fingern, um mich zu vergewissern, daß ich sie richtig gesäubert hatte. Dabei kam mir ein ziemlich komisches Bild von Maude in den Sinn. Ich hatte sie erschöpft auf dem Boden liegen lassen und war ins Badezimmer gegangen, um mich in Ordnung zu bringen. Als ich meinen Schwanz abseifte, öffnet sie die Tür. Will sich sofort abduschen, immer in Angst, in andere Umstände gebracht zu werden. Ich sage ihr, sie solle sich durch mich nicht stören lassen. Sie zieht sich aus, befestigt den Schlauch am Wasserhahn des Gasofens und legt sich auf die Badematte, die Beine gegen die Wand gestemmt.

»Kann ich dir helfen?« frage ich, trockne meinen Schwanz ab und bestäube ihn mit etwas von ihrem vorzüglichen Talkum.

»Macht's dir was aus?« sagte sie und windet ihren Hintern so, daß ihre Beine noch gerader nach oben stehen.

»Mach' sie ein wenig auf«, drängte ich und nahm die Schlauchdüse in die Hand, um sie einzuführen.

Sie befolgte, was ich ihr sagte, zog ihren klaffenden Spalt mit allen Fingern auf. Ich beugte mich vor und untersuchte ihn gemächlich. Er war von einer dunklen, leberartigen Färbung, und die Schamlippen waren etwas gereizt. Ich nahm sie zwischen meine Finger und rieb sie sanft aneinander, wie man das mit zwei samtenen Blütenblättern tun würde. Sie sah so hilflos aus mit ihrem an die Wand gepreßten Hintern und ihren wie die Zeiger eines Kompasses gerade hochgereckten Beinen, daß ich mir das Lachen kaum verbeißen konnte.

»Bitte mach' jetzt keine Dummheiten«, bat sie, als ob die Verzögerung von einigen Sekunden eine Abtreibung bedeuten konnte. »Ich dachte, du habest es so eilig.«

»Hab' ich auch«, erwiderte ich, »aber du lieber Heiland, wenn ich dieses Ding ansehe, werd' ich wieder fickerig.«

Ich führte die Düse ein. Das Wasser begann aus ihr über den Boden zu laufen. Ich warf ein paar Handtücher hinunter, um es aufzusaugen. Als sie aufstand, nahm ich Seife und Waschlappen und wusch ihr die Möse. Ich seifte sie innen und außen ein – ein für den Tastsinn köstliches Gefühl, für uns beide.

Sie, ihre Möse, fühlte sich jetzt seidiger als je an, und ich ließ meine Finger hinein- und herauswitschen, so wie man die Saiten eines Banjos anschlägt. Ich hatte einen dieser prallen Halbsteifen, die ein Glied noch mörderischer aussehen lassen, als wenn es sich zu seiner ganzen massiven Größe aufgerichtet hat. Es hing aus meinem Hosenschlitz und streichelte ihr über den Schenkel. Sie war noch nackt. Ich machte mich daran, sie abzutrocknen. Um das bequem tun zu können, setzte ich mich auf den Rand der Wanne, während mein Schwanz allmählich steif wurde und sprunghafte Zuckungen machte. Als ich sie zu mir heranzog, um ihre Hüften abzutrocknen, schaute sie mit einem begehrlichen, verzweiflungsvollen Blick auf ihn hinunter, fasziniert und halb sich schämend, so unersättlich zu sein. Schließlich hielt sie es nicht länger aus. Impulsiv ließ sie sich auf die Knie nieder und nahm ihn in den Mund. Ich strich mit den Fingern durch ihr Haar, liebkoste ihre Ohrmuscheln, ihren Nacken, ergriff ihre Titten und massierte sie sanft, wobei ich bei den Brustwarzen verweilte, bis sie straff herausstanden. Sie hatte aufgehört, ihn mit dem Mund zu umschließen, und leckte ihn jetzt, als sei er eine Zuckerstange. »Hör zu«, sagte ich, wobei ich ihr die Worte ins Ohr murmelte, »wir wollen es nicht noch einmal machen, aber laß mich ihn nur eben einige Augenblicke hineinstecken, und dann werde ich gehen. Es ist zu schön, um so ganz plötzlich aufzuhören. Ich laß' es nicht kommen, ich verspreche es ...« Sie sah mich flehentlich an, als wollte sie sagen: »Kann ich dir glauben? Ja, ich möchte es gerne. Ja, ja, aber bums mich nicht an, hörst du?«

Ich half ihr aufstehen, drehte sie um wie eine Schaufensterpuppe, legte ihre Hände auf den Rand der Wanne und hob ihren

Hintern nur ein ganz klein wenig hoch. »Machen wir's zur Abwechslung einmal so«, murmelte ich, steckte meinen Schwanz nicht sofort hinein, sondern rieb ihn von hinten ihre Spalte entlang.

»Du paßt auf, daß es dir nicht kommt, nicht wahr?« bat sie, reckte ihren Hals zurück und warf mir einen verstörten, flehentlichen Blick im Spiegel über dem Waschbecken zu. »Ich bin weit offen . . .«

Dieses »weit offen« brachte die ganze sinnliche Begierde in mir zum Ausbruch. »Du elendes Weibsstück«, sage ich zu mir, »das will ich ja gerade. Ich werde dir in deine Luxusgebärmutter hineinpissen!« Und damit lasse ich ihn langsam hineingleiten, ganz allmählich, bewege ihn von rechts nach links, taste mit ihm die Taschen und das Innenfutter ihrer weit offenen Möse ab, bis ich ihren Gebärmuttermund fühle. Dort verkeilte ich ihn gut und solide, verlötete ihn in ihr, als habe ich vor, ihn für immer hier drin zu lassen. »Oh, oh!« stöhnte sie. »Beweg dich nicht, bitte . . . laß ihn einfach so!« Ich ließ ihn einfach so, auch als dieses hintere Ende sich zu drehen anfing wie ein Windrad.

»Kannst du's noch zurückhalten?« murmelte sie heiser, versuchte wieder, sich umzusehen und ihr Bild im Spiegel aufzufangen.

»Das kann ich«, sagte ich, ohne die leiseste Bewegung zu machen, da ich wußte, daß sie das ermutigen würde, alle ihre Künste zu entfalten.

»Es ist ein wundervolles Gefühl«, beteuerte sie, während ihr Kopf schlaff herabsank, wie aus den Angeln gehoben . . . »Er ist jetzt größer geworden, weißt du das? Ist es eng genug für dich? Ich bin schrecklich weit geöffnet.«

»Es ist schon recht«, sagte ich. »Es paßt wunderbar. Beweg dich nicht mehr . . . Umfaß ihn einfach . . . du weißt wie . . .«

Sie versuchte es, aber irgendwie wollte ihre kleine Zitronenpresse nicht funktionieren. Ich machte abrupt, ohne Warnung, einen Rückzieher. »Legen wir uns hin . . . *hier*«, schlug ich vor, zog sie einen Schritt zurück und legte ein trockenes Handtuch unter sie. Mein Pint glänzte von Saft und war hart wie eine Stange. Es schien kaum mehr ein Schwanz zu sein: Er war wie ein fleischgewordenes, mächtiges Instrument, das ich angebracht hatte. Sie lag ausgestreckt da, sah ihn mit Schrecken und Freude an und fragte sich, was er sich wohl als nächstes ausdenken würde – ja, ganz als ob *er* die Dinge entschiede und nicht ich oder sie.

»Es ist grausam von mir, dich nicht fortzulassen«, meinte sie, als ich ihn schnell hineinjagte. Das Ansaugen verursachte einen schmatzenden Laut, wie nasse Fürze.

»Bei Gott, jetzt werde ich dich gut und richtig vögeln. Hab' keine Angst, mir kommt es nicht . . . Ich hab' keinen Tropfen übrig. Beweg dich, wie du willst . . . stoß nach unten und oben . . . so ist's recht, reib ihn herum, los, mach schon . . . fick dich aus!«

»Schscht!« wisperte sie und legte mir die Hand auf den Mund. Ich beugte mich vor und biß sie lang und tief in den Hals. Ich biß sie in die Ohren, die Lippen. Ich zog ihn wieder eine qualvolle Sekunde lang heraus und biß in die Haare über ihrer Möse, schnappte die zwei kleinen Schamlippen und zog sie zwischen meinen Zähnen durch.

»Steck ihn rein, steck ihn rein!« flehte sie mit geifernden Lippen, streckte die Hand nach meinem Schwanz aus und placierte ihn wieder. »O Gott, mir kommt's . . . Ich kann es nicht mehr zurückhalten. Oh, oh . . .« und sie verfiel in einen Krampf, warf sich mit solcher Raserei, solcher Hingabe gegen mich, daß sie wie ein tollwütiges Tier aussah. Ich zog ihn, ohne daß es mir kam, heraus – mein Schwanz glänzend, schimmernd, steif und kerzengerade wie ein Ladestock. Langsam rappelte sie sich auf die Beine. Bestand darauf, ihn für mich zu waschen, tätschelte ihn bewundernd, zärtlich, als habe er sich bewährt und als echt erwiesen. »Du mußt laufen«, sagte sie, meinen Schwanz zwischen ihren beiden Händen haltend, das Handtuch um ihn gewunden. Und dann, indem sie das Handtuch hinwarf und wegblickte: »Ich hoffe, es geht ihr gut. Sag' ihr das, willst du?«

Ja, ich mußte lächeln, als ich an diese Szene in der letzten Minute dachte. »*Sag' ihr das . . .*« Dieser Extrafick hatte sie weich gemacht. Ich dachte an ein Buch, das ich gelesen hatte und das von ziemlich merkwürdigen Experimenten mit fleischfressenden Tieren – Löwen, Tigern, Panthern – berichtete. Es scheint, wenn diese reißenden Tiere gut gefüttert – in Wirklichkeit überfüttert – wurden, daß man dann zahme Geschöpfe mit ihnen in denselben Käfig sperren konnte und sie ihnen nie etwas zuleide taten. Der Löwe griff nur aus Hunger an. Er war nicht immer mordlustig. Das war der Kern der Sache.

Und Maude ... Nachdem sie sich nach Herzenslust befriedigt hatte, war ihr wahrscheinlich zum erstenmal bewußt geworden, daß es sinnlos war, einen Groll gegen die andere Frau zu hegen. Wenn es möglich war, so mag sie sich gesagt haben, sooft sie wollte so gevögelt zu werden, würde es nichts ausmachen, welche Ansprüche die andere an mich stellte. Vielleicht ging ihr zum erstenmal ein Licht auf, daß Besitz nichts ist, wenn man sich nicht hingeben kann. Vielleicht ging sie sogar so weit, zu denken, daß es so besser sein könnte – mich zu ihrem Schutz und zum Vögeln zu haben und sich nicht aus eifersüchtigen Ängsten über mich ärgern zu müssen. Wenn die andere es bei mir aushalten und mich davon abhalten konnte, daß ich mich mit jeder kleinen Schlampe, die mir über den Weg lief, herumtrieb, wenn sie mich miteinander teilen konnten, stillschweigend natürlich und ohne Verlegenheit und viel Getöse, könnte es schließlich doch besser sein als das alte Arrangement. Ja, so gevögelt zu werden, gevögelt ohne die Angst, betrogen zu werden, mit dem eigenen Mann zu vögeln, der jetzt dein Freund (und vielleicht schon bald wieder ein Geliebter) ist, sich zu nehmen, was man von ihm will, ihn zu rufen, wenn man ihn braucht, ein köstliches, leidenschaftliches Geheimnis mit ihm zu teilen, die alten Fickereien wiederaufleben zu lassen, neue kennenzulernen, zu stehlen und doch nicht zu stehlen, sondern sich mit Lust und Liebe ihnen hinzugeben, wieder jünger zu werden, nichts aufzugeben außer einer konventionellen Bindung ... ja, das könnte wahrhaftig sehr viel besser sein.

Ich bin sicher, etwas dergleichen ist ihr durch den Kopf gegangen und hat seinen Glorienschein um sie gebreitet. Mit meinem geistigen Auge konnte ich sie sehen, wie sie schmachtend ihre Haare bürstete, ihre Brüste befühlte, das Mal meiner Zähne an ihrem Hals untersuchte, in der Hoffnung, Melanie würde es nicht bemerken, aber ohne sich viel daraus zu machen, ob sie das tat oder nicht. Auch kümmerte sie sich nicht mehr viel darum, ob Melanie Dinge belauschte oder nicht. Vielleicht fragte sie sich wehmütig, wie es überhaupt dazu gekommen war, daß sie mich verloren hatte. Wußte sie doch jetzt, daß sie, wenn sie ihr Leben noch einmal hätte neu beginnen können, nie mehr so, wie sie es getan hatte, handeln und sich Sorgen um unnötige Dinge machen würde. Es war so töricht, sich Sorgen darüber zu machen, was die andere Frau tun mochte! Was lag schon daran, wenn ein Mann hin und wieder einen Seitensprung machte? Sie hatte sich eingesperrt, hatte einen Käfig um sich errichtet, hatte vorgegeben, sie habe keine Wünsche mehr, darauf bestanden, sie wage nicht mehr zu ficken – weil wir nicht mehr Mann und Frau waren. Welch schreckliche Erniedrigung! Es mit allen Fasern wollen, sich danach sehnen, beinahe darum betteln wie ein Hund – und die ganze Zeit war es da und wartete auf sie. Wen kümmerte es, ob es recht war oder nicht? War nicht diese wundervolle gestohlene Stunde besser als alles, was sie bislang gekannt hatte? *Schuldgefühl?* Nie in ihrem Leben hatte sie sich weniger schuldig gefühlt. Sogar wenn »die andere« inzwischen gestorben wäre, könnte sie sich deswegen nicht schlecht vorkommen.

Ich war mir so sicher über das, was in ihrem Kopf vorgegangen war, daß ich mir im Geist eine Notiz machte, sie bei unserem nächsten Zusammensein danach zu fragen. Freilich war sie vielleicht das nächste Mal wieder die alte – das war bei Maude nur allzuleicht möglich. Außerdem wäre es nicht angebracht gewesen, sie merken zu lassen, daß ich allzusehr interessiert war – das hätte das Gift vielleicht nur aufgewühlt. Das richtige würde sein, das Verhältnis zu ihr auf einer unpersönlichen Ebene zu belassen. Es hatte keinen Sinn, sie wieder in ihre alte Art zurückfallen zu lassen. Geh einfach hinein mit einem heiteren Gruß, stell ein paar Fragen, schick das Kind zum Spielen hinaus, rück nahe heran, nimm ruhig und entschlossen deinen Schwengel heraus und gib ihn ihr in die Hand. Sorge dafür, daß das Zimmer nicht zu hell ist. Kein langes Getue! Geh einfach zu ihr hin, und während du sie fragst, wie die Dinge stehen, laß eine Hand ihr Kleid hochschlüpfen und den Saft zum Fließen bringen.

Dieser Extrafick in der letzten Minute hatte auch bei mir Wunder gewirkt. Immer, wenn man in das Reservoir hinuntergräbt, sozusagen das letzte Körnchen heraufholt, ist man überrascht zu entdecken, daß man aus einer unbegrenzten Energiequelle schöpfen kann. Das war mir schon früher geschehen, aber ich hatte dem nie ernste Aufmerksamkeit geschenkt. Die ganze Nacht aufzubleiben und ohne geschlafen zu haben an die Arbeit zu gehen, hatte eine ähnliche Wirkung auf mich. Oder umgekehrt nach dem Ausschlafen noch lange im Bett zu bleiben, mich zum Ausruhen zu zwingen, wenn ich keine Ruhe mehr nötig hatte. Mit einer Gewohnheit zu brechen, einen neuen Rhythmus einzuschalten – einfache, den Menschen der Antike bereits bekannte Kunstgriffe. Es versagte nie. Breche mit der alten Schablone, den abgenutzten Verbindungen – und der Geist macht sich frei, stellt neue Wechselbeziehungen her, schafft neue Spannungen, vermittelt eine neue Vitalität.

Ja, ich beobachtete jetzt hoch erfreut, wie mein Geist sprühte, wie er in jede Richtung strahlte. Das war die Art von überschäumendem Elan, um die ich betete, wenn ich den Wunsch verspürte zu schreiben. Ich pflegte mich hinzusetzen und zu warten, daß das eintrat. Aber es trat nie ein – nicht in dieser Form. Es stellte sich manchmal nachher ein, wenn ich mich von der Schreibmaschine getrennt hatte und spazierengegangen war. Ja, plötzlich überfiel es mich wie ein Angriff, kunterbunt, aus jeder Richtung kommend, eine wahrhafte Überschwemmung, eine Lawine – und da stand ich, hilflos, meilenweit von der Schreibmaschine entfernt, ohne ein Blatt Papier in der Tasche. Manchmal machte ich mich im Trab auf den Heimweg, ohne zu schnell zu laufen, denn dann setzte es aus, sondern sachte, ganz wie beim Ficken – wenn man sich vorsagt: Mach langsam, denk nicht dran, so ist's recht, 'rein und 'raus, kühl, losgelöst, sich vormachen, daß es dein Schwanz ist, der vögelt, nicht du. Genau dasselbe Verfahren. Schlendere gleichmäßig dahin, verhalt es, denk nicht an die Schreibmaschine und wie weit es bis zum Haus ist, nur gemächlich, beherrscht, so ist's recht . . .

Als ich diese seltsamen Augenblicke der Inspiration wiederaufleben ließ, fiel mir plötzlich ein Augenblick ein, da ich unterwegs zu dem Tingeltangel The Gayety Ecke Lorimer Street und Broadway gewesen war. (Ich fuhr mit der Hochbahn.) Gerade etwa zwei Stationen vor meinem Ziel überkam mich der Anfall. Dies war ein sehr bedeutsamer Anfall, denn zum erstenmal in meinem Leben erkannte ich, daß er das war, was man »eine Welle der Inspiration« nennt. Ich wußte damals im Zeitraum von wenigen Augenblicken, daß mir etwas widerfuhr, das offenbar nicht jedermann widerfährt. Es war ohne Vorherwarnung gekommen, aus keinem mir erfindlichen Grund. Vielleicht einfach, weil mein Geist völlig leer und ich tief zurück in mich versunken war, zufrieden damit, mich treiben zu lassen. Ich erinnere mich lebhaft, wie die Außenwelt sich plötzlich aufhellte, wie der Mechanismus meines Gehirns in einem jähen Aufblitzen erschreckend glatt und rasch zu funktionieren begann, Gedanken sich ineinanderschoben, Bilder in dichter Folge auftauchten und einander auslöschten in dem heftigen Wunsch, aufgezeichnet zu werden. Dieser Broadway in Brooklyn, den ich so verabscheute, besonders von der Hochbahnstrecke aus (die mir einen »höheren«, nach unten gerichteten Blick auf das Leben, die Leute, die Häuser und das ganze Treiben bot) – dieser Broadway hatte plötzlich eine Verwandlung durchgemacht. Nicht, daß er ideal oder schön oder unwirklich wurde, im Gegenteil, er wurde erschreckend wirklich, erschreckend lebendig. Aber er hatte eine neue Orientierung bekommen. Er lag im Herzen der Welt, und diese Welt, die ich nun mit einem Griff in mich aufnehmen zu können schien, hatte Sinn bekommen. Vorher hatte der Broadway sich wie ein Dorn im Auge abgezeichnet, ganz Häßlichkeit und durcheinander. Jetzt reihte er sich in den ihm gebührenden Platz ein, ein wesentlicher Bestandteil der Welt, weder gut noch schlecht, weder häßlich noch schön: *Er gehörte einfach dazu*. Er war da wie ein rostiger Nagel in einem Holzklotz, der während eines Wintersturms an einen verlassenen Strand gespült wurde. Ich kann es nicht besser ausdrücken. Du streunst am Strand entlang, die Luft ist salzig, du bist in gehobener Stimmung, deine Gedanken sind klar – nicht immer glänzend, aber *klar*. Dann der Holzklotz, ein Teil der materiellen Welt: er liegt da, voll Erlebnis, voll Geheimnis. Ein Mann hämmerte diesen Nagel irgendwo, irgendwann, irgendwie hinein. Es gab einen Grund, warum er das tat. Er machte für andere Männer ein Schiff, um darin auf der See zu fahren. Schiffe bauen war sein Lebenswerk – und sein Schicksal und das seiner Kinder war in jedem Hammerschlag. Jetzt liegt der Holzklotz da, und der Nagel ist rostig, aber du lieber Himmel, er ist mehr als nur ein rostiger Nagel – oder aber alles ist verrückt und sinnlos . . . So war es mit dem Broadway. Schinken im Schaufenster, und die trübseligen Fenster der Glaser mit Kittklumpen auf dem Ladentisch, die Fettflecke auf dem Packpapier machen. Seltsam, wie der Mensch sich durch die Jahrhunderte entwickelt – von dem Pithecanthropus erectus zu einem graugesichtigen Glaser, der mit einer Glas genannten zerbrechlichen Substanz umgeht, von der sich Millionen Jahre lang niemand, nicht einmal die Magier des Altertums, auch nur hätte träumen lassen. Ich konnte die Straße langsam versinken, in der Zeit dahinschwinden sehen: der Zeit, die wie Blei wegschmilzt oder wie Dampf verdunstet. Die Häuser stürzten ein. Planken, Ziegel, Mörtel, Glas, Nägel, Schinken, Kitt, Papier – alles entschwand in das große Laboratorium. Ein neues Menschengeschlecht wandelt auf der Erde (über eben diesen Boden), das nichts von unserem Dasein weiß, sich nicht um die Vergangenheit kümmert, auch nicht imstande ist, sie zu verstehen, selbst wenn es möglich wäre, sie wiederaufleben zu lassen. In den Erdspalten krochen Käfer umher, wie sie das Milliarden Jahre getan hatten: Sie hielten hartnäckig an ihrer Schablone fest, trugen nichts zur Entwicklung bei, verachteten sie scheinbar. Sie hatten in ihrer Generation jede Menschenrasse über die Erde wandeln sehen – hatten alle Umwälzungen, alle historischen Zusammenbrüche überlebt. Drüben in Mexiko waren gewisse krabbelnde Käfer eine Delikatesse für den Gaumen. Es gab noch lebende und auf der Erde wandelnde Menschen – nicht durch ungeheure äußerliche Entfernungen, sondern durch seelische und geistige Abgründe getrennt –, die Ameisen rösteten, und während sie befriedigt mit der Zunge schnalzten, spielte Musik, und es war eine andere Musik als unsere. Und so geschahen auf der ganzen großen Erde im gleichen Augenblick so unendlich verschiedene Dinge nicht nur an Land, sondern auch in der Luft und tief im Meer.

Dann kam die Station Lorimer Street. Ich stieg mechanisch aus, war aber nicht in der Lage, auf die Treppe zuzugehen. Ich war in dem hitzigen Strom gefangen, ebenso endgültig dort festgehalten, als habe mich ein Fischer auf seinen Speer gespießt. Alle jene Strömungen, denen ich freien Lauf gelassen hatte, wirbelten um mich herum, verschlangen mich, zogen mich in den Strudel hinunter. Ich mußte wie gelähmt etwa drei oder vier Minuten dort stehenbleiben, obzwar es mir sehr viel länger schien.

Menschen zogen vorbei wie in einem Traum. Ein anderer Zug fuhr ein und wieder ab. Dann rannte ein Mann in mich hinein, als er auf die Treppe zulief, und ich hörte, wie er sich entschuldigte, aber seine Stimme kam von weit her. Als er mich anstieß, hatte er mich ein wenig umgedreht. Nicht daß ich mir seiner Rücksichtslosigkeit bewußt war, nein . . . aber plötzlich sah ich mein Bild in dem Spiegel des Automaten, der Kaugummi auswarf. Natürlich war es nicht so, aber ich hatte die Illusion, als würde ich mich selbst einholen – so, als habe ich gerade noch das Ende der Wiedereinsetzung meines alten Ichs erspäht, den vertrauten Alltagsmenschen, der mich von hinter meinen Augen ansah. Es machte mich ein wenig nervös, wie es wohl jedem ergangen wäre, der aus einem Traum erwachend plötzlich einen Kometenschweif über den Himmel hätte ziehen sehen, der sich selbst auslöschte, als er über die Netzhaut zog. Ich stand da und starrte mein Bild an, der Anfall war jetzt vorüber, aber die Nachwirkung setzte ein. Eine nüchterne gehobene Stimmung machte sich nun geltend. *Trunken sein!* Du lieber Himmel, es schien so schwach, verglichen damit! (Ein Nachglühen, nicht mehr.) Ich war jetzt berauscht – aber einen Augenblick zuvor war ich inspiriert gewesen. Noch kurz vorher hatte ich gewußt, was es heißt, außer sich vor Freude zu sein. Einen Augenblick zuvor hatte ich völlig vergessen, wer ich war: Ich hatte mich über die ganze Erde ausgebreitet. Wäre es intensiver gewesen, so hätte ich vermutlich die dünne Linie überschritten, die den geistig Gesunden von dem Irrsinnigen trennt. Ich hätte vielleicht eine Entpersönlichung erreicht, mein Ich im Meer der Unermeßlichkeit ertränkt. Langsam ging ich auf die Treppe zu, stieg hinunter, überquerte die Straße, kaufte eine Eintrittskarte und betrat das Varietétheater. Der Vorhang ging gerade auf. Er öffnete sich vor einer Welt, die sogar noch verzauberter war als die sinnestäuschende, aus der ich mich gerade befreit hatte. Sie war völlig unwirklich – ganz und gar unwirklich. Sogar die so qualvoll vertraute Musik schien meinen Ohren fremd. Ich konnte kaum unterscheiden zwischen den Lebewesen, die vor meinen Augen Kapriolen machten, und dem Flitter und der Pappe der Szenerie – sie schienen aus demselben Stoff gemacht, einer grauen, mit einer niederen Spannung des Lebensstromes geladenen Schlacke. Wie mechanisch sie sich bewegten! Wie völlig blechern waren ihre Stimmen! Ich schaute mich um, blickte hinauf zu den Reihen der Logen, den zwischen den Messingpfosten geschlungenen Plüschkordeln, den dort übereinander sitzenden Puppen, die alle auf die Bühne starrten, alle ausdruckslos, alle wie aus einem Stoff gemacht: *Lehm*, gewöhnlicher Lehm. Es war eine Schattenwelt, in schrecklicher Weise erstarrt. Alles – Szenerie, Zuschauer, Darsteller, Vorhang, Musik, Rauch – war zu einer sinn- und trostlosen Schalheit zusammengeleimt. Plötzlich kribbelte es mich, juckte mich so sehr, als bissen mich gleichzeitig tausend Flöhe. Ich wollte schreien. Ich wollte etwas hinausschreien, was sie aus dieser schrecklichen Lethargie aufschrecken würde. *Scheiße! Heiße Scheiße!* Und jedermann würde aufspringen, der Vorhang würde überstürzt herunterkommen, der Platzanweiser würde mich beim Kragen nehmen und vor die Tür setzen. Aber ich brachte keinen Ton hervor. Meine Kehle war wie Sandpapier. Das Kribbeln verging, und dann wurde mir heiß und fiebrig. Ich dachte, ich würde ersticken. Aber du lieber Himmel, war ich gelangweilt! Gelangweilt wie nie zuvor. Ich wurde mir bewußt, daß nichts geschehen würde. Nichts *konnte* geschehen, auch nicht, wenn ich eine Bombe warf. Sie waren tot, mausetot, das war's. Sie saßen in ihrer eigenen stinkenden Scheiße und schmorten darin . . . Ich konnte es keine Sekunde länger aushalten. Ich stürzte hinaus.

Auf der Straße schien wieder alles grau und normal. Eine äußerst bedrückende Normalität. Die Leute trotteten dahin wie ins Kraut geschossenes Gemüse. Sie ähnelten den Dingen, die sie aßen. Und was sie aßen, verwandelte sich in Scheiße. Nichts anderes. *Puh!*

Im Licht dieses vorhergehenden Erlebnisses in der Hochbahn erkannte ich klar, daß sich ein neues Element offenbarte – eines, das ungeheuere Bedeutung hatte. Dieses Element war das Bewußtsein. Ich wußte jetzt, was mir geschah, und in gewissem Maße konnte ich den Ausbruch lenken. Ich hatte etwas verloren, aber auch etwas gewonnen. Wenn auch nicht mehr die gleiche Intensität vorhanden war wie bei jenem ursprünglichen »Anfall«, so war doch nicht mehr die Hilflosigkeit da, die ihn begleitet hatte. Es war, als sei man in einem mit atemraubender Geschwindigkeit durch die Wolken rasenden Flugzeug, und wenn man auch unfähig war, den Motor abzustellen, so entdeckte man doch mit freudiger Überraschung, daß man wenigstens die Kontrollvorrichtungen bedienen konnte. Wenn ich auch aus meiner gewohnten Bahn geworfen war, bewahrte ich doch genügend Gleichgewicht, um mein Verhalten zu beobachten. Die Art, wie ich jetzt die Dinge sah, war die Art, wie ich eines Tages über sie schreiben würde. Sofort überfielen mich Fragen, wie Schleudergeschosse und Wurfspeere zorniger Götter. Würde ich mich erinnern? Würde ich imstande sein, mich auf einem Blatt Papier gleichzeitig in alle Richtungen zu entfalten? War es der Zweck der Kunst, von Anfall zu Anfall zu wanken und die Spuren eines Blutsturzes hinter sich zu lassen? Galt es, bloß das »Diktat« aufzuzeichnen – wie ein gläubiger *Chela,* der dem telepathischen Geheiß seines Meisters gehorcht? Fing die Schöpfung, wie bei der Erde, mit dem feurigen Brodeln des rudimentären Magmas an – oder war es nötig, daß die Kruste erst abkühlte?

Ziemlich ungestüm schloß ich alles, außer der Frage des Gedächtnisses, aus. Es war hoffnungslos, daran zu denken, einen geistigen Gewittersturm wiederzugeben. Ich konnte nur versuchen, gewisse deutlich umrissene Anhaltspunkte im Gedächtnis zu behalten und sie in mnemotechnische Prüfsteine zu verwandeln. Die Ader wiederzufinden war das allerwichtigste – nicht wieviel Gold ich schürfen konnte. Meine Aufgabe war, einen mnemotechnischen Index zu meinem Inspirationsatlas zu entwickeln. Sogar der kühnste Abenteurer gibt sich kaum der Selbsttäuschung hin, daß er imstande sein werde, jeden Quadratfuß Boden dieses geheimnisvollen Erdballs zu erforschen. Tatsächlich muß der echte Abenteurer, lange ehe er zum Ziel seiner Wanderungen gekommen ist, zu der Erkenntnis gelangen, daß das bloße Anhäufen von wundervollen Erlebnissen etwas Stupides hat.

Ich dachte an Melanie, bei der ich mir normalerweise, wenn ich ein Buch über mein Leben zu schreiben beabsichtigte, nie die Mühe gemacht hätte, sie zu erwähnen. Wie hatte sie es angestellt, sich ins Spiel zu bringen, nachdem ich ihr gewöhnlich kaum einen Gedanken schenkte? Was bedeutete dieses Eindrängen? Was hatte sie beizusteuern? Zwei Prüfsteine fielen mir sofort in den Schoß. Melanie? Ach ja, erinnere dich immer an

»Schönheit« und »Irrsinn«. Und warum sollte ich mich an Schönheit und Irrsinn erinnern? Dann kamen mir diese Worte in den Sinn: »Spielarten des Fleisches«. Dem folgten die spitzfindigsten Abschweifungen über die Beziehung zwischen Fleisch, Schönheit und Irrsinn. Was schön an Melanie war, leitete sich von ihrem engelhaften Wesen her, das Irrsinnige in ihr kam vom Fleischlichen. Das Fleischliche und das Engelhafte gingen geteilte Wege, und Melanie, ebenso unerklärbar schön wie eine zerbröckelnde Statue, hauchte langsam an der Kampflinie ihr Leben aus. (Es gab hysterische Typen, denen es auch gelang, das Fleisch zu isolieren und ihm dadurch ein seltsames Eigenleben zu geben. Aber bei ihnen war es immer möglich, die Sicherung einzuschrauben, den Strom wieder einzuschalten, den Geist neuerdings unter Kontrolle zu bringen. Sie hatten einen geistigen Rolladen, der wie der eiserne Vorhang im Theater bei Ausbruch von Feuer oder als Zeichen, daß wieder ein Akt zu Ende gegangen war, heruntergelassen werden konnte.) Melanie war wie ein seltsames, nacktes Geschöpf, halb menschlich, halb göttlich, dessen Tage in dem vergeblichen Bemühen vergingen, aus dem Orchesterraum auf die Bühne zu klettern. In ihrem Fall machte es nichts aus, ob die Aufführung im Gange war oder nicht, ob es sich um eine Probe, einen Zwischenakt oder ein schweigendes leeres Haus handelte. Sie kletterte mühsam herum mit dem abstoßenden, verlockenden Zauber der Irren in ihrer Nacktheit. Die Engel mögen je nach Laune Diademe oder braune steife Hüte tragen, wenn wir den Phantastereien gewisser Visionäre glauben wollen, aber sie wurden niemals als irrsinnig geschildert. Ebensowenig war ihre Nacktheit jemals ein Anreiz zur Lust. Aber Melanie konnte so lächerlich wie ein Swedenborgscher Engel und so aufreizend wie ein läufiges Mutterschaf für die Augen eines einsamen Schäfers sein. Ihr weißes Haar diente nur dazu, die leise Verlockung ihres Fleisches zu verstärken. Ihre Augen waren kohlschwarz, ihr Busen war fest und voll, ihr Gesäß wie ein Magnetfeld. Aber je mehr man über ihre Schönheit nachdachte, desto obszöner schien ihr Irresein. Sie weckte die Illusion, nackt umherzulaufen, einen aufzufordern, sie abzutasten, damit sie vielleicht in dieser tiefen, unheimlichen Art lachte, die den Geisteskranken eigen ist, wenn sie ihre unvorhergesehenen Reaktionen kundtun wollen. Sie verfolgte mich wie ein Gefahrensignal, das man nachts flüchtig aus dem Zugfenster erspäht, wenn man sich plötzlich fragt, ob der Lokomotivführer schläft oder wach ist. Ganz so, wie man sich in solchen Augenblicken die Frage stellt, vor Angst wie gelähmt, so daß man keine Bewegung machen oder sprechen kann, wie die Katastrophe sich wohl wirklich abspielen würde – genauso überließ ich mich oft beim Gedanken an Melanies krankhafte Schönheit ekstatischen Träumen von fleischlichen Lüsten – den Spielarten, die ich kannte und die ich erforscht hatte, sowie den noch zu entdeckenden. Sich hemmungslos auf fleischliche Abenteuer einzulassen weckt das Gefühl für Gefahr. Mehr als einmal hatte ich den Schrecken und den Reiz erlebt, wie sie der Pervertierte kennt, wenn er in der dichtgedrängt vollen Untergrundbahn dem Verlangen nachgibt, einen verlockenden Hintern zu streicheln oder die in Reichweite seiner Finger befindliche verführerische Brustwarze zu drücken.

Das Bewußtseinselement wirkte nicht nur als eine zeitweise Kontrollvorrichtung, die es mir ermöglichte, auf den Schwingen der Phantasie von einer Rolltreppe zur anderen zu schreiten, sondern diente noch einem wichtigeren Zweck – es regte den Wunsch an, das schöpferische Werk zu beginnen. Daß Melanie – die ich vordem nicht beachtet und als eine reine Null in der komplizierten Quersumme von Erlebnissen angesehen hatte – sich als eine so reiche Ader erweisen konnte, öffnete mir die Augen. Es handelte sich tatsächlich überhaupt nicht um Melanie selbst, sondern um diese Wortklötze (»Schönheit«, »Irrsinn«, »Spielarten des Fleisches«), die ich das Bedürfnis fühlte, zu erforschen und in einen prächtigen Stil zu kleiden. Selbst wenn dazu Jahre nötig wären, würde ich mich an diese Fabelbildung erinnern, hinter ihr Geheimnis kommen, es auf Papier enthüllen. Wie viele Hunderte von Frauen hatte ich verfolgt, war ihnen nachgelaufen wie ein verlorener Hund, um irgendeinen geheimnisvollen Charakterzug zu erforschen – ein Paar weit auseinanderstehende Augen, einen wie aus Quarz gemeißelten Kopf, eine Hüfte, die ihr Eigenleben zu haben schien, eine Stimme, so melodisch wie Vogelgezwitscher, einen Wasserfall von Haaren, die wie gesponnenes Glas herabfielen, einen mit der Biegsamkeit von Gummi begabten Torso. Wann immer die Schönheit eines Weibes unwiderstehlich wird, läßt sie sich auf eine einzige Eigenschaft zurückführen. Diese Eigenschaft, oft ein körperlicher Fehler, kann solche unwirklichen Ausmaße annehmen, daß ihre verblüffende Schönheit in der Vorstellung der Besitzerin gleich Null ist. Der übermäßig attraktive Busen kann zu einer doppelköpfigen Larve werden, die ins Gehirn vordringt und zu einem geheimnisvollen wässerigen Tumor wird. Die verlockenden übervollen Lippen können in den Tiefen des Schädels wie eine doppelte Scheide wachsen und die von allen Krankheiten am schwierigsten zu heilende mit sich bringen: die Melancholie. (Es gibt schöne Frauen, die sich fast nie nackt vor den Spiegel stellen, Frauen, die, wenn sie an die magnetische Kraft denken, die vom Körper ausgeht, Angst bekommen und sich in sich selbst zurückziehen, erfüllt von der Furcht, sogar der von ihnen ausgehende Geruch werde sie verraten. Und es gibt andere, die vor dem Spiegel stehend sich kaum zurückhalten können, splitternackt hinauszulaufen und sich dem erstbesten des Weges Kommenden anzubieten.)

Spielarten des Fleisches . . . Vor dem Einschlafen, gerade wenn die Augenlider sich über der Netzhaut schließen und die ungebetenen Bilder ihre nächtliche Parade beginnen . . . Diese Frau in der Untergrundbahn, der man auf die Straße folgt: ein namenloses Phantom, das nun plötzlich wiederauftaucht, mit geschmeidigen, kräftigen Lenden auf einen zukommt. Sie erinnert einen an jemanden – jemanden, der ganz ebenso aussah, nur mit einem anderen Gesicht. (Aber das Gesicht war nie wichtig!) Man hat die wiegenden und aufleuchtenden Lenden fast ebenso deutlich in Erinnerung, wie man irgendwo in den Schlupfwinkeln seines Gehirns das Bild des Stiers aufbewahrt hat, den man als Kind beobachtete: des Stiers beim Besteigen einer Kuh. Bilder kommen und gehen, und immer ist es ein besonderer Körperteil, der hervorsticht, ein Erkennungszeichen. Namen – Namen verblassen. Die zärtlichen Worte – auch sie schwinden dahin. Sogar die Stimme, die so zwingend, so aufwühlend, so ganz persönlich war – auch sie hat eine Art und Weise, sich aufzulösen, sich unter all den anderen Stimmen zu verlieren. Aber der Leib lebt weiter, und die Augen, die Finger der Augen, erinnern sich. Sie kommen und gehen, die Unbekannten, Namenlosen, und vermengen sich so zwanglos mit den anderen, als wären sie ein wesentlicher Bestandteil des eigenen Lebens. Mit den Unbekannten kommt die Erinnerung an bestimmte Tage, gewisse Stunden, die wollüstige Art, wie sie einen Augenblick leerer Mattigkeit erleichterten. Du rufst dir gerade ins Gedächtnis zurück, wie die Große in einem malvenfarbenen Seidenkleid an jenem Nachmittag, als die Sonne glühend heiß herunterbrannte, dastand und entzückt auf die Wasserspiele des Brunnens starrte. Du erinnerst dich genau der Art, wie sich damals deine Begierde äußerte – scharf, rasch, wie ein Dolchstoß zwischen die Schulterblätter, um sich dann fast ebenso rasch in einen so angenehmen Rauch wie ein tiefer, sehnsüchtiger Hauch aufzulösen. Und dann steigt eine andere herauf, träge, phlegmatisch, mit poröser Haut wie Sandstein. Bei ihr ist alles im Kopf konzentriert – dem Kopf, der nicht zum Körper paßt, dem Kopf, der vulkanisch, noch voll Eruption ist. So kommen und gehen sie, klar umrissen, deutlich, noch die Atmosphäre des Zusammenstoßes hinter sich her ziehend, strahlen sie ihre augenblickliche Wirkung aus. Alle Arten, alle nach Struktur, Wetter und Laune abgestimmt: bronzene, marmorne Statuen, durchsichtige, schattenhafte, blumenartige, grazile Tiere mit einer Wildlederhaut, Trapezkünstlerinnen, silberne Wasserflächen, die menschliche Form annehmen und biegsam wie Muranoglas sind. Mit Muße kleidet man sie aus, untersucht sie unter dem Mikroskop, veranlaßt sie, sich hin und her zu bewegen, sich zu bücken, die Knie zu beugen, einen Handstand mit Überschlag zu machen, ihre Beine zu spreizen. Du sprichst mit ihnen, jetzt, wo deine Lippen sich öffnen. Was hast du an diesem Tag getan? Trägst du dein Haar immer so? Was wolltest du mir sagen, als du mich so angestarrt hast? Dürfte ich dich bitten, dich umzudrehen? So ist's recht. Jetzt lege die Hände um deine Brüste. Ja, ich hätte mich an jenem Tag auf dich stürzen, dich gleich auf dem Bürgersteig ficken können, während die Leute über uns hinwegstiegen. Ich hätte dich in Grund und Boden ficken, dich in der Nähe des Sees, wo du mit übereinandergeschlagenen Beinen gesessen hast, begraben können. Du hast gewußt, daß ich dich beobachtete. Sag' mir . . . sag' mir, weil es nie jemand erfahren wird . . . was dachtest du damals, in ebenjenem Augenblick? Warum hieltest du deine Beine übereinandergeschlagen? Du wußtest, ich wartete darauf, daß du sie öffnen würdest. Du wolltest sie doch öffnen, nicht wahr? Sag mir die Wahrheit! Es war ein warmer Tag, und du hattest nichts an unter deinem Kleid. Du warst aus deinem Horst heruntergekommen, um ein wenig frische Luft zu schöpfen, in der Hoffnung, daß etwas geschehen würde. Du hast nicht groß danach gefragt, was geschehen würde, nicht wahr? Du bist am See umhergewandert und hast gewartet, bis es dunkel wurde. Du wolltest, daß dich jemand ansah, jemand, dessen Augen dich auszogen, der seinen Blick auf diese warme, feuchte Stelle zwischen deinen Beinen richtete ...

Auf diese Weise spulst du es ab, eine Million Fuß von der Rolle. Und die ganze Zeit gehen die Augen von dem einen zum anderen mit kaleidoskopischer Raserei, was einem in der unerklärlichen Art der Anziehung bis auf die Haut geht. Das geheimnisvolle Gesetz der Anziehung! Ein Geheimnis, das ebenso tief in den einzelnen Teilen wie in dem geheimnisvollen Ganzen begraben ist.

Das unwiderstehliche Geschöpf vom anderen Geschlecht ist ein Monstrum und dabei, sich in eine Blume zu verwandeln. Weibliche Schönheit ist eine unaufhörliche Schöpfung, ein unaufhörliches Kreisen um einen (oft eingebildeten) Defekt, der das ganze Wesen sich himmelwärts emporschrauben läßt.

11

»*Sie hat versucht, sich zu vergiften!*«

Mit diesen Worten wurde ich an der Tür von Dr. Onirificks Etablissement begrüßt. Es war Curley, der mir das leise verkündete und dabei verlegen mit dem Türknopf spielte.

Ein Blick über seine Schulter sagte mir, daß sie schlief. Kronski hatte sich ihrer angenommen. Er hatte gebeten, man solle Dr. Onirifick nichts davon sagen.

»Ich roch das Chloroform, sobald ich hereinkam«, erklärte Curley. »Sie saß zusammengekauert auf dem Stuhl, als habe sie einen Schlaganfall gehabt. Ich dachte, es handle sich vielleicht um eine Abtreibung ...« fügte er hinzu und machte ein etwas hilfloses Gesicht.

»Warum hat sie es getan, hat sie etwas darüber gesagt?«
Curley stotterte herum.
»Komm, komm, red' nicht drum 'rum. Was ist los – Eifersucht?«

Er sei sich nicht sicher. Alles, was er wußte, war, was sie geplappert hatte, als sie zu sich kam. Sie hatte immer wieder beteuert, daß sie es nicht ertragen könne.

»Was ertragen?« wollte ich wissen.

»Daß du deine Frau besuchst, nehme ich an. Sie sagte, sie habe den Hörer abgenommen, um dich anzurufen. Sie habe das Gefühl gehabt, daß etwas schiefgegangen sei.«

»Wie drückte sie sich genau aus, erinnerst du dich?«

»Ja, sie redete eine Menge Unsinn von betrogen werden. Sie sagte, es sei nicht das Kind, das du besuchen wolltest, sondern deine Frau. Sie sagte, du seist ein schwacher Mensch und daß du, wenn sie nicht bei dir sei, zu allem imstande bist . . .«

Ich schaute ihn überrascht an. »Hat sie das wirklich gesagt? Du denkst dir das nicht einfach alles aus, wie?«

Curley tat, als habe er die Frage überhört. Er fuhr fort, von Kronski zu sprechen und wie anständig er sich benommen habe.

»Ich hätte nicht gedacht, daß er so geschickt lügen könnte«, sagte Curley.

»Lügen? Wie meinst du das?«

»Wie er über dich sprach. Das hättest du hören sollen. Gott, es war fast, als werbe er um sie. Er sagte so wundervolle Dinge über dich, daß sie zu weinen und zu schluchzen anfing wie ein Kind. Stell' dir vor«, fuhr er fort, »er sagte ihr, du seiest der zuverlässigste, treueste Bursche von der Welt! Du habest dich vollständig geändert, seitdem du sie kennst – daß dich keine Frau mehr in Versuchung führen könnte!«

Hier konnte Curley ein hämisches Grinsen nicht unterdrükken.

»Nun, das stimmt«, sagte ich fast ärgerlich. »Kronski sagte die Wahrheit.«

»Er sagte, du liebtest sie so sehr, daß du . . .«

»Und was läßt dich glauben, daß ich das nicht tue?«

»Weil ich dich kenne. Du wirst dich nie ändern.«

Ich setzte mich an ihr Bett und sah sie an. Curley lief ruhelos hin und her. Ich spürte, wie die Wut in ihm schwelte, und wußte auch, wo die Ursache dafür lag.

»Sie ist jetzt wohl wieder in Ordnung, scheint mir?« fragte ich nach einer Weile.

»Wie soll ich das wissen, sie ist nicht *meine* Frau.« Die Worte kamen wie das Aufblitzen eines Messers auf mich zu.

»Was ist los mit dir, Curley? Bist du eifersüchtig auf Kronski? Oder bist du eifersüchtig auf *mich*? Du kannst ihre Hand halten und sie streicheln, wenn sie aufwacht. Du kennst mich . . .«

»Und sogar verdammt gut!« kam Curleys mürrische Entgegnung. »Du hättest selbst hiersein und ihre Hand halten sollen. Nie bist du da, wenn jemand dich braucht. Ich vermute, du hast Maudes Hand gehalten – jetzt, wo sie dich nicht mehr haben will. Ich weiß noch, wie du sie behandelt hast. Damals fand ich es komisch – ich wußte es nicht besser, ich war noch zu jung. Und ich erinnere mich auch an Dolores . . .«

»Leise!« wisperte ich und deutete mit dem Kopf auf die daliegende Gestalt.

»Sie wird so bald nicht wieder aufwachen, keine Sorge.«

»Also schön . . . nun, was ist mit Dolores?« sagte ich, wobei ich meine Stimme dämpfte. »Was habe ich denn Dolores angetan, das dich so aufbringt?«

Einen Augenblick lang verschlug es ihm die Stimme. Er barst einfach vor Zorn und Verachtung. Schließlich platzte er heraus: »Du richtest sie alle zugrunde! Du zerstörst etwas in ihnen, das ist alles, was ich sagen kann.«

»Du meinst wohl, daß du versucht hast, dir Dolores selber zu angeln, nachdem wir uns getrennt hatten und sie dich nicht haben wollte?«

»Vor- oder nachher, was macht das schon aus«, bemerkte er bissig. »Ich weiß, wie ihr zumute war – sie hat mir oft ihr Herz ausgeschüttet. Sogar in Augenblicken, wenn sie dich haßte, wollte sie von mir nichts wissen. Sie benutzte mich nur als Tränenkissen. Sie weinte sich bei mir aus, als sei ich nicht auch ein Mensch. Du bist nach solchen Sitzungen im Hinterzimmer immer strahlend abgehauen, und der kleine Curley durfte die Krümel auflesen und die Dinge für dich wieder in Ordnung bringen.

Du hast nie einen Gedanken daran verschwendet, was geschah, wenn die Tür sich hinter dir schloß, stimmt's?«

»Nei-n«, sagte ich gedehnt und lächelte ihn höhnisch an. »Na, und was ist denn geschehen? Erzähl mal.«

Es ist immer interessant zu erfahren, was wirklich geschieht, wenn die Tür sich hinter einem schließt. Ich war bereit, mich zurückzulehnen und die Ohren zu spitzen.

»Natürlich versuchtest du«, versetzte ich auf gut Glück, um ihn weiter zu animieren, »das Beste für dich aus der Situation zu machen.«

»Wenn du's wissen willst«, erwiderte er mit brutaler Offenheit, »ja, das habe ich getan. Auch wenn's eine nasse Angelegenheit war! Ich ermutigte sie, ihren Tränen freien Lauf zu lassen, denn dann konnte ich die Arme um sie legen. Und schließlich hatte ich doch Erfolg. Ich stellte mich nicht so übel dabei an, wenn man bedenkt, wie sehr ich im Nachteil war. Ich könnte dir so einiges über deine schöne Dolores erzählen . . .«

Ich nickte. »Laß mal hören. Klingt aufregend.«

»Was du wahrscheinlich nicht weißt, ist, wie sie sich benimmt, wenn sie sich die Augen rot weint. Da hast du etwas verpaßt.«

Sollte er doch ruhig mal loslegen, während ich meine Gefühle hinter einer Maske gleichgültiger Nachsicht verbarg. Seltsamerweise fiel es ihm trotz seinem Wunsch, mir eins auszuwischen, nicht leicht, seine Geschichte zusammenhängend zu erzählen oder auch nur die Gelegenheit wahrzunehmen, die sich ihm jetzt bot. Je mehr er sprach, desto mehr bemitleidete er sich selbst. Er konnte nicht darüber hinwegkommen, daß er nicht gelandet war. Er wollte sie in den Schmutz ziehen, und die Tatsache, daß es ihm gelungen war, dazu auch noch meine Zustimmung zu erhalten, gab dem Ganzen eine besondere Würze. Er war der Ansicht, daß auch ich diese Profanierung eines ehemaligen Idols genießen würde.

»Du hast also deinen Schwengel nie richtig landen können?« Ich warf ihm einen mitleidigen Blick zu. »Zu schade, denn bei ihr hätte es sich wirklich gelohnt . . . Hätte ich doch bloß eine Ahnung gehabt, dann hätte ich dir dabei geholfen. Warum hast du denn auch nichts gesagt? Ich habe immer geglaubt, du seiest viel zu grün, um solche Gefühle überhaupt für sie zu haben. Natürlich habe ich mir schon gedacht, daß du die Arme um sie legen würdest, wenn ich den Rücken kehrte. Aber ich traute dir nicht zu, daß du deinen Schwengel herausnehmen und versuchen würdest, ihn bei ihr hineinzustecken. Nein, ich glaubte, dazu verehrtest du sie zu sehr. Du lieber Himmel, du warst damals ja noch ein Kind. Wie alt warst du – sechzehn, siebzehn? Ich hätte mich an das mit deiner Tante erinnern sollen. Aber das war was anderes. Sie hat *dich* vergewaltigt, war's nicht so?«

Ich zündete mir eine Zigarette an und lehnte mich bequem im Sessel zurück.

»Weißt du, Curley, da frage ich mich doch, ob du nicht . . .«

»Du meinst mit Maude? Ich habe bei ihr nie etwas versucht . . .«

»Nein, das meine ich nicht. Es ist mir scheißegal, was du versucht hast oder nicht versucht hast. Ich glaube, du solltest allmählich abhauen«, fügte ich hinzu. »Wenn sie zu sich kommt, will ich mit ihr sprechen. Es ist ein Glück, daß du gerade rechtzeitig gekommen bist. Hm! Ich glaube, ich sollte dir dafür dankbar sein.«

Curley suchte seine Sachen zusammen. »Nebenbei bemerkt«, sagte er, »ihr Herz ist nicht so gut. Und auch noch etwas anderes ist nicht in Ordnung bei ihr . . . Kronski wird es dir sagen.«

Ich ging mit ihm zur Tür. Wir schüttelten uns die Hand. Ich fühlte mich veranlaßt, etwas zu sagen.

»Hör zu, ich nehme dir das mit Dolores nicht übel, aber . . . aber komm nicht mehr hier hereingeschneit, wenn ich nicht da bin, *verstanden?* Du kannst sie verehren, soviel du willst – aber aus der Entfernung bitte. Ich will hier kein Affentheater, verstehst du?«

Er warf mir einen mörderischen Blick zu und trollte sich mürrisch. Ich hatte nie zuvor so mit ihm gesprochen und bereute es, nicht weil ich ihn gekränkt hatte, sondern weil mir plötzlich bewußt wurde, daß ich ihm einen Floh ins Ohr gesetzt hatte. Jetzt hielt er sich wahrscheinlich für gefährlich und würde keine Ruhe geben, bis er sich das bewiesen hatte.

Dolores! Nun, ich hatte nichts Sensationelles erfahren. Trotzdem, irgend etwas an der Geschichte gefiel mir nicht. Dolores hatte ein weiches Herz. War zu nachgiebig, um zu mir zu passen.

Es gab eine Zeit, da war ich im Begriff gewesen, sie zu bitten, mich zu heiraten. Ich erinnerte mich, was mich davon abhielt, einen so groben Fehler zu begehen. Wahrscheinlich, weil ich wußte, daß sie aus Schwäche ja sagen würde, denn geistig war sie noch eine Jungfrau, unfähig, dem Druck eines steifen Pints zu widerstehen. Ich wußte, daß diesem schwachen Ja ein lebenslanges Reueflennen folgen würde. Statt mir zu helfen, es zu vergessen, würde sie mich dauernd stumm an das Verbrechen erinnern, das ich vorhatte zu begehen – das Verbrechen, meine Frau zu verlassen. Weiß Gott, irgend etwas in mir war weich wie ein Schwamm. Ich konnte niemanden brauchen, der diese Veranlagung noch unterstützte! Dolores – sie war wirklich greulich. Ihre Augen glühten von jugendlichem Feuer, wenn sie mir zusah, wie ich Verstümmelten und Verwundeten Trost spendete. Ja, ich sah sie jetzt deutlich vor mir. Sie war wie eine Krankenschwester, die einem Arzt assistiert. Sie wollte alle diese armen Teufel bemuttern, denen ich ums Verrecken helfen wollte. Sie wollte weiter nichts, als den ganzen Tag an meiner Seite Sklavendienste leisten. Und mir dann ihre kleine Möse anbieten – zur Belohnung, zum Zeichen der Anerkennung. Was wußte sie schon von Liebe? Sie war nur ein kleines Hündchen. Curley tat mir leid.

Kronski hatte die Wahrheit gesagt! Das wiederholte ich mir immer wieder, als ich neben dem Bett saß und darauf wartete, daß sie wieder zum Leben erwachte. Gott sei Dank war sie nicht tot. Sie lag nur in tiefem Schlaf. Sie sah aus, als schwämme sie in Luminal.

Es war mir so ungewohnt, die Rolle des trauernden Hinterbliebenen zu spielen, daß ich ganz fasziniert war von dem Gedanken, wie ich mich verhalten würde, wenn sie nun tatsächlich unter meinen Augen starb. Angenommen, sie würde nie mehr die Augen öffnen. Angenommen, sie würde von dieser tiefen Bewußtlosigkeit in den Tod hinübergleiten? Ich versuchte, mich auf diesen Gedanken zu konzentrieren. Ich wollte schrecklich gerne wissen, was ich empfinden würde, wenn sie sterben sollte. Ich versuchte mir vorzustellen, daß ich eben Witwer geworden war und jetzt das Bestattungsinstitut anrufen müßte.

Ich stand jedoch auf, um mein Ohr an ihren Mund zu halten.

Ja, sie atmete noch. Ich zog den Stuhl nahe an das Bettende heran und konzentrierte mich, so gut ich konnte, auf den Tod – *ihren* Tod. Keine außergewöhnlichen Gefühle regten sich in mir. Um die Wahrheit zu gestehen, so vergaß ich den imaginären persönlichen Verlust und überließ mich einer eher glückseligen Betrachtung über die Gnade des Todes. Ich begann an meinen eigenen Tod zu denken – und wie ich ihn genießen würde. Die dort ausgestreckt liegende, kaum atmende Gestalt, die im Strom einer Droge wie ein kleines, am Heck eines Dampfers festgemachtes Boot trieb, war ich selbst. Ich hatte sterben wollen – und starb jetzt. Ich war mir nicht mehr dieser Welt bewußt, aber noch nicht in der anderen. Ich trieb langsam hinaus aufs Meer, ertrank ohne die Qual des Erstickens. Meine Gedanken waren weder von der Welt, die ich verließ, noch von der, welcher ich mich näherte. Tatsächlich ging nichts, was sich mit Denken vergleichen ließ, in mir vor. Ebensowenig träumte ich. Es war mehr wie eine Diaspora; der Knoten löste sich auf, das Ich tropfte aus. Es war nicht einmal mehr ein Ich vorhanden: Ich war der Rauch von einer guten Zigarre, und wie Rauch löste ich mich in dünne Luft auf, und was von der Zigarre übrigblieb, verfiel in Staub und Auflösung.

Ich schrak auf. Der falsche Kurs. Mein Blick auf sie entkrampfte sich. Warum sollte ich an ihren Tod denken?

Dann erkannte ich: Nur wenn sie tot war, konnte ich sie so lieben, wie ich sie zu lieben glaubte!

Immer wieder der Schauspieler! Du hast sie einmal geliebt, aber du warst zu selbstzufrieden bei dem Gedanken, außer dir noch jemand anderes lieben zu können, daß du sie darüber fast sofort vergessen hast. Du hast dir selbst bei der Liebe zugesehen. Du hast sie selbst zu dieser Tat getrieben, um wieder fühlen zu können. Sie zu verlieren hieße sie wiederfinden.

Ich kniff mich selbst, wie um mich zu überzeugen, daß ich überhaupt fähig war zu fühlen.

»Ja, du bist nicht aus Holz gemacht. Du hast Gefühle – aber sie sind fehlgeleitet. Dein Herz arbeitet sprunghaft. Du bist denen dankbar, die dein Herz bluten machen. Du leidest nicht ihretwegen, sondern du leidest, um den Luxus des Leidens genießen zu können. Du hast noch nicht angefangen zu leiden, du leidest nur stellvertretend.«

Es war etwas Wahres an dem, was ich mir sagte. Seit ich das Zimmer betreten hatte, hatte mich der Gedanke beschäftigt, wie ich mich verhalten, wie ich meinen Gefühlen Ausdruck verleihen sollte. Was ich da mit Maude in letzter Minute aufgestellt hatte – das war entschuldbar. Meine Gefühle waren umgeschlagen, das war alles. Das Schicksal hatte mich überlistet. Maude, pfui! Sie interessierte mich einen Dreck. Ich konnte mich nicht entsinnen, daß sie jemals ein echtes Gefühl in mir geweckt hatte. Welch grausame Ironie wäre es, wenn Mona die Wahrheit entdecken sollte! Wie könnte ich je ein solches Dilemma erklären? Im selben Augenblick, in dem ich sie, wie sie erriet, betrog, sagt ihr Kronski, wie treu und ergeben ich ihr bin. Und Kronski hatte recht! Aber Kronski muß geahnt haben, als er ihr die Wahrheit sagte, daß sie auf einer Lüge aufgebaut war. Er beteuerte seinen Glauben an mich, weil er an mich glauben wollte. Kronski war kein Narr. Und er war wahrscheinlich ein besserer Freund, als ich ihm je zugetraut hätte. Wenn er nur nicht so darauf versessen gewesen wäre, in mein Inneres einzudringen! Wenn er nur aufgehört hätte, in mich zu dringen!

Curleys Bemerkung fiel mir wieder ein und quälte mich. Kronski habe sich so wundervoll benommen – als mache er ihr den Hof! Warum gab es mir immer einen Stich, wenn ich daran dachte, daß ihr jemand den Hof machte? Eifersüchtig? Ich war durchaus bereit, mich eifersüchtig machen zu lassen, wenn ich nur Zeuge jener Kraft wurde, mit der sie andere dazu brachte, sie zu lieben. Mein Ideal – es verursachte mir einen richtigen Schreck, es in Worte zu fassen! – war eine Frau, der die Welt zu Füßen lag. Wenn es Männer gab, die für ihren Charme unempfänglich waren, würde ich ihr bewußt helfen, auch sie in ihren Bann zu ziehen. Je mehr Liebhaber sie aufzuweisen hatte, desto größer war mein eigener Triumph. Denn sie liebte ja *mich*, darüber gab es keinen Zweifel. Hatte sie mich nicht allen anderen vorgezogen – mich, der ich ihr so wenig zu bieten hatte?

Ich sei schwach, hatte sie zu Curley gesagt. Ja, aber das war auch sie. Ich war schwach, was Frauen im allgemeinen betrifft. Sie war schwach hinsichtlich des einen, den sie liebte. Sie wollte meine Liebe ausschließlich auf sich gerichtet wissen, sogar in Gedanken.

Seltsam genug fing ich an, mich auf meine schwache Weise ausschließlich auf Mona zu konzentrieren. Hätte sie nicht meine Aufmerksamkeit auf ihre Schwäche gelenkt, dann hätte ich selbst mit jedem neuen Abenteuer entdeckt, daß es nur einen Menschen auf der Welt für mich gab – und das war sie. Aber jetzt, wo sie es mir dramatisch vor Augen geführt hatte, würde mich immer der Gedanke an die Macht verfolgen, die ich über sie hatte. Ich konnte mich versucht fühlen, sie zu erproben, auch wenn mir das im Innersten widerstrebte. Ich wies diesen Gedankengang heftig von mir. Das war durchaus nicht so, wie ich die Dinge haben wollte. Ich liebte ausschließlich sie, nur sie – und nichts auf der Welt würde mich davon abbringen.

Ich begann die Entwicklung dieser Liebe an meinem geistigen Auge vorüberziehen zu lassen. *Entwicklung?* Es hatte keine Entwicklung gegeben. Die Liebe war augenblicklich dagewesen. Nun, ich war erstaunt über den Gedanken, daß ich den Beweis dafür erbringen sollte. Schon die Tatsache, daß meine erste Geste ablehnend gewesen war, bewies, daß ich ihre Anziehungskraft erkannt hatte. Instinktiv hatte ich aus Angst nein zu ihr gesagt. Ich vergegenwärtigte mir noch einmal die Szene im Tanzpalast an jenem Abend, als ich mein altes Leben abstreifte. Sie war von der Mitte der Tanzfläche her auf mich zugekommen. Ich hatte einen flüchtigen Blick nach rechts und links geworfen, da ich es nicht für möglich hielt, daß ihre Wahl gerade auf mich gefallen war. Und dann eine Panik, obschon ich mich danach sehnte, mich ihr in die Arme zu werfen. Hatte ich nicht heftig den Kopf geschüttelt? Nein! Nein! Fast beleidigend. Gleichzeitig hatte mich die Furcht ergriffen, daß sie, auch wenn ich hier ewig stünde, nie wieder einen Blick auf mich werfen würde. Da wußte ich, daß ich sie haben wollte, daß ich sie schonungslos verfolgen würde, auch wenn sie nichts von mir wissen wollte. Ich trat vom Geländer der Tanzarena zurück und ging in eine Ecke, um zu rauchen. Zitternd von Kopf bis Fuß. Ich kehrte der Tanzfläche den Rücken zu, da ich es nicht wagte, sie anzusehen. Bereits eifersüchtig – eifersüchtig auf jeden, ganz gleich, wen sie sich zum Partner wählen würde . . .

(Es war wundervoll, sich diese Augenblicke wieder ins Gedächtnis zu rufen. Nun, bei Gott, fühlte ich wieder . . .)

Ja, kurz darauf hatte ich mich aufgerafft und war neuerdings ans Geländer getreten, bedrängt von einem Rudel gieriger Wölfe. Sie tanzte. Sie tanzte mehrere Male hintereinander mit demselben Mann. Nicht eng angeschmiegt wie die anderen Mädchen, sondern locker, lächelnd, lachend, sprechend, wobei sie in das Gesicht des Mannes emporschaute. Es war deutlich, daß er ihr nichts bedeutete.

Dann kam ich an die Reihe. Sie hatte also doch geruht, von mir Notiz zu nehmen! Sie schien mir nichts nachzutragen, benahm sich vielmehr so, als gebe sie sich Mühe, sich von ihrer liebenswürdigsten Seite zu zeigen. Und so hatte ich mich in einem Taumel von ihr über die Tanzfläche wirbeln lassen. Und dann wieder und wieder und immer wieder. Und noch bevor ich sie in ein Gespräch zu ziehen wagte, wußte ich, daß ich nie ohne sie von hier fortgehen würde.

Wir tanzten und tanzten, und wenn wir vom Tanzen müde waren, setzten wir uns in eine Ecke und sprachen miteinander, und für jede Minute, die ich sprach oder tanzte, zeigte ein Taxometer die Dollar und Cent an. Wie reich war ich an jenem Abend! Was für ein köstliches Gefühl war es, Dollar um Dollar sorglos auszugeben! Ich verhielt mich wie ein Millionär, denn ich *war* ein Millionär. Zum erstenmal in meinem Leben wußte ich, wie es war, reich, ein Mogul, ein Radscha, ein Maharadscha zu sein. Ich gab meine Seele hin, nicht indem ich sie wie Faust verschacherte, sondern indem ich sie verschleuderte.

Es war zu jenem seltsamen Gespräch über Strindberg gekommen, das wie ein silberner Faden durch unser Leben laufen sollte. Ich wollte immer ›*Fräulein Julie*‹ wegen der Worte wieder lesen, die sie in jener Nacht sagte, aber ich habe es nie getan – und würde es wahrscheinlich auch nie mehr tun.

Dann wartete ich auf sie auf der Straße, am Broadway, und als sie dieses zweite Mal auf mich zukam, ergriff sie vollständig Besitz von mir. Im Séparée bei Chin Lee wurde sie noch einmal ein anderer Mensch. Sie wurde – und das war in Wahrheit das Geheimnis ihres unwiderstehlichen Charmes – vage.

Mir selbst gegenüber drückte ich es nicht so aus, aber als ich dasaß und mich blind durch den Nebel ihrer Worte tastete, wußte ich, daß ich mich wie ein Verrückter auf jede Lücke in ihrer Geschichte stürzen würde. Das Netz, das sie spann, war zu fein, zu dünn, um das Gewicht meiner neugierigen Gedanken zu tragen. Eine andere Frau, die sich so verhalten hätte, würde mein Mißtrauen geweckt haben. Ich hätte sie als eine geschickte Lügnerin abgetan. Diese hier log nicht. Sie ließ nur ihrer Phantasie freien Lauf. Es war, als arbeite sie an einer Stickerei – und ließ hin und wieder einen Stich aus.

Hier schoß mir ein Gedanke durch den Kopf, der sich nie zuvor formuliert hatte. Es war einer dieser versteckten Gedanken, die einem durch den Kopf ziehen wie eine schmale Mondsichel durch Lämmerwölkchen. *Sie hat das immer getan!* Ja, wahrscheinlich war mir damals dieser Gedanke gekommen, aber ich hatte ihn sofort aus meinem Denken verbannt. Die Art, wie sie sich vorbeugte und ihr Gewicht auf den einen Arm verlagerte, während ihre Hand, die rechte Hand, sich bewegte, als führe sie eine Nadel – ja, in diesem Augenblick und später noch einige Male war mir ein Bild durch den Kopf geschossen, aber ich hatte nicht Zeit gehabt – oder vielmehr sie hatte mir nicht die Zeit gelassen – herauszufinden, wo es hingehörte. Aber jetzt wurde es mir klar. Wer war es denn nur, der »das immer getan hatte«? *Die Macht des Schicksals*, die Parzen. Es waren ihrer drei, und es haftete ihnen etwas Unheimliches an. Sie lebten im Zwielicht und spannen ihren Faden: Eine von ihnen hatte genau diese Haltung, hatte ihr Gewicht verlagert, hatte mit schwebender Hand in die Kamera geblickt und dann wieder dieses endlose Nähen, Spinnen, Weben aufgenommen, diese stumme Sprache, die sich – hin und her – mit dem gesprochenen Gewebe verwob.

Ein sich hin- und herbewegendes Weberschiffchen, eine unaufhörlich sich drehende Spindel. Dann und wann ein fallengelassener Faden . . . Wie der Mann, der den Saum ihres Kleides aufhob. Er stand auf der Treppe und sagte gute Nacht. Stille. Er jagt sich eine Kugel durch den Kopf . . . Oder Vater läßt auf dem Dach seine Drachen steigen. Er kommt aus dem Himmel heruntergeflogen wie ein violetter Chagall-Engel. Er geht zwischen seinen beiden Rennpferden, hält beide am Zügel. Schweigen. Die Stradivari fehlt . . .

Wir sind am Strand, und der Mond zieht durch die Wolken. Aber vorher saßen wir in der Hochbahn im Abteil des Wagenführers eng beisammen. Ich hatte ihr die Geschichte von Tony und Joey erzählt. Ich hatte sie gerade niedergeschrieben – vielleicht ihretwegen, vielleicht auch wegen der Wirkung gewisser Unbestimmtheiten. Sie hatte mich plötzlich wieder auf mich selbst zurückverwiesen, die Einsamkeit verlockend erscheinen lassen. Sie hatte diese traubenartigen Büschel von Gefühlen aufgestört, die wie eine Girlande um das Skelett meines Ichs geschlungen waren. Sie hatte den Knaben wieder zum Leben erweckt, den Knaben, der durch die Felder lief, um seine kleinen Freunde zu begrüßen. Damals gab es nie einen Schauspieler! Dieser Knabe lief allein. Dieser Knabe lief, um sich in die Arme von Joey und Tony zu werfen . . .

Warum blickte sie mich so aufmerksam an, als ich ihr die Geschichte von Joey und Tony erzählte? Es war ein unheimlicher Glanz in ihren Augen, den ich nie vergessen kann. Heute glaube ich zu wissen, was es war. Ich glaube, ich hatte ihr Einhalt geboten – diesem unaufhörlichen Spinnen und Weben ein Ende bereitet. Es war sowohl Dankbarkeit wie auch Liebe und Bewunderung in ihren Augen. Ich hatte den Mechanismus gestoppt, und sie hatte sich für ein paar Minuten aus seinem Zwang wie ein Rauch gelöst. Dieser unheimliche Glanz war der Strahlenkranz ihres befreiten Ichs.

Dann sexuelle Kopfsprünge. Ein Untertauchen dieser Rauchwolke. Als versuche man, Rauch unter Wasser zu halten. Schicht um Schicht von Dunkelheit im Dunkeln abzuschälen. Eine andere Art von Dankbarkeit. Wenn auch etwas schrecklich. Als ob ich sie den vorschriftsmäßigen Weg gelehrt hätte, Harakiri zu begehen . . . Diese völlig unerklärliche Nacht in Rockaway Beach in dem Doktor-Caligari-Hotel und Bade-Etablissement. Zur Toilette laufen und wieder zurück. Über sie herfallen, sie aushöhlen, sie durchbohren . . . mich auf sie stürzen, auf sie stürzen, als wäre ich ein Gorilla mit einem Messer in der Hand und schlitzte Dornröschen zum Leben auf. Am nächsten Morgen – oder war es am Nachmittag? Wir lagen am Strand, und unsere Zehen spielten jeweils zwischen den Beinen des anderen. Wie zwei surrealistische Objekte, die ein zufälliges *Rencontre* demonstrierten.

Und dann Dr. Tao, sein Gedicht auf rotes Papier gedruckt. Eingekapselt in meinem Denken, weil sie nicht zu mir in den Garten gekommen war, wie sie das versprochen hatte. Ich hielt es in der Hand, als ich am Telefon mit ihr sprach. Etwas von der Goldschrift war abgeblättert und haftete an meinen Fingern. Sie war noch im Bett – mit dieser Schlampe Florrie. Sie hatten am Abend vorher zuviel getrunken. Ja, sie hatte auf einem Tisch gestanden – *wo*? irgendwo! – und hatte den Spagat zu machen versucht. Und sie hatte sich verletzt. Aber ich war zu wütend, um mich darum zu kümmern, ob sie sich verletzt hatte oder nicht. Sie war am Leben – da gab es keinen Zweifel – und war doch nicht aufgetaucht. Und vielleicht lag Florrie dort neben ihr, wie sie behauptete, und vielleicht war es nicht Florrie, sondern dieser Carruthers. Ja, dieser alte Narr, der so gutmütig und aufmerksam war, aber noch genug Mumm in den Knochen hatte, um Dolche in die Porträts von Leuten zu stoßen.

Ein verheerender Gedanke überkam mich plötzlich. Die Gefahr durch Carruthers war vorbei. Carruthers hatte ihr geholfen. Zweifellos hatten das andere vor ihm getan . . . Aber der Gedanke war: Wenn ich an jenem Abend nicht mit einem Geldbündel in der Tasche in den Tanzpalast gekommen wäre, wenn es nur für ein paar Runden gereicht hätte, was dann? Und wenn man diese erste Möglichkeit ausschloß, wie verhielt es sich dann mit diesem anderen Mal auf dem unbebauten Grundstück? (»Und jetzt zum schmutzigen Geschäft . . .!«) Angenommen, ich hätte sie damals enttäuscht? Aber ich konnte sie nicht enttäuschen, gerade das war's ja. Sie mußte das gemerkt haben, oder sie hätte nie riskiert . . .

Wenn ich mit kühlem Kopf daran dachte, mußte ich jedoch zugeben, daß diese Summen, die ich ein paarmal und wie durch ein Wunder im richtigen Moment hervorzuzaubern vermochte, eine wichtige Rolle gespielt hatten. Sie hatten ihr zu dem Glauben verholfen, sie könnte sich auf mich verlassen.

Ich machte reinen Tisch. Verdammt noch mal, wenn man das Schicksal auf diese Weise befragte, ließ sich schließlich alles mit dem erklären, was man zum Frühstück gegessen hatte. Die Vorsehung legt dir Möglichkeiten zu Füßen: Man kann sie übersetzen mit Geld, Glück, Jugend, Vitalität – tausend verschiedenen Dingen. Aber wenn die gegenseitige Anziehungskraft nicht vorhanden ist, läßt sich selbst aus günstigsten Gelegenheiten nichts machen. Gerade weil ich bereit war, alles für sie zu tun, boten sich mir so viele Gelegenheiten. *Geld*, Scheiße! Geld hatte nichts damit zu tun. So viel Gewundenheit, Unvollkommenheit, Geldlosigkeit! Es war wie die Definition der Hysterie in Dr. Onirificks Bibliothek: »Eine übermäßige Durchlässigkeit des psychischen Diaphragmas.«

Nein, ich würde mich nicht in diesen komplizierten Wirbeln verlieren. Ich schloß die Augen, um in diesen anderen klaren Strom zurückzusinken, der wie ein silbernes Band weiter und immer weiter lief. Irgendwo hatte sie tief in mir eine Legende genährt. Sie handelte von einem Baum, genau wie in der Bibel, und unter ihm stand die Frau namens Eva mit einem Apfel in der Hand. Hier floß wie ein klarer Strom alles, was mein Leben wirklich ausmachte. Hier war Gefühl von Ufer zu Ufer.

Was fand ich heraus – *hier, wo der unterirdische Strom klar floß?* Warum dieses Bild des Lebensbaums? Warum war es so belebend, wieder von dem giftigen Apfel zu kosten, flehentlich zu Füßen einer Frau aus der Bibel zu knien? Warum war das Lächeln der Mona Lisa der geheimnisvollste menschliche Gesichtsausdruck? Und warum sollte ich dieses Lächeln aus der Renaissance auf die Lippen einer Eva übertragen, die ich nur als Kupferstich gekannt hatte?

Da war etwas, das am Rande der Erinnerung hing, ein rätselhaftes Lächeln, das stille Heiterkeit, Glückseligkeit, Mildtätigkeit ausdrückte. Aber da war auch ein Gift, ein Destillat, das von diesem verwirrenden Lächeln ausging. Und dieses Gift hatte ich gierig getrunken, und es hatte mir das Gedächtnis getrübt. Es hatte einen Tag gegeben, an dem ich etwas im Austausch für etwas anderes angenommen hatte: An jenem Tag hatte eine seltsame Spaltung stattgefunden.

Vergeblich durchforschte ich mein Gehirn. Doch konnte ich mich immerhin an das Folgende erinnern. An einem gewissen Tag im Frühling traf ich sie in dem Rosenzimmer eines großen Hotels. Sie hatte sich dort mit mir verabredet, um mir ein Kleid, das sie gekauft hatte, zu zeigen. Ich war vorzeitig gekommen und nach einigen ruhelosen Augenblicken in einen schlafähnlichen Zustand verfallen. Ihre Stimme brachte mich wieder zu mir. Sie hatte mich beim Namen genannt, und die Stimme war durch mich hindurchgegangen wie Rauch durch einen Schleier. Sie war hinreißend, wie sie so plötzlich vor meinen Augen auftauchte. Ich hatte mich noch nicht ganz aus meiner Benommenheit gelöst. Als sie sich setzte, stand ich langsam auf, wobei ich mich noch immer durch einen Nebel bewegte, und kniete zu ihren Füßen nieder und murmelte etwas über ihre strahlende Schönheit. Ein paar Minuten lang machte sie keine Anstalten, mich hochzuziehen. Sie hielt meine beiden Hände in den ihren und lächelte auf mich herab – dieses strahlende, leuchtende Lächeln, das sich wie ein Heiligenschein ausbreitet und dann verschwindet, um nie wieder zu erscheinen. Es war das seraphische Lächeln des Friedens und des Segenspendens. Es wurde an einem öffentlichen Platz gespendet, wo wir uns allein befanden. Es war ein Sakrament, und die Stunde, der Tag und der Ort wurden in goldenen Lettern in dem Legendenbuch aufgezeichnet, das am Fuß des Lebensbaumes lag. Von da an waren wir, die wir uns vereint hatten, durch ein unsichtbares Wesen verbunden. Nie wieder sollten wir allein sein. Nie mehr würde diese Stille, diese Endgültigkeit eintreten – vielleicht bis zum Tode. Etwas war gegeben, etwas empfangen worden. Ein paar zeitlose Augenblicke hatten wir an der Pforte des Paradieses gestanden – dann wurden wir vertrieben, und dieser besternte Glanz war erloschen. Wie die Flammenzungen eines Blitzes verflüchtigte er sich in tausend verschiedenen Richtungen.

Es gibt eine Theorie, wonach ein Planet – wie zum Beispiel unsere Erde –, wenn er jede Form des Lebens offenbart, sich bis zum Punkt der Erschöpfung erfüllt hat, in Stücke zerfällt und wie Sternstaub im All zerstiebt. Er kreist nicht weiter wie ein toter Mond, sondern explodiert, und im Verlauf von ein paar Minuten ist keine Spur von ihm im Himmelsraum mehr sichtbar. Das Leben in den Tiefen des Meeres kennt einen ähnlichen Vorgang. Er wird Implosion genannt. Wenn ein Amphibium, das an die schwarzen Tiefen gewöhnt ist, über eine gewisse Höhe aufsteigt, wenn der Druck, dem es sich angepaßt hat, aufhört, platzt der Leib, implodiert in eine Million Richtungen. Kennen wir dieses Schauspiel nicht auch beim Menschen? Der Nordländer, der zum Berserker wird, der Malaie, der Amok läuft – sind sie nicht Beispiele von Implosion und Explosion? Wenn der Becher voll ist, läuft er über. Aber wenn der Becher und das, was er enthält, eine einzige Substanz sind, was dann?

Es gibt Augenblicke, in denen das Lebenselixier zu so überschäumender Herrlichkeit aufsteigt, daß die Seele überläuft. In dem seraphischen Lächeln der Madonnen sieht man die Seele die Psyche überfluten. Der Mond des Gesichts wird voll, die Gleichung ist vollständig. Eine Minute, eine halbe Minute, *eine Sekunde später* ist das Wunder vorbei. Etwas Ungreifbares, Unerklärliches wurde gegeben – und empfangen. Im Leben eines Menschen kann es vorkommen, daß der Mond nie voll wird. Im Leben mancher Menschen möchte es tatsächlich scheinen, daß das einzige wahrnehmbare, geheimnisvolle Phänomen ständige Verfinsterung ist. Im Falle der mit Genie Behafteten, welche Form es auch annehmen mag, beobachten wir fast mit Schrecken, daß es nichts als ein ständiges Ab- und Zunehmen des Mondes gibt. Noch seltener sind die Anomalen, die, wenn bei ihnen der Mond die Fülle erreicht hat, so erschrocken über das Wunder sind, daß sie sich ihr ganzes übriges Leben lang bemühen, das zu unterdrücken, was ihnen Geburt und Existenz verlieh. Der geistige Kampf ist die Geschichte der Seelenspaltung. Als der Mond voll war, gab es diejenigen, die sich nicht mit dem düsteren Tod des Abnehmens abfinden konnten. Sie versuchten, voll im Zenit ihres eigenen Himmels zu hängen. Sie versuchten, dem Gesetz Einhalt zu gebieten, das sich durch sie, durch ihre Geburt und ihren Tod, in Erfüllung und Transfiguration offenbarte. Zwischen den Gezeiten gefangen, wurden sie gespalten: Die Seele verließ den Leib und überließ es dem Phantom eines geteilten Selbst, es im Geist auszufechten. Vernichtet durch ihren eigenen strahlenden Glanz, leben sie für immer auf der vergeblichen Suche nach Schönheit, Wahrheit und Harmonie. Ihrer eigenen Ausstrahlung beraubt, versuchen sie die Seele und den Geist derer zu besitzen, zu denen sie sich hingezogen fühlen. Sie fangen jeden Lichtstrahl auf, reflektieren mit jeder Facette ihres hungrigen Ichs. Sofort erleuchtet, sowie das Licht auf sie gerichtet ist, sind sie auch ebenso schnell erloschen. Je intensiver das auf sie geworfene Licht ist, desto verwirrender – *und blendender* – scheinen sie. Besonders gefährlich sind sie für die Strahlenden.

Immer sind es diese hellen und unerschöpflichen Leuchten, von denen sie am leidenschaftlichsten angezogen werden ...

Sie lag in einem silbrigen Licht, die Lippen ein wenig in einem geheimnisvollen Lächeln geteilt. Ihr Körper schien außergewöhnlich leicht, so als schwebe er auf den destillierten Dünsten einer Droge. Das Leuchten, das immer von ihrem Fleisch ausging, war noch da, aber es war losgelöst, schwebte rings um sie, wogte über ihr wie ein seltenes Kondensat, das nur darauf wartete, wieder von dem Fleisch absorbiert zu werden.

Eine seltsame Idee ergriff von mir Besitz, als ich mich in Betrachtungen verlor. War es Wahnsinn, zu glauben, sie habe bei dem Versuch, sich auszulöschen, entdeckt, daß sie bereits ausgelöscht war? War der Tod wieder auf sie zugekommen, weil er sich nicht betrügen ließ? War dieses merkwürdige Leuchten, das sich um sie sammelte wie der Atemhauch auf einem Spiegel, der Widerschein eines anderen Todes?

Sie war immer so intensiv lebendig. Übernatürlich lebendig, möchte man sagen. Sie ruhte nie, außer im Schlaf. Und sie schlief wie ein Stein.

»Träumst du nie?« hatte ich sie einmal gefragt.

Sie konnte sich nicht erinnern – es war so lange her, daß sie einen Traum gehabt hatte.

»Aber jeder träumt«, beharrte ich. »Du gibst dir keine Mühe, dich zu erinnern, das ist alles.«

Bald darauf erfuhr ich von ihr auf eine auffällig beiläufige Art, daß sie wieder anfing zu träumen. Es waren ungewöhnliche Träume. Völlig verschieden von ihrer Art zu sprechen. Zuerst tat sie so, als brächte sie es nicht über sich, sie zu enthüllen, dann aber, als sie an meinen Fragen ersah, wie bemerkenswert sie waren, ließ sie sich des langen und breiten darüber aus.

Eines Tages, als ich einen ihrer Träume Kronski erzählte, ihn für meinen eigenen ausgab und so tat, als sei ich verwirrt und verblüfft, war ich sprachlos, als ich ihn sagen hörte: »Daran ist nichts originell, *Mister* Miller! Versuchst du, mich hochzunehmen?«

»Dich hochzunehmen?« sagte ich mit echtem Erstaunen.

»Es mag vielleicht für einen Schriftsteller originell klingen«, spottete er, »aber für einen Psychologen ist er fingiert. Man kann nicht Träume erfinden, wie man Geschichten erfinden kann, weißt du. Träume haben ihr Echtheitsmerkmal, ganz wie Geschichten.«

Ich ließ ihn den Traum zerpflücken, und um ihn zum Schweigen zu bringen, gab ich zu, daß ich ihn erfunden hatte.

Einige Tage später geriet ich beim Schmökern in Dr. Onirificks Bibliothek an einen gewichtigen Wälzer, der sich mit Entpersönlichung befaßte. Beim Durchblättern fand ich darin ein Kuvert mit meinem Namen und meiner Adresse auf der Rückseite. Es war nur die Klappe des Kuverts, aber es handelte sich zweifellos um meine eigene Handschrift. Es gab nur eine Erklärung: Mona hatte es im Buch liegenlassen.

Die Seiten, die ich wie ein Ameisenbär hastig durchschnüffelte, waren den von einem Psychiater aufgezeichneten Träumen gewidmet. Es handelte sich um die Wandelträume eines Somnambulen mit einer dimorphen Persönlichkeit. Ich ertappte mich, wie ich sie mit einem beunruhigenden Gefühl, sie bereits zu kennen, verfolgte. Ich erkannte sie nur stellenweise wieder.

Schließlich wurde ich so gefesselt, daß ich mir Notizen von den wiedererkannten Bruchstücken machte. Woher die anderen Elemente gekommen waren, würde ich zu gegebener Zeit noch herausfinden. Ich zog eine Anzahl Bücher heraus und suchte nach Merkzeichen, fand aber keine.

Über das Verfahren war mir jedoch ein Licht aufgegangen. Sie hatte nur die am meisten dramatischen Elemente herausgezogen und sie dann zusammengefügt. Es bedeutete für sie keinen Unterschied, daß ein Fragment der Traum eines sechzehnjährigen Mädchens und ein anderes der eines rauschgiftsüchtigen Mannes war.

Ich hielt es für einen guten Gedanken, das Kuvert in einen anderen Abschnitt des Buches zu legen, bevor ich es auf das Bücherbrett zurückstellte.

Eine halbe Stunde später hatte ich eine noch bessere Idee. Ich nahm das Buch herunter, zog meine Notizen zu Rate und unterstrich dann sorgfältig die fragmentarischen Stellen, die sie plagiiert hatte. Ich war mir natürlich bewußt, daß ich bei ihr die Wahrheit der Geschichte erst in Jahren – vielleicht auch nie – hören würde. Aber ich war es zufrieden zu warten.

Ein deprimierender Gedanke folgte dieser Überlegung. Wenn sie ihr Traumleben fälschen konnte, wie stand es dann mit ihrem wachen Leben? Wenn ich mich daranmachte, nach ihrer Vergangenheit zu forschen . . . Die Ungeheuerlichkeit dieser Aufgabe genügte an sich, um mich von jedem sofortigen Versuch in dieser Richtung abzuschrecken. Aber man konnte immer die Ohren spitzen. Auch das war kein angenehmer Gedanke. Man kann nicht mit gespitzten Ohren durchs Leben gehen. Seltsamerweise hatte ich mir gerade das gesagt, als ich mir ins Gedächtnis rief, wie sie über ein gewisses Thema hinweggegangen war. Es war seltsam, wie es ihr gelungen war, daß sie mich gerade diesen kleinen Punkt vergessen ließ. Indem sie mir den Gedanken auszureden versuchte, ich hätte damals bei meinem ersten Besuch flüchtig ihre Stiefmutter im Hinterhof gesehen, hatte sie diesen Verdacht geschickt dadurch abgetan, daß sie sich mit kunstvoller Aufrichtigkeit über die Wesenszüge und Eigenschaften der Frau ausließ, die ich für ihre Mutter gehalten hatte und die, wie sie fest und steif behauptete, ihre Tante gewesen sein mußte. Es war der abgedroschene Trick einer Lügnerin, und ich ärgerte mich über mich selbst, als ich daran zurückdachte, daß ich mir so leicht etwas hatte vormachen lassen. Hier war wenigstens etwas, dem ich in der nächsten Zeit nachgehen konnte. Ich war so überzeugt, recht zu haben, daß ich beinahe beschloß, ich würde es nicht erst auf eine mechanische Bestätigung ankommen lassen. Es würde mir mehr Spaß machen, dachte ich bei mir, noch nicht gleich vorzugehen, sondern sie durch ein geschicktes Wortmanöver bei einer Lüge zu ertappen. Wenn ich die Kunst entwickeln konnte, Fallen zu stellen, würde mir das viel unnütze Lauferei ersparen.

Vor allem, so folgerte ich, war es dringend geboten, sie nie ahnen zu lassen, daß ich ihren Lügen auf der Spur war. Warum war das so dringend? fragte ich mich fast sofort. Um das Vergnügen zu haben, immer mehr Unwahrheiten zu entdecken? *War das denn ein Vergnügen?* Und dann kam mir eine andere Frage in den Sinn. Wenn man mit einer Dipsomanin verheiratet wäre, würde man dann vorgeben, daß die Alkoholsucht völlig harmlos sei? Würde man weiter den Anschein aufrechterhalten, alles sei in bester Ordnung, nur um die Wirkungen dieses besonderen Lasters an der Person zu studieren, die man liebt?

Wenn irgendeine Berechtigung bestand, der Neugier Vorschub zu leisten, dann war es besser, der Sache auf den Grund zu gehen, herauszufinden, *warum* sie so schamlos log. Die Auswirkungen dieser Krankheit waren für mich nicht – noch nicht – ganz offensichtlich. Hätte ich ein wenig nachgedacht, ich hätte sofort erkannt, daß die erste und unheilvollste Wirkung Entfremdung ist. Der Schock der Entlarvung, den die Entdeckung der ersten Lüge mit sich bringt, hat fast dieselben gefühlsmäßigen Grundzüge wie derjenige, den die Erkenntnis auslöst, daß man es mit einer geisteskranken Person zu tun hat. Verrat – die Angst davor hat ihre Wurzeln in der allgemeinen Furcht vor einem Persönlichkeitsverlust. Es muß für die Menschheit die Zeit von Äonen nötig gewesen sein, um die Wahrheit auf eine so hohe Stufe zu erheben, sie praktisch zum Angelpunkt der Individualität zu machen. Der moralische Aspekt war lediglich eine Begleiterscheinung, die Bemäntelung für einen tieferen, fast vergessenen Zweck. Und daß *histoire* Fabel, Lüge und Geschichte, alles in einem, sein sollte, war von einer nicht gering zu achtenden Bedeutung. Und daß man eine Geschichte, die als die Erfindung eines schöpferischen Künstlers ausgegeben wurde, als das wirkungsvollste Material ansah, um zur Wahrheit über ihren Verfasser zu gelangen, war auch bezeichnend. Lügen können nur in Wahrheit eingebettet sein. Sie haben keine Einzelexistenz; sie haben eine symbiotische Beziehung zur Wahrheit. Eine faustdicke Lüge enthüllt mehr, als die Wahrheit jemals enthüllen kann. Das heißt für denjenigen, der die Wahrheit sucht. Für ihn kann es nie ein Anlaß des Ärgers oder der Vorwürfe sein, wenn er entdeckt, daß man ihn belügt. Es wird ihm nicht einmal Schmerz bereiten, denn alles würde offenkundig, entblößt und dekuvrierend sein.

Ich war ganz überrascht, wie weit mich diese losgelöste philosophische Betrachtungsweise zu bringen vermochte. Ich machte eine Notiz, daß ich das Experiment wiederaufnehmen wollte. Vielleicht trug es Früchte.

Viertes Buch

12

Ich hatte gerade Clancys Büro verlassen. Clancy war der Generaldirektor der kosmodämonischen Kokkensammler-Korporation. Er war sozusagen der Oberkokkensammler. Er sagte grundsätzlich »Sir« sowohl zu seinen Untergebenen wie zu seinen Vorgesetzten.

Meine Achtung vor Clancy war am Nullpunkt angelangt. Über sechs Monate hatte ich vermieden, bei ihm vorzusprechen, obwohl zwischen uns die Vereinbarung bestand, daß ich mindestens einmal im Monat zu einem kleinen Gespräch bei ihm erscheinen sollte. Heute hatte er mich in sein Büro kommen lassen. Er hatte seiner Enttäuschung über mich Ausdruck verliehen. Im Grunde genommen hatte er unmißverständlich gesagt, ich hätte ihn im Stich gelassen.

Der arme, alte Knacker! Wäre ich nicht so verärgert gewesen, dann hätte er mir vielleicht leid getan. Er war in einer Klemme, das konnte ich sehen. Aber er hatte es über zwanzig Jahre darauf angelegt, sich in diese Verlegenheit zu bringen.

Clancys Vorbild korrekten Benehmens war der Soldat, der Mann, der Befehle entgegennehmen und notfalls selbst welche geben kann. Blinder Gehorsam war sein Wahlspruch. Ganz offensichtlich war ich ein armseliger Soldat. Ich war ein vorzügliches Werkzeug gewesen, solange man mir freie Hand gelassen hatte; aber als die Zügel angezogen wurden, erfuhr er zu seinem Bedauern, daß ich nicht zugänglich für die Befehle derjenigen war, vor denen er selbst – Clancy, der Generaldirektor – einen krummen Buckel machen mußte. Es schmerzte ihn zu hören, daß ich einen von Mr. Twilligers Gefolgsleuten beleidigt hatte. Twilliger war der Vizepräsident, ein Mann mit einem Herzen aus

Zement, der aus den unteren Rängen hervorgegangen war, ganz wie Clancy selbst.

Ich hatte eine solche Menge Scheiße bei dieser kurzen Unterredung mit meinem Vorgesetzten geschluckt, daß mich das Kotzen ankam. Das Gespräch hatte in einer höchst unerquicklichen Tonart geendet, mir war bedeutet worden, daß ich in Zukunft gefälligst mit Mr. Spivak zusammenzuarbeiten hätte, der jetzt eindeutig Mr. Twilligers Verbindungsmann geworden war.

Wie kann man mit einer Ratte zusammenarbeiten? Besonders mit einer Ratte, deren einzige Funktion darin besteht, einem nachzuspionieren?

Schon ein paar Monate vor Spivaks Auftauchen, so überlegte ich, als ich in eine Kneipe ging, um einen Schluck zu trinken, hatte ich den Entschluß gefaßt, das alte Leben aufzugeben. Sein Kommen hatte mich in diesem Entschluß bestärkt oder dazu beigetragen, daß ich ihn beschleunigt ausführen wollte, wie ich mir jetzt sagte. Der Wendepunkt in meinem kosmokokkischen Dasein war in einem Augenblick gekommen, als alles wie am Schnürchen lief, präzise wie ein Uhrwerk. Twilliger hatte Spivak aus einer anderen Stadt kommen lassen und als Rationalisierungsfachmann eingesetzt. Und Spivak hatte der kosmokokkischen Maschinerie den Puls gefühlt und befunden, daß er zu langsam schlug.

Seit jenem verhängnisvollen Tag hatte man mich wie eine Schachfigur hin und her geschoben. Wie um mir zu drohen, hatte man zuerst mein Büro in die Zentrale verlegt. Twilliger hatte sein Sanktissimum im gleichen Gebäude, fünfzehn Stockwerke über mir. Kein fauler Zauber mehr wie in dem alten Botenbüro mit den Ankleidekabinen im Hintergrund und dem mit Zinkblech beschlagenen Tisch, auf dem ich dann und wann eine flüchtige Nummer geschoben hatte. Ich war jetzt in einem luftlosen Käfig, umgeben von höllischen Apparaten, die summten, läuteten und aufleuchteten, sooft ein Kunde nach einem Boten rief. In einem Raum, der gerade genügend groß für einen Doppelschreibtisch und einen Stuhl auf jeder Seite (für die Bewerber) war, mußte ich schwitzen und mit voller Lungenkraft schreien, um mir Gehör zu verschaffen. Dreimal im Verlauf von einigen Monaten hatte ich die Stimme verloren. Jedesmal konsultierte ich den Arzt der Gesellschaft im oberen Stockwerk. Jedesmal schüttelte er verblüfft den Kopf.

»Sagen Sie A-a!«

»A-a!«

»Sagen Sie E-e-e!«

»E-e-e!«

Er schob mir ein biegsames Holzstäbchen, ähnlich dem, womit man den Bierschaum abstreicht, in den Rachen.

»Machen Sie den Mund weit auf!«

Ich öffnete ihn, so weit ich konnte. Er tupfte mich ab, besprühte meinen Schlund, wenn ihm danach zumute war.

»Fühlen Sie sich jetzt besser?«

Ich sagte ja, aber das Beste, was ich fertigbrachte, war, ein wenig Wortschleim herauszuwürgen. *Aoooh!*

»Ihrem Hals fehlt nichts, soweit ich sehen kann«, meinte er. »Kommen Sie in einigen Tagen wieder, und ich werde noch einmal nachsehen. Vielleicht ist es das Wetter.«

Es kam ihm nie in den Sinn zu fragen, was ich den ganzen Tag lang mit meiner Kehle tat. Und nachdem ich erkannt hatte, daß der Verlust meiner Stimme ein paar freie Tage bedeutete, hatte ich das Gefühl, daß es vielleicht ratsam war, ihn über die Ursache meines Leidens im unklaren zu lassen.

Spivak hatte mich jedoch im Verdacht, daß ich nur simulierte. Es machte mir Spaß, noch lange nachdem ich meine Stimme wiederbekommen hatte, mit einem fast unverständlichen Wispern zu ihm zu sprechen.

»Was haben Sie gesagt?« schnarrte er.

Ich wählte den Augenblick, wo der Lärm am größten war, und wiederholte eine höchst unwichtige Mitteilung mit demselben kaum vernehmbaren Wispern.

»Ach, *das!*« sagte er dann, äußerst irritiert und ärgerlich, daß ich nicht die geringste Anstrengung machte, meine Stimme zu heben.

»Wann glauben Sie, daß Sie Ihre Stimme wiederhaben?«

»Ich weiß nicht«, erwiderte ich, schaute ihm fest ins Auge und ließ meine Stimme ersterben.

Dann sprach er mit dem Telefonisten, horchte ihn hinter meinem Rücken aus, um herauszufinden, ob ich etwas vortäuschte.

Sobald er gegangen war, gab ich meiner Stimme wieder die natürliche Lautstärke. Wenn jedoch das Telefon läutete, ließ ich meinen Gehilfen antworten: »Mr. Miller kann nicht telefonieren – seine Stimme ist weg.« Ich hielt das aufrecht, um Spivak hinters Licht zu führen. Es paßte ganz zu ihm, daß er mein Büro verließ, zum Haupteingang hinaus in die nächste Telefonzelle ging und mich anrief. Er hätte jubiliert, wenn er mich in flagranti erwischt hätte.

Trotzdem war alles Scheiße. Kinderkram. In jedem großen Unternehmen gehen solche kindischen Dinge vor sich. Es ist das einzige Ventil. Es ist wie mit der Zivilisation. Alles wird mühevoll so eingerichtet, daß es reibungslos funktioniert, und dann mit einem kleinen Freudenfeuer vernichtet. Gerade wenn die Impulse neu poliert, manikürt und in einen maßgeschneiderten Anzug gesteckt worden sind, wird einem ein Gewehr in die Hand gedrückt, und in sechs Lektionen soll man die Kunst erlernen, ein Bajonett in einen Weizensack zu stoßen. Es ist verwirrend, milde ausgedrückt. Und wenn es keine Panik, keinen Krieg, keine Revolution gibt, dann steigt man vom Unterkokkensammler zum Oberkokkensammler auf und so weiter, bis man der alleroberste Kokkenschwanz ist und sich eine Kugel durch den Kopf jagt.

Ich stürzte noch ein Glas hinunter und warf einen Blick auf die große Uhr des Metropolitan-Turmes. Seltsam, daß diese Uhr mich zu dem einen und einzigen Gedicht, das ich jemals geschrieben habe, inspiriert hatte. Das war kurz nachdem man mich aus dem Hauptbüro hierher versetzt hatte. Der Turm wurde von dem Fenster eingerahmt, durch das ich auf die Straße hinausblickte. Vor mir saß Valeska. Valeskas wegen hatte ich das Gedicht geschrieben. Ich erinnerte mich an die Erregung, die mich an jenem Sonntagmorgen überkommen hatte, als ich das Gedicht begann. Es war unglaublich – ein Gedicht! Ich mußte Valeska anrufen und ihr die gute Nachricht mitteilen. Zwei Monate später war sie tot.

Dieses eine Mal war es Curley jedoch gelungen, seinen Schwengel hineinzubekommen. Ich hatte es erst vor kurzem erfahren. Es scheint, er hatte sie häufig mit an den Strand genommen. Er tat es, bei Gott, im Wasser stehend. Das erste Mal, heißt das. Danach war es nur noch fick, fick, fick – im Auto, im Badezimmer, am Hafen, im Ausflugsboot.

Mitten in diesen angenehmen Erinnerungen sah ich eine große uniformierte Gestalt am Fenster vorbeigehen. Ich lief hinaus und rief ihr nach.

»Ich weiß nicht, ob ich hereinkommen soll, Mr. Miller. Ich bin im Dienst, wissen Sie.«

»Das macht nichts. Kommen Sie auf einen Sprung herein, und trinken Sie einen Schluck mit mir. Es freut mich, Sie zu sehen.«

Es war Oberst Sheridan, der Leiter der Botenbrigade, die Spivak organisiert hatte. Sheridan stammte aus Arizona. Er war auf der Suche nach Arbeit zu mir gekommen, und ich hatte ihn in die Nachtschicht eingereiht. Ich konnte Sheridan gut leiden. Er war eine von den paar Dutzend lauteren Seelen, auf die ich unter all den Tausenden, die ich als Boten eingestellt hatte, gestoßen war. Jedermann mochte ihn, sogar Twilliger, dieses Stück lebendigen Zements.

Sheridan war ohne jeden Arg. Er kam aus einem ordentlichen Milieu, hatte nicht mehr Bildung mitbekommen, als er brauchte – was sehr wenig war –, und hatte keinen anderen Ehrgeiz, als zu sein, was er war, nämlich ein schlichter, einfacher, gewöhnlicher Mensch, der das Leben so nahm, wie es sich ihm bot. Er war damit einer unter Millionen, soweit ich das beurteilen konnte.

Ich erkundigte mich, wie er als Ausbilder zurechtkam. Er sagte, es sei entmutigend. Er sei enttäuscht – die Jungens zeigten überhaupt keinen Mumm, kein Interesse an militärischer Ausbildung.

»Mr. Miller«, rief er aus, »nie in meinem ganzen Leben bin ich solchen Jungens begegnet. Sie haben kein Ehrgefühl . . .«

Ich brach in Lachen aus. Keine Ehre, großer Gott!

»Sheridan«, sagte ich, »haben Sie denn noch immer nicht gelernt, daß Sie es mit dem Abschaum der Menschheit zu tun haben? Im übrigen werden Jungens nicht mit Ehrgefühl geboren. Besonders Großstadtjungens nicht. Diese Jungens sind latente Gangster. Sind Sie jemals im Arbeitszimmer des Bürgermeisters gewesen? Haben Sie die Menge gesehen, die davor herumlungert? Das sind erwachsene Botenjungen. Wenn man sie hinter Gefängnisgitter steckte, würde man zwischen ihnen und den echten Sträflingen keinen Unterschied feststellen können. Diese ganze gottverdammte Stadt besteht nur aus Betrügern und Gangstern. Eine Großstadt – das ist nur ein Brutplatz für Verbrechen.«

Sheridan sah mich verwundert an.

»Aber Sie sind nicht so, Mr. Miller«, sagte er mit einem einfältigen Grinsen.

Ich mußte wieder lachen. »Ich weiß, Sheridan. Ich bin eine von den Ausnahmen. Ich schlage hier nur eben die Zeit tot. Eines Tages gehe ich nach Arizona oder sonst irgendwohin, wo es ruhig und leer ist. Ich habe Ihnen doch wohl erzählt, daß ich vor Jahren in Arizona gewesen bin? Ich wollte, ich wäre so vernünftig gewesen, dort zu bleiben . . . Was haben Sie eigentlich dort gemacht . . . Sie waren doch kein Schafhirt, oder etwa doch?«

Nun war es an Sheridan zu lächeln. »Nein, Mr. Miller, ich sagte Ihnen doch, daß ich Friseur war, erinnern Sie sich nicht?«

»Friseur!«

»Ja«, sagte Sheridan, »und ein verdammt guter dazu.«

»Aber Sie können reiten, nicht wahr? Sie haben nicht Ihr ganzes Leben in einem Friseurladen verbracht, hoffe ich?«

»O nein«, antwortete er schnell. »Ich habe ein bißchen von allem getan, möchte ich sagen. Seit meinem achten Lebensjahr habe ich mir meinen Lebensunterhalt selbst verdient.«

»Was hat Sie veranlaßt, nach New York zu kommen?«

»Ich wollte sehen, wie es in einer Großstadt ist. Ich bin in Denver und in Los Angeles – und auch in Chicago gewesen. Alle haben immer wieder gesagt, ich müßte New York sehen, also habe ich beschlossen hierherzugehen. Wissen Sie, Mr. Miller, New York ist ja eine schöne Stadt – aber die Leute hier mag ich nicht . . . Ich komme mit ihnen nicht klar.«

»Sie meinen die Art, wie sie einen herumschubsen?«

»Ja, und wie sie lügen und betrügen. Sogar die Frauen hier sind anders. Ich kann anscheinend kein Mädchen finden, das mir gefällt.«

»Sie sind zu gut, Sheridan. Sie wissen nicht, wie Sie die Mädchen behandeln müssen.«

»Ich weiß es, Mr. Miller.« Er ließ den Kopf sinken. Er benahm sich wie ein scheuer Faun. »Wissen Sie«, setzte er zögernd hinzu,

»ich glaube, etwas stimmt nicht mit mir. Sie lachen hinter meinem Rücken – alle tun das, sogar die jungen Burschen. Vielleicht liegt es an der Art, wie ich rede.«

»Man darf nicht zu freundlich mit den Jungens sein, Sheridan«, warf ich ein. »Ich habe Sie gewarnt – seien Sie grob mit ihnen! Versetzen Sie ihnen ab und zu einen Puff. Stauchen Sie sie ordentlich zusammen. Lassen Sie sie nicht glauben, Sie seien weich. Wenn Sie das tun, trampeln die nur auf Ihnen herum.«

Er blickte sanft auf und streckte seine Hand aus. »Sehen Sie das? Da hat mich unlängst ein Junge gebissen. Können Sie sich so was vorstellen?«

»Na, und was haben Sie mit ihm gemacht?«

Sheridan blickte wieder auf seine Füße. »Ich habe ihn nach Hause geschickt«, sagte er.

»Das ist alles? Sie haben ihn nur heimgeschickt? Sie haben ihm keine Tracht Prügel verabreicht?«

Er schwieg. Nach einigen Augenblicken sagte er, ruhig und mit einfacher Würde: »Ich glaube nicht an Strafe, Mr. Miller. Wenn mich jemand schlägt, schlage ich nie zurück. Ich versuche mit ihm zu sprechen, um herauszufinden, was mit ihm nicht stimmt. Sehen Sie, ich wurde als Kind viel herumgestoßen. Ich hatte es nicht leicht . . .« Er hielt inne, verlagerte sein Gewicht vom einen Fuß auf den anderen.

»Ich wollte Ihnen schon immer etwas sagen«, begann er wieder und nahm seinen ganzen Mut zusammen. »Sie sind der einzige Mensch, dem ich das sagen kann, Mr. Miller. Ich weiß, ich kann Ihnen vertrauen . . .«

Wieder eine Pause. Ich wartete aufmerksam, gespannt, was es war, das er sich von der Seele reden wollte.

»Als ich zu der Telegrafen-Gesellschaft kam«, fuhr er fort, »hatte ich kein Zehncentstück in der Tasche. Sie erinnern sich daran, Mr. Miller . . . Sie mußten mir aushelfen. Und ich würdige alles, was Sie für mich getan haben.« Pause. »Ich sagte vorhin, daß ich nach New York kam, um die Großstadt kennenzulernen. Das ist nur zur Hälfte wahr. Ich lief vor etwas davon. Wissen Sie, Mr. Miller, ich war sehr verliebt dort in Arizona. Ich hatte eine Frau, die mir alles bedeutete. Sie verstand mich, und ich habe sie verstanden. Aber sie war mit meinem Bruder verheiratet. Ich wollte sie meinem Bruder nicht wegnehmen, aber ich konnte nicht leben ohne sie . . .«

»Wußte Ihr Bruder, daß Sie verliebt in sie waren?«

»Zuerst nicht«, antwortete Sheridan. »Aber nach einiger Zeit konnte er nicht umhin, es zu merken. Wissen Sie, wir wohnten alle zusammen. Ihm gehörte der Friseurladen, und ich half ihm. Es ging uns erstklassig.« Wieder eine verlegene Pause. »Die ganze Schwierigkeit begann an einem Sonntag bei einem Picknickausflug. Wir waren die ganze Zeit ineinander verliebt gewesen, aber wir hatten nichts Schlimmes getan. Ich wollte meinem Bruder nicht weh tun, wie ich Ihnen schon sagte. Jedenfalls, es passierte. Wir schliefen im Freien, und sie lag zwischen uns. Ich wachte ganz plötzlich auf und fühlte ihre Hand auf mir. Sie war hellwach, starrte mich mit großen Augen an. Sie beugte sich herüber und küßte mich auf den Mund. Und eben da, mit meinem Bruder neben uns, nahm ich sie.«

»Trinken Sie noch einen Schluck«, drängte ich.

»Ja, vielen Dank«, sagte Sheridan. »Danke.«

Er fuhr in seiner langsamen, zögernden und sehr feinfühligen Art fort, offenkundig war er ehrlich verstört. Mir gefiel die Art, wie er über seinen Bruder sprach. Es war fast so, als spreche er über sich selbst.

»Nun, um es kurz zu machen, Mr. Miller, eines Tages schnappte er glatt über vor Eifersucht – er ging mit dem Rasiermesser auf mich los. Sehen Sie diese Narbe hier?« Er drehte den Kopf ein wenig zur Seite. »Da hat es mich erwischt, als ich ihn abzuwehren versuchte. Hätte ich mich nicht geduckt, dann hätte er mir vermutlich die eine Gesichtshälfte abgetrennt.« Sheridan trank langsam in kleinen Schlucken seinen Drink, wobei er nachdenklich in den verschmierten Spiegel vor ihm schaute.

»Ich beruhigte ihn schließlich«, erzählte er weiter. »Er war natürlich erschrocken, als er sah, wie mir das Blut am Hals herunterrann und mein Ohr halb herunterhing. Und dann, Mr. Miller, geschah etwas Schreckliches. Er begann zu weinen, ganz wie ein kleiner Junge. Er sagte mir, er tauge nichts – und ich wußte, daß das nicht stimmte. Er meinte, er hätte Ella – so hieß sie – nicht heiraten sollen. Er sagte, er würde sich scheiden lassen, fortgehen, ganz von vorne anfangen – und daß *ich* Ella heiraten sollte.

Er drängte mich, dem zuzustimmen. Er versuchte sogar, mir Geld zu leihen. Er wollte auf der Stelle fortgehen ... sagte, er hielte es nicht länger aus. Natürlich wollte ich nichts von alledem hören. Ich bat ihn, Ella gegenüber nichts zu erwähnen. Ich sagte, ich würde selbst eine kleine Reise unternehmen, damit Gras über die Sache wuchs. Davon wollte nun er wieder nichts hören ... aber schließlich, als ich ihn überzeugt hatte, daß es das einzig Vernünftige war, erklärte er sich damit einverstanden ...«

»Und so sind Sie nach New York gekommen?«

»Ja, aber das ist nicht alles. Sehen Sie, ich versuchte das Richtige zu tun. Sie hätten ebenso gehandelt, wenn es *Ihr* Bruder gewesen wäre, nicht wahr? Ich habe alles getan, was ich konnte ...«

»Na schön«, sagte ich, »und was beunruhigt Sie jetzt?«

Er starrte leeren Blickes in den Spiegel.

»*Ella*«, sagte er nach einer langen Pause. »Sie lief von ihm fort. Zuerst wußte sie nicht, wo ich war. Ich schickte ihr hin und wieder eine Postkarte, gab aber nie meine Adresse an. Kürzlich bekam ich einen Brief von meinem Bruder, sie habe ihm – aus Texas – geschrieben. Bat ihn, ihr meine Adresse zu geben. Sagte, wenn sie nicht bald von mir hören würde, würde sie Selbstmord begehen.«

»Haben Sie ihr geschrieben?«

»Nein«, erwiderte er, »ich habe ihr noch nicht geschrieben. Ich bin mir nicht ganz klar, was ich tun soll.«

»Aber um Gottes willen, Sie lieben sie, das tun Sie doch? Und sie liebt Sie. Und Ihr Bruder – er hat doch gar nichts dagegen. Worauf zum Teufel warten Sie denn noch?«

»Ich will nicht die Frau meines Bruders stehlen. Außerdem weiß ich, daß sie ihn liebt. Sie liebt uns beide – so sieht die Sache aus.«

Nun war es an mir, erstaunt auszusehen. Ich pfiff durch die Zähne. »Ah, so ist das!« platzte ich heraus. »Das ist freilich etwas anderes.«

»Ja«, sagte Sheridan schnell, »sie liebt uns beide. Sie lief nicht von ihm fort, weil sie ihn haßte oder weil sie mich haben wollte. Sie will mich, gewiß. Aber weggelaufen ist sie, damit er etwas unternahm, mich suchte und zurückbrachte.«

»Weiß er das?« fragte ich, da ich den leisen Verdacht hatte, Sheridan könnte sich das alles eingebildet haben.

»Ja, er weiß es und ist durchaus bereit, so zu leben, wenn das ihr Wunsch ist. Ich glaube, er wäre auch glücklicher, wenn es sich in dieser Weise regeln ließe.«

»Na und?« sagte ich. »Aber was nun? Was wollen Sie tun?«

»Ich weiß es nicht. Ich weiß es einfach nicht. Was würden *Sie* an meiner Stelle tun? Ich habe Ihnen alles gesagt, Mr. Miller.«

Und dann, wie zu sich selber: »Ein Mann kann nicht ewig durchhalten. Ich weiß, daß es falsch ist, so zu leben . . . aber wenn ich nicht rasch etwas unternehme, bringt sich Ella vielleicht tatsächlich um. Das wäre schrecklich. Ich würde alles tun, um es zu verhindern.«

»Sehen Sie mal, Sheridan . . . Ihr Bruder war früher eifersüchtig. Aber er hat das anscheinend überwunden. Er will Ella ebensogern zurückhaben wie Sie. Nun, haben Sie sich jemals überlegt, ob Sie an Stelle Ihres Bruders eifersüchtig wären? Es ist nicht leicht, die Frau, die man liebt, mit einem anderen zu teilen, selbst wenn es der eigene Bruder ist. Das wissen Sie doch, nicht wahr?«

Sheridan antwortete darauf, ohne zu zögern.

»Ich habe mir das alles überlegt, Mr. Miller. Ich weiß, daß *ich* nicht eifersüchtig wäre. Und ich mache mir auch wegen meines Bruders keine Sorgen. Wir verstehen einander. Der wunde Punkt ist Ella. Ich frage mich manchmal, ob sie wirklich weiß, was sie will. Wir drei sind zusammen aufgewachsen, sehen Sie. Darum haben wir auch so friedlich zusammen gelebt . . . *bis* . . . nun, das war nur natürlich, nicht wahr? Aber wenn ich jetzt zurückgehe und wir sie offen miteinander teilen, könnte sie anfangen, verschieden für uns zu empfinden. Diese Geschichte hat das glückliche Zusammenleben zerstört. Und bald werden die Leute anfangen zu reden. Es ist eine kleine Welt drüben in Arizona, und die Leute dort tun solche Dinge nicht. Ich weiß nicht, was daraus noch werden würde . . .«

Wieder machte er eine Pause und spielte mit seinem Glas.

»Da ist noch etwas anderes, worüber ich nachgedacht habe, Mr. Miller. Angenommen, sie bekommt ein Kind. Wie sollten wir dann wissen, wer der Vater war. Ach, ich habe es hin und her gewendet. Es ist nicht leicht, zu einem Entschluß zu kommen.«

»Nein«, stimmte ich zu, »das ist es wirklich nicht. Ich bin da auch am Ende meiner Weisheit, Sheridan. Ich werde darüber nachdenken.«

»Danke, Mr. Miller. Ich wußte, daß Sie mir helfen würden, wenn Sie können. Ich glaube, ich muß mich jetzt beeilen. Spivak wird mich suchen. Leben Sie wohl, Mr. Miller«, und er stürzte davon.

Als ich ins Büro zurückkam, sagte man mir, daß Clancy angerufen habe. Er hatte die Bewerbungsunterlagen eines Boten verlangt, den ich unlängst eingestellt hatte – einer Frau.

»Was ist los?« erkundigte ich mich. »Was hat sie getan?«

Niemand konnte eine genaue Auskunft geben.

»Nun, wo hat sie gearbeitet?«

Ich stellte fest, daß wir sie in eines unserer Stadtbüros beim Central Park geschickt hatten. Sie hieß Nina Andrews. Hymie hatte eine Notiz über alle Einzelheiten gemacht. Er hatte bereits die Geschäftsführerin des Büros, in dem das Mädchen arbeitete, angerufen, sie konnte aber kein Material beibringen. Die Geschäftsführerin, selber eine junge Frau, hatte den Eindruck, daß das Mädchen in jeder Weise zufriedenstellend sei.

Ich beschloß, daß es besser war, wenn ich Clancy anrief und es hinter mich brachte. Seine Stimme war barsch und gereizt. Mr. Twilliger hatte ihm offenbar die Hölle heiß gemacht. Nun war ich an der Reihe.

»Aber was hat sie denn getan?« fragte ich in aller Unschuld.

»*Was sie getan hat?*« echote Clancys Stimme wütend. »Mr. Miller, habe ich Sie nicht immer wieder ausdrücklich darauf hingewiesen, daß wir nur kultivierte junge Damen in unserem Botendienst haben wollen?«

»Ja, Sir«, kam es mir über die Lippen, und ich verfluchte den alten Knacker im stillen.

»Mr. Miller«, und seine Stimme nahm eine vernichtende Feierlichkeit an, »die Frau, die sich Nina Andrews nennt, ist nichts anderes als eine gewöhnliche Prostituierte. Das wissen wir von einem unserer wichtigsten Kunden. Er erzählte Mr. Twilliger, daß sie sich ihm angeboten hat. Und Mr. Twilliger ist entschlossen, der Sache nachzugehen. Er hat den Verdacht, daß wir vielleicht noch andere unerwünschte Frauenspersonen in unserem Mitarbeiterstab haben. Ich brauche Ihnen wohl nicht zu sagen, Mr. Miller, daß das eine sehr ernste Sache ist. Eine sehr ernste Sache. Ich verlasse mich darauf, daß Sie wissen, wie Sie mit der Situation fertig werden. Sie erstatten mir in ein oder zwei Tagen Bericht – ist das klar?« Er legte den Hörer auf.

Ich saß da und versuchte mich an die fragliche junge Dame zu erinnern.

»Wo ist sie jetzt?« fragte ich.

»Sie wurde nach Hause geschickt«, erklärte Hymie.

»Schick ihr doch ein Telegramm und bitte Sie, mich anzurufen. Ich möchte mit ihr sprechen.«

Ich wartete bis sieben Uhr in der Hoffnung, sie würde telefonieren. O'Rourke war gerade hereingekommen. Ich hatte eine Idee. Vielleicht würde ich O'Rourke bitten . . .

Das Telefon läutete. Es war Nina Andrews. Sie hatte eine sehr angenehme Stimme, die sofort meine Sympathie weckte.

»Es tut mir leid, daß ich Sie nicht früher angerufen habe«, sagte sie, »aber ich war den ganzen Nachmittag außer Haus.«

»Miss Andrews«, sagte ich, »können Sie mir wohl einen Gefallen tun. Ich würde gerne auf einen Augenblick bei Ihnen vorbeikommen, um kurz mit Ihnen zu sprechen.«

»Ach wissen Sie, die Stellung interessiert mich gar nicht mehr«, sagte sie in unbeschwertem Ton. »Ich habe bereits eine andere gefunden – eine viel bessere. Es war nett von Ihnen, mich . . .«

»Miss Andrews«, beharrte ich, »ich möchte Sie trotzdem gerne sehen – nur für ein paar Minuten. Hätten Sie etwas dagegen?«

»Nein, nein, durchaus nicht. Kommen Sie ruhig her, natürlich. Ich wollte Ihnen nur die Mühe ersparen . . .«

»Ich danke Ihnen. Ich bin in ein paar Minuten dort.«

Ich ging zu O'Rourke und erklärte ihm den Fall mit einigen kurzen Worten. »Es wäre vielleicht ganz gut, wenn Sie mitkämen«, sagte ich. »Wissen Sie, ich glaube nämlich nicht, daß dieses Mädchen eine Hure ist. Allmählich erinnere ich mich wieder etwas an sie. Ich glaube, ich weiß . . .«

Wir sprangen in ein Taxi und fuhren in die Seventy-Second

Street, wo sie wohnte. Es war ein typisches altmodisches Mietshaus. Sie wohnte im vierten Stock nach hinten heraus.

Sie war ein wenig überrascht, daß ich O'Rourke mitgebracht hatte. Aber nicht erschrocken – was zu ihren Gunsten sprach, dachte ich bei mir.

»Ich wußte nicht, daß Sie einen Freund mitbringen würden«, sagte sie und sah mich mit treuen blauen Augen an. »Sie müssen entschuldigen, wie es hier aussieht.«

»Machen Sie sich deswegen keine Sorgen, Miss Andrews«, warf O'Rourke ein. »Sie heißen Nina, nicht wahr?«

»Ja«, sagte sie. »Warum?«

»Es ist ein hübscher Name«, meinte er. »Man hört ihn nicht mehr oft. Stammen Sie etwa aus einer spanischen Familie?«

»O nein, ich bin nicht spanischer Herkunft«, erwiderte sie strahlend und rasch – und in einem gänzlich entwaffnenden Ton. »Meine Mutter war Dänin, und mein Vater ist Engländer. Warum, finden Sie, daß ich spanisch aussehe?«

O'Rourke lächelte. »Um ehrlich zu sein, Miss Andrews ... Miss Nina ... darf ich Sie so nennen ... nein, Sie sehen gar nicht spanisch aus. Aber Nina ist doch ein spanischer Name, oder nicht?«

»Wollen Sie nicht Platz nehmen?« sagte sie und richtete die Kissen auf dem Diwan. Und dann, mit einem völlig natürlichen Ton: »Ich nehme an, Sie haben gehört, daß ich gefeuert wurde? Einfach so! Ohne ein Wort der Erklärung. Aber man hat mir zwei Wochen Gehalt bezahlt – und ich habe inzwischen schon eine bessere Stellung gefunden. Daher ist es nicht weiter schlimm.«

Ich war jetzt froh, daß ich O'Rourke mitgebracht hatte. Wäre ich allein hergekommen, so wäre ich ohne viel Aufhebens wieder gegangen. Ich war jetzt vollkommen von ihrer Unschuld überzeugt.

Das Mädchen ... Sie hatte ihr Alter auf dem Bewerbungsformular mit fünfundzwanzig angegeben, aber es war offensichtlich, daß sie keinen Tag älter als neunzehn war. Sie sah aus wie ein Mädchen, das auf dem Land aufgewachsen war. Ein bezauberndes kleines Geschöpf und sehr aufgeweckt.

O'Rourke war augenscheinlich zu einer ähnlichen Beurteilung gelangt. Als er die Stimme erhob, war es offensichtlich, daß er nur daran dachte, wie er ihr unnötige Peinlichkeiten ersparen konnte.

»Miss Nina«, sagte er väterlich. »Mr. Miller hat mich gebeten mitzukommen. Ich bin der Nachtinspektor, wissen Sie. Es hat ein Mißverständnis mit einem unserer Kunden gegeben, einem der Kunden des Büros, in dem Sie gearbeitet haben. Vielleicht erinnern Sie sich an den Namen, es handelt sich um die Versicherungsagentur Brooks. Erinnern Sie sich an diesen Namen, Miss Nina? Denken Sie einmal nach, denn vielleicht können Sie uns helfen.«

»Natürlich kenne ich den Namen«, antwortete sie lebhaft. »Zimmer 715. Mr. Harcourt. Ja, ich kenne ihn sehr gut. Ich kenne auch seinen Sohn.«

O'Rourke spitzte sofort die Ohren. »Sie kennen seinen Sohn?« wiederholte er.

»Aber gewiß. Er war ein Freund von mir. Wir kommen aus derselben Stadt.« Sie nannte eine kleine Stadt im Norden des Staates New York. »Man kann sie vermutlich kaum eine Stadt nennen.« Sie ließ ein helles kleines Lachen hören.

»Aha«, sagte O'Rourke gedehnt und hoffte, sie würde weiterreden.

»Nun verstehe ich, warum ich fristlos entlassen wurde«, sagte sie. »Er glaubt, ich sei nicht gut genug für seinen Sohn, dieser Mr. Harcourt. Aber ich hätte nicht gedacht, daß er mich so haßte.«

Als sie weiterplapperte, erinnerte ich mich immer deutlicher an ihren ersten Besuch im Personalbüro. Besonders an eine Einzelheit. Sie hatte die Bitte ausgesprochen, als sie das Bewerbungsformular ausfüllte, in einem bestimmten Stadtbüro von uns zu arbeiten. Das war kein ungewöhnliches Ansuchen – Bewerber bevorzugten oft bestimmte Stadtteile aus diesem oder jenem Grund. Aber ich erinnerte mich jetzt an das Lächeln, mit dem sie mich angesehen hatte, als sie mir für dieses Entgegenkommen dankte.

»Miss Andrews«, sagte ich, »haben Sie mich nicht gebeten, Sie in unser Heckscher-Office zu schicken, als Sie sich um die Stellung bewarben?«

»Gewiß habe ich das getan«, antwortete sie. »Ich wollte in der

Nähe von John sein. Ich wußte, daß sein Vater alles aufbot, uns voneinander zu trennen. Darum ging ich von daheim fort. Mr. Harcourt versuchte zuerst, mich lächerlich zu machen«, fuhr sie fort. »Ich meine, als ich das erste Mal Telegramme in seinem Büro zustellte. Aber ich machte mir nichts daraus. Ebensowenig John.«

»Nun«, sagte O'Rourke, »es macht Ihnen also nicht zuviel aus, Ihre Stellung zu verlieren? Denn wenn Sie sie behalten möchten, glaube ich, daß Mr. Miller das für Sie einrichten könnte.« Er warf einen Blick in meine Richtung.

»Ach, ich will wirklich nicht mehr dorthin zurück«, beteuerte sie rasch. »Ich habe eine viel bessere Stellung gefunden – und zwar im gleichen Gebäude!«

Nun mußten wir alle drei lachen.

O'Rourke und ich standen auf, um zu gehen. »Sie musizieren, habe ich recht?« fragte O'Rourke.

Sie errötete. »Ja, gewiß . . . woher wissen Sie das? Ich spiele Violine. Das ist natürlich noch ein weiterer Grund, warum ich nach New York gehen wollte. Ich hoffe, eines Tages hier einen Konzertabend geben zu können – vielleicht im Rathaus. Es ist aufregend, in einer so großen Stadt zu sein, finden Sie nicht auch?« Sie kicherte wie ein Schulmädchen.

»Es ist wundervoll, in New York zu leben«, stimmte O'Rourke zu und wurde plötzlich ernst. »Ich hoffe, Sie haben den Erfolg, den Sie sich erträumen . . .« Er hielt inne, machte eine nachdrückliche Pause, und dann, indem er ihre beiden Hände in seine nahm, baute er sich vor ihr auf und sagte: »Darf ich Ihnen einen Rat geben?«

»Aber natürlich!« sagte Miss Andrew und errötete ein wenig.

»Nun denn, wenn Sie Ihr erstes Konzert – sagen wir, im Rathaus – geben, dann würde ich vorschlagen, daß Sie Ihren wirklichen Namen benützen. Marjorie Blair klingt genauso gut wie Nina Andrews . . . finden Sie nicht auch? Also gut.« Und ohne die Wirkung seiner Worte abzuwarten, ergriff er mich beim Arm und wandte sich der Tür zu: »Ich glaube, wir müssen jetzt gehen. Viel Glück, Miss Blair. Leben Sie wohl!«

»Ich dachte, ich traue meinen Ohren nicht«, sagte ich, als wir auf die Straße traten.

»Sie ist ein nettes kleines Ding, was?« meinte O'Rourke und zog mich weiter. »Clancy hat mich heute nachmittag zu sich gerufen . . . hat mir die Bewerbung gezeigt. Ich habe alle sie betreffenden vertraulichen Informationen bekommen. Sie ist völlig okay.«

»Aber der Name?« sagte ich. »Warum hat sie ihren Namen geändert?«

»Ach *das*, das bedeutet nichts«, erklärte O'Rourke. »Junge Leute finden es manchmal interessant, wenn sie ihren Namen ändern . . . Nur ein Glück, daß sie nicht weiß, was Mr. Harcourt unserem Mr. Twilliger erzählt hat, was? Wir hätten uns eine saubere Geschichte auf den Hals geladen, wenn das jemals durchgesickert wäre. Nebenbei bemerkt«, fügte er hinzu, als wäre es nicht weiter wichtig, »wenn ich Twilliger meinen Bericht erstatte, werde ich sagen, sie sei noch nicht ganz zweiundzwanzig. Sie haben doch nichts dagegen, nicht wahr? Man hatte den Verdacht gehabt, sie sei noch minderjährig. Natürlich können Sie nicht jedermanns Alter feststellen. Trotzdem müssen Sie vorsichtig sein. Sie verstehen mich doch . . .«

»Natürlich«, sagte ich, »und es ist verdammt freundlich von Ihnen, mich zu decken.«

Einige Augenblicke gingen wir schweigend weiter und hielten unsere Augen offen auf der Suche nach einem Restaurant.

»Ist Harcourt nicht ein großes Risiko eingegangen, Twilliger eine solche Geschichte aufzutischen?«

O'Rourke antwortete nicht sofort.

»Es macht mich rasend«, sagte ich. »Zum Teufel mit ihm, durch ihn hätte auch ich beinahe meine Stellung verloren, sind Sie sich dessen bewußt?«

»Der Fall Harcourt ist komplizierter«, meinte O'Rourke bedächtig. »Ich sage Ihnen das streng vertraulich, verstehen Sie. Wir werden nichts zu Mr. Harcourt sagen. In meinem Bericht werde ich Mr. Twilliger informieren, daß der Fall zufriedenstellend beigelegt ist. Ich werde erklären, daß Mr. Harcourt sich im Charakter des Mädchens geirrt hat, daß sie sofort eine andere Stellung gefunden hat und daß ich empfehle, die Sache auf sich beruhen zu lassen . . . Mr. Harcourt ist, wie Sie sich vermutlich bereits zusammengereimt haben, ein intimer Freund von Twilliger. Alles, was das Mädchen gesagt hat, ist bestimmt wahr, und sie ist auch ein nettes kleines Ding, mir gefällt sie. Aber es gibt etwas, was sie – begreiflicherweise – versäumt hat zu erzählen. Mr. Harcourt hat sie entlassen, weil er eifersüchtig auf seinen Sohn ist . . . Sie fragen sich, wie ich das so schnell herausgebracht habe? Nun, wir haben unsere Mittel und Wege, Dinge herauszubringen. Ich könnte Ihnen eine Menge mehr über diesen Harcourt erzählen, falls es Sie interessiert.«

Ich wollte gerade sagen: »Ja, ich würde es gerne hören«, als er abrupt das Thema wechselte.

»Sie haben unlängst einen Mann namens Monahan kennengelernt, wie ich gehört habe.«

Mir war, als habe er mir einen Stoß versetzt.

»Ja, Monahan . . . freilich. Wieso, hat es Ihnen Ihr Bruder erzählt?«

»Sie wissen natürlich«, fuhr O'Rourke in seiner ungezwungenen, verbindlichen Art fort, »was Monahans Aufgabe ist?«

Ich murmelte eine Antwort, tat so, als wüßte ich mehr, als ich tatsächlich wußte, und wartete ungeduldig, daß er mehr darüber sagte.

»Nun, es ist merkwürdig in diesem Beruf, wie die Dinge miteinander verflochten sind. Miss Nina Andrews hat sich nicht sofort, als sie nach New York kam, bei uns um eine Stellung beworben. Wie alle jungen Mädchen haben sie die Großstadtlichter angezogen. Sie ist jung, gescheit und versteht es, für sich selbst zu sorgen. Um ehrlich zu sein, glaube ich nicht, daß sie ganz so unschuldig ist, wie sie aussieht. *Besonders wenn ich an Harcourt denke*, meine ich. Aber das geht mich nichts an . . . Jedenfalls, um es kurz zu machen, Mr. Miller, ihr erster Job war der eines Taxigirls in einem Tanzpalast. Sie kennen das Lokal vielleicht . . .« Er blicke vor sich hin, als er das sagte. »Ja, eben dort, wo Monahan sich herumtreibt. Es wird von einem Griechen geleitet. Einem netten Kerl. Durchaus ehrlich, möchte ich sagen. Aber dort hängen auch andere Gestalten herum, die man mal etwas genauer unter die Lupe nehmen sollte. Besonders wenn ein hübsches kleines Ding wie Nina Andrews hereingeschneit kommt – mit diesen roten Wangen und der Unerfahrenheit der Landmädchen.«

Ich hatte gehofft, mehr über Monahan zu hören, als er wieder das Thema wechselte.

»Komische Sache, das mit Harcourt. Zeigt einem, wie vorsichtig man sein muß, wenn man den Dingen nachzugehen versucht . . .«

»Was meinen Sie damit?« sagte ich und fragte mich, was er wohl als nächstes aufs Tapet bringen würde.

»Nun, einfach das«, sagte O'Rourke, wobei er seine Worte sorgfältig abwog. »Harcourt besitzt eine ganze Reihe von Tanzlokalen hier in New York und auch an anderen Orten. Die Versicherungsagentur ist nur eine Tarnung. Darum hat er seinen Sohn in dieses Geschäft hereingenommen. An dem Versicherungsgeschäft ist er überhaupt nicht interessiert. Harcourts einzige Leidenschaft sind junge Mädchen – je jünger, desto besser. Natürlich kann ich das nicht mit Bestimmtheit sagen, Mr. Miller, aber ich wäre nicht erstaunt, wenn er bereits versucht hätte, Miss Andrews – oder Marjorie Blair, um sie beim richtigen Namen zu nennen – zu verführen. Wenn etwas zwischen ihnen passiert ist, würde Miss Andrews das niemandem erzählen. Am allerwenigsten dem jungen Mann, in den sie verliebt war. Sie ist heute erst neunzehn, hat aber vermutlich mit sechzehn nicht viel anders ausgesehen. Sie ist ein Mädchen vom Lande, vergessen Sie das nicht. Die fangen manchmal früh an – Sie wissen schon, rotes, warmes Blut.«

Er hielt inne, wie um das Restaurant in Augenschein zu nehmen, zu dem er mich, ohne daß es mir bewußt geworden war, geführt hatte.

»Gar nicht so schlecht, das Restaurant hier. Wollen wir's mal versuchen? Ach, nur einen Augenblick, bevor wir hineingehen . . . *Was Harcourt betrifft* . . . das Mädchen ahnt natürlich nicht, daß er etwas mit Tanzlokalen zu tun hat. Es war ein reiner Zufall, daß sie ausgerechnet in dieses ging. Sie wissen, welches ich meine. Gerade gegenüber . . .«

»Ja, ich weiß«, sagte ich, ein bißchen verärgert darüber, daß er mir's auf diese Weise zu stecken suchte. »Ich habe eine Freundin, die dort arbeitet«, fügte ich hinzu. Und du weißt verdammt genau, was ich meine, dachte ich bei mir.

Ich fragte mich, wieweit Monahan ihm gegenüber die Karten

aufgedeckt hatte. Auch stellte ich mir plötzlich die Frage, ob Monahan nicht O'Rourke schon seit vielen Jahren kannte. Mit Vorliebe spielten sie solche kleinen Szenen, machten überraschte, unwissende, erstaunte Gesichter und so fort. Ich glaube, sie können nicht aus ihrer Haut. Sie sind wie Oberkellner, die noch im Schlaf »Danke!« sagen.

Und dann, während ich darauf wartete, daß er weitererzählte, kam mir ein anderer Verdacht. Vielleicht kamen die zwei Fünfzigdollarscheine, die Monahan hingeblättert hatte, aus O'Rourkes Tasche. Ich war dessen fast sicher. Außer . . . aber ich tat den folgenden blitzartigen Gedanken ab, er war wohl doch zu weit hergeholt. Es sei denn, und ich konnte diesen Gedanken nicht loswerden, das Geld kam aus Harcourts Tasche. Es war ein dickes Geldbündel gewesen, das er an jenem Abend vor mir gezückt hatte. Detektive laufen gewöhnlich nicht mit so großen Geldbeträgen in der Tasche herum. Jedenfalls, wenn Monahan Mr. Harcourt (oder auch den Griechen!) angezapft hatte, wußte O'Rourke wohl nichts davon.

Aus diesen Spekulationen riß mich eine noch verblüffendere Bemerkung O'Rourkes heraus. Wir standen in der Eingangshalle, gerade im Begriff, in das Restaurant zu gehen, als ich ihn deutlich sagen hörte: »In dem Tanzlokal dort drüben ist es für ein Mädchen fast unmöglich, einen Job zu bekommen, ohne zuerst mit Harcourt ins Bett zu gehen. Jedenfalls behauptet das Monahan. Natürlich ist daran nichts Ungewöhnliches«, setzte er hinzu und ließ einen Augenblick verstreichen, damit die Bemerkung ihre Wirkung tun konnte.

Wir setzten uns an einen Tisch in einer abgelegenen Ecke des Restaurants, wo wir ungestört miteinander sprechen konnten. Ich bemerkte, wie O'Rourke mit seinem gewohnten durchdringenden, alles rasch erfassenden, aber doch unauffälligen Blick um sich schaute. Er tat das instinktiv, ganz wie ein Innendekorateur die Möblierung eines Zimmers, eingeschlossen des Tapetenmusters, in sich aufnimmt.

»Aber daß Miss Blair den Job unter anderem Namen angetreten hatte, ließ ihn beinahe eine Unvorsichtigkeit begehen.«

»Gott ja«, rief ich aus. »Daran habe ich ja gar nicht gedacht!«

»Es war ein Glück für ihn, daß er so klug war, sich zuerst ihre Fotografie zeigen zu lassen . . .«

Ich konnte ihn nicht ausreden lassen und platzte heraus: »Ich muß schon sagen, daß Sie in der kurzen Zeit verdammt viel in Erfahrung gebracht haben.«

»Reiner Zufall«, erwiderte er bescheiden. »Als ich aus Clancys Büro kam, lief ich Monahan direkt in die Arme.«

»Ja, aber wie haben Sie es fertiggebracht, zwei und zwei so schnell zusammenzureimen?« beharrte ich. »Als Sie Monahan begegneten, wußten Sie doch nicht, daß das Mädchen in einem Tanzpalast tätig gewesen war. Ich sehe nicht, wie zum Teufel Sie das erfahren haben.«

»Ich holte es aus Harcourt heraus«, erklärte O'Rourke. »Während ich mit Monahan sprach . . . er sprach von seiner Aufgabe, und übrigens auch von Ihnen . . . ja, er sagte, er habe Sie sehr gern . . . er möchte Sie, nebenbei bemerkt, wiedersehen . . . Sie sollten sich mit ihm in Verbindung setzen . . . nun, jedenfalls hatte ich ein Gefühl, daß ich Harcourt anrufen sollte. Ich stellte ihm ein paar Routinefragen – darunter die, wo das Mädchen vorher gearbeitet habe, falls er das wüßte. Er sagte, sie sei in einem Tanzpalast angestellt gewesen. Er sagte das, als wollte er sagen: ›Sie ist nur eine kleine Dirne.‹ Als ich zurück an meinen Tisch ging, ließ ich einen Versuchsballon steigen und fragte Monahan, ob er ein Mädchen namens Andrews in dem Tanzpalast kenne. Ich wußte noch nicht einmal, um welchen Tanzpalast es sich handelte. Und dann, zu meiner Überraschung, nachdem ich den Fall erklärt hatte, begann er mir von Harcourt zu erzählen. Da haben Sie's. Es ist ganz einfach, nicht wahr? Ich kann Ihnen sagen, in unserem Beruf ergibt sich eins aus dem anderen. Man klopft auf den Busch, streckt seine Fühler aus – und manchmal fällt einem die Lösung direkt in den Schoß.«

»Ich bin platt«, war alles, was ich sagen konnte.

O'Rourke studierte die Speisekarte. Ich sah sie zerstreut an, unfähig zu entscheiden, was ich essen wollte. Ich konnte nur noch an Harcourt denken. Also Harcourt fickte sie alle! Herr im Himmel, war ich wütend! Mehr denn je wollte ich etwas unternehmen. Vielleicht war Monahan der geeignete Mann – vielleicht stellte er bereits seine Fallen.

Ich bestellte etwas aufs Geratewohl, saß da und schaute verstört die Umsitzenden an.

»Wo fehlt's?« wollte O'Rourke wissen. »Sie sehen bedrückt aus.«

»Ich bin's auch«, antwortete ich. »Es ist nichts weiter. Es wird vorübergehen.«

Während der Mahlzeit hörte ich nur mit halbem Ohr O'Rourke zu. Ich dachte dauernd an Mona. Ich fragte mich, was sie sagen würde, wenn ich Harcourts Namen erwähnte. Dieser Sauhund! Fickte alles, was ihm unter die Augen kommt, und brachte mich dabei noch fast um meinen Job! Eine Unverschämtheit! Wieder ein Punkt, der mir, was Mona betraf, weiterhelfen konnte. Die Dinge entwickelten sich rasch . . .

Es dauerte Stunden, bis ich mich von O'Rourke freimachen konnte. Wenn er einen halten wollte, erzählte er eine Geschichte nach der anderen und wußte sie aufs geschickteste miteinander zu verbinden. Ich war immer ganz erschöpft, wenn ich mit ihm einen Abend verbracht hatte. Ihm zuzuhören strengte mich an, weil ich mich über jeden Satz, den er sagte, hermachte wie ein Bussard, der seine Beute sucht. Außerdem gab es immer lange Intermezzos in den Geschichten, Rückblenden, Zusammenfassungen und andere Erzählkunststückchen. Manchmal ließ er mich eine halbe Stunde oder länger warten, während er mit einer Geduld, die mich fast zur Verzweiflung brachte, umständlich in einem unserer Büros die Aktenordner auf der Suche nach einer geringfügigen Einzelheit durchsah. Und immer, bevor er seine Geschichte wiederaufnahm, machte er, während wir von einem Büro zum anderen gingen, lange, wortreiche Abschweifungen bezüglich des Angestellten oder Direktors oder Telegrafisten in dem betreffenden Büro, das wir gerade verlassen hatten. Sein Gedächtnis war erstaunlich. In den hundert oder mehr über die Stadt verstreuten Zweigbüros kannte er alle Verwaltungsangestellten mit Namen, wußte alles über ihre Karriere, in welchem Büro sie früher angestellt waren und die intimsten Details über ihr Familienleben. Er kannte nicht nur die derzeitige Belegschaft, sondern auch die Gespenster, die vor ihnen ihre Plätze eingenommen hatten. Außerdem kannte er viele Boten, sowohl von der Tages- wie von der Nachtschicht. Er war vor allem den alten

Knaben zugetan, von denen einige der Gesellschaft fast ebenso viele Jahre gedient hatten wie O'Rourke selbst.

Ich hatte viel bei diesen nächtlichen Inspektionstouren erfahren – Dinge, von denen ich bezweifelte, daß selbst Clancy sie wußte. Ein Großteil der Angestellten, so entdeckte ich im Laufe meiner Rundgänge mit O'Rourke, hatten sich zu dieser oder jener Zeit in ihrer schäbigen kosmokokkischen Laufbahn der Unterschlagung schuldig gemacht. O'Rourke hatte seine eigene Art, sich mit diesen Fällen auseinanderzusetzen. Auf das sichere Urteil vertrauend, das seine lange Erfahrung ihm verschafft hatte, nahm er sich oft erstaunliche Freiheiten bei der Behandlung dieser unglücklichen Menschen heraus. Die Hälfte der Fälle, dessen war ich sicher, wurden nie jemand anderem außer O'Rourke bekannt. Wo er Vertrauen zu dem Betreffenden hatte, erlaubte er ihm eine allmähliche Rückerstattung in kleinen Raten, wobei er natürlich klarmachte, daß die Sache ein Geheimnis zwischen ihnen bleiben mußte. Hin und wieder hatte diese gute Tat einen zweifachen Zweck. Indem er den Vorfall in dieser außergewöhnlichen Weise handhabte, war nicht nur die Gesellschaft sicher, alles, was gestohlen worden war, wiederzubekommen, sondern die Dankbarkeit verpflichtete die Opfer, Spitzeldienste zu leisten. Der Betreffende konnte notfalls dazu gebracht werden, auszusagen und zu singen. Zu Anfang entdeckte ich manchmal, wenn ich mich wunderte, warum O'Rourke ein solches Interesse an bestimmten unsauberen Charakteren nahm, daß sie zu der verlorenen Gefolgschaft derer gehörten, die O'Rourke in nützliche Werkzeuge verwandelt hatte. Tatsächlich lernte ich eines über O'Rourke, was alles erklärte, soweit es sein geheimnisvolles Verhalten betraf: daß jeder, dem er auch nur die geringste Zeit oder Aufmerksamkeit schenkte, irgendeine Bedeutung im Schema seines kosmokokkischen Lebens hatte.

Obwohl er die Illusion weckte, daß er sich abschloß, oft wie ein Narr und Dummkopf handelte, nichts anderes zu tun schien, als seine Zeit zu vergeuden, hatte in Wirklichkeit alles, was er sagte oder tat, eine wesentliche Beziehung zu der von ihm zu lösenden Aufgabe. Überdies war es niemals nur ein Fall, der ihn ausschließlich beschäftigte. Er hatte hundert Saiten an seiner Leier. Kein Fall schien ihm so hoffnungslos, daß er ihn aufgegeben hätte. Die Gesellschaft mochte ihn von der Liste gestrichen haben – nicht aber O'Rourke. Er hatte die unendliche Geduld eines Künstlers – und damit die Überzeugung, daß die Zeit für ihn arbeitete. Es schien keine Phase des Lebens zu geben, mit der er sich nicht vertraut gemacht hatte. Wenn ich auch, indem ich von dem Künstler spreche, zugeben muß, daß er vielleicht auf diesem Gebiet seiner am wenigsten sicher war. Er konnte dastehen und das Werk eines akademischen Kitschmalers in einer Warenhausauslage mit feuchten Augen betrachten. Seine Literaturkenntnisse waren fast gleich Null. Aber wenn ich beispielsweise die Geschichte von Raskolnikow erzählte, wie Dostojewski sie uns geschildert hat, dann konnte ich sicher sein, daß ich die scharfsinnigsten Bemerkungen erntete. Und was mir seine Freundschaft wertvoll erscheinen ließ, war die Verwandtschaft, die er menschlich und geistig mit Schriftstellern wie Dostojewski hatte. Seine Kenntnis der Unterwelt hatte ihn milder gemacht und seinen Gesichtskreis erweitert. Er war Detektiv geworden wegen seines außergewöhnlichen Interesses an seinem Mitmenschen und seines Mitgefühls für diesen. Nie fügte er einem Menschen unnötigen Schmerz zu. Immer ließ er seinem Mann den weiten Spielraum des Zweifels zugute kommen. Er hegte nie gegen jemanden einen Groll, ganz gleich, was der Betreffende getan hatte. Er versuchte Verständnis aufzubringen, ihre Motive zu ergründen, auch wenn es die niedrigsten waren. Vor allem konnte man sich absolut auf ihn verlassen. Hatte er erst einmal sein Wort gegeben, so hielt er es um jeden Preis. Ebensowenig war er bestechlich. Ich kann mir nicht vorstellen, mit welcher Versuchung man ihn dazu hätte bewegen können, von seiner Pflichterfüllung abzustehen. Ein weiterer Punkt, der meiner Meinung nach für ihn sprach, bestand darin, daß er völlig ohne Ehrgeiz war. Er hatte nicht den geringsten Wunsch, etwas anderes zu sein, als was er war. Er widmete sich mit Leib und Seele seiner Aufgabe, auch wenn er wußte, daß es eine undankbare war und er von einer herz- und seelenlosen Organisation benutzt und ausgenutzt wurde. Aber, wie er selbst mehr als einmal bemerkte, wie auch immer das Unternehmen, für das er arbeitete, eingestellt sein mochte, war nicht seine Sache. Ebensowenig kümmerte es ihn, daß sie, wenn er einmal in Pension ging, alles zunichte machen würden, was er mühevoll aufgebaut hatte. Ohne Illusionen zu haben, tat er doch sein möglichstes für alle, die ihn in Anspruch nahmen.

Er war ein einmaliger Mensch, dieser O'Rourke. Er beunruhigte mich manchmal zutiefst. Ich glaube nicht, daß ich jemals vorher oder nachher jemanden gekannt habe, bei dem ich mir so durchsichtig vorkam wie bei ihm. Noch könnte ich mich an jemanden erinnern, der sich so weitgehend zurückhielt, Ratschläge zu geben oder Kritik zu üben. Er war der einzige Mensch, der mich erkennen ließ, was Toleranz und Achtung vor der Freiheit des anderen bedeuten. Es ist merkwürdig, jetzt, wo ich mir überlege, wie sehr er das Gesetz symbolisierte. Nicht den kleinlichen Geist des Gesetzes, den der Mensch sich für seine eigenen Zwecke zunutze macht, sondern das unerforschliche kosmische Gesetz, das nie aufhört zu wirken, das unerbittlich und gerecht – und so letzten Endes äußerst barmherzig ist.

Wenn ich hellwach im Bett lag, fragte ich mich nach einem solchen Abend oft, was O'Rourke tun würde, wenn er in meinen Schuhen steckte. Bei dem Versuch, mich in diese Lage zu versetzen, war mir mehr als einmal der Gedanke gekommen, daß ich nichts über O'Rourkes Privatleben wußte. Absolut nichts. Nicht, daß er Fragen auswich – das konnte ich nicht sagen. Er war einfach ein unbeschriebenes Blatt. Irgendwie wurde das Thema nie aufs Tapet gebracht.

Ich weiß nicht, warum ich das glaubte, aber ich hatte das Gefühl, daß er in einer längst vergangenen Zeit eine große Enttäuschung erlebt hatte. Vielleicht eine unglückliche Liebe.

Was es auch war, es hatte ihn nicht verbittert gemacht. Er war gescheitert und hatte es dann überwunden. Aber sein Leben war in nicht wiedergutzumachender Weise verändert. Wenn man alle die kleinen Stücke zusammensetzte, auf der einen Seite den Mann, den ich kannte, und auf der anderen jenen, in den ich dann und wann einen kurzen Einblick erhaschte (wenn er in retrospektiver Stimmung war), dann war es bei einem Vergleich des einen mit dem anderen unmöglich zu leugnen, daß sie zwei ganz verschiedene Wesen waren. Alle diese rauhen, lauteren Eigenschaften, die O'Rourke besaß, waren wie eine Schutzwehr, die nicht nach außen, sondern innerlich errichtet war. Von der Welt hatte er wenig oder nichts zu fürchten. Er ging voll und ganz in ihr auf. Aber gegen die Fügungen des Schicksals war er machtlos.

Es war seltsam, dachte ich bei mir, als ich die Augen schloß, daß der Mann, dem ich soviel zu verdanken hatte, für immer ein versiegeltes Buch bleiben mußte. Ich konnte nur von seinem Verhalten und seinem Beispiel lernen.

Eine Woge der Zärtlichkeit überflutete mich. Ich verstand O'Rourke in einem tieferen Sinne als zuvor. Ich verstand alles klarer. Ich verstand zum erstenmal, was es wirklich bedeutet, »feinfühlig« zu sein.

13

Es gibt Tage, an denen die Rückkehr ins Leben quälend und bedrückend ist. Man verläßt das Reich des Schlafes nur widerstrebend. Nichts ist geschehen, außer daß man sich bewußt geworden ist, daß die tiefere und wahrere Wirklichkeit der Welt des Unbewußten angehört.

So schlug ich eines Morgens nur unwillig die Augen auf, mit allen Fasern meines Herzens bemüht, mich wieder in diesen wonnevollen Zustand zurückfallen zu lassen, in den mich der Traum gehüllt hatte. Ich war so verdrossen, mich wach zu finden, daß ich den Tränen nahe war. Ich schloß die Augen und versuchte wieder in die Welt zurückzuversinken, aus der ich so grausam herausgerissen worden war. Es war vergeblich. Ich versuchte jeden Trick, von dem ich je gehört hatte, aber ich brachte es sowenig fertig, als wollte ich ein fliegendes Geschoß aufhalten und es wieder in die leere Kammer eines Revolvers zurückschieben.

Was jedoch blieb, war die Aura des Traumes: In ihr verweilte ich wollüstig. Ein tiefer Zweck war erfüllt worden, aber bevor mir die Zeit vergönnt war, seine Bedeutung abzulesen, war die Schiefertafel abgewischt, und ich war hinausgestoßen worden – hinaus in eine Welt, deren einzige Lösung für alle Probleme der Tod ist.

Nur ein paar Brocken waren in meiner Hand geblieben, und ich hielt sie begierig fest wie die Brosamen, von denen es heißt, daß die Armen sie von der Reichen Tisch sammeln. Aber die vom

Tisch des Schlafes fallenden Brosamen sind wie die mageren Fakten bei einem Verbrechen, das für ewig ein Rätsel bleibt. Diese noch frisch von Farbe tropfenden Bilder, die man beim Erwachen wie ein mystischer Schmuggler über die Schwelle mitnimmt, haben eine Art, diesseits die herzzerreißendsten Wandlungen durchzumachen. Sie zerschmelzen wie Eiscreme an einem schwülen Augusttag. Und doch, wenn sie zu diesem rudimentären Magma verschmelzen, das der Rohstoff der Seele ist, bleibt eine nebelhafte Erinnerung – *für immer,* möchte es scheinen – lebendig, der undeutliche und samtartige Umriß eines greifbaren, empfindenden, zusammenhängenden Ganzen, in dem diese Bilder sich bewegen und nicht ihr Dasein, sondern ihre Wirklichkeit haben. Wirklichkeit! Das, was das Leben umfaßt, erhält und erhöht. Und man sehnt sich danach, in diesen Strom zurückzukehren und für immer darin unterzutauchen.

Was blieb dann von dieser unauslöschlichen Welt, aus der ich eines Morgens voll zarter Wunden erwachte, die in der Nacht so wirkungsvoll gestillt worden waren? Das Antlitz der einen, die ich geliebt und verloren hatte! Una Gifford. Nicht die Una, die ich gekannt hatte, sondern eine Una, die Jahre der Qual und der Trennung zu einer erschreckenden Lieblichkeit verherrlicht hatten. Ihr Gesicht war wie eine von Dunkelheit umfangene traurige Blume geworden. Es schien in seinem eigenen, es überflutenden Leuchten erstarrt. Alle diese Erinnerungen an sie, die ich eifersüchtig bewahrt hatte und die ein wenig hinuntergedrückt worden waren wie feiner Tabak unter dem Finger eines Pfeifenrauchers, hatten plötzlich eine zündende Verschönerung erfahren. Die Blässe ihrer Haut wurde durch den marmornen Schimmer erhöht, den ihr der schwelende Brand der Erinnerung verlieh. Der Kopf drehte sich langsam auf dem kaum wahrnehmbaren Hals. Die Lippen waren durstig geöffnet, sie waren außergewöhnlich lebendig und leicht verletzlich. Es wirkte wie der losgelöste Kopf einer Träumerin, die mit geschlossenen Augen nach den begierigen Lippen eines aus weiter Ferne herbeigerufenen Mannes sucht. Und wie die Windungen exotischer Schlinggewächse, die in der Nacht sich krümmen und peitschend bewegen, fanden sich schließlich unsere Lippen nach endlosem Suchen, schlossen und versiegelten die Wunde, die bis dahin unaufhörlich geblutet hatte. Es war ein Kuß, der die Erinnerung an jeden Schmerz ertränkte; er schloß und heilte die Wunde. Er währte eine endlose Zeit, eine vergessene Zeitspanne, wie zwischen zwei Träumen, an die man sich nicht mehr erinnert. Und dann, als seien die Schwingen der Nacht leise zwischen uns geraten, waren wir getrennt und schauten einander an, wobei wir die wogenden Schleier der Dunkelheit mit einem einzigen hypnotischen Blick durchdrangen. So wie zuvor die feuchten Lippen aufeinandergeheftet – wie flaumige, zarte Blumenblätter, die von einem Sturm geschüttelt werden –, so wurden jetzt die Augen vereint, zusammengeschweißt von dem elektrischen Strom eines lange vorenthaltenen Wiedererkennens. In keinem der beiden Fälle schienen geistige Kräfte im geringsten mitzuwirken: Alles geschah ohne Überlegung und ungewollt. Es war wie die Verbindung von zwei Magneten, die Verbindung ihrer stumpfen grauen Enden. Die ewig suchenden Teile hatten schließlich zusammengefunden. In dieser lautlosen, geladenen Verschmelzung machte sich allmählich ein anderer Eindruck bemerkbar: der Klang unserer alten Stimme. Eine einzige Stimme, die gleichzeitig sprach und antwortete: ein zweizinkiger Ton, der zuerst wie eine Frage klang, aber immer wie das angenehme Plätschern einer Welle erstarb. Es war zuerst nicht leicht, sich vor Augen zu halten, daß dieser Monolog die Vermählung zweier verschiedener Stimmen war. Es war wie das Spiel von zwei Fontänen, die aus derselben Quelle und mit demselben Strahl gespeist werden und sprudeln.

Dann wurde auf einmal alles unterbrochen, eine nasse Sandschicht löste sich von dem oberen Ufer, eine tiefdunkle Substanz höhlte plötzlich ein Loch aus, ließ eine dünne, trügerisch leuchtendweiße Kruste zurück, auf die der ahnungslose Fuß treten würde, um ins Verderben zu stürzen.

Ein Interim von kleinen Toden, alle schmerzlos, so als seien die Sinne ebenso viele Orgelklappen und als habe eine unsichtbare gütige Hand geistesabwesend den Luftstrom abgedrosselt.

Nun liest sie laut bekannte Stellen aus einem Buch vor, das ich schon gelesen haben muß. Sie liegt auf dem Bauch, auf die Ellenbogen gestützt, den Kopf in die beiden Handflächen gelegt. Sie zeigt mir das Profil ihres Gesichtes, und die weiße Undurchsichtigkeit des Fleisches ist wie mit einer glatten Schicht bedeckt und duftig. Die Lippen sind wie zermalmte Geraniumblätter, zwei fehlerlos in ihren Scharnieren spielende Blütenblätter, die sich öffnen und schließen. Die Worte sind melodiös verkleidet. Sie kommen aus einem Lautsprecher, der mit einem Baumwollstoff bespannt ist.

Erst als ich erkenne, daß es meine eigenen Worte sind – Worte, die nie zu Papier gebracht, sondern im Kopf geschrieben wurden –, bemerke ich, daß sie nicht mir, sondern einem neben ihr liegenden jungen Mann vorliest. Er liegt auf dem Rücken und blickt mit der Aufmerksamkeit des Anbeters zu ihr auf. Nur diese zwei sind vorhanden, und die Welt existiert für sie nicht. Es ist keine Frage des Raumes, was mich von ihnen trennt, sondern eine weltweite Kluft. Es gibt keine Verbindungsmöglichkeit mehr – sie schweben im Raum auf einem Lotosblatt. Wir sind voneinander abgeschnitten. Verzweifelt versuche ich, eine Botschaft über den leeren Raum hinweg zu senden, sie wenigstens wissen zu lassen, daß die bezaubernden Worte aus dem embryonalen Buch meines Lebens sind. Aber sie ist unerreichbar für mich. Sie liest weiter, und ihre Verzückung nimmt zu. Ich bin verloren und vergessen.

Dann, nur einen Augenblick lang, wendet sie mir ihr Gesicht voll zu, die Augen verraten kein Anzeichen des Erkennens. Sie sind nach innen gerichtet, wie in tiefer Meditation. Die Fülle des Gesichtes ist fort, die Umrisse des Schädels treten betont hervor. Sie ist noch schön, aber es ist nicht mehr der Zauber von Stern und Fleisch, sondern die geisterhafte Schönheit der unterdrückten Seele, die stolz und echt aus dem Spektrum des Todes hervorgeht. Eine flüchtige Wolke der Erinnerung zieht über die leere Landkarte ihrer markanten Gesichtszüge. Sie, die lebendig, fleischgeworden, eine gequälte Blume in dem Spalt der Erinnerung war, entschwindet jetzt wie Rauch aus dem Reich des Schlafes. Ob sie im Schlaf – vielleicht im Traum – gestorben war oder ob ich selbst gestorben war und sie auf der jenseitigen Seite schlafend und träumend gefunden hatte, das vermochte ich nicht zu sagen. Einen grenzenlosen Augenblick lang hatten sich unsere Pfade gekreuzt, die Vereinigung hatte sich vollzogen, die Wunde der Vergangenheit war gestillt. Fleischgeworden oder körperlos, wir fuhren jetzt hinaus in den Raum, jeder auf seiner eigenen

Bahn, jeder von seiner eigenen Musik begleitet. Die Zeit, mit ihrem endlosen Gefolge von Schmerz, Trauer und Trennung, war zusammengebrochen. Wir waren wieder in dem zeitlosen Blau, einer von dem anderen entfernt, aber nicht mehr getrennt. Wir kreisten wie die Sternbilder, drehten uns in den gehorsamen Bahnen der Sterne. Hier war nichts als das lautlose Tönen der Sternstrahlen, die hellen Zusammenstöße schwebender Federn, die mit funkelndem Glanz ihren Weg auf der feurigen Klangspur zu den Bereichen der Engel machten.

Da wußte ich, daß ich die Seligkeit gefunden hatte, daß Seligkeit die Welt oder der Zustand der Welt ist, wo die Schöpfung regiert. Ich wußte auch etwas anderes: daß es enden würde, wenn es nur ein Traum war, und wenn es kein Traum war . . .

Meine Augen waren offen, und ich befand mich in einem Zimmer – demselben Zimmer, in dem ich am Abend vorher zu Bett gegangen war.

Andere würden sich damit begnügen, es einen Traum zu nennen. Aber was ist ein Traum? Wer erlebte was? Und wo und wann?

Ich war wie betäubt von den verschwundenen Herrlichkeiten der geisterhaften Reise. Ich konnte weder zurückkehren noch fortgehen. Ich lag mit halbgeschlossenen Augen im Bett und ließ die Prozession einschläfernder Bilder, die wie gespenstische Wachtposten von Station zu Station die dünne Grenze des Schlafes entlang vorüberzogen, vorbeigleiten. Erinnerungen an andere wache Bilder drängten sich ein und hinterließen dunkle Flecken auf der hellen Spur, die von dem Durchzug der autochthonen Geister hinterlassen wurde. Da war jene Una, der ich an einem Sommertag zum Abschied zugewinkt hatte, und jene, der ich den Rücken zugewandt hatte und deren Blick mir die Straße hinunter gefolgt war, und an der Ecke, als ich mich umdrehte, fühlte ich diesen Blick mich durchbohren und wußte, daß – wohin ich auch gehen und wie sehr ich auch versuchen würde zu vergessen – dieser flehentliche Blick für immer zwischen meinen Schulterblättern eingegraben sein würde. Es gab noch eine andere Una, die mir Jahre später, als wir uns zufällig auf der Straße vor ihrem Haus begegneten, ihr Schlafzimmer zeigte. Eine veränderte Una, die nur im Traum aufblühte. Die Una, die einem anderen Mann gehörte, die von der ehelichen Brut umgebene Una. Ein sich wiederholender, angenehmer, trivialer und tröstlicher Traum. Quälend kehrte er in einer fast mathematisch exakten Konfiguration wieder. Geleitet von meinem Doppelgänger George Marshall, stand ich vor ihrem Haus und wartete wie ein Astlochgucker, daß sie mit aufgekrempelten Ärmeln herauskam und ein wenig Luft schöpfte. Nie wurde sie unserer Anwesenheit gewahr, obwohl wir in Lebensgröße und nur wenige Schritte von ihr entfernt dastanden. Das bedeutete, daß ich den Vorzug hatte, sie in Muße zu betrachten, ja sogar mit meinem Gefährten und Führer ihre hervorstechenden Eigenschaften zu besprechen. Sie sah immer gleich aus – die vollerblühte Matrone. Ich sah mich satt an ihr und ging dann ruhig fort. Es war dunkel, und ich machte eine verzweifelte Anstrengung, mich an den Namen der Straße zu erinnern, die ich aus irgendeinem Grund nie ohne Hilfe finden konnte. Aber an der Ecke, wo ich das Straßenschild suchte, wurde die Dunkelheit ein dichter schwarzer Mantel. Ich wußte, daß mich dann George Marshall am Arm nehmen und sagen würde: »Mach dir keine Sorgen, ich weiß, wo es ist . . . Ich werde dich eines Tages wieder hierherbringen.« Und dann würde George Marshall, mein Doppelgänger, Freund und Verräter, mir plötzlich entwischen, und ich würde zurückbleiben, um in den schmutzigen Bezirken eines anrüchigen Stadtviertels, das nach Verbrechen und Laster roch, umherzustolpern.

Von Kneipe zu Kneipe würde ich wandern, immer schief angesehen, beschimpft und gedemütigt, oft herumgepufft und gestoßen wie ein Hafersack. Immer wieder würde ich mich auf dem Pflaster liegen finden, wobei mir Blut aus Mund und Ohren rann, meine Hände zu Fetzen zerschnitten, mein Körper ein großer Klumpen voll blauer Flecke und Platzwunden. Es war ein schrecklicher Preis, den ich dafür zu zahlen hatte, daß ich sie Luft schöpfen sah. Aber es lohnte sich! Und wenn ich in meinen Träumen George Marshall herankommen sah, das Versprechen hörte, das seine beruhigenden Begrüßungsworte immer enthielten, begann mein Herz rasend zu klopfen, und ich beschleunigte meine Schritte, um gerade im richtigen Augenblick vor ihrem Haus anzukommen. Seltsam, daß ich niemals allein meinen Weg finden konnte. Seltsam, daß gerade George Marshall derjenige sein mußte, der mich zu ihr führte, denn George Marshall hatte nie etwas anderes in ihr gesehen als ein gefälliges Stück Fleisch. Aber George Marshall, durch eine unsichtbare Schnur mit mir verbunden, war der stille Zeuge eines Dramas gewesen, das seine ungläubigen Augen verleugnet hatten. Und so konnte im Traum George Marshall wieder mit verwunderten Augen dreinschauen. Auch er konnte eine gewisse Zufriedenheit darin finden, die Wegkreuzung wiederzuentdecken, wo sich unsere Wege getrennt hatten.

Jetzt erinnerte ich mich plötzlich an etwas, was ich vollkommen vergessen hatte. Ich öffnete weit die Augen, wie um über das Stück ferner Vergangenheit hinwegzustarren und freien Durchblick zu finden. Ich sehe den Hinterhof, wie er während des langen Winters war, die schwarzen Äste der Ulmen mit Eis verbrämt, der Boden hart und kahl, der Himmel mit Zink und Laudanum bekleckst. Ich bin der Gefangene in dem Haus unangebrachter Liebe. Ich bin August Angst, der sich einen melancholischen Bart wachsen läßt. Ich bin eine Drohne, deren einzige Funktion es ist, Samenfäden in den Spucknapf der Pein zu schießen. Ich bringe Orgasmen mit zygomatischem Fanatismus zuwege. Ich beiße in den Bart, der ihren Mund wie Moos bedeckt. Ich kaue dicke Stücke aus meiner eigenen Melancholie und spucke sie aus wie Kakerlaken.

Den ganzen Winter hindurch geht es so weiter – bis zu dem Tag, an dem ich nach Hause komme und sie auf dem Bett in einer Blutlache liegen finde. Im Toilettentisch hat der Arzt das Produkt der sieben Monate »Zahnweh« in ein Handtuch eingewickelt dagelassen. Es ist wie ein Homunkulus, die Haut dunkelrot, und es hat Haare und Nägel. Es ist tot in der Schublade des Toilettentisches – ein aus der Dunkelheit herausgerissenes und in die Dunkelheit zurückgestoßenes Leben. Es hat keinen Namen noch wurde es jemals geliebt oder betrauert. Es wurde mit den Wurzeln herausgerissen, und wenn es schrie, hörte es niemand. Welches Leben es auch hatte, es wurde im Schlaf gelebt und verloren. Sein Tod war nur ein weiteres, tieferes Eintauchen in diesen Schlaf, aus dem es nie erwachte.

Ich stehe am Fenster und blicke gedankenlos über den öden Hof auf das Fenster gegenüber. Eine Gestalt huscht undeutlich hin und her. Als ich ihr mit leerem Blick folge, regt sich eine leise Erinnerung, flimmert und zerrinnt. Es bleibt mir überlassen, mich in dem Morast sumpfiger Phantastereien zu wälzen. Ich stehe traurig und aufrecht da wie die Totenstarre selbst. Ich bin der König von Silizium, und mein Reich umschließt alles, was trübe und verdorben ist.

Carlotta liegt quer auf dem Bett, ihre Füße baumeln über den Rand. Sie wird so daliegen, bis der Arzt kommt und sie wieder ins Leben zurückruft. Die Hauswirtin wird kommen und die Bettwäsche erneuern. Der Leichnam wird in der üblichen Weise aufgebahrt werden. Man wird uns sagen, daß wir ausziehen müssen, das Zimmer wird desinfiziert, das Verbrechen bleibt amtlich unangemeldet. Wir werden eine andere Bleibe mit einem Bett, einem Ofen und einer Kommode finden. Wir werden wieder denselben Trott von Essen, Schlafen, Fortpflanzen und Begraben aufnehmen. August Angst wird Tracy le Crêvecœur Platz machen. Er wird ein arabischer Ritter mit einem Penis aus kühlem Jade sein. Er wird nur Gewürze und Zutaten essen und seinen Samen unbekümmert verspritzen. Er wird vom Pferd steigen, seinen Penis wie ein Klappmesser zusammenlegen und seinen Platz bei den anderen Zuchthengsten einnehmen, denen man den Samen abgenommen hat.

Diese hin und her flitzende Gestalt war Una Gifford. Wochen später, nachdem Carlotta und ich in eine andere Wohnung übersiedelt waren, begegneten wir uns auf der Straße vor ihrem Haus. Ich ging mit ihr hinauf und blieb etwa eine halbe Stunde, vielleicht auch länger, aber alles, woran ich mich noch erinnern kann, ist, daß sie mich ins Schlafzimmer führte und mir das Bett zeigte, ihrer beider Bett, in dem bereits ein Kind zur Welt gekommen war.

Nicht lange danach gelang es mir, Carlottas besitzergreifenden Klauen zu entrinnen. Am Ende hatte ich ein Verhältnis mit Maude. Als wir ungefähr drei Monate verheiratet waren, fand eine höchst unerwartete Begegnung statt. Ich war eines Abends allein ins Kino gegangen. Das heißt, ich hatte meine Eintrittskarte gekauft und das Lichtspieltheater betreten. Ich mußte einige Augenblicke warten, bis ein Platz gefunden wurde. In dem gedämpften Licht kam eine Platzanweiserin mit einer Taschenlampe auf mich zu. Es war Carlotta. »Harry!« rief sie und stieß einen leisen Schrei wie ein verwundetes Reh aus. Sie war zu überwältigt, um viel zu sagen. Unverwandt sah sie mich mit groß und feucht gewordenen Augen an. Ich erschlaffte rasch unter der beständigen, stummen Anklage. »Ich werde dir einen Platz suchen«, sagte sie schließlich, und als sie mich zu einem Sessel führte, murmelte sie mir ins Ohr: »Ich will versuchen, dich nachher zu treffen.«

Ich hielt den Blick unverwandt auf die Leinwand gerichtet, aber meine Gedanken wanderten wie ein verzehrendes Buschfeuer. Es mag Stunden gedauert haben, daß ich so dasaß, wobei mir der Kopf von Erinnerungen schwirrte. Plötzlich merkte ich, daß sie auf den Platz neben mir geglitten war und meinen Arm ergriffen hatte. Rasch legte sie ihre Hand auf meine, und als sie meine Finger drückte, schaute ich sie an und sah Tränen ihre Wangen herunterlaufen. »Mein Gott, Harry, es ist schon so lange her«, wisperte sie, und damit wanderte ihre Hand zu meinem Bein und umklammerte es inbrünstig, gerade über dem Knie. Sofort tat ich dasselbe, und wir saßen so eine Weile da mit versiegelten Lippen, die Augen mit leerem Blick auf die flimmernde Leinwand gerichtet.

Gleich darauf brandete eine Woge der Leidenschaft über uns hin, und unsere Hände tasteten heftig nach dem brennenden Fleisch. Kaum hatten wir gefunden, was wir suchten, als der Film zu Ende war und die Lichter aufleuchteten.

»Ich werde dich nach Hause bringen«, sagte ich, als wir auf den Gang hinausstolperten. Meine Stimme klang dumpf und heiser, meine Kehle war trocken, meine Lippen wie ausgedörrt. Sie schob ihren Arm in meinen, preßte ihren Schenkel an meinen. Wir wankten dem Ausgang zu. Im Foyer blieb sie einen Augenblick stehen, um ihr Gesicht zu pudern. Sie hatte sich nicht sehr verändert. Die Augen waren größer, kummervoller geworden. Sie waren glänzend und beunruhigend. Ein malvenfarbenes Kleid aus einem enganliegenden, dünnen Stoff zeigte vorteilhaft ihre Figur. Ich blickte auf ihre Füße und erinnerte mich plötzlich, daß sie immer sehr klein und geschmeidig gewesen waren – die flinken Füße eines Menschen, der nie alt werden würde.

Im Taxi begann ich ihr zu erzählen, was sich ereignet hatte, seitdem ich fortgelaufen war, aber sie legte mir die Hand auf den Mund und bat mich, es ihr erst zu erzählen, wenn wir heimkamen. Dann, immer noch die Hand auf meinen Lippen, fragte sie: »Du bist verheiratet, nicht wahr?« Ich nickte. »Ich wußte es«, murmelte sie, und dann zog sie ihre Hand weg.

Im nächsten Augenblick warf sie die Arme um mich. Indem sie mich ungestüm küßte, schluchzte sie die Worte hervor: »Harry, Harry, du hättest mich nie so behandeln sollen. Du hättest mir alles sagen können – alles. Du warst schrecklich grausam, Harry. Du hast alles getötet.«

Ich hielt sie eng umschlungen, zog ihr Bein über meines und schob rasch meine Hand ihren Schenkel hoch, bis sie in der Gabelung landete. Das Taxi hielt plötzlich, und wir lösten uns voneinander. Ich folgte ihr zitternd die Stufen hinauf, ohne zu wissen, was mich, sobald wir im Haus waren, erwartete. Als die Haustür sich hinter uns schloß, flüsterte sie mir ins Ohr, daß ich mich leise verhalten müßte. »Georgie darf dich nicht hören. Er ist sehr krank . . . er stirbt, fürchte ich.«

Der Hausflur war stockdunkel. Ich mußte sie bei der Hand halten, als sie mich die zwei langen, gewundenen Treppenabsätze zum Dachgeschoß hinaufführte, wo sie und ihr Sohn ihre Tage beendeten. Sie drehte ein gedämpftes Licht an, und den Zeigefinger an die Lippen gelegt, deutete sie auf die Couch. Dann stand sie da, das Ohr an die Tür zum Nebenzimmer gelegt, und lauschte gespannt, um sich zu versichern, daß Georgie schlief. Schließlich trat sie auf Zehenspitzen neben mich und setzte sich behutsam auf den Rand der Couch. »Sei vorsichtig«, flüsterte sie, »sie quietscht.«

Ich war so verwirrt, daß ich weder flüsterte noch einen Muskel rührte. Was Georgie tun würde, wenn er mich hier sitzen sähe, wagte ich nicht auszudenken. Er starb also schließlich. Ein schreckliches Ende. Und hier waren wir und saßen wie zwei schuldbewußte Mumien in einer armseligen Dachstube. Und doch, so überlegte ich, war es vielleicht ein Glück, daß diese kleine Szene sich nur in gedämpften Tönen abspielen konnte. Weiß Gott, welch schreckliche Worte des Vorwurfs sie mir vielleicht an den Kopf geschleudert hätte, wenn sie laut hätte sprechen dürfen.

»Lösch das Licht aus!« bat ich mit stummer Pantomime. Als sie aufstand, um zu gehorchen, deutete ich auf den Fußboden, um anzudeuten, daß ich mich neben die Couch legen wollte. Es dauerte einige Augenblicke, bevor sie sich zu mir auf den Boden gesellte. Sie stand in einer Ecke und zog verstohlen ihre Sachen aus. Ich beobachtete sie bei dem schwachen Licht, das durch die Fenster sickerte. Während sie nach einer Hülle suchte, um sie über ihre nackte Gestalt zu werfen, knöpfte ich schnell meinen Hosenschlitz auf.

Es war schwierig, sich zu bewegen, ohne ein Geräusch zu machen. Sie schien in Angst bei dem Gedanken, Georgie könnte uns hören. Ich begriff, daß sie mich bequemerweise für sein Leiden verantwortlich machte. Ich verstand, daß sie sich still dareingefügt hatte und nun vor dem letzten Schrecken des Verrats zurückscheute.

Sich zu bewegen, ohne zu atmen, uns zu umschlingen, einander zu ficken mit einer Leidenschaft, wie wir sie nie zuvor empfunden hatten, und doch kein Geräusch zu machen, erforderte eine Geschicklichkeit und eine Geduld, daß ein Verweilen herrlich gewesen wäre, hätte sich nicht etwas anderes ereignet, was mich tief ergriff . . . Sie weinte tränenlos. Ich konnte es in ihr gurgeln hören wie in dem Spülkasten einer Toilette, der nicht aufhören will zu laufen. Und obschon sie mich mit einem ängstlichen Gewisper gebeten hatte, es nicht kommen zu lassen, da sie sich wegen des Geräusches und wegen Georgie im Nebenzimmer nicht ausspülen konnte, obwohl ich wußte, daß sie von der Sorte war, bei der es schnappt, wenn man sie nur ansieht – trotzdem und vielleicht mehr des stillen Weinens wegen, mehr, weil ich dem Gurgeln ein Ende bereiten wollte, kam und kam ich immer wieder. Auch sie bekam einen Orgasmus nach dem anderen, wobei sie jedesmal wußte, daß ich eine Ladung in ihre Gebärmutter schießen würde, aber unfähig war, sich dagegen zu wehren. Kein einziges Mal zog ich meinen Schwengel heraus. Ich wartete ruhig auf das antwortende Nadelbad, stieß ihn fest wie eine Patrone hinein und drang dann vor in die elektrisierend feuchte Dunkelheit eines Mundes mit den weichen Lippen einer Artischocke. Es war etwas teuflisch Losgelöstes daran, fast als wäre ich ein Pyromane, der in einem bequemen Sessel in seinem Haus sitzt, an das er mit eigener Hand Feuer gelegt hat, wobei ich wußte, daß ich mich nicht von der Stelle rühren würde, bis der Stuhl, auf dem ich saß, zu zischen und meinen Hintern zu rösten begann.

Als ich schließlich nach draußen zum Treppenabsatz gehe und sie ein letztes Mal umarmend dastand, flüsterte sie, daß sie Geld für die Miete brauche und mich bäte, es ihr am nächsten Tag zu bringen. Und dann, als ich im Begriff war, die Treppe hinunterzugehen, zog sie mich noch einmal zurück, ihre Lippen auf mein Ohr gepreßt. »ER WIRD KEINE WOCHE MEHR ÜBERSTEHEN!« Diese Worte drangen zu mir wie durch einen Lautverstärker. Sogar heute noch, wenn ich sie mir wiederhole, kann ich den leisen pfeifenden Luftzug hören, der den Klang ihrer fast unhörbaren Stimme begleitete. Es war, als wäre mein Ohr ein Löwenzahn und jedes Samenkorn in dem dünnen Strahlenkranz eine Antenne, welche die Botschaft auffing und sie an die Decke meines Gehirns weiterleitete, wo sie mit dem dumpfen Knall einer Haubitze explodierte. »ER WIRD KEINE WOCHE MEHR ÜBERSTEHEN!« Ich sagte mir das auf dem ganzen Heimweg mindestens tausendmal vor. Und jedesmal, wenn ich diesen Refrain begann, sah ich ein photogenes Schreckensbild – einen gerade unter der Kopfhaut vom Bilderrahmen abgeschnittenen Frauenkopf. Ich sah es immer gleich – ein aus der Dunkelheit undeutlich sichtbar werdendes Gesicht, den oberen Teil des Kopfes, wie in einer Falltür gefangen. Ein von einem Kalziumleuchten umgebenes Gesicht, durch seine eigene traumhafte Anstrengung freischwebend über einer nicht zu unterscheidenden Masse sich windender Wesen, wie sie die Sumpfregionen der dunklen Ängste des Geistes bevölkern. Und dann sah ich, wie Georgie geboren wurde – ganz so, wie sie es mir einmal erzählt hatte. Geboren auf dem Fußboden des Nebenhauses, wo sie sich eingeschlossen hatte, um den Händen seines Vaters zu entrinnen, der sinnlos betrunken war. Ich sah sie zusammengekauert auf dem Boden liegen und Georgie zwischen ihren Beinen. So lag sie da, bis das Mondlicht sie mit geheimnisvollen Platinwellen überflutete. Wie sehr sie Georgie liebte! Wie sie an ihm hing! Nichts war zu gut für ihren Georgie. Dann nach Norden mit dem Nachtzug mit ihrem schwarzen Schäfchen. Sie hungerte, um Georgie zu ernähren, verkaufte sich, um Georgie durch die Schule zu bringen. Alles für Georgie.

»Du hast geweint«, sagte ich manchmal, wenn ich sie unerwartet überraschte. »Was ist los – hat er dich wieder schlecht behandelt?« Es war nicht leicht mit Georgie: Er war voll schwarzem Eiter. »Summe einmal diese Melodie«, konnte er manchmal sagen, wenn wir drei im Dunkeln dasaßen. Und sie begannen zu summen und gefühlvoll zu singen, und ein wenig später kam Georgie zu ihr her, legte die Arme um sie und weinte wie ein Kind. »Verdammt, ich bin zu nichts gut«, sagte er immer wieder. Und dann hustete er, und der Husten hörte nicht mehr auf. Wie ihre waren auch seine Augen groß und schwarz, sie starrten aus seinem eingefallenen Gesicht wie zwei glühende Kohlen. Und dann ging er fort – auf eine Ranch –, und ich dachte, vielleicht wird er wieder gesund. Eine Lunge wurde punktiert, und als sie ausheilte, wurde die andere punktiert. Und bevor die Ärzte ihre Experimente beendet hatten, war ich wie ein Bündel bösartiger Tumore, das sich blähte, um zu explodieren, die Ketten zu zerbrechen, notfalls seine Mutter umzubringen – alles, alles, nur keine Herzschmerzen, kein Elend, kein stummes Leiden mehr. Wann hatte ich sie jemals wirklich geliebt? *Wann?* Ich konnte es mir nicht denken. Ich hatte einen behaglichen Schoß gesucht und war im Nebenhaus hängengeblieben, hatte mich eingeschlossen, hatte beobachtet, wie der Mond kam und ging, hatte gesehen, wie ein blutiger Fleischbrei nach dem anderen zwischen ihren Beinen hervorkam. Phoebus! Ja, das war der Ort! Unweit von dem alten Soldatenheim. Und er, der Vater und Verführer, war sicher hinter den Gittern der Festung Monroe aufgehoben. *War*. Und dann, als niemand mehr seinen Namen erwähnte, war er eine Leiche, die in einem Sarg ein paar Häuserblocks entfernt lag, und bevor ich merkte, daß sie seinen Leib nach Norden verfrachtet hatten, hatte sie ihn begraben – mit militärischen Ehren! Du lieber Heiland! Was alles hinter dem Rücken eines Menschen passieren kann – während man zu einem Spaziergang oder in die Bibliothek ausgegangen ist, um in einem wichtigen Buch etwas nachzuschlagen! Eine Lunge, zwei Lungen, eine Abtreibung, eine Totgeburt, Venenentzündung, keine Arbeit, Untermieter, Hantieren mit Ascheneimern, Fahrräder verpfänden, auf dem Dach sitzen und die Tauben beobachten: diese gespenstischen Dinge und Geschehnisse füllen die Filmleinwand, lösen sich dann auf wie Rauch, sind vergessen, begraben, in die Aschentonne geworfen wie verfaulte Tumore, *bis* . . . zwei auf das wächserne Ohr gepreßte Lippen mit einem betäubenden Löwenzahngebrüll explodieren, worauf August Angst, Tracy le Crêvecœur und Rigor Mortis, die Totenstarre, schräg durch die Schädeldecke segeln, um frei in einem ultraviolett schimmernden Himmel zu schweben.

Am Tag nach dieser Episode gehe ich nicht wieder zu ihr zurück mit dem Geld, auch erscheine ich zehn Tage später nicht bei dem Begräbnis. Aber drei Wochen danach fühle ich mich getrieben, Maude gegenüber mein Herz auszuschütten. Natürlich erwähne ich nichts von dem gewisperten Fick auf dem Boden in jener Nacht, aber ich beichte, daß ich sie in ihre Wohnung begleitet habe. Einer anderen Frau hätte ich vielleicht alles gestanden, nicht aber Maude. So wie es ist, nachdem ich nur einen Fingerhut voll ausgeplaudert hatte, ist sie bereits so steif wie eine erschrokkene Stute. Sie hört nicht mehr zu, sondern wartet nur, bis ich ausgeredet habe, um mit absoluter Endgültigkeit sagen zu können: NEIN!

Um ihr Gerechtigkeit widerfahren zu lassen, es war ein wenig verrückt, von ihr zu erwarten, daß sie meinem Vorschlag zustimmte. Es wäre eine ungewöhnliche Frau, die hier ja sagen würde. Was wollte ich, daß sie tun sollte? Nun, Carlotta auffordern, mit uns zusammen zu leben. Ja, letzten Endes war ich zu der außergewöhnlichen Überzeugung gelangt, die einzig anständige Handlungsweise sei, Carlotta zu bitten, ihr Leben mit uns zu teilen. Ich versuchte Maude klarzumachen, daß ich Carlotta nie geliebt, nur Mitleid mit ihr hatte und deshalb in ihrer Schuld sei. Komische männliche Logik! Plemplem! Völlig plemplem. Aber ich glaubte jedes Wort, das ich sagte. Carlotta würde kommen, ein Zimmer nehmen und ihr eigenes Leben führen. Wir würden sie freundlich wie eine entthronte Königin behandeln. Es muß für Maude schrecklich hohl und unecht geklungen haben. Aber als ich dem Nachhall meiner eigenen Stimme lauschte, hatte ich das deutliche Gefühl, daß ich diese Tonwellen das schreckliche Gegurgel des Spülkastens übertönen hörte. Da Maude bereits ihren Entschluß gefaßt hatte, da niemand außer mir selbst zuhörte, da die Worte zurücksprangen wie von einem

Kürbis abprallende Auberginen, fuhr ich mit meinem Drängen fort, wurde immer ernster, immer überzeugter und immer entschlossener, meinen Willen durchzusetzen. Eine Welle überrollte die andere, ein Rhythmus folgte dem anderen: Beschwichtigung gegen Schlagen, Woge gegen Überschwang, Bekenntnis gegen Zwang, Meer gegen Bach. Schlag es nieder, versenke es, ertränke es, treibe es unter die Erde, setze einen Berg darauf! So fuhr ich fort und fort – con amore, con furioso, con connectibusque, con abulia, con aesthesia, con Silesia . . . Und die ganze Zeit hörte sie zu wie ein Fels, machte ihr kleines Herz feuerfest unter seinem Kamisol, ihrer Keksblechdose, ihrem fleischgenährten Magen und ihrem ausgeräucherten Schoß.

Die Antwort war Nein! Gestern, heute, morgen – NEIN! Endgültig Nein! Ihre ganze physische, geistige, moralische und seelische Entwicklung hatte sie zu dem großen Augenblick gebracht, wo sie triumphierend NEIN! antworten konnte. Endgültig Nein!

Wenn sie nur zu mir gesagt hätte: »Hör mal, du kannst so etwas nicht von mir verlangen! Es ist verrückt, siehst du das nicht ein? Wie würden wir miteinander auskommen, wir drei? Ich weiß, du würdest ihr gerne helfen – das möchte auch ich . . . aber –«

Hätte sie so gesprochen, dann wäre ich zum Spiegel gegangen, hätte einen langen, kühlen Blick auf mich selbst geworfen, hätte heiser gelacht wie ein rostiges Scharnier und zugestimmt, daß es völlig verrückt sei. Nicht nur das, sondern mehr . . . Ich hätte ihr zugute gehalten, daß sie wirklich etwas tun wollte, das, wie ich wußte, ihr armer Geist sich nicht ausmalen konnte. Ja, ich hätte ihr einen Pluspunkt gutgeschrieben und ihn mit einem ruhigen, verrückten Fick à la Huysmans belohnt. Ich hätte sie auf meinen Schoß genommen, wie ihr Vater im Himmel es zu tun pflegte, und gegurrt und geschnäbelt, und indem ich vorgegeben hätte, daß 986 plus 2 minus 69 macht, behutsam ihr alles bedeckendes Organdikleid hochgehoben und den Brand mit einem ätherischen Feuerlöscher erstickt.

Jedoch statt dessen vergeblich gegen eine Wand mit feuersicheren Blechplatten anzupissen machte mich so wütend, daß ich mitten in der Nacht aus dem Haus stürzte und mich auf den Weg nach Coney Island machte. Das Wetter war mild, und als ich zur Strandpromenade kam, setzte ich mich auf eine Rampe und fing zu lachen an. Ich dachte an Stanley, an den Abend, an dem ich ihm nach seiner Entlassung aus Fort Oglethorpe begegnete, an den offenen Landauer, den wir mieteten, und die auf dem Sitz gegenüber aufgeschichteten Bierflaschen. Nach vier Jahren bei der Kavallerie wie Stanley ein Mann von Eisen. Er war innen und außen ein Rabauke, wie es nur ein Pole sein kann. Er hätte mir das Ohr abgebissen, wenn ich ihn herausgefordert hätte, und es mir vielleicht ins Gesicht gespuckt. Er hatte zweihundert Dollar in der Tasche und wollte alles noch in der gleichen Nacht verputzen. Und bevor die Nacht zur Neige ging, erinnere ich mich, daß wir beide gerade noch genug hatten, um gemeinsam ein Zimmer in einem heruntergekommenen Hotel in der Nähe von Borough Hall zu nehmen. Ich erinnere mich auch, er war so stockbetrunken, daß er nicht aus dem Bett steigen wollte, um seine Blase zu entleeren, sondern sich einfach auf die Seite drehte und einen steten Strom an die Wand pißte.

Am nächsten Tag war ich noch immer wütend. Und auch den folgenden und den Tag danach. Dieses NEIN fuchste mich. Es würden tausend Ja nötig sein, um es zu begraben. Nichts Wichtiges beschäftigte mich zu jener Zeit. Ich gab vor, meinen Lebensunterhalt mit dem Verkauf einer Buchreihe zu verdienen, die angeblich »die beste Literatur der Welt« enthielt. Ich war noch nicht zu dem Lexikon-Stadium herabgesunken. Der Gauner, der mich in dieses Geschäft eingeführt hatte, verstand mich zu hypnotisieren. Ich verkaufte alles in einem posthypnotischen Trancezustand. Manchmal wachte ich mit glänzenden Ideen auf, das heißt ein wenig krimineller oder eindeutig halluzinatorischer Art. Jedenfalls noch immer stinkwütend, immer noch zornig, erwachte ich eines Morgens, wobei dieses Nein mir noch immer in den Ohren nachdröhnte. Ich verzehrte mein Frühstück, als mir plötzlich einfiel, daß ich nie Kusine Julie abgeklappert hatte. Maudes Kusine Julie. Sie war jetzt verheiratet, gerade lange genug, stellte ich mir vor, um nach einer kleinen Rhythmusänderung zu verlangen. Julie würde mein erster Besuch gelten. Ich würde behutsam vorgehen, gerade kurz vor dem Essen hereinplatzen, ihr eine Buchreihe verkaufen, eine gute Mahlzeit haben, meinem Schwengel eine kleine Abwechslung gönnen und dann in ein Kino gehen.

Julie wohnte am oberen Ende von Manhattan in einem tapezierten Brutkasten. Ihr Mann war ein Einfaltspinsel, soweit ich herausfinden konnte. Das heißt, er war ein völlig normales Exemplar, verdiente ehrlich seinen Lebensunterhalt und gab je nach Lust und Laune seinen republikanischen oder demokratischen Wahlzettel ab. Julie war eine gutmütige Schlampe, die nie etwas Aufregenderes las als die *Saturday Evening Post*. Sie war nichts anderes als ein Stück Hintern mit gerade so viel Verstand, um zu wissen, daß man nach einem Fick eine Spülung machen und, wenn das nichts hilft, eine Stopfnadel nehmen muß. Sie hatte das Stopfnadel-Kunststück so häufig vollführt, daß sie es zu einer Kunstfertigkeit darin gebracht hatte. Sie hätte eine Blutung sogar dann herbeiführen können, wenn es sich um eine unbefleckte Empfängnis gehandelt hätte. Ihr Hauptgedanke war, sich wie ein betrunkenes Wiesel dabei zu amüsieren und es so schnell wie möglich wieder aus dem Organismus zu kriegen. Sie würde nicht davor zurückschrecken, einen Meißel oder einen Schraubenschlüssel zu nehmen, wenn sie glaubte, eines von beiden sei das geeignete Werkzeug für ihre Zwecke.

Ich war ein wenig verblüfft, als sie an die Tür kam. Ich hatte nicht an die Veränderung gedacht, die ein Jahr bei einem weiblichen Wesen bewirken kann, ebensowenig hatte ich bedacht, wie die meisten Weiber um elf Uhr vormittags aussehen, wenn sie keinen Besuch erwarten. Um grausam genau zu sein, sie sah aus wie ein Stück kaltes Fleisch, das mit Ketchup besprenkelt und in den Eisschrank zurückgestellt worden war. Die Julie, die ich zuletzt gesehen hatte, war im Vergleich dazu ein Traumbild. Ich mußte in aller Eile ein wenig umdisponieren, um mich der Situation anzupassen.

Natürlich war ich mehr in der Laune zu verkaufen als zu ficken. Doch schon bald merkte ich, daß ich, um zu verkaufen, würde ficken müssen. Julie konnte einfach nicht verstehen, was zum Teufel über mich gekommen war, daß ich so mir nichts, dir nichts zu ihr hereingeschneit kam und versuchte, ihr einen Stapel Bücher aufzuhängen. Ich konnte ihr nicht gut sagen, es würde ihrem Verstand zugute kommen, denn sie besaß keinen und wußte das auch und war nicht im geringsten verlegen, das zuzugeben.

Sie ließ mich einige Minuten allein, um sich aufzutakeln. Ich begann den Prospekt zu lesen. Ich fand ihn so fesselnd, daß ich mir beinahe selbst eine Buchreihe verkauft hätte. Ich las gerade einen Absatz über Coleridge, was für eine wundervolle Geistesgröße er war (und ich hatte ihn immer für einen Scheißkerl gehalten!), als ich merkte, daß sie auf mich zukam. Sie war so interessant, diese Stelle, daß ich mich, ohne aufzublicken, entschuldigte und weiterlas. Sie kniete sich hinter mich auf die Couch und begann über meine Schulter hinweg mitzulesen. Ich fühlte, wie ihre wabbligen Piezen mich antippten, aber ich war zu vertieft, die Vielseitigkeit von Coleridges erstaunlichem Geist zu verfolgen, um mich von ihren vegetabilen Anhängseln stören zu lassen.

Plötzlich flog mir der schön gebundene Prospekt aus der Hand.

»Wozu liest du diesen Quatsch?« schrie sie, wirbelte mich herum und hielt mich an den Ellbogen fest. »Ich verstehe kein Wort davon, und ebensowenig tust du das, möchte ich wetten. Was ist los mit dir – kannst du keine Arbeit für dich finden?«

Ein schiefes, dummes Grinsen breitete sich langsam über ihr Gesicht. Sie sah aus wie ein teutonischer Engel, der die Stirn in Denkerfalten zu legen versucht. Ich stand auf, holte den Prospekt und erkundigte mich, wie es mit dem Mittagessen stand.

»Allmächtiger, deine Unverschämtheit gefällt mir!« sagte sie. »Was zum Teufel glaubst du denn, daß ich bin?«

Hier mußte ich so tun, als scherzte ich nur, aber nachdem ich meine Hand ihren Busen hatte hinuntergleiten lassen und eine Weile mit der Spitze ihrer rechten Brustwarze gespielt hatte, brachte ich das Gespräch geschickt auf das Thema Essen zurück.

»Hör zu, du hast dich verändert«, meinte sie. »Mir gefällt die Art nicht, wie du sprichst – oder handelst?« Hier schob sie ihre Titte fest zurück, als wäre sie ein Ballen nasse Socken, den man in einen Wäschebeutel stopft. »Merke dir, ich bin eine verheiratete Frau, bist du dir dessen bewußt? Weißt du, was Mike mit dir anstellen würde, wenn er dich dabei ertappte, wie du so etwas tust?«

»Du bist selber ein wenig verändert«, sagte ich, stand auf und schnupperte in die Luft auf der Suche nach Futter. Alles, was ich jetzt wollte, war nur etwas zum Essen. Ich weiß nicht warum, aber ich hatte mir in den Kopf gesetzt, daß sie mir eine gute Mahlzeit auftischen sollte – das war das mindeste, was sie für mich tun konnte, diese Mondkuh mit Schlagseite.

Die einzige Art, etwas aus ihr herauszuholen, bestand darin, sie kräftig herzunehmen. Ich mußte mich so stellen, als geriete ich in Leidenschaft, die Backen ihres tumorigen Hintern traktieren. Und doch nicht zu leidenschaftlich, denn das würde einen schnellen Fick und vielleicht kein Mittagessen bedeuten. Wenn die Mahlzeit gut war, würde ich ihr vielleicht einen auf die schnelle Tour verpassen, dachte ich bei mir, während ich an ihr herumfuhrwerkte.

»Du meine Güte, na schön, ich bringe dir ein Essen«, stieß sie hervor, wobei sie wie ein blinder Bücherwurm meine Gedanken las.

»Fein«, schrie ich fast. »Was gibt es denn?«

»Komm mit und schau selbst«, antwortete sie, zog mich in die Küche und öffnete den Eisschrank.

Ich sah Schinken, Kartoffelsalat, Ölsardinen, rote Bete, Reispudding, Apfelmus, Frankfurter Würstchen, Essiggurken, Selleriestengel, Rahmkäse und ein besonderes Brechmittelgericht mit Mayonnaise darauf, von dem ich wußte, daß ich es nicht mochte.

»Stellen wir alles 'raus«, schlug ich vor. »Und hast du Bier?«

»Tja – und Senf auch«, knurrte sie.

»Brot?«

Sie warf mir einen Blick unverhohlenen Abscheus zu. Ich zerrte die Sachen schnell aus dem Eisschrank heraus und stellte sie auf den Tisch.

»Du machst besser auch Kaffee dazu«, sagte ich.

»Vermutlich möchtest du auch noch Schlagrahm, was? Weißt du, ich könnte dich vergiften. Du lieber Himmel, wenn du in Verlegenheit bist, könntest du mich bitten, dir etwas zu leihen . . . du solltest nicht hierherkommen und versuchen, mir einen Haufen Schund anzudrehen. Wenn du ein bißchen netter gewesen wärest, hätte ich dich in ein Restaurant zum Essen eingeladen. Ich habe Karten fürs Theater. Wir hätten es uns gemütlich machen können . . . vielleicht hätte ich sogar die blöden Bücher gekauft. Mike ist kein schlechter Kerl. Er hätte die Bücher gekauft, auch wenn wir nicht daran denken würden, sie zu lesen. *Wenn er glaubte, du brauchtest Hilfe* . . . Du kommst herein und behandelst mich, als wäre ich Dreck. Was habe ich dir denn getan? Ich verstehe es nicht. Lach nicht! Es ist mir Ernst. Ich weiß nicht, warum ich mir das von dir gefallen lassen sollte. Wer zum Teufel glaubst du, daß du bist?«

Sie knallte einen Teller vor mich hin. Dann machte sie auf dem Absatz kehrt und ging in die Küche. Ich blieb mit all den vor mir aufgehäuften Speisen allein zurück.

»Komm, komm, nimm es nicht so tragisch!« sagte ich und schaufelte eine Gabelvoll in den Mund. »Du weißt, daß ich es nicht persönlich gemeint habe.« (Das Wort »persönlich« kam mir höchst ungereimt vor, aber ich wußte, daß es ihr gefallen würde.)

»Persönlich oder nicht, ich leiste dir nicht Gesellschaft«, gab sie zurück. »Du kannst dich satt fressen und fortgehen. Ich mache dir einen Kaffee. Aber ich will dich nie wiedersehen. Du bist abscheulich.«

Ich legte Messer und Gabel hin und ging in die Küche. Die Sachen waren sowieso kalt, also würde es nichts ausmachen, wenn ich ein paar Minuten dazu verwendete, ihre Gefühle zu besänftigen.

»Es tut mir leid, Julie«, sagte ich und versuchte, den Arm um sie zu legen. Sie stieß mich ärgerlich weg. »Siehst du –« und ich begann ein wenig Gefühl in meine Worte zu legen – »Maude und ich, wir kommen nicht sehr gut miteinander aus. Wir hatten heute morgen einen schlimmen Streit. Ich muß schlechter Laune gewesen sein . . .«

»Ist das ein Grund, es an mir auszulassen?«

»Nein, bestimmt nicht. Ich weiß nicht, ich war heute morgen verzweifelt. Deshalb bin ich zu dir gekommen. Und dann, als ich dich bearbeitet habe . . . ich meine, um dir die Bücher zu verkaufen . . . schämte ich mich vor mir selbst. Ich hätte dich die Bücher nicht nehmen lassen, auch wenn du so getan hättest, als wolltest du sie haben . . .«

»Ich weiß schon, was mit dir los ist«, unterbrach sie mich. »Du warst enttäuscht von meinem Aussehen. *Ich habe mich verändert*, das ist das Ganze. Und du bist ein schlechter Verlierer. Du willst es an mir auslassen – aber es ist deine eigene Schuld. Du hast eine schöne Frau . . . warum bleibst du nicht bei ihr? Jeder hat einmal Streitigkeiten – ihr beiden seid nicht die einzigen in der Welt. Laufe ich vielleicht gleich zu einem anderen Mann fort, wenn die Dinge nicht so sind, wie sie sein sollten? Wohin zum Teufel kämen wir da? Mike ist kein Engel . . . niemand, glaube ich, ist das. Du benimmst dich wie ein verwöhntes Kind. Was glaubst du, daß das Leben ist, *ein feuchtfröhlicher Traum*?«

Diese Rede konnte nicht einfach mit Lachen abgetan werden. Ich mußte sie bitten, sich zu setzen und mir beim Essen Gesellschaft zu leisten, mir eine Möglichkeit zu geben, mich deutlicher zu erklären. Widerstrebend gab sie nach.

Es war eine lange, ausgedehnte Geschichte, die ich ihr auftischte, während ich ein Gericht nach dem anderen wegputzte. Sie schien so beeindruckt von meiner Aufrichtigkeit, daß ich mit dem Gedanken zu spielen begann, wieder »Die beste Literatur der Welt« aufs Tapet zu bringen. Ich mußte mich behutsam auf dieses Glatteis begeben, denn diesmal sollte es so aussehen, als tue ich *ihr* einen Gefallen. Ich versuchte es so zu deichseln, als ob ich mich herbeiließ, mir von ihr helfen zu lassen. Gleichzeitig fragte ich mich, ob es sich lohnte, ob es nicht vielleicht angenehmer wäre, in die Nachmittagsvorstellung zu gehen.

Sie wurde jetzt wieder die alte, freundlich und vertrauensselig. Der Kaffee war vorzüglich, und ich hatte gerade die zweite Tasse geleert, als ich in meinen Eingeweiden ein Rumoren spürte. Ich entschuldigte mich und ging ins Badezimmer. Dort genoß ich den Luxus einer gründlichen Entleerung. Ich zog an der Kette und saß ein paar Augenblicke ein wenig verträumt und auch ein wenig wollüstig da, als ich plötzlich merkte, daß ich ein Sitzbad bekam. Ich zog noch einmal an der Kette. Das Wasser begann zwischen meinen Beinen hindurch auf den Boden überzufließen. Ich sprang auf, trocknete meinen Hintern mit einem Handtuch, knöpfte meine Hose zu und schaute entsetzt zum Spülkasten hinauf. Ich versuchte alles, was ich mir denken konnte, aber das Wasser stieg weiter und lief über – und mit ihm kamen ein oder zwei gesunde Kothaufen und ein Durcheinander von Klosettpapier. In einer Panik rief ich Julie. Durch den Türspalt bat ich sie, mir zu sagen, was ich tun sollte.

»Laß mich 'rein, ich bringe es in Ordnung«, sagte sie.

»Sag's mir«, bat ich. »Ich mach's schon. Du kannst jetzt noch nicht 'reinkommen.«

»Ich kann es nicht erklären«, beharrte Julie, »du wirst mich 'reinlassen müssen.«

Es war nicht zu ändern, ich mußte die Tür öffnen. Nie in meinem Leben war ich verlegener. Der Boden war in einem abscheulichen Zustand. Julie jedoch machte sich eiligst an die Arbeit, als handle es sich um eine alltägliche Sache. Im Handumdrehen hatte das Wasser aufgehört zu laufen. Es blieb nur noch übrig, den Schmutz aufzuwischen.

»Hör mal, geh du jetzt 'raus«, bat ich. »Laß mich das machen. Hast du eine Kehrichtschaufel und einen Scheuerlappen?«

»*Du* gehst jetzt 'raus!« sagte sie. »Ich bringe das in Ordnung.« Und damit schob sie mich hinaus und schloß die Tür.

Ich wartete wie auf Kohlen, daß sie herauskam. Dann überkam mich eine furchtbare Angst. Es gab nur eines – sich so schnell wie möglich aus dem Staub machen.

Ich zappelte ein paar Augenblicke herum, lauschte zuerst auf dem einen Fuß stehend, dann auf dem anderen, ohne daß ich wagte, nach ihr zu sehen. Ich wußte, ich würde es nie fertigbringen, ihr ins Gesicht zu sehen. Ich schaute mich um, maß die Entfernung zur Tür, lauschte gespannt nur eben eine Sekunde, grapschte dann meine Sachen und schlich auf Zehenspitzen hinaus.

Es war eine Wohnung mit Aufzug, aber ich wartete nicht, bis er heraufkam. Ich eilte die Treppe hinunter, drei Stufen auf einmal, als verfolge mich der Teufel selber.

Als erstes ging ich in ein Restaurant und wusch gründlich meine Hände. Dort stand ein Apparat, der einen, wenn man eine Münze einwarf, mit Parfüm bespritzte. Ich ließ mich mit ein paar Spritzern bedienen und machte mich auf den Weg hinaus in den hellen Sonnenschein. Eine Weile wanderte ich ziellos dahin und verglich das schöne Wetter mit meinem unerquicklichen inneren Zustand. Bald fand ich mich unweit vom Fluß spazierengehen.

Einige Meter weiter war ein kleiner Park oder jedenfalls ein Rasenstreifen mit einigen Bänken. Ich setzte mich und fing an zu überlegen. Im Nu waren meine Gedanken zu Coleridge zurückgekehrt. Es war eine Entspannung, den Geist sich mit rein ästhetischen Problemen beschäftigen zu lassen.

Gedankenverloren schlug ich den Prospekt auf und las noch einmal das Bruchstück, das mich – vor dem schrecklichen Fiasko bei Julie – so gefesselt hatte. Ich ging von einem Beitrag zum anderen über. Auf der Rückseite des Prospekts gab es Abbildungen von Landkarten, Tabellen und Reproduktionen alter, in verschiedenen Teilen der Welt auf Tafeln und Monumenten gefundener Schriften. Ich stieß auf »die geheimnisvolle Schriftsprache« der Uiguren, die einst Europa von dem überfließenden Quell Mittelasiens her überrannt hatten. Ich las von Städten, die zwölf- und dreizehntausend Fuß himmelwärts gehoben worden waren, als die Gebirgsketten sich zu formen begannen. Ich las von Solons Gespräch mit Platon und über die siebzigtausend Jahre alten Glyphen, die in Tibet gefunden worden waren und die nur zu deutlich auf das Vorhandensein jetzt unbekannter Kontinente hindeuteten. Ich kam an die Quellen der Grundsätze des Pythagoras und las bekümmert von der Vernichtung der großen Bibliothek von Alexandria. Bestimmte Tafeln der Mayas erinnerten mich lebhaft an die Bilder von Paul Klee. Die Schriften der Alten, ihre Symbole, ihre Muster und künstlerischen Anordnungen waren verblüffend wie die Dinge, die Kinder in Kindergärten erfinden. Die Geisteskranken dagegen brachten die intellektuellste Art von Kompositionen hervor. Ich las über Laotse und Albertus Magnus, Cagliostro, Cornelius Agrippa und Jamblichus, jeder von ihnen ein Universum, jeder ein Glied in einer unsichtbaren Kette jetzt vernichteter Welten. Ich stieß auf eine Tabelle, die wie parallele Streifen von Banjo-Bünden angeordnet war und auf der waagerecht die Jahrhunderte »seit dem Anbruch der Zivilisation« und senkrecht die literarischen Gestalten der Epochen, ihre Namen und ihre Werke aufgeführt waren. Das Mittelalter stach wie blinde Fenster an der Front eines Wolkenkratzers hervor, da und dort in der großen, kahlen Mauer leuchtete ein Lichtstrahl von dem Geist eines Geistesriesen, der es fertiggebracht hatte, seiner Stimme über dem Gekrächze der versunkenen und verzweifelten Bewohner der Sumpflande Gehör zu verschaffen. Als in Europa Dunkelheit herrschte, war es anderswo hell gewesen: Der menschliche Geist war wie ein richtiggehendes Schaltbrett, er offenbarte sich oft mit Signalen und Aufleuchten über Meere der Dunkelheit hinweg. Eines zeichnete sich deutlich ab: Auf diesem Schaltbrett waren bestimmte große Geister noch immer angeschlossen, standen noch immer auf Abruf bereit. Wenn die Epoche, die diese Geister hervorgebracht hatte, versank, traten sie aus der Dunkelheit hervor wie die hochragenden Schneegipfel der Himalajaberge. Und es bestand, so schien mir, berechtigter Grund zu glauben, daß das von ihnen ausgestrahlte Licht erst erlöschen würde, wenn eine neue entsetzliche Katastrophe eintrat. Als ich den Strom der Träumerei, in die ich mich verloren hatte, abschaltete, zeichnete sich ein sphinxartiges Bild auf dem heruntergelassenen Vorhang ab: Es war das bärtige Gesicht von einem der Weisen Europas – Leonardo da Vinci. Die Maske, die er trug, um sein Ich zu verbergen, ist eine der verwirrendsten Verkleidungen, die jemals von einem Sendboten der Tiefe angelegt wurden. Der Gedanke ließ mich schaudern, was diese unerschütterlich in die Zukunft blickenden Augen gesehen hatten . . .

Ich blickte über den Hudson nach New Jersey. Es sah für mich trostlos aus – trostloser sogar noch als das Geröllbett eines ausgetrockneten Flusses. Nichts von irgendwelcher Bedeutung für die Menschheit hatte sich jemals hier zugetragen. Nichts würde vielleicht Tausende von Jahren geschehen. Es war weit interessanter und aufklärender, die Pygmäen zu studieren, als die Einwohner von New Jersey. Ich blickte den Hudson hinauf und hinunter, einen Fluß, den ich immer verabscheut habe, schon von der Zeit an, als ich zuerst von Henry Hudson und seinem verdammten *Halbmond* las. Mir waren beide Ufer des Hudson gleich verhaßt. Ich haßte die um seinen Namen gewobenen Legenden. Das ganze Tal war wie der leere Traum eines mit Bier vollgelaufenen Deutschen. Ich habe nie einen Pfifferling für Powhatan oder Manhattan gegeben. Ich verabscheute Pater Dietrich Knickerbocker. Ich wollte, daß auf jeder Seite des Flusses verstreut zehntausend Schwarzpulverfabriken stünden und daß alle gleichzeitig in die Luft flögen . . .

14

Ein plötzlicher Entschluß, aus Schloß Schabenhall auszuziehen. Warum? Weil ich Rebecca kennengelernt hatte.

Rebecca war die zweite Frau meines alten Freundes Arthur Raymond. Die beiden wohnten jetzt in einer riesigen Wohnung am Riverside Drive. Sie wollten Zimmer vermieten. Kronski war's, der mir das erzählte, er setzte hinzu, er wollte dort ein Zimmer nehmen.

»Warum gehst du nicht hin und lernst seine Frau kennen – sie wird dir gefallen. Sie könnte Monas Schwester sein.«

»Wie heißt sie?« fragte ich.

»Rebecca. Rebecca Valentine.«

Der Name Rebecca hatte es mir sofort angetan. Ich wollte schon immer eine Frau kennenlernen, die Rebecca hieß – und nicht Becky.

(Rebecca, Ruth, Roxane, Rosalinde, Frederike, Ursula, Sheila, Norma, Ginevra, Leonore, Sabina, Malvina, Solange, Deirdre. Was für wundervolle Namen Frauen hatten! Wie Blumen, Sterne, Sternbilder ...)

Mona war nicht allzusehr auf den Umzug erpicht, aber als wir zu Arthur Raymonds Wohnung kamen und sie ihn musizieren hörte, schlug sie einen anderen Ton an.

Renée, die jüngere Schwester von Arthur Raymond, öffnete uns die Tür. Sie war etwa neunzehn, ein Wildfang mit dicken Ringellocken, voll Vitalität. Ihre Stimme war wie die einer Nachtigall – ganz gleich, was sie sagte, man fühlte sich veranlaßt, ihr zuzustimmen.

Schließlich erschien Rebecca selbst. Sie war wie aus dem Alten Testament – dunkel und durch und durch sonnig. Mona erwärmte sich sofort für sie, wie für eine verlorene Schwester. Sie waren beide schön. Rebecca war reifer, massiver, ausgeglichener. Man fühlte instinktiv, daß sie immer die Wahrheit vorzog. Mir gefiel ihr fester Händedruck, der direkte, aufleuchtende Blick, mit dem sie einen begrüßte. Sie schien nichts von der Frauen häufig eigenen Kleinlichkeit zu haben.

Bald darauf gesellte sich Arthur zu uns. Er war kleinwüchsig, muskulös, mit einem harten, stählernen Dröhnen in der Stimme und wurde häufig von explosiven Lachanfällen geschüttelt. Er lachte ebenso herzlich über seine eigenen witzigen Einfälle wie über die der anderen. Er war von strotzender Gesundheit, vital, fröhlich und überschwenglich. Er hatte sich nicht verändert, und in den alten Zeiten, als Maude und ich in seine Nähe zogen, mochte ich ihn sehr gern. Ich pflegte zu allen Tages- und Nachtzeiten bei ihm hereinzuplatzen und ihm drei oder vier Stunden lang Resümees der Bücher, die ich gerade gelesen hatte, zu geben. Ich erinnere mich, daß ich ganze Nachmittage damit verbracht hatte, über Smerdjakow und Pawel Pawlowitsch oder den General Iwolgin oder diese engelhaften Schemen, die den »Idioten« umgaben, oder über die Filipowna zu sprechen. Damals war er mit Irma verheiratet, die später eine meiner Verbündeten in der kosmodämonischen Teleflocken-Kompanie wurde. In jenen frühen Zeiten, als ich Arthur Raymond kennenlernte, ereigneten sich gewaltige Dinge – im Geist, sollte ich hinzufügen. Unsere Gespräche waren wie Stellen aus dem ›*Zauberberg*‹, nur virulenter, erregter, herausfordernder, flammender, gefährlicher, bedrohlicher – und viel, viel erschöpfender.

Ich überließ mich einem raschen Rückblick, als ich dastand und ihn beobachtete, wie er sprach. Seine Schwester Renée versuchte eine stagnierende Unterhaltung mit Kronskis Frau in Gang zu halten. (Letztere wirkte immer tödlich, ganz gleich, wie fesselnd das Thema auch sein mochte.) Ich fragte mich, wie wir – unsere ganze Gesellschaft – unter einem Dach miteinander auskommen würden. Von den zwei freien Zimmern hatte Kronski bereits das größere mit Beschlag belegt. Wir anderen sechs waren in dem anderen Zimmer zusammengedrängt, das nicht viel größer als ein Kämmerchen war.

»Oh, es wird schon gehen«, meinte Arthur Raymond. »Gott, ihr braucht nicht viel Platz – es steht ja das ganze Haus zu eurer Verfügung. Ich möchte, daß ihr zu uns kommt. Wir werden hier eine schöne Zeit haben. Gott!« Er brach wieder in Lachen aus.

Ich wußte, er war verzweifelt. Zu stolz jedoch, um zuzugeben, daß er Geld brauchte. Rebecca sah mich erwartungsvoll an. Ganz deutlich konnte ich lesen, was auf ihrem Gesicht geschrieben stand. Mona ergriff plötzlich das Wort: »Natürlich nehmen wir es.« Kronski rieb sich froh die Hände. »Natürlich tut ihr das! Wir werden eine schöne Zeit hier haben, ihr werdet sehen.« Und dann begann er, mit ihnen um den Preis zu feilschen. Aber Arthur Raymond wollte nicht über Geld sprechen. »Macht eure eigenen Bedingungen«, sagte er und ging hinüber in das andere Zimmer, wo das Klavier stand. Ich hörte ihn darauf herumhämmern. Ich versuchte zuzuhören, aber Rebecca stand vor mir und ließ nicht ab, mich mit Fragen zu bestürmen.

Einige Tage später hatten wir uns hier eingerichtet. Das erste, was wir an unserem neuen Domizil bemerkten, war, daß jedermann gleichzeitig versuchte, das Badezimmer zu benutzen. Man wußte durch den hinterlassenen Geruch, wer zuletzt darin gewesen war. Der Abfluß war immer von langen Haaren verstopft, und Arthur Raymond, der nie eine Zahnbürste besaß, nahm die erstbeste, die ihm in die Hand kam. Es waren außerdem zu viel Weiber da. Die ältere Schwester, Jessica, eine Schauspielerin, kam häufig und blieb dann die Nacht über. Da war auch Rebeccas Mutter, die immer ein und aus ging, stets in Trauer gehüllt war, sich immer dahinschleppte wie eine Leiche. Und dann waren da Kronskis Freunde und Rebeccas Freunde und Arthurs Freunde und Renées Freunde, ganz zu schweigen von den Schülern, die zu allen Tages- und Nachtstunden kamen. Zuerst war es hübsch, Klavierspielen zu hören: Stücke von Bach, Ravel, Debussy, Mozart und so weiter. Dann brachte es einen zur Verzweiflung, besonders wenn Arthur Raymond selbst übte. Er wiederholte eine Tonfolge wieder und wieder mit der Beharrlichkeit und Hartnäkkigkeit eines Irrsinnigen. Erst mit einer Hand, fest und langsam, dann mit der anderen, fest und langsam. Dann zweihändig, sehr fest, sehr langsam. Dann immer schneller, bis er das normale Tempo erreichte. Danach zwanzig-, fünfzig-, hundertmal. Er spielte ein wenig weiter – ein paar Takte mehr. Dasselbe noch einmal. Dann wieder, wie eine Krabbe, zurück, ganz von Anfang an. Dann plötzlich warf er es über Bord und begann etwas Neues, etwas, das er gern spielte. Er spielte es mit ganzem Herzen, als gebe er ein Konzert. Aber nach vielleicht einem Drittel des Stükkes unterlief ihm ein Fehler. Stille. Dann ging er ein paar Takte zurück, brach ab, baute auf, langsam, schnell, eine Hand, zwei Hände, alles zusammen, Hände, Füße, Ellbogen, Knöchel, wobei er sich vorwärts bewegte wie ein Panzerkorps, alles vor ihm hinwegfegend – Bäume, Zäune, Scheunen, Hecken und Mauern niederwalzend. Es war eine Qual, ihm zu folgen. Er spielte nicht zum Vergnügen, sondern um seine Technik zu vervollkommnen. Er nutzte seine Fingerspitzen ab, schabte sich am Hocker den Hintern glatt. Immer voran, fortgeschritten, angegriffen, erobert, vernichtet, niedergemacht, seine Streitkräfte in Linie gebracht, Wachen und Posten aufgestellt, sich den Rücken gedeckt, sich eingegraben, Gefangene eingebracht, die Verwundeten ausgeschieden, rekognosziert, seine Leute in einen Hinterhalt gelegt, Leuchtkugeln, Raketen hochgeschossen, Munitionsfabriken, Eisenbahnknotenpunkte gesprengt, neue Torpedos, Dynamos, Flammenwerfer erfunden, die Botschaften, die hereinkamen, ver- und entschlüsselt . . .

Und doch ein großer Lehrer. Ein liebenswerter Lehrer. Er ging in seinem am Hals immer offenen Khakihemd im Zimmer umher wie ein rastloser Panther. Er stand in einer Ecke und hörte zu, das Kinn in seiner Handfläche, während seine andere Hand den Ellbogen stützte. Er ging zum Fenster und schaute hinaus, leise vor sich hin summend, während er den mannhaften Bemühungen seines Schülers folgte, die Vollendung zu erreichen, die Arthur von allen seinen Schülern verlangte. Wenn es eine sehr junge Schülerin war, konnte er so sanft wie ein Lamm sein. Er brachte das Kind zum Lachen, nahm es in die Arme und hob es vom Hocker. »*Siehst du . . .?*« Und er setzte ihm dann sehr langsam, sehr freundlich, sehr vorsichtig die Technik auseinander, wie es gespielt werden sollte. Er hatte unendliche Geduld mit seinen jungen Schülerinnen – es war eine schöne Sache, das zu beobachten. Er umsorgte sie, als seien sie Blumen. Er versuchte ihre Seelen zu erreichen, besänftigend auf sie einzuwirken oder sie zu entflammen, je nachdem, wie der Fall lag. Bei den älteren war es noch fesselnder, sein Vorgehen zu beobachten. Bei ihnen war er ganz Aufmerksamkeit, auf dem Posten wie ein Schießhund, seine Beine in Bereitschaftsstellung, wiegte er sich und hielt sich im Gleichgewicht, hob und senkte er sich auf seinen Fußballen, seine Gesichtsmuskeln bewegten sich schnell, wenn er mit funkelndem Eifer dem Übergang von einem Lauf zum anderen folgte. Zu ihnen sprach er, als seien sie bereits Meisterschüler. Er konnte dann diese oder jene Fingerstellung, diese oder jene Interpretation *vorschlagen*. Indem er den Unterricht manchmal auf die Dauer von fünf oder zehn Minuten unterbrach, ließ er glänzende Darlegungen vorherrschender Techniken vom Stapel, verglich eine mit der anderen, beurteilte kritisch ihren Wert, verglich eine Partitur mit einem Buch, einen Schriftsteller mit einem anderen, eine Palette mit einem Gewebe, einen Ton mit einem persönlichen Ausdrucksstil und so weiter. Er machte die Musik lebendig. Er hörte in allem Musik. Die jungen Frauen gingen, wenn sie eine Unterrichtsstunde beendet hatten, wie ihrer nicht mehr mächtig durch den Flur, unempfänglich für alles außer den Flammen des Genies. Ja, er war ein Lebenspender, ein Sonnengott: Er entließ sie taumelnd auf die Straße.

Wenn er sich mit Kronski stritt, war er ein anderer Mensch. Diese Sucht nach Vollendung, diese pädagogische Leidenschaft, die für ihn als Musiklehrer ein so gewaltiges Plus war, reduzierte ihn auf lächerliche Proportionen, wenn er die Welt der Gedanken betrat. Kronski spielte mit ihm wie eine Katze mit der Maus. Er genoß es, seinen Gegner aufs Glatteis zu führen. Er verteidigte nichts, außer seine eigene geistig bewegliche Sicherheit. Arthur Raymond hatte etwas von dem Stil Jack Dempseys, wenn es zu einer hitzigen Diskussion kam. Er griff ständig mit kurzen, schnellen Stößen an, wie ein mit tanzenden Beinen ausgestatteter Hackklotz. Dann und wann machte er einen Ausfall – einen glänzenden Ausfall, nur um festzustellen, daß er mit dem leeren Raum kämpfte. Kronski verstand es, völlig zu verschwinden, gerade wenn er in die Seile gedrängt schien. Eine Sekunde später fand man ihn am Lüster hängen. Er verfolgte keine erkennbare Strategie, außer sich nicht fassen zu lassen, zu reizen und zu spotten, seinen Gegner rasend zu machen – und dann das Kunststück des Verschwindens zu vollbringen. Arthur Raymond schien die ganze Zeit zu sagen: »Heb deine Flossen! Los, kämpfe. Kämpfe, du Schweinehund!« Aber Kronski hatte nicht die Absicht, sich zum Punchingball machen zu lassen.

Ich überraschte Arthur Raymond nie dabei, daß er ein Buch las. Ich glaube nicht, daß er viele Bücher las, doch hatte er ein erstaunliches Wissen von vielen Dingen. Was er gelesen hatte, behielt er mit verblüffender Lebhaftigkeit und Genauigkeit im Gedächtnis. Abgesehen von meinem Freund Roy Hamilton, konnte er aus einem Buch mehr herausholen als sonstwer, den ich kenne. Er weidete den Text buchstäblich aus. Roy Hamilton ging sozusagen millimeterweise vor, verweilte Tage oder Wochen hintereinander bei einem Satz. Er brauchte manchmal ein Jahr oder sogar zwei, ein kleines Buch auszulesen, aber wenn er damit fertig war, schien er seinem Format eine Elle hinzugefügt zu haben. Für ihn genügte ein halbes Dutzend gute Bücher, um ihn für den Rest seines Lebens mit geistiger Nahrung zu versorgen. Gedanken waren für ihn lebendige Dinge, wie sie es für Louis Lambert waren. Nachdem er ein Buch eingehend gelesen hatte, machte er sehr überzeugend den Eindruck, daß er alle Bücher kannte. Er dachte und lebte durch ein Buch und ging aus dem Erlebnis als ein neues und verklärtes Wesen hervor. Er war das genaue Gegenteil des Gelehrten, dessen Format mit jedem Buch, das er liest, abnimmt. Ein Buch war für ihn das, was Yoga dem ernsten Wahrheitssucher ist: Es half ihm, sich mit Gott zu vereinigen.

Arthur Raymond wiederum weckte die Illusion, daß er den Inhalt eines Buches verschlang. Er las mit kraftgeladener Aufmerksamkeit. Oder so jedenfalls stellte ich es mir vor, wenn ich die Wirkung der Texte auf ihn beobachtete. Er las wie ein Schwamm, darauf bedacht, die Gedanken des Verfassers zu absorbieren. Seine einzige Sorge war, aufzunehmen, zu assimilieren, wieder zu verteilen. Er war ein Vandale. Jedes neue Buch bedeutete eine neue Eroberung. Bücher stärkten sein Ich. Er wuchs nicht, er wurde aufgebläht von Stolz und Arroganz. Er suchte Bestätigungen, um sich aufzumachen und eine Schlacht zu liefern. Er gestattete nicht, sich verändern zu lassen. Er konnte zwar dem von ihm bewunderten Autor Tribut zollen, aber er konnte nie das Knie vor ihm beugen. Er blieb hart und unbeugsam. Sein Schutzpanzer wurde dicker und dicker.

Er war der Typ, der, nachdem er ein Buch zu Ende gelesen hat, wochenlang von nichts anderem sprechen kann. Ganz gleich, welches Thema man bei der Unterhaltung mit ihm berührte, er brachte es in Beziehung zu dem Buch, das er gerade verschlungen hatte. Das Merkwürdige an diesen hängengebliebenen Gedanken war, daß man, je mehr er von dem Buch sprach, um so mehr seinen unbewußten Wunsch verspürte, es zu vernichten. Im

Grunde schien es mir immer, daß er wirklich beschämt war, einem anderen Geist erlaubt zu haben, ihn zu fesseln. Sein Gespräch handelte nicht von dem Buch, sondern davon, wie gründlich und eindringlich er, Arthur Raymond, es verstanden hatte. Von ihm zu erwarten, daß er ein Resümee von dem Buch gab, war vergeblich. Er informierte einen gerade ausreichend über die Frage seines Themas, um einem zu ermöglichen, daß man seinen Analysen und Ausführungen verständig folgen konnte. Wenn er auch immer wieder zu einem sagte: »Du mußt es lesen, es ist wundervoll«, so meinte er in Wirklichkeit: »Du kannst mir glauben, daß es ein bedeutendes Werk ist, sonst würde ich nicht meine Zeit verschwenden, mit dir darüber zu diskutieren.« Und außerdem deutete er noch an, es sei wohl ebensogut, daß man es nicht gelesen habe, denn man würde durch seine eigenen Bemühungen nie imstande sein, die Edelsteine ans Licht zu fördern, die er, Arthur Raymond, darin gefunden hatte. »Wenn ich fertig damit bin, dir davon zu erzählen«, schien er zu sagen, »wirst du es nicht mehr zu lesen brauchen. Ich weiß nicht nur, was der Autor sagte, sondern auch, was er sagen wollte und nicht sagte.«

Zu der Zeit, von der ich spreche, war eine seiner Passionen Sigmund Freud. Ich will damit nicht andeuten, daß er nur Freud kannte. Nein, er sprach so, als sei er mit der ganzen Gattung von Krafft-Ebing und Stekel abwärts bekannt. Er betrachtete Freud nicht nur als einen Denker, sondern als einen Dichter. Kronski andererseits, dessen Belesenheit auf diesem Gebiet weiterreichend und tiefgehender war und der zudem den Vorteil klinischer Erfahrung hatte, der damals eine vergleichende Studie über die Psychoanalyse machte und nicht nur bestrebt war, sich einen neuen Beitrag nach dem anderen einzuverleiben, ärgerte Arthur Raymond mehr, als man mit Worten ausdrücken kann, durch das, was dieser »seinen zersetzenden Skeptizismus« zu nennen beliebte.

Diese Diskussionen, die nicht nur erbittert, sondern auch endlos waren, fanden in unserer Wohnecke statt. Mona hatte den Tanzpalast aufgegeben und sah sich nach einer Arbeit beim Theater um. Häufig aßen wir alle zusammen in der Küche und versuchten dann gegen Mitternacht, auseinanderzugehen und unsere jeweiligen Quartiere aufzusuchen. Aber Arthur Raymond nahm überhaupt keine Rücksicht auf die Zeit. Wenn er an einem Thema interessiert war, dachte er nicht an Essen, Schlafen oder Sex. Wenn er um fünf Uhr morgens zu Bett ging, stand er um acht auf oder blieb achtzehn Stunden im Bett. Er überließ Rebecca, seine Zeiteinteilung wieder in Ordnung zu bringen. Natürlich schuf diese Lebensweise eine Atmosphäre von Chaos und ständigen Verzögerungen. Wenn die Dinge zu kompliziert wurden, warf Arthur Raymond die Hände in die Luft und lief davon, um oft tagelang wegzubleiben. Nach diesen Perioden der Abwesenheit kamen seltsame Gerüchte ins Haus geflattert, Geschichten, die ein ganz anderes Licht auf seinen Charakter warfen. Offenbar waren diese Exkursionen zur Vervollständigung seines körperlichen Ichs notwendig. Das Leben eines Musikers konnte seiner robusten Natur nicht genügen. Gelegentlich mußte er das Haus verlassen und sich unter seine alten Kumpane mischen – eine nebenbei bemerkt äußerst unterschiedliche Sammlung von Charakteren. Manche seiner Eskapaden waren unschuldig und amüsant, andere gemein und häßlich. Als Muttersöhnchen aufgewachsen, hatte es ihn gereizt, die brutale Seite seiner Natur zu entwickeln. Mit Vorliebe ließ er sich in einen Streit mit irgendeinem stämmigen, großmäuligen Dummkopf ein, der viel größer war als er, und brach ihm kaltblütig den Arm oder das Bein. Er hatte erreicht, wovon viele Kleingewachsene immer nur träumen – er war ein Meister im Jiu-Jitsu geworden und fand nun Vergnügen daran, die gefährlichen Riesen zu beleidigen, die zu der Tyrannenwelt gehören, die die Kleinwüchsigen fürchten. Je größer und stärker sie waren, desto lieber war es Arthur Raymond. Er wagte nicht, seine Fäuste zu gebrauchen, aus Angst, er könnte seine Hände verletzen, vielmehr tat er immer nur so – was ich ziemlich gemein fand –, als kämpfe er, und überwältigte dann seinen Gegner durch einen Trick. »Ich bewundere das durchaus nicht an dir«, sagte ich ihm einmal. »Würdest du mir mit einem solchen Trick kommen, dann würde ich dir eine Flasche über den Schädel hauen.« Überrascht sah er mich an. Er wußte, daß ich nicht gern kämpfte oder rang. »Ich würde ja nichts sagen, wenn du im äußersten Notfall zu diesen Tricks Zuflucht nehmen würdest. Aber du willst dich nur großtun. Du bist ein kleiner Tyrann

– und ein kleiner Tyrann ist sogar noch abscheulicher als ein großer. Eines Tages wirst du an den Falschen geraten . . .«

Er lachte. Ich würde die Dinge immer in einer komischen Weise auslegen, meinte er. »Darum kann ich dich gut leiden«, setzte er dann hinzu. »Du bist immer unberechenbar. Du hast keinen Kodex. Wirklich, Henry –« und er stieß ein herzhaftes Gewieher aus – »du bist im Grunde deines Wesens charakterlos. Wenn wir jemals eine neue Welt aufbauen, wird für dich kein Platz darin sein. Du scheinst nicht zu wissen, was Geben und Nehmen heißt. Du bist ein geistiger Landstreicher . . . Manchmal verstehe ich dich überhaupt nicht. Du bist immer fröhlich und freundlich, fast gesellig, und doch . . . nun, du kennst keine Treue. Ich versuche mit dir befreundet zu sein . . . wir *waren* einmal Freunde, erinnere dich nur . . . aber du hast dich geändert . . . du bist innerlich hart . . . bist unberührbar. Du meine Güte, du glaubst, ich sei hart . . . Ich bin nur keck, kampflustig, voll Feuer. Du bist derjenige, der hart ist. Du bist ein Gangster, weiß du das?« Er kicherte. »Ja, Henry, das bist du – ein geistiger Gangster. Ich traue dir nicht . . .«

Es wurmte ihn, das gute Einvernehmen zu beobachten, das zwischen mir und Rebecca bestand. Er war nicht eifersüchtig, hatte auch keinen Grund dazu, aber er war neidisch darauf, wie geschickt ich eine so angenehme Beziehung zu seiner Frau hergestellt hatte. Er erzählte mir immer von ihren geistigen Fähigkeiten, als sollte das die Basis der Anziehung zwischen uns beiden sein, aber bei einem Gespräch, wenn Rebecca dabei war, benahm er sich ihr gegenüber, als seien ihre Ansichten von geringer Bedeutung. Mona hörte er mit einer ernsten Feierlichkeit zu, die beinahe komisch war. Er hörte natürlich nur so lange zu, bis sie ausgeredet hatte, sagte dann: »Ja, ja, freilich«, schenkte aber in Wirklichkeit dem, was sie sagte, überhaupt keine Beachtung.

Allein mit Rebecca, wenn ich ihr beim Bügeln oder beim Kochen zusah, führte ich mit ihr diese Art von Gesprächen, die man mit einer Frau nur dann führen kann, wenn sie einem anderen Mann gehört. Hier herrschte wirklich dieser Geist des »Gebens und Nehmens«, von dem Arthur Raymond geklagt hatte, daß er ihn bei mir vermisse. Rebecca stand nüchtern auf dem Boden der Tatsachen und war durchaus nicht intellektuell. Sie war von sinnenfreudiger Natur und hatte es gern, als Frau und nicht als geistiges Wesen behandelt zu werden. Manchmal unterhielten wir uns über die einfachsten häuslichen Dinge – Dinge, an denen der Musikmeister nichts Interessantes fand.

Das Gespräch ist nur ein Vorwand für andere, subtilere Formen der Kommunikation. Wenn diese sich nicht herstellen lassen, stirbt das Gespräch. Wenn zwei Menschen die Absicht haben, miteinander in Verbindung zu treten, macht es nicht das geringste aus, wie verwirrend das Gespräch wird. Leuten, die auf Klarheit und Logik bestehen, gelingt es oft nicht, sich einander verständlich zu machen. Sie suchen immer nach einem vollkommeneren Weg der Übermittlung, getäuscht von der Annahme, der Geist sei das einzige Instrument für den Austausch von Gedanken. Wenn man wirklich zu reden beginnt, liefert man sich aus. Worte werden unbekümmert hingeworfen, nicht gezählt wie Pennies. Man kümmert sich nicht um grammatikalische oder faktische Fehler, Widersprüche, Lügen und so weiter. Man spricht. Wenn man mit jemandem spricht, der zuzuhören versteht, begreift er vollkommen, auch wenn die Worte keinen Sinn ergeben. Wenn diese Art von Gespräch geführt wird, findet so etwas wie eine Vermählung statt, ganz gleich, ob man zu einem Mann oder einer Frau spricht. Männer, die mit anderen Männern sprechen, haben diese Art der Vermählung ebenso nötig wie Frauen, die mit Frauen sprechen. Ehepaare erfreuen sich aus nur zu offensichtlichen Gründen selten dieser Art von Gespräch.

Sprechen, wirkliches Sprechen, ist, wie mir scheint, eine der ausdrucksvollsten Manifestationen des menschlichen Verlangens nach unbegrenzter Vermählung. Sensitive Menschen, Menschen mit Gefühl wollen sich in einer tieferen, subtileren, dauerhafteren Art vereinen, als es Sitte und Gepflogenheit erlauben. Ich meine in einer Art, die über die Träume von sozialen und politischen Utopisten hinausgeht. Die Brüderschaft der Menschen, sollte sie jemals zustande kommen, ist nur das Kindergarten-Stadium in dem Drama der menschlichen Beziehungen. Wenn der Mensch anfängt, sich zu erlauben, seinen Gefühlen vollen Ausdruck zu verleihen, wenn er sich ohne Angst vor Lächerlichkeit, Ächtung oder Verfolgung auszudrücken vermag, wird das erste, was er tut, darin bestehen, daß er seine Liebe ausgießt. In der Geschichte der menschlichen Liebe sind wir noch beim ersten Kapitel. Selbst da, sogar im Bereich des rein Persönlichen, ist es eine recht erbärmliche Bilanz. Haben wir mehr als ein Dutzend Helden und Heldinnen der Liebe als Beispiele vorzuweisen? Ich bezweifle, ob wir auch nur so viele große Liebende haben wie berühmte Heilige. Wir haben im Überfluß Gelehrte, Könige und Kaiser, Staatsmänner und militärische Führer, und eine Fülle von Künstlern, Erfindern, Entdeckern und Forschern – aber wo sind die großen Liebenden? Nach einem Augenblick des Nachdenkens kommt man auf Abaelard und Heloise oder Antonius und Kleopatra, oder auf die Geschichte des Tadsch Mahal. Viel davon ist erdichtet, ausgeschmückt und verherrlicht von den armseligen Liebenden, deren Gebete nur in Mythen und Legenden erhört werden. ›*Tristan und Isolde*‹ – welch mächtigen Zauber übt diese Legende noch auf die moderne Welt aus! In der Landschaft der Liebesromantik ragt sie wie der schneebedeckte Gipfel des Fudschijama heraus.

Es gab eine Beobachtung, die ich immer wieder machte, als ich den endlosen Debatten zwischen Arthur Raymond und Kronski zuhörte – daß nämlich Wissen getrennt von Handeln zu Sterilität führt. Hier waren zwei vitale junge Männer, jeder in seiner Art hervorragend, die Nacht um Nacht leidenschaftlich über eine neue Bewältigung der Lebensprobleme argumentierten. Ein ernster Mensch, der ein nüchternes, bescheidenes, diszipliniertes Leben in der fernen Stadt Wien führte, war an diesen Zusammenstößen schuld. In der ganzen westlichen Welt gingen diese Auseinandersetzungen vor sich. Man mußte leidenschaftlich über diese Theorien von Sigmund Freud sprechen, so schien es, oder überhaupt nicht. Allein diese Tatsache ist bezeichnend, viel bezeichnender als die zur Diskussion stehenden Theorien. Einige Tausend – nicht Hunderttausende! – Menschen würden sich im Laufe der nächsten zwanzig Jahre dem als Psychoanalyse bekannten Verfahren unterziehen. Der Ausdruck Psychoanalyse würde allmählich seinen geheimen Zauber verlieren und ein Begriff werden. Ihr therapeutischer Wert würde im Verhältnis zu dem zunehmenden allgemeinen Verständnis abnehmen. Die Weisheit, die Freuds Forschungen und Erkenntnissen zugrunde liegt, würde sich an Wirksamkeit mit dem zunehmenden

Wunsch des Neurotikers, sich dem Leben wieder anzupassen, vermindern.

Was meine zwei jungen Freunde anging, so sollte der eine von ihnen später jede andere Lösung der Probleme ablehnen als die durch den Kommunismus gebotene. Der andere, der mich als verrückt bezeichnet hätte, würde ich damals eine solche Möglichkeit auch nur angedeutet haben, wurde mein Patient. Der Musiker gab seine Musik auf, um die Welt in Ordnung zu bringen, und scheiterte. Er scheiterte sogar darin, sein eigenes Leben interessanter, befriedigender, reicher zu gestalten. Der andere gab seine Arztpraxis auf und vertraute sich schließlich den Händen eines Quacksalbers an – *meiner Wenigkeit*? Er tat das aus freien Stücken, da er wußte, daß ich über keine anderen Qualifikationen verfügte als meine Aufrichtigkeit und meine Begeisterung. Er war sogar befriedigt von dem Ergebnis, das gleich Null war und das er vorausgesehen hatte.

Es ist jetzt an die zwanzig Jahre her seit jener Zeitspanne, von der ich spreche. Erst unlängst, als ich ziellos dahinschlenderte, lief ich auf der Straße in Arthur Raymond hinein. Ich wäre vielleicht an ihm vorbeigegangen, wenn er mich nicht angerufen hätte. Er hatte sich verändert und war fast so dick wie Kronski geworden. Jetzt ein Mann in mittleren Jahren mit einer Reihe schwarzer, brüchiger Zähne. Nach einigen Worten begann er über seinen Sohn zu sprechen, den ältesten, der jetzt im College war und einer Fußballmannschaft angehörte. Er hatte alle seine Hoffnungen auf seinen Sohn übertragen. Ich war angewidert. Vergeblich versuchte ich, etwas über sein eigenes Leben in Erfahrung zu bringen. Nein, er zog es vor, über seinen Sohn zu sprechen. *Der* würde jemand werden! (Ein Athlet, ein Schriftsteller, ein Musiker – Gott weiß was.) Ich scherte mich einen Dreck um den Sohn. Alles, was ich seinen überschwenglichen Ergüssen entnehmen konnte, war, daß er, Arthur Raymond, seinen Geist aufgegeben hatte. Er lebte in dem Sohn fort. Es war jammervoll. Ich konnte nicht schnell genug von ihm loskommen.

»Du mußt uns bald besuchen.« (Er versuchte mich festzuhalten.) »Laß uns wieder so zusammensitzen wie damals in der guten alten Zeit. Du weißt doch, wie gerne ich rede!« (Er stieß einen dieser wiehernden Lacher von früher aus.) »Wo wohnst du jetzt?« fügte er hinzu, wobei er meinen Arm ergriff.

Ich zog ein Stück Papier aus der Tasche und schrieb eine falsche Adresse und Telefonnummer darauf. Ich dachte bei mir, wenn wir uns das nächste Mal treffen, wird es vermutlich in der Vorhölle sein.

Als ich mich von ihm trennte, wurde mir bewußt, daß er kein Interesse daran gezeigt hatte, was mir in allen diesen Jahren widerfahren war. Er wußte, daß ich mich im Ausland aufgehalten, daß ich ein paar Bücher geschrieben hatte. »Ich habe etwas von deinem Zeug gelesen«, hatte er bemerkt. Dann hatte er konfus gelacht, als wolle er sagen: »Aber ich kenne dich, du alter Gauner . . . *mir* kannst du nichts vormachen!« Worauf ich hätte antworten können: »Ja, und ich kenne *dich*. Ich weiß, was für Enttäuschungen und Demütigungen du durchgemacht hast.«

Hätten wir unsere Erfahrungen ausgetauscht, so hätten wir vielleicht ein erfreuliches Gespräch geführt. Mag sein, daß wir einander besser verstanden hätten als je zuvor. Hätte er mir eine Möglichkeit gegeben, dann hätte ich vielleicht demonstriert, daß jener Arthur, der gescheitert war, mir genauso lieb und wert war wie der vielversprechende junge Mann, den ich einmal vergöttert hatte. Wir waren beide in unserer Art Rebellen. Und wir hatten uns beide bemüht, eine neue Welt zu schaffen.

»Natürlich glaube ich noch daran (an den Kommunismus)«, hatte er beim Auseinandergehen gesagt. Er sagte das so, als wäre er traurig, zuzugeben, daß die Bewegung nicht groß genug war, um ihn mit allen seinen Idiosynkrasien einzubeziehen. Ebenso, stellte ich mir vor, hätte er zu sich sagen können, daß er noch immer an die Musik glaube oder an das Leben unter freiem Himmel oder an Jiu-Jitsu. Ich fragte mich, ob er sich bewußt war, was er sich damit angetan hatte, einen Weg nach dem anderen aufzugeben. Wenn er irgendwo auf der Strecke haltgemacht und sich durchgekämpft hätte, wäre das Leben der Mühe wert gewesen. Auch wenn er nur ein Meisterringer geworden wäre! Ich erinnerte mich an den Abend, als er mich veranlaßt hatte, ihn zu einem Ringkampf zwischen Earl Caddock und Würger Lewis zu begleiten. (Und an eine andere Gelegenheit, als wir zusammen losgegangen waren, um uns den Dempsey-Carpentier-Kampf anzusehen.) Damals war er ein Dichter. Er sah zwei Götter in tödlichem Zweikampf. Er wußte, es war mehr als nur eine Balgerei zwischen zwei Rohlingen. Er sprach über diese großen Gestalten des Rings, wie er über die großen Komponisten oder die großen Dramatiker gesprochen hätte. Bewußt fühlte er sich als ein Teil des Plebs, der solchen Veranstaltungen beiwohnt. Er war wie ein Grieche zur Zeit des Euripides. Er war ein Künstler, der anderen Künstlern Beifall spendete. Er war im Amphitheater in seiner allerbesten Verfassung.

Ich erinnerte mich einer anderen Gelegenheit. Wir standen zusammen auf irgendeinem Bahnsteig und warteten. Plötzlich, während wir auf und ab gehen, ergreift er meinen Arm und sagt: »Bei Gott, Henry, sieh mal, wer da drüben ist, *Jack Dempsey!*« Und im Nu reißt er sich von mir los und läuft zu seinem geliebten Idol hinüber. »Hallo, Jack!« sagte er mit lauter, tönender Stimme. »Du siehst gut aus. Ich möchte dir die Hand schütteln. Ich möchte dir sagen, was für ein großer Champ du bist.«

Ich konnte hören, wie Dempsey mit quietschender, piepsender Stimme den Gruß erwiderte. Dempsey, der Arthur Raymond weit überragte, sah in diesem Augenblick aus wie ein Kind. Arthur Raymond war's, der jetzt kühn und aggressiv wirkte. Er schien durch Dempseys Gegenwart nicht im geringsten eingeschüchtert. Ich erwartete fast, daß er dem Champion auf die Schulter klopfen würde.

»Er ist wie ein schönes Rennpferd«, erklärte Arthur Raymond mit vor Erregung gepreßter Stimme. »Ein höchst sensitives Geschöpf?« Er dachte wahrscheinlich an sich selbst, wie er anderen vorkommen würde, wenn er plötzlich Weltmeister werden sollte. »Auch ein kluger Bursche. Ein Mann könnte nicht in diesem farbigen Stil kämpfen, wenn er nicht einen hohen Grad von Intelligenz besäße. Er ist wirklich ein Prachtkerl. Einfach ein großer Junge, weißt du. Er ist tatsächlich rot geworden, kannst du dir das vorstellen?« Und in dieser Tonart schwärmte er immer weiter von seinem Helden.

Aber die wundervollsten Dinge sagte er über Earl Caddock. Earl Caddock kam, glaube ich, seinem Ideal noch näher als Dempsey. »Der Mann mit den tausend Griffen« wurde Caddock genannt. Ein göttergleicher Körper, ein wenig zu zart, wollte es scheinen, für diese sich lang hinziehenden, strapaziösen Runden, die der Ringkampf verlangt. Ich erinnere mich noch lebhaft, wie er an jenem Abend neben dem stämmigen, kräftiger gebauten Würger Lewis aussah. Arthur Raymond war überzeugt, daß Lewis siegen würde – aber sein Herz war bei Earl Caddock. Er schrie sich die Lunge aus dem Leib, um Caddock anzufeuern. Nachher, in einem jüdischen Restaurant drüben auf der East Side, gab er den Kampf in allen Einzelheiten wieder. Er hatte ein ungewöhnlich gutes Gedächtnis, wenn es sich um etwas handelte, das ihn begeisterte. Ich glaube, der Kampf machte mir sogar noch mehr Spaß, als ich ihn rückblickend durch seine Augen sah. Tatsächlich sprach er in so wundervoller Weise darüber, daß ich mich am folgenden Tag hinsetzte und ein Prosagedicht über zwei Ringkämpfer schrieb. Am nächsten Tag nahm ich es zum Zahnarzt mit. Auch er war ein begeisterter Ringkampf-Fan. Der Zahnarzt hielt es für ein Meisterwerk. Das Ergebnis war, daß ich nie meinen Zahn plombiert bekam. Ich wurde ins obere Stockwerk mitgenommen, um die Familie kennenzulernen – sie stammten aus Odessa –, und bevor ich wußte, was geschah, war ich in eine Schachpartie verwickelt, die bis zwei Uhr morgens dauerte. Und damit begann eine Freundschaft, die so lange währte, bis alle meine Zähne behandelt waren – es dauerte vierzehn oder fünfzehn Monate. Als die Rechnung kam, verschwand ich. Es war, glaube ich, erst fünf oder sechs Jahre später, daß wir uns wieder begegneten, und dann unter ziemlich eigenartigen Umständen. Aber davon später . . .

Freud, Freud . . . Viele Dinge kann man ihm in die Schuhe schieben. Das ist nun Dr. Kronski, zehn Jahre nach unserem semantischen Leben am Riverside Drive. Dick geworden wie ein Delphin, schnaufend wie ein Walroß, stößt er die Sätze hervor wie eine Lokomotive, die Dampf abläßt. Eine Kopfverletzung hat seinen ganzen Organismus durcheinandergebracht. Er wurde eine Drüsen-Abnormität, das lebende Beispiel einander entgegenarbeitender Kräfte.

Wir hatten uns einige Jahre nicht gesehen. Wir begegnen uns wieder in New York. Hektische Konfabulationen. Er erfährt von mir, daß ich während meines Auslandsaufenthalts eine mehr als oberflächliche Bekanntschaft mit der Psychoanalyse gemacht habe. Ich erwähne gewisse Persönlichkeiten aus dieser Welt, die ihm durch ihre Schriften vertraut sind. Er ist überrascht, daß ich sie kenne, ja, von ihnen als Freund akzeptiert worden bin. Er beginnt sich zu fragen, ob er sich nicht vielleicht in seinem alten Freund Henry Miller geirrt hat. Er will darüber reden, reden, reden und immer wieder reden. Ich weigere mich. Das beeindruckt ihn. Er weiß, daß Reden seine Schwäche, sein Laster ist.

Nach ein paar Begegnungen merke ich, daß er eine Idee ausbrütet. Er kann es nicht einfach als wahr hinnehmen, daß ich etwas von der Psychoanalyse verstehe – er will Beweise haben. »Was machst du jetzt in New York?« erkundigt er sich. Ich antworte, daß ich eigentlich nichts tue.

»Schreibst du nicht?«

»Nein.«

Eine lange Pause. Dann kommt es heraus. Ein Experiment ... ein großartiges Experiment. Ich bin der Mann, der es machen soll. Er wird es erklären.

Um es kurz zu machen, er möchte gerne, daß ich mit einigen seiner Patienten experimentieren soll – seinen ehemaligen Patienten, sollte ich wohl sagen, denn er hat seine Praxis aufgegeben. Er ist sicher, daß ich das ebenso gut fertigbringe wie irgendeiner – vielleicht sogar besser. »Ich werde ihnen nicht sagen, daß du ein Schriftsteller bist«, sagte er. »Du *warst* ein Schriftsteller, wurdest aber während deines Aufenthalts in Europa ein Analytiker. Wie gefällt dir das?«

Ich lächelte. Es sah auf den ersten Blick gar nicht übel aus. Tatsächlich hatte ich lange mit diesem Gedanken gespielt. Ich stürzte mich darauf. Wir arrangierten alles, er würde mich am nächsten Tag um vier Uhr einem seiner Patienten vorstellen.

So fing es an. Schon sehr bald hatte ich sieben oder acht Patienten. Sie schienen zufrieden mit meinen Bemühungen. Sie sagten das Dr. Kronski. Freilich hatte er erwartet, daß es so kommen würde. Er glaubte, daß er selbst Analytiker werden könnte. Warum auch nicht? Ich mußte zugeben, daß ich keinen Grund sehen konnte, der dagegen sprach. Jedermann mit Charme, Verstand und Feingefühl konnte Analytiker werden. Es gab Heiler im Geiste, lange bevor man etwas von Mary Baker Eddy oder

Sigmund Freud gehört hatte. Der gesunde Menschenverstand spielte auch eine Rolle dabei.

»Um jedoch ein Analytiker zu sein«, sagte ich, ohne es als eine ernsthafte Bemerkung zu meinen, »sollte man sich zuerst selbst analysieren lassen, das weißt du doch.«

»Wie steht das mit *dir?*« erwiderte er.

Ich gab vor, daß ich bereits analysiert worden sei. Ich sagte ihm, Otto Rank habe das getan.

»Das hast du mir nie erzählt«, meinte er, wieder sichtlich beeindruckt. Er hatte einen heillosen Respekt vor Otto Rank.

»Wie lange hat es gedauert?« wollte er wissen.

»Etwa drei Monate. Rank hält nichts von hinausgezögerten Analysen, wie du vermutlich weißt.«

»Das stimmt«, gab er zu und wurde sehr nachdenklich. Einen Augenblick später rückte er mit seinem Anliegen heraus. »Wie wär's, wenn du *mich* analysiertest? Nein, im Ernst. Ich weiß schon, daß es keine gute Basis ist, wenn man einander so intim kennt, wie wir das tun, aber trotzdem . . .«

»Tja«, sagte ich langsam, meine Fühler ausstreckend, »vielleicht können wir sogar dieses dumme Vorurteil zunichte machen. Freud mußte schließlich auch Rank analysieren, nicht wahr?« (Das war eine Lüge, denn Rank wurde nie analysiert, auch nicht von Vater Freud.)

»Also dann auf morgen, um zehn Uhr!«

»Gut«, sagte ich, »und sei auf die Minute pünktlich. Ich rechne es dir jeweils pro Stunde. Sechzig Minuten und nicht mehr. Wenn du nicht pünktlich bist, ist es dein Schaden . . .«

»Du willst es mir *berechnen?*« wiederholte er und schaute mich an, als habe ich den Verstand verloren.

»Aber sicher! Du weißt sehr gut, wie wichtig es für den Patienten ist, daß er für die Analyse bezahlt.«

»Aber ich bin kein Patient!« schrie er. »Zum Teufel, ich tue dir doch einen Gefallen.«

»Es steht bei dir«, sagte ich und gab mich kaltblütig. »Wenn du jemand anderes finden kannst, der es umsonst macht, schön und gut. Ich berechne dir das übliche Honorar – das Honorar, das du selbst für deine Patienten vorgeschlagen hast.«

»Nun aber Schluß«, sagte er. »Du übertreibst. Schließlich

war ich es, der dich ins Geschäft gebracht hat, vergiß das nicht.«

»Ich *muß* es vergessen«, beharrte ich. »Das ist keine Gefühlssache. An erster Stelle muß ich dich daran erinnern, daß du nicht nur eine Analyse brauchst, um ein Analytiker zu werden, sondern du brauchst sie, weil du ein Neurotiker bist. Du könntest kein Analytiker werden, wenn du nicht neurotisch wärest. Bevor du andere heilen kannst, mußt du dich selbst heilen. Und wenn du kein Neurotiker bist, werde ich dich zu einem machen, bevor ich mit dir fertig bin, was sagst du dazu?«

Er glaubte, es sei ein Mordsspaß. Aber am folgenden Morgen kam er, noch dazu pünktlich. Er sah aus, als sei er die ganze Nacht aufgeblieben, um rechtzeitig dazusein.

»Das Geld«, mahnte ich, bevor er auch nur seinen Mantel ausgezogen hatte.

Er versuchte es mit einem Lachen abzutun. Er machte es sich auf der Couch bequem, so begierig darauf, seine Flasche zu bekommen wie ein Wickelkind.

»Du mußt es mir jetzt geben«, beharrte ich, »oder ich weigere mich, dich zu behandeln.« Es machte mir Spaß, hart mit ihm zu sein – es war auch für mich eine neue Rolle.

»Aber wie wissen wir, daß wir zu Rande kommen?« sagte er im Versuch, eine Ausflucht zu finden. »Ich will dir was sagen . . . wenn es mir zusagt, wie du mich behandelst, bezahle ich dir, was immer du verlangst . . . in vernünftigen Grenzen natürlich. Aber mach' nun kein Theater daraus. Los, laß uns zur Sache kommen.«

»Nichts zu machen«, sagte ich. »Erst das Geld, dann die Ware. Wenn ich nichts tauge, kannst du mich verklagen, aber wenn du meine Hilfe willst, mußt du zahlen – und zwar im voraus . . . Nebenbei bemerkt, du vergeudest die Zeit, weißt du. Jede Minute, die du dasitzt und wegen des Geldes feilschst, vergeudest du Zeit, die nutzbringend hätte angewandt werden können. Es ist jetzt –« und hier zog ich meine Uhr zu Rate – »zwölf Minuten nach zehn. Sobald du bereit bist, wollen wir anfangen . . .«

Er war beleidigt wie ein Hündchen, das man auf den Schwanz getreten hat, aber ich hatte ihn in die Enge getrieben, und es blieb ihm nichts anderes übrig, als zu blechen.

Als er es hinblätterte – ich verlangte von ihm zehn Dollar für die Sitzung –, blickte er hoch, aber diesmal mit dem Ausdruck eines Menschen, der sich bereits den Händen des Arztes anvertraut hat. »Willst du damit sagen, daß du mich nicht behandeln würdest, wenn ich eines Tages ohne Geld herkäme, wenn ich zufällig die paar Dollar vergessen oder nicht genug bei mir hätte?«

»Genau«, sagte ich. »Wir verstehen einander vollkommen. Wollen wir jetzt beginnen – jetzt?«

Er sank auf die Couch zurück wie ein fürs Schlachtbeil bereites Schaf. »Beruhige dich«, sagte ich beschwichtigend und setzte mich hinter ihn und außerhalb seines Gesichtskreises. »Beruhige und entspanne dich! Du wirst mir jetzt alles von dir erzählen . . . von Anfang an. Bilde dir nicht ein, daß du es alles in einer Sitzung erzählen kannst. Wir werden viele solche Sitzungen wie die heutige veranstalten. Es liegt bei dir, wie lange oder wie kurz dieses Verhältnis dauern wird. Denke daran, daß es dich jedesmal zehn Dollar kostet. Aber ärgere dich nicht darüber, denn wenn du nur daran denkst, wieviel es dich kostet, wirst du vergessen, was du mir erzählen wolltest. Es ist eine peinliche Prozedur, aber sie ist einzig in deinem eigenen Interesse. Wenn du dich der Rolle eines Patienten anzupassen lernst, wirst du auch lernen, dich der Rolle eines Analytikers anzupassen. Sei kritisch mit dir selbst, nicht mit mir. Ich bin nur ein Werkzeug. Ich bin da, um dir zu helfen . . . Jetzt sammle dich und entspanne dich. Ich werde zuhören, sowie du bereit bist, dich auszusprechen . . .«

Er hatte sich lang ausgestreckt, die Hände über dem Fleischberg gefaltet, der sein Bauch war. Sein Gesicht war sehr aufgedunsen. Seine Haut sah bleich aus wie bei einem Menschen, der gerade vom W. C. zurückgekommen ist, nachdem er sich bis zum äußersten abgemüht hat. Der Körper hatte das formlose Aussehen des hilflosen dicken Mannes, der die Bemühungen, sich zu einer sitzenden Haltung aufzurichten, fast so schwierig findet, wie es für eine Schildkröte ist, wieder auf die Beine zu kommen, nachdem man sie auf den Rücken gedreht hat. Was immer er an Kräften besaß, schien ihn verlassen zu haben. Unruhig machte er einige Minuten lang ruckweise Bewegungen, eine menschliche Flunder, die sich selbst wiegt.

Meine Ermunterung, er solle reden, hatte diese Sprechbegabung, die sein Haupttalent war, gelähmt. Zunächst einmal war da kein Gegner mehr, mit dem er es hätte aufnehmen müssen. Er wurde aufgerufen, seine geistigen Fähigkeiten gegen sich selbst zu gebrauchen. Er sollte sich ausliefern und enthüllen – mit einem Wort *schöpferisch* sein –, und das war etwas, was er nie in seinem Leben versucht hatte. Er sollte den »Sinn des Sinnes«, in einer Art entdecken, und es war offensichtlich, daß ihn der Gedanke daran erschreckte.

Nachdem er sich gewunden, sich gekratzt, sich von einer Seite der Couch auf die andere geworfen, sich die Augen gerieben, gehustet, geblubbert, gegähnt hatte, öffnete er den Mund, wie um zu reden – aber es kam nichts heraus. Nach ein paar Grunzlauten richtete er sich auf dem Ellenbogen auf und drehte den Kopf in meine Richtung. Etwas Mitleiderregendes war in dem Ausdruck seiner Augen.

»Kannst du mir nicht ein paar Fragen stellen?« sagte er. »Ich weiß nicht, wo ich anfangen soll.«

»Es wäre besser, wenn ich dir keine Fragen stellte«, erwiderte ich. »Du wirst deinen Weg finden, wenn du dir Zeit läßt. Sobald du anfängst, wird es schon fließen wie ein Wasserfall. Versuche nichts zu erzwingen.«

Er warf sich in eine flach liegende Stellung zurück und seufzte schwer auf. Es wäre wundervoll, mit ihm den Platz zu tauschen, dachte ich bei mir. Während der stillen Pausen, meinen Willen in der Schwebe, genoß ich das Vergnügen, eine stumme Beichte bei einem unsichtbaren Superanalytiker abzulegen. Ich fühlte mich nicht im geringsten schüchtern, unbeholfen oder unerfahren. Tatsächlich war ich, nachdem ich einmal beschlossen hatte, die Rolle zu spielen, ganz in ihr aufgegangen und auf alles gefaßt. Ich merkte sofort, daß man allein dadurch, daß man die Rolle eines Heilenden annimmt, tatsächlich ein Heilender wird.

Ich hielt einen Schreibblock bereit, falls er etwas Wichtiges äußern sollte. Als die Stille andauerte, machte ich mir ein paar Notizen nichttherapeutischer Art. Ich erinnere mich, daß ich die Namen Chesterton und Herriot niedergeschrieben habe, zweier gargantuanischer Gestalten, die wie Kronski mit einer außergewöhnlichen Redegewandtheit begabt waren? Es fiel mir ein, daß ich dieses Phänomen häufig *chez les gros hommes* bemerkt hatte.

Sie waren wie die Medusen der Meereswelt – treibende Organe, die im Klang ihrer eigenen Stimme schwammen – äußerlich Polypen, konnte man an ihnen eine scharfsinnige, glänzende Konzentration ihrer geistigen Fähigkeiten feststellen. Dicke Männer sind mitunter äußerst dynamisch, einnehmend, charmant und verführerisch. Ihre Trägheit und Schlampigkeit sind eine Täuschung. Oft haben sie einen Diamanten im Gehirn. Und anders als bei dem mageren Menschen sprühten und blitzten ihre Gedanken, nachdem sie Schüsseln voller Essen hinuntergespült hatten. Sie zeigten sich häufig von ihrer besten Seite, wenn ihre Eßlust befriedigt war. Der Magere wiederum, gleichfalls oft ein großer Esser, neigt dazu, träge und schläfrig zu werden, wenn sein Verdauungsapparat ins Spiel kommt. Mit leerem Magen zeigt er sich gewöhnlich von seiner besten Seite.

»Es ist gleich, wo du anfängst«, sagte ich schließlich, da ich fürchtete, er würde mir einschlafen. »Ganz gleich, womit du anfängst, du wirst immer auf den wunden Punkt kommen.« Ich schwieg einen Augenblick. Dann sagte ich mit beruhigender Stimme sehr wohlüberlegt: »Du kannst auch ein Nickerchen machen, wenn du willst. Vielleicht tut es dir gut.«

Im Nu war er ganz bei der Sache und redete. Der Gedanke, daß er mich dafür bezahlen sollte, ein Schläfchen zu machen, elektrisierte ihn. Er sprudelte auf einmal nach allen Richtungen über. Das war also keine schlechte Kriegslist, dachte ich bei mir.

Er begann, wie gesagt, mit einem Redestrom, von wilder Angst getrieben, daß er Zeit vergeudete. Dann schien er plötzlich so von seinen eigenen Enthüllungen beeindruckt zu sein, daß er mich in eine Diskussion über ihre Bedeutung verwickeln wollte. Noch einmal wies ich die Herausforderung entschieden und freundlich ab. »Lassen wir das für später«, sagte ich, »wenn wir etwas haben, worauf wir fußen können. Du hast erst angefangen . . . nur die Oberfläche angekratzt.«

»Machst du dir Notizen?« wollte er wissen, stolz auf sich.

»Kümmere dich nicht um micht«, antwortete ich, »denk lieber an dich selber, an *deine* Probleme. Du mußt unbedingtes Vertrauen zu mir haben, vergiß das nicht. Jede Minute, die du über den *Eindruck*, den du machst, nachdenkst, ist verschwendet. Du sollst nicht versuchen, mich zu beeindrucken – deine Aufgabe ist es, daß du ehrlich dir selbst gegenüber bist. Hier gibt es keine Zuhörerschaft – ich bin nur ein Aufnahmegefäß, ein großes Ohr. Du kannst es mit Gewäsch und Unsinn füllen oder Perlen hineinfallen lassen. Dein Laster ist das Selbstbewußtsein. Hier wollen wir nur das haben, was echt und wahr und wirklich empfunden ist . . .«

Er wurde wieder schweigsam, zappelte einige Augenblicke herum und verstummte dann völlig. Er hatte jetzt die Hände hinter dem Kopf gefaltet. Das Kissen hatte er als Stütze untergeschoben, um nicht einzuschlafen.

»Ich dachte gerade an einen Traum«, sagte er in ruhigerer, nachdenklicher Stimmung, »den ich vergangene Nacht hatte. Ich glaube, ich sollte ihn dir erzählen. Er könnte uns einen Hinweis geben . . .«

Diese kleine Vorrede bedeutete nur eines – daß er noch immer über meine Rolle bei der Zusammenarbeit beunruhigt war. Er wußte, bei der Analyse wurde von einem erwartet, daß man seine Träume enthüllte. So viel von der Methode wußte er mit Bestimmtheit – das war orthodox. Es war merkwürdig, so überlegte ich, gleichgültig wieviel man über ein Thema auch weiß, zu handeln ist etwas anderes. Er verstand vollkommen, was bei der Analyse zwischen Patient und Analytiker vor sich ging, aber er hatte sich noch nie der Verwirklichung dessen, was es bedeutete, gestellt. Jetzt, obwohl er es haßte, sein Geld zu verschwenden, wäre er ungemein erleichtert gewesen, wenn ich, statt ihn mit seinem Traum fortfahren zu lassen, vorgeschlagen hätte, wir sollten die therapeutische Seite dieser Enthüllungen diskutieren. Er hätte es tatsächlich vorgezogen, einen Traum zu erfinden und ihn dann mit mir zu zerpflücken, als daß er sich ruhig und aufrichtig befreite. Ich fühlte, daß er sich – und natürlich auch mich – verfluchte, daß wir eine Situation heraufbeschworen hatten, in der er sich, wie er sich vorstellte, nur selbst quälen lassen konnte.

Mit viel Mühe und Schweiß jedoch brachte er es fertig, einen zusammenhängenden Bericht von dem Traum zu geben. Er machte eine Pause, als er geendet hatte, als erwarte er von mir, daß ich irgendeinen Kommentar abgäbe, ein Zeichen der Billigung oder Mißbilligung. Da ich nichts sagte, spielte er mit dem

Gedanken, welche Bedeutung seinem Traum zukäme. Mitten in diesen intellektuellen Abschweifungen hielt er plötzlich inne, drehte ein wenig den Kopf und murmelte niedergeschlagen: »Vermutlich sollte ich das nicht tun . . . das ist *dein* Job, oder nicht?«

»Du kannst alles tun, was du willst«, erwiderte ich ruhig. »Wenn du dich lieber selbst analysierst – *und mich dafür bezahlst* –, habe ich nichts einzuwenden. Ich nehme an, du bist dir bewußt, daß einer der Gründe, weswegen du zu mir gekommen bist, darin besteht, Vertrauen in den Glauben an andere zu finden. Dein Unvermögen, das zu erkennen, ist ein Teil deiner Krankheit.«

Sofort begann er aufzubegehren. Er müsse sich ganz einfach gegen solche Beschuldigungen wehren. Es sei nicht wahr, daß es ihm an Vertrauen und Glauben fehlte. Ich hätte das nur gesagt, um ihm eins auszuwischen.

»Es ist auch ganz zwecklos«, unterbrach ich ihn, »mit mir zu streiten. Wenn dir nur daran gelegen ist, zu beweisen, daß du mehr weißt als ich, dann wirst du nichts erreichen. Ich glaube dir schon, daß du viel mehr weißt als ich – aber auch das gehört zu deiner Krankheit, daß du zuviel weißt. Du wirst nie alles wissen. Wenn Wissen dich retten könnte, lägest du nicht hier.«

»Da hast du recht«, sagte er demütig und nahm meine Feststellung wie eine Züchtigung hin, die er verdiente. »Nun, einen Moment mal . . . wo war ich stehengeblieben? Ich will den Dingen auf den Grund gehen . . .«

An diesem Punkt blickte ich beiläufig auf meine Uhr und entdeckte, daß die Stunde um war.

»Die Zeit ist um«, sagte ich, erhob mich und ging zu ihm hin.

»Warte einen Augenblick«, sagte er und sah mich gereizt an, als habe ich ihn gekränkt. »Gerade fällt es mir wieder ein, was ich dir sagen wollte. Setz dich einen Augenblick.«

»Nein«, sagte ich, »das können wir nicht machen. Du hast deine Möglichkeit gehabt – ich habe dir eine ganze Stunde Zeit gelassen. Das nächste Mal gelingt es dir wahrscheinlich besser. Es ist die einzige Art, zu lernen.« Und damit zog ich ihn hoch und half ihm auf die Füße.

Unwillkürlich lachte er. Er streckte mir die Hand hin und

tauschte mit mir einen herzlichen Händedruck. »Bei Gott«, sagte er, »du hast recht! Du verstehst die Methode aus dem Effeff. Ich hätte genau dasselbe getan, wenn ich an deiner Stelle gewesen wäre.«

Ich reichte ihm Mantel und Hut und brachte ihn zur Tür, um ihn hinauszulassen.

»Du jagst mich doch nicht fort, nicht wahr?« sagte er. »Können wir nicht erst noch ein wenig miteinander plaudern?«

»Du möchtest die Lage diskutieren, was?« versetzte ich und führte ihn gegen seinen Willen zur Tür. »Nichts da, Dr. Kronski. Keine Diskussionen! Ich erwarte dich morgen um dieselbe Zeit.«

»Aber kommst du nicht heute abend zu uns herüber?«

»Nein, auch damit ist jetzt Schluß. Bis deine Analyse beendet ist, unterhalten wir keine Beziehung miteinander, außer der zwischen Arzt und Patient. Das ist viel besser, du wirst sehen.« Ich ergriff seine Hand, die schlaff herunterhing, hob sie hoch und schüttelte sie kräftig zum Abschied. Wie verstört drückte er sich zur Tür hinaus.

Er kam in den ersten Wochen jeden zweiten Tag, dann bat er um weiter auseinanderliegende Termine, wobei er sich beklagte, daß ihm das Geld ausgehe. Ich wußte natürlich, daß es eine Belastung für ihn war, denn seitdem er seine Praxis aufgegeben hatte, stammte sein einziges Einkommen von der Versicherungsgesellschaft. Wahrscheinlich hatte er vor dem Unfall ein hübsches Sümmchen auf die hohe Kante gelegt. Und seine Frau mußte als Lehrerin arbeiten – das durfte man nicht außer acht lassen. Das Problem war jedoch, ihn aus seinem Abhängigkeitszustand herauszutreiben, ihm jeden Penny, den er besaß, abzunehmen und in ihm wieder den Wunsch zu wecken, seinen Lebensunterhalt zu verdienen. Man hätte es kaum für möglich gehalten, daß ein Mensch mit seinen Energien, Talenten und Kräften sich bewußt entmannen konnte, um eine Versicherungsgesellschaft auszubeuten. Zweifellos hatten die Verletzungen, die er bei dem Autounfall davongetragen hatte, seine Gesundheit geschwächt. Zunächst einmal war er ein richtiges Monstrum geworden. Insgeheim war ich überzeugt, daß der Unfall nur die seltsame Metamorphose beschleunigt hatte. Als er plötzlich mit dem Gedanken herausrückte, er wolle Analytiker werden, merkte ich, daß noch ein Funken Hoffnung in ihm war. Ich nahm das Vorhaben als bare Münze hin, da ich wußte, daß sein Stolz ihm nie erlauben würde, einzugestehen, er sei nunmehr zu einem »Fall« geworden. Absichtlich benutzte ich immer das Wort »Krankheit« – um ihn aufzurütteln und ihn zu veranlassen, zuzugeben, daß er Hilfe brauchte. Auch wußte ich, daß er, wenn er sich auch nur halbwegs an die Sache heranwagte, schließlich zusammenbrechen und sich ganz in meine Hände geben würde.

Anzunehmen, ich könne seinen Stolz brechen, hieß jedoch ein großes Risiko einzugehen. Es waren Lagen von Stolz in ihm, ganz wie es Fettschichten um seine Leibesmitte gab. Er war wie eine einzige große Verteidigungsanlage, und seine Energien wurden ständig dazu verbraucht, die undichten Stellen auszubessern, die überall entstanden. Mit dem Stolz ging das Mißtrauen einher. Vor allem der Verdacht, er habe sich in meinen Fähigkeiten, den »Fall« zu behandeln, getäuscht. Er hatte sich immer geschmeichelt, die schwachen Seiten seiner Freunde zu kennen. Zweifellos tat er das . . . das ist nicht so schwer. Er unterstützte vielmehr die Schwächen seiner Freunde, um das Gefühl seiner Überlegenheit zu stärken. Jede Änderung zum Besseren, jede Entwicklung seitens eines Freundes sah er als Verrat an. Es brachte die neidische Seite seines Charakters zum Vorschein. Kurzum, seine ganze Einstellung anderen gegenüber war eine tückische Tretmühle.

Der Unfall hatte ihn nicht wesentlich verändert. Er hatte lediglich sein Äußeres verwandelt, hatte hervorgekehrt, was bereits latent in seinem Wesen vorhanden war. Das Monstrum, das er potentiell schon immer gewesen war, hatte jetzt Fleisch und Blut angenommen. Er konnte sich jeden Tag im Spiegel betrachten und mit eigenen Augen sehen, was er aus sich gemacht hatte. Er konnte in den Augen seiner Frau den Abscheu lesen, den er in anderen hervorrief. Bald würden seine Kinder anfangen, ihn seltsam anzusehen – das wäre das letzte.

Indem er alles dem Unfall zuschrieb, war es ihm gelungen, ein wenig Trost aus den Worten derjenigen zu schöpfen, die ihn vorschnell beurteilten. Auch gelang es ihm, die Aufmerksamkeit auf seine äußere Erscheinung und nicht auf seine Psyche zu lenken.

Aber bei sich wußte er, daß das ein Spiel war, das nicht lange währen konnte. Er konnte nicht ewig eine künstliche Rauchwand aus seinem riesigen Fleischberg machen.

Wenn er auf der Couch lag und sein Herz ausschüttete, war es merkwürdig, daß – gleichgültig, von welchem Punkt in der Vergangenheit er ausging – er sich immer als sonderbar und monströs sah. Genauer gesagt, er fühlte sich verurteilt, verurteilt von allem Anfang an. Ein völliger Mangel an Vertrauen zu seinem persönlichen Schicksal. Natürlich und unvermeidlich hatte er dieses Gefühl auch auf andere übertragen. Auf die eine oder andere Weise brachte er es fertig, es so einzurichten, daß ihn sein Freund oder seine Geliebte im Stich ließ oder betrog. Er suchte sie mit demselben Vorherwissen aus, wie es Christus an den Tag legte, als seine Wahl auf Judas fiel.

Was für ein Drama willst du in Szene setzen?

Kronski wollte ein glänzendes Versagen – ein Versagen, das so glänzend war, daß es den Erfolg überstrahlte. Er schien der Welt beweisen zu wollen, daß er genausoviel wissen und genausoviel sein konnte wie irgendein anderer, und gleichzeitig wollte er den Beweis führen, daß es sinnlos war, etwas zu sein oder etwas zu wissen. Er schien von Geburt an unfähig zu der Erkenntnis, daß allem seine ureigenste Bedeutung innewohnt. Er verschwendete seine Kräfte in dem Bemühen zu beweisen, daß es nie endgültige Beweise geben könnte, wobei er sich keinen Augenblick der Sinnwidrigkeit bewußt wurde, Logik mit Logik zunichte zu machen. Seine Haltung erinnerte mich an den jungen Céline, der mit wütendem Abscheu sagte: »Sie könnte hergehen und sogar noch reizender, noch hunderttausendmal wonniger sein, sie würde nichts aus mir herauslocken – keinen Seufzer, nicht einmal eine Wurst. Sie könnte alle erdenklichen Schliche und Kniffe versuchen, könnte sich entkleiden, soweit das möglich war, um mir zu gefallen, sich in Stücke reißen oder drei Finger abschneiden, *sie könnte ihr kurzes Haar mit Sternstaub besprenkeln* – aber nie würde ich sprechen, niemals! Nicht das leiseste Geflüster. Ich brächte es nicht fertig! Das ist alles, was darüber zu sagen war . . .«

Die Vielfalt von Verteidigungsmaßnahmen, mit denen der Mensch sich umgibt, ist ebenso erstaunlich wie die Abwehrwaffen in der Tier- und Insektenwelt. Sogar der psychische Selbstschutz hat eine Struktur und Substanz, wie man entdecken wird, wenn man in die geheimsten Schlupfwinkel des Ichs einzudringen beginnt. Die schwierigsten sind nicht notwendigerweise diejenigen, die sich hinter einem Schutzpanzer – sei er aus Eisen, Stahl, Zinn oder Zink — verbergen. Ebenso wenig sind diejenigen so schwierig, obschon sie größeren Widerstand leisten, die sich mit einer Gummischicht umhüllen und die, *mirabile dictu*, die Kunstfertigkeit erworben zu haben scheinen, daß sie die durchlöcherten Schranken der Seele vulkanisieren. Die schwierigsten sind diejenigen, die ich die »aalglatten Simulanten« nennen möchte. Das sind die zersetzenden, zerfließenden Persönlichkeiten, die still wie ein Fötus in den Gebärmuttersümpfen ihres stagnierenden Ichs liegen. Wenn man in den Sack sticht, wenn man glaubt: Ah, endlich habe ich dich! – findet man nichts als Schleimklumpen in seiner Hand. Sie sind meiner Meinung nach die Verwirrenden. Sie sind wie der »lösliche Fisch« der surrealistischen Metempsychologie. Sie wachsen ohne Rückgrat; sie lösen sich auf nach Belieben. Alles, was man jemals zu fassen bekommt, sind die unauflöslichen, unzerstörbaren Zellkerne – sozusagen die Krankheitserreger. Bei solchen Individuen fühlt man, daß sie an Leib, Verstand und Seele nichts sind als Krankheit. Sie wurden geboren, um die Seiten der Lehrbücher zu illustrieren. Auf seelischem Gebiet sind sie die gynäkologischen Monstren, deren einziges Leben das der in Spiritus gelegten Exemplare ist, welche die Borde im Labor zieren.

Ihre erfolgreichste Tarnung ist Mitleid. Wie zartfühlend sie werden können! Wie rücksichtsvoll! Wie rührend mitfühlend! Aber wenn man jemals einen Blick auf sie werfen könnte – nur einen fluoreszierenden Blick! –, was für einen reizenden Ego-Maniak würde man da sehen. Sie bluten mit jeder blutenden Seele in der Welt, aber sie gehen nie vor die Hunde. Bei der Kreuzigung halten sie deine Hand und löschen deinen Durst, weinen wie betrunkene Kühe. Seit undenklichen Zeiten sind sie berufsmäßige Leidtragende, waren das sogar im Goldenen Zeitalter, als es nichts zu beweinen gab. Ihr Habitat ist Elend und Leiden, und bei der Tagundnachtgleiche verwandeln sie das ganze kaleidoskopische Bild der Welt in einen gelbgrünen Leim . . .

Etwas haftet der Analyse an, was einen an den Operationsraum erinnert. Wenn man bereit ist, sich analysieren zu lassen, ist es gewöhnlich zu spät. Angesichts einer angstgequälten Psyche gibt es für den Analytiker nur ein einziges Mittel, nämlich das, einen plastischen Eingriff zu machen. Der gute Analytiker zieht es vor, seinem seelischen Krüppel künstliche Gliedmaßen statt Krücken zu geben, das ist ungefähr die Quintessenz der Sache.

Aber mitunter bleibt dem Analytiker keine Wahl, wie es hin und wieder dem Chirurgen auf dem Schlachtfeld ergeht. Manchmal muß der Chirurg Arme und Beine amputieren, ein neues Gesicht aus einem unkenntlichen Fleischbrei zusammensetzen, die Hoden abschneiden, sich einen kunstvollen Mastdarm ausdenken und Gott allein weiß, was sonst noch – wenn er die Zeit dazu hat. Es wäre gütiger, ein solches menschliches Wrack zu töten, aber das ist eine der Ironien des zivilisierten Daseins: Man versucht die Überreste zu erhalten. Dann und wann stößt man in den schrecklichen Annalen der Chirurgie auf erstaunliche Beispiele von Lebenskraft, die zu einem ungeschlachten Rumpf verstümmelt und beschnitten worden sind, einer Art von menschlicher Birne, die ein Brancusi vielleicht zu einem Objet d'art verfeinern könnte. Man liest, daß dieses menschliche Etwas seine betagten Eltern mit den Einkünften aus seiner unglaublichen Kunstfertigkeit ernährt – einer Kunstfertigkeit, bei der das einzige Werkzeug der künstliche Mund ist, den das Messer des Chirurgen aus einem unkenntlich gewordenen Gesicht herausgearbeitet hat.

Es gibt psychische Fälle dieser Art, die aus dem Ordinationszimmer des Analytikers herauskommen, um ihren Platz in den Reihen entmenschlichter Arbeitskräfte einzunehmen. Sie sind zu einem leistungsfähigen kleinen Bündel verstümmelter Reflexe gestutzt worden. Sie verdienen nicht nur ihren eigenen Lebensunterhalt, sie unterstützen auch ihre alten Verwandten. Sie lehnen die Ruhmesnische in der Schreckenskammer ab, auf die sie ein Anrecht haben. Sie ziehen es vor, sich mit anderen Seelen in einer quasi seelenvollen Weise zu messen. Sie sterben schwer, wie Astknoten in einer Rieseneiche. Sie widerstehen der Axt, sogar, wenn alles aus und vorbei ist.

Ich möchte nicht so weit gehen, zu sagen, daß Kronski zu dieser Art gehörte, aber ich muß gestehen, daß er mir oftmals diesen Eindruck machte. Oft war mir danach zumute, die Axt zu schwingen und ihn zu erledigen. Niemand hätte ihn vermißt, niemand seinen Verlust betrauert. Er war als Krüppel zur Welt gekommen, und als Krüppel würde er sterben, das war mein Eindruck. Als Analytiker konnte ich nicht einsehen, von welchem Nutzen er für andere sein sollte. Als Analytiker würde er nur überall Krüppel sehen, sogar unter den Göttergleichen. Andere Analytiker – und ich hatte einige persönlich gekannt, die äußerst erfolgreich waren – hatten sozusagen ihre Krüppelhaftigkeit überwunden und waren für andere, ihnen vergleichbare Krüppel, von Nutzen, weil sie schließlich gelernt hatten, ihre künstlichen Gliedmaßen mühelos und mit Perfektion zu gebrauchen. Sie waren lebendige Beweise für die Methode.

Es gab jedoch einen Gedanken, der sich während dieser Sitzungen mit Kronski wie ein Holzbohrer in mich einfraß. Es war die Vorstellung, daß jedermann, ganz gleich, wie weit es mit ihm gekommen war, geheilt werden konnte. Ja, wenn man unendlich viel Zeit und unendlich viel Geduld aufbrachte, war es möglich. Es begann mir zu dämmern, daß die Heilkunst durchaus nicht das war, was die Leute sich darunter vorstellten, sondern daß sie etwas sehr Einfaches, tatsächlich zu Einfaches für den gewöhnlichen Verstand war, um sie zu begreifen.

Um es so einfach auszudrücken, wie es mir zu Bewußtsein kam, würde ich sagen, es war so: *Jeder wird ein Heilender, sobald er nicht mehr an sich selbst denkt*. Die Krankheit, die wir überall sehen, die Bitterkeit und der Ekel, den das Leben so vielen von uns einflößt, ist nur der Reflex der Krankheit, die wir in uns tragen. Vorbeugungsmittel werden uns nie gegen die Weltkrankheit sichern, weil wir die Welt in uns tragen. Ganz gleich wie wunderbar die Menschen werden, die Gesamtheit wird sich einer Außenwelt anpassen, die qualvoll und unvollkommen ist. Solange wir unserer selbst bewußt leben, muß es uns immer mißlingen, mit der Welt fertig zu werden. Man braucht nicht zu sterben, um schließlich der Wirklichkeit von Angesicht zu Angesicht gegenüberzustehen. Die Wirklichkeit ist hier und jetzt, sie ist überall und schimmert durch jeden Reflex, den das Auge aufnimmt. Gefängnisse und sogar Irrenhäuser werden von ihren Insassen entleert, wenn eine entscheidende Gefahr die Gemeinschaft bedroht. Wenn der Feind naht, wird der politische Verbannte zurückgerufen, um an der Verteidigung seines Landes teilzunehmen. Am letzten Verteidigungsgraben wird es in unsere dicken Schädel eingehämmert, daß wir alle Teil und Stück desselben Fleisches sind. Erst wenn unser Leben bedroht ist, beginnen wir zu leben. Sogar der psychisch Kranke wirft in solchen Augenblicken seine Krücken weg. Für ihn ist die größte Freude, wenn er merkt, daß es etwas Wichtigeres gibt als ihn. Sein ganzes Leben lang hat er sich am Spieß seines Ichs gebraten. Er schürte das Feuer mit seinen eigenen Händen. Er schmort in seinem eigenen Saft. Er macht sich zu einem zarten Bissen für die Dämonen, die er eigenhändig befreite. Das ist das Bild des menschlichen Lebens auf diesem Erde genannten Planeten. Jedermann bis zum letzten Mann und der letzten Frau ist Neurotiker. Der Heilende oder, wenn man will, der Analytiker – ist nur ein Superneurotiker. Er hat uns das indische Zeichen aufgedrückt. Um geheilt zu werden, müssen wir aufstehen aus unseren Gräbern und die Leichenhemden abwerfen. Niemand kann es für einen anderen tun – es ist eine Privatangelegenheit, die am besten kollektiv getan wird. Wir müssen als Ich sterben und wiedergeboren werden in der Gemeinschaft, nicht gesondert und autohypnotisiert, sondern als einzelne und mit den anderen verbunden.

Was die Rettung und alles das betrifft . . . Die größten Lehrer, die echten Heilenden, möchte ich sagen, haben immer darauf bestanden, daß sie nur den Weg weisen können. Der Buddha ging so weit zu sagen: »Glaube nichts, ganz gleich, wo du es gelesen hast oder wer es gesagt hat, *nicht einmal wenn ich es gesagt habe*, es sei denn, es deckt sich mit deiner eigenen Vernunft und deinem eigenen gesunden Menschenverstand.«

Die Großen richten keine Sprechzimmer ein, verlangen keine Honorare, halten keine Vorträge, noch schreiben sie Bücher. Die Weisheit schweigt, und die wirkungsvollste Werbung für die Wahrheit ist die Kraft des persönlichen Beispiels. Die Großen ziehen Jünger an, geringere Gestalten, deren Auftrag es ist, zu predigen und zu lehren. Das sind die Evangelisten, die, der höchsten Aufgabe nicht gewachsen, ihr Leben mit der Bekehrung anderer verbringen. Die Großen sind im tiefsten Sinne gleichgültig. Sie verlangen nicht, daß man glaubt: Sie elektrisieren einen durch ihr Verhalten. Sie sind die Erwecker. Was man mit seinem unwichtigen Leben anfängt, beschäftigt sie nicht. Was du mit deinem Leben tust, geht nur dich an, scheinen sie zu sagen. Kurzum, ihr einziger Zweck hier auf Erden ist, zu inspirieren. Und was kann man von einem Menschen mehr verlangen als das?

Krank oder, wenn ihr wollt, neurotisch zu sein, heißt, daß man Garantien verlangt. Der Neurotiker ist die Flunder, die sicher im Schlamm eingebettet im Flußbett liegt und darauf wartet, aufgespießt zu werden. Der Tod ist für ihn die einzige Gewißheit, und die Drohung dieser grimmigen Gewißheit macht ihn unbeweglich in einem lebenden Tod, der viel schrecklicher ist als der, den er sich vorstellt, aber von dem er nichts weiß.

Der Lebensweg zielt jedoch auf Erfüllung ab, wohin er auch führen mag. Einen Menschen so weit wiederherzustellen, daß er in den Strom des Lebens zurückkehren kann, heißt nicht nur, ihm Selbstvertrauen einzuflößen, sondern auch einen bleibenden Glauben an die Lebensvorgänge. Ein Mensch, der Vertrauen zu sich selbst hat, *muß* Vertrauen zu anderen haben. Vertrauen zu der Zweckmäßigkeit und Richtigkeit der Welt. Wenn ein Mensch so verankert ist, hört er auf, sich über die Zweckmäßigkeit der Dinge, das Verhalten seiner Mitmenschen, über Recht und Unrecht, Gerechtigkeit und Ungerechtigkeit zu beunruhigen. Wenn seine Wurzeln im Lebensstrom sind, wird er auf der Oberfläche treiben wie eine Lotosblume und blühen und Frucht tragen. Er wird seine Nahrung von oben und unten aufnehmen. Er wird seine Wurzeln immer tiefer hinuntersenden, weder die Tiefen noch die Höhen fürchten. Das Leben, das in ihm ist, wird sich durch Wachstum offenbaren – und Wachstum ist ein endloser, ewiger Prozeß. Er wird keine Angst vor dem Verwelken haben, denn Zerfall und Tod gehören zum Wachstum. Als ein Samenkorn fing er an, und als ein Samenkorn wird er wiederkehren. Anfang und Ende sind nur Teilstufen in dem ewigen Prozeß. Der Prozeß ist alles . . . der Weg . . . das Tao.

Der Lebensweg! Ein großartiger Ausdruck. Als sage man *die Wahrheit*. Es gibt nichts darüber hinaus . . . er ist alles.

Und so sagte der Analytiker: »Passe dich an!« Er meint nicht, wie manche glauben möchten – passe dich diesem häßlichen Zustand der Dinge an! Er meint: Adaptiere dich dem Leben! *Werde ein Adept!* Das ist die höchste Anpassung – sich zum Adepten zu machen.

Die zarten Blumen sind die ersten, die in einem Sturm zugrunde gehen: Der Riese wird mit einer Schleuder zu Fall gebracht. Bei jeder gewonnenen Höhe bedrohen uns neue und verwirrendere Gefahren. Der Feigling wird oft unter derselben Mauer begraben, hinter der er sich in Angst und Furcht duckte. Der beste Harnisch kann durch einen geschickten Stoß durchbohrt werden. Die größten Armadas werden schließlich versenkt. Maginotlinien werden immer umgangen. Das Trojanische Pferd wartet immer darauf, daß es in Trab gesetzt wird. Wo liegt dann die Sicherheit? Welchen Schutz kann man erfinden, der noch nicht erdacht worden ist? Es ist hoffnungslos, an Sicherheit zu denken – es gibt keine. Der Mensch, der Sicherheit sucht, und sei es auch nur im Geiste, ist wie ein Mann, der sich die Glieder abhackt, um künstliche zu bekommen, die ihm keine Schmerzen und keine Schwierigkeiten verursachen.

In der Insektenwelt sehen wir das Abwehrsystem par excellence. Im Herdenleben der Tierwelt entdecken wir eine andere Art von Verteidigungssystem. Im Vergleich dazu scheint der Mensch ein hilfloses Geschöpf. In dem Sinne, daß er ein exponierteres Leben führt, ist er das auch. Aber seine Fähigkeit, sich jeder Gefahr auszusetzen, ist gerade seine Stärke. Ein Gott würde keine erkennbare Verteidigung, welcher Art auch immer, haben. Er würde mit dem Leben eins sein, sich frei in allen Dimensionen bewegen.

Angst, hydraköpfige Angst, die in uns allen lauert, ist ein Überbleibsel der niedrigeren Lebensformen. Wir stehen mit gespreizten Beinen auf zwei Welten – der einen, aus der wir hervorgegangen sind, und der anderen, der wir zustreben. Das ist die tiefste Bedeutung des Wortes menschlich, daß wir ein Bindeglied, eine Brücke, ein Versprechen sind. Der Lebensprozeß wird in uns selbst zur Vollendung geführt. Wir haben eine ungeheuere Verantwortung, und es ist die Schwere dieser Verantwortung, die unsere Ängste weckt. Wir wissen, daß, wenn wir uns nicht vorwärtsbewegen, unser potentielles Ich nicht verwirklichen, wir zurückfallen, versprühen und die Welt mit uns hinunterziehen. Wir tragen Himmel und Hölle in uns. Wir sind die kosmogonischen Welterbauer. Wir haben die Wahl – und die ganze Schöpfung ist unser Bereich.

Für manche ist das eine erschreckende Aussicht. Es wäre besser, so glauben sie, wenn der Himmel oben und die Hölle unten wäre – irgendwo draußen, nicht drinnen. Aber dieser Trost ist uns unter den Füßen weggezogen worden. Es gibt keine Orte, wo man hingehen kann, weder zum Lohn noch zur Strafe. Der Ort ist immer hier und jetzt, in unserer eigenen Person und unserer eigenen Phantasie entsprechend. Die Welt ist stets, in jedem Augenblick, genau das, als was man sie sich vorstellt. Es ist nicht möglich, die Szenerie zu verändern und vorzugeben, man werde einen anderen, völlig verschiedenen Akt genießen. Der Schauplatz ist bleibend, er wandelt sich mit dem Denken und dem Herzen, nicht nach dem Diktat eines unsichtbaren Regisseurs. Du bist Autor, Regisseur und Schauspieler, alles in einer Person: Das Drama ist immer dein eigenes Leben, nicht das von jemand anderem. Ein schönes, schreckliches, unentrinnbares Drama, wie ein aus deiner eigenen Haut gemachter Anzug. Möchtest du es anders? Könntest du ein besseres Drama erfinden?

Dann lege dich hin auf die weiche Couch, die der Analytiker zur Verfügung stellt, und versuche dir etwas anderes auszudenken. Der Analytiker hat endlos Zeit und Geduld, jede Minute, die du ihn aufhältst, bedeutet Geld in seine Tasche. Er ist in einem gewissen Sinne wie Gott – der Gott unserer eigenen Schöpfung. Ob du winselst, heulst, bittest, weinst, flehst, ihm schmeichelst, betest oder fluchst – er hört zu. Er ist nur ein großes Ohr ohne ein sympathisches Nervensystem. Er ist unzugänglich für alles, außer für die Wahrheit. Wenn du glaubst, es mache sich bezahlt, ihn zu täuschen, dann täusche ihn. Wer wird der Verlierer sein? Wenn du glaubst, er kann dir helfen, und nicht du dir selbst, dann klammere dich an ihn, bis du verfaulst. Er hat nichts zu verlieren. Aber wenn du merkst, daß er kein Gott ist, sondern ein Mensch wie du, mit Sorgen, Fehlern, Ehrgeiz und Schwächen, daß er nicht das Gefäß einer allumfassenden Weisheit, sondern wie du ein Wanderer auf dem Pfad ist, dann hörst du vielleicht auf, es auszugießen wie eine Kloake, wie melodisch es auch deinen Ohren klingen mag, und erhebst dich auf deine eigenen zwei Beine und singst mit deiner eigenen gottgegebenen Stimme. Zu beichten, zu winseln, zu klagen, zu bemitleiden, das verlangt immer seinen Tribut. Zu singen kostet dich keinen Penny. Nicht nur kostet es nichts – sondern tatsächlich bereicherst du andere. *Sing das Lob des Herrn*, das ist Pflicht. Immer und ewig singe! Singe, o Baumeister! Singe, fröhlicher Krieger! Aber, du Wortklauber, wie kann ich singen, wenn die Welt zerfällt, wenn alles um mich in Blut und Tränen gebadet ist? Ist dir bewußt, daß die Märtyrer sangen, wenn sie auf dem Scheiterhaufen verbrannt wurden? Sie sahen nichts zerfallen, hörten keine Schmerzensschreie. Sie sangen, weil sie voll des Glaubens waren. Wer kann den Glauben vernichten? Wer die Freude austilgen? Die Menschen haben es in jedem Zeitalter versucht. Aber es ist ihnen nicht gelungen. Freude und Glaube sind der Welt eingeboren. Zum Wachsen gehören Schmerz und Kampf, in der Vollbringung ist Freude und Fülle, in der Erfüllung Friede und Ruhe. Zwischen den Ebenen und Sphären des irdischen und überirdischen Daseins gibt es Leitern und Gitterwerk. Derjenige, der aufsteigt, singt. Die sich entfaltenden Ausblicke machen ihn trunken und versetzen ihn in Begeisterung. Er steigt sicheren Fußes, ohne an das zu denken, was unter ihm liegt, falls er ausgleiten und den Halt verlieren sollte, sondern nur an das, was vor ihm liegt. *Alles liegt vor einem*. Der Weg ist endlos, und je weiter man kommt, desto mehr tut sich die Straße vor einem auf. Die Sümpfe und Moraste, die Moore und Senkgruben, die Schlaglöcher und Fallen sind alle im Geist vorhanden. Sie liegen wartend auf der Lauer, bereit, einen in dem Augenblick zu verschlingen, wo man aufhört voranzugehen. Die unwirkliche Welt ist die Welt, die nicht ganz erobert wurde. Es ist die Welt der Vergangenheit, nie die der Zukunft. Sich an die Vergangenheit geklammert vorwärtszubewegen, ist, als würde man Fessel und Eisenkugel mit sich schleppen. Der Gefangene ist nicht derjenige, der ein Verbrechen begangen hat, sondern derjenige, der an seinem Verbrechen festhält und es immer wieder durchlebt. Wir sind alle des Verbrechens schuldig, des großen Verbrechens, daß wir das Leben nicht voll leben. Aber wir haben alle die Möglichkeit, frei zu sein. Wir können aufhören, daran zu denken, was wir zu tun versäumt haben, und können tun, was in unserer Macht liegt. Was diese Mächte, die in uns sind, sein mögen, hat niemand sich wirklich vorzustellen gewagt. Daß sie unbegrenzt sind, werden wir an dem Tag erkennen, an dem wir uns eingestehen, daß die Phantasie alles ist. Die Phantasie ist die Stimme des Wagnisses. Wenn etwas Göttliches an Gott ist, dann ist es das. Er wagte, sich alles auszudenken.

15

Jeder hielt Mona und Rebecca für Schwestern. Äußerlich schienen sie alles gemeinsam zu haben; innerlich bestand nicht die geringste Bindung zwischen ihnen. Rebecca, die nie ihr jüdisches Blut verleugnete, lebte mit beiden Füßen in der Gegenwart. Sie war normal, gesund, gescheit, aß mit Genuß, konnte herzhaft lachen, sprach unbefangen und, so stellte ich mir vor, fickte und schlief gut. Sie war ganz ausgeglichen und fest verankert, befähigt, auf jeder Ebene zu leben und das Beste daraus zu machen. Sie besaß alles, was sich ein Mann bei einer Frau wünschen konnte. Sie war ein richtiges Weib. In ihrer Gegenwart wirkte die Durchschnittsamerikanerin wie ein Geschöpf aus Fehlern und Mängeln.

Ihre besondere Eigenschaft war ihre Erdgebundenheit. In Südrußland geboren, wo ihr die Schrecken des Lebens im Ghetto erspart geblieben waren, spiegelte sie die Größe des einfachen russischen Volkes wider, unter dem sie aufgewachsen war. Ihr Geist war umfassend und rege, gleichzeitig robust und geschmeidig. Sie war Kommunistin von Natur aus, denn ihr Wesen war einfach, gesund und ungebrochen.

Obwohl sie die Tochter eines Rabbi war, hatte sie sich in jungen Jahren emanzipiert. Von ihrem Vater hatte sie diesen Scharfsinn und diese Rechtschaffenheit geerbt, die seit undenklichen Zeiten dem frommen Juden diese charakteristische Aura von Reinheit und Stärke verliehen haben. Sanftmut und Scheinheiligkeit waren nie die Eigenschaften des glaubensstarken Juden. Ihre Schwäche bestand, wie bei den Chinesen, in einer unangebrachten Ehrerbietung vor dem geschriebenen Wort. Für sie hat das Wort eine dem Christen fast unbekannte Bedeutung. Wenn sie in Begeisterung geraten, glühen sie wie feurige Buchstaben.

Was Mona betrifft, so war es unmöglich, ihre Abstammung zu erraten. Lange Zeit hatte sie behauptet, daß sie in New Hampshire geboren war und ein College in New England besucht hatte. Man hätte sie für eine Portugiesin, eine Baskin, eine rumänische Zigeunerin, eine Ungarin, eine Georgierin – alles, was sie einem weismachen wollte – halten können. Ihr Englisch war fehlerfrei und für die meisten Beobachter ohne die leiseste Spur von einem Akzent. Sie hätte überall geboren sein können, denn das Englisch, das sie sprach, war offenkundig ein Englisch, das sie gelernt hatte, um alle Nachforschungen hinsichtlich ihrer Abkunft und Herkunft zu vereiteln. In ihrer Gegenwart vibrierte das Zimmer. Sie hatte ihre eigene Wellenlänge: kurz, durchdringend, disruptiv. Sie diente dazu, andere Sendungen zu unterbrechen, besonders solche, die eine wirkliche Verbindung mit ihr herzustellen drohten. Sie war sprunghaft wie der Blitz über einer sturmgepeitschten See.

Es lag etwas Störendes für sie in der Atmosphäre, die durch das Zusammenleben so starker Individualitäten, aus denen sich unsere neue Wohngemeinschaft zusammensetzte, zustande kam. Sie spürte die Herausforderung, der sie sich nicht ganz gewachsen fühlte. Ihr Paß war in Ordnung, aber ihr Gepäck erregte Verdacht. Am Ende jedes Zusammenstoßes mußte sie ihre Kräfte neuerlich sammeln, aber es war auch für sie offensichtlich, daß ihre Kräfte zersplittert und vermindert wurden. Allein in unserem kleinen Zimmer – der kleinen Nische –, pflegte ich ihre Wunden und bemühte mich, sie für den nächsten Zusammenstoß zu wappnen. Ich mußte natürlich vorgeben, sie habe sich bewundernswert gehalten. Oft wiederholte ich manche der Behauptungen, die sie aufgestellt hatte, indem ich sie ein wenig veränderte oder in unerwarteter Weise ergänzte, um ihr das Stichwort zu geben, das sie suchte. Nie machte ich den Versuch, sie dadurch zu demütigen, daß ich sie zwang, eine direkte Frage zu stellen. Ich wußte einfach, wo das Eis dünn war, und lief an diesen gefährlichen Zonen mit der Geschicklichkeit und Behendigkeit des professionellen Schlittschuhläufers vorbei. Auf diese

Weise bemühte ich mich geduldig, die Lücken auszufüllen, die bei jemandem, der angeblich sein Abschlußexamen in einer so altehrwürdigen Lehranstalt wie Wellesley absolviert hatte, geradezu erschütternd waren.

Es war ein seltsames, unbeholfenes und peinliches Spiel. Ich war überrascht, als ich in mir das Keimen eines neuen Gefühls für sie entdeckte: *Mitleid.* Es war mir unbegreiflich, daß sie, als sie gezwungen war, ihre Karten auf den Tisch zu legen, nicht Zuflucht zur Offenheit genommen hatte. Sie wußte, daß ich wußte, bestand aber darauf, den Schein aufrechtzuerhalten. Warum? Warum bei *mir*? Was hatte sie zu fürchten? Dadurch, daß ich ihre Schwäche entdeckt hatte, war meine Liebe in keiner Weise geringer geworden. Im Gegenteil, es hatte sie noch gesteigert. Ihr Geheimnis war meines geworden, und indem ich sie schützte, schützte ich auch mich. Merkte sie denn nicht, daß sie damit, daß sie mein Mitleid erregte, das Band zwischen uns nur verstärkte? Aber vielleicht war das nicht von großer Wichtigkeit für sie, vielleicht hielt sie es für selbstverständlich, daß das Band zwischen uns mit den Jahren stärker würde.

Sie war besessen von dem Bestreben, sich unverwundbar zu machen. Als ich das herausfand, wuchs mein Mitleid ins Unermeßliche. Es war fast, als hätte ich plötzlich entdeckt, daß sie verkrüppelt war. Das kommt hin und wieder vor, wenn zwei Menschen sich ineinander verlieben. Und wenn es Liebe ist, die zwei Menschen vereint hat, dann dient eine solche Entdeckung nur dazu, die Liebe zu verstärken. Man ist nicht nur beflissen, die Gespaltenheit des Unglücklichen zu übersehen, sondern man macht eine heftige und unnatürliche Anstrengung, sich mit ihm zu identifizieren. »Laß mich die Last deines süßen Gebrechens tragen!« Das ist der Schrei des liebeskranken Herzens. Nur ein unverbesserlicher Egoist kann den Fesseln entgehen, die ihm durch einen ungleichen Partner auferlegt werden. Den Liebenden entzückt der Gedanke großer Prüfungen, stumm bittet er, daß er seine Hand in die Flamme halten darf. Und wenn der angebetete Krüppel darauf besteht, das gefährliche Spiel der Verstellung zu spielen, dann tut sich das bereits geöffnete und entfaltende Herz mit der schmerzenden Leere der Gruft auf. Dann wird nicht nur das Gebrechen, sondern auch der Leib, die Seele und der Geist des geliebten Wesens verschluckt von dem, was wahrhaft ein lebendes Grab ist.

Es war Rebecca, die Mona ernsthaft auf die Folter spannte. Besser gesagt, sie erlaubte Mona, daß sie sich selbst auf die Folter spannte. Nichts konnte sie dazu bringen, das Spiel so mitzumachen, wie Mona verlangte, daß es gespielt werden sollte. Sie stand fest da wie ein Fels, ohne auch nur eine Handbreit nach da oder dort auszuweichen. Sie legte weder Mitleid noch Grausamkeit an den Tag. Sie war gefeit gegen alle Listen und Verführungskünste, die Mona sowohl bei Frauen wie bei Männern anzuwenden verstand. Der grundlegende Kontrast zwischen den beiden »Schwestern« wurde immer offenkundiger. Der häufiger stumme als ausgesprochene Antagonismus enthüllte mit dramatischer Klarheit die zwei Pole der weiblichen Seele. Oberflächlich ähnelte Mona dem ewig weiblichen Typ. Aber Rebecca, an deren reichem Wesen nichts oberflächlich war, hatte die Plastizität und Veränderlichkeit des echten Weibes, welches die Jahrhunderte hindurch und ohne Preisgabe ihrer Individualität die Konturen ihrer Seele entsprechend dem wechselnden Bild verändert hat, das sich der Mann von dem unvollkommenen Werkzeug seiner Wünsche schafft.

Das schöpferische Element, das der Frau eigen ist, arbeitet unmerklich: Sein Gebiet ist der potentielle Mann. Wenn das schöpferische Spiel sich ungehindert entfaltet, hebt sich das Niveau eines Volkes. Man kann das Niveau einer Epoche immer am Status der Frau erkennen. Dabei spielen nicht nur Freiheit und günstige Umstände eine Rolle, denn das wahre Wesen der Frau drückt sich nie in Forderungen aus. Wie Wasser findet die Frau immer ihr eigenes Niveau. Und wie Wasser spiegelt sie auch getreulich alles wider, was in der Seele des Mannes vorgeht.

Was »echt weiblich« genannt wird, ist daher nur die täuschende Maske, die der unschöpferische Mann blind als das echte Bild hinnimmt. Es ist der schmeichelhafte Ersatz, den das widerspenstige Weib in Selbstverteidigung anbietet. Es ist das homosexuelle Spiel, das der Narzißmus erfordert. Es wird am offenkundigsten enthüllt, wenn die Partner extrem männlich und weiblich sind. Es kann höchst erfolgreich in dem Schattenspiel der ausgesprochenen Homosexuellen nachgeahmt werden. Es erreicht seinen schalen Kulminationspunkt in der Gestalt Don Juans. Hier nimmt das Streben nach dem Unerreichbaren die burlesken Ausmaße chaplinscher Verfolgung an. Das Ende ist immer dasselbe: Narziß ertrinkt in seinem eigenen Spiegelbild.

Ein Mann kann nur anfangen, die Tiefen der weiblichen Natur zu verstehen, wenn er seine Seele unwiderruflich preisgibt. Erst dann beginnt er, sie zum Wachsen zu bringen und sie zu befruchten. Dann gibt es keine Grenzen, was er von ihr erwarten darf, denn damit, daß er sich auslieferte, hat er seine eigenen Kräfte begrenzt. Bei dieser Art von Vereinigung, die wirklich eine Vermählung von Geist mit Geist ist, steht ein Mann dem Sinn der Schöpfung von Angesicht zu Angesicht gegenüber. Er nimmt teil an einem Experiment, das, wie er sich bewußt wird, immer über sein armseliges Begriffsvermögen hinausgeht. Er fühlt das Drama des Erdgebundenen und die Rolle, welche die Frau darin spielt. Die Besitzgier der Frau erscheint in einem neuen Licht. Sie wird so bezaubernd und geheimnisvoll wie das Gesetz der Schwerkraft.

Ein seltsames Vierer-Doppel fand zwischen uns statt, mit Kronski als Schiedsrichter und Antreiber. Während Mona sich vergeblich bemühte, Rebecca schlechtzumachen und zu verführen, tat Arthur Raymond sein möglichstes, um mich zu seiner Denkungsart zu bekehren. Wenn auch keiner von uns offen auf das Thema anspielte, war es doch offensichtlich, daß ich seiner Ansicht nach Mona vernachlässigte, während ich der Meinung war, daß er Rebecca nicht genügend zu schätzen wisse. Bei allen unseren Diskussionen verfocht ich immer die Sache Rebeccas oder sie meine, und Mona und er taten natürlich dasselbe. Kronski, ein echter Schiedsrichter, sorgte dafür, daß wir am Ball blieben. Seine Frau, die nie etwas beizusteuern hatte, wurde gewöhnlich schläfrig und zog sich so schnell wie möglich vom Schauplatz zurück. Ich hatte den Eindruck, daß sie die Zeit wach im Bett liegend und lauschend verbrachte, denn sobald Kronski sich zu ihr gesellte, legte sie sich ins Zeug und quälte ihn, daß er sie so schamlos vernachlässigt hätte. Der Streit endete immer mit Stöhnen und Knarren, gefolgt von wiederholten Gängen zum Ausguß, den wir gemeinsam benützten.

Oft, nachdem Mona und ich uns zurückgezogen hatten, stand Arthur Raymond draußen vor unserer Tür, fragte zuerst, ob wir noch wach seien, und unterhielt sich mit uns durch das Oberfenster. Ich hielt absichtlich die Tür geschlossen, denn anfangs hatte ich den Fehler begangen, höflich zu sein und ihn hereinzubitten – ein gefährliches Unterfangen, wenn man darauf aus war, etwas Nachtruhe zu finden. Dann beging ich den dümmsten Fehler, nämlich halbwegs höflich zu sein und in Abständen wie betäubt mit ja . . . nein . . . ja . . . nein . . . zu antworten. Solange er bei seinem Zuhörer die geringste Bewußtseinsregung spürte, redete Arthur Raymond unbarmherzig weiter. Wie ein Niagara spülte er die Felsen und das Geröll beiseite, die seinen Redestrom hemmten. Er überschwemmte einfach alle Opposition . . . Es gibt jedoch einen Weg, sich gegen diese unwiderstehlichen Kräfte zu schützen. Man kann den Trick lernen, wenn man zu den Niagarafällen geht und diese spektakulären Gestalten beobachtet, die mit dem Rücken an die Felswand gelehnt dastehen und dem mächtigen Strom zusehen, wie er über ihre Köpfe hinwegschießt und mit betäubendem Gebrüll in das schmale Bett der Schlucht stürzt. Die Gischtspritzer, denen sie ausgesetzt sind, wirken als Stimulans auf ihre schwindenden Sinne.

Arthur Raymond schien sich bewußt zu sein, daß ich einen diesem geschilderten Bild analogen Schutz gefunden hatte. Ihm blieb daher nur die Möglichkeit, daß er das obere Bett des Flusses abtrug, wegschwemmte und mich von meinem unsicheren Zufluchtsort verjagte. Einer solchen blinden, fanatischen Beharrlichkeit haftete etwas von dem lächerlich monumentalen Eigensinn an, der der gargantuanischen Erzählstrategie glich, die Thomas Wolfe später in seinen Romanen anwandte und die er selbst als den Fehler im »Perpetuum mobile« erkannte, als er seinem großen Werk den Titel ›*Von Zeit und Strom*‹ gab.

Wäre Arthur Raymond nur ein Buch gewesen, dann hätte ich ihn beiseite schieben können. Aber er war ein zu Fleisch und Blut gewordener Fluß, und das Bett, durch das er dynamisch wogte, war nur einige Schritte von dem Felsvorsprung entfernt, in den wir eine Zufluchtsnische gemeißelt hatten. Sogar im Schlaf verfolgte uns das Dröhnen seiner Stimme. Wir erwachten aus unserem Schlummer mit dem verstörten Ausdruck eines Menschen, den man im Schlaf betäubt hat. Diese Kraft, die niemand hatte in Bahnen lenken oder verwandeln können, wurde zu einer allgegenwärtigen Drohung. Wenn ich in späteren Jahren an ihn dachte, verglich ich ihn in meinen Gedanken oft mit diesen reißenden Flüssen, die über ihre Ufer treten und zurückfluten, mächtige Schleifen bilden und sich winden wie eine Schlange, vergeblich ihre unkontrollierbaren Energien zu verschwenden suchen und ihre Agonie damit beenden, daß sie sich durch ein Dutzend wütender Münder ins Meer stürzen.

Aber die Kraft, die Arthur Raymond in die Vernichtung riß, war zu jener Zeit gerade auf Grund ihrer drohenden Form beschwichtigend und hypnotisch. Wie Alraunen unter einem Glasdach lagen Mona und ich festgewurzelt in unserem Bett, das ein ausgesprochen menschliches Bett war, und befruchteten das Ei hermaphroditischer Liebe. Wenn die prickelnde Gischt aufhörte, auf das Glasdach unserer Apathie zu prasseln, drang aus unseren Wurzeln das Klagelied der Blume, die durch das Sperma des sterbenden Verbrechers vermenschlicht wurde. Der Meister der Tokkata und der Fuge wäre entsetzt gewesen, wenn er den Nachhall hätte hören können, den sein Rauschen hervorrief.

Es war nur kurze Zeit, nachdem wir uns in dem Palast von Zeit und Strom installiert hatten, daß ich eines Morgens beim Duschen entdeckte, daß die Eichel meines Penis von einem blutigen Wundkranz umgeben war. Ich brauche nicht erst zu sagen, daß ich heftig erschrak. Sofort glaubte ich, die »Syph« geschnappt zu haben. Und da ich auf meine Weise treu gewesen war, konnte ich nur annehmen, daß ich sie von Mona hatte.

Es ist jedoch nicht meine Art, sofort zum Arzt zu laufen. Bei uns ist der Arzt stets als ein Quacksalber, wenn nicht sogar rundheraus als ein Verbrecher angesehen worden. Wir warten gewöhnlich auf den Chirurgen, der natürlich im Bund mit dem Beerdigungsinstitut steht. Wir zahlen immer eine Menge für dauernde Grabpflege.

»Es wird von selbst vergehen«, sagte ich mir und zog meinen Penis zwanzig- oder dreißigmal am Tag heraus.

Es hätte auch ein Rückschlag von einem dieser Erbsensuppen-Ficks während der Menstruation sein können. Oft verwechselt man in dummem Mannesstolz den Tomatensaftfluß der Periode mit einer dem Koitus vorausgehenden Absonderung. Mancher stolze Schwanz ist bei diesem Scapa Flow untergegangen . . .

Das einfachste war natürlich, Mona zu fragen, was ich prompt tat.

»Hör zu«, sagte ich, noch gut gelaunt, »wenn du einen Tripper geangelt hast, dann sag' es mir lieber. Ich frage dich nicht, wie du dazu gekommen bist . . . ich will nur die Wahrheit wissen, das ist alles.«

Diese Direktheit ließ sie in Lachen ausbrechen. Sie lachte ein wenig zu herzlich, dachte ich.

»Schon beim Sitzen auf dem Lokus kann man einen Tripper aufschnappen«, sagte ich.

Ihr Lachen wurde nur noch herzlicher, fast hysterisch.

»Oder es könnte ein Rückfall von einem alten Trio sein. Es ist mir gleich, wann und wo es passiert ist . . . *Hast du einen? Mehr will ich nicht wissen.*«

Die Antwort war nein. Ein nachdrückliches Nein! Sie wurde jetzt ernst und bekundete zugleich damit ein wenig Ärger. Wie konnte ich auf eine solche Beschuldigung verfallen? Für was hielt ich sie denn – für eine Hure?

»Nun, wenn es so steht«, sagte ich und machte gute Miene zum bösen Spiel, »brauche ich mich nicht weiter zu beunruhigen. Man bekommt keinen Tripper aus heiterem Himmel. Ich werde es vergessen . . .«

Aber es war nicht so leicht, es ganz einfach zu vergessen. Erst einmal war Vögeln tabu. Eine Woche war vergangen, und eine Woche ist eine lange Zeit, wenn man gewöhnt ist, jede Nacht und hin und wieder einmal dazwischen – auf die Schnelle – zu ficken.

Jede Nacht stand er mir wie eine Stange. Ich ging sogar so weit, ein Kondom zu benutzen – nur ein einziges Mal, denn es tat höllisch weh. Das einzige andere, was man tun konnte, war, Stinkefingerchen zu machen oder ihr einen abzulutschen. Ich war ein wenig mißtrauisch letzterem gegenüber, trotz ihrer prophylaktischen Versicherungen.

Masturbation war der beste Ersatz. Tatsächlich eröffnete sie ein neues Forschungsgebiet. Psychologisch, meine ich. Während ich dalag, den Arm um sie gelegt und meine Finger oben zwischen ihren Beinen, wurde sie merkwürdig vertraulich. Es war, als werde die erogene Zone ihres Geistes von meinen Fingern gekitzelt. Der Saft begann herauszufließen ... *»der Dreck«*, wie sie es einmal genannt hatte.

Interessant, wie Frauen die Wahrheit mundgerecht machen! Oft fangen sie mit einer Lüge an, einer harmlosen, kleinen Lüge, mit der sie nur vorfühlen wollen. Nur um zu sehen, wie der Wind weht, wohlverstanden. Wenn sie das Gefühl haben, daß man nicht allzu verletzt, nicht allzu beleidigt ist, riskieren sie ein Krümchen Wahrheit, ein paar geschickt in ein Lügengewebe eingehüllte Brocken.

Diese wilde Autofahrt zum Beispiel, von der sie im Flüsterton erzählte. Keinen Augenblick sollte man glauben, daß es ihr Vergnügen gemacht hätte, mit drei fremden Männern und zwei dusseligen Flittchen von dem Tanzpalast durch die Gegend zu fahren. Sie war nur mitgefahren, weil sie im letzten Augenblick kein anderes Mädchen auftreiben konnte. Und dann mag sie natürlich gehofft haben, wenn sie es auch damals nicht wußte, daß einer der Männer verständnisvoll sein, ihre Geschichte anhören und ihr – vielleicht mit einer Fünfzigdollarnote – aushelfen würde. (Sie hatte immer ihre Stiefmutter, auf die sie sich berufen konnte: die Stiefmutter, der Hauptgrund und die Ursache aller Verbrechen ...)

Und dann, wie es bei Autofahrten immer der Fall ist, wurden sie zudringlich. Wenn die anderen Mädchen nicht dabeigewesen wären, hätte es anders ausgehen können. Sie hatten ihnen die Röcke bis über die Knie hochgeschoben, kaum daß die Fahrt begonnen hatte. Sie mußten auch beim Trinken mithalten – das war das schlimmste daran. Natürlich tat sie nur so, als trinke sie etwas, nippte nur daran ... genug, um ihre Kehle zu befeuchten ... die anderen stürzten es hinunter. Es machte ihr auch nichts aus, die Männer zu küssen – das hatte ja nichts zu besagen –, aber die Art, wie sie sie abtatschten ... ihre Titten herausholten und mit den Händen zwischen ihre Beine faßten, zwei zugleich. Es mußten Italiener gewesen sein, glaubte sie. Geile Rohlinge.

Dann machte sie ein Geständnis. Ich wußte, daß es eine gottverdammte Lüge war, aber es war trotzdem interessant. Es war eine dieser »Entstellungen« oder »Verschiebungen« wie in Träumen. Ja, merkwürdigerweise bedauerten die beiden Mädchen sie . . . es tat ihnen leid, daß sie sie in eine solche Patsche gebracht hatten. Sie wußten, daß es nicht ihre Art war, mit Hinz und Kunz ins Bett zu gehen. Also baten sie anzuhalten und tauschten die Plätze, ließen sie vorne bei dem behaarten Kerl sitzen, der bisher den Anschein erweckt hatte, als sei er anständig. Auf den Rückplätzen setzten sie sich auf den Schoß der Männer, mit hochgeschobenen Kleidern, Blick nach vorne, und während sie ihre Zigaretten rauchten, lachten und tranken, ließen sie den Männern ihr Vergnügen.

»Und was tat dein Kerl unterdessen?« konnte ich schließlich nicht umhin zu fragen.

»Er tat nichts«, erwiderte sie. »Ich ließ ihn meine Hand halten und sprach mit ihm, so schnell ich konnte, um ihn auf andere Gedanken zu bringen.«

»Komm, komm«, sagte ich, »erzähl mir keine Märchen. Was hat er getan –«

Nun, jedenfalls hielt er lange Zeit ihre Hand, glaub's oder glaub's nicht. Außerdem, was konnte er tun – er steuerte ja den Wagen.

»Willst du damit sagen, daß er nicht daran gedacht hat, den Wagen anzuhalten?«

Natürlich habe er das getan. Er versuchte es mehrmals, aber sie redete es ihm aus . . . So war es in großen Zügen gewesen. Sie überlegte verzweifelt, wie sie sich an die Wahrheit heranpirschen konnte.

»Und nach einer Weile?« fragte ich, nur um ihr über die peinlichen Stellen wegzuhelfen.

»Ganz plötzlich ließ er meine Hand los . . .« Sie machte eine Pause.

»Erzähl weiter!«

»Und dann ergriff er sie wieder und legte sie in seinen Schoß. Sein Hosenschlitz war offen, und er hatte einen Steifen, der nur so zuckte. Es war ein enormes Ding. Ich bekam schreckliche Angst. Aber er wollte mich meine Hand nicht wegziehen lassen. Ich mußte ihm einen abwichsen. Dann stoppte er den Wagen und versuchte mich hinauszustoßen. Ich bat ihn, mich nicht hinauszuwerfen. ›Fahren Sie langsam weiter‹, bat ich. ›Ich tu es . . . später. Ich habe Angst.‹ Er wischte sich mit einem Taschentuch ab und fuhr weiter. Dann begann er den gemeinsten Unflat daherzureden . . .«

»Was denn? Was denn zum Beispiel?«

»Ach, ich möchte nicht darüber reden . . . es war widerlich.«

»Nachdem du mir schon soviel erzählt hast, sehe ich nicht ein, warum du dich zierst, wenn es nur um Worte geht«, sagte ich. »Was macht es schon aus . . . du könntest ebensogut . . .«

»Na schön, wenn du es willst . . . ›Du bist genau der Typ, den ich gerne ficke‹, sagte er. ›Ich habe seit langer Zeit vorgehabt, dich zu ficken. Mir gefallen deine Arschbacken. Mir gefallen deine Titten. Du bist doch keine Jungfrau – weswegen zum Teufel bist du so zimperlich? Du hast schon mit allen herumgefickt – deine Möse reicht bis zu den Augen‹ – und lauter solches Zeug.«

»Du machst mich ganz geil«, sagte ich. »Los, erzähl mir alles.« Ich sah jetzt, daß sie nur zu froh war, es sich von der Seele zu reden. Wir brauchten uns nichts mehr vorzumachen – es machte uns beiden Spaß.

Die Männer im Rücksitz wollten jetzt anscheinend die Plätze tauschen. Das machte ihr wirklich Angst. »Das einzige, was ich tun konnte, war, vorzugeben, daß ich zuerst von dem anderen gefickt werden wollte. Er wollte sofort halten und aussteigen. ›Fahrt langsam‹, redete ich ihnen gut zu, ›ich mache es mit euch nachher . . . Ich will nicht alle gleichzeitig auf mir.‹ Ich nahm seinen Schwanz und begann ihn zu massieren. Er war im Nu steif . . . sogar noch größer als zuvor. Großer Gott, ich sag dir, Val, ich habe noch nie zuvor ein so großes Instrument gesehen. Er muß ein Tier gewesen sein. Ich mußte auch seine Hoden anfassen . . . sie waren schwer und geschwollen. Ich bearbeitete ihn tüchtig in der Hoffnung, daß es ihm bald kommen würde . . .«

»Hör mal«, unterbrach ich sie, aufgeregt geworden durch die Erzählung von dem dicken Pferdeschwengel, »reden wir offen und ehrlich. Du mußt ganz verrückt auf einen Fick gewesen sein mit diesem Ding in der Hand . . .«

»Warte«, sagte sie, mit glitzernden Augen. Sie war jetzt so naß wie nur was von der Massage, die ich ihr die ganze Zeit angedeihen ließ . . .

»Sieh zu, daß es mir jetzt nicht kommt«, bat sie, »oder ich werde nicht imstande sein, die Geschichte fertig zu erzählen. Großer Gott, ich dachte nie, daß du all das würdest hören wollen.« Sie schloß die Beine über meiner Hand, so als wollte sie nicht so aufgeregt werden. »Hör mal, küß mich . . .« Und sie schob mir ihre Zunge den Hals hinunter. »O Gott, ich wollte, wir könnten jetzt ficken. Das ist eine Qual. Du mußt das bald in Ordnung bringen lassen . . . Ich werde sonst verrückt . . .«

»Schweife jetzt nicht ab . . . Was war dann? Was hat er getan?«

»Er packte mich am Nacken und zwang meinen Kopf hinunter in seinen Schoß. ›Ich werde langsam fahren, wie du gesagt hast‹, murmelte er, ›und ich will, daß du mir einen ablutschst. Danach werde ich bereit sein, dir einen Fick, einen richtigen, zu verpassen.‹ Sein Glied war so riesig, daß ich zu ersticken glaubte. Mich kam die Lust an hineinzubeißen. Ehrlich, Val, ich habe noch nie etwas Ähnliches gesehen. Er ließ mich alles machen. ›Du weißt, was ich will‹, sagte er. ›Bewege deine Zunge, du hast schließlich schon mal einen Schwanz im Mund gehabt.‹ Dann begann er sich auf und ab zu bewegen, ihn herein und heraus schlüpfen zu lassen. Die ganze Zeit hielt er mich am Nacken fest. Ich war fast wahnsinnig. Dann kam es ihm – uff! Es war ekelhaft! Ich glaubte, er würde nie aufhören zu kommen. Ich zog rasch den Kopf weg, und er schoß mir einen Strom ins Gesicht – wie ein Stier.«

Mittlerweile war ich selbst fast so weit, daß es mir kam. Mein Schwanz tanzte wie eine nasse Kerze. »Tripper oder keinen Tripper, ich werde heute nacht vögeln«, dachte ich bei mir.

Nach einer Pause fuhr sie mit der Geschichte fort. Wie er sie sich mit erhobenen Beinen in die Ecke des Wagens hatte hinkauern lassen, um in ihr herumzustochern, während er mit einer Hand lenkte, so daß der Wagen im Zickzack auf der Straße hin und her fuhr. Wie er sie ihre Scheide mit beiden Händen hatte öffnen lassen und dann die Taschenlampe darauf richtete. Wie er seine Zigarette hineinsteckte und sie versuchen ließ, mit ihrer Scheide zu inhalieren. Und wie die beiden im Wagenfond sich vorbeugten und sie betätschelten. Wie einer von ihnen aufstand und versuchte, ihr seinen Schwanz in den Mund zu schieben, aber zu betrunken war, um etwas aufzustellen. Und die Mädchen waren inzwischen splitternackt und sangen schlüpfrige Lieder. Ohne zu wissen, wohin er fuhr oder was als nächstes kam. »Nein«, sagte sie, »ich fürchtete mich zu sehr, um leidenschaftlich zu sein. Sie waren zu allem fähig. Sie waren richtige Rowdies. Alles, was ich denken konnte, war, wie ich ihnen entkommen würde. Ich war starr vor Angst. Und er sagte nur immer wieder: ›Wart nur, du süße Schnalle . . . Ich fick dir den Arsch weg. Wie alt bist du? Wart nur . . .‹ Und damit ergriff er seinen Pint und schwang ihn wie einen Gummiknüppel. ›Wenn du den in deine niedliche kleine Quaddel bekommst, wirst du was spüren. Dir wird's noch aus dem Mund herauskommen. Wie oft glaubst du, daß ich es machen kann? Rate mal!‹ Ich mußte ihm antworten. ›Zwei- . . . dreimal?‹ – ›Ich glaube, du bist noch nie richtig gefickt worden. *Befühl ihn mal!*‹ – und er ließ mich ihn wieder halten, während er vor und zurück zuckte. Er war glitschig und schlüfrig . . . es muß ihm die ganze Zeit gekommen sein. ›*Wie fühlt er sich an, Schwester?* Ich kann noch ein paar Zentimeter zugeben, wenn ich ihn in dein Loch hineinramme. Nebenbei bemerkt, wie würde es dir von hinten gefallen? Paß auf, wenn ich mit dir fertig bin, wirst du einen Monat lang nicht mehr Fick sagen können.‹ So redete er daher . . .«

»Um Himmels willen, hör jetzt nicht auf«, sagte ich. »Weiter.«

Nun, er hielt den Wagen neben einem freien Feld an. Kein unentschlossenes Getue mehr. Die Mädchen hinten versuchten ihre Kleider anzuziehen, aber die Männer jagten sie ohne einen Faden am Leib heraus. Sie schrien. Eine von ihnen bekam für ihre Bemühungen einen Kinnhaken und fiel wie ein Klotz neben der Straße hin. Die andere faltete die Hände, als ob sie bete, aber sie brachte keinen Laut hervor, so von Furcht gelähmt war sie.

»Ich wartete darauf, daß er die Tür an seiner Seite öffnete«, sagte Mona. »Dann sprang ich schnell hinaus und begann über das Feld zu laufen. Ich verlor meine Schuhe, meine Füße wurden durch die dicken Stoppeln zerschnitten. Ich rannte wie verrückt und er hinter mir her. Er holte mich ein und zog mir das Kleid aus – riß es mir mit einem Ruck herunter. Dann sah ich ihn die Hand heben, und im nächsten Augenblick tanzten mir Sterne vor den Augen. Ich spürte Nadeln in meinem Rücken, und Nadeln waren im Himmel. Er lag auf mir und legte los wie ein Tier. Es tat mir schrecklich weh. Ich wollte schreien, aber ich wußte, daß er mich nur noch einmal schlagen würde. Steif vor Angst lag ich da und ließ ihn mich bearbeiten. Er biß mich überall – in die Lippen und Ohren, in den Hals, in die Schultern, in die Brüste – und hörte kein einziges Mal auf, sich zu bewegen – fickte einfach drauflos wie ein verrückt gewordenes Tier. Ich glaubte, alles in mir sei zerbrochen. Als er sich loslöste, dachte ich, er sei fertig. Ich begann zu weinen. ›Hör auf damit‹, sagte er, ›oder du kriegst einen Kinnhaken.‹ Im Rücken hatte ich ein Gefühl, als habe ich mich in Glassplitter gewälzt. Er legte sich flach auf den Rücken und verlangte, daß ich ihm einen ablutschte. Sein Pint war noch immer dick und glitschig. Ich glaube, er muß eine Dauererektion gehabt haben. Ich mußte gehorchen. ›Nimm deine Zunge‹, befahl er, ›leck ihn ab!‹ Er lag heftig atmend da, mit rollenden Augen und weit offenem Mund. Dann zog er mich auf sich, wippte mich auf und ab wie eine Feder, drehte und wand mich, als sei ich aus Gummi. ›So ist's besser, was? Du arbeitest jetzt, du Hure!‹, und er hielt mich leicht mit beiden Händen um die Hüfte, während ich mit aller Kraft fickte. Ich schwöre dir, Val, ich hatte kein bißchen Gefühl mehr übrig außer einem brennenden Schmerz, als sei ein rotglühendes Schwert in mich hineingestoßen worden. ›Genug davon‹, sagte er. ›Jetzt knie dich auf alle viere – und heb deinen Hintern hoch!‹ Dann tat er alles . . . zog ihn an der einen Stelle heraus und schob ihn in die andere hinein. Ich hatte den Kopf in den Boden gewühlt, richtig in den Dreck, und er ließ mich seine zwei Eier mit beiden Händen halten. ›Los, drück sie‹, sagte er, ›aber nicht zu fest, oder ich mach dich kalt!‹ Der Dreck kam mir in die Augen . . . es brannte gräßlich. Plötzlich fühlte ich ihn mit seiner ganzen Gewalt losschieben . . . es kam ihm noch einmal . . . es war heiß und dick. Ich konnte es keinen Augenblick länger aushalten. Ich sank flach auf mein Gesicht hin und fühlte das Zeug über meinen Rücken rinnen. Ich hörte ihn sagen: ›*Verdammte Sau!*‹, und dann muß er mich neuerdings geschlagen haben, denn ich erinnere mich an nichts mehr, bis ich vor Kälte zitternd aufwachte und mich von Wunden und blauen Flecken am ganzen Körper bedeckt fand. Der Boden war feucht, und ich war allein . . .«

An diesem Punkt geriet die Geschichte in ein anderes Fahrwasser. Und dann wieder in ein anderes und noch einmal in ein anderes. In meinem Eifer, mit ihrem Gedankenflug Schritt zu halten, übersah ich beinahe den springenden Punkt der Geschichte, daß sie sich nämlich eine Krankheit geholt hatte. Zuerst merkte sie nicht, was es war, denn das Krankheitsbild schien anfänglich ein schlimmer Fall von Hämorrhoiden zu sein. Schuld daran war das Liegen auf dem feuchten Boden, versicherte sie. Jedenfalls war das die Ansicht des Arztes gewesen. Dann kam das andere – aber sie war rechtzeitig zum Arzt gegangen, und er hatte sie kuriert.

So interessant das für mich sein mochte, da ich ja noch immer beunruhigt war wegen der Ringflechte, so war dabei doch noch etwas von weit größerer Wichtigkeit herausgekommen. Aus irgendeinem Grund hatte ich den Details, die sie über das Nachspiel berichtete – wie sie sich aufgerafft und gebeten hatte, per Anhalter nach New York mitgenommen zu werden, wie sie sich von Florrie ein paar Kleidungsstücke ausgeliehen hatte und so weiter –, nicht genügend Aufmerksamkeit geschenkt. Ich erinnere mich, daß ich sie mit der Frage unterbrach, wie lange die Vergewaltigung zurücklag, und daß ihre Antwort, glaube ich, ziemlich unbestimmt war.

Aber plötzlich, als ich mir alles zusammenzureimen versuchte, ging mir auf, daß sie von Carruthers sprach, wie sie bei ihm gewohnt und für ihn gekocht hatte und so weiter. Wie war das gekommen?

»Aber ich habe es dir doch gerade erzählt«, sagte sie. »Ich ging zu ihm, weil ich nicht wagte, so wie ich aussah, heimzugehen. Er war schrecklich gütig. Er behandelte mich, als sei ich seine Tochter. Es war sein Arzt, zu dem ich gegangen bin – er brachte mich selbst hin.«

Ich nahm an, daß sie die Wohnung meinte, wo sie sich einmal mit mir getroffen und wo Carruthers uns überrascht und eine Eifersuchtsszene gemacht hatte. Aber ich irrte mich.

»Es war lange vorher«, sagte sie. »Damals wohnte er in der Oberstadt«, und sie erwähnte den Namen eines berühmten amerikanischen humoristischen Schriftstellers, mit dem Carruthers zu jener Zeit eine Wohnung teilte.

»Was denn, damals warst du ja fast noch ein Kind – es sei denn, du hast mir über dein Alter etwas vorgelogen.«

»Ich war siebzehn. Während des Krieges war ich von daheim fortgelaufen. Ich ging nach New Jersey und arbeitete in einer Munitionsfabrik. Ich blieb dort nur ein paar Monate. Carruthers sorgte dafür, daß ich den Job aufgeben und zurück ins College gehen konnte.«

»Also hast du dein Studium beendet?« fragte ich, ein wenig verwirrt durch alle die Widersprüche.

»Freilich! Ich wollte, du würdest aufhören anzudeu . . .«

»Und du hast Carruthers in der Munitionsfabrik kennengelernt?«

»Nicht *in* der Fabrik. Er arbeitete in einer in der Nähe gelegenen Farbenfabrik. Dann und wann nahm er mich nach New York mit. Er war stellvertretender Direktor, glaube ich. Jedenfalls konnte er tun und lassen, was er wollte. Er nahm mich ins Theater und in Nachtclubs mit . . . Er tanzte gern.«

»Und du hast damals nicht mit ihm zusammen gelebt?«

»Nein, das war später. Sogar damals, nach der Vergewaltigung, habe ich nicht mit ihm zusammen gelebt. Ich besorgte das Kochen und die Hausarbeit für ihn, um ihm zu zeigen, wie dankbar ich für alles war, was er getan hatte. Nie drang er in mich, seine Geliebte zu werden. Er wollte mich heiraten . . . aber er brachte es nicht übers Herz, seine Frau zu verlassen. Sie war immer kränklich . . .«

»Du meinst sexuell?«

»Ich habe dir doch alles von ihr erzählt. Was macht das schon aus?«

»Ich bin ganz durcheinander«, sagte ich.

»Aber ich sage dir die Wahrheit. Du hast mich gebeten, dir nichts zu verheimlichen. Jetzt glaubst du mir nicht.«

In diesem Augenblick durchzuckte mich der schreckliche Verdacht, daß die »Vergewaltigung« (falls es überhaupt eine Vergewaltigung war) noch gar nicht so lange zurücklag. Vielleicht war der »Italiener« mit dem unersättlichen Schwanz niemand anderer gewesen als ein verliebter Holzfäller in den Wäldern des Nordens. Zweifellos hatte mehr als eine »Vergewaltigung« stattgefunden bei diesen mitternächtlichen Autofahrten, denen heißblütige junge Mädchen, nachdem sie dem Alkohol zugesprochen haben, frönen. Das Bild von ihr, wie sie allein und nackt in der Morgendämmerung auf dem feuchten Feld steht, ihren Leib mit Wunden und blauen Flecken bedeckt, die Gebärmutterwand durchstoßen, den Mastdarm verletzt, ohne Schuhe, die Augen grün und blau geschlagen . . . nun, das waren die Umstände, die eine romantische junge Dame erdichten mochte, um einen fahrlässigen Fehltritt zu beschönigen, der mit Gonorrhöe und Hämorrhoiden endet, obwohl die Hämorrhoiden ein wenig als Gratiszugabe erschienen.

»Ich glaube, wir gehen besser morgen beide zum Arzt und lassen eine Blutprobe machen«, sagte ich ruhig.

»Natürlich gehe ich mit dir«, antwortete sie.

Wir umarmten einander schweigend und gingen dann zu einem langen Fick über.

Ein beunruhigender Gedanke bestätigte sich jetzt. Ich hatte die Vorahnung, daß sie eine Ausrede finden würde, um den Besuch beim Arzt ein paar Tage hinauszuschieben. In dieser Zeit konnte ich, wenn es eine Krankheit war, was ich hatte, sie damit angesteckt haben. Ich tat den Gedanken als unsinnig ab. Ein Arzt konnte wahrscheinlich durch eine Untersuchung feststellen, ob sie mich angesteckt hatte oder ich sie. Und wie sollte ich einen Tripper bekommen haben, außer durch sie?

Bevor wir einschlummerten, erfuhr ich, daß sie ihr Jungfernhäutchen im Alter von fünfzehn Jahren verloren hatte. Auch daran war ihre Stiefmutter schuld. Ja, sie hatten sie daheim verrückt gemacht mit ihrem ständigen Gerede von Geld, Geld und nochmals Geld. Daher hatte sie eine Stellung als Kassiererin in einem kleinen Käfig vor einem Kino angenommen. Es dauerte nicht lange, bis der Besitzer, der eine Reihe von Kinos besaß, die über das ganze Land verstreut waren, sie bemerkte. Er fuhr einen Rolls Royce, trug die besten Anzüge, Gamaschen und zitronenfarbene Handschuhe, eine Blume im Knopfloch und alles, was dazu gehörte. Er schwamm im Geld. Blätterte immer Hundertdollarscheine von seinem dicken Geldbündel ab. Mit Brillanten geschmückte Finger. Schön manikürte Nägel. Ein Mann undefinierbaren Alters, wahrscheinlich Ende Vierzig. Ein stark sexuell veranlagter Müßiggänger, der immer auf der Suche nach Beute war. Sie hatte natürlich seine Geschenke angenommen – aber sonst nichts mit ihm gehabt. Sie wußte, daß sie ihn um den kleinen Finger wickeln konnte.

Aber dann war da der Druck, den ihre Familie ausübte. Ganz gleich, wieviel Geld sie auf den Tisch warf, es war nie genug.

Als er sie eines Tages fragte, ob sie mit ihm nach Chicago fahren wolle, wo er ein neues Kino eröffnete, erklärte sie sich bereit. Sie war sicher, daß sie ihn richtig zu nehmen verstand. Außerdem wollte sie unbedingt aus New York heraus, von ihren Eltern fort und so weiter.

Er benahm sich wie ein vollendeter Gentleman. Alles ging glänzend – er hatte ihr eine beträchtliche Gehaltserhöhung gegeben, ihr neue Kleider gekauft, sie in die besten Lokale geführt –, alles ganz so, wie sie sich vorgestellt hatte. Dann, eines Abends nach dem Essen (er hatte Theaterkarten gekauft), war er ohne Umschweife damit herausgekommen. Er wollte wissen, ob sie noch Jungfrau sei. Sie war nur zu beflissen gewesen, ihm ja zu antworten, da sie glaubte, ihre Jungfräulichkeit sei ihr Schutz. Aber zu ihrer Überraschung begann er dann ein äußerst offenes und unverhohlenes Geständnis abzulegen, bei dem er enthüllte, daß seine einzige Besessenheit darin bestand, junge Mädchen zu deflorieren. Er machte sogar kein Hehl daraus, daß ihn das schon einen hübschen Batzen Geld gekostet und in ernsthafte Schwierigkeiten gebracht hatte. Offenbar vermochte er es jedoch nicht, seine Leidenschaft im Zaum zu halten. Es war, wie er zugab, eine perverse Leidenschaft, aber da er die Mittel hatte, seinem Laster zu frönen, hatte er sich nicht bemüht, es zu überwinden. Er deutete an, daß er nicht brutal vorginge. Er habe seine Opfer immer mit Güte und Rücksicht behandelt. Im allgemeinen betrachteten sie ihn später als ihren Wohltäter. Früher oder später müsse ja jedes Mädchen seine Jungfernschaft aufgeben. Er ginge sogar soweit, zu sagen, daß es, da es nun einmal geschehen müsse, besser sei, diese Prozedur sozusagen einem Fachmann, einem Kenner zu überlassen. Viele junge Ehemänner waren so ungeschickt und unfähig, daß sie oft schuld daran waren, wenn ihre Frauen frigid wurden. Viele gescheiterten Ehen ließen sich auf die erste Nacht zurückführen, behauptete er sanft und überzeugend.

Kurzum, wenn man sie den Vorfall erzählen hörte, war er ein

Mann, der für seine Sache äußerst geschickt plädierte und nicht nur in der Kunst der Defloration, sondern auch der der Verführung erfahren war.

»Ich dachte bei mir«, sagte Mona, »wenn es bei einemmal bleibe, könnte ich mich ja darauf einlassen. Er hatte mir gesagt, er würde mir tausend Dollar geben, und ich wußte, was tausend Dollar für meine Eltern bedeuteten. Ich hatte das Gefühl, daß ich ihm trauen konnte.«

»Du bist also an jenem Abend nicht ins Theater gegangen?«

»Doch, wir sind hingegangen – aber ich hatte ihm bereits versprochen, mich auf seinen Vorschlag einzulassen. Er sagte, es habe keine Eile, ich sollte mir keine Sorgen deshalb machen. Er versicherte mir, es würde nicht zu weh tun. Er meinte, er könnte mir vertrauen, er hätte mich lange Zeit beobachtet und wüßte, daß ich mich vernünftig betragen würde. Um zu beweisen, daß es ihm ernst war, bot er mir an, mir das Geld im voraus zu geben. Ich wollte es nicht annehmen. Er war sehr anständig zu mir gewesen, und ich fühlte, daß ich erst mein Versprechen erfüllen mußte, bevor ich sein Geld annahm. Tatsächlich, Val, begann ich eine Zuneigung zu ihm zu fassen. Es war schlau von ihm, daß er mich nicht drängte. Hätte er das getan, so würde ich ihn vielleicht nachher verabscheut haben. So wie es sich abgespielt hat, bin ich ihm eher dankbar – obwohl es schlimmer war, als ich es mir vorgestellt hatte.«

Ich fragte mich, was sie mit dieser letzten Bemerkung wohl meinte, als ich sie zu meiner Überraschung sagen hörte: »Du mußt wissen, ich hatte ein sehr zähes Hymen. Manchmal muß man da operieren, weißt du. Ich wußte damals überhaupt nichts von solchen Dingen. Ich glaubte, es würde ein wenig weh tun und bluten . . . für ein paar Augenblicke . . . und dann . . . Jedenfalls kam es ganz anders. Es dauerte fast eine Woche, ehe er es durchstoßen konnte. Ich muß sagen, daß er es genoß. Und wie sanft er war! Kann sein, daß er mir nur vorflunkerte, es sei so zäh. Vielleicht war das nur ein Schwindel, um die Geschichte in die Länge zu ziehen. Dann war er auch nicht so kräftig gebaut. Er war kurz und dick. Es kam mir so vor, als bringe er ihn in seiner ganzen Länge hinein, aber ich war so durchgedreht, daß ich es nicht wirklich hätte sagen können. Er verharrte lange Zeit in mir, machte kaum eine Bewegung, aber sein Schwanz war hart wie ein Fels und zuckte wie ein Preßluftbohrer. Manchmal nahm er ihn heraus und spielte damit an mir herum. Das war ein herrliches Gefühl. Er hielt es unerhört lange Zeit aus, ohne daß es ihm kam. Er sagte, ich sei vollendet gebaut . . . und daß es, wenn erst einmal das Häutchen durchbohrt war, wundervoll sein würde, mit mir ins Bett zu gehen. Er führte keine gemeinen Reden wie dieser Rohling. Er war ein Sensualist. Er beobachtete mich, sagte mir, wie ich mich bewegen sollte, zeigte mir alle möglichen Kunststücke . . . Es hätte vielleicht noch weiß Gott wie lange gedauert, wenn ich nicht eines Nachts schrecklich in Erregung gekommen wäre. Es machte mich verrückt, besonders wenn er ihn herauszog und anfing, ihn um die Schamlippen zu reiben . . .«

»Du hast es also richtig genossen?« fragte ich.

»Genossen? Ich war von Sinnen. Ich weiß, daß ich ihn aufs höchste schockierte, als ich es schließlich nicht mehr länger aushielt, ihn mir packte und mit aller Kraft auf mich niederzog. ›*Fick jetzt*, verdammt noch mal!‹ sagte ich, preßte mich an ihn und biß ihn in die Lippen. Da verlor er die Herrschaft über sich und machte sich ganz gehörig dran. Sogar nachdem er es durchstoßen hatte, schob ich, obschon es weh tat, weiter. Ich muß vier- oder fünfmal einen Orgasmus gehabt haben. Ich wollte, daß ich ihn in seiner ganzen Länge eindringen fühlte. Jedenfalls kannte ich keine Scham oder Verlegenheit. Ich wollte richtig gefickt werden und kümmerte mich nicht mehr darum, wie weh es tat.«

Ich fragte mich, ob sie mir wahrheitsgetreu erzählen würde, wie lang diese Geschichte gedauert hatte – nachdem die technische Seite absolviert war. Die Antwort ließ nicht lange auf sich warten. Sie äußerte sich erstaunlich offen. Es schien mir, als hafte ihren Erinnerungen eine ungewöhnliche Wärme an. Das ließ mich erkennen, wie dankbar Frauen sind, wenn man sie verständnisvoll behandelt.

»Ich war ziemlich lange seine Geliebte«, gestand sie. »Ich war immer darauf gefaßt, daß er meiner überdrüssig werden würde, denn er hatte immer wieder betont, nur Jungfrauen brächten ihn in Leidenschaft. Freilich war ich in gewissem Sinne noch eine Jungfrau. Ich war noch schrecklich jung, obwohl die Leute mich immer für achtzehn oder neunzehn hielten. Er brachte mir eine

Menge bei. Ich begleitete ihn überallhin, reiste mit ihm kreuz und quer durchs ganze Land. Er hatte mich sehr gern und behandelte mich immer mit der größten Rücksicht. Eines Tages bemerkte ich, daß er eifersüchtig war. Ich war erstaunt darüber, denn ich wußte, daß er viele Frauen gehabt hatte – ich glaubte nicht, daß er mich liebte. ›Aber ich liebe dich‹, sagte er, als ich ihn damit aufzog. Dann wurde ich neugierig. Ich wollte wissen, wie lange er glaubte, daß diese Affäre anhalten würde. Ich war immer auf den Augenblick gefaßt, wo er ein anderes Mädchen finden würde, das er würde deflorieren wollen. Ich hatte Angst davor, in seiner Gegenwart ein junges Mädchen zu treffen.

›Aber ich denke an kein anderes Mädchen‹, sagte er mir. ›Ich will *dich*, und ich bleibe bei dir.‹

›Aber du hast mir gesagt . . .‹, begann ich, und dann sah ich ihn lachen . . . und ich merkte sofort, was für ein Dummkopf ich gewesen war. ›So also hast du mich bekommen, was?‹ sagte ich. Und dann erwachte mein Rachedurst. Es war töricht von mir, denn er hatte nichts getan, was mich hätte verletzen können. Doch ich wollte ihn demütigen.

Weißt du, ich verachte mich wirklich für das, was ich getan habe«, fuhr sie fort. »Er verdiente es nicht, daß er so behandelt wurde. Aber es bereitete mir eine grausame Befriedigung, ihn leiden zu sehen. Ich flirtete ungeniert mit jedem Mann, den ich kennenlernte. Ich ging sogar mit einigen von ihnen ins Bett, und dann erzählte ich es ihm und weidete mich daran, als ich sah, wie sehr es ihn verletzte. ›Du bist jung‹, pflegte er zu sagen. ›Du weißt nicht, was du tust.‹ Das war nur allzu wahr, aber ich wußte, daß ich gewonnen hatte und daß er, selbst wenn ich mich verkauft hätte, mein Sklave war. Ich genoß es, ihn wegen seines Geldes zu verhöhnen. ›Geh und kauf dir eine andere Jungfrau‹, sagte ich etwa. ›Du kannst sie wahrscheinlich billiger als für tausend Dollar bekommen. Ich hätte auch ja gesagt, wenn du mir nur fünfhundert geboten hättest. Du hättest mich umsonst haben können, wenn du ein wenig geschickter gewesen wärest. Wenn ich dein Geld hätte, würde ich mir jede Nacht eine neue suchen.‹ So reizte ich ihn, bis er es nicht mehr aushielt. Eines Nachts schlug er mir die Heirat vor. Er schwor, daß er sich sofort von seiner Frau scheiden ließe – wenn ich nur ja sagen wollte.

Er behauptete, er könne nicht mehr ohne mich leben. ›Aber ich kann ohne dich leben‹, erwiderte ich. Er zuckte zusammen. ›Du bist grausam‹, sagte er. ›Du bist ungerecht.‹ Ich hatte nicht die Absicht, ihn zu heiraten, ganz gleich, wie ernst er es meinte. Ich machte mir nichts aus seinem Geld. Ich weiß nicht, warum ich ihn so schlecht behandelte. Später, nachdem ich ihn verlassen hatte, schämte ich mich zutiefst über mich selbst. Ich ging noch einmal zu ihm hin und bat ihn um Verzeihung. Er lebte jetzt mit einem anderen Mädchen zusammen – wie er mir sofort sagte. ›Ich wäre dir nie untreu geworden‹, versicherte er. ›Ich liebte dich. Ich wollte etwas für dich tun. Ich erwartete mir nicht, daß du für immer bei mir bleiben würdest. Aber du warst zu eigensinnig, zu stolz.‹ Er sprach zu mir in der Art, wie das mein Vater getan hätte. Mir war zum Weinen zumute. Dann tat ich etwas, was ich mir nie hätte träumen lassen. Ich bat ihn, mit mir ins Bett zu gehen. Er zitterte vor Leidenschaft. Er war jedoch so verdammt anständig, daß er es nicht über sich brachte, mich auszunützen. ›Du willst nicht mit mir ins Bett gehen‹, sagte er, ›du willst mir nur beweisen, daß du bereust.‹ Ich bestand darauf, daß ich mit ihm schlafen wollte, ihn als Liebhaber gernhatte. Er konnte kaum mehr widerstehen. Aber er hatte vermutlich Angst, was aus ihm werden würde. Er wollte nicht wieder damit anfangen, daß er sich nach mir sehnte, das war es. Aber ich dachte nur daran, wie ich mich ihm dankbar zeigen könnte. Ich wußte nicht, wie ich das anders machen sollte. Ich wußte, er liebte mich, meinen Körper und alles. Ich wollte ihn glücklich machen, auch wenn es ihn aus dem Gleichgewicht brachte . . . Es war alles sehr verwirrend. Jedenfalls gingen wir zusammen ins Bett, aber er bekam keine Erektion. Das war bei ihm noch nie vorgekommen. Ich versuchte alles. Ich schwelgte darin, mich zu erniedrigen. Als ich ihm einen ablutschte, lächelte ich in mich hinein und dachte, wie seltsam es war, daß ich mich so mit einem Mann abplagen mußte, den ich verachtete . . . Nichts geschah. Ich sagte, ich würde am nächsten Tag wiederkommen und es noch einmal probieren. Er schaute mich wie entsetzt bei dem Gedanken an. ›Du warst am Anfang geduldig mit mir, erinnerst du dich?‹ sagte ich. ›Warum sollte ich jetzt nicht geduldig sein?‹ – ›Es ist verrückt‹, sagte er. ›Du liebst mich nicht. Du gibst dich nur hin wie eine Hure.‹ –

›Das bin ich jetzt auch‹, sagte ich, ›eine Hure.‹ Er nahm es wörtlich. Er sah erschrocken, völlig verstört aus . . .«

Ich wartete, um den Rest der Geschichte zu hören. »Bist du noch einmal hingegangen?« wollte ich wissen.

Nein, sie sei nicht mehr hingegangen. Sie sei nie wieder in seine Nähe gegangen.

»Er muß wie auf der Folter gewartet haben«, sagte ich zu mir.

Am nächsten Morgen erinnerte ich sie an unseren beabsichtigten Besuch beim Arzt. Ich sagte ihr, ich würde sie im Laufe des Tages anrufen und sie bitten, mich in der Praxis des Arztes zu treffen. Ich würde Kronski darüber um Rat fragen müssen. Sie war völlig willfährig. Alles, was ich wollte.

Nun, wir suchten den Arzt auf, den Kronski empfohlen hatte, ließen uns Blutproben abnehmen und gingen sogar mit dem Arzt zum Essen. Er war ein junger Mann und, wie mir schien, seiner nicht allzu sicher. Er wußte nicht, was er mit meinem Penis machen sollte. Wollte wissen, ob ich jemals einen Tripper gehabt hatte – oder die »Syph«. Ich sagte ihm, daß ich zweimal einen Tripper gehabt hätte. War er jemals wiederaufgetreten? Nicht daß ich wüßte. Und so weiter. Er hielt es für das beste, noch einige Tage zu warten, bevor man etwas unternahm. In der Zwischenzeit würde er unser Blut untersucht haben. Er fand, daß wir beide gesund aussähen, obwohl das Aussehen oft täuschte. Kurzum, er redete drum herum, wie es junge Ärzte – und auch alte – häufig tun, und wir waren nicht viel klüger geworden.

Zwischen dem ersten und zweiten Besuch mußte ich Maude aufsuchen. Ich erzählte ihr alles. Sie war natürlich überzeugt, daß Mona schuld war. Sie hatte so etwas erwartet. Es war wirklich lachhaft, was für ein Interesse sie an meinem kranken Piepmatz nahm. So als wäre er noch ihr Privateigentum. Ich mußte ihn wahrhaftig herausnehmen und ihn ihr zeigen. Sie befühlte ihn zuerst behutsam, aber dann, als ihr fachmännisches Interesse geweckt war und das Ding in ihrer Hand immer schwerer wurde, war sie immer weniger vorsichtig. Ich mußte achtgeben, damit ich nicht zu aufgeregt wurde, oder ich hätte vielleicht alle Vorsicht in den Wind geschlagen. Jedenfalls, bevor sie mir erlaubte, ihn in meinen Hosenschlitz zurückzuschieben, bat sie mich, daß sie ihn sanft in einer Lösung baden dürfe. Sie war sicher, daß dies nichts schaden konnte. Also ging ich mit ihr ins Badezimmer, mein Schwanz stocksteif, und sah zu, wie sie ihn verhätschelte und verwöhnte.

Als wir den Arzt wiederaufsuchten, erfuhren wir, daß alle Untersuchungsergebnisse negativ waren. Doch auch das, erklärte er, sei noch kein endgültiger Beweis.

»Wissen Sie«, setzte er hinzu – offenbar hatte er sich das vor unserem Kommen zurechtgelegt –, »ich bin zu der Ansicht gekommen, daß es viel besser für Sie wäre, wenn Sie beschnitten wären. Wenn Ihre Vorhaut entfernt ist, kommt auch dieses Zeug mit weg. Sie haben eine ungewöhnlich lange Vorhaut – hat Sie das nie gestört?«

Ich gestand, daß ich nie zuvor einen Gedanken daran verschwendet hatte. Man wird mit einer Vorhaut geboren und stirbt mit ihr. Niemand denkt an ein solches Anhängsel, bis es Zeit ist, es herausschneiden zu lassen.

»Ja«, fuhr er fort, »Sie wären weit besser dran ohne diese Vorhaut. Sie müßten natürlich ins Krankenhaus gehen . . . es kann eine Woche oder so dauern.«

»Und was würde das kosten?« erkundigte ich mich, da ich den Braten roch.

Er könne es nicht genau sagen – vielleicht hundert Dollar.

Ich sagte ihm, ich würde es mir überlegen. Ich war nicht gerade darauf versessen, meine kostbare Vorhaut loszuwerden, auch wenn das mit hygienischen Vorteilen verbunden war. Dann kam mir ein komischer Gedanke in den Sinn – daß danach die Eichel meines Penis gefühllos sein würde. Dieser Gedanke gefiel mir durchaus nicht.

Bevor ich jedoch seine Praxis verließ, hatte er mich überredet, für eine Woche später einen Termin mit seinem Chirurgen auszumachen. »Wenn es in der Zwischenzeit gut werden sollte, brauchen Sie sich der Operation nicht zu unterziehen – falls Ihnen die Sache nicht zusagt. Aber«, fügte er hinzu, »ich an Ihrer Stelle ließe es machen, ob es mir gefällt oder nicht. Er ist viel sauberer.«

Unterdessen nahmen die nächtlichen Geständnisse rasch ihren Fortgang. Mona war jetzt seit mehreren Wochen nicht mehr im Tanzpalast tätig, und wir verbrachten die Abende gemeinsam.

Sie war nicht sicher, was sie zunächst unternehmen würde – es war immer die Geldfrage, über die sie sich Gedanken machte –, aber sie war sicher, daß sie nie in den Tanzpalast zurückkehren würde. Sie schien ebenso erleichtert wie ich, daß das Ergebnis ihrer Blutprobe negativ war.

»Aber du hast doch nicht angenommen, daß irgend etwas nicht in Ordnung mit dir war, oder?«

»Man weiß nie«, erwiderte sie. »Es war so ein schrecklicher Laden . . . die Mädchen waren so unsauber.«

»Die *Mädchen*?«

»Und auch die Männer . . . Sprechen wir nicht mehr davon.« Nach einem kurzen Schweigen lachte sie und sagte: »Was würdest du dazu sagen, wenn ich zur Bühne ginge?«

»Es wäre schön«, sagte ich. »Glaubst du, du hast Talent?«

»Ich weiß, daß ich welches habe. Warte nur, Val, ich werde es dir beweisen . . .«

An jenem Abend kamen wir spät nach Hause und krochen still ins Bett. Während sie meinen Schwanz in der Hand hielt, begann sie eine neue Reihe von Geständnissen. Sie hatte mir etwas sagen wollen . . . ich durfte nicht böse werden . . . sie nicht unterbrehen. Ich mußte es versprechen.

Ich lag da und lauschte gespannt. Wieder die Geldfrage. Sie war immer da, wie eine schmerzhafte Wunde. »Du hast doch nicht gewollt, daß ich weiter in dem Tanzpalast bleibe, habe ich recht?« Natürlich hatte ich das nicht gewollt. Was kam als nächstes? fragte ich mich.

Nun, natürlich mußte sie einen Weg finden, um die nötigen Mittel aufzutreiben. Red weiter! dachte ich bei mir. Bring's hinter dich! Ich versetzte mich im Geiste in Narkose und hörte ihr zu, ohne meine Klappe aufzumachen. Es war alles ganz schmerzlos, ein seltsamer Bericht. Sie sprach von alten Männern, netten alten Männern, die sie im Tanzpalast kennengelernt hatte. Was sie wollten, war die Gesellschaft eines hübschen jungen Mädchens – mit dem sie zum Essen ausgehen und das sie ins Theater ausführen konnten. Ihnen lag gar nichts am Tanzen – oder gar mit einem Mädchen ins Bett zu gehen. Sie wollten mit jungen Frauen *gesehen werden* – das ließ sie sich jünger, fröhlicher, hoffnungsvoller fühlen. Sie waren alle erfolgreiche alte Knacker

– mit falschen Zähnen, Krampfadern und dergleichen. Sie wußten nicht, was sie mit ihrem Geld anfangen sollten. Einer von ihnen – der, von dem sie erzählte – besaß eine große Dampfwäscherei. Er war über achtzig, hinfällig, blauäderig, mit glasigen Augen. Er war fast wie ein Kind. Auf ihn würde ich sicherlich nicht eifersüchtig sein! Alles, was er von ihr verlangte, war die Erlaubnis, sein Geld für sie ausgeben zu dürfen. Sie sagte nicht, wieviel er geblecht hatte, aber sie deutete an, daß es ein hübsches Sümmchen war. Und dann war da noch ein anderer – er wohnte im Ritz-Carlton. Ein Schuhfabrikant. Sie aß manchmal mit ihm in seinem Zimmer, weil ihm das Vergnügen machte. Er war ein Multimillionär – und ein wenig senil, wenn man ihren Worten glauben durfte. Im Höchstfall brachte er den Mut auf, ihr die Hand zu küssen ... Ja, sie hatte seit Wochen vorgehabt, mir diese Dinge zu erzählen, aber sie hatte Angst gehabt, ich könnte es übelnehmen. »Das tust du doch nicht, nicht wahr?« sagte sie und beugte sich über mich. Ich antwortete nicht sofort. Ich dachte, sann, rätselte über alles das nach. »Warum sagst du nichts?« fragte sie und versetzte mir einen Puff. »Du hast doch gesagt, du würdest nicht böse sein. Du hast es versprochen.«

»Ich bin nicht böse«, sagte ich. Und dann verstummte ich wieder.

»Aber du bist es! Du bist gekränkt ... O Val, du bist so töricht. Glaubst du, ich würde dir diese Dinge erzählen, wenn ich dächte, daß sie dich verletzen?«

»Ich denke überhaupt nichts«, sagte ich. »Es ist schon gut, glaube mir. Tue, was du für das beste hältst. Es tut mir leid, daß es so sein muß.«

»Aber es wird nicht immer so sein! Es ist nur für kurze Zeit ... Darum möchte ich zum Theater gehen. Es ist mir alles ebenso verhaßt wie dir.«

»Okay«, sagte ich. »Vergessen wir's.«

An dem Morgen, an dem ich mich im Krankenhaus melden sollte, wachte ich früh auf. Während ich mich duschte, schaute ich meinen Schwanz an, und beim Himmel, es war kein Anzeichen einer Reizung mehr zu entdecken. Ich konnte kaum meinen Augen trauen. Ich weckte Mona und zeigte ihn ihr. Sie küßte ihn. Ich ging wieder ins Bett und schob eine schnelle Nummer – um ihn auszuprobieren. Dann ging ich zum Telefon und rief den Arzt an. »Es hat sich alles gebessert«, sagte ich. »Ich lasse mir meine Vorhaut nicht wegschneiden.« Ich legte schnell auf, um weiteren Überredungsversuchen von seiner Seite vorzubeugen.

Als ich die Telefonzelle verließ, kam mir plötzlich in den Sinn, Maude anzurufen.

»Ich kann es nicht glauben«, sagte sie.

»Nun, es ist eine Tatsache, und wenn du es nicht glaubst, werde ich es dir beweisen, wenn ich nächste Woche zu dir komme.«

Sie schien nicht aufhängen zu wollen. Redete über eine Menge nicht zur Sache gehörender Dinge. »Ich muß jetzt Schluß machen«, sagte ich, da ich ihrer müde wurde.

»Nur einen Augenblick noch«, bat sie. »Ich wollte dich fragen, ob du nicht früher, sagen wir Sonntag, herkommen und mit uns aufs Land fahren kannst. Wir könnten ein kleines Picknick veranstalten, nur wir drei. Ich würde uns etwas zum Essen mitnehmen . . .«

Ihre Stimme klang sehr zärtlich.

»Na schön«, sagte ich. »Ich werde kommen. Ich komme früh . . . so gegen acht Uhr.«

»Bist du sicher, daß du in Ordnung bist?« sagte sie.

»Ich bin vollkommen sicher. Ich werde ihn dir zeigen – am Sonntag.«

Sie stieß eine kurze, dreckige kleine Lache aus. Ich hängte ein, bevor sie ihre Klappe zugemacht hatte.

16

Während das Scheidungsverfahren noch in der Schwebe war, überstürzten sich die Ereignisse wie am Ende einer Epoche. Es fehlte nur noch ein Krieg. Zunächst einmal hatten es die satanischen Majestäten der Kosmodämonischen Telegrafen-Gesellschaft für richtig befunden, mein Hauptbüro noch einmal zu verlegen, diesmal in das Dachgeschoß eines alten Lagerhauses im Verpackungsviertel. Mein Schreibtisch stand in der Mitte eines riesigen verlassenen Bodens, der nach Dienstschluß als Ausbildungssaal für die Botenbrigade benutzt wurde. In dem angrenzenden, ebenso großen und leeren Raum war so etwas wie eine Kombination von Klinik, Apotheke und Sporthalle eingerichtet. Um das Bild zu vervollständigen, hatte man einige Billardtische aufgestellt. Eine Anzahl der Schwachköpfe brachten ihre Rollschuhe mit, um sich in den »Arbeitspausen« die Zeit zu vertreiben. Es war ein Höllenlärm, den sie den ganzen Tag lang vollführten, aber ich war jetzt so völlig desinteressiert an allen Plänen und Projekten der Gesellschaft, daß mir das – weit davon entfernt, mich zu stören – großes Vergnügen machte. Ich war nun gänzlich von den anderen Dienststellen isoliert. Das Herumschnüffeln und Bespitzeln hatte nachgelassen – ich war sozusagen in Quarantäne. Das Anheuern und Rausfeuern der Boten ging wie im Trancezustand weiter: Meine Abteilung war auf zwei Mann beschränkt worden – mich selbst und den ehemaligen Boxer, der vormals die Kleiderablage unter sich hatte. Ich gab mir nicht die Mühe, die Unterlagen in Ordnung zu halten, auch prüfte ich die Referenzen nicht nach, führte auch keinen Briefwechsel. Die Hälfte der Zeit kümmerte ich mich nicht einmal um das klingelnde Telefon. Wenn etwas sehr dringend war, gab es ja immer noch den Fernschreiber.

Die Atmosphäre des neuen Büros war ausgesprochen Dementia praecox. Man hatte mich in die Hölle verbannt – und ich genoß es. Sobald ich die Bewerber des Tages los war, ging ich in den Nebenraum und sah dem Tun und Treiben dort zu. Dann und wann schnallte ich mir selber ein Paar Rollschuhe an und drehte mich mit den Dummköpfen im Kreis. Mein Gehilfe schaute mir mit scheelen Augen zu, er konnte nicht begreifen, was mit mir los war. Manchmal brach er trotz seines Ernstes, seines »Kodex« und anderer ablenkender psychologischer Elemente, in ein Lachen aus, das sich bis an den Rand der Hysterie steigerte. Einmal fragte er mich, ob ich »Schwierigkeiten daheim« hätte. Vermutlich fürchtete er, daß ich mich als nächstes der Trunksucht ergeben würde.

Tatsächlich fing ich um diese Zeit ziemlich hemmungslos zu trinken an. Es war eine harmlose Trinkerei, die erst am Eßtisch begann. Durch reinen Zufall hatte ich in den hinteren Räumen eines Lebensmittelgeschäfts ein französisch-italienisches Restaurant entdeckt. Die Atmosphäre war äußerst gesellig. Jedermann war ein Original, sogar die Polizeiwachtmeister und die Geheimpolizisten, die sich schmählich auf Kosten des Besitzer den Magen vollschlugen.

Ich brauchte einen Ort, um die Abende totzuschlagen, jetzt, wo Mona sich heimlich durch die Hintertür ins Theater eingeschmuggelt hatte. Ob ihr das Engagement von Monahan verschafft worden war oder ob sie, wie sie sagte, sich einfach hineingelogen hatte, das vermochte ich nie zu entdecken. Jedenfalls hatte sie sich einen neuen Namen zugelegt, der zu ihrer Karriere passen würde, und mit ihm eine vollständig neue Geschichte ihres Lebens und ihrer Herkunft. Mit einemmal war sie Engländerin geworden, und ihre Familie hatte mit dem Theater zu tun gehabt, soweit sie sich zurückerinnern konnte, und das war erstaunlich. Sie hatte diese Scheinwelt, die so gut zu ihr paßte, in einem der kleinen Theater betreten, wie sie damals florierten. Da man ihr kaum etwas zahlte, war man bereit, ihr alles zu glauben.

Arthur Raymond und seine Frau wollten die Neuigkeit zunächst nicht glauben. Wieder so eine von Monas Erfindungen, dachten sie. Rebecca, die sich immer schlecht verstellen konnte, lachte Mona praktisch ins Gesicht. Aber als sie eines Abends mit dem Textbuch eines Stückes von Schnitzler nach Hause kam und ernstlich ihre Rolle einzustudieren begann, wandelte sich ihre Ungläubigkeit in Bestürzung. Sie und Arthur sahen eine Katastrophe kommen. Und als es Mona durch unerklärliche Machenschaften gelang, sich der Theater-Gilde anzuschließen, wurde die häusliche Atmosphäre von Neid, Gehässigkeit und Bosheit vergiftet. Das Spiel wurde zu wirklich – es bestand jetzt ernstlich die Gefahr, daß Mona die Schauspielerin werden könnte, die sie zu sein behauptete.

Die Proben waren scheinbar endlos. Nie wußte ich, um welche Stunde Mona nach Hause zurückkehren würde. Wenn ich einen Abend mit ihr verbrachte, war es, als höre man einer Betrunkenen zu. Der Glanz des neuen Lebens hatte sie vollständig berauscht. Hin und wieder blieb ich einen Abend daheim und versuchte zu schreiben, aber es gelang mir nicht. Arthur Raymond war immer da, lag auf der Lauer wie ein Oktopus. »Wozu willst du schreiben?« wollte er wissen. »Du meine Güte, gibt es denn nicht genug Schriftsteller auf der Welt?« Und dann begann er über Schriftsteller zu reden – die Schriftsteller, die er bewunderte, und ich saß vor der Maschine, deutlich bereit, meine Arbeit in dem Augenblick wiederaufzunehmen, wo er mich allein ließ. Oft schrieb ich nicht mehr als einen Brief – an einen berühmten Autor, und sagte ihm, wie sehr ich sein Werk bewunderte, und deutete an, wenn er noch nichts von mir gehört hätte, so würde es doch bald soweit sein. Auf diese Weise kam es dazu, daß ich eines Tages einen erstaunlichen Brief von diesem Dostojewski des Nordens, wie er genannt wurde, von Knut Hamsun erhielt. Er war von seiner Sekretärin in gebrochenem Englisch geschrieben und für einen Mann, der kurz darauf den Nobelpreis erhalten sollte, eine – gelinde gesagt – erstaunliche Diktatleistung. Nachdem er erklärt hatte, daß er erfreut, ja sogar gerührt über meine Huldigung gewesen sei, fuhr er (durch sein hölzernes Sprachrohr) zu sagen fort, sein amerikanischer Verleger sei nicht ganz zufrieden mit dem finanziellen Erfolg aus dem Verkauf seiner Bücher. Man fürchtete, keines seiner Bücher mehr veröffentlichen zu können – es sei denn, das Publikum zeigte ein lebhafteres Interesse. Sein Ton war der eines in Bedrängnis geratenen Riesen. Er fragte sich, was man tun könne, um die Situation zu verbessern, weniger in seinem Interesse als in dem seines lieben Verlegers, der seinetwegen wirklichen Kummer hatte. Und dann, im Verlauf des Briefes, schien ihm eine glückliche Idee gekommen zu sein, und er gab ihr unverzüglich Ausdruck. Es handelte sich um folgendes: Er hatte einmal einen Brief von einem Mr. Boyle bekommen, der auch in New York wohnte und den ich zweifellos kannte(!). Er dachte, vielleicht könnten Mr. Boyle und ich uns treffen, uns über die Lage den Kopf zerbrechen und möglicherweise zu einer glänzenden Lösung gelangen. Vielleicht könnten wir anderen Leuten in Amerika sagen, daß es in der Wildnis und den Klüften Norwegens einen Schriftsteller namens Knut Hamsun gab, dessen Bücher gewissenhaft ins Englische übersetzt worden waren und jetzt auf den Regalen der Lagerräume seines Verlegers ein kümmerliches Dasein fristeten. Er war sicher, daß sein Verleger, wenn er den Verkauf seiner Bücher nur um einige hundert Exemplare steigern konnte, sich ein Herz fassen und wieder an ihn glauben würde. Er sei in Amerika gewesen, fügte er hinzu, und obwohl seine Englischkenntnisse zu bescheiden seien, um ihm zu erlauben, mir eigenhändig zu schreiben, vertraue er doch darauf, daß seine Sekretärin seine Gedanken und Absichten klarmachen könne. Ich sollte Mr. Boyle aufsuchen, an dessen Adresse er sich nicht mehr erinnerte. Tun Sie, was Sie können, drängte er. Vielleicht gäbe es noch ein paar andere Leute in New York, die von seinem Werk gehört hätten und mit denen zusammen wir uns dafür einsetzen könnten. Er schloß in einem schmerzlichen, aber majestätischen Ton . . . Ich untersuchte den Brief sorgfältig, um zu sehen, ob er nicht vielleicht ein paar Tränen darauf vergessen hatte.

Wenn das Kuvert nicht den norwegischen Poststempel aufgewiesen und der Brief selbst nicht mit seinem eigenen Gekritzel, wie ich später feststellte, unterschrieben gewesen wäre, hätte ich gedacht, man hätte sich einen Scherz mit mir gemacht. Wir diskutierten über den Brief endlos und unter stürmischem Gelächter. Man fand, ich sei für meine närrische Heldenverehrung mit diesem Brief königlich belohnt worden. Das Idol lag zerschmettert da, und meine kritischen Fähigkeiten waren auf den Nullpunkt reduziert worden. Niemand konnte sich vorstellen, daß ich je wieder eine Zeile von Knut Hamsun lesen würde. Um ehrlich zu sein, mir war zum Heulen zumute. Es war für mich eine schreckliche Enttäuschung, wie es zu ihr gekommen war, konnte ich nicht fassen, ich konnte einfach nicht glauben, daß der Verfasser von ›*Hunger*‹, ›*Pan*‹, ›*Viktoria*‹ und ›*Segen der Erde*‹ diesen Brief diktiert hatte, obwohl ich den Beweis vor Augen hatte. Es war durchaus vorstellbar, daß er die Sache seiner Sekretärin überlassen und seinen Namen in gutem Glauben darunter gesetzt hatte, ohne sich den Brief noch einmal vorlesen zu lassen. Ein so berühmter Mann wie er bekam zweifellos täglich Dutzende von Briefen von Bewunderern aus aller Welt. Meine jugendliche Huldigung enthielt nichts, was einen Mann von seinem Format interessieren konnte. Außerdem verachtete er vermutlich alles, was mit Amerika zusammenhing, denn er hatte hier während seiner Wanderjahre eine bittere Zeit durchlebt. Höchstwahrscheinlich hatte er seinem Schaf von Sekretärin bei mehr als einer Gelegenheit erzählt, daß der Verkauf seiner Bücher in Amerika unbefriedigend sei. Vielleicht auch hatte ihn sein Verleger bedrängt – man weiß ja, daß Verleger nur eine Sorge kennen, was ihre Autoren angeht, nämlich den Absatz ihrer Bücher. Vielleicht hatte er angewidert in Gegenwart seiner Sekretärin die Bemerkung fallenlassen, daß die Amerikaner für alles Geld hätten, nur nicht für Dinge, die das Leben lebenswert machen. Und sie, das arme Schaf, wahrscheinlich voll Verehrung für den Meister, hatte beschlossen, die Gelegenheit zu nutzen und ein paar hirnrissige Vorschläge zu machen, um die schmerzliche Lage zu bessern. Bestimmt war sie keine Dagmar und auch keine Edwige. Ja noch nicht einmal eine so schlichte Seele wie Martha Gude, die so verzweifelt versuchte, sich gegen Herrn Nagels romantische Höhenflüge und Anträge zu wehren. Sie war vermutlich eine dieser gebildeten Norwegerinnen, die den Kopf voller Sülze haben und die in allem emanzipiert sind außer in ihrer Phantasie. Sie war wahrscheinlich von hygienischer Sauberkeit und wissenschaftsgläubig, verstand, das Haus in Ordnung zu halten, tat niemandem etwas zuleide, kümmerte sich nur um ihren eigenen Kram und träumte davon, daß sie eines Tages Leiterin eines Befruchtungs-Instituts oder einer Kinderkrippe wurde.

Nein, der von mir vergötterte Mann hatte mich gründlich enttäuscht. Ich las noch einmal einige seiner Bücher, und naiv wie ich nun einmal war, kamen mir wieder die Tränen bei gewissen Stellen. Ich war vom Gelesenen wieder so tief beeindruckt, daß ich meinte, ich hätte von dem Brief nur geträumt.

Die Nachwirkungen dieser Enttäuschung waren ganz außergewöhnlich. Ich wurde bösartig, bitter, sarkastisch. Ich wurde ein Landstreicher, dessen gedämpftes Saitenspiel nach Blech klang. Ich kroch nacheinander in die Gestalten meines Idols. Ich redete reinen Mist und Unsinn. Ich überschüttete alles mit heißer Pisse. Ich spaltete mich in zwei Menschen – war ich selbst und jeweils eine der zahllosen Gestalten, die ich imitierte.

Die Scheidungsverhandlung stand nahe bevor. Das machte mich aus einem unerklärlichen Grund noch böser und verbitterter. Ich verabscheute die Farce, die man im Namen des Gesetzes durchzustehen hatte. Ich haßte und verachtete den Anwalt, den Maude zur Wahrung ihrer Interessen genommen hatte. Er sah wie ein mit Mais gefütterter Romain Rolland aus, eine Fledermaus ohne eine Spur von Humor oder Phantasie. Er schien mit moralischer Empörung geladen zu sein. Er war durch und durch ein Schlitzohr, ein Feigling, ein Schleicher, ein Scheinheiliger. Er machte mich schaudern.

Wir sprachen über ihn am Tag des Ausflugs, als wir irgendwo in der Nähe von Mineola im Gras lagen. Das Kind lief umher und pflückte Blumen. Es war warm, sehr warm, und ein trockener heißer Wind wehte, der einen nervös und lüstern machte. Ich hatte meinen Schwanz herausgezogen und ihn ihr in die Hand gelegt. Sie untersuchte ihn verlegen, da sie nicht zu klinisch vorgehen und doch sich unbedingt überzeugen wollte, daß alles in Ordnung war. Nach einer Weile ließ sie ihn los und drehte sich auf den Rücken, mit hochgezogenen Knien, und der warme Wind strich über ihren Hintern. Ich manövrierte sie in eine günstige Stellung und ließ sie ihren Schlüpfer ausziehen. Sie war wieder einmal in einer ihrer Abwehrstimmungen. Mochte es nicht, so grob auf einem offenen Feld hergenommen zu werden. Aber es ist doch weit und breit kein Mensch zu sehen, beharrte ich. Ich ließ sie die Beine weiter auseinanderspreizen. Ich schob meine Hand zu ihrer Möse hoch. Sie war klebrig.

Ich zog sie zu mir her und versuchte ihn hineinzubekommen. Sie sperrte sich. Sie war beunruhigt wegen des Kindes. Ich schaute mich um. »Sie spielt vergnügt«, sagte ich, »sie unterhält sich gut. Sie denkt nicht an uns.«

»Aber angenommen, sie kommt zurück und findet uns hier . . .«

»Sie wird glauben, wir schlafen. Sie wird nicht wissen, was wir tun . . .«

Daraufhin stieß sie mich heftig weg. Es war empörend. »Du würdest mich vor deinem eigenen Kind hernehmen! Es ist schrecklich.«

»Es ist durchaus nicht schrecklich. Du bist schrecklich. Ich sage dir, es ist nichts dabei. Sogar wenn sie sich daran erinnern sollte – wenn sie groß ist –, sie wird dann eine Frau sein und verstehen. Es ist nichts Schmutziges daran. Du hast eine schmutzige Phantasie, das ist alles.«

Inzwischen zog sie wieder ihren Schlüpfer an. Ich hatte mir

nicht die Mühe gemacht, meinen Schwanz zurück in die Hose zu schieben. Er wurde jetzt schlapp, entmutigt fiel er aufs Gras.

»Na schön, dann laß uns was essen«, sagte ich. »Wenn wir nicht ficken können, so können wir doch jedenfalls essen.«

»Ja, *essen!* Du kannst zu jeder Zeit essen. Das ist alles, woran dir gelegen ist, essen und schlafen.«

»*Ficken*«, verbesserte ich, »nicht schlafen.«

»Ich wollte, du würdest aufhören, zu mir so zu sprechen.« Sie machte sich daran, den Proviant auszupacken. »Du mußt immer alles verderben. Ich glaubte, wir würden wenigstens einmal einen friedlichen Tag miteinander haben. Du hast immer gesagt, du wolltest uns zu einem Picknick ausführen. Du hast es nie getan. Nicht ein einziges Mal. Du dachtest immer nur an dich selbst, an deine Freunde, deine Weiber. Ich war eine Närrin, daß ich glaubte, du könntest dich ändern. Du kümmerst dich nicht um dein Kind – du hast kaum Notiz von ihr genommen. Du kannst dich nicht einmal in ihrer Gegenwart beherrschen. Du würdest mich vor ihren Augen hernehmen und so tun, als sei nichts dabei. Du bist abscheulich . . . Ich bin froh, daß zwischen uns alles vorbei ist. Nächste Woche um diese Zeit bin ich frei . . . Ich bin dich dann für immer los. Du hast mich vergiftet. Du hast mich verbittert und gehässig gemacht. Du bist daran schuld, daß ich mich selbst verachte. Seit ich dich kenne, erkenne ich mich selbst nicht mehr. Ich bin geworden, was du aus mir machen wolltest. Du hast mich nie geliebt . . . *nie*. Du wolltest immer nur deine Begierden befriedigen. Du hast mich wie ein Tier behandelt. Du nimmst dir, was du haben willst, und gehst. Du gehst von mir zur nächsten Frau – irgendeiner Frau –, solange sie nur für dich die Beine breit macht. Du hast keinen Funken von Anhänglichkeit oder Zärtlichkeit oder Rücksichtnahme in dir. Da, nimm!« sagte sie und schob mir ein Sandwich in die Faust. »Hoffentlich erstickst du daran!«

Als ich von dem Sandwich abbiß, roch ich den Geruch ihrer Möse an meinen Fingern. Ich schnupperte an meinen Fingern, während ich mit einem Grinsen zu ihr aufblickte.

»Du bist ekelhaft«, versetzte sie.

»Nicht so schlimm, meine Dame. Es riecht gut für mich, wenn

du auch ein hassenswerter Sauertopf bist. Ich mag es. Es ist das einzige an dir, was ich mag.«

Sie war jetzt wütend. Sie begann zu weinen.

»Du weinst, weil ich sagte, ich mag deine Möse. Was für eine Frau! Zum Teufel, ich bin derjenige, der Anlaß zu Verachtung hat. Was bist du bloß für eine Frau?«

Ihre Tränen flossen reichlicher. Gerade da kam das Kind angelaufen. Was war los? Warum weinte Mutter?

»Es ist nichts«, sagte Maude und trocknete ihre Tränen. »Ich habe mir den Knöchel verstaucht.« Ein paar trockene Schluchzer brachen aus ihr hervor, trotz ihrer Bemühungen, sich zu beherrschen. Sie beugte sich über den Korb und suchte ein Sandwich für das Kind aus.

»Warum tust du nicht was, Henry?« fragte das Kind. Sie saß da und schaute mit einem ernsten, verwirrten Blick von dem einen zum anderen.

Ich kniete mich hin und rieb Maudes Knöchel.

»Rühr mich nicht an!« wehrte sie barsch ab.

»Aber er will es besser machen«, sagte das Kind.

»Ja, Papi wird es besser machen«, sagte ich, wobei ich sanft den Knöchel rieb und dann die Wade ihres Beines streichelte.

»Gib ihr einen Kuß«, sagte das Kind. »Gib ihr einen Kuß, und mach, daß die Tränen aufhören.«

Ich beugte mich vor und küßte Maude auf die Wange. Zu meiner Überraschung warf sie die Arme um mich und küßte mich heftig auf den Mund. Das Kind legte auch die Arme um uns und küßte uns. Plötzlich brach Maude wieder in Tränen aus. Diesmal war es wirklich jammervoll anzusehen. Sie tat mir leid. Ich legte zärtlich die Arme um sie und tröstete sie.

»Ach Gott«, schluchzte sie, »was für eine Farce!«

»Aber es ist keine«, sagte ich. »Ich meine es ehrlich. Es tut mir leid, alles tut mir leid.«

»Weine nicht mehr«, bat das Kind. »Ich habe Hunger. Ich möchte, daß Henry mit mir da drüben hingeht«, und sie deutete mit ihrer kleinen Hand auf ein Wäldchen am Rande des Feldes. »Du sollst auch mitkommen.«

»Wenn man denkt, daß es das einzige Mal ist . . . und dann ist es so.« Sie schniefte.

»Sag' das nicht, Maude. Der Tag ist noch nicht zu Ende. Vergessen wir es. Komm, wir wollen jetzt essen.«

Zögernd, mißmutig, schien es, nahm sie ein Sandwich und hielt es an den Mund. »Ich kann nicht essen«, murmelte sie und ließ das Sandwich sinken.

»Komm, freilich kannst du!« drängte ich und legte wieder den Arm um sie.

»Jetzt bist du so . . . und später wirst du wieder alles verderben.«

»Nein, das werde ich nicht . . . ich verspreche es dir.«

»Gib ihr noch einen Kuß«, bat das Kind.

Ich beugte mich hinüber und küßte sie sanft und zart auf die Lippen. Sie schien jetzt wirklich beschwichtigt. Ein weiches Leuchten kam in ihre Augen.

»Warum kannst du nicht immer so sein?« sagte sie nach einer kurzen Pause.

»Ich bin's«, sagte ich, »wenn mir eine Möglichkeit dazu geboten wird. Ich streite nicht gerne mit dir. Warum sollte ich? Wir sind nicht mehr Mann und Frau.«

»Warum behandelst du mich dann so? Warum hast du's immer mit der Liebe? Warum läßt du mich nicht in Ruhe?«

»Ich habe es nicht mit der Liebe«, antwortete ich. »Es ist nicht Liebe, es ist Leidenschaft. Ist das ein Verbrechen? Um Gottes willen, laß uns nicht schon wieder anfangen. Ich werde dich so behandeln, wie du behandelt werden willst – *heute*. Ich werde dich nicht wieder anrühren.«

»Das verlange ich ja gar nicht. Ich sage nicht, daß du mich nicht anrühren sollst. Aber es ist die *Art*, wie du es tust . . . du zeigst keinerlei Achtung vor mir . . . vor meiner Person. Das ist's, was ich nicht leiden kann. Ich weiß, du liebst mich nicht mehr, aber du kannst dich doch anständig gegen mich benehmen, auch wenn dir nichts mehr an mir liegt. Ich bin nicht so prüde, wie du es hinstellst. Ich habe auch Gefühle . . . vielleicht tiefere, stärkere als du. Ich kann jemand anderes finden – glaube nicht, daß ich das nicht kann. Ich brauche nur ein bißchen Zeit . . .«

Sie kaute gleichgültig an ihrem Sandwich. Plötzlich kam ein Funkeln in ihre Augen. Ihr Gesichtsausdruck wurde kokett, verschmitzt.

»Ich könnte morgen wieder heiraten, wenn ich wollte«, fuhr sie fort. »Das hättest du nie geglaubt, was? Ich bekam tatsächlich bereits drei Anträge. Der letzte war von . . .«, und hier nannte sie den Namen des Anwalts.

»Der?« sagte ich und konnte ein verächtliches Lächeln nicht unterdrücken.

»Ja, *der*«, sagte sie. »Und er ist nicht das, für was du ihn hältst. Ich habe ihn sehr gern.«

»Das erklärt einiges. Jetzt weiß ich wenigstens, warum er ein so leidenschaftliches Interesse an dem Fall genommen hat.«

Ich wußte, daß sie nicht mehr für ihn, diesen Knoblauchfresser, übrig hatte als für den Arzt, der ihre Vagina mit einem Gummifinger untersuchte. In Wirklichkeit war ihr an niemandem etwas gelegen. Alles, was sie wollte, war Ruhe, ein Aufhören ihrer Kümmernisse. Sie wollte einen Schoß haben, um im Dunkeln darauf zu sitzen, einen Schwanz, der geheimnisvoll in sie eindrang, ein Wortgemurmel, um ihre unaussprechlichen Wünsche zu ertränken. Rechtsanwalt Soundso würde dafür natürlich genügen. Warum nicht? Er würde so treu sein wie ein Füllfederhalter, so diskret wie eine Rattenfalle, so vorsorglich wie eine Versicherungspolice. Er war eine wandelnde Aktentasche mit einem Taubenschlag in der Birne. Er war ein Salamander mit einem Pastrami-Herzen. Er war schockiert, als er erfuhr, daß ich eine andere Frau mit nach Hause gebracht hatte? Schockiert, daß ich die benutzten Kondome auf dem Rand des Spülbeckens liegengelassen hatte? Schockiert, daß ich zu Hause mit meiner Geliebten frühstückte? Eine Schnecke ist schockiert, wenn ein Regentropfen auf ihr Schneckenhaus fällt. Ein General ist schockiert, wenn er erfährt, daß seine Truppen während seiner Abwesenheit massakriert worden sind. Gott selbst ist zweifellos schockiert, wenn er sieht, wie empörend dumm und gefühllos die menschliche Bestie wirklich ist. Aber ich bezweifle, ob Engel jemals schockiert sind – nicht einmal durch die Anwesenheit der Irren.

Ich versuchte ihr auseinanderzusetzen, wie die Dialektik der Moral arbeitete. Ich verrenkte mir schier die Zunge bei dem Versuch, ihr die Vermählung des Animalischen mit dem Göttlichen begreiflich zu machen. Sie verstand soviel davon wie ein Laie, dem man die vierte Dimension erklärt. Sie sprach von Feingefühl und Achtung wie von Salzburger Nockerln. Sex war ein Tier hinter Gittern im Zoo, das man dann und wann besuchte, um die Evolution zu studieren.

Gegen Abend fuhren wir in die Stadt zurück, das letzte Stück in der Hochbahn, das Kind schlief in meinen Armen. Mama und Papa kehren vom Picknick zurück. Uns zu Füßen breitete sich die Stadt mit sinnloser geometrischer Starrheit aus, ein hochragender architektonischer Alptraum. Ein Traum, aus dem es unmöglich ist zu erwachen. Mr. und Mrs. Megalopolitan mit ihrem Sprößling. Gefesselt und gefangen. Am Himmel hängend wie erlegtes Wild. Ein Paar von jeder Art, an den Fußgelenken aufgehängt. An dem einen Ende der Linie Verhungern, am anderen Bankrott, Zwischenstationen der Pfandleiher mit drei goldenen Kugeln, um den dreifaltigen Gott von Geburt, Unzucht und Zerstörung anzudeuten. Glückliche Tage. Ein Nebel breitet sich von Rockaway aus. Die Natur rollt sich wie ein abgestorbenes Blatt zusammen – in Mineola. Von Zeit zu Zeit öffnen und schließen sich die Türen: ein frischer Schub Fleisch für das Schlachthaus. Kleine Gesprächsfetzen, wie das Zwitschern von Meisen. Wer würde glauben, daß der pausbäckige Junge neben einem in zehn oder fünfzehn Jahren aus Angst auf einem fremden Schlachtfeld sich den Verstand aus dem Leibe scheißen wird. Den ganzen Tag verbringst du mit unnützen Kleinigkeiten. Abends sitzt du in einem dunklen Saal und beobachtest, wie Phantome über einen silbernen Wandschirm ziehen. Vielleicht erlebst du die wirklichsten Augenblicke dann, wenn du allein auf der Toilette sitzt und A-a machst. Das kostet nichts und verpflichtet dich in keiner Weise. Nicht wie Essen oder Vögeln oder Kunstwerke schaffen. Du verläßt die Toilette und trittst ein in das große Scheißhaus. Was immer du berührst, ist beschissen. Sogar wenn es in Cellophan verpackt ist, bleibt der Geruch. A-a! Der Stein der Weisen des Industriezeitalters. Tod und Verklärung – in Scheiße! Das Warenhausleben – mit duftigen Seidenballen auf dem einen und Bomben auf dem anderen Ladentisch. Ganz gleich, welche Deutung man ihnen gibt, jeder Gedanke, jede Tat wird von der Kasse registriert. Man ist verkauft von dem Augenblick an, in dem man den ersten Atemzug macht. Eine große internationale Körperschaft für Geschäftsmaschinen – *Logistik* genannt.

Mama und Papa sind jetzt so friedlich wie eine Blutwurst. Kein Funke Streitsucht ist mehr in ihnen. Wie herrlich, einen Tag mit den Würmern und anderen Geschöpfen Gottes im Freien zu verbringen. Was für ein köstlicher Zwischenakt! Das Leben gleitet wie ein Traum vorüber. Würde man die Leiber aufschneiden, während sie noch warm sind, so würde man nichts finden, was diesem Idyll ähnlich ist. Würde man die Leiber auskratzen und sie mit Steinen füllen, so würden sie auf den Grund des Meeres sinken wie bleierne Enten.

Es beginnt zu regnen. Es schüttet. Hagelkörner, groß wie Hühnereier, prallen auf das Pflaster. Die Stadt sieht aus wie ein mit Salvarsan beschmierter Ameisenhügel. Die Abwasserkanäle steigen hoch und speien ihr Erbrochenes aus. Der Himmel ist so düster und fahl wie der Boden eines Reagenzglases.

Ganz plötzlich fühle ich mich mordsmäßig heiter. Ich hoffe zu Gott, daß es vierzig Tage und Nächte so weiterregnet. Ich sähe die Stadt gerne in ihrer eigenen Scheiße schwimmen. Ich sähe gerne, wie Männchen in den Fluß abgetrieben und Registrierkassen unter den Rädern von Lastwagen zermalmt werden. Ich sähe gerne die Wahnsinnigen aus den Irrenanstalten mit Hackmessern hervorbrechen und nach links und rechts ausholen. Die Wasserkur! Wie man sie um das Jahr 98 den Filipinos angedeihen ließ?

Aber wo ist unser Aguinaldo? Wo ist die Ratte, die sich der Flut mit einer Machete im Mund entgegenstellen kann?

Ich bringe sie mit einem Taxi nach Hause und setze sie wohlbehalten ab, als gerade ein Blitzstrahl in den Glockenturm der verflixten katholischen Kirche an der Ecke fährt. Die zerbrochenen Glocken machen einen Höllenlärm, als sie auf dem Pflaster aufschlagen. In der Kirche wird eine Gips-Jungfrau in Stücke zerschlagen. Der Priester ist so überrascht, daß er nicht mehr die Zeit findet, seine Hose zuzuknöpfen. Seine Hoden schwellen wie Felssteine.

Melanie flattert umher wie ein närrischer Albatros. »Trockne deine Sachen!« jammert sie. Ein großes Ausziehen mit Keuchen, Schreien und Schimpfen. Ich schlüpfe in Maudes Frisiermantel, den mit den Marabufedern. Sehe aus wie ein Transvestit, der im Begriff ist, Lulu Hurluburlu zu imitieren. Alles ist jetzt verhunzt und verpfuscht. Ich bekomme einen Ständer, »einen persönlichen Ständer«, wenn man versteht, was ich meine.

Maude ist im oberen Stockwerk und bringt das Kind zu Bett. Ich gehe barfuß umher, den Frisiermantel weit offen. Ein köstliches Gefühl. Melanie lugt herein, nur um zu sehen, ob ich in Ordnung bin. Sie wandelt im Schlüpfer, den Papagei auf dem Handgelenk, umher. Fürchtet sich vor dem Blitz. Ich spreche mit ihr, die Hände über meinen Schwanz gefaltet. Es könnte eine Szene aus dem »Hexenmeister von Oz« von Haus Memling sein. Zeit: *Dreivierteltakt*. Dann und wann blitzt es erneut. Es läßt einen Geschmack nach verbranntem Gummi im Mund zurück.

Ich stehe vor dem großen Spiegel und bewundere meinen zukkenden Schwanz, als Maude hereingetrippelt kommt. Sie ist so ausgelassen wie ein junger Hase und ganz in Tüll und Musselin gehüllt. Sie scheint nicht im geringsten erschrocken durch das, was sie im Spiegel sieht. Sie kommt her und stellt sich neben mich. »Mach dich auf!« dränge ich. »Bist du hungrig?« fragt sie und entblättert sich gemächlich. Ich drehe sie um und presse sie an mich. Sie hebt ein Bein, damit ich ihn einführen kann. Wir schauen einander im Spiegel an. Sie ist fasziniert. Ich ziehe ihren Morgenrock über ihren Hintern hoch, so daß sie es besser sehen kann. Ich hebe sie hoch, und sie schlingt die Beine um mich. »Ja, tu's«, bittet sie. »Fick mich! Fick mich!« Plötzlich entflicht sie ihre Beine, macht sich los. Sie ergreift den großen Armstuhl und dreht ihn um, wobei sie die Hände auf die Rückenlehne legt. Ihr Hintern ist einladend herausgereckt. Sie wartet nicht, daß ich ihn 'reinstecke – sie grapscht nach ihm und bringt ihn selbst unter, während sie die ganze Zeit im Spiegel zusieht. Ich schiebe ihn langsam vor und zurück, wobei ich meine Rocksäume hochhalte wie eine Gassengöre. Sie sieht gerne, wie er herauskommt – wie weit er sich vorschiebt, bevor er herausrutscht. Mit der Hand greift sie hinunter und spielt mit meinen Eiern. Sie ist jetzt völlig hemmungslos, schamlos wie nur eh und je. Ich ziehe ihn, soweit ich kann, zurück, ohne ihn ganz herausschlüpfen zu lassen, und sie läßt ihren Hintern kreisen, sinkt hin und wieder auf ihn herab und umklammert ihn wie mit einem gefiederten Schnabel. Schließlich hat sie genug davon. Sie will sich auf den Boden legen und ihre Beine um meinen Nacken schlingen. »Steck ihn ganz hinein«, bettelt sie. »Hab' keine Angst, mir weh zu tun . . . ich will es. Ich will, daß du alles machst.« Ich schob ihn so tief hinein, daß ich das Gefühl hatte, in einem Muschelbett begraben zu sein. Sie erschauerte und löste sich in allen Nähten auf. Ich beugte mich über sie und saugte an ihren Brüsten: Die Brustwarzen waren so fest wie Nägel. Plötzlich zog sie meinen Kopf herunter und begann mich leidenschaftlich zu beißen – in die Lippen, Ohren, Wangen und in den Hals. »Du willst das, nicht wahr?« zischelte sie. »Du willst es, willst es . . .« Ihre Lippen verzerrten sich obszön. »Du willst es . . . du willst es!« Und sie hob sich in ihrer Hemmungslosigkeit ganz vom Boden ab. Dann ein Stöhnen, ein Krampf, ein wilder, gequälter Blick, als werde ihr Gesicht unter einem Spiegel mit einem Hammer zertrümmert. »Zieh ihn noch nicht heraus!« stöhnte sie. Sie lag da, die Beine noch immer um meinen Nacken geschlungen, und die kleine Flagge in ihr begann zu zucken und zu flattern. »O Gott«, sagte sie, »ich kann es nicht aufhalten!« Mein Schwanz war noch fest. Er hing gehorsam an ihren feuchten Lippen, als empfange er das Abendmahl von einem geilen Engel. Sie kam noch einmal, wie ein in einer Milchtüte zusammensackendes Akkordeon. Mir wurde immer fickriger zumute. Ich zog ihre Beine herunter und legte sie flach neben meine. »Jetzt bewege dich nicht, verdammt noch mal«, sagte ich. »Ich werde es dir tüchtig besorgen.« Langsam und wütend bewegte ich ihn hinein und heraus. »Ah, ah . . . oh!« stöhnte sie und schnappte nach Luft. Ich hörte nicht auf, wie ein Moloch. Ein Götze, der ein Stück Bombasin fickt. Organza Friganza. Der Bolero in geraden Stößen. Ihre Augen wurden wild, sie sah aus wie ein auf einer Kugel balancierender Elefant. Sie brauchte nur noch einen Rüssel, um damit zu trompeten. Wir fickten bis zum Ohnmächtigwerden. Ich fiel auf sie und kaute ihre Lippen in Fetzen.

Dann dachte ich plötzlich an die Spülung. »Steh auf! Steh auf!« sagte ich und versetzte ihr einen derben Stoß.

»Ich brauche es nicht«, sagte sie schwach und sah mich mit einem wissenden Lächeln an.

»Du meinst . . .?« Ich schaute sie erstaunt an.

»Ja, es besteht kein Grund zur Sorge . . . Bist du in Ordnung? Willst du dich nicht waschen?«

Im Badezimmer gestand sie, daß sie beim Arzt gewesen war – einem anderen Arzt. Es war nichts mehr zu befürchten.

»So ist das also?« pfiff ich durch die Zähne.

Sie puderte meinen Pint, dehnte ihn wie mit einem Handschuhweiter, beugte sich dann darüber und küßte ihn. »O Gott«, sagte sie und warf die Arme um mich, »wenn nur . . .«

»Wenn nur was?«

»Du weißt, was ich meine . . .«

Ich machte mich von ihr los und sagte, indem ich den Kopf abwandte: »Ja, ich glaube, ich weiß es. Jedenfalls haßt du mich nicht mehr, nicht wahr?«

»Ich hasse niemanden«, antwortete sie. »Es tut mir leid, daß alles so gekommen ist. Ich werde dich jetzt teilen müssen . . . mit ihr. Du mußt Hunger haben«, fügte sie rasch hinzu. »Ich will dir etwas zurechtmachen, bevor du gehst.« Sie puderte zuerst sorgfältig ihr Gesicht, fuhr ihre Lippen mit dem Stift nach und steckte ihr Haar lässig, aber reizvoll auf. Ihr Morgenmantel war von der Hüfte aufwärts offen. Sie sah tausendmal besser aus, als ich sie je gesehen hatte. Sie war wie ein farbiges, gieriges Tier.

Mit heraushängendem Schwanz ging ich in der Küche umher und half ihr, einen kleinen Imbiß zuzubereiten. Zu meiner Überraschung brachte sie eine Flasche hausgemachten Wein zum Vorschein – Holunderbeerwein, den eine Nachbarin ihr geschenkt hatte. Wir schlossen die Türen und ließen das Gas brennen, damit es warm blieb. Du lieber Himmel, es war ganz wundervoll. Es war, als würden wir einander noch einmal ganz von neuem kennenlernen. Hin und wieder stand ich auf und legte meine Arme um sie, küßte sie leidenschaftlich, während meine Hand in ihren Spalt glitt. Sie war durchaus nicht verlegen oder störrisch. Im Gegenteil. Wenn ich mich von ihr losmachen wollte, hielt sie meine Hand fest, beugte sich rasch herunter und schloß dann ihren Mund um meinen Schwanz und saugte ihn ein.

»Du mußt doch nicht gleich gehen?« sagte sie, als ich mich setzte und wieder zu essen anfing.

»Nicht, wenn du es nicht willst«, erwiderte ich mit ausgesprochen liebenswürdiger Fügsamkeit.

»Lag es an mir«, sagte sie, »daß es früher nie so gewesen ist?

War ich so spröde?« Sie sah mich so offen und aufrichtig an, daß ich kaum die Frau wiedererkannte, mit der ich all diese Jahre gelebt hatte.

»Ich glaube, es lag an uns beiden«, sagte ich und leerte noch ein Glas Holunderbeerwein.

Sie ging zum Eisschrank, um noch eine Delikatesse aufzutischen.

»Weißt du, was ich gerne möchte?« sagte sie, als sie mit beladenen Armen zum Tisch zurückkam. »Ich würde gerne das Grammophon herunterholen und tanzen. Ich habe sehr leise Nadeln . . . Wäre dir das recht?«

»Aber gewiß«, erwiderte ich, »das wäre schön.«

»Und wir wollen uns ein bißchen betrinken . . . hättest du was dagegen? Ich fühle mich wundervoll. Ich will feiern.«

»Wie steht es mit dem Wein?« fragte ich. »Ist das alles, was du hast?«

»Ich kann mehr davon von dem Mädchen oben holen«, erwiderte sie. »Oder vielleicht etwas Kognak – wäre dir das lieber?«

»Ich trinke alles . . . wenn es dich glücklich macht.«

Sie schickte sich sofort zum Gehen an. Ich sprang auf und ergriff sie um die Taille. Ich hob ihren Morgenrock hoch und küßte ihren Hintern.

»Laß mich gehen«, murmelte sie. »Ich bin in einer Minute zurück.«

Als sie zurückkam, hörte ich sie mit dem Mädchen von oben wispern. Sie klopfte leise an die Glasfüllung der Tür. »Zieh dir etwas an«, gurrte sie. »Ich habe Elsie mitgebracht.«

Ich ging ins Badezimmer und wand ein Handtuch um meine Lenden. Elsie bekam einen Lachanfall, als sie mich sah. Wir hatten uns zuletzt an dem Tag gesehen, als sie mich mit Mona im Bett überrascht hatte. Sie schien bester Stimmung und über die Wendung, die die Dinge genommen hatten, durchaus nicht verlegen. Sie hatten noch eine Flasche Wein und etwas Kognak mitgebracht. Und das Grammophon und die Platten.

Elsie war durchaus in der Stimmung, an unserer kleinen Festivität teilzunehmen. Ich hatte erwartet, Maude würde ihr ein Glas anbieten und sie dann mehr oder weniger höflich wieder abschieben. Aber nein, nichts dergleichen. Sie ließ sich durchaus nicht stören durch Elsies Gegenwart. Sie entschuldigte sich, daß sie halb nackt war, aber mit einem gutmütigen Lachen, als sei da weiter nichts dabei. Wir legten eine Platte auf, und ich tanzte mit Maude. Das Handtuch rutschte herunter, aber keiner von uns machte Anstalten, es aufzuheben. Als wir uns voneinander lösten, stand ich mit meinem wie eine Fahnenstange heraussstehenden Schwanz da und griff ruhig nach einem Glas. Elsie warf einen verlegenen Blick darauf und drehte dann den Kopf weg. Maude reichte mir das Handtuch oder vielmehr schlang es mir um den Schwanz. »Du machst dir nichts draus, Elsie, nicht wahr?« sagte sie. Elsie war schrecklich still – man hörte, wie es in ihren Schläfen hämmerte. Plötzlich ging sie zum Grammophon hinüber und drehte die Platte um. Dann griff sie nach ihrem Glas, ohne uns anzusehen, und stürzte es hinunter.

»Warum tanzt du nicht mit ihr?« fragte Maude. »Ich habe nichts dagegen. Los, Elsie, tanz mit ihm!«

Ich ging mit dem an meinem Schwanz baumelnden Handtuch zu Elsie hinüber. Als sie Maude den Rücken zukehrte, zog sie das Handtuch weg und packte ihn mit fiebernder Hand. Ich fühlte, wie sie am ganzen Körper zitterte, so als überkomme sie ein Frösteln.

»Ich hole ein paar Kerzen«, sagte Maude. »Es ist zu hell hier.« Sie verschwand ins Nebenzimmer. Sofort hörte Elsie auf zu tanzen, legte ihre Lippen auf meine und schob mir ihre Zunge in die Kehle. Ich faßte mit der Hand nach ihrer Möse und drückte sie. Sie hielt noch immer meinen Schwanz? Die Platte war abgelaufen. Keiner von uns beiden machte sich los, um den Apparat abzustellen. Ich hörte Maude zurückkommen. Trotzdem verharrte ich in Elsies Armen.

Jetzt wird es Ärger geben, dachte ich. Aber Maude schien dem keine Aufmerksamkeit zu schenken. Sie zündete die Kerzen an und schaltete dann das elektrische Licht aus. Ich löste mich von Elsie, als ich merkte, daß Maude neben uns stand. »Es ist schon gut«, sagte sie. »Ich habe nichts dagegen. Laßt mich nur mittun.« Und damit legte sie die Arme um uns beide, und wir begannen alle drei einander zu küssen.

»Huh! Es ist heiß!« stöhnte Elsie und löste sich schließlich von uns.

»Zieh dein Kleid aus, wenn du willst«, sagte Maude. »Ich zieh das aus«, und indem sie ihren Worten die Tat folgen ließ, schlüpfte sie aus ihrem Morgenrock und stand nackt vor uns.

Im nächsten Augenblick waren wir alle splitternackt.

Ich setzte mich, Maude auf meinem Schoß. Ihre Möse war wieder naß. Elsie stand neben uns, den Arm um Maudes Nacken. Sie war ein wenig größer als Maude und gut gebaut. Ich strich mit der Hand über ihren Bauch und wühlte meine Finger in ihren Busch, der fast in gleicher Höhe mit meinem Mund war. Maude schaute mit einem freundlichen Lächeln der Befriedigung zu. Ich beugte mich vor und küßte Elsies Möse.

»Es ist wundervoll, wenn man nicht mehr eifersüchtig ist«, sagte Maude sehr einfach.

Elsies Gesicht war scharlachrot. Sie wußte nicht recht, was ihre Rolle war, wie weit sie gehen durfte. Sie beobachtete Maude aufmerksam, als wäre sie nicht ganz von deren Aufrichtigkeit überzeugt. Jetzt küßte ich Maude leidenschaftlich und hatte dabei meine Finger in Elsies Spalte. Ich fühlte, wie Elsie sich enger anschmiegte, sich bewegte. Der Saft lief über meine Finger. Gleichzeitig hob Maude sich ein wenig hoch, und indem sie ihren Hintern verlagerte, richtete sie es geschickt so ein, daß sie mit meinem Schwanz säuberlich eingepaßt wieder heruntersank. Sie war nun nach vorne ausgerichtet, ihr Gesicht an Elsies Brüste gepreßt. Sie hob den Kopf und nahm die Brustwarze in den Mund. Elsie überfiel ein Zittern, und ihre Möse begann in seidigen Zukkungen zu beben. Nun glitt Maudes Hand, die auf Elsies Hüfte geruht hatte, hinunter und liebkoste die weichen Hinterbacken. Im nächsten Augenblick war sie weiter hinuntergeglitten und begegnete meiner Hand. Instinktiv zog ich meine Hand weg. Elsie drehte sich ein wenig, und dann beugte Maude sich vor und legte den Mund auf Elsies Möse. Gleichzeitig beugte Elsie sich über Maude vor und preßte ihre Lippen auf die meinen. Wir drei zitterten jetzt wie im Schüttelfrost.

Als ich fühlte, wie es Maude kam, hielt ich mich zurück, entschlossen, es für Elsie aufzuheben. Mit noch immer steifem Schwanz hob ich Maude sanft von meinem Schoß und griff nach Elsie. Sie setzte sich, das Gesicht zu mir, rittlings auf mich und schlang mit unbeherrschter Leidenschaft die Arme um mich, preßte ihre Lippen auf meine, und ich fickte ums liebe Leben drauflos. Maude hatte sich diskret ins Badezimmer verzogen. Als sie zurückkam, saß Elsie auf meinem Schoß, ihre Arme um meinen Nacken, ihr Gesicht flammend erregt. Dann stand Elsie auf und ging ins Badezimmer. Ich schlenderte zum Ausguß und wusch mich dort.

»Ich war noch nie so glücklich«, beteuerte Maude, ging zum Grammophon und legte eine neue Platte auf. »Gib mir dein Glas«, sagte sie, und während sie es füllte, murmelte sie: »Was wirst du sagen, wenn du heimkommst?« Ich sagte nichts. Dann fügte sie flüsternd hinzu: »Du könntest sagen, eine von uns sei krank geworden.«

»Es macht nichts«, sagte ich. »Ich werde mir was ausdenken.«

»Du bist doch nicht böse auf mich?«

»Böse? Warum?«

Daß ich dich so lange aufgehalten habe.«

»Unsinn«, versicherte ich.

Sie legte die Arme um mich und küßte mich zärtlich. Und die Arme einer um des anderen Hüften griffen wir nach den Gläsern und brachten einen stummen Toast aus. In diesem Augenblick kam Elsie zurück. Wir standen da, nackt wie Hutständer, mit verschlungenen Armen, und tranken einander zu.

Wir fingen wieder zu tanzen an, bei tropfenden Kerzen. Ich wußte, daß sie in wenigen Augenblicken erlöschen würden und niemand Anstalten machen würde, neue zu holen. Wir wechselten in kurzen Abständen, um einander die Verlegenheit zu ersparen, beiseite zu stehen und zuzusehen. Manchmal tanzten Maude und Elsie zusammen, rieben obszön ihre Mösen aneinander, trennten sich dann lachend, und die eine oder die andere zog mich zu sich heran. Es herrschte ein solches Gefühl von Ungebundenheit und Intimität, daß jede Geste, jede Handlung erlaubt war. Wir lachten und scherzten immer mehr. Als schließlich die Kerzen erloschen, erst eine, dann die andere, und nur ein Strahl blassen Mondlichts durch die Fenster drang, ging alle vorgebliche Zurückhaltung oder jeder angebliche Anstand in die Binsen.

Es war Maude, die den Gedanken hatte, den Tisch abzuräumen. Elsie half ihr verständnislos wie jemand, der hypnotisiert war. Schnell wurde das Geschirr ins Spülbecken geschafft. Ein rascher Sprung ins Nebenzimmer, um eine weiche Decke zu holen, die über den Tisch gebreitet wurde. Sogar ein Kissen. Elsie verstand jetzt, worauf es hinausging. Sie machte große Augen.

Bevor wir jedoch zur Sache schritten, hatte Maude einen anderen Einfall – sie machte *egg nogs*. Wir mußten dazu wieder Licht machen. Die beiden arbeiteten schnell, fast in rasender Hast. Sie schütteten eine reichliche Portion Kognak in das Gebräu. Als es mir den Hals hinunterrann, fühlte ich, wie es geradewegs in meinen Pint, in meine Eier lief. Während ich trank, den Kopf zurückgelegt, legte Elsie ihre Hand um meinen Hodensack. »Ein Hoden ist größer als der andere«, bemerkte sie lachend. Dann, nach einem leichten Zögern: »Könnten wir's nicht alle zusammen machen?« Sie sah Maude an. Maude grinste, wie um zu sagen: Warum nicht? »Wir wollen das Oberlicht ausmachen«, sagte Elsie, »wir brauchen es nicht mehr, nicht wahr?« Sie setzte sich auf den Stuhl neben dem Tisch. »Ich will euch zusehen«, meinte sie und patschte mit der Hand auf die Decke. Sie bekam Maude zu fassen, hob sie hoch und auf den Tisch. »Diese Tour ist mir neu«, sagte sie. »Wart einen Augenblick!« Sie nahm mich bei der Hand und zog mich zu sich heran. Dann, indem sie Maude fragend ansah: »Darf ich?« Und ohne auf eine Antwort zu warten, beugte sie sich vor, griff nach meinem Schwanz und nahm ihn in den Mund. Nach ein paar Augenblicken zog sie ihren Mund weg. »*Jetzt* . . . laßt mich zusehen!« Sie gab mir einen kleinen Schubs, wie um mich anzutreiben. Maude streckte sich wie eine Katze, ihr Hintern hing über den Tischrand, das Kissen lag unter ihrem Kopf. Sie schlang die Beine um meine Hüfte. Dann plötzlich löste sie sie und legte sie mir auf die Schultern. Elsie stand neben mir, den Kopf gesenkt, und sah mit atemloser Versunkenheit zu. »Zieh ihn ein wenig heraus«, sagte sie mit einem heiseren Gewisper, »ich will ihn wieder hineingleiten sehen.« Dann lief sie rasch zum Fenster und zog die Sonnenjalousien hoch. »Tu's jetzt!« sagte sie. »Los, fick sie!« Als ich ihn hineintauchen ließ, fühlte ich ihre Zunge an meinen Eiern, die sie begierig beleckte.

Plötzlich hörte ich zu meinem großen Erstaunen Maude sagen: »Laß dir's noch nicht kommen. Warte noch . . . Gib Elsie eine Chance.«

Ich zog ihn heraus, wobei ich Elsie mit meinem Hintern ins Gesicht stieß und sie rückwärts auf den Boden fiel. Sie quiekte vor Vergnügen und sprang rasch wieder auf die Beine. Maude kletterte vom Tisch herunter, und Elsie brachte sich flink in die richtige Lage. »Könntest du nicht auch etwas machen?« sagte sie zu Maude und setzte sich kerzengerade auf. »Ich habe eine Idee . . .« Und sie sprang vom Tisch herunter und warf die Decke und danach das Kissen auf den Boden. Sie brauchte nicht lange, um sich eine interessante Gruppierung auszudenken.

Maude lag auf dem Rücken ausgestreckt. Elsie hockte über ihr mit gebeugten Knien, Maudes Füßen zugekehrt, aber ihren Mund an Maudes Spalte. Ich kniete mich hin und besorgte es Elsie von hinten. Maude spielte mit meinen Eiern, schaukelte sie leicht und zart mit den Fingerspitzen. Ich konnte fühlen, wie Maude sich wand, als Elsie sie wild und gierig leckte. Ein gespenstisches, fahles Licht herrschte im Zimmer, und ich hatte Mösengeschmack im Mund. Ich hatte einen dieser Dauerständer, die sich nie zu legen drohen. Dann und wann zog ich ihn heraus, schob Elsie nach vorne, sank tiefer herunter und bot ihn Maudes flinker Zunge an. Dann versenkte ich ihn wieder hinein, und Elsie gebärdete sich wie eine Verrückte und vergrub ihre Schnauze in Maudes Spalte, wobei sie den Kopf schüttelte wie ein Terrier. Schließlich zog ich ihn heraus, schob Elsie beiseite, fiel auf Maude und versenkte ihn in ihr, daß es nur so eine Art war. »Tu's, tu's!« bat sie, als warte sie auf das Beil. Wieder fühlte ich Elsies Zunge an meinen Eiern. Dann kam es Maude, wie ein zerplatzender Stern, mit einer Salve von Wortfetzen und Gestammel. Ich machte mich jetzt, noch immer mit einem Steifen wie ein Feuerhaken, los, weil ich Angst hatte, daß es mir nie mehr kommen würde und tastete nach Elsie. Sie war schrecklich klebrig, und ihr Mund war wie eine Möse. »Willst du's?« sagte ich und schob ihn in ihr herum wie ein trunkener Satyr. »Mach weiter, fick, fick mich!« rief sie, schlang die Beine hinauf über meine Schultern und brachte ihren Hintern näher heran. »Besorg es mir, besorg es mir, du Schuft!« Sie schrie nun fast gellend. »Ja, ich ficke dich . . . ficke dich!«, und sie wand, krümmte und drehte sich, biß und kratzte mich.

»Oh, oh! Nicht. Bitte nicht. Es tut weh!« schrie sie.

»Halt's Maul, du Hure du!« sagte ich. »Es tut weh, was? Du wolltest es doch so, nicht wahr?« Ich hielt sie fest, hob mich ein wenig höher, um ihn bis ans Heft hineinzubringen, und stieß zu, bis ich glaubte, die Gebärmutter würde ihr bersten. Dann kam es mir – gerade in den schneckenartigen, weit offenen Mund. Sie verfiel in einen Krampf, rasend vor Lust und Schmerz. Dann glitten ihre Beine von meinen Schultern und fielen mit einem dumpfen Laut auf den Boden. Sie lag da wie eine Tote, völlig ausgefickt.

»Allmächtiger«, sagte ich, mit gespreizten Beinen über ihr stehend, während noch immer Samen herauskam und auf ihren Busen, ihr Gesicht, ihr Haar tropfte. »Allmächtiger Gott, ich bin ausgepumpt. Ich bin ausgefickt, weißt du das?« Ich richtete meine Worte an das Zimmer.

Maude zündete eine Kerze an. »Es wird schon spät«, bemerkte sie.

»Ich gehe nicht heim«, sagte ich. »Ich schlafe hier.«

»Willst du das?« sagte Maude, einen unterdrückten Jubel in ihrer Stimme.

»Ja, in diesem Zustand kann ich nicht zurückkommen. Allmächtiger, ich bin schwach auf den Beinen, blau und besäuselt.« Ich ließ mich auf einen Stuhl sinken. »Gib mir einen Tropfen von dem Kognak, ich brauche eine Stärkung.«

Sie schenkte ein großes Glas ein und hielt es mir an die Lippen, als gebe sie mir eine Medizin. Elsie war aufgestanden, ein wenig wackelig auf den Beinen und schwankend. »Gib mir auch einen«, bat sie. »Was für eine Nacht! Wir sollten das wieder einmal machen.«

»Jawohl, morgen«, sagte ich.

»Es war eine wundervolle Schau«, meinte sie und streichelte meinen Kopf. »Ich hätte nie geglaubt, daß du so bist . . . Du hast mich fast umgebracht, weißt du das?«

»Du machst besser eine Spülung«, sagte Maude.

»Ja, du hast recht«, seufzte Elsie. »Ich glaube, mir ist alles egal. Wenn ich dran bin, bin ich dran.«

»Geh da hinein, Elsie«, sagte ich. »Sei nicht idiotisch.«

»Ich bin zu müde«, seufzte Elsie.

»Wart einen Augenblick«, sagte ich. »Ich will noch einen Blick auf dich werfen, bevor du da hineingehst.« Ich ließ sie auf den Tisch steigen und weit die Beine öffnen. Mit dem Glas in der einen Hand, spreizte ich mit Daumen und Zeigefinger der anderen ihre Möse auf. Der Samen sickerte noch heraus.

»Eine Prachtmöse, Elsie.«

Maude schaute sie sich auch gut an. »Küsse sie«, sagte ich und drückte ihre Nase sanft in Elsies Haarbusch.

Ich saß da und sah zu, wie Maude an Elsies Möse nibbelte. »Es tut gut«, sagte Elsie. »Schrecklich gut.« Sie bewegte sich wie eine an den Boden gefesselte Bauchtänzerin. Maudes Hinterteil war verlockend herausgereckt. Trotz meiner Müdigkeit begann mein Schwanz wieder zu schwellen. Er versteifte sich wie eine Blutwurst. Ich trat hinter Maude und ließ ihn hineingleiten. Obschon nur seine Spitze drin war, ließ sie ihren Hintern kreisen. Elsie wand sich nun vor Vergnügen. Sie hatte ihren Finger in den Mund gesteckt und biß auf ihren Knöchel. Wir machten so mehrere Minuten weiter, bis Elsie einen Orgasmus hatte. Dann machten wir uns los und sahen einander an, als ob wir uns noch nie gesehen hätten. Wir waren wie betäubt.

»Ich gehe ins Bett«, sagte ich, entschlossen, ein Ende zu machen. Ich schickte mich an, ins Nebenzimmer zu gehen, wo ich mich auf die Couch legen wollte.

»Du kannst bei mir bleiben«, sagte Maude und hielt mich am Arm fest. »Warum nicht?« setzte sie hinzu, als sie den erstaunten Blick in meinen Augen sah.

»Ja«, sagte Elsie. »Warum nicht? Vielleicht gehe ich auch mit euch ins Bett. Würdet ihr mich lassen?« fragte sie Maude unverblümt. »Ich werde euch nicht stören«, fügte sie hinzu. »Es geht mir einfach gegen den Strich, euch jetzt zu verlassen.«

»Aber was werden deine Leute sagen?« erkundigte sich Maude.

»Sie werden nicht wissen, daß Henry dageblieben ist, nicht wahr?«

»Nein, natürlich nicht!« sagte Maude, ein wenig erschrocken bei dem Gedanken.

»Und Melanie?« warf ich ein.

»Oh, sie geht früh am Morgen fort. Sie hat jetzt eine Arbeit.«

Plötzlich fragte ich mich, was zum Teufel ich Mona sagen

würde. Ich geriet beinahe in Panik. »Ich glaube, ich sollte nach Hause telefonieren«, sagte ich.

»Ach, nicht jetzt«, bat Elsie schmeichelnd. »Es ist schon so spät. Warte noch.«

Wir versteckten die Flasche, türmten die Teller im Abspülbekken auf und nahmen das Grammophon mit nach oben. Melanie sollte nicht zuviel vermuten. Auf Zehenspitzen gingen wir durch die Diele und die Treppe hinauf, mit beladenen Armen.

Ich lag zwischen den beiden, eine Hand auf jeder Mieze. Eine Zeitlang lagen sie ruhig da, wie ich glaubte, fest schlafend. Ich war zu müde, um schlafen zu können. Ich lag mit weit offenen Augen da und starrte in die Dunkelheit. Schließlich drehte ich mich auf die Seite, Maude zu. Sofort drehte sie sich zu mir um, legte ihre Arme um mich und preßte ihre Lippen auf die meinen. Dann zog sie sie weg und legte sie an mein Ohr. »Ich liebe dich«, wisperte sie leise. Ich gab keine Antwort. »Hast du gehört?« flüsterte sie. »Ich liebe dich.«

Ich drückte sie an mich und legte meine Hand zwischen ihre Beine.

Gerade da fühlte ich, wie Elsie sich umdrehte und sich in Löffelchenmanier an mich kuschelte. Ich spürte ihre Hand zwischen meinen Beinen und meine Hoden drücken. Sie hatte ihren Mund an meinen Nacken gelegt und küßte mich sanft und herzlich mit feuchten, kühlen Lippen.

Nach einiger Zeit drehte ich mich wieder flach auf den Bauch. Elsie tat dasselbe. Ich schloß die Augen, versuchte Schlaf zu finden. Es war unmöglich. Das Bett war köstlich weich, die beiden Körper neben mir waren glatt und anschmiegsam, und der Geruch nach Haar und Sex stieg mir in die Nase. Aus dem Garten drang der betäubende Duft regengesättigter Erde. Es war seltsam – seltsam beruhigend, wieder in diesem großen Bett, dem Ehebett, mit einer dritten Person neben uns zu liegen – alle drei in sinnlicher Lust. Es war zu gut, um wahr zu sein. Ich erwartete jeden Augenblick, daß die Tür aufgerissen wurde und eine wütende Stimme schrie: »'raus mit euch, ihr schamlosen Geschöpfe!« Aber nur die Stille der Nacht, die Finsternis, die betäubenden, sinnlichen Gerüche von Erde und Sex waren da.

Ich drehte mich wieder um, diesmal zu Elsie. Sie erwartete

mich begierig, ihre Möse an mich zu pressen und ihre dicke, straffe Zunge meine Kehle hinuntergleiten zu lassen.

»Schläft sie?« flüsterte sie. »Mach mir's noch mal«, bat sie.

Ich lag regungslos da, mein Schwanz schlaff, mein Arm matt über ihre Hüfte gelegt.

»Nicht jetzt«, flüsterte ich. »Vielleicht am Morgen.«

»Nein, jetzt!« bettelte sie. Mein Schwanz lag in ihrer Hand zusammengerollt wie eine tote Schnecke. »Bitte, bitte«, wisperte sie, »ich möchte es gerne. Nur noch einen Fick, Henry.«

»Laß ihn schlafen«, sagte Maude und kuschelte sich an uns. Ihre Stimme klang, als sei sie von Drogen betäubt.

»Also gut«, sagte Elsie, wobei sie Maudes Arm streichelte. Dann, nach einigen Augenblicken der Stille, preßten sich ihre Lippen an mein Ohr, und sie flüsterte langsam, wobei sie zwischen jedem Wort eine Pause machte: »Wenn sie eingeschlafen ist, ja?« Ich nickte. Plötzlich fühlte ich, daß mich der Schlaf überkam. Gott sei Dank, sagte ich mir.

Es folgte eine Leere, eine, wie mir schien, lange Leere, während der ich völlig abwesend war. Ich wachte allmählich auf, wobei ich mir dunkel bewußt wurde, daß mein Schwanz in Elsies Mund steckte. Ich strich ihr mit der Hand über den Kopf und streichelte ihren Rücken. Sie hob ihre Hand und legte mir die Finger auf den Mund, wie um mich zu warnen, keinen Einspruch zu erheben. Eine unnötige Warnung, denn merkwürdigerweise war ich im vollen Bewußtsein dessen, was kommen würde, erwacht. Mein Schwanz reagierte bereits auf die Liebkosungen von Elsies Lippen. Es war ein neuer Schwanz, er schien dünner, länger, spitz – eine Art Hundepint? Und er hatte Leben in sich, so als habe er sich aus eigenen Stücken erholt, ganz für sich ein Nickerchen gemacht.

Sanft, langsam, verstohlen – warum, fragte ich mich, gingen wir nun so heimlich vor? – zog ich Elsie hoch und auf mich. Ihre Möse war anders als die von Maude, länger, enger, wie ein über meinen Schwanz gezogener Handschuhfinger. Ich machte Vergleiche, als ich sie behutsam auf und ab wippte. Ich strich mit den Fingern den Rand der Schamlippen entlang, ergriff ihren Haarbusch und zog leise daran. Kein Gewisper kam über unsere Lippen. Sie hatte sich mit den Zähnen in die Wölbung meiner Schulter verbissen. Ihre Haltung war gekrümmt, so daß nur meine Schwanzspitze in ihr war, und langsam, geschickt, auf die Folter spannend, ließ sie ihre Möse darum kreisen. Hin und wieder sank sie auf ihn herunter und rammelte wie ein Tier.

»O Gott, wie ich das liebe!« flüsterte sie schließlich. »Ich möchte gerne jede Nacht mit dir vögeln.«

Wir drehten uns auf unsere Seite und lagen aneinandergeschmiegt da, ohne eine Bewegung zu machen oder einen Laut von uns zu geben. Mit seltsamen Muskelkontraktionen spielte ihre Möse mit meinem Schwanz, als habe sie ein Eigenleben und einen eigenen Willen.

»Wo wohnst du?« flüsterte sie. »Wo kann ich dich *allein* sehen? Schreib mir morgen . . . sag' mir, wo ich dich treffen kann. Ich möchte jeden Tag ficken . . . hörst du? Laß es noch nicht kommen, bitte. Ich möchte, daß es ewig dauert.«

Schweigen. Nur das Schlagen des Pulses zwischen den Beinen. Ich hatte noch nie etwas so eng Passendes gehabt – etwas so lang, glatt, seidig, fein frisch Passendes. Sie konnte nicht viel mehr als ein dutzendmal gefickt worden sein. Und ihre Haarwurzeln, so stark und duftend. Und ihre Brüste, fest und glatt, fast wie Äpfel. Auch die Finger, kraftvoll, biegsam, begierig, immer wandernd, zugreifend, liebkosend, kitzelnd. Wie gerne ergriff sie meine Eier, um sie zu umschließen, sie zu schaukeln, dann mit zwei Fingern einen Ring um den Hodensack zu bilden, als wollte sie mich melken. Und ihre Zunge immer in Tätigkeit, ihre Zähne beißend, zuschnappend, nippend . . .

Sie ist jetzt sehr still, kein Muskel regt sich. Wieder Geflüster. »Mach' ich's richtig? Du wirst es mir beibringen, ja? Ich bin geil. Ich könnte ewig vögeln . . . Du bist doch nicht mehr müde, oder? Laß es nur so . . . bewege dich nicht. Wenn's mir kommt, nimm ihn nicht heraus . . . das tust du nicht, nicht wahr? O Gott, das ist der Himmel . . .«

Wieder still. Ich habe das Gefühl, daß ich unbegrenzt so daliegen könnte. Ich will noch mehr hören.

»Ich habe eine Freundin«, flüstert sie. »Wir könnten uns dort treffen . . . Sie würde nichts sagen. Du lieber Himmel, Henry, ich dachte nie, daß es so sein könnte. Kannst du jede Nacht so ficken?«

Ich lächelte im Dunkeln.

»Was ist los?« flüsterte sie.

»Nicht jede Nacht«, flüsterte ich zurück, wobei ich fast in Gekicher ausbrach.

»Henry, fick! Rasch, fick mich . . . Es kommt mir.«

Es kam uns gleichzeitig, ein verlängerter Orgasmus, bei dem ich mich fragte, woher der verdammte Saft kam.

»Das war groß!« flüsterte sie. Dann: »Es war genau richtig . . . es war wundervoll.«

Unruhig warf sich Maude im Schlaf herum.

»Gute Nacht«, flüsterte ich. »Ich schlafe jetzt . . . ich bin tot . . .«

»Schreib mir morgen«, wisperte sie, wobei sie meine Wange küßte. »Oder ruf mich an . . . *Versprich's.*«

Ich brummte etwas. Sie kuschelte sich an mich, ihren Arm um meine Hüfte. Wir fielen in einen betäubenden Schlaf.

17

Es war Sonntag, als dieser Ausflug stattfand. Ich sah Mona erst am Dienstag kurz vor Morgengrauen wieder. Nicht daß ich so lange bei Maude geblieben wäre – nein, ich ging am Montagmorgen direkt ins Büro. Gegen Mittag rief ich Mona an und erfuhr, daß sie noch schlief. Rebecca war am Telefon. Sie sagte, Mona sei die ganze Nacht auf der Probe gewesen. »Und wo warst du die ganze Nacht?« fragte sie mit fast besitzergreifender Besorgtheit. Ich erklärte, daß das Kind krank geworden sei, so daß ich die ganze Nacht hätte dort bleiben müssen.

»Du tätest gut daran, dir etwas Besseres auszudenken, bevor du mit Mona sprichst«, lachte sie. »Sie hat die ganze Nacht angerufen. Sie war außer sich wegen dir.«

»Darum ist sie nicht heimgekommen, nehme ich an?«

»Du erwartest doch nicht, daß jemand deine Geschichten glaubt?« sagte Rebecca und ließ wieder ein leises, kehliges Lachen hören. »Kommst du heute abend nach Hause?« fragte sie. »Du fehlst uns . . . Weißt du, Henry, du solltest nie heiraten . . .«

Ich unterbrach sie. »Ja, ich komme heute abend zum Essen

heim. Sag' ihr das, wenn sie aufwacht. Und lache nicht, wenn du ihr sagst, was ich sagte – von wegen dem Kind, meine ich.«

Sie lachte durchs Telefon.

»Rebecca, hör zu, ich vertraue auf dich. Mach' es mir nicht schwer. Du weißt, daß ich viel von dir halte. Wenn ich jemals eine andere Frau heirate, wirst du es sein, das weißt du . . .«

Neues Gelächter. Dann: »Um Himmels willen, Henry, hör bloß auf! Aber komm heute abend heim . . . Ich will die ganze Geschichte hören. Arthur wird nicht daheim sein. Ich werde zu dir halten . . . wenn du es auch nicht verdienst.«

Ich ging also heim, nachdem ich in der Rollschuharena ein Schläfchen gemacht hatte. Ich war auch bei der Ankunft in bester Stimmung, durch ein Gespräch, das ich in letzter Minute mit einem Ägyptologen gehabt hatte, der bei uns als Nachtbote arbeiten wollte. Durch eine Bemerkung, die er über das mutmaßliche Alter der Pyramiden hatte fallenlassen, war ich so sehr aus dem Häuschen geraten, daß es mir völlig gleichgültig war, wie Mona auf meine Geschichte reagierte. Es bestünde Grund zu der Annahme, hatte er gesagt – und ich bin sicher, daß ich richtig gehört hatte –, daß die Pyramiden *mindestens* sechzigtausend Jahre alt seien. Wenn das stimmte, konnte man den ganzen gottverdammten Begriff ägyptischer Zivilisation auf den Kehrichthaufen werfen – und eine Menge anderer historischer Vorstellungen dazu. In der Untergrundbahn fühlte ich mich unendlich viel älter, als ich es je für möglich gehalten hätte. Ich versuchte, mich zwanzig- oder dreißigtausend Jahre zurückzuversetzen – an einen Punkt halbwegs zwischen der Aufrichtung dieser rätselhaften Monolithen und dem vermutlichen Anbruch dieser altersgrauen Zivilisation am Nil. Ich fühlte mich in der Schwebe zwischen Zeit und Raum. Das Wort »Alter« begann eine neue Bedeutung anzunehmen. Mit ihm kam ein phantastischer Gedanke: Was war, wenn ich so lange leben sollte, bis ich hundertfünfzig, ja hundertfünfundneunzig Jahre alt wäre? Wie würde dieser kleine Vorfall, den ich zu verheimlichen suchte – die Organza-Friganza-Geschichte –, im Licht von hundertfünfzig Jahren Erfahrung dastehen? Was würde es dann noch bedeuten, wenn Mona mich verließ? Was würde es in drei Generationen ausmachen, wie ich mich in der Nacht vom Soundsovielten benommen hatte? Angenommen, ich war mit fünfundneunzig noch potent und hatte den Tod von sechs oder acht oder gar zehn Frauen überlebt? Vielleicht waren wir im 21. Jahrhundert zum Mormonentum zurückgekehrt? Oder wir haben die sexuelle Logik der Eskimos, haben sie nicht nur, sondern praktizieren sie auch? Angenommen, der Eigentumsbegriff war dann abgeschafft und die Einrichtung der Ehe nicht mehr gültig? In siebzig oder achtzig Jahren könnten ungeheure Umwälzungen stattfinden. In siebzig oder achtzig Jahren wäre ich erst hundert Jahre alt – also noch verhältnismäßig jung. Ich würde wahrscheinlich die Namen der meisten meiner Frauen vergessen haben, ganz zu schweigen die der Eintagsfliegen . . . Ich war in äußerst gehobener Stimmung, als ich zu Hause ankam.

Rebecca kam sofort in mein Zimmer. Das Haus war leer. Mona habe angerufen, sagte sie, um mitzuteilen, daß noch eine Probe stattfinde. Sie wisse noch nicht, wann sie heimkommen würde.

»Schön, schön«, sagte ich. »Hast du etwas zum Abendessen gemacht?«

»Gott, Henry, du bist ein Schatz.« Sie legte liebevoll die Arme um meine Schultern und drückte mich kameradschaftlich an sich. »Ich wollte, Arthur wäre so. Es fiele mir manchmal leichter, ihm zu verzeihen.«

»Ist keine Menschenseele im Haus?« fragte ich. Es war höchst ungewöhnlich, die Wohnung war sonst nie so verlassen.

»Nein, alle sind fort«, sagte Rebecca und schaute nach dem Braten im Herd. »Nun kannst du mir von dieser großen Liebe erzählen, von der du am Telefon gesprochen hast.« Sie lachte wieder – ein leises, erdhaftes Lachen, das mich erschauern ließ.

»Weißt du, es war mir nicht so ernst«, sagte ich. »Manchmal sage ich etwas, das mir gerade durch den Kopf geht, und in gewisser Weise meine ich es dann auch so. Du verstehst doch, was ich sagen will?«

»*Vollkommen!* Darum mag ich dich ja so. Du bist völlig treulos und wahrheitsliebend. Es ist eine unwiderstehliche Kombination.«

»Du weißt, du bist sicher vor mir, das ist's, was?« sagte ich, trat neben sie und schlang einen Arm um sie.

Sie machte sich lachend los. »Das denke ich durchaus nicht – und das weißt du!« platzte sie heraus.

»Ich mache dir nur aus Höflichkeit den Hof«, sagte ich mit einem breiten Grinsen. »Wir werden jetzt eine gemütliche kleine Mahlzeit halten ... Gott, riecht das gut ... was ist es? Huhn?«

»Schwein!« sagte sie. »*Huhn* ... was glaubst du denn? Daß ich das extra für dich mache? Los, erzähl mir was. Denk nicht dauernd ans Essen. Sag mir lieber was Nettes, wenn du kannst. Aber komm mir nicht zu nahe, sonst stech' ich eine Gabel in dich ... Erzähl mir, was vergangene Nacht passiert ist. *Sag mir die Wahrheit, wenn du es wagst* ...«

»Das ist nicht schwer, meine schöne Rebecca. Besonders da wir allein sind. Es ist eine lange Geschichte – bist du sicher, daß du sie hören willst?« – Sie lachte wieder.

»Du lieber Gott, hast du eine schmutzige Lache«, sagte ich. »Nun, jedenfalls, wo waren wir stehengeblieben? Ach ja, *die Wahrheit* ... Hör zu, die Wahrheit ist, daß ich mit meiner Frau geschlafen habe ...«

»Das dachte ich mir schon«, meinte Rebecca.

»Aber warte, das ist nicht alles. Da war noch eine andere Frau ...«

»Du meinst, nachdem du mit deiner Frau geschlafen hast – oder vorher?«

»Zur gleichen Zeit«, sagte ich, liebenswürdig grinsend.

»Nein, nein! Das kannst du mir nicht erzählen!« Sie legte das Tranchiermesser weg und sah mich forschend an, die Arme auf die Hüften gestemmt. »Ich weiß nicht ... bei dir ist alles möglich. Warte einen Augenblick! Warte, bis ich den Tisch gedeckt habe. Ich will die ganze Sache von Anfang bis Ende hören.«

»Du hast wohl nicht ein bißchen Schnaps da?« fragte ich.

»Ich habe Rotwein ... damit wirst du dich zufriedengeben müssen.«

»Gut, gut. Freilich genügt das. Wo ist er?«

Als ich die Flasche entkorkte, kam sie zu mir und ergriff mich am Arm. »Hör zu, sag mir die Wahrheit. Ich verrate dich nicht.«

»Aber ich sage dir doch die Wahrheit!«

»Na schön, dann behalte sie noch bei dir. Warte, bis wir sitzen ... Magst du Blumenkohl? Ich habe kein anderes Gemüse.«

»Ich mag alles Eßbare. Ich mag alles. Ich mag dich, mag Mona, mag meine Frau, mag Pferde, Kühe, Hühner, Kartenspiele, Tapioka, Bach, Benzin, Hitzepickel . . .«

»*Du magst* . . . Das sieht dir wieder ähnlich. Es ist herrlich, das zu hören. Du machst auch mich hungrig. Du magst alles, ja . . . aber du liebst nicht.«

»Doch. Ich liebe Essen, Wein, Weiber. Freilich tu ich das. Was läßt dich glauben, daß ich es nicht tue? Wenn du etwas gern hast, liebst du es. Liebe ist nur die höchste Steigerung. Ich liebe, wie Gott das tut – ohne Unterschied von Zeit, Ort, Rasse, Farbe, Sex und so weiter. Ich liebe auch dich in dieser Art und Weise. Das ist nicht genug, nehme ich an?«

»Es ist zuviel, meinst du. Du hast keine Maßstäbe. Du, beruhige dich einen Augenblick. Tranchiere das Fleisch, willst du? Ich mache inzwischen die Sauce.«

»Sauce . . . oh, oh! Ich *liebe* Sauce.«

»Wie du deine Frau und mich und Mona liebst, stimmt's?«

Mehr sogar. Gerade jetzt handelt es sich nur um Sauce. Ich könnte sie schöpflöffelweise auflecken. Würzige, dicke, delikate, schwarze Sauce . . . es ist etwas Wundervolles. Nebenbei bemerkt, ich unterhielt mich gerade mit einem Ägyptologen – er wollte eine Anstellung als Bote.«

»Hier ist die Sauce. Schweife nicht ab. Du wolltest mir von deiner Frau erzählen.«

»Gewiß, gewiß will ich das. Ich werde dir auch das erzählen. Ich erzähle dir alles. Aber zuerst muß ich dir sagen, wie schön du aussiehst – mit der Sauce in der Hand.«

»Wenn du damit nicht aufhörst«, sagte sie, »werde ich ein Messer in dich stoßen. Was ist denn über dich gekommen? Hat deine Frau jedesmal, wenn du sie siehst, eine solche Wirkung auf dich? Du mußt dir ja wundervoll die Zeit vertrieben haben.« Sie setzte sich, nicht mir gegenüber, sondern neben mich.

»Ja, es war wundervoll«, sagte ich. »Und dann ist auch noch dieser Ägyptologe gekommen . . .«

»Ach, zum Teufel mit diesem Ägyptologen! Ich möchte wissen, was mit deiner Frau los war . . . *und mit dieser anderen Frau*. Wenn du mir was vorlügst, bringe ich dich um!«

Ich beschäftigte mich eine Weile mit dem Schweinebraten und

dem Blumenkohl. Trank ein paar Schlucke Wein, um es hinunterzuspülen. Ein köstliches Mahl. Ich fühlte mich über alle Maßen zermürbt. Ich brauchte eine Stärkung.

»Es war so«, begann ich, nachdem ich einige Gabeln voll verdrückt hatte.

Sie kicherte wieder.

»Was ist los? Was habe ich jetzt wieder gesagt?«

»Es handelt sich nicht darum, was du sagst, sondern die Art, wie du es sagst. Du scheinst so gelassen und losgelöst, so unschuldig. Gott, ja, das ist's – *unschuldig*. Wenn es Mord statt Ehebruch oder Hurerei gewesen wäre, würdest du genauso sein. Du amüsierst dich immer, nicht wahr?«

»Freilich . . . warum nicht? Warum sollte ich es nicht? Ist das denn so schrecklich merkwürdig?«

»Nei-n«, sagte sie gedehnt, »ich glaube nicht . . . oder es sollte es jedenfalls nicht sein. Aber bei dir klingt das alles manchmal ein bißchen verrückt. Du haust immer ein wenig über die Stränge . . . du kennst kein Halten. Du könntest in Rußland geboren sein!«

»Ja, Rußland! Genau. Ich liebe Rußland!«

»Und du liebst Schweinefleisch mit Blumenkohl – und die Sauce *und mich*. Sag' mal, was liebst du eigentlich nicht. Überleg dir's zuerst. Ich würde es wirklich gerne wissen.«

Ich schluckte einen saftigen Bissen fetten, in Sauce getauchten Schweinebraten hinunter und blickte sie an. »Also, erstens einmal Arbeit liebe ich nicht.« Ich hielt eine Minute inne, um nachzudenken, was noch ich nicht mochte. »Ach ja«, sagte ich und meinte es völlig im Ernst, »*und ich mag keine Fliegen.*«

Sie brach in Lachen aus. »Arbeit und Fliegen – das also ist es. Das muß ich mir merken. Du lieber Gott, ist das wirklich alles, was du nicht magst?«

»Im Augenblick ist es alles, was mir einfällt.«

»Und wie steht es mit Verbrechen, Ungerechtigkeit, Tyrannei und solchen Dingen?«

»Na, was soll damit sein?« fragte ich. »Was kann man schon dagegen tun? Du könntest mich ebensogut fragen: Wie steht es mit dem Wetter?«

»Meinst du das im Ernst?«

»Selbstverständlich.«

»Du bist unmöglich! Oder vielleicht kannst du nicht denken, wenn du ißt.«

»Das stimmt«, erwiderte ich. »Ich bin etwas denkfaul, wenn ich esse. Bist du's nicht auch? Tatsächlich möchte ich es nicht. Ich war nie ein großer Denker. Denken führt sowieso zu nichts. Es ist eine Selbsttäuschung. Denken macht einen morbid ... Übrigens hast du einen Nachtisch ... etwas von diesem Liederkranz? Ein köstlicher Käse, findest du nicht?«

Nach einer Weile fuhr ich fort: »Vermutlich klingt es komisch, jemanden sagen zu hören: ›Ich liebe es, es ist wundervoll, ist gut, ist groß‹, womit er alles meint. Natürlich empfinde ich nicht jeden Tag so – aber ich möchte es gerne. Und tue es, wenn ich normal, wenn ich ich selbst bin. Jedermann tut es, wenn er die Möglichkeit dazu hat. Es ist der natürliche Zustand des Herzens. Der Haken ist nur, wir werden die meiste Zeit terrorisiert. Ich sage, ›wir werden terrorisiert‹, aber ich meine damit, wir terrorisieren uns selbst. Letzte Nacht, zum Beispiel. Du kannst dir nicht vorstellen, wie ungeheuerlich es war. Kein äußerlicher Anlaß hat dazu beigetragen – höchstens das Gewitter. Plötzlich war alles wie verwandelt – und doch war es dasselbe Haus, dieselbe Atmosphäre, dieselbe Frau, dasselbe Bett. Es war, als sei der Druck plötzlich aufgehoben worden – ich meine dieser psychische Druck, diese unbegreifliche nasse Decke, die uns von Geburt an zu ersticken droht ... Du sagtest etwas von Tyrannei, Ungerechtigkeit und so weiter. Natürlich weiß ich, was du meinst. Ich habe mich selbst mit solchen Problemen beschäftigt, als ich noch jünger war, fünfzehn oder sechzehn ... Ich verstand damals alles sehr klar ... das heißt, soweit einem der Verstand erlaubt, Dinge zu verstehen. Ich war reiner, sozusagen selbstloser. Ich brauchte nichts zu verteidigen oder mich zu etwas zu bekennen, am wenigsten zu einem System, an das ich nie, nicht einmal als Kind, glaubte. Ich schuf mir meine eigene Idealwelt. Sie war sehr einfach. Kein Geld, kein Eigentum, keine Gesetze, keine Polizei, keine Regierung, keine Soldaten, keine Henker, keine Gefängnisse, keine Schulen. Ich schaltete jedes störende und einschränkende Element aus. Vollkommene Freiheit. Es war ein Vakuum – und in ihm explodierte ich. Was ich wirklich wollte, weißt du, war, daß jeder sich so verhalten sollte, wie ich mich verhielt oder glaubte, daß ich mich verhalten würde. Ich wollte eine nach meiner Vorstellung geschaffene Welt, die meinen Geist atmen würde. Ich machte mich zu Gott, da es nichts gab, was mich hinderte ...«

Ich hielt inne, um Atem zu schöpfen. Ich bemerkte, daß sie mit größter Teilnahme zuhörte.

»Soll ich fortfahren? Du hast wahrscheinlich diese Dinge schon tausendmal gehört.«

»Sprich weiter«, sagte sie leise und legte die Hand auf meinen Arm. »Ich fange an, dich anders zu sehen. Ich mag dich lieber in dieser Stimmung.«

»Vergißt du auch nicht den Käse? Übrigens, der Wein ist gar nicht übel. Vielleicht ein bißchen pelzig, aber nicht schlecht.«

»Hör zu, Henry, iß, trink, rauche, tu alles, was du willst, soviel du Lust hast. Ich gebe dir alles, was wir im Haus haben. Aber hör jetzt nicht auf zu sprechen ... *bitte*.«

Sie wollte sich gerade setzen. Ich sprang plötzlich auf, Tränen in den Augen, und legte die Arme um sie. »Jetzt kann ich dir ehrlich und offen sagen«, rief ich, »daß ich dich liebe.« Ich machte keinen Versuch, sie zu küssen – ich umarmte sie nur. Ich ließ sie los, ohne daß sie sich zur Wehr gesetzt hätte, setzte mich, hob das Weinglas und leerte es.

»Du bist ein Schauspieler«, sagte sie. »Im eigentlichen Sinne des Wortes. Ich wundere mich nicht, daß die Leute manchmal Angst vor dir haben.«

»Ich weiß, ich bekomme es manchmal selbst mit der Angst zu tun. Besonders wenn die andere Person auf mich reagiert. Ich weiß nicht, wo die richtigen Grenzen sind. Vermutlich gibt es keine Grenzen. Nichts wäre schlecht oder häßlich oder böse – wenn wir uns wirklich gehenließen. Aber das wollen und wollen die Menschen nicht begreifen. Jedenfalls ist das der Unterschied zwischen der Welt der Phantasie und der Welt des sogenannten gesunden Menschenverstandes, der gar kein gesunder Menschenverstand ist, sondern reine Scheiße und Irrsinn. Wenn du stillstehst und die Dinge betrachtest – ich sage *betrachtest*, nicht bedenkst, nicht kritisierst ... sieht die Welt völlig verrückt für dich aus. Und sie ist verrückt, bei Gott! Sie ist genauso verrückt, wenn die Dinge normal und friedlich sind, wie zu Zeiten von Krieg oder Revolution. Die Übel sind unsinnige Übel, und die Heilmittel unsinnige Heilmittel. Denn wir werden alle gehetzt wie Hunde. Wir laufen davon. *Vor was?* Wir wissen es nicht. Vor einer Million namenloser Dinge. Es ist eine wilde Flucht, eine Panik. Es gibt keinen letzten Zufluchtsort, wohin man sich flüchten könnte, es sei denn – du stehst, wie gesagt, stockstill. Wenn du das fertigbringst und nicht dein Gleichgewicht verlierst, nicht von dem Strom mitgerissen wirst, bist du vielleicht imstande, dich in die Gewalt zu bekommen . . . handeln zu können, wenn du verstehst, was ich meine. Du weißt, worauf ich hinauswill . . . Von dem Zeitpunkt, wo du aufwachst, bis zu dem Augenblick, in dem du zu Bett gehst, ist alles Lug und Trug und Schwindel. Jedermann weiß es, und jeder trägt dazu bei, daß dieser Schwindel ewig dauert. Darum finden wir einander auch so verdammt ekelhaft. Darum ist es so leicht, einen Krieg vom Zaun zu brechen oder ein Pogrom oder einen Feldzug gegen die Laster – oder jede verdammte Sache, die man will. Es ist immer leichter, klein beizugeben, jemanden in die Schnauze zu schlagen, denn worum wir alle beten, ist, daß wir erledigt werden, aber gründlich und ein für allemal. Wenn wir noch an einen Gott glauben könnten, würden wir ihn zu einem Gott der Rache machen. Wir würden ihm aus vollem Herzen die Aufgabe überlassen, die Dinge in Ordnung zu bringen. Es ist zu spät, uns vorzumachen, daß wir etwa selber den Dreck beseitigen könnten. Wir stecken bis über die Ohren drin. Wir wollen keine neue Welt . . . wir streben nur ein Ende des Drecks an, den wir angerichtet haben. Mit sechzehn kann man an eine neue Welt glauben . . . man kann tatsächlich alles glauben . . . aber mit zwanzig ist man verloren – und weiß es. Mit zwanzig hängt man fest im Geschirr, und das beste, was man hoffen kann, ist, daß man mit heilen Armen und Beinen davonkommt. Es ist keine Frage verblassender Hoffnung. Hoffnung ist ein giftiges Zeichen, sie bedeutet Kraftlosigkeit. Mut hat auch keinen Zweck: Jedermann kann Mut aufbringen – für die falsche Sache. Ich weiß nicht, was ich sagen soll – es sei denn, ich benutze ein Wort wie Vision. Und damit meine ich nicht ein projiziertes Bild der Zukunft, von einem verwirklichten vorgestellten Ideal. Ich meine etwas weniger Starres, etwas Beständigeres – ein bleibender Superblick gewissermaßen . . . etwas wie ein drittes Auge. Wir hatten es einmal. Es gab eine Art von Hellsehen, die allen Menschen natürlich und gemeinsam war. Dann kam der Verstand, und dieses Auge, das uns ganz und abgerundet und jenseitig zu sehen erlaubte, wurde vom Intellekt absorbiert, und wir wurden uns der Welt und einander in einer neuen Art und Weise bewußt. Unsere hübschen kleinen Egos entfalteten sich: Wir wurden selbstbewußt – und damit kamen Dünkel, Anmaßung und Blindheit – eine Blindheit, wie man sie nie zuvor, nicht einmal bei den Blinden gekannt hatte.«

»Wo hast du diese Idee her?« fragte Rebecca plötzlich. »Oder denkst du sie dir gerade im Augenblick aus? Wart einen Moment . . . ich möchte, daß du mir etwas sagst. Bringst du jemals deine Gedanken zu Papier? Übrigens, worüber schreibst du? Du hast mir nie etwas gezeigt. Ich habe nicht die geringste Vorstellung, was du machst.«

»Ach *das*«, sagte ich, »es ist fast besser, daß du es nicht gelesen hast. Ich habe noch nichts Rechtes zuwege gebracht. Ich kann anscheinend nicht recht in Fahrt kommen. Ich weiß nicht, was zum Teufel ich zuerst niederschreiben soll. Es gibt soviel zu sagen.«

»Aber schreibst du, wie du sprichst? Das möchte ich gerne wissen.«

»Ich glaube nicht«, sagte ich errötend. »Ich verstehe noch nicht zu schreiben. Vermutlich bin ich zu gehemmt.«

»Das solltest du nicht sein«, meinte Rebecca. »Du bist es nicht, wenn du sprichst, und du handelst auch nicht so.«

»Rebecca«, sagte ich langsam und bedächtig, »wenn ich wirklich wüßte, wozu ich fähig bin, würde ich nicht hier sitzen und mit dir plaudern. Ich habe manchmal das Gefühl, als würde ich platzen. Tatsächlich ist mir das Elend der Welt völlig gleichgültig. Ich nehme es als gegeben hin. Was ich möchte, ist, mich aufschließen. Ich will wissen, was in mir ist. Ich will, daß jedermann sich aufschließt. Ich bin wie ein Schwachsinniger mit einem Büchsenöffner in der Hand, der sich fragt, wo er anfangen soll, die Erde zu öffnen. Ich weiß, daß unter all dem Dreck alles wundervoll ist. Ich bin dessen sicher. Ich weiß es, weil ich mich selbst meistens so wundervoll fühle. Und wenn ich mich so fühle, erscheinen mir alle wundervoll . . . alle und alles . . . sogar Kieselsteine und Pappestücke . . . ein im Rinnstein liegendes Streichholz . . . alles . . . ein Ziegenbart, wenn du willst. Darüber möchte ich schreiben – aber ich weiß nicht wie . . . ich weiß nicht, wo ich anfangen soll. Vielleicht ist es zu persönlich. Mag sein, es klänge wie reiner Blödsinn . . . Verstehst du, mir scheint es, als seien die Künstler, die Wissenschaftler, die Philosophen zerstreuende Linsen. Es ist alles eine große Vorbereitung auf etwas, das nie eintritt. Eines Tages wird die Linse vollkommen sein, und wir werden alle deutlich sehen, was für eine taumelnd wundervolle, schöne Welt das ist. Aber in der Zwischenzeit gehen wir sozusagen ohne Brille umher. Wir stolpern umher wie kurzsichtige, blinzelnde Idioten. Wir sehen nicht, was vor unserer Nase liegt, weil wir so erpicht darauf sind, die Sterne oder was dahinter liegt zu sehen. Wir versuchen mit dem Verstand zu sehen, aber der Verstand sieht nur, was er sehen soll. Der Verstand kann nicht weit die Augen öffnen und einfach um des Sehvergnügens willen schauen. Hast du noch nie bemerkt, daß du, wenn du zu schauen aufhörst, wenn du nicht zu sehen versuchst, daß du dann *plötzlich siehst*? Was ist es, was du siehst? Was ist es, was sieht? Warum ist in solchen Augenblicken alles so anders – so wundervoll anders? Und was entspricht der Wirklichkeit mehr, diese Art von Vision oder das andere Sehen? Du verstehst, was ich meine . . . Wenn du eine Inspiration hast, nimmt dein Verstand Urlaub. Du übergibst ihn jemand anderem, einer unsichtbaren, unbekannten Kraft, die Besitz von dir ergreift, wie wir so zutreffend sagen. Was zum Teufel bedeutet das – wenn es überhaupt einen Sinn haben soll? Was geschieht, wenn die Denkmaschinerie sich verlangsamt oder zum Stillstand kommt? Als was oder wie immer du es anzusehen beschließt, dieser andere Modus operandi ist von einer anderen Ordnung. Die Maschine läuft reibungslos, aber ihr Ziel und Zweck scheinen rein willkürlich. Es ergibt sich eine andere Art von Sinn . . . ein großartiger Sinn, wenn man es ohne zu fragen hinnimmt, und Unsinn – oder nicht Unsinn, sondern Verrücktheit –, wenn man versucht, es mit der anderen Maschinerie zu untersuchen . . . Du lieber Himmel, ich glaube, ich schweife ab.«

Allmählich steuerte sie mich zurück zu der Geschichte, die sie hören wollte. Sie war neugierig auf Einzelheiten. Sie lachte viel

– dieses leise, erdhafte Lachen, das gleichzeitig herausfordernd und anerkennend war.

»Du suchst dir die seltsamsten Frauen aus«, sagte sie. »Du scheinst deine Wahl mit geschlossenen Augen zu treffen. Überlegst du dir nie vorher, was es heißt, wenn du mit ihnen zusammen lebst?«

Eine Weile fuhr sie so fort, und dann merkte ich plötzlich, daß sie das Gespräch auf Mona gebracht hatte. *Mona* – sie war ihr ein Rätsel. Was hatten wir gemeinsam, wollte sie wissen. Wie konnte ich ihre Lügen, ihre Täuschungen ertragen – oder machte mir das alles gar nichts aus? Sicherlich brauchte man irgendwo festen Boden unter den Füßen, man konnte nicht auf Treibsand bauen. Sie hatte viel über uns nachgedacht, sogar bevor sie Mona kennenlernte. Sie hatte von ihr von verschiedenen Seiten gehört, war neugierig gewesen, sie kennenzulernen, herauszukriegen, worin ihre große Anziehungskraft bestand . . . Mona war schön, gewiß – hinreißend schön sogar – und vielleicht auch klug. Aber, bei Gott, so theatralisch! Man konnte sie nicht zu fassen bekommen, sie entzog sich einem wie ein Phantom. »Was weißt du wirklich von ihr?« fragte sie herausfordernd. »Hast du ihre Eltern kennengelernt? Weißt du etwas über das Leben, das sie geführt hat, bevor sie dich kennenlernte?«

Ich mußte gestehen, daß ich so gut wie nichts wußte. Vielleicht sei es besser, daß ich nichts wußte, versicherte ich. Es sei etwas Anziehendes an dem Geheimnis, das sie umgab.

»Ach, Unsinn!« sagte Rebecca bissig. »Ich glaube, da gibt es kein großes Geheimnis. Ihr Vater ist wahrscheinlich ein Rabbi.«

»Was? Wie kommst du denn darauf? Woher willst du wissen, daß sie Jüdin ist? Ich weiß es selbst nicht einmal.«

»Du meinst, du willst es nicht wissen. Natürlich weiß ich es auch nicht, aber was mich so argwöhnisch macht, ist, daß sie es so heftig abstreitet. Überdies, sieht sie etwa aus wie die durchschnittliche Amerikanerin? Komm, komm, sag' mir nicht, du habest nicht so was Ähnliches geahnt – so dumm bist du doch nicht.«

Was mich an diesen Bemerkungen mehr als alles andere erstaunte, war die Tatsache, daß es Rebecca gelungen war, mit Mona darüber zu sprechen; nicht eine Andeutung davon war mir zu Ohren gekommen. Ich hätte alles dafür gegeben, wäre ich bei diesem Gespräch Mäuschen gewesen.

»Wenn du wirklich etwas wissen willst«, sagte ich, »so möchte ich lieber, daß sie eine Jüdin wäre als sonst etwas. Ich forsche sie natürlich nie danach aus. Offenbar ist es für sie ein peinliches Thema. Eines Tages wird sie schon mit der Wahrheit herausrükken, du wirst sehen ...«

»Du bist so verdammt romantisch«, sagte Rebecca. »Wirklich, du bist ein unheilbarer Fall. Warum sollte ein jüdisches Mädchen irgendwie anders sein als eine Christin? Ich lebe in beiden Welten. Ich finde an keiner von beiden etwas Seltsames oder Wunderbares.«

»*Natürlich*«, sagte ich. »Du bist immer dieselbe Person. Du veränderst dich nicht in einer anderen Umwelt. Du bist offen und ehrlich. Du kämest überall, mit jeder Gruppe, Klasse oder Rasse zurecht. Aber die wenigsten Menschen sind so. Die meisten bleiben sich ihrer Rasse, Farbe, Religion, Nationalität und so weiter bewußt. Für mich sind alle Völker geheimnisvoll, wenn ich sie genau betrachte. Ich kann viel leichter ihre Verschiedenheiten als ihre Verwandtschaft entdecken. Tatsächlich schätze ich die Unterschiede, die sie trennen, ebensosehr wie das, was sie verbindet. Ich finde es töricht, vorzugeben, wir seien alle mehr oder weniger gleichartig. Nur die großen, die wirklich ungewöhnlichen Individuen gleichen einander. Die Brüderschaft beginnt nicht unten, sondern an der Spitze der Pyramide. Je näher wir Gott kommen, desto mehr gleichen wir einander. Zuunterst ist es wie ein Kehrichthaufen ..., das heißt, aus der Entfernung sieht alles wie Kehricht aus, aber wenn man näher herantritt, bemerkt man, daß dieser sogenannte ›Kehricht‹ aus einer Million Milliarden verschiedenen Teilchen besteht. Und doch, ganz gleich, wie verschieden ein Stückchen Kehricht vom anderen ist, der wirkliche Unterschied macht sich erst geltend, wenn man etwas vor Augen hat, was nicht ›Kehricht‹ ist. Sogar wenn die Elemente, aus denen sich die Welt zusammensetzt, zu einer einzigen Grundsubstanz aufgespaltet werden können ... nun, ich weiß nicht mehr, was ich sagen wollte ... vielleicht dies, daß solange es Leben gibt, es Differenzierung, Wertmaßstäbe, Hierarchien geben wird. Das Leben bildet immer Pyramidenstrukturen – in jedem Bereich.

Wenn man zuunterst ist, betont man die Gleichheit der Dinge; ist man an der Spitze oder in der Nähe davon, dann wird man der Unterschiede gewahr. Und wenn etwas dunkel ist – besonders eine Person –, wird man unwiderstehlich angezogen. Man findet vielleicht heraus, daß es eine erfolglose Jagd war, daß es nichts gab als ein Fragezeichen, aber trotzdem . . .«

Es gab noch etwas, was ich hinzufügen wollte. »Und dann ist da noch das Gegenteil von alledem«, fuhr ich fort. »Wie zum Beispiel bei meiner Exfrau. Natürlich hätte ich ahnen sollen, daß es bei ihr auch eine andere Seite gab – nicht nur die prüde und wohlanständige, wegen der ich sie so haßte. Es ist schön und gut zu sagen, wie es die Analytiker tun, daß eine übermäßig bescheidene Person außergewöhnlich unbescheiden ist, aber eine solche Person dabei zu ertappen, wie sie sich von der einen in die andere verwandelt, Zeuge dieser Verwandlung zu sein, diese Gelegenheit bietet sich einem nicht oft. Oder wenn man Zeuge ist, spielt sich die Wandlung gewöhnlich bei jemand anderem ab. Doch gestern sah ich sie gerade vor meinen Augen vor sich gehen – und nicht bei jemand anderem, sondern bei mir! Ganz gleich, wieviel man von den geheimen Gedanken eines Menschen zu kennen glaubt, ihren unbewußten Impulsen und alledem, man fängt doch, wenn die Wandlung vor unseren Augen stattfindet, an sich zu fragen, ob man wirklich jemals den Menschen gekannt hat, mit dem gemeinsam man sein ganzes Leben verbracht hat. Es ist schön und gut, sich im Hinblick auf einen lieben Freund zu sagen, ›er hat alle Instinkte eines Mörders‹, wenn man ihn aber mit einem Messer auf einen losgehen sieht, dann ist das etwas anderes. Irgendwie bist du nie ganz darauf gefaßt, gleichgültig wie gescheit du bist. Bestenfalls hältst du es vielleicht für möglich, daß er das jemand anderem antut – aber niemals dir . . . ach, du lieber Himmel, nein! Ich habe nun das Gefühl, daß ich auf alles von denen gefaßt sein muß, die man am wenigsten zu verdächtigen bereit ist. Ich meine nicht, daß man ängstlich sein sollte, nein, das nicht . . . man sollte nur nicht überrascht sein, das ist alles. Die einzige Überraschung sollte sein, daß man überhaupt noch überrascht sein kann. Das ist's. Es kling jesuitisch, was? O ja, dazu gäbe es noch allerlei zu sagen. *Rabbi*, hast du vorhin gesagt. Hast du schon einmal darüber nachgedacht, daß ich einen guten Rabbi abgeben könnte? Im Ernst. Warum nicht? Warum könnte ich nicht ein Rabbi sein, wenn ich wollte? Oder ein Pope oder ein Mandarin – ein Dalai-Lama? Wenn man ein Wurm sein kann, kann man auch ein Gott sein.«

Das Gespräch ging so mehrere Stunden weiter, nur unterbrochen durch Arthur Raymonds Rückkehr. Ich blieb noch eine Weile sitzen, um jeden Verdacht, den er haben mochte, auszuschließen, und zog mich dann zurück. Gegen Morgen kam Mona nach Hause, hellwach, bezaubernder als je zuvor, ihre Haut glühend wie Löschkalk. Meine Erklärungen über die vorhergegangene Nacht interessierten sie kaum. Sie war exaltiert, verliebt in sich selbst. So viele Dinge waren inzwischen passiert – sie wußte nicht, wo sie anfangen sollte. Zunächst einmal hatte man ihr zugesagt, daß sie bei der nächsten Inszenierung als Ersatz für die Hauptdarstellerin vorgesehen sei. Das heißt, der Direktor hatte das getan – niemand anderes wußte bis jetzt etwas davon. Er war in sie verliebt, der Direktor. Hatte schon in den vergangenen Wochen Liebesbriefchen in ihre Gagentüten gesteckt. Und der Hauptdarsteller war gleichfalls in sie verliebt – wahnsinnig verliebt. Er hatte sich die ganze Zeit große Mühe mit ihr gemacht. Er hatte ihr beigebracht, wie man richtig atmet, wie man sich entspannt, wie man stehen und gehen muß, wie man seine Stimme gebraucht. Es war wundervoll. Sie war ein neuer Mensch mit unbekannten Kräften. Sie hatte einen Glauben an sich, einen grenzenlosen Glauben. Bald würde ihr die Welt zu Füßen liegen. Sie würde New York im Sturm erobern, das Land bereisen, vielleicht ins Ausland gehen . . . Wer konnte vorhersagen, was die Zukunft für sie barg? Trotzdem hatte sie auch ein wenig Angst vor alledem. Sie wollte, daß ich ihr half: Ich sollte sie abhören, wenn sie ihre neue Rolle einstudierte. Es gab so viele Dinge, die sie nicht wußte – und sie wollte ihre Unwissenheit nicht vor ihren vernarrten Liebhabern eingestehen. Vielleicht würde sie dieses alte Fossil im Ritz-Carlton aufsuchen, ihn veranlassen, ihr eine neue Ausstattung zu kaufen. Sie brauchte Hüte, Schuhe, Kleider, Blusen, Handschuhe, Strümpfe . . . so viele, viele Dinge. Es war jetzt wichtig für sie, ihrer Rolle entsprechend auszusehen. Sie wollte auch ihre Haare anders tragen. Ich mußte mit ihr in den Flur hinausgehen und mir die neue Körperhaltung, den neuen

Gang, den sie sich zugelegt hatte, ansehen. Hatte ich nicht die Änderung in ihrer Stimme bemerkt? Nun, das würde ich bestimmt sehr bald. Sie würde sich vollkommen verwandeln – und ich würde sie dann noch mehr lieben. Sie würde jetzt hundert verschiedene Frauen für mich sein. Plötzlich dachte sie an einen alten Beau, den sie vergessen hatte, einen Angestellten im Imperial Hotel. Er würde ihr alles, was sie brauchte, kaufen, ohne ein Wort darüber zu verlieren. Ja, gleich am nächsten Morgen würde sie ihn anrufen. Ich konnte sie zum Essen treffen, in ihren neuen Kleidern. Ich war doch nicht etwa eifersüchtig, oder? Er war ein junger Mann, arbeitete dort als Sekretär, aber ein vollendeter Narr, ein Trottel, ein Nichts. Der einzige Grund, warum er sein Geld sparte, war, damit sie es ausgeben konnte. Er hatte keinen anderen Gebrauch dafür – er war zu dumm, um zu wissen, was er damit anfangen sollte. Wenn er nur verstohlen ihre Hand halten konnte, war er dankbar. Vielleicht würde sie ihm manchmal einen Kuß geben – wenn sie irgend etwas Besonderes von ihm wollte.

Und so ging das fort und fort – welche Art Handschuhe sie bevorzugte, wie man seine Stimme einsetzte, wie die Indianer gingen, über den Wert von Yoga-Übungen, wie man das Gedächtnis schult, das Parfüm, das zu ihrer Stimmung paßte, wie abergläubisch Theaterleute waren, ihre Großzügigkeit, ihre Intrigen, ihre Amouren, ihr Stolz und ihre Eitelkeit. Wie einem zumute war bei Proben vor einem leeren Haus, die Witze und Streiche, die hinter den Kulissen gemacht wurden, das Verhalten der Bühnenarbeiter, die besondere Atmosphäre der Garderobenräume. Und die Eifersucht! Jeder war auf jeden eifersüchtig. Fieber, Durcheinander, Verwirrung, Glanz. Eine Welt innerhalb der Welt. Man wurde berauscht, betäubt, mesmerisiert.

Und die Diskussionen! Eine bloße Kleinigkeit konnte zu einer wütenden Kontroverse führen, die manchmal mit einer Auseinandersetzung, bei der man sich die Haare ausraufte, endete. Manche schienen wahrhaft den Teufel im Leib zu haben, besonders die Frauen. Es gab nur eine anständige – und die war ganz jung und unerfahren. Die anderen waren leibhaftige Mänaden, Furien und Harpyien. Sie fluchten wie Landsknechte. Im Vergleich dazu waren die Mädchen im Tanzpalast die reinsten Engel.

Eine lange Pause.

Dann, aus heiterem Himmel, fragte sie, wann die Scheidungsverhandlung stattfände.

»Diese Woche«, antwortete ich, erstaunt über ihren plötzlichen Gedankensprung.

»Dann heiraten wir sofort«, sagte sie.

»Natürlich«, gab ich zurück.

Die Art, wie ich »natürlich« sagte, gefiel ihr nicht. »Du brauchst mich nicht zu heiraten, wenn du nicht willst«, meinte sie.

»Aber ich will es doch«, sagte ich. »Und dann ziehen wir hier fort . . . suchen uns eine eigene Wohnung.«

»Ist es dir Ernst damit?« rief sie aus. »Ich bin so froh. Ich habe nur darauf gewartet, daß du das sagen würdest. Ich will ein neues Leben mit dir anfangen. Laß uns weggehen von all diesen Leuten! Und ich will, daß du diese schreckliche Arbeit aufgibst. Ich werde einen Ort finden, wo du schreiben kannst. Du brauchst kein Geld mehr zu verdienen. Ich werde bald haufenweise Geld verdienen. Du kannst alles haben, was du möchtest. Ich besorge dir alle Bücher, die du lesen willst . . . Vielleicht schreibst du ein Theaterstück – und ich trete darin auf! Das wäre wundervoll, nicht wahr?«

Ich fragte mich, was Rebecca zu dieser Rede gesagt hätte, würde sie zugehört haben. Hätte sie nur die Schauspielerin gehört, oder hätte sie den Keim eines neuen Wesens entdeckt, das nach Ausdruck suchte? Vielleicht lag das Geheimnis Monas nicht darin, daß sie etwas verbarg, sondern daß etwas in ihr keimte. Zwar waren die Umrisse ihrer Persönlichkeit nicht scharf abgegrenzt, doch war das kein Grund, daß man sie der Falschheit beschuldigte. Sie war mimetisch, chamäleonhaft – und das nicht äußerlich, sondern innerlich. Äußerlich war alles an ihr ausgeprägt und bestimmt, sie drückte einem sofort ihren Stempel auf. Innerlich war sie wie eine Rauchsäule: Der leiseste Druck ihres Willens änderte im Handumdrehen die Struktur ihrer Persönlichkeit. Sie war gegen Druck empfindlich – nicht gegen den Druck des Willens anderer, sondern den ihrer Wünsche. Die histrionische Rolle war bei ihr nicht etwas, was man spielen oder ablegen konnte, es war ihre Art, der Wirklichkeit zu begegnen.

Was sie dachte, glaubte sie auch. Was sie glaubte, war für sie Wirklichkeit. Was wirklich war, danach richtete sie sich. Nichts war für sie unwirklich außer das, woran sie nicht dachte. Aber in dem Augenblick, wo ihre Aufmerksamkeit geweckt wurde, wurde die Sache – gleichgültig wie ungeheuerlich, phantastisch oder unglaublich sie war – zur Realität. Bei ihr waren die Grenzen nie geschlossen. Leute, die ihr einen starken Willen zutrauten, waren völlig im Irrtum. Sie hatte wohl einen Willen, aber nicht der Wille stürzte sie Hals über Kopf in neue und alarmierende Situationen – sondern ihre immer gegenwärtige Bereitschaft, die Flinkheit, mit der sie ihre Ideen szenisch darstellte. Sie konnte mit phantastischer Schnelligkeit von Rolle zu Rolle wechseln. Sie veränderte sich vor deinen Augen mit dieser unglaublichen und schwer faßbaren Verwandlungskunst eines Varietéstars, der die verschiedenartigsten Typen darstellt. Was sie ihr ganzes Leben lang unbewußt getan hatte, lehrte das Theater sie jetzt bewußt zu tun. Die Bühne machte nur in dem Sinn eine Schauspielerin aus ihr, als sie ihr die Grenzen dieser Kunst enthüllte: Sie zeigte die Grenzen auf, welche die Schöpfung umgeben. Man konnte sie nur dadurch zu einem Versager machen, daß man ihr die Zügel schießen ließ.

18

Am Tag der Verhandlung erschien ich in aufgeräumter und arroganter Stimmung im Gericht. Alles war schon im voraus vereinbart worden. Ich brauchte nur die Hand zu heben, einen dummen Eid zu leisten, mich schuldig zu bekennen und die Strafe anzunehmen. Der Richter sah wie eine Vogelscheuche mit Feldstecher aus. Seine schwarzen Schwingen flatterten kläglich in der schweigenden Stille des Raumes. Er schien sich ein wenig über meine heitere Zufriedenheit zu ärgern. Sie vertrug sich nicht mit seiner Illusion von Wichtigkeit, die praktisch gleich Null war. Für mich gab es zwischen ihm, der Messingbarriere und dem Spucknapf keinen Unterschied. Die Messingbarriere, die Bibel, der Spucknapf, die amerikanische Fahne, der Tintenlöscher auf seinem Schreibtisch, die uniformierten Büffel, die Ordnung und Anstand aufrechterhielten, das Wissen, das in seinen Gehirnzellen aufgespeichert war, die verstaubten Bücher in seinem Arbeitszimmer, die Philosophie, die der ganzen Struktur des Gesetzes zugrunde lag, die Brille, die er trug, seine Unterhosen, seine Person und seine Persönlichkeit – das Ganze war ein sinnloses Zusammenwirken im Namen einer blinden Maschinerie, für die ich keinen Furz im Dunkeln gab. Alles, was ich wissen wollte, war, daß es mir endgültig freistand, meinen Kopf wieder in die Schlinge zu stecken.

Es ging alles wie am Schnürchen, ein Ding hob das andere auf, und am Schluß würde man selbstverständlich vom Gesetz zerquetscht, als wäre man eine fette, saftige Wanze. Plötzlich horchte ich auf – der Richter fragte mich, ob ich willens sei, für den Rest meiner Tage regelmäßig soundso viel als Unterhalt zu zahlen.

»*Was soll das heißen?*« wollte ich wissen. Die Aussicht, endlich auf Widerstand zu stoßen, munterte ihn beträchtlich auf. Er leierte ein Kauderwelsch herunter, wonach ich feierlich versprechen sollte, soundso viel zu bezahlen.

»Das werde ich nicht tun«, sagte ich emphatisch. »Ich zahle . . .« – und hier nannte ich eine Summe, die doppelt so hoch war wie die von ihm genannte.

Jetzt war es an ihm zu sagen: »Was soll das heißen?«

Ich wiederholte, was ich gesagt hatte. Er blickte mich an, als habe ich den Verstand verloren, dann, als sei ich ihm in die Falle gegangen, schnappte er heraus: »Sehr gut! Ganz wie Sie wünschen. Es ist Ihre Beerdigung.«

»Es ist mir ein Vergnügen und eine Ehre«, gab ich zurück.

»Sir!«

Ich wiederholte, was ich gesagt hatte. Er sah mich vernichtend an, winkte den Anwalt zu sich, beugte sich vor und flüsterte ihm etwas ins Ohr. Ich hatte den deutlichen Eindruck, daß er den Anwalt fragte, ob ich wohl meine fünf Sinne beisammen hätte. Nachdem man ihm offenbar versichert hatte, daß dem so war, blickte er auf, starrte mich mit steinernem Blick an und sagte: »Junger Mann, wissen Sie, welche gesetzliche Strafe Sie erwartet, wenn Sie versäumen, Ihren Unterhaltspflichten nachzukommen?«

»Nein, Sir«, sagte ich, »auch liegt mir nichts daran, es zu wissen. Sind wir jetzt fertig? Ich habe schließlich noch etwas zu tun.«

Draußen war ein wundervoller Tag. Ich schlenderte ziellos dahin. Bald war ich an der Brooklyn-Brücke. Ich ging auf die Brücke, aber nach einigen Minuten verlor ich den Mut, kehrte um und stieg in die Untergrund. Ich hatte nicht die Absicht, zurück ins Büro zu gehen. Ich hatte einen Tag frei bekommen und wollte das Beste daraus machen.

Am Times Square stieg ich aus und steuerte instinktiv auf das französich-italienische Restaurant in der Nähe der Third Avenue zu. In dem rückwärtigen Teil des Lebensmittelladens, wo das Essen serviert wurde, war es kühl und dunkel. Zur Mittagszeit waren nie viele Gäste da. Bald gab es nur noch mich und ein dickes, hingerekeltes irisches Mädchen, das sich bereits einen angetrunken hatte. Wir kamen in ein seltsames Gespräch über die katholische Kirche, in dessen Verlauf sie wie einen Refrain wiederholte: »Der Papst ist okay, aber ich weigere mich, ihm den Hintern zu küssen.«

Schließlich schob sie ihren Stuhl zurück, rappelte sich auf die Beine und versuchte zur Toilette zu gehen. (Die Toilette wurde von Männern und Frauen gleicherweise benutzt und befand sich beim Eingang.) Ich sah, daß sie es nie allein schaffen würde. Ich stand auf und stützte sie. Sie hatte den Kanal voll und schwankte wie eine Fregatte im Sturm.

Als wir an die Tür der Toilette kamen, bat sie mich, ihr auf den Sitz zu helfen. Ich stellte sie vor den Sitz, so daß sie sich nur noch hinzusetzen brauchte. Sie hob ihren Rock hoch und versuchte ihren Schlüpfer herunterzuziehen, aber das gelang ihr nicht. »Zieh ihn mir herunter«, bat sie mit einem schläfrigen Grinsen. Ich tat wie gebeten, streichelte liebevoll ihre Möse und setzte sie auf den Sitz. Dann schickte ich mich an zu gehen.

»Geh nicht!« wimmerte sie, ergriff meine Hand und begann gleichzeitig, ihren Tank zu entleeren. Ich hielt mir, während sie das große und kleine Geschäft mit Stinkbomben und allem beendete, die Nase zu. Die ganze Zeit wiederholte sie immer wieder: »Nein, ich will nicht den Hintern des Papstes küssen!« Sie sah so völlig hilflos aus, daß ich dachte, ich müßte ihr vielleicht den Hintern abwischen. Jedoch auf Grund langjähriger Übung brachte sie es selbst fertig, obwohl es eine unglaublich lange Zeit brauchte. Ich war nahe daran, mich zu übergeben, als sie mich schließlich bat, sie hochzuheben. Als ich ihr die Hose hochzog, konnte ich nicht umhin, mit der Hand über ihren Rosenbusch zu streichen. Es war verlockend, aber der üble Geruch war zu durchdringend, als daß dieser Gedanke anziehend gewesen wäre.

Als ich ihr aus der Toilette heraushalf, erspähte uns die Wirtin und schüttelte traurig den Kopf. Ich fragte mich, ob sie wohl eine Ahnung davon hatte, welche Ritterlichkeit diese Hilfeleistung mir abforderte. Jedenfalls gingen wir zum Tisch zurück, bestellten schwarzen Kaffee und saßen noch eine Weile plaudernd beisammen. Als sie allmählich nüchtern wurde, zeigte sie sich fast widerwärtig dankbar. Sie meinte, wenn ich sie heimbegleitete, könnte ich sie haben – sie wollte mich entschädigen. »Ich werde ein Bad nehmen und meine Sachen wechseln«, setzte sie hinzu. »Ich fühle mich schmutzig. Es war auch schmutzig. Gott helfe mir.«

Ich sagte ihr, daß ich sie in einem Taxi nach Hause bringen würde, aber nicht in der Lage wäre, bei ihr zu bleiben.

»Nun wirst du schwierig«, sagte sie. »Was ist los, bin ich dir nicht gut genug? Es ist nicht meine Schuld, wenn ich auf die Toilette gehen mußte. Du gehst doch auch auf die Toilette, nicht wahr? Wart', bis ich ein Bad nehme – dann wirst du sehen, wie ich aussehe. Komm, gib mir deine Hand!« Ich gab ihr meine Hand, und sie führte sie unter ihren Rock, gerade auf ihre buschige Möse. »Befühle sie gut«, drängte sie mich. »Gefällt sie dir? Nun, sie gehört dir. Ich werde sie für dich säubern und parfümieren. Du kannst alles, was du willst, von ihr haben. Ich schiebe keine schlechte Nummer, und eine Hure bin ich auch nicht, weißt du! Ich bin angesäuselt, das ist alles. Ein Kerl hat mich sitzenlassen, und ich war so verrückt, es mir zu Herzen zu nehmen. Er wird bald zurückgekrochen kommen, da braucht man sich keine Sorge zu machen. Aber, bei Gott, ich hatte ihn ins Herz geschlossen. Ich sagte ihm, ich würde nicht den Hintern des Papstes küssen – und das nahm er mir übel. Ich bin eine gute Katholikin, genau wie er, aber ich kann den Papst nicht als Christus den Allmächtigen ansehen, kannst du's?«

Sie fuhr in ihrem Monolog fort, sprang von einem Punkt zum

anderen wie eine Ziege. Ich reimte mir zusammen, daß sie als Telefonistin in einem großen Hotel arbeitete. Sie war gar keine so üble Person unter ihrer irischen Haut. Ich konnte sehen, daß sie vielleicht sogar sehr attraktiv war, sobald sich die Alkoholdünste erst einmal verzogen hatten. Sie hatte sehr blaue Augen und pechschwarzes Haar, und ein keckes und mutwilliges Lächeln. Vielleicht würde ich mit ihr hinaufkommen und ihr bei ihrem Bad helfen. Davonlaufen konnte ich noch, wenn etwas schiefging. Mich beunruhigte nur, daß ich mit Mona zum Abendessen verabredet war. Ich sollte auf sie im Rosensaal des McAlpin-Hotels warten.

Wir stiegen in ein Taxi und fuhren los. Im Wagen legte sie den Kopf an meine Schulter. »Du bist schrecklich gut zu mir«, sagte sie mit schläfriger Stimme. »Ich weiß nicht, wer du bist, aber du bist okay. Großer Gott, ich wollte, ich könnte zuerst ein wenig schlafen. Würdest du auf mich warten?«

»Natürlich«, sagte ich. »Vielleicht mache ich auch ein Schläfchen.«

Die Wohnung war gemütlich und hübsch, besser, als ich es erwartet hatte. Kaum hatte sie die Tür geöffnet, als sie mit einer schnellen Fußbewegung ihre Schuhe wegschleuderte. Ich half ihr beim Ausziehen.

Als sie vor dem Spiegel stand, nackt außer ihrem Höschen, mußte ich zugeben, daß sie eine schöne Figur hatte. Ihre Brüste waren weiß und voll, rund und straff, mit großen, erdbeerfarbenen Brustwarzen.

»Warum ziehst du das nicht auch aus?« sagte ich und deutete auf das Höschen.

»Nein, nicht jetzt«, sagte sie, wobei sie sich plötzlich zierte, mit leise errötenden Wangen.

»Vorhin habe ich es dir doch auch ausgezogen«, sagte ich. »Worin besteht da der Unterschied?« Ich legte meine Hand an ihre Hüfte, wie um es herunterzuziehen. »Bitte nicht!« bat sie. »Warte, bis ich mein Bad genommen habe.« Sie schwieg einen Augenblick, dann fügte sie hinzu: »Meine Periode geht gerade zu Ende.«

Damit war es für mich erledigt. Ich sah wieder die Ringflechte blühen. Ich geriet in Panik.

»Na schön«, sagte ich, »nimm dein Bad. Ich lege mich inzwischen hier ein bißchen hin.«

»Willst du mir nicht den Rücken schrubben?« fragte sie, und ihre Lippen kräuselten sich zu einem mutwilligen Lächeln.

»Aber gern«, sagte ich. Ich führte sie ins Badezimmer, wobei ich sie halbwegs vor mir her stieß, in meiner Hast, sie loszuwerden.

Als sie aus dem Höschen herausschlüpfte, bemerkte ich einen dunklen Blutfleck. Nicht um alles in der Welt, dachte ich bei mir. No, Sir, nicht solange ich meine fünf Sinne beisammen habe. *Küß du den Hintern des Papstes – niemals!*

Aber als sie in der Wanne lag und sich einseifte, fühlte ich mich schwach werden. Ich nahm ihr die Seife aus der Hand und schrubbte für sie ihren Busch. Sie wand sich vor Vergnügen, als meine seifigen Finger sich in ihren Schamhaaren verfingen.

»Ich glaube, es ist zu Ende«, sagte sie, wölbte ihr Becken und spreizte ihre Möse mit beiden Händen auf. »Schau du . . . siehst du etwas?«

Ich führte den seifigen Mittelfinger meiner rechten Hand in ihre Möse und massierte sie sanft. Sie legte sich zurück, die Hände hinter ihrem Kopf verschränkt, und ließ langsam ihr Bekken kreisen. »O Gott, das tut gut«, sagte sie. »Los, mach weiter! Vielleicht brauche ich mich gar nicht auszuruhen.«

Als sie aufgeregt wurde, begann sie sich heftiger zu bewegen. Plötzlich löste sie ihre Hände, knöpfte mit nassen Fingern meinen Hosenschlitz auf, nahm meinen Schwanz heraus und beugte sich mit dem Mund zu ihm herüber. Sie stellte sich sehr fachmännisch an, kitzelte ihn, reizte ihn, machte ihre Lippen zur Flöte und würgte dann an ihm herum. Ich entlud mich in ihren Mund. Sie schluckte den Samen, als sei es Nektar und Ambrosia.

Dann sank sie in die Wanne zurück, seufzte tief und schloß die Augen.

Jetzt ist es an der Zeit abzuhauen, sagte ich mir, und indem ich vorgab, mir eine Zigarette zu holen, ergriff ich meinen Hut und stürzte fort. Als ich die Treppe hinunterlief, hielt ich die Finger an meine Nase und roch daran. Es war kein schlechter Geruch. Es roch mehr nach Seife als nach etwas anderem.

Einige Abende später fand im Theater eine Privataufführung statt. Mona hatte mich gebeten, der Aufführung nicht beizuwohnen, da sie der Gedanke nervös machen würde, daß ich sie beobachtete. Ich war etwas verstimmt darüber gewesen, erklärte mich aber schließlich einverstanden, nicht hinzugehen. Ich sollte sie nachher am Bühnenausgang treffen. Sie bestimmte die genaue Zeit.

Ich war vorzeitig dort – nicht am Bühnenausgang, sondern am Theatereingang. Ich sah mir immer wieder die Ankündigungen an, entzückt, ihren Namen in fetten, deutlichen Buchstaben zu lesen. Als die Menge herauskam, ging ich auf die andere Straßenseite und sah hinüber. Ich weiß nicht, warum ich das tat – ich war einfach auf der Stelle festgewurzelt. Es war ziemlich dunkel vor dem Theater, und die Taxis waren alle im Verkehrsgewühl blockiert.

Plötzlich sah ich jemanden impulsiv zum Straßenrand laufen, wo ein gebrechlich aussehender kleiner Mann, auf ein Taxi wartend, dastand. Es war Mona. Ich sah, wie sie den Mann küßte, und dann, als das Taxi wegfuhr, sah ich, wie sie ihm zum Abschied winkte. Dann fiel ihre Hand schlaff an ihrer Seite herab, und sie stand ein paar Augenblicke wie tief in Gedanken versunken da. Schließlich eilte sie durch den Haupteingang zurück ins Theater.

Als ich sie ein paar Minuten später am Bühnenausgang traf, wirkte sie abgespannt. Ich sagte ihr, was ich gerade beobachtet hatte.

»Dann hast du ihn also gesehen?« sagte sie, wobei sie meine Hand ergriff.

»Ja, aber wer war es?«

»Nun, es war mein Vater. Er stand aus dem Bett auf, um herzukommen. Er wird es nicht mehr lange machen.«

Als sie sprach, traten ihr die Tränen in die Augen. »Er sagte, nun könnte er in Frieden sterben.« Damit blieb sie plötzlich stehen und fing an zu schluchzen, ihren Kopf in die Hände vergraben. »Ich hätte ihn nach Hause bringen sollen«, stammelte sie gebrochen.

»Aber warum hast du ihn nicht mit mir bekannt gemacht?« sagte ich. »Wir hätten ihn gemeinsam heimbringen können.«

Sie weigerte sich, darüber zu sprechen. Sie wollte heimgehen – allein heimgehen und sich ausweinen. Was konnte ich tun? Ich konnte nur zustimmen – es schien das Taktvollste, was ich tun konnte.

Ich setzte sie in ein Taxi und sah zu, wie sie wegfuhr. Ich war tief gerührt. Dann machte ich mich auf den Weg, entschlossen, mich in der Menge zu verlieren. An der Ecke vom Broadway hörte ich eine Frau meinen Namen rufen. Sie kam auf mich zugelaufen.

»Du bist an mir vorbeigegangen, ohne mich wiederzuerkennen«, sagte sie. »Was ist los mit dir? Du siehst deprimiert aus.« Sie hielt mir ihre beiden Hände entgegen.

Es war Arthur Raymonds frühere Frau Irma.

»Seltsam«, sagte sie. »Gerade vor ein paar Sekunden habe ich Mona gesehen. Sie stieg aus einem Taxi und lief die Straße hinunter. Sie sah verwirrt aus. Ich wollte sie ansprechen, aber sie lief zu schnell davon. Ich glaube auch nicht, daß sie mich gesehen hat ... Lebt ihr denn nicht mehr zusammen? Ich dachte, ihr wohntet alle bei Arthur.«

»Wo genau hast du sie gesehen?« Ich fragte mich, ob sie sich geirrt haben konnte.

»Nun, gerade um die Ecke.«

»Bist du ganz sicher?«

Sie lächelte seltsam. »*Sie* könnte ich nicht verwechseln, oder?«

»Ich weiß nicht«, murmelte ich, mehr zu mir selbst, »es scheint kaum möglich. Was hatte sie an?«

Sie beschrieb sie genau. Als sie sagte: »Ein kleines Samtcape«, da wußte ich, daß es niemand anderes sein konnte.

»Habt ihr euch gestritten?«

»N-e-i-n, nicht gestritten ...«

»Du solltest Mona inzwischen kennen«, sagte Irma und versuchte das Thema fallenzulassen. Sie hatte meinen Arm ergriffen und führte mich, als wäre ich vielleicht nicht im Vollbesitz meiner fünf Sinne.

»Ich freue mich schrecklich, dich wiederzusehen«, meinte sie. »Dolores und ich, wir sprechen immer über dich ... Willst du nicht einen Augenblick zu uns hereinschauen? Dolores wird entzückt sein, dich zu sehen. Wir haben eine Wohnung zusammen. Es ist ganz in der Nähe. Komm doch mit hinauf . . . ich würde gerne ein bißchen mit dir plaudern. Es muß über ein Jahr her sein, seit ich dich zuletzt gesehen habe. Du hattest gerade deine Frau verlassen, erinnerst du dich? Und jetzt wohnst du also bei Arthur – seltsam. Wie geht es ihm? Geht es ihm gut? Ich höre, er hat eine hübsche Frau.«

Es bedurfte keines langen Zuredens, um mich dazu zu überreden, mit ihr hinaufzugehen und einen Schluck in Ruhe mit ihnen zu trinken. Irma schien überzusprudeln vor Freude. Sie war immer sehr freundlich zu mir gewesen, aber nie so überschwenglich. Ich fragte mich, was über sie gekommen war.

Als wir nach oben kamen, war die Wohnung dunkel. »Das ist komisch«, meinte Irma, »sie sagte, sie würde heute abend früh zu Hause sein. Sicher kommt sie in ein paar Minuten. Lege bitte deine Sachen ab . . . setz dich . . . ich bringe dir gleich einen Drink.«

Ich setzte mich und fühlte mich ein wenig benommen. Vor Jahren, als ich Arthur Raymond kennenlernte, war ich ziemlich vernarrt in Irma gewesen. Als sie sich trennten, hatte sie sich in meinen Freund O'Mara verliebt, und er hatte sie genauso unglücklich gemacht wie Arthur. Er beklagte sich, sie sei kalt – nicht frigid, aber selbstsüchtig. Ich hatte ihr damals nicht viel Aufmerksamkeit geschenkt, denn ich interessierte mich für Dolores. Nur einmal hatte es so etwas wie Intimität zwischen uns gegeben. Das war reiner Zufall gewesen, und beide hatten wir nicht viel Aufhebens davon gemacht. Wir waren uns an einem Nachmittag vor einem billigen Kino begegnet und waren nach ein paar Worten, da wir beide ziemlich lustlos und abgespannt waren, hineingegangen. Der Film war unerträglich stumpfsinnig gewesen, das Lichtspieltheater fast leer. Wir hatten unsere Mäntel über unseren Schoß gelegt, und dann – mehr aus Langeweile und aus dem Bedürfnis nach menschlichem Kontakt – begegneten sich unsere Hände, und wir saßen so eine Weile da, starrten leer auf die Leinwand. Nach einiger Zeit schlang ich meinen Arm um sie und zog sie an mich. Im Nu ließ sie meine Hand los und legte ihre eigene auf meinen Schwanz. Ich verhielt mich ruhig, da ich neugierig war, was sie aus der Situation machen würde. Ich erinnerte mich, daß O'Mara gesagt hatte, sie sei kalt und gleichgültig. Also saß ich still da und wartete ab. Ich hatte nur einen Halbsteifen, als sie mich berührte. Ich ließ ihn unter ihrer Hand, die reglos blieb, anschwellen. Allmählich fühlte ich den Druck ihrer Finger, dann einen festen Griff, dann ein Drücken und streicheln, alles sehr ruhig, behutsam, fast als schlafe sie und tue es unbewußt. Als er zu zittern und zu zucken anfing, knöpfte sie langsam und bedächtig meinen Hosenschlitz weiter auf, langte hinein und faßte nach meinen Eiern. Noch immer machte ich keine Anstalten, Irma zu berühren. Ich hatte den perversen Wunsch, sie alles selbst tun zu lassen. Ich erinnerte mich an die Form ihrer Finger, ihre Berührung – sie waren empfindsam und erfahren. Sie hatte sich zusammengekuschelt wie ein Kätzchen und aufgehört, auf die Leinwand zu schauen. Mein Schwanz war natürlich draußen, aber noch unter dem Mantel versteckt. Ich sah, wie sie den Mantel wegschob und ihren Blick auf meinen Schwanz richtete. Kühn begann sie ihn jetzt zu massieren, immer fester, immer schneller. Schließlich entlud ich mich in ihre Hand. »Verzeih«, murmelte sie und griff nach ihrer Handtasche, um ein Taschentuch herauszuholen. Ich erlaubte ihr, mich mit ihrem Seidentuch abzuwischen. Kein Wort von mir. Keine Bewegung, sie zu umarmen. Nichts. Ganz so, als habe ich zugesehen, wie sie es jemand anderem besorgte. Sobald sie ihr Gesicht gepudert und alles wieder in ihre Handtasche gesteckte hatte, zog ich sie an mich und preßte meine Lippen auf ihre. Dann schob ich ihren Mantel von ihrem Schoß, hob ihre Beine hoch und legte sie über meinen Schoß. Sie hatte unter ihrem Rock nichts an und war naß. Ich vergalt ihr mit gleicher Münze, tat das fast unbarmherzig, bis es ihr kam. Als wir das Kino verließen, tranken wir zusammen einen Kaffee und aßen etwas Gebäck dazu, und nach einer belanglosen Unterhaltung trennten wir uns, als sei nichts geschehen . . .

»Verzeih«, sagte sie, »daß es so lange gedauert hat. Ich wollte es mir nur etwas bequemer machen.«

Ich wurde aus meiner Träumerei gerissen und blickte zu einer lieblichen Erscheinung auf, die mir ein großes Glas reichte. Sie hatte sich in eine japanische Puppe verwandelt. Kaum hatten wir uns auf den Diwan gesetzt, als sie aufsprang und in die Garderobe ging. Ich hörte sie mit Koffern hantieren, und dann kam ein kleiner Aufschrei, ein enttäuschter Seufzer, als riefe sie mich mit lautloser Stimme.

Ich sprang auf und lief zu der Kammer, wo ich sie auf einem schwankenden Handkoffer stehen und nach etwas auf dem obersten Fach greifen sah. Ich hielt einen Augenblick ihre Beine fest, um ihr Halt zu geben, und gerade als sie sich umdrehte, um herunterzusteigen, ließ ich meine Hand unter den seidenen Kimono gleiten. Sie kam in meine Arme herunter, wobei meine Hand sicher zwischen ihren Beinen verankert war. In einer leidenschaftlichen Umarmung standen wir da, eingehüllt in ihr feminines Gewand. Da öffnete sich die Tür, und Dolores kam herein. Sie war verblüfft, uns in der Kammer anzutreffen.

»Na so was!« rief sie aus und rang ein wenig nach Luft, »wer hätte gedacht, *dich* hier zu finden!«

Ich ließ Irma los und legte die Arme um Dolores, die nur schwach Einspruch erhob. Sie kam mir schöner vor als je zuvor.

Als sie sich losmachte, brach sie in ihr übliches kleines Lachen aus, das immer ein wenig ironisch klang. »Wir brauchen doch nicht in der Kammer zu bleiben, nicht wahr?« sagte sie, wobei sie meine Hand hielt. Irma hatte derweilen den Arm um mich geschlungen.

»Warum nicht hierbleiben?« sagte ich. »Es ist gemütlich und wie im Mutterleib.« Ich kniff in Irmas Hintern, während ich sprach.

»Bei Gott, du hast dich nicht ein bißchen verändert«, meinte Dolores. »Du kannst nie genug davon bekommen, wie? Ich glaubte, du seist wahnsinnig verliebt in ... in ... Ich habe ihren Namen vergessen.«

»Mona.«

»Ja, Mona ... wie geht's ihr? Ist es noch ernst? Ich glaubte, du würdest nie mehr eine andere Frau ansehen!«

»Ganz recht«, erwiderte ich. »Das hier ist ein Zufall, wie du sehen kannst.«

»Ich weiß«, sagte sie, wobei sie immer mehr ihre verdrängte Eifersucht enthüllte. »Ich kenne diese Zufälle bei dir. Immer auf dem Posten, das bist du doch?«

Wir verzogen uns ins Wohnzimmer, wo Dolores sich aus ihren

Sachen schälte – ziemlich heftig, dachte ich, so als bereite sie sich auf einen Kampf vor.

»Soll ich dir einen Drink einschenken?« fragte Irma.

»Ja, und einen recht steifen«, sagte Dolores. »Ich habe einen nötig. Ach, es hat nichts mit dir zu tun«, fügte sie hinzu, als sie merkte, daß ich sie seltsam ansah. »Es handelt sich um deinen Freund Ulric.«

»Was ist los, behandelt er dich schlecht?«

Sie schwieg. Sie warf mir einen traurigen Blick zu, als wolle sie sagen: Du weißt sehr gut, wovon ich spreche.

Irma fand, die Beleuchtung sei zu hell. Sie schaltete alle Lichter außer der kleinen Leselampe beim anderen Diwan ab.

»Sieht so aus, als wolltest du den Schauplatz vorbereiten«, sagte Dolores spöttisch.

Gleichzeitig spürte man eine geheime Erregung in ihrer Stimme. Ich wußte, daß es Dolores war, mit der ich zu tun haben würde. Irma war wie eine Katze, sie bewegte sich geschmeidig, fast schnurrend. Sie war nicht im geringsten beunruhigt, sie machte sich auf jede Eventualität gefaßt.

»Es ist schön, dich allein hier zu haben«, sagte Irma, als habe sie einen lange verlorenen Bruder wiedergefunden. Sie hatte sich auf dem Diwan dicht an der Wand ausgestreckt. Dolores und ich saßen fast zu ihren Füßen. Hinter Dolores' Rücken hatte ich die Hand auf Irmas Schenkel. Eine trockene Hitze ging von ihrem Körper aus.

»Sie scheint dich ziemlich scharf zu bewachen«, meinte Dolores und bezog sich auf Mona. »Fürchtet sie, dich zu verlieren, oder was?«

»Vielleicht«, sagte ich und lächelte sie herausfordernd an. »Und vielleicht fürchte ich, *sie* zu verlieren.«

»Dann ist es also ernst?«

»*Sehr* sogar«, antwortete ich. »Ich habe die Frau gefunden, die ich brauche, und ich werde bei ihr bleiben.«

»Bist du mit ihr verheiratet?«

»Nein, noch nicht . . . aber wir werden es bald sein.«

»Und werdet Kinder haben und alles das?«

»Ich weiß nicht, ob wir Kinder haben werden . . . warum, ist das wichtig?«

»Du kannst es ebensogut gleich gründlich machen«, spottete Dolores.

»Oh, hör auf!« rief Irma. »Es klingt, als wärst du eifersüchtig. Ich bin es nicht! Ich bin froh, daß er die richtige Frau gefunden hat. Er verdient es.« Sie drückte meine Hand und ließ, den Druck lockernd, meine Hand geschickt über ihre Mimi gleiten.

Dolores, die sich bewußt war, was vor sich ging, aber vorgab, daß sie nichts merkte, stand auf und ging ins Badezimmer.

»Sie benimmt sich komisch«, sagte Irma. »Sie wird einfach gelb vor Eifersucht.«

»Du meinst eifersüchtig auf *dich*?« fragte ich, selbst etwas verdutzt.

»Nein, nicht auf mich . . . natürlich nicht! Eifersüchtig auf Mona.«

»Das ist merkwürdig«, sagte ich. »Ich dachte, sie sei in Ulric verliebt.«

»Das ist sie auch, aber sie hat dich nicht vergessen. Sie . . .«

Ich tat ihren Worten mit einem Kuß Einhalt. Sie warf die Arme um meinen Hals und schmiegte sich an mich, wobei sie sich drehte und wand wie eine große Katze. »Ich bin nur froh, daß ich nicht so eingestellt bin«, murmelte sie. »Ich möchte nicht in dich verliebt sein. Du bist mir so lieber.«

Ich ließ meine Hand wieder unter den Kimono gleiten. Sie reagierte gefühlvoll und willig.

Dolores kam zurück und entschuldigte sich lahm, daß sie das Spiel unterbrach. Sie stand neben uns und blickte mit blitzenden, verschmitzten Augen auf uns herunter.

»Reich mir mein Glas, bitte«, sagte ich.

»Vielleicht möchtest du noch, daß ich dich fächle«, erwiderte sie, als sie das Glas an meine Lippen hielt.

Ich zog sie zu uns herunter, wobei ich das halbentblößte Bein streichelte, das aus ihrem Schlafrock hervorschimmerte. Auch sie hatte ihre Sachen ausgezogen.

»Habt ihr nicht auch für mich etwas zum Hineinschlüpfen?« fragte ich und schaute von einer zur anderen.

»Freilich«, sagte Irma und sprang bereitwillig auf.

»Ach, verwöhne ihn nicht so«, sagte Dolores mit einem schmollenden Lächeln. »Gerade das hat er gern, daß man viel

Aufhebens um ihn macht. Und dann wird er uns erzählen, wie treu er seiner Frau ist.«

»Sie ist noch nicht meine Frau«, sagte ich neckend und nahm das Gewand, das Irma mir gab.

»Ist sie das noch nicht?« sagte Dolores. »Nun, dann um so schlimmer.«

»Schlimmer, was meinst du damit? *Schlimmer?* Ich habe bisher nichts getan, oder?«

»Nein, aber du wirst es versuchen.«

»Du meinst, du möchtest gerne, daß ich es tue. Sei nicht ungeduldig . . . du wirst deine Chance bekommen.«

»Nicht mit mir«, sagte Dolores. »Ich gehe ins Bett. Ihr zwei könnt tun, was ihr wollt.«

Als Antwort schloß ich die Tür und begann mich auszuziehen. Als ich zurückkam, fand ich Dolores auf der Couch ausgestreckt und Irma mit gekreuzten Beinen, völlig entblößt, neben ihr sitzen.

»Mach dir nichts draus, was sie sagt«, meinte Irma. »Sie hat dich ebenso gern wie ich . . . vielleicht sogar noch lieber. Sie mag Mona nicht, das ist alles.«

»Ist das wahr?« Ich blickte von Irma zu Dolores. Letztere schwieg, aber es war ein Schweigen, das Zustimmung bedeutete.

»Ich weiß nicht, was du eigentlich gegen sie hast«, beeilte ich mich fortzufahren. »Sie hat dir nie etwas getan. Und du kannst nicht eifersüchtig auf sie sein, weil . . . nun, weil du damals nicht in mich verliebt warst.«

»*Damals?* Was meinst du damit? Ich war nie in dich verliebt, Gott sei Dank!« sagte Dolores.

»Das klingt nicht sehr überzeugend«, versetzte Irma ausgelassen. »Hör zu, wenn du ihn nie geliebt hast, dann tu nicht so leidenschaftlich.« Sie wandte sich mir zu und sagte in ihrer fröhlichen Art: »Warum küßt du sie nicht und machst Schluß mit dem Unsinn?«

»Also gut, gerne«, sagte ich, und damit beugte ich mich hinüber und umarmte Dolores. Zuerst hielt sie ihre Lippen krampfhaft geschlossen und sah mich trotzig an. Dann, nach und nach, gab sie klein bei, und als sie sich schließlich freimachte, biß sie mich in die Lippen. Als sie ihre Lippen von meinen löste, gab sie mir einen kleinen Stoß. »Schaff ihn hier heraus!« sagte sie. Ich sah sie mit einem vorwurfsvollen Blick an, in dem sich Mitleid und Widerwillen mischten. Sie wurde sofort wieder reuig und nachgiebig. Ich beugte mich, diesmal zärtlich, über sie, und während ich meine Zunge in ihren Mund schlüpfen ließ, schob ich meine Hand zwischen ihre Beine. Sie versuchte sie wegzuschieben, aber es gelang ihr nicht.

»Hu! Es wird schwül«, hörte ich Irma sagen, und dann zog sie mich weg. »Ich bin auch noch da, vergiß das nicht.« Sie bot mir ihre Lippen und ihre Brüste an.

Es wurde zu einem Tauziehen. Ich sprang auf, um mir ein Glas einzuschenken. Der Bademantel stand vorne ab wie ein gespanntes Zelt.

»Mußt du uns das zeigen?« sagte Dolores und tat so, als sei sie schockiert.

»Ich muß nicht, aber ich tue es, weil ich weiß, daß du es gerne möchtest«, antwortete ich, schlug den Mantel zurück und stellte mich völlig zur Schau.

Dolores drehte den Kopf zur Wand und murmelte mit pseudo-hysterischer Stimme etwas von »ekelhaft und obszön«. Irma schaute sich ihn vergnügt an. Schließlich griff sie danach und drückte ihn sanft. Als sie aufstand, um das Glas, das ich ihr eingeschenkt hatte, zu nehmen, öffnete ich ihren Morgenrock und legte meinen Schwanz zwischen ihre Beine. Wir tranken zusammen, mit einem am Stalltor anklopfenden Schwengel.

»Ich will auch was zu trinken«, sagte Dolores verdrießlich. Wir drehten uns gleichzeitig nach ihr um und blickten sie an. Ihr Gesicht war scharlachrot, ihre Augen waren groß und leuchtend, als habe sie Belladonna in sie geträufelt. »Ihr seht verkommen aus«, sagte sie und ließ ihre Blicke von Irma zu mir hin und her schweifen.

Ich reichte ihr das Glas, und sie nahm einen großen Schluck daraus. Sie bemühte sich um jene Freiheit, die Irma wie eine Flagge schwenkte.

Ihre Stimme klang jetzt herausfordernd. »Warum tut ihr es nicht und bringt es hinter euch?« sagte sie, wobei sie uns ihre Worte ins Gesicht schleuderte. Während sie sich hin und her wand, hatte sie sich entblößt, sie wußte es und machte keine Anstalten, ihre Nacktheit zu verbergen.

»Leg' dich hierher«, sagte ich und schob Irma sanft auf den Diwan zurück.

Irma nahm meine Hand und zog mich zu sich. »Leg' du dich auch hin«, sagte sie.

Ich hob das Glas an die Lippen, und während der Drink meine Kehle hinunterrann, ging das Licht aus. Ich hörte Dolores sagen: »Nein, tu das nicht, *bitte*!« Aber das Licht blieb ausgelöscht, und als ich dastand und mein Glas leerte, fühlte ich Irmas Hand an meinem Schwanz, wie sie ihn krampfhaft drückte. Ich stellte mein Glas hin und sprang zwischen die beiden. Fast sofort drängten sie sich an mich. Dolores küßte mich leidenschaftlich, und Irma war wie eine Katze heruntergekrochen und hatte ihre Lippen um meinen Schwanz gelegt. Es war verzückte Wonne, die ein paar Sekunden dauerte, dann entlud ich mich in Irmas Mund.

Als ich am Riverside Drive ankam, graute schon der Morgen. Mona war nicht zurückgekehrt. Ich lag da und lauschte auf ihren Schritt. Schon fürchtete ich, daß ihr ein Unglück zugestoßen sei – oder schlimmer noch, daß sie sich vielleicht das Leben genommen oder es wenigstens versucht hatte. Es war auch möglich, daß sie zu ihren Eltern nach Hause gegangen war. Aber warum war sie dann aus dem Taxi gestiegen? Vielleicht nur, um zur Untergrundbahn zu laufen. Aber die Untergrund lag nicht in dieser Richtung. Ich hätte sie natürlich daheim anrufen können, aber ich wußte, sie würde mir das übelnehmen. Ich fragte mich, ob sie im Lauf der Nacht angerufen hatte. Weder Rebecca noch Arthur machten sich jemals die Mühe, mir eine Nachricht aufzuschreiben. Sie warteten immer, bis sie mich sahen.

Gegen acht Uhr klopfte ich an ihre Tür. Sie schliefen noch. Ich mußte laut klopfen, bevor sie antworteten. Und dann erfuhr ich nichts – sie waren selbst erst spät heimgekommen.

Verzweifelt ging ich in Kronskis Zimmer. Auch er war noch völlig verschlafen. Er schien nicht zu wissen, worauf ich hinauswollte.

Schließlich sagte er: »Was ist los – ist sie wieder die ganze

Nacht weggeblieben? Nein, es ist kein Anruf für dich gekommen. Geh hier 'raus . . . laß mich in Frieden!«

Ich hatte kein Auge zugemacht. Ich fühlte mich erschöpft. Aber dann kam mir der beruhigende Gedanke, sie könnte mich im Büro anrufen. Ich erwartete fast, daß eine Nachricht für mich auf meinem Schreibtisch lag.

Der größte Teil des Tages verging mit Nickerchen. Ich schlief an meinem Schreibtisch, den Kopf in meine verschränkten Arme vergraben. Mehrmals rief ich Rebecca an, um zu hören, ob sie eine Nachricht erhalten hatte, aber es war immer dieselbe Antwort. Als die Zeit kam, den Laden zu schließen, blieb ich noch. Gleichviel was geschehen war, ich konnte nicht glauben, daß sie den Tag vergehen lassen würde, ohne mich anzurufen. Es war einfach nicht vorstellbar. Eine merkwürdige, nervöse Vitalität hatte von mir Besitz ergriffen. Ich war plötzlich hellwach, wacher, als ich es hätte sein können, wenn ich drei Tage im Bett geblieben wäre. Ich würde noch eine halbe Stunde warten und, wenn sie nicht anrief, direkt zu ihr nach Hause gehen.

Als ich mit Pantherschritten auf und ab ging, öffnete sich die Tür zum Treppenhaus, und ein kleiner, dunkelhäutiger Strolch kam herein. Er schloß schnell die Tür hinter sich, als sperre er einen Verfolger aus. Es war etwas Drolliges und Geheimnisvolles an ihm, das seine kubanische Stimme noch unterstrich.

»Sie werden mir eine Arbeit geben, nicht wahr, Mr. Miller?« platzte er heraus. »Ich muß die Botenstellung haben, um mein Studium abzuschließen. Jedermann sagt mir, daß Sie ein gütiger Mensch sind – und das kann ich selbst sehen – Sie haben ein gutes Gesicht. Ich verstehe mich auf viele Dinge, wie Sie entdecken werden, wenn Sie mich besser kennen. Juan Rico ist mein Name. Ich bin achtzehn Jahre alt. Ich bin auch ein Dichter.«

»Na, na«, sagte ich, kicherte und griff ihm unters Kinn – er war klein wie ein Zwerg und sah auch wie einer aus –, »du bist also ein Dichter? Dann werde ich dir bestimmt eine Arbeit geben.«

»Ich bin auch ein Akrobat«, sagte er. »Mein Vater hatte einmal einen Zirkus. Sie werden merken, daß ich sehr schnell auf den Beinen bin. Ich schätze es, hierhin und dorthin zu gehen, voll Eifer und Bereitwilligkeit. Auch bin ich höchst höflich, und wenn ich eine Botschaft überbringe, werde ich sagen: ›Danke, der Herr‹ und achtungsvoll meine Mütze lüften. Ich kenne alle Straßen auswendig, einschließlich der Bronx. Und wenn Sie mich im spanischen Viertel einsetzen, werden Sie sehen, wie tüchtig ich bin. Gefalle ich Ihnen, Sir?« Er sah mich mit einem bestrickenden Grinsen an, das zugleich darauf hinwies, wie gut er sich zu verkaufen verstand.

»Geh da 'rüber und setz dich«, sagte ich. »Hier hast du ein Formular zum Ausfüllen. Morgen früh kannst du schön früh anfangen – mit einem Lächeln.«

»Oh, ich kann lächeln, Sir – schön lächeln«, und er tat es.

»Bist du sicher, daß du achtzehn bist?«

»O ja, Sir, ich kann es beweisen. Ich habe alle meine Papiere bei mir.«

Ich gab ihm ein Bewerbungsformular und ging ins Nebenzimmer – die Rollschuharena –, um ihn das Formular in Ruhe ausfüllen zu lassen. Plötzlich läutete das Telefon. Ich stürzte zum Schreibtisch und nahm den Hörer ab. Es war Mona, die mit einer gedämpften, verhaltenen, unnatürlichen Stimme sprach, so als sei sie völlig erschöpft.

»Er ist vor einer kleinen Weile gestorben«, stammelte sie. »Ich war die ganze Zeit bei ihm, seit ich dich verlassen habe.«

Ich murmelte einige unzulängliche Trostworte und fragte sie dann, wann sie zurückkomme. Sie wußte nicht genau wann ... sie wollte, ich solle ihr einen kleinen Gefallen tun ... in ein Kaufhaus gehen und ihr ein Trauerkleid und schwarze Handschuhe besorgen. Größe sechzehn. *Aus was für einem Stoff?* Sie wußte es nicht, ich würde schon die richtige Wahl treffen ... Noch ein paar Worte, und sie legte auf.

Der kleine Juan Rico blickte zu mir auf wie ein treuer Hund. Er hatte alles verstanden und versuchte, mir in seiner feinfühligen kubanischen Art zu verstehen zu geben, daß er meinen Kummer gern teilen wollte.

»Es ist schon gut, Juan«, sagte ich, »jeder muß einmal sterben.«

»War das Ihre Frau, die telefonierte?« erkundigte er sich. Seine Augen waren feucht und schimmerten.

»Ja«, sagte ich, »das war meine Frau.«

»Ich bin sicher, sie muß schön sein.«

»Wie kommst du darauf?«

»Die Art, wie Sie mit ihr sprechen . . . Ich konnte sie fast sehen. Ich wollte, ich könnte eines Tages eine schöne Frau heiraten. Ich denke sehr oft daran.«

»Du bist ein komischer Kerl. Schon an Heirat zu denken. Du bist doch noch ein Junge.«

»Hier ist meine Bewerbung, Sir. Wollen Sie sie gütigst gleich ansehen, damit ich sicher sein kann, daß ich morgen kommen darf?«

Ich warf einen kurzen Blick darauf und versicherte ihm, daß sie zufriedenstellend war.

»Dann stehe ich zu Ihren Diensten, Sir. Und jetzt, wenn Sie mir verzeihen, Sir, darf ich vorschlagen, daß Sie mir erlauben, eine kleine Weile bei Ihnen zu bleiben? Ich glaube, es ist nicht gut für Sie, wenn Sie in diesem Augenblick allein sind. Wenn das Herz traurig ist, braucht man einen Freund.«

Ich brach in helles Lachen aus. »Eine gute Idee. Wir werden zusammen essen und dann in ein Kino gehen. Hättest du dazu Lust?«

Er stand auf und machte Freudensprünge wie ein dressierter Hund. Plötzlich wurde er neugierig auf den hinteren leeren Raum. Ich ging hinter ihm drein und sah ihm gut gelaunt zu, wie er alles in Augenschein nahm. Die Rollschuhe hatten es ihm besonders angetan. Er hatte ein Paar in die Hand genommen und untersuchte sie, als habe er nie zuvor solche Dinger gesehen.

»Schnall sie einmal an«, sagte ich, »und mach eine Runde. Das hier ist die Rollschuhbahn.«

»Können Sie auch Rollschuh laufen?« fragte er.

»Aber gewiß. Willst du mich laufen sehen?«

»Ja«, sagte er, »und lassen Sie mich mit Ihnen laufen. Ich habe es seit vielen, vielen Jahren nicht mehr getan. Es ist ein ziemlich komischer Zeitvertreib, nicht wahr?«

Wir schnallten die Rollschuhe an. Ich schoß voran, die Hände auf den Rücken gelegt. Der kleine Juan Rico mir auf den Fersen. In der Mitte des Raumes standen schmale Stützpfeiler, ich machte zwischen ihnen und um sie Schleifen, als gäbe ich eine Vorstellung.

»Großartig! Es ist ein sehr belebender Sport, finden Sie nicht?« meinte Juan atemlos. »Sie gleiten dahin wie ein Zephyr.«

»Wie was?«

»Wie ein *Zephyr* . . . eine sanfte, angenehme Brise.«

»Ach, *Zephyr!*«

»Ich habe einmal ein Gedicht über einen Zephyr geschrieben – vor langer Zeit.«

Ich nahm ihn bei der Hand und wirbelte ihn um mich herum. Dann baute ich ihn vor mir auf, legte die Hände auf seine Hüften und schob ihn vor mir her, dirigierte ihn leicht und geschickt über den Boden. Schließlich gab ich ihm einen tüchtigen Schubs und ließ ihn bis ans andere Ende des Raumes sausen.

»Und nun werde ich dir mal etwas vorholländern«, sagte ich, verschränkte die Arme vor der Brust und hob abwechselnd die Beine in die Luft. Der Gedanke, daß Mona nie im Leben ahnen würde, was ich in diesem Augenblick tat, bereitete mir eine diebische Freude. Während ich an dem kleinen Juan, der jetzt in das Schauspiel vertieft auf dem Fensterbrett saß, immer wieder vorbeiglitt, schnitt ich Grimassen – zuerst traurig und trübselig, dann heiter, dann unbekümmert, dann nachdenklich, dann finster, dann drohend und schließlich idiotisch. Ich kitzelte mich in den Achselhöhlen wie ein Affe. Ich tanzte wie ein dressierter Bär. Ich kauerte mich zusammen wie ein Krüppel. Ich sang in einer verrückten Tonart, schrie wie ein Irrer. Runde um Runde, pausenlos fröhlich, frei wie ein Vogel. Juan schloß sich mir an. Wir glitten umeinander herum wie Tiere, verwandelten uns in tanzende Mäuse, mimten Taubstumme.

Und die ganze Zeit dachte ich an Mona, wie sie in dem Trauerhaus umherging, auf ihr Trauerkleid, ihre schwarzen Handschuhe und was weiß ich noch wartete.

Runde um Runde der Sorglosigkeit. Ein wenig Kerosin, ein Streichholz – und wir würden in Flammen aufgehen wie ein brennendes Karussell. Ich schaute auf Juans Hinterkopf – er war wie trockener Zunder. Ich hatte ein unsinniges Verlangen, ihn anzuzünden, ihn in Flammen zu setzen und den Liftschacht hinuntertrudeln zu lassen. Dann zwei oder drei wilde Touren à la Breughel – und hinaus zum Fenster!

Ich beruhigte mich ein wenig. Nicht Breughel, sondern Hieronymus Bosch. Eine Saison in der Hölle, inmitten der Fallen und Schlingen mittelalterlichen Denkens. Bei der ersten Runde reißen sie einen Arm aus. Bei der zweiten ein Bein. Schließlich rollt nur noch ein Torso herum. Und die Musik tönt mit schwirrenden Saiten. Die eiserne Harfe von Prag. Eine tiefliegende Straße in der Nähe der Synagoge. Ein trauriges Glockengeläute. Das heisere Wehklagen einer Frau.

Nicht mehr Bosch, sondern Chagall. Ein Engel in Zivil schwebt schräg auf das Dach herab. Schnee auf dem Boden, und in den Rinnsteinen kleine Fleischbrocken für die Ratten. Krakau im violetten Licht der Vernichtung. Hochzeiten, Geburten, Beerdigungen. Ein Mann mit einer Geige, die nur eine Saite hat. Die Braut hat den Verstand verloren, sie tanzt mit gebrochenen Beinen.

Runde um Runde, läutende Türglocken, läutende Schlittenglöckchen. Die kosmokokkische Runde von Kummer und Schlägen. An meinen Haarwurzeln ein Hauch von Frost, in meinen Zehenspitzen Feuer. Die Welt ist ein Karussell in Flammen, die Holzpferde verbrennen bis zu den Hufen. Ein kalter, steifer Vater liegt auf einem Federbett. Eine Mutter, grün wie die Gangrän. Und der Bräutigam rollt umher.

Zuerst begraben wir ihn im kalten Boden. Dann wollen wir seinen Namen, seine Legende, seine Papierdrachen und seine Rennpferde begraben. Und für die Witwe ein Freudenfeuer, eine Wiener Witwenverbrennung. Ich werde die Tochter der Witwe heiraten – in ihrem Trauerkleid und ihren schwarzen Handschuhen. Ich will Buße tun und Asche auf mein Haupt streuen . . .

Runde um Runde . . . nun die Acht. Nun das Dollarzeichen. Jetzt den Doppeladler. Ein wenig Kerosin und ein Streichholz, und ich würde in Flammen aufgehen wie ein Christbaum.

»Mr. Miller! Mr. Miller!« ruft Juan. »Mr. Miller, hören Sie auf! Bitte, hören Sie auf!«

Der Junge sieht erschrocken aus. Warum starrte er mich so an?

»Mr. Miller«, sagte er und hält mich am Rockschoß fest, »bitte lachen Sie nicht so! *Bitte,* ich habe Angst um Sie.«

Ich entspannte mich. Ein breites Grinsen verzog mein Gesicht, milderte sich dann zu einem freundlichen Lächeln.

»So ist's besser, Sir. Sie haben mir Angst eingejagt. Sollten wir jetzt nicht lieber gehen?«

»Ich glaube auch, Juan. Ich glaube, wir haben für heute genug Körperbewegung gehabt. Morgen bekommst du ein Fahrrad. *Bist du hungrig?*«

»Ja, Sir, das bin ich. Ich habe immer einen fabelhaften Appetit. Einmal habe ich allein ein ganzes Huhn gegessen. Das war, als meine Tante starb.«

»Wir werden heute abend Huhn essen, Juan, mein Junge. Zwei Hühner – eins für dich und eins für mich.«

»Sie sind sehr gütig, Sir. Sind Sie sicher, daß Sie nun in Ordnung sind?«

»Ich bin in bester Verfassung, Juan. Wo glaubst du, daß wir um diese Zeit noch ein Trauerkleid auftreiben könnten?«

»Ich bin sicher, daß ich das nicht weiß«, sagte Juan.

Auf der Straße hielt ich ein Taxi an. Mir war der Gedanke gekommen, daß auf der East Side noch Läden offen waren. Der Fahrer war sicher, daß er einen finden könnte.

»Es ist viel Leben hier, nicht wahr?« sagte Juan, als wir vor einem Kleidergeschäft hielten. »Ist es hier immer so?«

»Immer«, sagte ich. »Eine dauernde Fiesta. Nur die Armen genießen das Leben.«

»Ich würde gerne einmal hier arbeiten«, meinte Juan. »Was für eine Sprache spricht man hier?«

»Alle Sprachen«, antwortete ich. »Du kannst auch englisch sprechen.«

Der Ladeninhaber stand unter der Tür. Er tätschelte Juan freundlich den Kopf.

»Ich möchte gerne ein Trauerkleid, Größe sechzehn«, sagte ich. »Nicht zu teuer. Es muß heute abend noch geliefert werden. Zahlung bei Empfang.«

Eine dunkelhäutige junge Jüdin mit einem russischen Akzent trat vor. »Ist es für eine junge oder eine alte Frau?« fragte sie.

»Eine junge, ungefähr in Ihrer Größe. Für meine Frau.«

Sie zeigte mir verschiedene Modelle. Ich sagte ihr, sie solle das ihr am geeignetsten erscheinende wählen.

»Kein häßliches«, bat ich, »und auch nicht zu elegant. Sie wissen, was ich meine.«

»Und die Handschuhe«, sagte Juan. »Vergessen Sie nicht die Handschuhe.«

»Welche Größe?« fragte die junge Dame.

»Lassen Sie mich Ihre Hände sehen«, sagte ich. Ich betrachtete sie einen Augenblick. »Ein wenig größer als Ihre.«

Ich gab die Adresse an und hinterließ ein reichliches Trinkgeld für den Laufburschen. Jetzt kam der Ladeninhaber und begann ein Gespräch mit Juan. Er schien großen Gefallen an ihm zu finden.

»Wo kommst du her, mein Söhnchen?« fragte er. »Von Puerto Rico?«

»Von Kuba«, sagte Juan.

»Sprichst du spanisch?«

»Jawohl, Sir, und französisch und portugiesisch.«

»Du bist noch sehr jung dafür, daß du schon so viele Sprachen sprichst.«

»Mein Vater hat sie mich gelehrt. Mein Vater war Redakteur einer Zeitung in Havanna.«

»Soso«, sagte der Ladeninhaber. »Du erinnerst mich an einen Jungen, den ich in Odessa kannte.«

»Odessa!« sagte Juan. »Ich war einmal in Odessa – als Kabinensteward auf einem Handelsschiff.«

»Was!« rief der Ladeninhaber aus. »Du warst in Odessa? Unglaublich. Wie alt bist du denn?«

»Ich bin achtzehn, Sir.«

Der Ladeninhaber wandte sich mir zu. Er wollte wissen, ob er uns nicht in die Eisdiele nebenan einladen dürfe.

Wir nahmen die Einladung mit Vergnügen an. Unser Gastgeber, der Eisenstein hieß, begann über Rußland zu sprechen. Er war ursprünglich Medizinstudent gewesen. Bei dem Jungen, der Juan ähnlich gesehen hatte, handelte es sich um seinen Sohn, der gestorben war. »Er war ein seltsamer Junge«, erzählte Mr. Eisenstein. »Er ähnelte keinem von der Familie. Und er hatte seinen eigenen Kopf. Er wollte um die Welt trampen. Ganz egal, was man ihm sagte, immer wußte er es anders. Er war ein kleiner Philosoph. Einmal brannte er nach Ägypten durch – weil er die Pyramiden studieren wollte. Als wir ihm mitteilten, wir gingen nach Amerika, sagte er, er würde nach China gehen. Er sagte, er wollte nicht reich werden wie die Amerikaner. Ein seltsamer Junge! Solche Unabhängigkeit! Vor nichts hatte er Angst – nicht einmal vor den Kosaken. Manchmal hatte ich fast Angst vor ihm. Was ging in ihm vor? Er sah nicht einmal aus wie ein Jude . . .«

Er verfiel in einen Monolog über das fremde Blut, das während ihrer Wanderungen in die Adern der Juden geflossen war. Er sprach von seltsamen Stämmen in Afrika, Arabien und China. Er glaubte, sogar die Eskimos könnten jüdisches Blut in sich haben. Während er sprach, berauschte ihn der Gedanke an die Mischung der Rassen. Die Welt wäre ein stagnierender Tümpel, meinte er, wären nicht die Juden gewesen. »Wir sind wie vom Wind getragener Samen«, setzte er hinzu. »Wir treiben überall Blüten. Abgehärtete Pflanzen. Bis wir mitsamt den Wurzeln herausgerissen werden. Sogar dann gehen wir nicht zugrunde. Wir können mit den Wurzeln nach oben leben. Wir können zwischen Steinen wachsen.«

Die ganze Zeit über hatte er mich für einen Juden gehalten.

Schließlich erklärte ich, daß ich kein Jude war, aber meine Frau sei Jüdin.

»Und sie wurde Christin?«

»Nein. Ich werde Jude.«

Juan sah mich mit großen, fragenden Augen an. Mr. Eisenstein wußte nicht, ob ich scherzte oder nicht.

»Wenn ich hierherkomme«, sagte ich, »fühle ich mich glücklich. Ich weiß nicht, was es ist, aber ich fühle mich hier mehr daheim. Vielleicht habe ich jüdisches Blut und weiß es gar nicht.«

»Ich fürchte nein«, erwiderte Mr. Eisenstein. »Sie fühlen sich angezogen, weil Sie kein Jude sind. Sie haben gerne, was anders ist, das ist alles. Vielleicht haben Sie die Juden einmal gehaßt. Das kommt manchmal vor. Plötzlich sieht ein Mensch, daß er sich geirrt hat, und dann verliebt er sich heftig in das, was er einmal haßte. Er verfällt ins andere Extrem. Ich kenne einen Christen, der zum Judentum bekehrt wurde. Wir versuchen nicht zu bekehren, das wissen Sie wohl. Wenn Sie ein guter Christ sind, ist es besser, daß Sie ein Christ bleiben.«

»Aber ich kümmere mich nicht um Religion«, sagte ich.

»Die Religion ist alles«, erwiderte er. »Wenn Sie kein guter Christ sein können, dann können Sie auch kein guter Jude sein. Wir sind kein Volk oder eine Rasse – wir sind eine Religion.«

»Das sagen Sie, aber ich glaube es nicht. Es ist mehr als das. Es ist, als wäret ihr so etwas wie Bakterien. Nichts kann euer Überleben erklären, bestimmt nicht euer Glaube. Deshalb bin ich so neugierig, darum werde ich so angeregt, wenn ich mit Ihren Leuten zusammen bin. Ich würde gerne das Geheimnis besitzen.«

»Nun, dann studieren Sie Ihre Frau«, sagte er.

»Das tue ich, aber ich werde nicht aus ihr klug. Sie ist mir ein Rätsel.«

»Aber Sie lieben sie?«

»Ja«, sagte ich, »leidenschaftlich.«

»Und warum sind Sie jetzt nicht bei ihr? Warum müssen Sie das Kleid zu ihr schicken lassen? Wer ist denn gestorben?«

»Ihr Vater«, antwortete ich. »Aber ich habe ihn nie kennengelernt«, fügte ich rasch hinzu. »Ich war nie bei ihr zu Hause.«

»Das ist schlecht«, meinte er. »Etwas stimmt hier nicht. Sie sollten zu ihr gehen. Kümmern Sie sich nicht darum, wenn sie Sie nicht darum gebeten hat. Gehen Sie zu ihr! Lassen Sie nicht zu, daß sie sich ihrer Eltern schämt. Sie brauchen nicht zur Beerdigung zu gehen, aber Sie sollten ihr zeigen, daß Ihnen etwas an ihrer Familie liegt. Sie sind nur ein Zufall in ihrem Leben. Wenn Sie sterben, wird die Familie weiterbestehen. Sie werden Ihr Blut absorbieren. Wir haben das Blut jeder Rasse getrunken. Wir fließen weiter wie ein Strom. Sie müssen nicht glauben, daß Sie nur sie allein heiraten – Sie heiraten die jüdische Rasse, das jüdische Volk. Wir geben Ihnen Leben und Kraft. Wir nähren Sie. Am Ende werden alle Völker zusammenkommen. Wir werden Frieden haben. Werden eine neue Welt schaffen. Und dort wird Platz sein für jedermann . . . Nein, lassen Sie sie jetzt nicht allein. Sie werden es bereuen, wenn Sie es tun. Sie ist stolz, das ist es. Sie müssen sanft und zartfühlend sein. Sie müssen um sie werben wie ein Täuberich. Mag sein, sie liebt Sie jetzt, aber später wird sie Sie noch mehr lieben. Sie wird Sie festhalten wie ein Schraubstock. Es gibt keine Liebe, die der der jüdischen Frau zu dem Mann, dem sie ihr Herz schenkt, ähnlich wäre. *Besonders wenn er christlicher Herkunft ist*. Das ist ein großer Sieg für die jüdische Frau. Es ist besser für Sie, sich zu ergeben, als der Gebieter zu sein . . . Sie werden mir verzeihen, daß ich so spreche, aber ich weiß, wovon ich rede. Und ich sehe, Sie sind kein gewöhnlicher Christ. Sie sind einer von diesen verirrten Christen – Sie suchen nach etwas . . . was genau, das wissen Sie nicht. Wir kennen Menschen wie Sie. Wir sind nicht immer begierig nach euerer Liebe. Zu oft schon sind wir verraten worden. Manchmal ist es besser, einen guten Feind zu haben – dann wissen wir, woran wir sind. Mit euresgleichen sind wir nie sicher, woran wir sind. Ihr seid wie Wasser – und wir sind Felsen. Ihr vernichtet uns Stück um Stück – nicht aus Böswilligkeit, sondern aus Güte. Ihr plätschert gegen uns an wie die Wellen der See. Den großen Wellen können wir standhalten – aber das sanfte Plätschern nimmt uns unsere Kraft.«

Ich war so aufgeregt über diesen unerwarteten Exkurs, daß ich seine Rede unterbrechen mußte.

»Ja, ich weiß«, sagte er. »Ich weiß, was ihr empfindet. Wir wissen alles von euch – ihr aber müßt alles über uns lernen. Tausendmal könnt ihr mit tausend Jüdinnen verheiratet sein, und trotzdem werdet ihr nicht wissen, was wir wissen. Wir sind die ganze Zeit in euerem Inneren. Bakterien, ja, vielleicht. Wenn ihr stark seid, unterstützen wir euch, seid ihr schwach, werden wir euch zerstören. Wir leben nicht in der Welt, wie es den Christen scheint, sondern im Geist. Die Welt vergeht, aber der Geist ist ewig. Mein kleiner Junge verstand das. Er wollte rein bleiben. Die Welt war nicht gut genug für ihn. Er starb aus Scham – Scham um der Welt willen . . .«

19

Einige Minuten später, als wir in das violette Licht des frühen Abends hinausschlenderten, sah ich das Ghetto mit neuen Augen. Es gibt Sommernächte in New York, in denen der Himmel reines Azur ist und die Häuser nicht nur in ihrer Substanz, sondern in ihrem Wesen unmittelbar und greifbar sind. Dieses schmutzige, streifige Licht, das nur die Häßlichkeit von Fabriken und von abscheulichen Wohnhäusern enthüllt, verschwindet sehr oft mit Sonnenuntergang. Der Staub legt sich, die Umrisse der Gebäude werden schärfer, wie die charakteristischen Züge eines Ungeheuers im Kalzium-Scheinwerferlicht. Eine Wolke weißer Tauben kreist in dem Himmel und über den Dächern. Eine Kuppel taucht auf, manchmal die eines türkischen Bades. Dann gibt es da die imposante Einfachheit von St. Mark's-on-the-Bouwerie, der große fremdartige Platz, der an die Avenue A angrenzt, die niedrigen holländischen Häuser, über denen die rötlichen Gasometer hochragen, die engen Seitenstraßen mit ihren ungereimten amerikanischen Namen, die Dreiecke, die das Aussehen alter Marksteine haben, der Hudson-Hafen mit dem Brooklyn-Strand so nahe, daß man die Menschen beinahe erkennen kann, die auf der anderen Seite gehen. Aller Zauber von New York ist in dieses von Menschen wimmelnde Gebiet hineingepreßt, das durch Formaldehyd, Schweiß und Tränen gekennzeichnet ist. Nichts ist dem New Yorker so vertraut, so innerlich verbunden und Heimweh weckend wie dieser Bezirk, den er verächtlich abtut und ablehnt. Ganz New York hätte ein großes Ghetto sein sollen: Das Gift hätte abgeleitet, das Elend gerecht verteilt und die Freude durch jede Vene und Ader mitgeteilt werden sollen. Das übrige New York ist eine Abstraktion; es ist kalt, geometrisch, starr wie Rigor Mortis und, wie ich ebensogut hinzufügen kann, ein *Wahnsinn* – sobald man abseits steht und es unvoreingenommen betrachtet. Nur in dem Bienenstock kann man menschlichen Kontakt, kann man diese Stadt der Sehenswürdigkeiten, der Geräusche und Gerüche finden, die man vergeblich außerhalb der Grenzen des Ghettos sucht. Außerhalb des umgrenzten Gebietes zu leben heißt dahinwelken und sterben. Jenseits dieses Geländes gibt es nur aufgedonnerte Kadaver. Wie Wecker werden sie jeden Tag aufgezogen. Sie produzieren sich wie dressierte Seehunde. Sie schwinden dahin wie Theaterkassen-Einnahmen. Aber in der wimmelnden Honigwabe geht ein Wachstum vor sich wie von Pflanzen, eine fast erstickende animalische Wärme, eine Vitalität, die vom Aneinanderreiben und Aneinanderkleben kommt, eine Hoffnung, die sowohl physisch wie geistig ist, eine gefährliche, aber heilsame Infizierung. Kleine Seelen vielleicht, brennend wie dünne Wachskerzen, aber stetig brennend – und in der Lage, ungeheure Schatten an die Wände zu werfen, die sie umgeben.

Gehe irgendeine Straße in dem sanften, violetten Licht hinunter. Mache dich gedankenleer. Tausend Wahrnehmungen bestürmen dich sofort aus jeder Richtung. Hier ist der Mensch noch mit Fell und Gefieder versehen. Hier sprechen noch Zyste und Quarz. Hier gibt es vernehmbare, geschwätzige Gebäude mit Sonnenblenden aus Blech und Fenstern, die schwitzen. Auch Gotteshäuser, wo sich die Kinder wie Schlangenmenschen um die Säulen drapieren. Rollende, bewegliche Straßen, wo nichts stillsteht, nichts fest, nichts begreiflich ist außer in den Augen eines Träumers. Auch halluzinierende Straßen, wo plötzlich alles Stille, alles öde ist, wie nach dem Auftreten einer Seuche. Straßen, die husten, Straßen, die wie eine fiebernde Schläfe pochen, Straßen, um auf ihnen zu sterben, ohne daß eine Menschenseele davon Notiz nimmt. Seltsame, nach Mandelgebäck duftende Straßen, in denen sich Rosenöl mit dem scharf beizenden Geschmack von Lauch und Zwiebeln mischt. Pantoffelstraßen, die von dem Getrappel und Klappern träger Füße widerhallen. Straßen wie von Euklid, die nur durch Logik und Theorem erklärt werden können . . .

Alles durchdringend, fein verteilt zwischen den Hautschichten wie ein Destillat rötlichen Rauches, ist der zweitrangige sexuelle Schweiß – schamgesättigt, orphisch, säugetierhaft –, ein durchdringender, nachts auf samtenen Pfoten eingeschmuggelter Moschusgeruch. Kein einziger ist immun, nicht einmal der mongoloide Idiot. Es überbrandet einen wie die Berührung und das Vorbeistreichen hemdenbedeckter Brüste. Bei einem leichten Regen bildet er einen unsichtbaren ätherischen Schmutz. Er ist zu jeder Stunde vorhanden, sogar wenn Kaninchen zu einem Schmorgericht gekocht werden. Er haftet an den rohrartigen Gebilden, den Follikeln, den Warzen. Während die Erde sich langsam dreht, kreisen die Vorhallen, die Treppengeländer und die Kinder mit ihnen. In dem düsteren Dunst schwüler Nächte schwirrt alles, was irdisch, sinnlich und übersensibel ist, wie eine Zither. Ein schweres Rad, überzogen mit Futter und Federbetten, duftenden Öllämpchen und Tropfen reinen tierischen Schweißes. Alles geht rundum im Kreis, manchmal knarrend, wackelnd, rumpelnd, wimmernd, aber immer rund und rund und rundherum. Dann, wenn man sehr ruhig wird, zum Beispiel in einem offenen Eingang steht und sorgfältig alles Denken ausschließt, befällt eine kurzsichtige, tierhafte Klarheit deine Sicht. Da ist ein Rad, da sind Speichen, und da ist eine Nabe. Und in der Mitte der Nabe ist – genau nichts. Dorthin geht das Schmierfett, und dort ist die Achse. Und du bist da, in der Mitte des Nichts, feinfühlig, voll entfaltet, und wirbelst mit der Drehung planetarischer Räder herum. Alles wird lebendig und bedeutungsvoll, sogar der Rotz von gestern, der am Türgriff klebt. Alles hängt durch und herab, ist bemoost von Gebrauch und Wartung. Alles ist tausendmal von dem Okzipitalauge betrachtet, gestreift und gestreichelt worden . . .

Ein Mann aus altem Geschlecht steht in versteinerter Erstarrung da. Er riecht das Essen, das seine Vorfahren in der tausendjährigen Vergangenheit kochten: das Huhn, die Leberpaste, den gefüllten Fisch, die Heringe, die Eiderdaunen-Enten. Er hat mit ihnen und sie haben in ihm gelebt. Federn schweben durch die Luft, die Federn gefiederter Geschöpfe, die in Lattenverschläge eingesperrt sind – wie es in Ur, in Babylon, in Ägypten und Palästina üblich war. Dieselbe schimmernde Seide, vor Alter grün werdendes Schwarz: die Seide anderer Zeiten, anderer Städte, anderer Ghettos, anderer Pogrome. Dann und wann eine Kaffeemühle oder ein Samowar, ein Holzkästchen für Gewürze, für die Myrrhen und Aloen des Ostens. Kleine Teppichstreifen – von den Souks und Bazaren, von den Handelsplätzen der Levante. Stücke aus Astrachan, Spitzen, Schals und Unterröcke von flammendem, mit Volants besetztem Flamingorot. Manche bringen ihre Vögel mit, ihre kleinen Lieblinge – warmblütige, zarte Geschöpfe, die mit zitterndem Herzschlag pulsieren, keine neue Sprache, keine neuen Melodien lernen, sondern in ihren überhitzten Käfigen, die an den Feuerleitern aufgehängt sind, ermattet, teilnahmslos, dahinsiechend verschmachten. Die eisernen Balkone sind mit Girlanden von nacktem Fleisch und Bettzeug, Topfpflanzen und Haustieren behängt – ein krabbelndes Stillleben, bei dem sogar der Rost gierig weggefressen wird. Mit der Abendkühle sind die jungen Menschen entblößt wie Auberginen. Unter dem Sternenzelt legen sie sich zurück, von dem obszönen

Geplapper der amerikanischen Straße in Traum gewiegt. In den Holzfässern unten sind die in einer Lauge schwimmenden sauren Gurken. Ohne die Essiggurke, die Brezel, den türkischen Honig wäre das Ghetto fade. Brot jeder Sorte, mit Kümmel und ohne. Weißes, schwarzes, braunes, sogar Graubrot – in jedem Gewicht, in jeder Konsistenz.

Das Ghetto! Eine Marmortischplatte mit einem Brotkorb. Einer Selterswasserflasche, vorzugsweise einer blauen. Einer Suppe mit Eierflocken. Und zwei Männer, die zusammen sprechen. Sprechen, sprechen, sprechen mit Zigaretten, die an ihren eingezogenen Lippen hängen. Unweit davon ein Kellerlokal mit Musik: seltsame Instrumente, seltsame Kostüme, seltsame Lieder. Die Vögel beginnen zu trillern, die Luft wird überhitzt, das Brot türmt sich hoch, die Selterswasserflaschen dampfen und schwitzen. Worte werden wie Hermelin durch das bespuckte Sägemehl geschleift. Knurrende, heisere Hunde japsen wild. Mit glitzerndem Schmuck übersäte Frauen, erdrückt von ihrem Kopfputz, dösen schwerfällig in ihren reich ausgepolsterten Fleischsärgen. Die faszinierende Raserei der Wollust konzentriert sich in dunklen, mahagonifarbenen Augen.

In einem anderen Keller sitzt ein alter Mann in seinem Mantel auf einem Holzstoß und zählt seine Kohlen. Er sitzt im Dunkeln, wie er es in Krakau getan hat, und streicht seinen Bart. Sein Leben ist ganz Kohle und Holz, kleine Fahrten von der Dunkelheit zum Tageslicht. In seinen Ohren hallt noch das Dröhnen von Pferdehufen auf gepflasterten Straßen, der Klang von Rufen und Schreien, das Rasseln von Säbeln, der Aufprall von Gewehrkugeln auf eine leere Mauer. Im Kino, in der Synagoge, im Kaffeehaus, wo immer man sitzt, erklingen zwei Arten von Musik – eine bitter, die andere süß. Man sitzt mitten in einem Heimweh genannten Fluß. Einem Fluß, angefüllt mit kleinen Erinnerungen, die beim Schiffbruch der Welt gesammelt wurden. Erinnerungsstücke der Heimatlosen, der Zuflucht suchenden Vögel, die sich aus Stöckchen und Zweigen immer wieder ihr Nest bauen, überall zerstörte Nester, Eierschalen, eben flügge gewordene Vögel, mit umgedrehten Hälsen und ins Leere starrenden toten Augen. Heimwehkranke Flußträume unter blechgekrönten Mauern, verrosteten Schuppen, gekenterten Booten. Eine Welt zerstörter Hoffnungen, erdrosselter Bestrebungen, kugelsicheren Hungerns. Eine Welt, in die sogar der warme Lebensatem eingeschmuggelt werden muß, wo Edelsteine, groß wie Taubenherzen, gegen eine Elle Raum, eine Unze Freiheit gehandelt werden. Alles ist zu einer vertrauten Leberpaste vermischt, die auf einer geschmacklosen Oblate geschluckt wird. Auf einen Zug werden fünftausend Jahre der Bitterkeit, fünftausend Jahre der Asche und fünftausend Jahre zerbrochener Zweige, zerbrochener Eierschalen, erdrosselter Jungvögel hinuntergeschluckt . . .

Im tiefen Unterkeller des menschlichen Herzens verhallt das traurige Dröhnen der eisernen Harfe.

Baut eure Städte stolz und hoch! Legt eure Abzugskanäle an! Überbrückt eure Flüsse! Arbeitet fieberhaft! Schlaft traumlos. Singt närrisch wie der Bulbul. Darunter, unter den tiefsten Grundmauern, lebt ein anderes Menschengeschlecht. Sie sind verschlossen, finster, leidenschaftlich. Sie bahnen sich einen Weg in die Eingeweide der Erde. Sie warten mit einer Geduld, die erschreckend ist. Sie sind die Unratvernichter, die Säuberer, die Rächer. Sie kommen hervor, wenn alles in Staub zerfällt.

20

Sieben Tage und Nächte lang war ich allein. Ich glaubte schon, daß sie mich verlassen hätte. Zweimal rief sie an, aber es klang wie aus weiter Ferne, verloren, verschluckt vom Kummer. Ich erinnerte mich an Mr. Eisensteins Worte. Ich fragte mich, ob sie von ihrer Familie zurückgeholt worden war.

Dann eines Tages, gegen Schluß der Bürozeit, trat sie aus dem Lift und stand vor mir. Sie war ganz in Schwarz, von einem malvenfarbenen Turban abgesehen, der ihr etwas Exotisches verlieh. Eine Umwandlung war vor sich gegangen. Die Augen blickten noch sanfter drein, die Haut war durchsichtiger geworden. Ihre Figur war verführerisch reizvoll, ihre Haltung majestätischer. Sie hatte die Sicherheit einer Schlafwandlerin.

Einen Augenblick konnte ich kaum meinen Augen trauen. Es war etwas Hypnotisches an ihr. Sie strahlte Kraft, Anziehung,

Zauber aus. Sie war wie eine dieser Italienerinnen der Renaissance, die einen unbeweglich mit einem rätselhaften Lächeln von einer Leinwand anblicken, die sich ins Unendliche zurückzieht. Bei den wenigen Schritten, die sie machte, ehe sie sich mir in die Arme warf, hatte ich das Gefühl, daß sich eine Kluft schloß, wie ich sie zwischen zwei Menschen nie für möglich gehalten hatte. Es war, als habe sich die Erde zwischen uns aufgetan und als habe Mona nun durch eine äußerste, geradezu magische Willensanstrengung die Leere übersprungen und sich wieder mit mir vereinigt. Der Boden, auf dem sie noch einen Augenblick zuvor stand, schwand dahin, glitt in eine mir völlig unbekannte Vergangenheit, ganz so, wie der Landsockel eines Festlandes ins Meer gleitet. Nichts so Klares und Greifbares wie dieser Vergleich formte sich damals in meinem Geiste: Erst nachher, weil ich mir diesen Augenblick immer wieder vergegenwärtigte, verstand ich das Wesen unserer Wiedervereinigung.

Ihr ganzer Körper fühlte sich seltsam verändert an, als ich sie an mich drückte. Es war der Körper eines Geschöpfes, das neu geboren worden war. Es war ein vollkommen neuer Körper, den sie mir auslieferte – neu, denn er enthielt ein Element, das bisher gefehlt hatte. Es war – seltsam, wie es scheinen mag, das zu sagen –, als ob sie mit ihrer Seele zurückgekehrt sei – und nicht mit ihrer eigenen, individuellen Seele, sondern der Seele ihrer Rasse. Sie schien sie mir anzubieten wie einen Talisman.

Worte kamen uns mühsam auf die Lippen. Wir murmelten nur und starrten einander an. Dann sah ich ihren Blick über die Umgebung wandern, alles mit einem unbarmherzigen Auge in sich aufnehmen und schließlich auf dem Schreibtisch und mir haftenbleiben. »Was tust du hier?« schien sie zu sagen. Und dann, als ihr Blick sanfter wurde, sie mich in den Schoß des Stammes aufnahm: »Was haben sie dir angetan?« Ja, ich fühlte die Kraft und den Stolz ihres Volkes. Ich habe dich nicht dazu auserwählt, sagte es, um unter den Niedrigen zu sitzen. Ich hole dich aus dieser Welt heraus. Ich werde dich auf den Thron setzen.

Und das war Mona – die gleiche Mona, die von der Mitte der Tanzfläche auf mich zugekommen war und sich angeboten hatte, wie sie sich vorher Hunderten oder vielleicht Tausenden von anderen angeboten hatte. Eine so seltsame, wunderbare Blume ist der Mensch! Man hält ihn in der Hand, und während man schläft, wächst er, wandelt sich, strömt einen betäubenden Duft aus. – Einige Sekunden später vergötterte ich sie. Es war fast unerträglich, sie beständig anzusehen. Zu denken, daß sie mir nach Hause folgen, das Leben, das ich ihr zu bieten hatte, akzeptieren würde, schien unglaublich. Ich hatte nach einer Frau verlangt und eine Königin bekommen.

Was sich beim Abendessen zutrug, liegt völlig im dunkeln. Wir müssen in einem Restaurant gegessen, uns unterhalten und Pläne geschmiedet haben. Ich erinnere mich an nichts von alledem. Ich erinnere mich an ihr Gesicht, ihren neuen seelenvollen Ausdruck, den Glanz und den Magnetismus der Augen, die durchsichtige Tönung des Fleisches.

Ich entsinne mich, daß wir eine Zeitlang durch verlassene Straßen gingen. Und vielleicht, da ich nur auf den Klang ihrer Stimme lauschte, vielleicht erzählte sie mir da alles, was ich schon immer von ihr hatte wissen wollen. Ich erinnere mich nicht auch nur an ein Wort davon. Nichts hatte Wichtigkeit oder Bedeutung außer der Zukunft. Ich hielt ihre Hand fest umschlossen, unsere Finger waren verflochten, und ich schritt mit ihr in eine überreiche Zukunft hinein. Nichts konnte mehr sein, wie es gewesen war. Der Boden hatte sich aufgetan, die Vergangenheit war weggespült und überschwemmt worden – so tief überschwemmt wie ein verlorener Kontinent. Und wie durch ein Wunder – wie wunderbarerweise wurde mir erst allmählich bewußt – war sie gerettet, mir zurückgegeben worden. Es war meine Pflicht, meine Aufgabe, mein Schicksal in diesem Leben, sie zärtlich zu lieben und zu beschützen. Als ich an alles, was vor uns lag, dachte, begann ich innerlich wie aus einem kleinen Samenkorn zu wachsen. Ich wuchs mehrere Zoll, während wir einen Häuserblock weit gingen. In meinem Herzen war es, daß ich das Samenkorn bersten fühlte.

Und dann, als wir an einer Ecke standen, kam ein Bus angefahren. Wir sprangen hinein und stiegen zum Oberdeck hinauf, zum vordersten Sitz. Sobald das Fahrgeld bezahlt war, nahm ich sie in die Arme und bedeckte sie mit Küssen. Wir waren allein, und der Bus schwankte über das holprige Pflaster.

Plötzlich sah ich sie einen gespannten Blick um sich werfen, fieberhaft ihr Kleid hochheben, und im nächsten Augenblick saß sie rittlings auf mir. Wir fickten wie verrückt, während ein paar trunkene Häuserblocks an uns vorbeiglitten. Sie blieb auf meinem Schoß sitzen, sogar nachdem es vorbei war, und fuhr fort, mich leidenschaftlich zu liebkosen.

Als wir in Arthur Raymonds Wohnung kamen, war alles hell erleuchtet. Es war, als hätten sie ihre Rückkehr erwartet. Kronski war da und Arthurs zwei Schwestern, Rebecca und einige ihrer Freunde. Sie begrüßten Mona mit größter Herzlichkeit und Zuneigung. Sie weinten fast vor Freude.

Es war ein Augenblick zum Feiern. Flaschen wurden herbeigeholt, der Tisch wurde gedeckt, der Plattenspieler aufgezogen. »Ja, ja, laßt uns fröhlich sein!« schien jedermann zu sagen. Wir warfen uns buchstäblich einander in die Arme. Wir tanzten, sangen, redeten, aßen und tranken. Es wurde immer fröhlicher. Jeder liebte jeden. Vereinigung und Wiedervereinigung. Weiter ging's und weiter bis tief in die Nacht, sogar Kronski sang aus vollem Halse. Es war wie ein Hochzeitsfest. Die Braut war aus dem Grabe auferstanden. Die Braut war wieder jung. Die Braut war aufgeblüht.

Ja, es war eine Hochzeit. In dieser Nacht wußte ich, daß wir auf der Asche der Vergangenheit vereinigt waren.

»Meine Frau, meine Frau!« murmelte ich, als wir einschliefen.

Fünftes Buch

21

Nach dem Tod ihres Vaters war Mona mehr und mehr besessen von dem Gedanken, sich zu verheiraten. Vielleicht hatte sie an seinem Sterbebett ein Versprechen abgelegt, das sie nun zu halten versuchte. Jedesmal, wenn das Thema zur Sprache kam, gab es einen kleinen Streit. (Anscheinend nahm ich die Sache zu leichtfertig.) Eines Tages, nach einer dieser Reibereien, begann sie ihre Sachen zu packen. Sie wollte keinen Tag länger bei mir bleiben. Da wir keinen Handkoffer hatten, mußte sie ihre Sachen in braunes Packpapier einwickeln. Es wurde ein recht sperriges, unhandliches Bündel.

»Du wirkst wie eine Einwanderin, wenn du damit die Straße hinuntergehst«, sagte ich. Ich hatte auf dem Bett gesessen und ihr eine gute halbe Stunde bei ihren Manövern zugesehen. Irgendwie konnte ich nicht glauben, daß sie wirklich fortging. Ich wartete auf den üblichen Zusammenbruch in letzter Minute – einen Wutausbruch, einen Tränenstrom und dann eine zärtliche, herzerwärmende Versöhnung.

Diesmal jedoch schien sie entschlossen, die Vorstellung bis zum Ende durchzuführen. Ich saß noch auf dem Bett, als sie das Bündel durch die Diele schleppte und die Wohnungstür aufmachte. Wir sagten einander nicht einmal Lebewohl.

Als die Tür zuschlug, kam Arthur Raymond in den Türrahmen und sagte: »Du läßt sie doch nicht so gehen? Das ist doch unmenschlich, findest du nicht?«

»Ja, wirklich?« antwortete ich. Ich lächelte ihn matt und ziemlich verloren an.

»Ich verstehe dich überhaupt nicht«, sagte er. Er sprach, als halte er seinen Zorn zurück.

»Wahrscheinlich ist sie schon morgen zurück«, meinte ich.

»An deiner Stelle würde ich dessen nicht so sicher sein. Sie ist ein sensibles Mädchen ... und du bist ein kaltschnäuziger Schuft.«

Arthur Raymond steigerte sich in eine moralische Entrüstung hinein. Die Wahrheit war, daß er Mona sehr liebgewonnen hatte. Wäre er ehrlich zu sich selbst gewesen, so hätte er zugeben müssen, daß er verliebt in sie war.

»Warum gehst du ihr nicht nach?« sagte er plötzlich nach einer Verlegenheitspause. »Ich laufe hinunter, wenn du willst. Du lieber Himmel, du kannst sie doch nicht so davongehen lassen!«

Ich gab keine Antwort. Arthur Raymond beugte sich vor und legte die Hand auf meine Schulter. »Komm, komm«, sagte er, »das ist doch dumm. Bleib hier ... Ich laufe ihr nach und bringe sie zurück.«

Er lief durch den Flur und öffnete die Wohnungstür. Ich hörte ihn ausrufen: »Na also! Ich wollte dich gerade holen. Recht so! Komm herein. Komm, laß mich das tragen. So ist's recht.« Ich hörte ihn lachen, dieses heitere, ratternde Lachen, das einem manchmal auf die Nerven ging. »Komm hier nach hinten ... er wartet schon auf dich. Bestimmt, wir warten alle auf dich. Warum hast du so was getan? Du mußt nicht so einfach weglaufen. Wir sind doch alle Freunde, nicht wahr? Du kannst uns doch nicht so im Stich lassen ...«

Nach dem Ton seiner Stimme hätte man glauben können, daß Arthur Raymond der Ehemann war, und nicht ich. Es war fast so, als gebe er mir das Stichwort.

All das war nur eine Angelegenheit von einigen Sekunden, aber in dieser Zwischenzeit, so kurz, wie sie war, sah ich Arthur Raymond wieder so, wie ich ihn das erste Mal, als wir uns kennenlernten, gesehen hatte. Ed Gavarni hatte mich zu ihm in seine Wohnung gebracht. Wochenlang hatte er mir von seinem Freund Arthur Raymond erzählt und was für ein Genie er sei. Er schien zu glauben, daß es ein besonderes Vorrecht sei, und beide zusammenzubringen, denn nach Ed Gavarnis Meinung war auch ich ein Genie. Da saß er, Arthur Raymond, in dem düsteren Erdgeschoß in einem dieser würdevoll aussehenden Ziegelhäuser in der Gegend des Prospect Park. Er war viel kleiner, als ich im ersten

Augenblick erwartet hatte, aber seine Stimme war kräftig, herzlich und heiter wie sein Händedruck, wie seine ganze Persönlichkeit. Er strahlte Vitalität aus.

Sofort hatte ich den Eindruck, daß ich einen ungewöhnlichen Menschen vor mir hatte. Er war, wie ich später entdeckte, gerade in besonders schlechter Verfassung. Er hatte die ganze Nacht in Kneipen zugebracht, hatte in seinen Kleidern geschlafen und war ziemlich nervös und reizbar. Nachdem wir ein paar Worte gewechselt hatten, setzte er sich wieder an den Flügel, wobei ein erloschener Zigarettenstummel von seinen Lippen hing. Während er sprach, klimperte er ein paar Takte in der oberen Tonlage. Er hatte sich zum Üben gezwungen, denn die Zeit wurde knapp, in ein paar Tagen gab er ein Konzert – das erste in langen Hosen, möchte man sagen, denn Ed Gavarni erklärte mir, daß Arthur Raymond ein Wunderkind gewesen sei, daß seine Mutter ihn wie den kleinen Lord Fauntleroy angezogen und über den ganzen Kontinent von einem Konzertsaal zum anderen geschleppt habe. Und dann eines Tages war Arthur Raymond aufsässig geworden und hatte sich geweigert, länger ein gelehriger Schimpanse zu sein. Er hatte eine Phobie entwickelt, in der Öffentlichkeit zu spielen. Er wollte sein eigenes Leben führen. Und tat das auch. Er war wie ein Amokläufer. Er hatte alles getan, um den Virtuosen zu vernichten, zu dem ihn seine Mutter gemacht hatte.

Arthur Raymond hörte dem ungeduldig zu. Schließlich unterbrach er diesen Bericht, indem er seinen Schemel herumschwang und beim Sprechen mit beiden Händen spielte. Er hatte eine neue Zigarette im Mund, und während er seine Finger die Tastatur hinauf und hinunter gleiten ließ, stieg ihm der Rauch in die Augen. Er versuchte, seine Verlegenheit zu überspielen. Gleichzeitig fühlte ich, daß er darauf wartete, ich sollte aus mir herausgehen. Als Ed Gavarni ihm erzählte, daß ich auch Musiker war, sprang Arthur Raymond auf und bat mich, ihm etwas vorzuspielen. »Los, los . . .«, sagte er fast außer sich. »Ich möchte Sie gerne spielen hören. Mein Gott, ich habe es satt, mich selbst spielen zu hören.«

Sehr gegen meinen Willen setzte ich mich hin und spielte irgendeine kleine Sache. Mehr als jemals zuvor wurde mir bewußt, wie armselig mein Spiel war. Ich fühlte mich ziemlich beschämt und entschuldigte mich vielmals wegen meines lahmen Vortrags.

»Aber durchaus nicht, durchaus nicht!« sagte er mit einem leisen, freundlichen Lachen. »Sie sollten weitermachen . . . Sie haben entschieden Talent.«

»Tatsächlich rühre ich das Klavier kaum jemals mehr an«, gestand ich.

»Wieso das? Warum nicht? Was tun Sie dann?«

Ed Gavarni brachte die gewöhnlichen Erklärungen vor. »Er ist in Wirklichkeit ein Schriftsteller«, schloß er.

Arthur Raymonds Augen blitzten. »Ein Schriftsteller! So, so . . .« Und damit setzte er sich wieder an den Flügel und begann zu spielen. Mit einem ernsten Gesichtsausdruck, der mir nicht nur gefiel, sondern an den ich mich mein ganzes Leben erinnern sollte. Sein Spiel bezauberte mich. Es war sauber, kraftvoll, leidenschaftlich und klug. Er nahm das Instrument mit seiner ganzen Persönlichkeit in Angriff. Er brachte es völlig in seine Gewalt. Es war eine Brahms-Sonate, wenn ich mich recht erinnere – und ich hatte Brahms nie sehr gemocht. Nach ein paar Minuten hielt er plötzlich inne, und dann, bevor wir ein Wort sagen konnten, spielte er etwas von Debussy und ging von ihm zu Ravel und Chopin über. Während des Préludes von Chopin machte mir Ed Gavarni ein Zeichen. Als Arthur Raymond zu Ende gespielt hatte, drängte er ihn, die *›Etude révolutionnaire‹* zu spielen. »Ach, das! Der Teufel soll es holen! O Gott, daß du dieses Zeug magst!« Er spielte einige Takte, kam auf den Mittelteil zurück, hielt inne, nahm die Zigarette aus dem Mund und ging zu einem Stück von Mozart über.

Inzwischen waren Revolutionen in meinem Innern vorgegangen. Als ich Arthur Raymonds Spiel zuhörte, wurde mir bewußt, daß ich, wenn ich jemals ein Pianist sein wollte, noch einmal von vorne würde beginnen müssen. Ich fühlte, daß ich nie wirklich Klavier gespielt hatte – ich hatte nur *darauf* gespielt. Etwas Ähnliches war mit mir geschehen, als ich zum erstenmal Dostojewski las. Er hatte alle andere Literatur weggefegt. (»Nun höre ich wirklich Menschen reden!« hatte ich mir gesagt.) Das gleiche war es mit Arthur Raymonds Spiel. Zum erstenmal glaubte ich zu verstehen, was die Komponisten ausdrücken wollten. Als er sein

Spiel unterbrach, um eine Tonfuge immer von neuem zu wiederholen, war es, als hörte ich sie sprechen, diese Klangsprache sprechen, die jedermann kennt, die aber den meisten von uns spanisch vorkommt. Ich erinnerte mich plötzlich, wie der Lateinprofessor, nachdem er unseren jämmerlichen Übersetzungen zugehört hatte, uns mit einemmal das Buch aus der Hand nahm und uns laut – lateinisch – vorzulesen begann. Er las es so, als sagte es ihm etwas, während für uns, ganz gleich, wie gut unsere Übersetzungen waren, es immer Latein blieb – und Latein war eine tote Sprache, und die Menschen, die lateinisch geschrieben hatten, waren für uns ebenso tot wie ihre Sprache. Ja, wenn man Arthur Raymonds Interpretationen, ob von Bach, Brahms oder Chopin, lauschte, gab es keine unklaren Stellen mehr zwischen den Passagen. Alles nahm Form, Dimension, lichtvolle Bedeutung an. Es gab keine stumpfen Teile, kein Nachhinken, keine Vorspiele.

Etwas anderes hing noch mit diesem Besuch zusammen, das mir durch den Kopf schoß – *Irma*. Irma war damals seine Frau, und sie war ein sehr niedliches, hübsches, puppenhaftes Geschöpf. Mehr eine Meißner Porzellanfigur als eine Frau. Sofort nachdem ich ihnen vorgestellt worden war, wußte ich, daß etwas zwischen ihnen nicht stimmte. Seine Stimme war zu rauh, seine Gesten waren zu ungestüm: Sie schrak vor ihm zurück, als fürchtete sie, durch eine unachtsame Bewegung in Stücke zerbrochen zu werden. Ich bemerkte, als wir uns die Hände schüttelten, daß ihre Handflächen feucht waren – feucht und heiß. Auch sie war sich dessen bewußt und machte errötend eine Bemerkung über ihre Drüsen, die nicht in Ordnung seien. Aber man fühlte, als sie das sagte, daß der wahre Grund für ihre Unausgeglichenheit Arthur Raymond war und daß sein »Genie« sie aus dem Gleichgewicht geworfen hatte. O'Mara hatte recht, was sie betraf – sie war ganz katzenhaft, ließ sich gerne streicheln und verwöhnen. Und man wußte, daß Arthur Raymond seine Zeit nicht mit solchen Tändeleien vergeudete. Man erkannte, daß er zu denen gehörte, die ohne Umschweife auf ihr Ziel zugehen. Er vergewaltigte sie, hatte ich das Gefühl. Und ich hatte recht. Sie gestand es mir später.

Und dann war da Ed Gavarni. Man konnte aus der Art, wie

Arthur Raymond mit ihm sprach, sofort erkennen, daß er an diese Art von Verehrung gewöhnt war. Alle seine Freunde waren Schmeichler. Zweifellos verabscheute er sie, und doch konnte er die Schmeicheleien nicht entbehren. Seine Mutter hatte ihn schon früh solchen Schmeicheleien ausgeliefert – ihn dadurch beinahe zugrunde gerichtet. Jedes Konzert, das der Knabe gegeben hatte, hatte seine Selbstvertrauen geschwächt. Es waren posthypnotische Darbietungen gewesen, Erfolge, weil seine Mutter es so gewollt hatte. Er haßte sie. Er brauchte eine Frau, die an ihn als Mann, als Mensch – nicht als an einen dressierten Seehund glaubte.

Irma haßte seine Mutter gleichfalls. Das übte eine verhängnisvolle Wirkung auf Arthur Raymond aus. Er empfand es als notwendig, seine Mutter gegen die Angriffe seiner Frau zu verteidigen. Arme Irma! Sie war zwischen zwei Stühle geraten. Und im Grunde war sie nicht ernsthaft an Musik interessiert. Im Grunde war sie an nichts ernsthaft interessiert. Sie war weich, anschmiegsam, liebenswürdig, geschmeidig – ihre einzige Reaktion war ein katzenhaftes Schnurren. Ich glaube nicht, daß sie sich aus Ficken viel machte. Es kam ihr hin und wieder gelegen, wenn sie scharf war, aber im großen und ganzen war es ihr zu direkt, zu brutal, zu demütigend. Wenn man hätte zusammenkommen können wie Tigerlilien, gewiß, dann wäre es vielleicht etwas anderes gewesen. Einander nur leicht berühren, eine sanfte, zarte, liebkosende Art der Umschlingung – das war's, was sie mochte. Es war etwas leicht Ekelerregendes an einem steifen Pint, besonders an tropfendem Sperma. Und die Stellungen, die man einnehmen mußte! Wahrhaftig, manchmal fühlte sie sich durch den Geschlechtsakt richtig entwürdigt. Arthur Raymond hatte einen kurzen, hartnäckigen Schwanz – er war ein Rammler. Bei ihm ging es peng, peng, als hacke er auf einem Fleischbrett herum. Es war vorbei, bevor sie die Möglichkeit hatte, etwas zu fühlen. Kurze, schnelle Stöße, manchmal auf dem Fußboden, irgendwo, wann immer ihn die Lust ankam. Er ließ ihr nicht einmal Zeit, ihre Kleider auszuziehen. Er hob einfach ihren Rock hoch und schob seinen Schwanz hinein. Nein, es war wirklich »schauderhaft«. Das war eines ihrer Lieblingsworte – »schauderhaft«.

O'Mara wiederum benahm sich wie eine geübte Schlange. Er hatte einen langen, gebogenen Penis, der wie ein geölter Blitz hineinschlüpfte und die Tür zur Gebärmutter öffnete. Er verstand es, ihn zu kontrollieren. Aber sie mochte auch seine Art des Verkehrs nicht. Er benutzte seinen Penis, als wäre er ein abnehmbarer Apparat. Es war ihm eine Wonne, über ihr zu stehen, während sie mit gespreizten Beinen danach lechzend im Bett lag, sie zu zwingen, ihn zu bewundern, ihn in den Mund zu nehmen und unter ihre Achselhöhle zu stecken. Er ließ sie fühlen, daß sie ihm – oder vielmehr dem langen, glitschigen Ding zwischen seinen Schenkeln – auf Gnade und Ungnade ausgeliefert war. Er konnte jederzeit einen Steifen bekommen – sozusagen nach Wunsch. Er wurde nicht von der Leidenschaft mitgerissen – seine Leidenschaft war in seinem Schwanz konzentriert. Er konnte auch sehr zärtlich sein, bei all seiner geübten Sachlichkeit, aber irgendwie war es keine Zärtlichkeit, die sie berührte – sie war einstudiert, ein Teil seiner Technik. Er war nicht »romantisch« – wie sie es ausdrückte. Er war zu verdammt stolz auf seine sexuellen Fähigkeiten. Trotzdem konnte sie ihm, da es ein ungewöhnlicher Schwanz, da er lang und ein wenig gebogen war, da er sich endlos zurückhalten und sie beinahe den Verstand verlieren lassen konnte, nicht widerstehen. Er brauchte ihn nur herauszunehmen und ihn ihr in die Hand zu geben – und es war um sie geschehen. Auch war es ekelhaft, daß er manchmal, wenn er ihn herausnahm, nur halb steif war. Sogar dann war er größer, seidiger, schlangenartiger als Arthur Raymonds Schwanz, sogar wenn er in Weißglut war. O'Mara hatte einen launenhaften Schwanz. Er war ein Skorpion. Er war wie ein urzeitliches Geschöpf, das auf der Lauer lag – ein riesiges, geduldiges, kriechendes Reptil, das sich in den Sümpfen verbarg. Er war kalt und fruchtbar. Er lebte nur, um zu ficken, aber er konnte den rechten Augenblick abwarten, konnte notfalls Jahre zwischen den Fickereien verstreichen lassen. Dann, wenn er jemanden hatte, wenn er seine Kiefer über der Betreffenden schloß, verschlang er sie mit Haut und Haaren. So war O'Mara . . .

Ich blickte auf und sah Mona mit tränenüberströmtem Gesicht auf der Schwelle stehen. Arthur Raymond stand hinter ihr, das große, unhandliche Bündel in beiden Händen. Ein breites Grinsen lag auf seinem Gesicht. Er war zufrieden mit sich, schrecklich zufrieden.

Es war nicht meine Art, aufzustehen und eine Schau abzuziehen, besonders nicht in Arthur Raymonds Gegenwart.

»Nun«, sagte Mona, »hast du mir nichts zu sagen? Tut es dir nicht leid?«

»Natürlich tut es ihm leid«, sagte Arthur Raymond, der fürchtete, sie würde wieder davonlaufen.

»Ich habe nicht *dich* gefragt«, fuhr sie ihn an. »Ich habe *ihn* gefragt.«

Ich stand vom Bett auf und ging auf sie zu. Arthur Raymond machte ein Schafsgesicht. Er hätte alles dafür gegeben, an meiner Stelle zu sein – das wußte ich. Als wir uns umarmten, wandte Mona den Kopf und murmelte über ihre Schulter: »Warum läßt du uns nicht allein?« Sein Gesicht wurde rot wie eine Rübe. Er versuchte, eine Entschuldigung zu stammeln, aber es verschlug ihm die Sprache. Als er gegangen war, schloß Mona hinter ihm die Tür. »Dieser Narr!« sagte sie. »Dieser Ort hier ist mir verhaßt!«

Als sie ihren Körper an meinen preßte, fühlte ich in ihr ein Verlangen und eine Verzweiflung neuer Art. Die Trennung, so kurz sie gedauert hatte, war für sie Realität gewesen. Auch war sie darüber erschrocken. Noch nie hatte sie jemand einfach so davongehen lassen. Sie war nicht nur gedemütigt, sie war neugierig geworden.

Es ist interessant zu beobachten, wie sich das Verhalten einer Frau in solchen Situationen wiederholt. Beinahe unabänderlich kommt die Frage: »Warum hast du so was getan?« Oder: »Wie konntest du mich so behandeln?« Wenn es der Mann ist, der spricht, sagt er: »Sprechen wir nicht mehr davon . . . wir wollen es vergessen!« Aber die Frau reagiert, als sei sie in ihren Lebenszentren getroffen worden und würde sich vielleicht nie wieder von dem tödlichen Dolchstoß erholen. Bei ihr basiert alles auf dem rein Persönlichen. Sie spricht ichbetont, aber es ist nicht das Ich, das ihre Vorwürfe hervorbringt – es ist die FRAU. Daß der Mann, den sie liebt, der Mann, mit dem sie sich verbunden hat, der Mann, von dem sie sich ihr eigenes Bild macht, plötzlich aller Fesseln frei sein sollte, erscheint ihr undenkbar. Wenn es sich um eine andere Frau handeln würde, wenn es eine Rivalin gäbe, ja, dann würde sie es vielleicht verstehen. Aber so grundlos die Fesseln abstreifen, so leicht aufgeben – nur wegen eines kleinen weiblichen Kniffs! –, das verwirrt sie. Dann muß alles auf Sand gebaut sein . . . dann gibt es nirgendwo einen festen Halt.

»Du wußtest, daß ich nicht fortbleiben würde, nicht wahr?« sagte sie, halb lächelnd, halb weinend.

Ja oder nein zu antworten bedeutete gleicherweise eine Bloßstellung. So oder so würde es nur zu einer langen Erörterung führen. Also sagte ich: »*Er* glaubte, du würdest zurückkommen. Ich wußte es nicht. Ich dachte, möglicherweise hätte ich dich verloren.«

Die letztere Redewendung beeindruckte sie günstig. »Sie verlieren«, bedeutete, daß sie mir wertvoll war. Es gab auch zu verstehen, daß sie durch ihr freiwilliges Zurückkommen sich zum Geschenk machte, dem kostbarsten Geschenk, das sie mir bieten konnte.

»Wie hätte ich das tun können?« fragte sie leise und sah mich mit einem schmelzenden Blick an. »Ich will nur wissen, daß dir an mir liegt. Ich tue manchmal törichte Dinge. Es ist so, als brauchte ich manchmal Beweise deiner Liebe . . . es ist so töricht.« Sie zog mich fest an sich, schmiegte sich an mich. Im nächsten Augenblick wurde sie leidenschaftlich, ihre Hand machte sich an meinem Hosenschlitz zu schaffen. »Du wolltest doch, daß ich zurückkomme?« murmelte sie, zog meinen Schwengel heraus und legte ihn an ihre warme Mieze. »Sag es doch! Ich will es von dir hören!«

Ich sagte es. Sagte es mit aller Überzeugung, die ich aufbringen konnte.

»Jetzt fick mich!« flüsterte sie, und ihr Mund verzerrte sich heftig. Sie lag quer auf dem Bett, ihren Rock bis zum Hals hochgeschlagen. »Zieh ihn herunter!« bat sie, fieberhaft, unfähig, die Verschlußhaken zu finden. »Ich will, daß du mich fickst, als ob du es noch nie zuvor getan hättest.«

»Wart' einen Augenblick«, sagte ich und zog ihn heraus. »Ich will erst diese verdammten Sachen ausziehen.«

»Schnell, schnell!« bettelte sie. »Steck ihn ganz tief hinein. Du lieber Himmel, Val, ich könnte nie ohne dich auskommen . . . Ja, gut so, gut . . . so ist's recht.« Sie wand sich wie ein Aal. »Ach, Val, du darfst mich nie mehr fortgehen lassen. Fest, halt mich fest! O Gott, mir kommt es . . . halt mich, halt mich fest!« Ich wartete, bis sich der Krampf legte. »Dir ist es nicht gekommen, nicht wahr?« sagte sie. »Laß es noch nicht kommen. Laß ihn drin. Bewege dich nicht.« Ich tat, was sie wollte: Er war fest hineingerammt, und ich konnte die kleinen Seidenflaggen in ihr flattern fühlen wie hungrige Vögel. »Warte einen Augenblick, Lieber . . . Warte noch!« Sie sammelte ihr Kräfte für einen weiteren Ausbruch des Wollustgefühls. Ihre Augen waren geweitet und feucht geworden – entspannt, könnte man sagen. Als der Orgasmus näher kam, verengten sie sich, huschten wild von einem Winkel zum anderen, als suchten sie verzweifelt etwas, worauf sie sich konzentrieren konnten. »Tu es, tu es jetzt«, bat sie heiser. »Besorg es mir!« Wieder zeigte ihr Mund diese wilde Verzerrung, dieses obszöne Lächeln, das mehr als die heftigsten Körperbewegungen den männlichen Orgasmus provoziert. Als ich den heißen Samen in sie entlud, verfiel sie in Zuckungen. Sie war wie eine Trapezkünstlerin, die sich unter der Kuppel fallen läßt, um sich erneut aufzuschwingen. Und wie es bei ihr häufig der Fall war, folgten die Orgasmen einander in schneller Folge. Ich war nahe daran, ihr ins Gesicht zu schlagen, damit sie wieder zu sich kam.

Das nächste war natürlich eine Zigarette. Sie legte sich unter der Decke zurück und inhalierte in tiefen Zügen, als bediene sie sich eines Inhalators.

»Manchmal glaube ich, daß mein Herz versagt . . . ich werde mittendrin sterben.« Sie entspannte sich mit der Gelöstheit eines Panthers, ihre Beine weit auseinander, wie um das Sperma herauslaufen zu lassen. »O Gott«, sagte sie und legte die Hand zwischen ihre Beine, »es läuft noch immer heraus . . . Gib mir ein Handtuch, bitte.«

Als ich mich mit dem Handtuch über sie beugte, schob ich meine Finger in ihre Möse. Ich fühlte sie gerne gleich nach einem Fick. So mietzi-pietzi.

»Tu das nicht«, bat sie matt, »oder ich fange wieder von vorne an.« Während sie das sagte, bewegte sie lasziv ihr Becken. »Nicht zu grob, Val . . . ich bin empfindlich da. So ist's recht.« Sie legte ihre Hand auf mein Handgelenk und hielt sie dort fest und lenkte meine Bewegungen mit geschicktem und leisem Druck ihrer Finger. Schließlich gelang es mir, meine Hand wegzuziehen, und ich preßte schnell meinen Mund auf ihren Spalt. »Das ist wundervoll«, seufzte sie. Sie hatte die Augen geschlossen. Sie fiel in die dunkle Höhlung ihres Ichs zurück.

Wir lagen auf der Seite, sie hatte ihre Beine um meinen Nakken geschlungen. Plötzlich berührten ihre Lippen meinen Pint. Ich spreizte ihre Hinterbacken mit beiden Händen auseinander, ein Auge auf den kleinen braunen Knopf über ihrer Mimi gerichtet. »Das ist ihr Arschloch«, sagte ich zu mir. Es war hübsch anzusehen. So klein, so zusammengeschrumpft, als könnten nur kleine schwarze Schafböhnchen aus ihm herauskommen.

Nachdem wir uns Genüge getan hatten und sanft dösend zwischen den Leintüchern lagen, klopfte es gebieterisch an der Tür. Es war Rebecca. Sie wollte wissen, ob wir fertig waren – sie sei dabei, Tee zu machen, und wollte, daß wir ihnen Gesellschaft leisteten. Ich erwiderte ihr, wir machten noch ein Schläfchen und könnten nicht sagen, wann wir aufstünden.

»Darf ich einen Augenblick hereinkommen?« Damit drückte sie die Tür halb auf.

»Gewiß, komm herein!« sagte ich und zwinkerte ihr mit einem Auge zu.

»O Gott, ihr zwei seid wahrhaftig ein Paar Turteltauben«, sagte sie, wobei sie leise, freundlich und sinnlich in sich hineinlachte. »Kriegt ihr's denn nie über? Ich konnte euch am anderen Ende des Flurs hören. Ihr macht mich eifersüchtig.«

Sie stand neben dem Bett und blickte auf uns herunter. Mona hatte ihre Hand über meinem Schwanz, eine instinktive Geste des Selbstschutzes. Rebeccas Augen schienen auf diesen Punkt konzentriert.

»Hör um Gottes willen auf, mit ihm zu spielen, wenn ich mit dir spreche«, sagte sie.

»Warum läßt du uns nicht allein?« versetzte Mona. »Wir kommen auch nicht in dein Schlafzimmer hineinspaziert. Kann man hier denn nicht ungestört bleiben?«

Rebecca ließ ein herzliches, rauhes Lachen hören. »Unser Zimmer ist nicht so attraktiv wie eueres, das ist der Grund. Ihr seid wie ein Paar Neuvermählte: Ihr versetzt das ganze Haus in einen Fieberzustand.«

»Wir verschwinden hier bald«, erwiderte Mona. »Ich möchte eine eigene Wohnung. Die hier ist mir zu gottverdammt inzestuös. Du lieber Gott, man kann hier nicht einmal menstruieren, ohne daß es jeder erfährt.«

Ich fühlte mich getrieben, etwas Beschwichtigendes zu sagen. Wenn Rebecca aufgebracht war, konnte sie Mona zur Raserei bringen.

»Wir heiraten nächste Woche«, warf ich ein. »Wir ziehen wahrscheinlich nach Brooklyn, an ein ruhiges, friedliches Fleckchen. Dies hier ist ein wenig aus der Welt.«

»Ich verstehe«, sagte Rebecca. »Natürlich, ihr wolltet ja schon heiraten, als ihr hergekommen seid. Ich bin sicher, daß wir euch nicht daran gehindert haben – oder doch?« Sie sprach, als sei sie gekränkt.

Nach ein paar weiteren Worten ging sie. Wir schliefen wieder ein und erwachten spät. Wir waren hungrig wie Wölfe. Als wir auf die Straße kamen, nahmen wir ein Taxi und fuhren zu dem französisch-italienischen Lebensmittelladen. Es war ungefähr zehn Uhr, und das Lokal hinten noch voll. Auf der einen Seite von uns saß ein Polizeileutnant und auf der anderen ein Detektiv. Wir saßen an einem langen Tisch. Mir gegenüber hing an einem Haken eine Pistolentasche mit einer Pistole darin. Links war die offene Küche, wo der große, dicke Bruder des Besitzers das Zepter führte. Er war ein prächtiger, der Sprache nicht mächtiger Bär, der von Fett und Schweiß triefte. Er hatte sie nicht alle, schien es. Wenn wir gut gegessen hatten, lud er uns danach oft zu einem Likör ein. Sein Bruder, der das Essen auftrug und kassierte, war ein völlig anderer Typ? Er war hübsch, freundlich, höflich und sprach leidlich gut englisch. Wenn das Lokal sich leerte, setzte er sich oft zu uns, um zu plaudern. Wir sprachen meistens über Europa, wie anders, wie »zivilisiert«, wie angenehm das Leben dort war. Manchmal kamen wir auf die blonden Frauen in Norditalien, wo er herkam, zu sprechen. Er konnte sie genau beschreiben – die Farbe ihrer Haare und ihrer Augen, die Beschaffenheit ihrer Haut, den schwellenden, sinnlichen Mund, den sie hatten, die wiegende Bewegung der Hüften, wenn sie gingen, und so fort. In Amerika hatte er nie eine Frau wie sie gesehen, beteuerte er. Er sprach von den amerikanischen Frauen mit einem verächtlichen, fast angeekelten Verziehen der Lippen. »Ich weiß nicht, warum Sie hierbleiben, Mr. Miller«, konnte er sagen. »Ihre Frau ist so schön . . . warum gehen Sie nicht nach Italien? Nur für ein paar Monate. Ich sage Ihnen, Sie kommen nie wieder zurück.« Und dann bestellte er noch einen Drink für uns und sagte, wir sollten doch noch ein bißchen dableiben . . . es könnte sein, daß ein Freund von ihm käme . . . ein Sänger von der Metropolitan.

Bald kamen wir ins Gespräch mit einem Mann und einer Frau, die uns gerade gegenübersaßen. Sie waren in aufgekratzter Stimmung und bereits zu Kaffee und Likör übergegangen. Ich entnahm ihren Bemerkungen, daß sie vom Theater waren.

Es war ziemlich schwierig, eine Unterhaltung aufrechtzuerhalten, weil rechts und links von uns die beiden Strolche saßen. Sie hielten uns für Angeber, weil wir über Dinge sprachen, die über ihren Horizont gingen. Alle paar Augenblicke machte der Polizeileutnant eine dumme Bemerkung über »die Bühne«. Der andere, der Detektiv, hatte bereits zuviel getrunken und wurde ausfallend. Mir waren beide widerwärtig, und ich machte auch kein Hehl daraus, indem ich ihre Bemerkungen völlig ignorierte. Schließlich, da sie nicht wußten, was sie sonst tun sollten, begannen sie uns anzupöbeln.

»Wir wollen ins Nebenzimmer umsiedeln«, sagte ich und machte dem Besitzer ein Zeichen. »Können Sie uns einen Tisch dort drinnen geben?« fragte ich.

»Was ist los?« fragte er. »Stimmt etwas nicht?«

»Nein«, sagte ich, »es gefällt uns hier nicht, das ist alles.«

»Sie meinen, *wir* gefallen Ihnen nicht«, schnarrte der Detektiv los.

»Genau«, schnarrte ich zurück.

»Nicht gut genug für Sie, was? Wer zum Teufel glauben Sie denn, daß Sie sind?«

»Ich bin Präsident McKinley – *und Sie*?«

»Ein Schlaukopf, was?« Er wandte sich an den Besitzer. »Sagen Sie, wer ist denn dieser Kerl . . . worauf will er hinaus? Versucht er, sich über mich lustig zu machen?«

»Halten Sie die Klappe!« sagte der Besitzer. »Sie sind betrunken.«

»Betrunken! Wer sagt, daß ich betrunken bin?« Er versuchte sich auf die Beine zu rappeln, fiel aber wieder auf seinen Stuhl zurück.

»Sie verschwinden hier besser . . . Sie machen hier Ärger. Ich will keinen Ärger in meinem Lokal, verstanden?«

»Was habe ich denn um Gottes willen getan?« Er begann sich wie ein gekränktes Kind aufzuführen.

»Ich will nicht, daß Sie meine Gäste vertreiben«, sagte der Besitzer.

»Wer vertreibt Ihre Gäste? Das hier ist ein freies Land. Ich kann reden, wann ich will, oder nicht? Was habe ich gesagt . . . sagen Sie es mir? Ich habe nichts Beleidigendes gesagt. Ich kann auch ein Gentleman sein, wenn ich will . . .«

»Sie werden nie ein Gentleman sein«, sagte der Besitzer. »Los, holen Sie Ihre Sachen, und dann verschwinden Sie hier. Gehen Sie nach Hause, und schlafen Sie sich aus!« Er wandte sich mit einem vielsagenden Blick dem Polizeileutnant zu, wie um zu sagen: »Das ist eigentlich Ihre Aufgabe. Schaffen Sie ihn hinaus.«

Dann nahm er uns beim Arm und führte uns in das andere Zimmer. Der Mann und die Frau, die uns gegenübersaßen, folgten uns. »Ich werde diese Strolche gleich los sein«, sagte er, während er uns zu unseren Plätzen führte. »Es tut mir sehr leid, Mr. Miller. Mit so was muß ich mich herumärgern wegen diesem verdammten Prohibitionsgesetz. In Italien gibt es das nicht. Jedermann kümmert sich dort nur um seine eigenen Angelegenheiten. *Was möchten Sie zu trinken haben?* Warten Sie, ich bringe Ihnen etwas Gutes . . .«

Den Raum, in den er uns geführt hatte, hatte eine Künstlergruppe gemietet – größtenteils Theaterleute, obwohl ein paar Musiker, Bildhauer und Maler darunter waren. Einer von der Gruppe kam zu uns herüber, und nachdem er sich vorgestellt hatte, machte er uns mit den anderen Mitgliedern bekannt. Sie schienen sich zu freuen, uns in ihrer Mitte zu haben. Wir wurden bald aufgefordert, unseren Tisch zu verlassen und uns zu ihnen an den großen Tisch zu gesellen, der beladen war mit Karaffen,

Selterswasserflaschen, Käsesorten, Backwerk, Kaffeekannen und was noch allem.

Der Besitzer kam strahlend zurück. »Hier drin ist es besser, nicht wahr?« sagte er. Er hatte zwei Likörflaschen im Arm. »Warum macht ihr keine Musik?« fragte er und setzte sich an den Tisch. »Arturo, hol deine Gitarre . . . spiel etwas! Vielleicht singt die Dame für euch.«

Bald sangen wir alle – talienische, deutsche, französische, russische Lieder. Der idiotische Bruder, der Küchenchef, brachte eine kalte Platte und Obst und Nüsse herein. Er bewegte sich schwankend im Zimmer umher wie ein beschwipster Bär und brummte, grunzte und lachte in sich hinein. Er hatte nicht eine Spur von Verstand in seiner Birne, aber er war ein wundervoller Koch. Ich glaube nicht, daß er jemals einen Spaziergang machte. Sein ganzes Leben spielte sich in der Küche ab. Er ging nur mit Nahrungsmitteln um – nie mit Geld. Wozu brauchte er Geld? Mit Geld konnte man nicht kochen. Das war das Geschäft seines Bruders, mit Geld zu jonglieren. Er paßte auf, was die Leute aßen und tranken – er kümmerte sich nicht darum, was sein Bruder dafür anrechnete. »War es gut?« war alles, was er wissen wollte. Was man gegessen hatte, davon hatte er nur eine vage Vorstellung. Man hätte ihn leicht betrügen können. Aber niemand tat das jemals. Es war einfacher zu sagen: »Ich habe kein Geld . . . ich werde das nächste Mal zahlen.« – »Freilich, nächstes Mal!« konnte er dann antworten, ohne die leiseste Spur von Besorgnis in seinem verschmierten Gesicht. »Nächstes Mal bringen Sie auch Ihren Freund mit, ja?« Und dann gab er einem einen Schlag auf den Rücken mit seiner behaarten Pranke – einen so schmerzenden, derben Hieb, daß einem die Knochen wie Würfel schlotterten. Ein so gutmütiges Schwein war er – und seine Frau war ein winziges, zerbrechliches kleines Ding mit großen, vertrauensvollen Augen, ein Geschöpf, das keinen Ton von sich gab, das mit großen, traurigen Augen zuhörte.

Er hieß Louis – und der Name paßte sehr gut zu ihm. Der dicke Louis! Und sein Bruder hieß Joe – Joe Sabbatini. Joe behandelte seinen geistesschwachen Bruder ganz so, wie ein Stallbursche sein Lieblingspferd behandeln würde. Er tätschelte ihn liebevoll, wenn er wollte, daß er ein besonders gutes Gericht für einen

Gönner hervorzauberte. Und Louis reagierte darauf mit einem Brummen oder Wiehern, ganz so zufrieden, wie es eine sensible Stute wäre, wenn man ihr seidiges Fell streichelte. Er benahm sich sogar ein wenig kokett, als habe die Berührung seines Bruders einen verborgenen mädchenhaften Instinkt in ihm ausgelöst? Bei all seiner Bärenstärke dachte man nie an Louis' sexuelle Einstellung. Er war ein Neutrum und geschlechtslos. Wenn er überhaupt einen Schwanz hatte, so war es, um Wasser damit zu lassen, nicht mehr. Bei Louis hatte man das Gefühl, daß er, wenn es zum Äußersten käme, seinen Schwanz opfern würde, um ein paar Extrascheiben Wurst daraus zu machen. Er würde lieber seinen Schwanz verlieren, als einem Gast ein mageres Horsd'œuvre anzubieten.

»In Italien ißt man besser als hier«, erklärte Joe Mona und mir. »Besseres Fleisch, besseres Gemüse, besseres Obst. In Italien hat man den ganzen Tag Sonnenschein. Und Musik! Jedermann singt. Hier sieht jedermann traurig aus. Ich verstehe das nicht. Viel Geld, viele Arbeitsmöglichkeiten, aber jedermann traurig. Hier ist kein Land, in dem man leben kann ... hier lebt man nur, um Geld zu machen. Noch weitere zwei, drei Jahre, und ich gehe nach Italien zurück. Ich nehme Louis mit, und wir machen ein kleines Restaurant auf. Nicht wegen des Geldes ... nur um etwas zu tun zu haben. In Italien niemand macht Geld. Jedermann arm. Aber zum Teufel ... entschuldigen Sie, Mr. Miller ... wir haben ein schönes Leben! Viele schöne Frauen ... *viele!* Sie glücklich, eine schöne Frau zu haben. Sie mag Italien, Ihre Frau. Italiener sind sehr gute Leute. Jedermann behandelt einen anständig. Jedermann schließt sofort Freundschaft ...«

In dieser Nacht, im Bett, sprachen wir über Europa. »Wir sollten nach Europa gehen«, sagte Mona.

»Ja, ja, aber wie?«

»Ich weiß es nicht, Val, aber wir werden einen Weg finden.«

»Weißt du auch, wieviel Geld es kostet, nach Europa zu reisen?«

»Das macht nichts. Wenn wir gehen wollen, werden wir das Geld schon irgendwie aufbringen ...«

Wir lagen flach auf dem Rücken, die Hände unter dem Kopf verschränkt, blickten wir in die Dunkelheit – und reisten auf

Teufel komm 'raus. Ich war in den Orient-Expreß nach Bagdad gestiegen. Es war eine mir vertraute Reise, denn ich hatte über diese Fahrt in einem der Bücher von Dos Passos gelesen. Wien, Budapest, Sofia, Belgrad, Athen, Konstantinopel . . . Vielleicht konnten wir, wenn wir so weit kamen, auch nach Timbuktu fahren. Auch über Timbuktu wußte ich eine Menge – aus Büchern. Taormina nicht zu vergessen! Und diesen Friedhof in Stambul, über den Pierre Loti geschrieben hatte. Und Jerusalem . . .

»Woran denkst du jetzt?« fragte ich und gab ihr einen sanften Stoß.

»Ich besuchte meine Verwandten in Rumänien.«

»In Rumänien? Wo in Rumänien?«

»Ich weiß es nicht genau. Irgendwo in den Karpaten.«

»Ich hatte einmal einen Boten, einen verrückten Deutschen, der mir lange Briefe aus den Karpaten schrieb. Er wohnte im Palast der Königin . . .«

»Würdest du nicht gerne auch nach Afrika gehen – Marokko, Algerien, Ägypten?«

»Gerade davon habe ich einen Augenblick zuvor geträumt.«

»Ich wollte schon immer in die Wüste gehen . . . und mich dort verirren.«

»Das ist komisch, das wollte ich auch. Ich bin vernarrt in die Wüste.«

Schweigen. Verirrt in der Wüste . . .

Jemand spricht zu mir. Wir haben ein langes Gespräch geführt. Und ich bin nicht mehr in der Wüste, sondern in der Sixth Avenue unter einer Hochbahnstation. Mein Freund Ulric legt mir die Hand auf die Schulter und lächelt mich beruhigend an. Er wiederholt, was er vor einem Augenblick sagte – daß ich in Europa glücklich sein würde. Er spricht wieder über den Ätna, über Trauben, über Muße, Müßiggang, gutes Essen, Sonnenschein. Er legt ein Samenkorn in mich.

Sechzehn Jahre später schlendere ich an einem Sonntagmorgen, in Begleitung eines gebürtigen Argentiniers und einer französischen Hure vom Montmartre, gemächlich durch eine Kathedrale in Neapel. Ich habe das Gefühl, daß ich endlich eine Kirche gesehen habe, in der ich gerne beten möchte. Sie gehört nicht Gott oder dem Papst, sondern dem italienischen Volk. Es ist ein riesiger, scheunenartiger Bau, im schlechtesten Geschmack mit all dem Plunder ausgestattet, der dem katholischen Herzen teuer ist. Es gibt sehr viel Bodenraum, leere Bodenfläche, meine ich. Leute kommen durch die verschiedenen Portale herein und bewegen sich mit äußerster Freiheit. Man hat immer den Eindruck, sie hätten einen Feiertag. Kinder hüpfen herum wie Lämmer, manche mit kleinen Blumensträußen in der Hand. Die Leute gehen aufeinander zu und begrüßen sich, ganz als ob sie auf der Straße wären. An den Wänden stehen Statuen der Märtyrer in verschiedenen Posituren. Sie riechen nach Leiden. Ich habe den heftigen Wunsch, mit der Hand über den kalten Marmor zu streicheln, wie um sie aufzufordern, nicht zu sehr zu leiden, das ist ungehörig. Als ich mich einer der Statuen nähere, nehme ich aus dem Augenwinkel eine Frau ganz in Schwarz wahr, die vor einem heiligen Gegenstand kniet. Sie ist das Urbild der Frömmigkeit. Aber ich kann nicht umhin zu bemerken, daß sie auch die Besitzerin eines wundervollen Arsches ist – eines musikalischen, möchte ich sagen. (Der Arsch sagt einem alles von einer Frau, ihrem Charakter, ihrem Temperament, ob sie heißblütig oder morbid, heiter oder launisch, zugänglich oder unzugänglich, mütterlich oder vergnügungssüchtig, ob sie wahrheitsliebend oder von Natur verlogen ist.)

Ich war sowohl an diesem Arsch als auch an der Frömmigkeit, in die er gehüllt war, interessiert. Ich schaute so intensiv auf ihn, daß seine Besitzerin sich schließlich umdrehte, die Hände noch im Gebet erhoben, während sich ihre Lippen bewegten, als kaue sie im Schlaf Haferflocken. Sie warf mir einen vorwurfsvollen Blick zu, errötete tief und wandte dann den Blick zurück auf den Gegenstand der Anbetung, der, wie ich jetzt bemerkte, ein Heiliger war, ein betrübter, verkrüppelter Märtyrer, der mit gebrochenem Rücken einen Hügel hinaufzusteigen schien.

Voller Ehrfurcht entfernte ich mich und suchte meine Begleiter. Das Treiben der Menschenmenge in der Kirche erinnerte mich an die Halle des Hotels Astor – und an die Bilder von Uccello (diese faszinierende Welt der Perspektive!). Es erinnerte mich auch an den Londoner Caledonian Market mit seinem vielfältigen Durcheinander von Trödelwaren. Und es erinnerte mich noch an vieles, ja an alles, nur nicht daran, daß ich mich in einem

Gotteshaus befand. Ich war darauf gefaßt, Malvolio oder Mercutio hier zu begegnen. Ich erblickte einen Mann, offensichtlich einen Barbier, der mich lebhaft an Werner Krauß in ›*Othello*‹ erinnerte. Ich erkannte auch einen Drehorgelspieler aus New York wieder, dem ich einmal bis zu seiner Höhle hinter dem Rathaus gefolgt war.

Vor allem war ich fasziniert von den majestätischen gorgonenhaften Köpfen der alten Männer von Neapel. Sie schienen geradewegs aus der Renaissance aufzutauchen: große, tödliche Kohlköpfe mit glühenden Kohlen in der Stirn. Wie die Urizens aus William Blakes Phantasiewelt. Sie, diese beseelten Köpfe, gingen herablassend umher, als beschirmten sie die ruchlosen Mysterien der weltlichen Kirche und ihres Auswurfs purpurbekleideter Zuhälter.

Ich fühlte mich in hohem Maße zu Hause. Es war ein Bazar, der Hand und Fuß hatte. Er war opernhaft, quecksilbrig, auffrisiert. Das Gemurmel am Altar war diskret und elegant, so etwas wie eine verschleierte Boudoiratmosphäre, in der der Priester, unterstützt von seinen kastrierten Mesnerknaben, seine Socken in Weihwasser wusch. Hinter den prächtigen Chorröcken waren kleine Gittertüren, wie sie die Quacksalber bei ihren volkstümlichen Straßenvorführungen in mittelalterlichen Zeiten benutzten. Alles konnte aus diesen geheimnisvollen kleinen Türen auf einen zukommen. Hier war der Altar der geistigen Verwirrung, geschmückt und verziert mit Spielereien, nach Schminke, Weihrauch, Schweiß und Verfall riechend. Es war wie der letzte Akt einer knallbunten Komödie, eines banalen Theaterstücks, das von der Prostitution handelte und mit den vorbeugenden Schutzmaßnahmen endete. Die handelnden Personen flößten Rührung und Mitgefühl ein – sie waren keine Sünder, sondern Vaganten. Zweitausend Jahre des Betrugs und Schwindels gipfelten in dieser Vorstellung. Es war alles Schnickschnack und Tuttifrutti, ein obszöner, bunter Karneval, bei dem der Erlöser, aus gebranntem Gips gemacht, das Äußere eines Eunuchen im Unterrock annahm. Die Frauen beteten um Kinder und die Männer um Nahrung, um die hungrigen Münder zu stopfen. Draußen auf dem Bürgersteig waren Haufen von Gemüse, Früchten, Blumen und Süßigkeiten aufgetürmt. Die Barbierläden waren weit offen, und kleine Jungen, den Schöpfungen von Fra Angelico ähnlich, standen mit großen Fächern da und vertrieben die Fliegen. Eine schöne Stadt, lebendig in jedem ihrer Glieder und in Sonnenschein gebadet. Im Hintergrund der Vesuv – ein schläfriger Kegel, der eine träge Rauchspirale entläßt. Ich war in Italien – dessen war ich sicher. Es war ganz so, wie ich erwartet hatte. Und dann plötzlich wurde ich mir bewußt, daß *sie* nicht bei mir war, und einen Augenblick lang wurde ich traurig. Dann fragte ich mich . . . fragte mich nach dem Samen und seiner Frucht. Denn in jener Nacht, als wir nach Europa hungernd zu Bett gingen, wurde etwas in mir lebendig. Jahre waren vergangen . . . kurze, schreckliche Jahre, in denen jeder Same, der zum Leben erwacht war, zu Brei zerstampft wurde. Unser Rhythmus hatte sich beschleunigt – ihrer in einer physischen, meiner in einer subtileren Art. *Sie* machte fieberhafte Sprünge, sogar ihr Gang veränderte sich zu dem großen, weiten Schritt einer Antilope. *Ich* schien stillzustehen, keinen Fortschritt zu machen, sondern mich zu drehen wie ein Kreisel. *Sie* hatte ihre Augen auf das Ziel gerichtet, aber je flinker sie sich bewegte, desto ferner rückte das Ziel. *Ich* wußte, daß ich das Ziel nie auf diese Weise erreichen konnte. Meinen Körper bewegte ich gehorsam, aber immer mit einem wachsamen Auge auf den Samen darin gerichtet. Wenn ich ausglitt und hinfiel, tat ich das immer sanft wie eine Katze oder eine Schwangere, immer achtsam auf das, was in mir wuchs. Europa, Europa . . . es war stets in mir, sogar wenn wir stritten, einander anschrien wie Wahnsinnige. Wie ein Besessener brachte ich jedes Gespräch auf das Thema, das allein mich interessierte: *Europa*. Nachts, wenn wir durch die Stadt streiften und wie verwilderte Katzen Nahrungsreste suchten, waren die Städte und die Menschen Europas in meinen Gedanken. Ich war wie ein von der Freiheit träumender Sklave, dessen ganzes Ich nur von einem Gedanken erfüllt ist: der Flucht. Niemand hätte mich damals überzeugen können, daß ich, wenn mir die Wahl zwischen ihr und meinem Traum von Europa geboten wurde, letzteres wählen würde. *Damals* wäre es mir äußerst phantastisch erschienen, anzunehmen, daß sie selbst es war, die mir diese Wahl ließ. Und vielleicht noch phantastischer, daß ich an dem Tag, an dem ich mich nach Europa einschiffte, meinen

Freund Ulric um zehn Dollar würde bitten müssen, damit ich etwas in der Tasche hatte, wenn ich meinen geliebten europäischen Boden betrat.

Dieser halb lautgewordene Traum in der Dunkelheit, jene Nacht allein in der Wüste, die mich beruhigende Stimme Ulrics, die unter dem Mond hochragenden Karpaten, Timbuktu, die Kamelglöckchen, der Geruch nach Leder und trockenem, verbranntem Dung (»An was denkst du« – »Ich auch!«), das gespannte, reich angefüllte Schweigen, die kahle, tote Hauswand gegenüber, die Tatsache, daß Arthur Raymond schlief, daß er am Morgen seine Übungen immer und ewig fortsetzen würde, aber daß ich mich geändert hatte, daß es Auswege, Hintertürchen – wenn auch nur in der Phantasie – gab, all das wirkte wie ein Gärstoff und aktivierte die vor mir liegenden Tage, Monate und Jahre. Es aktivierte meine Liebe zu ihr. Es ließ mich glauben, daß alles, was ich nicht allein fertigbringen konnte, ich mit ihr fertigzubringen vermöchte – für sie, durch sie, ihr zuliebe. Sie wurde der Wasserspender, der Dünger, das Treibhaus, der Packesel, der Pfadfinder, der Geldverdiener, das Gyroskop, das zusätzliche Vitamin, der Flammenwerfer, der Draufgänger.

Von diesem Tage an liefen die Dinge wie geschmiert. Heiraten? Natürlich, warum nicht? Sofort. Hast du das Geld für die amtliche Eintragung? Nein, aber ich werde es borgen. Gut. Dann treffe ich dich an der Ecke . . .

Wir sind im Hudson-Tunnel unterwegs nach Hoboken. Wollen dort heiraten. Warum Hoboken? Ich erinnere mich nicht. Vielleicht um zu verbergen, daß ich schon einmal verheiratet war, vielleicht war die gesetzliche Wartezeit noch nicht abgelaufen. Jedenfalls Hoboken.

In der Untergrund haben wir ein kleines Zerwürfnis. Dieselbe alte Geschichte – sie ist sich nicht sicher, daß ich sie heiraten will. Glaubt, daß ich es nur ihr zu Gefallen tue.

Eine Station vor Hoboken springt sie aus dem Zug. Ich springe auch heraus und laufe ihr nach.

»Was ist los mit dir – bist du verrückt?«

»Du liebst mich nicht. Ich werde dich nicht heiraten.«

»Doch, das wirst du tun, bei Gott!«

Ich halte sie fest und ziehe sie zurück zum Rand des Bahnsteigs. Als der nächste Zug einfährt, lege ich die Arme um sie und umarme sie.

»Bist du sicher, Val? Bist du ganz sicher, daß du mich heiraten willst?«

Ich küsse sie noch einmal. »Komm, hör auf damit! Du weißt verdammt gut, daß wir heiraten werden.« Wir steigen ein.

Hoboken . . . Ein trauriger, trostloser Ort. Eine mir fremdere Stadt als Peking oder Lhasa. Wir suchen das Standesamt. Suchen zwei Stromer als Trauzeugen.

Die Zeremonie. Ihr Name? Und *Ihr* Name? Und *sein* Name? Und so weiter. Wie lange kennen Sie diesen Mann? Und dieser Mann ist ein Freund von Ihnen? Ja, Sir. Wo haben Sie ihn aufgelesen – in der Abfalltonne? Okay. Unterschreiben Sie hier. Peng, peng! Heben Sie ihre rechte Hand! *Ich schwöre feierlich* usw. usw. Verheiratet. Fünf Dollar, bitte. Küssen Sie die Braut. *Der nächste, bitte . . .*

Alles glücklich?

Ich möchte ausspucken.

Im Zug . . . Ich nehme ihre Hand in die meine. Wir sind beide deprimiert, gedemütigt. »Es tut mir leid, Mona . . . wir hätten es nicht auf diese Weise machen sollen.«

»Es ist schon gut, Val.« Sie ist jetzt sehr still. So als ob wir gerade jemanden beerdigt hätten.

»Aber es ist nicht gut, verdammt noch mal! Ich bin ärgerlich. Bin empört. Das ist keine Art zu heiraten. Ich werde nie . . .«

Ich hielt inne. Sie sah mich mit einem erschrockenen Gesichtsausdruck an.

»Was wolltest du sagen?«

Ich log. Ich sagte: »Ich werde mir nie verzeihen, es so gemacht zu haben.«

Ich verstummte. Ihr Lippen zitterten.

»Ich will noch nicht gleich nach Hause«, sagte sie.

»Ich auch nicht.«

Schweigen.

»Ich werde Ulric anrufen«, sagte ich. »Wir wollen mit ihm zum Essen gehen, ja?«

»Ja«, erwiderte sie, fast demütig.

Wir gingen zusammen in eine Telefonkabine, um Ulric anzurufen. Ich hatte den Arm um sie gelegt. »Nun bist du Mrs. Miller«, sagte ich. »Wie ist dir dabei zumute?«

Sie begann zu weinen. »Hallo, hallo, bist du's, Ulric?«

»Nein, ich bin's, Ned.«

Ulric war nicht da – war irgendwohin gefahren.

»Hör zu, Ned, wir haben gerade geheiratet.«

»Wer hat geheiratet?« fragte er.

»Mona und ich natürlich . . . was hast du gedacht?«

Er versuchte es ins Scherzhafte zu ziehen, so als wolle er sagen, er könnte nicht sicher sein, wen ich heiraten würde.

»Hör zu, Ned, es ist mir Ernst. Vielleicht bist du noch nie verheiratet gewesen. Wir sind deprimiert. Mona weint, ich bin selbst den Tränen nahe. Können wir hinkommen, für eine kleine Weile bei euch hereinschauen? Wir fühlen uns einsam. Vielleicht machst du uns einen Drink zurecht, ja?«

Ned lachte wieder. Natürlich sollten wir kommen – sofort. Er erwartete diese Schnalle, Marcelle. Aber das machte nichts. Er wurde ihrer überdrüssig. Sie war zu gut zu ihm. Er fickte sich mit ihr noch zu Tode. Ja, kommt jetzt gleich . . . wir wollen alle unsere Kümmernisse ertränken.

»Schön, mach dir keine Sorgen, Ned wird etwas Geld haben. Wir werden ihn dazu bringen, uns zum Essen auszuführen. Ich glaube, niemand denkt daran, uns ein Hochzeitsgeschenk zu machen. Das ist das Schlimme daran, wenn man auf so wenig feierliche Art heiratet. Weißt du, als Maude und ich heirateten, versetzten wir einige Hochzeitsgeschenke gleich am nächsten Tag. Holten sie auch nie mehr zurück. Wir wollten keinen Haufen Bestecke aus Sterlingsilber haben, nicht wahr?«

»Bitte, sprich nicht so, Val.«

»Verzeih. Ich glaube, ich bin heute ein wenig durchgedreht. Diese Feier hat mich enttäuscht. Ich hätte diesen Kerl umbringen können.«

»Val, hör auf, ich bitte dich!«

»Schön, wir wollen nicht mehr davon sprechen. Komm, laß uns jetzt lustig sein. Wir wollen lachen . . .«

Ned hatte ein herzliches Lächeln. Ich hatte Ned gern. Er war ein schwacher Mensch. Schwach und liebenswert. Im Grunde selbstsüchtig. Sehr selbstsüchtig. Deshalb fand er auch niemanden zum Heiraten. Er hatte auch Talent, viel Talent, aber kein Genie, keine tragenden Kräfte. Er war ein Künstler, der nie sein Medium gefunden hatte. Sein bestes Medium war der Alkohol. Wenn er trank, wurde er überschwenglich. Seinem Aussehen nach erinnerte er einen an John Barrymore in seinen besseren Tagen. Er spielte die Rolle eines Don Juan, besonders in einem Anzug von Finchley, mit einer Ascot-Krawatte um den Hals. Beim Sprechen eine hübsche Stimme. Tiefer Bariton voll bezaubernder Modulationen. Alles, was er sagte, klang angenehm und bedeutungsvoll, obwohl er nie ein Wort sagte, das des Erinnerns wert war. Aber beim Sprechen schien er einen mit der Zunge zu liebkosen. Wie ein glücklicher Hund leckte er einen überall ab.

»Nun, nun«, sagte er, wobei er übers ganze Gesicht grinste und bereits halb beschwipst war, wie ich sehen konnte. »Ihr seid also hingegangen und habt euch trauen lassen? Na schön, kommt herein. Hallo Mona, wie geht's? Gratuliere! Marcelle ist noch nicht da. Ich hoffe, sie kommt nicht. Ich fühle mich heute nicht allzusehr in Form.«

Er grinste noch immer, als er sich in dem großen Thronsessel in der Nähe der Staffelei niederließ.

»Ulric wird sicher bedauern, daß er das versäumt hat«, meinte er. »Möchtest du einen Scotch oder lieber Gin?«

»Gin.«

»Jetzt erzählt mir alles. Wann ist es passiert . . . gerade jetzt? Warum habt ihr es mich nicht wissen lassen . . . ich hätte den Trauzeugen für euch machen können . . .« Er wandte sich an Mona: »Du bist doch nicht schwanger, oder?«

»Du lieber Himmel, laßt uns von was anderem sprechen«, erwiderte Mona. »Ich schwöre, daß ich nie wieder heiraten werde . . . es ist schrecklich.«

»Paß auf, Ned, bevor du betrunken bist, sag' mir etwas . . . wieviel Geld hast du bei dir?«

Er fischte sechs Cent heraus. »Oh, das geht in Ordnung«, sagte er. »Marcell wird etwas haben.«

»Falls sie kommt.«

»Oh, sie wird bestimmt kommen, mach' dir keine Sorgen. Das ist das Teuflische daran. Ich weiß nicht, was schlimmer ist – pleite zu sein oder Marcelle auf dem Hals zu haben.«

»Ich dachte, sie sei gar nicht so übel«, sagte ich.

»Nein, das ist sie auch nicht«, sagte Ned. »Sie ist ein verdammt nettes Mädchen. Aber sie ist zu zärtlich. Sie klammert sich an einen. Weißt du, ich bin nicht fürs Eheglück geschaffen. Ich bekomme dasselbe Gesicht satt, selbst wenn es eine Madonna ist. Ich bin unbeständig. Und sie ist treu. Sie pulvert mich die ganze Zeit auf. Ich will nicht aufgepulvert werden – jedenfalls nicht dauernd.«

»Du weißt nicht, was du willst«, warf Mona ein. »Du weißt nicht, wann es dir gutgeht.«

»Da hast du vielleicht recht«, sagte Ned. »Ulric geht's genauso. Vermutlich sind wir Masochisten.« Er grinste. Er schämte sich ein wenig, ein solches Wort so prompt zu gebrauchen. Es war ein intellektuelles Wort, und Ned hatte nichts übrig für intellektuelle Dinge.

Es läutete an der Tür. Es war Marcelle. Ich hörte, wie sie ihm einen schmatzenden Kuß gab.

»Du kennst Henry und Mona, nicht wahr?«

»Aber gewiß«, sagte Marcelle aufgekratzt. »Ich überraschte dich einmal mit heruntergelassenen Hosen . . . erinnerst du dich? Es scheint lange her zu sein.«

»Rate mal, was die beiden getan haben«, sagte Ned. »Sie haben geheiratet . . . Ja-a, gerade eben . . . in Hoboken.«

»Das ist ja wundervoll!« sagte Marcelle. Sie ging zu Mona hin und küßte sie. Sie küßte auch mich.

»Sehen sie nicht traurig aus?« fragte Ned.

»Nein«, sagte Marcelle, »Ich finde nicht, daß sie traurig aussehen. Warum sollten sie auch?«

Ned schenkte ihr ein Glas ein. Als er es ihr reichte, sagte er: »Hast du etwas Geld bei dir?«

»Freilich hab' ich das. Warum? Brauchst du welches?«

»Nein, aber *sie* brauchen ein wenig Geld. Sie sind pleite.«

»Das tut mir aber leid«, meinte Marcelle. »Natürlich habe ich Geld. Was soll ich euch geben – zehn, zwanzig? Aber natürlich. Und ihr braucht es nicht zurückzuzahlen – es ist ein Hochzeitsgeschenk von mir.«

Mona ging zu ihr hin und ergriff ihre Hand. »Das ist schrecklich nett von dir, Marcelle. Danke dir.«

»Dann führen wir *euch* zum Essen aus«, sagte ich in dem Versuch, mich zu revanchieren.

»Nein, das tut ihr nicht«, sagte Marcelle. »Wir werden hier ein Abendessen herrichten. Setzen wir uns, und machen wir es uns gemütlich. Ich halte nichts vom Ausgehen, um zu feiern ... Wirklich, ich bin sehr glücklich. Ich sehe gerne Leute sich verheiraten – und verheiratet bleiben. Vielleicht bin ich altmodisch, aber ich glaube an die Liebe. Ich möchte mein ganzes Leben verliebt sein.«

»Marcelle«, sagte ich, »wo zum Teufel stammst du her?«

»Aus Utah. Warum?«

»Ich weiß nicht, aber ich kann dich gut leiden. Du hast so eine erfrischende Art. Mir gefällt auch, wie du das Geld gibst.«

»Du machst dich über mich lustig.«

»Nein, das tu ich nicht. Es ist mir Ernst. Du bist ein gutes Mädchen. Du bist zu gut für diesen Strolch hier. Warum heiratest du ihn nicht? Los, tu's doch! Er bekäme einen tödlichen Schrecken, aber es täte ihm vielleicht recht gut.«

»Hörst du das?« gluckste sie, an Ned gewandt. »Habe ich dir das nicht die ganze Zeit gesagt? Du bist faul, das ist's. Du weißt gar nicht, was für ein Prachtstück ich bin.«

An diesem Punkt bekam Mona einen Lachanfall. Sie lachte, daß ihr die Tränen kamen. »Ich kann nichts dafür«, sagte sie. »Es ist zu komisch.«

»Du bist noch nicht betrunken, nicht wahr?« sagte Ned.

»Nein, das ist es nicht«, sagte ich. »Sie entspannt sich. Es ist einfach eine Reaktion. Wir haben es zu lange hinausgeschoben, daran liegt es. Ist es nicht so, Mona?«

Wieder schallendes Gelächter.

»Außerdem«, fügte ich hinzu, »wird sie immer verlegen, wenn ich Geld pumpe. Habe ich nicht recht, Mona?«

Keine Antwort – nur eine neue Lachsalve.

Marcelle ging zu ihr hin und sprach mit leiser, beruhigender Stimme auf sie ein. »Überlaßt sie mir«, sagte sie. »Ihr zwei betrinkt euch. Wir wollen fortgehen und was zum Essen holen, nicht wahr, Mona?«

»Was hat sie so hysterisch gemacht?« meinte Ned, nachdem die beiden gegangen waren.

»Was weiß ich«, erwiderte ich. »Sie ist nicht ans Heiraten gewöhnt, nehme ich an.«

»Hör mal«, sagte Ned. »Was hat dich eigentlich veranlaßt, das zu tun? War es nicht ein wenig übereilt?«

»Setz dich her«, antwortete ich. »Ich möchte mit dir reden. Du bist doch nicht zu betrunken, um mir zu folgen, nicht wahr?«

»Du willst mir doch keinen Vortrag halten?« sagte er und machte ein etwas belämmertes Gesicht.

»Ich werde ein offenes Wort mit dir reden. Nun hör mich an ... Wir haben gerade geheiratet, stimmt's? Du glaubst, das sei ein Fehler gewesen, was? Laß mich dir sagen, ich habe nie etwas Besseres in meinem Leben getan. Ich liebe sie. Ich liebe sie so sehr, daß ich alles tue, worum sie mich bittet. Wenn sie mich bitten würde, dir den Hals abzuschneiden ... wenn ich glaubte, daß das sie glücklich macht ... würde ich es tun. *Warum sie so hysterisch lachte?* Du bist bescheuert, du armer Kerl, ich weiß nicht, was mit dir los ist. Du hast kein *Gefühl* mehr. Du versuchst nur, dich zu schützen. Ich will mich aber nicht schützen. Ich will nur närrische Dinge tun – kleine, gewöhnliche Dinge, alles und jedes, was eine Frau glücklich macht. Kannst du das verstehen? Du – und auch Ulric –, ihr habt meine Liebe für einen Witz gehalten. Henry wird nie wieder heiraten ... O nein! Nur blinde Verliebtheit. Das würde sich mit der Zeit geben. So habt ihr das gesehen. Nun, ihr habt euch geirrt. Was ich für sie empfinde, ist so verdammt groß, daß ich nicht weiß, wie ich es ausdrücken soll. Sie ist jetzt draußen auf der Straße, Mona. Sie könnte von einem Lastwagen überfahren werden. Alles könnte passieren. Ich zittere, wenn ich mir ausmale, was für ein Schlag es für mich wäre, zu hören, daß ihr etwas zugestoßen sei. Ich glaube, ich würde rasend werden, einfach den Verstand verlieren. Ich würde dich auf der Stelle umbringen, das wäre das erste, was ich täte ... Du weißt nicht, was es heißt, so zu lieben. Du denkst nur an dasselbe Gesicht jeden Tag beim Frühstück. Ich denke, wie wundervoll ihr Gesicht ist, wie es sich jede Minute wandelt. Nie sehe ich sie zweimal in derselben Weise. Ich sehe nur unendliche Hingabe. Das ist ein gutes Wort für dich: *Hingabe*. Ich möchte wetten, du hast es noch nie gebraucht. Ich sage es noch einmal: *Hingabe!* Du lieber Himmel, es ist wundervoll, das zu sagen. Ich liebe sie mit Hingabe und lege mich ihr zu Füßen. Ich vergöttere sie. Ich spreche meine Gebete zu ihr. Ich bete sie an ... Wie gefällt dir das? Du hast nie geglaubt, als ich sie das erste Mal hierherbrachte, daß ich eines Tages so sprechen würde. Ich habe euch jedoch beide darauf vorbereitet. Ich sagte euch, daß etwas geschehen sei. Ihr habt nur gelacht. Ihr habt geglaubt, daß ihr es besser wißt. Nun, ihr wißt nichts, keiner von euch beiden. Ihr wißt nicht, wer ich bin oder wo ich herkomme. Ihr seht nur, was ich euch zeige. Ihr schaut nie in mein Herz. Lache ich, dann glaubt ihr, ich sei fröhlich. Ihr wißt nicht, daß ich, wenn ich so herzlich lache, manchmal am Rand der Verzweiflung bin. Wenigstens war es so. Jetzt nicht mehr. Wenn ich jetzt lache, dann lache ich wirklich – und weine nicht innerlich und lache nach außen hin. Ich bin wieder der alte. Ganz aus einem Stück. Ein liebender Mensch. Ein Mann, der aus eigenem, freiem Willen geheiratet hat. Ein Mann, der nie zuvor wirklich verheiratet war. Ein Mann, der Frauen, aber nicht die Liebe kannte ... Nun will ich für dich singen. Oder rezitieren, wenn du willst. *Was willst du?* Sag's mir, und ich tu's ... Hör zu, wenn sie zurückkommt – und bei Gott, nur zu wissen, daß sie wirklich zurückkommen wird und nicht einfach durch diese Tür hinausgegangen und verschwunden ist –, wenn sie zurückkommt, will ich, daß du fröhlich bist ... Ich will, daß du ganz *natürlich* fröhlich bist. Sage ihr nette Dinge ... gute Dinge ... Dinge, die du meinst ... Dinge, die zu sagen dir gewöhnlich schwerfällt. Versprich ihr Dinge. Sag ihr, daß du ihr ein Hochzeitsgeschenk kaufen wirst. Sag ihr, du würdest hoffen, daß sie Kinder bekommt. Lüge sie an, wenn du mußt. Aber mache sie glücklich. Laß sie nicht wieder so lachen, hörst du? Ich will sie nicht wieder so lachen hören ... *nie wieder*! *Du* lachst, du Schuft! Spiel den Clown, spiel den Idioten. Aber laß sie glauben, daß du findest, alles sei fein so ... fein und wunderbar ... und daß es immer so bleiben wird ...«

Ich machte eine kleine Atempause und trank noch einen Schluck Gin.

Ned beobachtete mich mit weit offenem Mund.

»Fahr fort!« sagte er. »Sprich weiter!«

»Es gefällt dir, was?«

»Es ist wunderbar«, erwiderte er. »Das ist echte Leidenschaft.

Ich würde alles dafür geben, wenn ich mich so erregen könnte ... Mach weiter, sag irgend etwas, was du willst. Hab' keine Angst, daß du meine Gefühle verletzen könntest. Ich bin niemand ...«

»Um Gottes willen, sprich nicht so – du nimmst mir den Schwung. Ich spiele kein Theater ... ich meine es ernst.«

»Das weiß ich, darum sage ich ja: *Mach weiter*! Die Leute reden heutzutage nicht mehr so ... jedenfalls nicht die Leute, die ich kenne.«

Er stand auf, hakte sich bei mir unter und lächelte mich mit seinem charmanten Scheinwerferlächeln an. Seine Augen waren groß und feucht, die Lider waren wie angeschlagene Untertassen. Es war erstaunlich, welche Illusion von Herzlichkeit und Verständnis er in einem wachrufen konnte. Ich fragte mich einen Augenblick, ob ich ihn unterschätzt hatte. Man sollte niemanden verächtlich behandeln oder zurückweisen, der einem auch nur die Illusion eines Gefühls vermittelt. Wie konnte ich sagen, welche Anstrengungen er gemacht hatte und vielleicht noch machte, um sich zur Oberfläche emporzuarbeiten? Welches Recht hatte ich, ihn – oder irgend jemanden – zu verurteilen? Wenn Menschen dich anlächeln, deinen Arm nehmen, eine Wärme ausstrahlen, muß etwas in ihnen vorhanden sein, was reagiert. Niemand ist vollständig tot.

»Kümmere dich nicht darum, was ich denke«, sagte er mit dieser volltönenden, pastoralen Stimme. »Ich wollte nur, Ulric wäre hier, er würde es sogar noch mehr zu schätzen wissen als ich.«

»Um Himmels willen, sag' das nicht, Ned! Man will keine Anerkennung, man will einen Widerhall. Um dir die Wahrheit zu sagen, ich weiß nicht, was ich von dir oder sonst jemandem wirklich will. Ich will mehr, als ich bekomme, das ist alles, was ich weiß. Ich will, daß du aus deiner Haut heraustrittst. Ich will, daß jedermann sich auszieht, nicht nur bis auf die Haut, sondern bis zur Seele. Manchmal werde ich so begierig, so habsüchtig, daß ich Menschen auffressen könnte. Ich kann nicht warten, bis sie mir Dinge erzählen ... wie sie fühlen ... was sie wollen ... und so fort. Ich will sie lebendig zerkauen ... selbst alles herausfinden, schnell, alles auf einmal. Paß auf ...«

Ich nahm eine Zeichnung von Ulric, die auf dem Tisch lag, in die Hand. »Siehst du das? Nun, angenommen, ich würde sie aufessen?« Ich begann das Papier zu zerkauen.

»Um Himmels willen, Henry, tu das nicht! Er hat die letzten drei Tage daran gearbeitet. Es ist eine Auftragsarbeit.« Er riß mir die Zeichnung aus der Hand.

»Na schön«, sagte ich. »Dann gib mir was anderes. Gib mir eine Jacke ... irgendwas. Da, gib mir deine Hand!« Ich packte seine Hand und hob sie an den Mund. Er zog sie heftig weg.

»Du schnappst über«, sagte er. »Immer mit der Ruhe! Die Mädchen werden bald zurückkommen ... dann kannst du was Richtiges essen.«

»Ich esse alles«, sagte ich. »Ich bin nicht hungrig, ich bin exaltiert. Ich will dir nur zeigen, was ich empfinde. *Geht es dir nie so?*«

»Ich möchte behaupten nein«, erwiderte er, wobei er einen Fangzahn entblößte. »Du meine Güte, wenn es so schlimm mit mir werden sollte, ginge ich zu einem Arzt. Ich würde glauben, ich hätte Delirium tremens oder so was. Du würdest besser dieses Glas hinstellen ... du verträgst diesen Gin nicht.«

»Du glaubst, es ist der Gin? Also gut, ich werfe dieses Glas weg.« Ich ging zum Fenster und warf es in den Hof hinaus. »Da, nun gib mir ein Glas Wasser. Bring einen *Krug* Wasser herein. Ich werde es dir zeigen ... Du hast noch nie jemanden von Wasser betrunken werden sehen, was? Schön, schau mir zu ... Jetzt, bevor ich vom Wasser betrunken werde«, fuhr ich fort, indem ich ihm ins Badezimmer folgte, »will ich, daß du den Unterschied zwischen Exaltiertheit und Betrunkensein beobachtest. Die Mädchen werden bald zurück sein. Bis dahin bin ich betrunken. Paß auf! Schau, was geschieht.«

»Da kannst du Gift drauf nehmen, daß ich das tun werde«, meinte er. »Wenn ich lernen könnte, wie man von Wasser betrunken wird, würde mir das viel Kopfschmerzen ersparen. Da, nimm dieses Glas. Ich hole den Krug.«

Ich nahm das Glas und leerte es auf einen Zug. Als er zurückkam, leerte ich ein anderes in gleicher Weise. Er schaute zu, als sei ich ein Zirkusclown.

»Nach fünf oder sechs davon wirst du anfangen, die Wirkung zu bemerken«, sagte ich.

»Bist du sicher, daß du nicht ein winziges Tröpfchen Gin darin haben willst? Ich werde dich nicht der Mogelei beschuldigen. Wasser ist so verdammt schal und geschmacklos.«

»Wasser ist das Lebenselixier, mein lieber Ned. Wenn ich die Welt regieren würde, setzte ich die schöpferischen Menschen auf eine Diät von Wasser und Brot. Den Dummköpfen gäbe ich alles an Essen und Trinken, was sie haben wollten. Ich würde sie vergiften, indem ich ihre Wünsche befriedigte. Essen ist Gift für den Geist. Essen stillt nicht den Hunger, auch nicht Trinken den Durst. Nahrung, sexuelle oder andere, stillt nur den Appetit. Hunger ist etwas anderes. Niemand kann den Hunger stillen. Hunger ist das Barometer der Seele. Ekstase ist die Norm. Ausgeglichenheit ist Freiheit von den Wetterbedingungen – das beständige Klima der Stratosphäre. Dahin steuern wir alle . . . der Stratosphäre zu. Ich bin bereits ein bißchen betrunken, merkst du das? Denn wenn man an Ausgeglichenheit denkt, bedeutet das, daß man den Zenit der Exaltiertheit schon überschritten hat. Eine Minute nach zwölf Uhr mittags beginnt die Nacht, sagen die Chinesen. Aber am Zenit oder Nadir stehst du ein paar Augenblicke stockstill. An den zwei Polen gibt Gott dir die Möglichkeit, dich dem Räderwerk zu entziehen. Am Nadir, der physischer Rausch ist, hast du das Privileg, verrückt zu werden – oder Selbstmord zu begehen. Am Zenit, der ein Zustand der Ekstase ist, kannst du dich erfüllt der Ausgeglichenheit und Seligkeit überlassen. Es ist jetzt etwa zehn Minuten nach zwölf auf der geistigen Uhr. Die Nacht ist angebrochen. Ich bin nicht mehr hungrig. Ich habe nur noch ein wahnsinniges Verlangen, glücklich zu sein. Das heißt, ich möchte meine Trunkenheit mit dir und jedermann teilen. Das ist Gefühlsduselei. Wenn ich den Krug Wasser austrinke, werde ich glauben, daß jeder so gut ist wie der andere: Ich werde allen Sinn für die Werte verlieren. Das ist der einzige Weg, den wir haben, um zu wissen, wie man glücklich ist – um zu glauben, daß wir gleich sind. Das ist der Irrglauben der Armen im Geiste. Es ist wie das mit elektrischen Ventilatoren und Stromlinienmöbeln ausgestattete Fegefeuer. Es ist die Karikatur von Fröhlichkeit. Freude verlangt Einheit, Glück verlangt Mehrheit.«

»Hast du was dagegen, wenn ich mal austreten gehe?« warf

Ned ein. »Ich glaube, du kommst jetzt dorthin, wo du willst. Ich fühle mich einigermaßen angenehm.«

»Das ist reflektiertes Glück. Du lebst auf dem Mond. Sobald ich zu scheinen aufhöre, bist du erloschen.«

»Du hast recht, Henry. Bei Gott, dich hier zu haben ist dasselbe, wie wenn man eine Spritze in den Arm bekommt«.

Der Krug war fast leer. »Fülle ihn noch einmal«, sagte ich. »Ich bin zwar geistig aufgehellt, aber noch nicht betrunken. Ich wollte, die Mädchen kämen jetzt zurück. Ich brauche eine Anregung. Ich hoffe nur, daß sie nicht überfahren worden sind.«

»Singst du, wenn du betrunken wirst?« wollte Ned wissen.

»Und ob! Willst du mich hören?« Ich stimmte den Prolog von ›*Die Bajazzi*‹ an.

Mittendrin kehrten die Mädchen zurück, die Arme mit Paketen beladen. Ich sang noch immer.

»Ihr müßt einen in der Krone haben«, meinte Marcelle, indem sie von dem einen zu dem anderen schaute.

»Er hat sich betrunken«, erklärte Ned. »*Mit Wasser.*«

»*Mit Wasser?*« wiederholten sie.

»Ja, mit Wasser. Es ist das Gegenteil von Ekstase, sagte er.«

»Ich begreife nicht«, sagte Marcelle. »Laß mich mal deinen Atem riechen.«

»Riech nicht meinen ... riech seinen. Ich begnüge mich mit Alkohol. Zwei Minuten nach zwölf ist Nachtzeit, sagt Henry. Glücklichsein ist nur eine Form der Klimaanlage des Fegefeuers ... Stimmt's, Henry?«

»Hör zu«, sagte Marcelle, »Henry ist nicht betrunken, du bist es.«

»Freude ist Einheit. Glück ist immer in der Mehrzahl oder etwas dergleichen. Ihr hättet ein bißchen früher zurückkommen sollen. Er wollte meine Hand essen. Als ich mich weigerte, ihm zu Willen zu sein, wollte er eine Jacke verspeisen. Kommt hier herein ... ich zeige euch, was er mit Ulrics Zeichnung angestellt hat.«

Sie schauten die Zeichnung an, deren eine Ecke zu Fransen zerkaut war.

»Das ist Hunger«, erklärte Ned. »Er meint nicht gewöhnlichen

Hunger – er meint geistigen Hunger. Das Ziel ist die Stratosphäre, wo das Klima immer ausgeglichen ist. Stimmt's, Henry?«

»Ja, es stimmt«, sagte ich mit einem ernsten Lächeln. »Nun, Ned, sag' Mona, was du mir kurz zuvor gesagst hast . . .« Ich zwinkerte ihm hypnotisch zu und hob wieder ein Glas an meine Lippen.

»Ich glaube, du läßt ihn besser nicht all das Wasser trinken«, sagte Ned, indem er sich an Mona wandte. »Er hat schon einen ganzen Krug ausgetrunken. Ich fürchte, er bekommt die Wassersucht – oder einen Wasserkopf.«

Mona sah mich mit einem fragenden Blick an. Was bedeutet das Ganze? schien er auszudrücken.

Ich legte die Hand auf ihren Arm, so leicht, als legte ich eine Wünschelrute auf ihn. »Er hat dir etwas zu sagen. Hör ruhig zu. Es wird dir guttun.«

Alle sahen auf Ned. Er errötete und stammelte.

»Um was handelt es sich?« fragte Marcelle. »Was hat er gesagt, was so wundervoll ist?«

»Ich glaube, ich muß es an seiner Stelle sagen«, erklärte ich. Ich nahm Monas beide Hände in meine und schaute ihr in die Augen. »Das ist's, was er gesagt hat, Mona . . . ›Ich habe nie gewußt, daß ein Mensch einen anderen so verwandeln kann, wie Mona dich verwandelt hat. Manche Leute finden ihre Erfüllung in der Religion, du hast sie in der Liebe gefunden. Du bist der glücklichste Mensch von der Welt.‹«

Mona: »Hast du das wirklich gesagt, Ned?«

Marcelle: »Wie kommt es, daß ich dann *dich* nicht verwandelt habe?«

Ned begann zu stottern.

»Ich glaube, er braucht noch einen Drink«, meinte Marcelle.

»Nein, das Trinken befriedigt nur die niedrigeren Begierden«, sagte Ned. »Ich suche das Lebenselixier, das nach Henrys Worten das Wasser ist.«

»Ich werde dir dein Elixier später geben«, entgegnete Marcelle. »Wie wär's jetzt mit etwas kaltem Huhn?«

»Hast du irgendwelche Knochen?« fragte ich.

Marcelle schaute verblüfft drein.

»Ich möchte sie essen«, sagte ich. »Knochen enthalten Phosphor und Jod. Mona füttert mich immer mit Knochen, wenn ich in Ekstase bin. Weißt du, wenn ich überschäume, gebe ich vitale Energie ab. Du brauchst keine Knochen – was du brauchst, sind kosmische Säfte. Du hast deine himmlische Hülle zu sehr abgenützt. Du strahlst von der Sexualsphäre aus.«

»Was bedeutet das in einfachen Worten?«

»Es bedeutet, daß du dich von Samen statt von Ambrosia nährst. Deine geistigen Hormone sind verkümmert. Du liebst Apis den Stier statt Krischna den Rosselenker. Du wirst dein Paradies finden, aber es wird auf einer niedrigeren Ebene sein. Dann ist die einzige Rettung Wahnsinn.«

»Das ist so klar wie Kloßbrühe«, sagte Marcelle.

»Du darfst nicht ins Räderwerk geraten, das ist's, was er meint«, gab Ned seinen Senf dazu.

»Was für ein Räderwerk? Von was zum Teufel redet ihr da, ihr beiden?«

»Verstehst du denn nicht, Marcelle«, sagte ich. »Was kann dir die Liebe bringen, was du nicht bereits bekommen hast?«

»Ich habe nichts bekommen, außer einen Haufen Verantwortung«, sagte Marcelle. »*Er* bekommt alles.«

»Genau, und darum ist es ein so angenehmes Gefühl.«

»Das habe ich nicht gesagt! . . . Hör mal, wovon redest du eigentlich? Bist du sicher, daß du alle Tassen im Schrank hast?«

»Ich spreche von deiner Seele«, sagte ich. »Du hast deine Seele verhungern lassen. Du brauchst kosmische Säfte, wie ich schon vorher sagte.«

»Tja, und wo kauft man sie?«

»Man kauft sie nicht . . . man betet um sie. Hast du noch nie von dem Manna gehört, das vom Himmel fiel? Bitte heute nacht um Manna: Es wird deine astralen Bänder kräftigen . . .«

»Ich verstehe nichts von diesem astralen Zeug, aber ich verstehe etwas vom Hintern«, meinte Marcelle. »Wenn du mich fragst, so glaube ich, daß du mir zweideutig kommst. Warum gehst du nicht rasch mal ins Badezimmer und wichst dir selbst einen ab? Die Heirat hat anscheinend eine komische Wirkung auf dich.«

»Siehst du, Henry«, fiel Ned ein, »so bringen sie die Dinge

wieder auf die Erde zurück. Sie ist immer in Sorge darum, daß sie ihren Fick bekommt, nicht wahr, Liebling?« Er streichelte sie unterm Kinn. »Ich dachte«, fuhr er fort, »wir sollten vielleicht heute abend in eine Burlesk-Revue gehen. Das wäre eine neue Art, den Anlaß zu feiern, findet ihr nicht? Wißt ihr, es bringt einen auf neue Ideen.«

Marcelle warf Mona einen Blick zu. Es war offensichtlich, daß beide es nicht für eine so glänzende Idee hielten.

»Laßt uns zuerst essen«, schlug ich vor. »Bringt diese Jacke herein oder ein Kissen ... Es könnte sein, daß ich etwas zum Nachtisch brauche? Da wir gerade von Ärschen sprechen, habt ihr jemals einen tüchtigen Bissen davon gehabt ... ihr wißt schon, *kräftig hineingebissen*, meine ich? Nehmt zum Beispiel Marcelle ... hier ist das, was ich einen verlockenden Arsch nenne.«

Marcelle begann zu kichern. Instinktiv legte sie ihre Hände nach hinten.

»Mach dir keine Sorge, noch beiße ich nicht in dich hinein. Zuerst gibt's Huhn und andere Dinge. Aber ehrlich gesagt, manchmal kommt einen die Lust an, ein Stück herauszubeißen, was? Ein paar Titten, das ist was anderes. Ich konnte nie in die Brustwarzen einer Frau beißen – *kräftig* hineinbeißen, meine ich. Hatte immer Angst, die Milch würde mir ins Gesicht spritzen. Und alle diese Adern ... Du meine Güte, es ist so von Blut durchsetzt. Aber ein schöner Hintern ... irgendwie denkt man nicht an Blut beim Hintern einer Frau. Es ist einfach pures weißes Fleisch. Es gibt eine andere Delikatesse auf der Innenseite, gerade an der Stelle, wo die Beine sich teilen. Die ist sogar noch zarter als ein Stück nackter Arsch. Ich weiß nicht, vielleicht übertreibe ich. Jedenfalls, ich habe Hunger. Wartet, bis ich etwas von dieser Wasserpisse abgelassen habe. Sie hat mir einen Steifen verursacht – und mit einem Steifen kann ich nicht essen. Hebt etwas von dem braunen Fleisch für mich auf, mit etwas knuspriger Haut. Ich liebe Haut. Macht mir ein nettes Mösen-Sandwich zurecht und gebt ein bißchen kalte Sauce drauf. O Gott, mir läuft das Wasser im Mund zusammen.«

»Fühlst du dich erleichtert?« fragte Ned, als ich aus dem Badezimmer zurückgekommen war.

»Ich bin ausgehungert. Was ist diese hübsche Kotze dort in der großen Schüssel?«

»Das ist Schildkrötenscheiße mit faulen Eiern und ein wenig Menstruationssauce«, erklärte Ned. »Regt das deinen Appetit an?«

»Ich wollte, ihr würdet das Thema wechseln«, sagte Marcelle. »Ich bin nicht überempfindlich, aber Kotze ist etwas, an das ich beim Essen nicht gern denke. Wenn ihr schon schmutzige Reden führen müßt, dann sprecht lieber über Sex.«

»Was meinst du«, wollte Ned wissen, »ist Sex schmutzig? Wie steht es damit, Henry, ist Sex schmutzig?«

»Sex ist einer der neun Gründe für die Reinkarnation«, antwortete ich. »Die anderen acht sind unwichtig. Wenn wir alle Engel wären, hätten wir keinen Sex – wir hätten Flügel. Ein Flugzeug hat keinen Sex, ebensowenig hat Gott Sex. Sex sorgt für Fortpflanzung, und Fortpflanzung führt in die Irre. Die sexuellsten Menschen der Welt, heißt es, sind die Irren. Sie leben im Paradies, haben aber ihre Unschuld verloren.«

»Für einen intelligenten Menschen redest du eine Menge Unsinn«, versetzte Marcelle. »Warum sprichst du nicht über Dinge, die wir alle verstehen? Warum tischst du uns allen diesen Scheiß von Engeln, Gott und Klapsmühlen auf? Wenn du dich betrunken hättest, wäre es etwas anderes, aber du bist nicht betrunken, du tust nicht einmal so, als ob du betrunken wärst . . . du bist einfach überheblich und arrogant. Du ziehst hier nur eine Schau ab.«

»Gut, Marcelle, sehr gut! Willst du die Wahrheit hören? Ich langweile mich. Ich habe es satt. Ich kam her, um was zu essen zu bekommen und etwas Zaster zu borgen. Ja, sprechen wir über einfache, gewöhnliche Dinge. Wie war deine letzte Operation? Hast du lieber weißes oder dunkles Fleisch? Laß uns über alles sprechen, was uns davon abhält, zu denken oder zu fühlen. Sicher, es war verdammt nett von dir, daß du uns einfach so prompt zwanzig Dollar gegeben hast. Wirklich großzügig von dir. Aber ich werde kribbelig, wenn ich dich sprechen höre . . . Ich will jemanden etwas . . . etwas Ursprüngliches sagen hören. Ich weiß, daß du ein gutes Herz hast, niemandem etwas zuleide tust. Und ich nehme an, du mischst dich auch nicht in anderer Leute Angelegenheiten. Aber das interessiert mich nicht. Mir hängen gute, edle und gütige Menschen zum Halse heraus. Ich will Charakter und Temperament sehen. Du lieber Himmel, in *dieser* Atmosphäre kann ich nicht einmal betrunken werden. Mir ist wie dem Ewigen Juden zumute. Ich würde am liebsten das Haus in Brand stecken oder so was. Vielleicht wenn du deinen Schlüpfer ausziehst und ihn in den Kaffee stipst, würde das helfen. Oder nimm ein Frankfurter Würstchen und klimpere dir einen ab . . . Seien wir einfach, sagst du. Gut. *Kannst du einen lauten Furz lassen?* Hör zu, früher einmal hatte ich einen gewöhnlichen Verstand, gewöhnliche Träume, gewöhnliche Wünsche. Ich wurde fast verrückt. Ich verabscheue das Gewöhnliche. Ich bekomme Verstopfung davon. Der *Tod* ist gewöhnlich – er widerfährt jedem. Ich weigere mich zu sterben. Ich habe mich entschlossen ewig zu leben. Der Tod ist leicht, er ist wie die Klapsmühle, nur kann man nicht mehr masturbieren. Du magst deinen Fick, sagt Ned. Freilich, das tut jeder. Und was dann? In zehn Jahren wird dein Arsch runzelig sein, und deine Piezen werden herunterhängen wie leere Duschebeutel. Zehn Jahre . . . zwanzig Jahre . . . was ist der Unterschied? Du hast ein paar gute Ficks gehabt, und dann bist du ausgetrocknet. Also was? In dem Augenblick, wo du aufhörst, dich zu amüsieren, wirst du melancholisch. Nicht du lenkst dein Leben – du läßt das deine Möse für dich tun. Du bist einem steifen Schwanz auf Gnade und Ungnade ausgeliefert . . .«

Ich hielt einen Augenblick inne, um Atem zu schöpfen, ziemlich erstaunt, daß man mir nicht eins in die Fresse geschlagen hatte. In Neds Augen entdeckte ich ein Funkeln, das man als freundlich und ermutigend, aber auch als mörderisch deuten konnte. Ich hoffte, jemand würde etwas unternehmen – eine Flasche werfen, Dinge zerschlagen, schreien, kreischen, alles, nur nicht dasitzen und es hinnehmen wie aufgeschreckte Eulen. Ich wußte nicht, warum ich auf Marcelle herumgehackt hatte, sie hatte mir nichts getan. Sie hatte mir einfach das Stichwort gegeben. Mona hätte mir Einhalt gebieten sollen . . . ich rechnete gewissermaßen damit, daß sie das tun würde. Aber nein, sie war merkwürdig still, merkwürdig unparteiisch.

»Jetzt, wo ich mir das frei von der Leber weg geredet habe«, fuhr ich fort, »laßt mich euch um Entschuldigung bitten. Marcelle, ich weiß nicht, was ich zu dir sagen soll. Du hast das bestimmt nicht verdient.«

»Es ist schon recht«, sagte sie freundlich, »ich weiß, daß etwas an deinem Herzen nagt. Ich kann es nicht sein, weil . . . nun, niemand, der mich kennt, würde so zu mir sprechen. Warum gehst du nicht zu Gin über? Du siehst, was Wasser anrichtet. Da, nimm einen guten steifen . . .« Ich trank ein halbes Glas pur und sah Funken vor meinen Augen tanzen. »Siehst du, jetzt fühlst du dich wieder menschlich, stimmt's? Nimm noch von dem Huhn – und etwas Kartoffelsalat. Das Schlimme bei dir ist, daß du überempfindlich bist. Mein alter Herr war auch so. Er wollte Geistlicher werden und wurde statt dessen Buchhalter. Wenn er innerlich ganz aus dem Häuschen geriet, ließ meine Mutter ihn sich betrinken. Dann prügelte er uns grün und blau – auch sie. Aber danach fühlte er sich wohler. Wir fühlten uns alle wohler. Es ist viel besser, die Leute zu verprügeln, als gemeine Dinge über sie zu denken. Es wäre nicht besser gewesen, wenn er Geistlicher geworden wäre: Er wurde mit einem Groll auf Gott und die Welt geboren. Er war nur glücklich, wenn er die Dinge bekritteln konnte. Darum kann ich die Menschen nicht hassen . . . Ich sah, was dadurch aus ihm wurde. Freilich hab' ich meinen Fick gern. *Wer hat das nicht?* – wie du selbst sagst. Ich mag es, wenn die Dinge angenehm und einfach sind. Ich mache gerne Menschen glücklich, wenn ich kann. Vielleicht ist das dumm, aber es gibt einem ein gutes Gefühl. Siehst du, mein alter Herr hatte die Vorstellung, daß alles vernichtet werden müsse, bevor wir anfangen könnten, ein gutes Leben zu führen. Meine Philosophie – falls man es überhaupt Philosophie nennen kann – ist gerade das Gegenteil. Ich sehe nicht die Notwendigkeit, etwas zu vernichten. Ich pflege das Gute und lasse das Schlechte für sich selber sorgen. Das ist eine weibliche Art der Lebensbetrachtung. Ich bin konservativ. Ich glaube, daß die Frauen die Dummen spielen müssen, damit die Männer sich nicht als Narren vorkommen . . .«

»Mich laust der Affe!« rief Ned aus. »Ich habe dich nie zuvor so reden hören.«

»Natürlich nicht, Liebling. Du hast mir nie einen Funken Verstand zugetraut. Du genießt deinen kleinen Fick und gehst dann schlafen. Ich bitte dich seit nunmehr einem Jahr, mich zu heiraten, aber du bist noch nicht dazu bereit. Du hast andere Probleme. Nun, eines Tages wirst du dahinterkommen, daß du nur ein Problem hast: *dich selbst*!«

»Sehr richtig! Das hast du gut gesagt, Marcelle!« Es war Mona, die plötzlich damit herausplatzte.

»Was zum Teufel!« wetterte Ned. »Was ist das hier – eine Verschwörung?«

»Weißt du«, sagte Marcelle, als spreche sie zu sich selbst, »manchmal glaube ich, daß ich wirklich wie eine alte Glucke bin. Da warte ich darauf, daß dieser Kerl mich heiratet. Angenommen, er heiratet mich – was dann? Er wird mich nach der Heirat nicht besser kennen als vorher. Er ist nicht verliebt. Wenn ein Kerl in einen verliebt ist, macht er sich keine Sorgen um die Zukunft. Liebe ist ein Lotteriespiel. Kein Versicherungsrummel. Ich glaube, ich werde gerade gescheit . . . Ned, ich höre auf, mir Sorgen um dich zu machen. Ich verlasse dich, dann kannst du dir selber Sorgen über dich machen. Du gehörst zu denen, die sich ständig Sorgen machen – und dagegen gibt's kein Heilmittel. Du hast mich eine Zeitlang in Sorge versetzt – in Sorge um dich, meine ich. Jetzt aber habe ich ausgesorgt. Ich will *Liebe* – nicht Schutz.«

»Du lieber Himmel, werden wir nicht ziemlich ernst?« meinte Ned, aus der Fassung gebracht durch die unerwartete Wendung, die das Gespräch genommen hatte.

»Ernst?« sagte Marcelle spöttisch. »Ich gehe fort von dir. Du kannst für den Rest deines Lebens allein bleiben – und alle diese gewichtigen Probleme, die dich quälen, durchkauen. Mir ist, als sei eine schwere Last von meinen Schultern genommen.« Sie wandte sich mir zu und streckte mir ihre kleine Pfote hin. »Danke, Henry, daß du mir einen Rippenstoß gegeben hast. Ich glaube, du hast letzten Endes doch nicht solchen Unsinn gesprochen . . .«

22

Cleo war noch immer der Star der Houston-Street-Burlesk-Revue. Wie die Mistinguett war sie zu einer Institution geworden. Es war leicht einzusehen, warum sie dieses Publikum bezauberte, das die unternehmenden Brüder Minsky jeden Abend unter ihrem gedeckten Dachgarten versammelten. Man brauchte sich nur an einem beliebigen Tag der Woche bei einer Nachmittagsvorstellung neben die Theaterkasse zu stellen und zu beobachten, wie die Leute hineintröpfelten. Am Abend war es ein ausgewählteres Publikum, das aus allen Teilen von Manhattan, Brooklyn, Queens, der Bronx, Staten Island und New Jersey hier zusammenkam. Sogar die Park Avenue steuerte am Abend ihre Kundschaft bei. Aber bei hellem Tageslicht sah die Markise über dem Eingang wie pockenzerfressen aus, und die katholische Kirche nebenan war so schäbig, verwahrlost und armselig, während der Pfarrer immer auf der Treppe stand und sich, um seinen Abscheu und seine Mißbilligung auszudrücken, am Hintern kratzte. Es war genau wie ein Bild der Wirklichkeit, das die sklerotische Denkungsart eines Skeptikers heraufbeschwört, wenn er zu erklären versucht, warum es keinen Gott geben kann.

Oftmals hatte ich am Theatereingang herumgelungert und scharf nach jemandem Ausschau gehalten, der mir ein paar Pennies zur Eintrittskarte zuschießen würde. Wenn man arbeitslos oder zu angeekelt ist, um sich nach Arbeit umzusehen, ist es unendlich viel besser, in einer stinkenden Höhle zu sitzen, als stundenlang in einer öffentlichen Bedürfnisanstalt zu stehen – nur weil es dort warm ist. Sex und Armut gehen Hand in Hand.

Der üble Geruch solcher Häuser! Dieser Latrinengeruch nach Urin, der mit Kampferkugeln gesättigt ist! Der gemischte Gestank von Schweiß, übelriechenden Füßen, fauligem Atem, Kaugummi und Desinfektionsmitteln! Das Übelkeit erregende Deodorant der gerade auf einen gerichteten Spritzvorrichtungen, als wäre man eine Masse Schmeißfliegen! Ekelerregend? Kein Wort dafür. Onan selbst konnte kaum schlechter riechen.

Auch die Dekoration konnte sich sehen lassen. Ein Anstrich von Renoir in den letzten Verfallsstadien. Vollendet mit den Fastnachtsdienstag-Lichteffekten verbunden – eine lange Kette roter Lichter, die einen verfaulten Mutterleib beleuchteten. Es war etwas schmachvoll Befriedigendes, mit den mongoloiden Idioten hier im Zwielicht von Gomorrha zu sitzen und nur zu gut zu wissen, daß man nach der Vorstellung würde zu Fuß heimtrotten müssen. Nur ein Mensch mit leeren Taschen vermag voll und ganz die Wärme und den Gestank einer großen Eiterbeule zu schätzen, in der Hunderte von anderen wie er dasitzen und auf das Hochgehen des Vorhangs warten. Rings um einen ausgewachsene Idioten, die Erdnüsse schälen oder an Schokoladestangen knabbern oder Flaschen mit schäumenden Getränken durch Strohhalme leersaugen. Das Lumpenproletariat. Kosmisches Gesindel.

Die Atmosphäre war so verpestet, daß sie ganz wie ein einziger großer, erstarrter Furz war. Auf dem Asbestvorhang wurden Mittel gegen Geschlechtskrankheiten angepriesen, ferner Reklamen für Mäntel und Anzüge, pelzgefütterte Jacken, Zahnpasta-Leckerbissen, Uhren, um die Zeit anzuzeigen – als ob die Zeit in unserem Leben eine Rolle spielte! Wohin man nach der Vorstellung zu einem raschen Imbiß gehen konnte – als ob man Geld zu verplempern hätte, als ob wir alle nach der Vorstellung in das Lokal von Louis oder August gehen und die Mädchen mustern würden, um ihnen Geld in den Hintern zu stecken und uns die Aurora borealis oder das Rot, Weiß und Blau der Fahne anzusehen.

Die Platzanweiser . . . Wenn männlich, schäbige Galgenvögel – farbloser, leerer Dreck, wenn vom anderen Geschlecht. Hin und wieder ein anziehendes Polenmädchen mit blondem Haar und einem dreisten, herausfordernden Gebaren. Eine von den dummen Polackinnen, die lieber einen ehrlichen Penny verdienen, als ihren Hintern zu einem schnellen Fick hinhalten. Man konnte, ob Winter oder Sommer, ihre schmutzige Unterwäsche riechen . . .

Jedenfalls alles nur gegen bar – das war der Minsky-Plan. Und er funktionierte. Nie ein Mißerfolg, ganz gleichgültig, wie lausig die Aufführung war. Wenn man oft genug hinging, lernte man die Gesichter nicht nur der Mitwirkenden, sondern auch der Zuschauer so gut kennen, daß es wie eine Familienveranstaltung war. Fühlte man sich angewidert, dann brauchte man keinen Spiegel, um zu sehen, wie man aussah – man brauchte nur einen Blick auf seinen Nachbarn zu werfen. Es hätte »Einheitshaus« heißen sollen. Es war Dewachan mit der Hinterseite nach oben.

Es gab nie etwas Originelles, nie etwas, was man nicht schon tausendmal gesehen hatte. Es war wie eine Möse, die man es leid ist anzusehen – man kennt jede leberfarbene Falte und Vertiefung, man hat sie so gottverdammt satt, daß man hineinspucken oder hineintauchen und all den Dreck, der sich darin gefangen hat, heraufbringen möchte. O ja, oft hatte man das Verlangen, feuern zu lassen, ein Maschinengewehr auf sie alle – Männer, Frauen und Kinder – zu richten und ihnen eine Salve in die Eingeweide zu jagen. Manchmal überkam einen so etwas wie Schwäche: Man hatte Lust, sich auf den Boden fallen zu lassen und dort einfach zwischen den Erdnußschalen liegen zu bleiben. Mochten die Leute über einen mit ihren schmierigen, übelriechenden, kotverklebten Schuhen hinwegsteigen.

Immer auch eine patriotische Note. Jede mottenzerfressene Möse konnte in die amerikanische Fahne gehüllt dahermarschieren und durch das Absingen eines improvisierten Liedes das Haus zu stürmischem Beifall entfesseln. Wenn man einen günstigen Platz hatte, konnte man sie dabei ertappen, wie sie, in den Kulissen stehend, sich in das Fahnentuch schneuzte. Und die auf die Tränendrüsen drückenden Schnulzen . . . wie beliebt waren die Schmachtfetzen über die Mutter!

Arme, blöde hohlköpfige Nulpen! Wenn Heim und Mutter aufs Tapet kamen, sabberten sie wie wimmernde Mäuse. Da war immer die weißhaarige Schwachsinnige aus der Damentoilette, die sie für diese Nummern zur Schau stellten. Ihr Lohn dafür, daß sie Tag und Nacht im Scheißhaus saß, bestand darin, daß man während der sentimentalen Nummern über sie schluchzte. Sie hatte einen enormen Umfang – höchstwahrscheinlich eine Gebärmuttersenkung –, und ihre Augen waren glasig. Sie hätte jedermanns Mutter sein können, so doof und fügsam, wie sie war. Das Urbild der Mutterschaft – nach fünfunddreißig Jahren Kinderkriegen, Prügel vom Ehemann, Fehlgeburten, Blutungen, Geschwüren, Tumoren, Bandscheibenschäden, Krampfadern und anderen Annehmlichkeiten des Mutterlebens. Daß niemand darauf kam, ihr eine Kugel in den Leib zu jagen und sie zu erledigen, erstaunte mich immer wieder.

Man kann es nicht leugnen, die Brüder Minsky hatten an alles gedacht – alles, was einen an die Dinge erinnerte, denen man entrinnen wollte. Sie wußten, wie man alles, was verbraucht und verblichen war, zur Schau stellte, einschließlich der Läuse im

Gehirn – und sie rieben einem diese Mischung unter die Nase wie einen verschissenen Lappen. Sie waren unternehmend, darüber besteht kein Zweifel. Wahrscheinlich auch zum linken Flügel gehörig, obschon sie gleichzeitig zum Unterhalt der katholischen Kirche nebenan beitrugen. Sie waren Unitarier im praktischen Sinne. Großherzige, aufgeschlossene Vergnügungslieferanten für die im Herzen Armen. Darüber besteht kein Zweifel. Ich bin sicher, sie gingen jeden Abend ins türkische Bad (nach dem Geldzählen) und vielleicht auch in die Synagoge, wenn Zeit dazu war.

Um auf Cleo zurückzukommen. Wieder trat Cleo an diesem Abend auf, wie sie es in der Vergangenheit getan hatte. Sie erschien zweimal, einmal vor der Pause und ein zweites Mal am Ende der Vorstellung.

Weder Marcelle noch Mona waren jemals zuvor in einer Burlesk-Revue gewesen. Sie saßen von Anfang bis Ende gespannt da. Die Komödianten fanden Anklang bei ihnen. Es war eine Art von Schmutz, auf die sie unvorbereitet waren. Sie leisten Sklavendienste, die Komödianten. Alles, was sie an Requisiten brauchen, sind ein Paar sackartige Hosen, ein Nachttopf, ein Telefon oder ein Kleiderständer, um die Illusion einer Welt hervorzurufen, in der das Unbewußte uneingeschränkt regiert. Jeder Burlesk-Komödiant hat, wenn er etwas taugt, etwas Heroisches an sich. Bei jeder Aufführung erschlägt er den Zensor, der wie ein Gespenst an der Schwelle des unterbewußten Ichs steht. Er erschlägt ihn nicht nur leibhaftig für uns, sondern pißt auf ihn und demütigt ihn im Fleisch.

Jedenfalls Cleo! Wenn schließlich Cleo erscheint, ist jedermann bereit, sich einen abzuwichsen. (Nicht wie in Indien, wo ein reicher Nabob ein halbes Dutzend Sitzreihen aufkauft, um in Frieden masturbieren zu können.) Hier macht sich jeder unter seinem Hut an die Arbeit. Eine Kondensmilch-Orgie. Sperma fließt so reichlich wie Benzin. Sogar ein Blinder würde wissen, daß nichts als Möse zu sehen ist. Das Erstaunliche ist, daß es nie zu einer Massenbewegung kommt. Dann und wann geht einer nach Hause und schneidet sich mit einem rostigen Rasiermesser die Eier ab, aber von diesen kleinen Heldentaten liest man nie etwas in den Zeitungen.

Eines der Dinge, die Cleos Tanz so faszinierend machten, war der kleine Pompon, den sie in der Mitte ihres Gürtels gerade über ihrem Rosenbusch trug. Er diente dazu, die Augen auf diese Stelle zu richten. Sie konnte ihn rotieren lassen wie ein Windmühlenrad oder ihn mit leichten elektrischen Zuckungen zum Hüpfen und Flattern bringen. Manchmal schmiegte er sich mit einem schwachen Keuchen an, wie ein Schwan, der nach einem heftigen Orgasmus zur Ruhe kommt. Ein anderes Mal betrug er sich frech und unverschämt, oder er war grämlich und verdrossen. Er schien ein Teil von ihr zu sein, ein kleiner Flaumball, der aus ihrem Venusberg herausgewachsen war. Möglicherweise hatte sie ihn in einem algerischen Hurenhaus von einem französischen Matrosen erworben. Er war qualvoll verlockend, besonders für die Sechzehnjährigen, die erst lernen mußten, was es für ein Gefühl ist, nach dem Schamhaarbusch einer Frau zu greifen.

An ihr Gesicht erinnere ich mich kaum mehr. Ich erinnere mich nur schwach, daß ihre Nase *retroussé* war. Ohne Zweifel hätte man Cleo nie in ihren Kleidern wiedererkannt. Man konzentrierte sich auf den Rumpf, in dessen Mitte sich ein riesiger, karminrot gemalter Nabel befand. Er war wie ein hungriger Mund, dieser Nabel. Wie das Maul eines plötzlich von Lähmung befallenen Fisches. Ich bin sicher, ihre Möse war nicht halb so aufregend. Vermutlich war sie ein blaßblauer Fleischspalt, den ein Hund sich nicht die Mühe machen würde zu beschnüffeln. Das Leben saß in ihrem Zwerchfell, in dieser geschmeidigen, fleischigen Birne, die sich unter dem Brustbein vorwölbte. Der Rumpf erinnerte mich immer an diese Modellbüsten von Damenschneiderinnen, deren Oberschenkel in einem Gestell aus Schirmstäben enden. Als Kind strich ich gern mit der Hand über die schwellende Rundung in Höhe des Nabels. Sie fühlte sich himmlisch an. Und daß das Modell keine Arme oder Beine hatte, erhöhte die üppige Schönheit des Torsos. Manchmal befand sich kein Korbgeflecht darunter – nur eine auf den Rumpf beschränkte Gestalt mit einem kleinen, immer schwarz lackierten Kragen als Hals. Diese Torsos waren es, die mich besonders fesselten. Eines Abends stieß ich auf dem Rummelplatz auf eine lebende, ganz wie die Nähmaschinenmodelle daheim. Sie bewegte sich auf dem Podium auf ihren Händen, als trete sie Wasser. Ich ging ganz nahe an sie heran und verwickelte sie in ein Gespräch. Sie hatte natürlich einen Kopf und sogar einen recht hübschen, ein wenig wie die Wachsköpfe für Perücken, die man in den Schaufenstern der Frisiersalons in den eleganten Vierteln einer Großstadt sieht. Ich erfuhr, daß sie aus Wien war, sie war ohne Beine geboren worden. Aber ich schweife vom Thema ab ... Was mich an ihr faszinierte, war die Tatsache, daß sie dieselbe wollüstige Wölbung, diese birnenförmige Schwellung und Rundung hatte. Ich stand lange Zeit bei ihrem Podium, um sie von allen Seiten zu betrachten. Es war erstaunlich, wie kurz ihre Beinstümpfe waren. Nur noch eine Scheibe von ihnen, und sie wäre ohne Spalt gewesen. Je mehr ich sie forschend betrachtete, desto mehr war ich versucht, sie umzukippen. Ich konnte mir vorstellen, wie ich meine Arme um ihre niedliche kleine Taille legte, wie ich sie aufhob, sie unter den Arm klemmte und mich mit ihr davonmachte, um ihr auf einem unbebauten Grundstück Gewalt anzutun.

Während der Pause, als die Mädchen in die Toilette zu dem lieben alten Mütterchen gingen, standen Ned und ich auf den eisernen Stufen der Feuerleiter, welche die Außenseite des Theaters schmückt. Von dem oberen Drittel konnte man in die Wohnungen gegenüber hineinsehen, wo die lieben alten Mütterchen sich quälen und Sorgen machen wie aufgeschreckte Küchenschaben. Gemütliche kleine Behausungen sind es, wenn man einen starken Magen hat und für die ultravioletten Träume Chagalls schwärmt. Essen und Schlafen sind die vorherrschenden Motive. Manchmal vermischen sie sich unterschiedslos, und dem Vater, der den ganzen Tag mit tuberkulöser Beharrlichkeit Streichhölzer verkauft hat, bleibt nicht viel anderes übrig, als an der Matratze zu knabbern. Bei den Armen wird nur das, was stundenlang zubereitet werden muß, aufgetragen. Der Feinschmecker ißt gerne in einem Restaurant, wo es köstlich duftet. Dem Armen dreht sich der Magen um, wenn er die Treppe hinaufsteigt und den Geruch von dem in die Nase bekommt, was ihn erwartet. Der Reiche führt gerne seinen Hund um den Häuserblock spazieren – um sich ein wenig Appetit zu machen. Der Arme schaut die in einem Winkel liegende kranke Hündin an und hat das Gefühl, daß es ein Gnadenakt wäre, ihr einen Fußtritt in den Bauch zu versetzen. Nichts macht ihm Appetit. Er ist hungrig, dauernd hungrig nach den Dingen, nach denen er sich sehnt. Sogar eine Brise frischer Luft ist ein Luxus. Aber er ist ja kein Hund, daher führt ihn niemand aus, um frische Luft zu schöpfen. Ich habe diese armen Teufel gesehen, wie sie sich, auf die Ellbogen gestützt, aus dem Fenster hängen, den Kopf in ihre Hände vergraben wie Irrlichter: Es bedarf keines Gedankenlesens, um zu erraten, was sie denken. Dann und wann wird eine Reihe Wohnhäuser abgerissen, um Luft zu schaffen. Beim Vorbeikommen an diesen leeren, sich in Abständen wie Zahnlücken wiederholenden Stellen habe ich mir oft die armen zur Ader gelassenen Teufel noch immer dort auf den Fenstersimsen hängend vorgestellt, die Häuser waren abgerissen, aber sie selbst schwebten noch mitten in der Luft und trotzten, von ihrem Kummer und Elend gestützt, wie schwerfällige Sperrballons dem Gesetz der Gravitation. Wer nimmt schon Notiz von diesen luftigen Gespenstern? Wer kümmert sich einen Furz darum, ob sie in der Luft schweben oder klaftertief begraben sind? Das Schauspiel ist entscheidend, wie Shakespeare sagt. Zweimal am Tag, die Sonntage eingeschlossen, findet die Vorstellung statt. Wenn bei einem Futtermangel herrscht, dann koche man sich ein Paar alte Socken aus. Die Brüder Minsky widmen sich der Unterhaltung, Hershey-Mandelstangen sind immer verfügbar, gut vor oder nach dem Wichsen. Jede Woche eine neue Show – mit derselben alten Besetzung und denselben abgestandenen Witzen. Es wäre für die Minsky-Kavaliere eine wirkliche Katastrophe, wenn Cleo sich einen doppelten Bruch zuziehen würde. Oder schwanger würde. Schwer zu entscheiden, was schlimmer wäre. Sie könnte Kieferklemme, Darmkatarrh oder Klaustrophobie haben – es würde keinen Pfifferling ausmachen. Sie konnte sogar das Klimakterium überstehen. Oder vielmehr die Minskys konnten das. Aber ein Bruch, das wäre wie der Tod – *unwiderruflich*.

Was in Neds Kopf während dieser kurzen Pause vorging, konnte ich nur mutmaßen. »Ziemlich schauderhaft, was?« bemerkte er, wobei er einer Bemerkung beipflichtete, die ich gemacht hatte. Er sagte es mit einem Losgelöstsein, das einem Erben aus der Park Avenue zur Ehre gereicht hätte. Niemand konnte etwas dagegen unternehmen, war seine Ansicht. Mit fünfundzwanzig war er der künstlerische Leiter bei einem Werbekonzern gewesen. Das war vor fünf oder sechs Jahren. Seit damals saß er auf dem trockenen, aber das Mißgeschick hatte in keiner Weise seine Lebensanschauungen geändert. Es hatte nur seine grundlegende Ansicht bestätigt, daß Armut etwas war, das vermieden werden mußte. Bei günstiger Gelegenheit würde er wieder obenauf sein und dann denen diktieren, vor denen er jetzt katzbuckeln mußte.

Er erzählte mir von einem Vorschlag, den er in petto hatte, einer neuen, »einmaligen« Idee für einen Werbefeldzug. (Wie man die Leute dazu brachte, mehr zu rauchen, ohne ihrer Gesundheit zu schaden.) Die Schwierigkeit lag darin, daß jetzt, wo er auf der Schattenseite des Lebens stand, niemand auf ihn hören wollte. Wäre er noch künstlerischer Leiter gewesen, dann hätte jedermann die Idee sofort als glänzend akzeptiert. Ned erkannte die Ironie der Situation, nichts mehr und nichts weniger. Er glaubte, sie habe etwas mit seinem Äußeren zu tun – vielleicht sah er nicht mehr so selbstsicher aus wie früher. Wenn er eine bessere Garderobe hätte, wenn er eine Zeitlang das Saufen aufgeben und die richtige Begeisterung aufbringen könnte . . . und so fort. Marcelle beunruhigte ihn. Sie brachte ihn um seine Kräfte. Mit jedem Fick, den er ihr angedeihen ließ, hatte er das Gefühl, daß wieder eine glänzende Idee zunichte gemacht worden war. Er wollte eine Weile allein sein, um sich Dinge ausdenken zu können. Wäre Marcelle nur dann verfügbar gewesen, wenn er sie brauchte, und nicht zu den ungewöhnlichsten Stunden – gerade wenn er mitten in etwas war – aufgetaucht, dann wäre alles in Butter gewesen.

»Du möchtest einen Flaschenöffner, keine Frau«, sagte ich.

Er lachte, als sei er ein wenig verlegen.

»Nun, du weißt, wie es ist«, meinte er. »Du lieber Gott, ich habe sie wirklich gern . . . sie ist gut. Ein anderes Mädchen hätte mich längst im Stich gelassen. Aber –«

»Ja, ich weiß. Das Ärgerliche ist, daß sie so anhänglich ist.«

»Es klingt scheußlich, was?«

»Es ist scheußlich«, sagte ich. »Hör zu, ist dir noch nie in den Sinn gekommen, daß du vielleicht nie wieder ein künstlerischer Leiter sein wirst, daß du deine Chance hattest und sie nicht genützt hast? Nun wird dir eine andere Möglichkeit geboten – und du läßt sie wieder vorübergehen. Du könntest heiraten und ... nun ... ich weiß nicht was ... alles mögliche werden, was, ist gar nicht so wichtig. Du hast die Möglichkeit, ein normales, glückliches Leben zu führen – auf einer bescheidenen Ebene. Du willst nicht glauben, daß du als Milchwagenfahrer vielleicht besser dran wärest. Das ist dir zu stumpfsinnig, was? Das ist zu dumm! Ich hätte mehr Achtung vor dir als Straßenarbeiter wie als Direktor der Palmolive-Seifengesellschaft. Du steckst nicht voller origineller Ideen, wie du dir einbildest, du versuchst einfach nur, einen Zustand wiederherzustellen, der vorbei ist. Es ist Stolz, was dich antreibt, nicht Ehrgeiz. Würdest du irgendwelche Originalität besitzen, dann wärst du flexibler: Du würdest das auf hundert andere Arten beweisen. Dich wurmt nur, daß du versagt hast. Es war wahrscheinlich das Beste, was dir jemals widerfahren ist. Aber du verstehst nicht, deine Fehlschläge zu nutzen. Du warst wahrscheinlich für etwas völlig anderes geschaffen, aber du willst dir nicht die Chance geben, daß du herausfindest, für was. Du drehst dich um deine Besessenheit wie eine Ratte in der Falle. Wenn du mich fragst, so ist es ziemlich schrecklich ... noch schrecklicher als der Anblick dieser verurteilten armen Teufel, die hier aus den Fenstern hängen. Sie sind bereit, alles anzupacken. Du bist nicht bereit, auch nur den kleinen Finger zu rühren. Du möchtest auf deinen Thron zurückkehren und König der Reklamewelt sein. Und wenn du das nicht haben kannst, machst du jedermann in deiner Umgebung unglücklich. Du kastrierst dich selbst und sagst dann, jemand habe dir die Eier abgeschnitten ...«

Das Orchester stimmte seine Instrumente. Wir mußten auf unsere Plätze zurückflitzen. Mona und Marcelle saßen bereits da, in ein Gespräch vertieft. Plötzlich kam lautes Geschmetter aus dem Orchesterraum, wie ein Guß Blausäure auf eine gespannte Segeltuchplane. Der rothaarige Pianist war ganz schlaff und knochenlos, seine Finger fielen wie Stalaktiten auf die Tastatur. Die Leute strömten noch immer von den Toiletten zurück. Die Musik wurde immer rasender, Blasinstrumente und Schlagzeug bekamen die Oberhand. Da und dort blinkten Lichter auf, als ob eine Reihe elektrischer Eulen die Augen öffnete und schloß. Vor uns hielt ein junger Bursche ein brennendes Streichholz an die Rückseite einer Postkarte in der Erwartung, die Hure von Babylon oder die sich in einem zweifach verbundenen Orgasmus windenden siamesischen Zwillinge zu entdecken.

Als der Vorhang aufging, begannen die ägyptischen Schönheiten aus den Nachbarbezirken der Rivington Street abzuprotzen. Sie warfen sich herum wie gerade vom Haken befreite Flundern. Eine hagere Schlangentänzerin machte eine äußerst schwierige Körperverrenkung, faltete sich dann wie ein Klappmesser zusammen und versuchte, nach einigen Schlangenbewegungen, den eigenen Hintern zu küssen. Die Musik suppte jetzt, ging sinnlos von einem Rhythmus in den anderen über. Gerade als alles im Begriff schien zusammenzubrechen, die zappelnden Chormädchen abtraten, das Schlangenmädchen aufstand und wie eine Aussätzige davonhinkte, kam ein Paar Possenreißer heraus, ein winzig kleiner und ein übergroßer Clown, die zwei Wüstlinge imitierten. Der rückwärtige Vorhang des Bühnenbilds fällt, und da stehen sie mitten auf einer Straße in der Stadt Irkutsk. Einer von ihnen ist so scharf auf eine Frau, daß ihm die Zunge heraushängt. Der andere ist ein Kenner von Pferdefleisch. Er hat einen kleinen Apparat, eine Art Sesam, öffne dich, den er seinem Freund für 964 Dollar und 32 Cent verkaufen will. Sie einigen sich auf eineinhalb Dollar. Gut. Eine Frau kommt die Straße herunter. Sie ist von der Avenue A. Der Bursche, der den Apparat gekauft hat, spricht sie auf französisch an. Sie antwortet in Volapük. Alles, was er zu tun hat, ist, den Saft steigen zu lassen, und sie wirft die Arme um ihn. Das geschieht in zweiundneunzig Variationen, ganz wie in der vergangenen Woche und in der Woche vorher – tatsächlich so weit zurückliegend wie bis zu den Tagen von Bob Fitzimmons. Der Vorhang fällt, und ein beschwingter junger Mann mit einem Mikrophon tritt aus den Kulissen und singt schmachtend ein romantisches Liedchen über das Flugzeug, das seiner Liebsten in Kaledonien einen Brief überbringt.

Jetzt tauchen wieder die Flundern auf, diesmal als Navajos verkleidet. Sie wirbeln um das elektrische Lagerfeuer. Die Musik wechselt von ›*Pony Boy*‹ zu dem ›*Kashmiri Song*‹ und dann zu ›*Regen im Gesicht*‹ über. Ein lettisches Mädchen mit einer Feder im Haar steht da wie Hiawatha und blickt auf das Land der untergehenden Sonne. Sie muß auf Zehenspitzen stehen, bis Bing Crosby junior mit vierzehn Vierzeilern amerikanisch-indianischer Folklore, verfaßt von einem Cowboy aus der Hester Street, fertig ist. Dann wird ein Pistolenschuß abgefeuert, die Choristinnen juhuen, die amerikanische Fahne wird entfaltet, das Schlangenmädchen schlägt Purzelbäume durch das Blockhaus, Hiawatha tanzt einen Fandango, und das Orchester wird apoplektisch. Wenn die Lichter erlöschen, steht die weißhaarige Mutter aus der Toilette beim elektrischen Stuhl und wartet darauf, daß ihr leiblicher Sohn hingerichtet wird. Diese herzzerreißende Szene wird von einer Falsettowiedergabe von ›*Silberne Fäden unter dem Gold*‹ begleitet. Das Opfer der Justiz ist einer der Clowns, der im nächsten Augenblick mit einem Nachttopf in der Hand herauskommen wird. Er soll einer Leading Lady für einen Badeanzug Maß nehmen. Sie beugt sich entgegenkommend herunter und reckt ihren Hintern, damit er ganz korrekt die Maße nehmen kann. Wenn das vorbei ist, spielt sie die Pflegerin im Irrenhaus, bewaffnet mit einer Spritze voll Wasser, das sie ihm in die Hose spritzen wird. Dann kommen zwei Leading Ladies im Negligé. Sie sitzen in einer gemütlich eingerichteten Wohnung und warten auf den Besuch ihrer Freunde. Die Jungens erscheinen, und einige Augenblicke später ziehen sie ihre Hosen aus. Dann kommt der Ehemann zurück, und die Jungens hopsen in Unterhosen herum wie verkrüppelte Sperlinge.

Alles ist auf die Minute berechnet. Schlag zehn Uhr dreiundzwanzig ist Cleo zu ihrem zweiten und letzten Auftritt bereit. Sie hat laut den Bedingungen des Vertrages etwa achteinhalb Minuten Zeit. Dann muß sie weitere zwölf Minuten in den Kulissen stehen und schließlich ihren Platz unter den übrigen Mitgliedern des Ensembles zum Finale einnehmen. Diese zwölf Minuten machen sie fuchsteufelswild. Es sind kostbare, vollständig vergeudete Minuten. Sie kann nicht einmal ihre Straßenkleidung anziehen. Sie muß sich in ihrer ganzen Glorie zeigen und nur ein paar Drehungen machen, bis der Vorhang fällt. Es wurmt sie schrecklich.

Zehn Uhr zweiundzwanzig und eine halbe Minute! Ein ominöses Dekrescendo, ein gedämpfter Trommelwirbel im Zweivierteltakt. Alle Lichter sind ausgelöscht, außer die über den

Ausgängen. Der Scheinwerfer ist auf die Seitenkulissen gerichtet, wo Punkt zehn Uhr dreiundzwanzig zuerst eine Hand, dann ein Arm und schließlich eine Brust erscheint. Der Kopf folgt nach dem Leib wie der Heiligenschein dem Heiligen. Der Kopf ist in Holzwolle gehüllt, Kohlblätter verbergen die Augen. Er bewegt sich wie ein mit Aalen kämpfender Seeigel. Ein Funker ist in dem karminroten Nabelmund verborgen: Er ist ein Bauchredner, der sich der Taubstummensprache bedient.

Bevor die großen spastischen Bewegungen mit einem trommelwirbelartigen Verdrehen des Rumpfes beginnen, umkreist Cleo die Bühne mit der hypnotischen Leichtigkeit und Lässigkeit einer Kobra. Die geschmeidigen, milchweißen Beine sind hinter einem Schleier von Glasperlen verborgen, der um die Taille gegürtet ist. Die rosa Brustwarzen sind mit durchsichtiger Gaze drapiert. Sie ist knochenlos, milchig, betäubt: eine Qualle mit einer Strohperücke, die sich in einem See von Glasperlen wellenförmig bewegt.

Als sie das klirrende Gewand ablegt, wird das Pompon zum Tamtam und das Tamtam zum Pompon.

Und jetzt sind wir im Herzen des dunkelsten Afrika, wo der Ubangi fließt. Zwei Schlangen sind miteinander in tödlichem Kampf verstrickt. Die große, eine Constrictor, verschluckt langsam die kleinere – den Schwanz zuerst. Die kleinere ist etwa dreieinhalb Meter lang – und giftig. Sie kämpft bis zum letzten Atemzug. Ihre Fangzähne speien noch, auch als die Kiefer der großen Schlange sich um ihren Kopf schließen. Nun folgt eine Siesta im Schatten, um sich ganz dem Verdauungsprozeß hinzugeben. Ein seltsamer, stiller Kampf, nicht durch Haß, sondern durch Hunger herbeigeführt. Afrika ist das Land des Überflusses, wo der Hunger uneingeschränkt regiert. Die Hyäne und der Geier sind die Schiedsrichter. Ein Land unheimlicher Stille, durchbrochen von wütendem Knurren und Todesschreien. Alles wird warm und ungekocht verzehrt. Ein Leben in solchem Überfluß regt den Appetit des Todes an. Kein Haß, nur Hunger. Hunger inmitten der Fülle. Der Tod kommt schnell. In dem Augenblick, wo man kampfunfähig ist, setzt der Prozeß des Verschlingens ein. Winzige Fische, rasend vor Hunger, können einen Riesen auffressen und ihn im Nu in ein Skelett verwandeln. Blut wird ausgesaugt wie Wasser. Haut und Haare werden sofort verwendet. Klauen oder Stoßzähne geben Waffen oder Wampum ab. Keine Vergeudung. Alles wird lebendig unter blutrünstigem Fauchen und Schreien verzehrt. Der Tod schlägt ein wie der Blitz in Wald und Fluß. Die großen Kerle sind nicht immuner als die kleinen. Alles ist Beute.

Inmitten dieses unaufhörlichen Kampfes führen die Übriggebliebenen des Menschenreiches ihre Tänze auf. Der Hunger ist der Sonnenkörper Afrikas, der Tanz der Mondkörper. Der Tanz ist der Ausdruck eines sekundären Hungers: Sex. Hunger und Sex sind wie zwei in tödlichem Kampf verstrickte Schlangen. Es gibt keinen Anfang und auch kein Ende. Man verschlingt den anderen, um einen Dritten hervorzubringen: Die Maschine wird Fleisch. Eine Maschine, die von selbst und ohne Zweck funktioniert, es sei denn, um mehr und immer mehr zu produzieren und so weniger und weniger zu erschaffen. Die Weisen, die Ablehnenden scheinen die Gorillas zu sein. Sie führen ein Leben für sich: Sie bewohnen die Bäume. Sie sind die wildesten von allen – schrecklicher sogar noch als das Nashorn oder die Löwin. Sie stoßen durchdringende, ohrenbetäubende Schreie aus. Sie bieten jeder Annäherung Trotz.

Auf dem ganzen Kontinent geht der Tanz vor sich. Es ist die immer wiederholte Geschichte der Herrschaft über die dunklen Naturkräfte. Geist, der durch Instinkt wirkt. Das tanzende Afrika ist ein Afrika, das versucht, sich über die Verwirrung der bloßen Vermehrung zu erheben.

In Afrika ist der Tanz unpersönlich, heilig und obszön. Wenn der Phallus sich aufrichtet und sich anfühlt wie eine Banane, ist es nicht ein »persönlicher Ständer«, was wir sehen, sondern eine Stammeserektion. Es ist ein religiöses steifes Glied, nicht auf *eine* Frau gerichtet, sondern auf jedes weibliche Stammesmitglied. Gruppenseelen veranstalten einen Gruppenfick. Der Mensch hebt sich aus der Tierwelt durch ein von ihm selbst erfundenes Ritual heraus. Durch Mimikry demonstriert er, daß er sich über den bloßen Akt des Geschlechtsverkehrs erhoben hat.

Der Hoochie-koochie-Tänzer der Großstadt tanzt allein – eine Tatsache von niederschmetternder Bedeutsamkeit. Die Vorschrift verbietet Teilnahme, verbietet Beteiligung. Nichts ist von dem primitiven Ritus geblieben als die »andeutenden« Körperbewegungen. Was sie andeuten, ändert sich mit dem jeweiligen Beobachter. Für die Mehrheit ist es wahrscheinlich nichts anderes als ein außergewöhnlicher Fick in der Dunkelheit. Genauer gesagt, ein Traumfick.

Aber welches Gesetz ist es, das den Zuschauer steif wie an Händen und Füßen gefesselt auf seinem Platz festhält? Das stumme Gesetz allgemeiner Zustimmung, das aus dem Sex einen verstohlenen gemeinen Akt gemacht hat, dem man nur mit der Sanktion der Kirche frönen darf.

Bei der Betrachtung Cleos kommt mir wieder das Bild jener Wiener Rumpfgestalt vom Rummelplatz in den Sinn. War Cleo nicht ebenso vollkommen von der menschlichen Gesellschaft ausgestoßen wie diese verführerische Mißgeburt, die ohne Beine geboren wurde? Niemand wagt es, auf Cleo loszugehen, sowenig wie jemand es wagen würde, die Dame ohne Unterleib in Coney Island zu betätscheln. Obgleich jede Bewegung ihres Körpers auf dem Manual irdischen Geschlechtsverkehrs beruht, denkt niemand auch nur daran, der Aufforderung nachzukommen. Sich Cleo mitten in ihrem Tanz zu nähern würde als ein ebenso abscheuliches Verbrechen angesehen werden, wie wenn man die hilflose Mißgeburt des Rummelplatzes vergewaltigte.

Ich denke an die Damenschneider-Puppe, die einmal für mich das Symbol weiblicher Verlockung war. Ich denke, wie dieses Bild fleischlicher Lust unter dem Rumpf in einem durchsichtigen Rock von Schirmstäben endete.

Hier folgt, was mir durch den Kopf ging ...

Wir sind eine Stadt von sieben oder acht Millionen Menschen, demokratisch frei und gleich, auf der Suche nach Leben, Freiheit und Glück für alle – *in der Theorie*. Wir vertreten fast alle Rassen und Völker der Welt auf der Höhe ihrer kulturellen Errungenschaften – *in der Theorie*. Wir haben das Recht, anzubeten, wen wir wollen, zu wählen, wie wir wollen, uns unsere eigenen Gesetze zu schaffen und so weiter und so fort – *in der Theorie*.

Theoretisch ist alles ideal, recht und billig. Afrika ist noch ein dunkler Erdteil, den der Weiße erst anfängt mit Bibel und Schwert aufzuklären. Dennoch vollführt auf Grund einer seltsamen, mystischen Übereinkunft eine Frau namens Cleo einen obszönen Tanz in einem verdunkelten Haus neben einer Kirche. Würde sie so auf der Straße tanzen, so würde man sie verhaften. Wenn sie so in einem Privathaus tanzte, würde sie vergewaltigt und zerstückelt werden. Wenn sie so in der Carnegie Hall tanzte, würde sie eine Revolution hervorrufen. Ihr Tanz ist eine Verletzung der Verfassung der Vereinigten Staaten. Er ist archaisch, primitiv, obszön, nur darauf gerichtet, die niederen Triebe von Männern und Frauen zu erregen. Er hat nur einen ehrlichen Zweck im Auge: die Erhöhung der Kasseneinnahmen der Brüder Minsky. Das tut er. Und hier muß man aufhören, über das Thema nachzudenken, oder man wird verrückt.

Aber ich muß immer wieder daran denken . . . Ich sehe eine Gliederpuppe, die unter dem lüsternen Blick des kosmopolitischen Auges Fleisch und Blut angenommen hat. Ich sehe sie die Leidenschaften eines angeblich zivilisierten Publikums in der zweitgrößten Stadt der Welt kanalisieren. Sie hat sich sein Fleisch, seine Gedanken, seine Leidenschaften, seine lüsternen Träume und Wünsche zu eigen gemacht und es damit verstümmelt, es mit ausgestopften Rümpfen und Schirmstäben zurückgelassen. Vermutlich hat sie es sogar seiner Sexualorgane beraubt, denn was, wenn sie noch Männer und Frauen wären, würde sie auf ihren Plätzen zurückhalten? Ich sehe die ganze rasch ablaufende Aufführung als eine Art von Caligari-Séance an – eine geschickte, meisterlich psychische Übertragung. Ich bezweifle, daß ich überhaupt in einem Theater sitze. Ich bezweifle alles, außer der Macht der Suggestion. Ich kann ebensogut glauben, daß wir uns in einem Bazar in Nagasaki befinden, wo sexuelle Gegenstände verkauft werden. Daß wir im Dunkeln sitzen, mit Gummigeschlechtsteilen in Händen, und wie verrückt masturbieren. Ich kann glauben, daß wir in der Vorhölle inmitten des Rauches astraler Welten sind und daß das, was vor dem Auge vorüberzieht, nur eine Fata Morgana der Erscheinungswelt von Schmerz und Kreuzigung ist. Ich kann glauben, daß wir alle am Halse aufgehängt sind, daß es der Augenblick zwischen dem Öffnen der Falltür und dem Reißen der Bänder ist, die das Gehirn mit dem Genick verbinden, was die letzte, köstlichste Ejakulation bewirkt. Ich kann glauben, daß wir irgendwo außer in einer Stadt von sieben oder acht Millionen sind, alle frei und gleich, alle kultiviert und zivilisiert, alle nach Leben, Freiheit und Glück trachtend. Vor allem aber finde ich es höchst schwierig zu glauben, daß ich mich gerade an diesem Tag zum drittenmal in den heiligen Stand der Ehe begeben habe, daß wir nebeneinander im Dunkeln als Mann und Frau sitzen und daß wir die Riten des Frühlings mit Gummigefühlen feiern.

Ich finde es ganz und gar unglaublich. Es gibt Situationen, die den Gesetzen des Verstandes trotzen. Es gibt Augenblicke, wo die unnatürliche Vermischung von acht Millionen Menschen blühende Stücke schwärzesten Wahnsinns hervorbringt. Der Marquis de Sade war dagegen so luzid und vernünftig wie eine Gartengurke. Sacher-Masoch eine Perle des Gleichmuts. Blaubart sanft wie eine Taube.

Cleo fängt in den kalten Strahlen des Scheinwerferlichts an zu leuchten. Ihr Bauch ist zu einem bewegten, finsteren Meer geworden, in dem der glänzende karminrote Nabel hin und her geworfen wird wie der nach Luft ringende Mund eines Naufragé. Mit der Spitze ihrer Möse stößt sie Bouquets ins Orchester. Der Pompon wird das Tamtam und das Tamtam der Pompon. Das Blut der Onanistin ist in ihren Adern. Ihre Brustwarzen sind konzentrische Adern gedämpften Purpurs. Ihr Mund leuchtet auf wie eine rote Wunde, die ein Stoßzahn in ein warmes Glied riß. Die Arme sind Kobras, die Beine aus Lackleder. Ihr Gesicht ist blasser als Elfenbein, der Ausdruck ist erstarrt wie bei den Terrakotta-Dämonen von Yukatan. Die konzentrierte Wollust des Pöbels dringt in sie mit dem dunstigen Rhythmus eines Substanz annehmenden Sonnenkörpers ein. Wie ein Mond, der sich von der glühenden Oberfläche der Erde losgerissen hat, speit sie Stücke von blutgetränktem Fleisch aus. Sie bewegt sich ohne Füße, wie es die frisch amputierten Opfer des Schlachtfeldes in ihren Träumen tun. Sie windet sich auf ihren imaginären weichen Stümpfen und gibt ein lautloses Stöhnen zerfleischender Raserei von sich.

Der Orgasmus kommt langsam wie die letzten Blutspritzer bei einem Geysir in Geburtswehen. In der Stadt von acht Millionen ist sie allein, abgeschnitten, ausgestoßen. Sie gibt die letzten Feinheiten einer Zurschaustellung sexueller Leidenschaft, die sogar einen Leichnam wieder zum Leben erwecken würde. Sie hat die Protektion der Stadtväter und den Segen der Brüder Minsky. In der Stadt Minsk, wohin sie aus Pinsk gereist waren, hatten diese weitblickenden Jungens vorgeplant, daß alles so und so sein sollte. Und so kam es, ganz wie in dem Traum, daß sie ihren schönen Wintergarten neben der katholischen Kirche eröffneten. Alles plangemäß, einschließlich der weißhaarigen Mutter in der Toilette.

Die letzten Zuckungen . . . Warum ist mit einemmal alles so still? Die schwarzen Bouquets triefen von kondensierter Milch. Ein Mann namens Silverberg kaut die Lippen einer Stute. Ein anderer namens Vittorio besteigt ein Mutterschaf. Eine namenlose Frau schält Erdnüsse und stopft sie sich zwischen die Beine.

Und zu dieser gleichen Stunde, fast auf die Minute genau, nimmt ein dunkelhäutiger, gepflegter Mann in einem Kammgarn-Tropenanzug, mit einer leuchtendgelben Krawatte und einer weißen Nelke im Knopfloch seinen Standplatz auf der dritten Treppenstufe zum Hotel Astor ein, sein Gewicht leicht auf den Bambusspazierstock gestützt, mit dem er zu dieser Tageszeit angibt.

Er heißt Osmanli, ein offenbar erfundener Name. Er hat einen Packen von Zehn-, Zwanzig- und Fünfzigdollarscheinen in der Tasche. Der Duft eines teueren Toilettewassers geht von dem seidenen Taschentuch aus, das diskret aus seiner Brusttasche herausschaut. Er ist wie aus dem Ei gepellt, adrett, kühl, überheblich – ein richtiger Dandy. Wenn man ihn anschaut, würde man nie ahnen, daß er von einer Kirchenorganisation bezahlt wird, daß seine einzige Aufgabe im Leben ist, Gift, Bosheit und Verleumdung zu verbreiten, daß er an seiner Tätigkeit Gefallen findet, gut schläft und blüht und gedeiht wie eine Rose.

Morgen früh wird er auf seinem gewohnten Platz am Union Square sein, auf einer Seifenkiste stehend, geschützt von der amerikanischen Fahne. Der Schaum wird ihm von den Lippen triefen, seine Nasenlöcher werden vor Zorn beben, seine Stimme wird heiser krächzend sein. Er verfügt über jedes Argument, mit dem der Mensch aufgetrumpft hat, um den Reiz des Kommunismus zu zerstören, er kann es wie ein wohlfeiler Zauberer aus seinem Hut schütteln. Er ist nicht nur dazu da, zu argumentieren, nicht nur, um Gift und Verleumdung zu verbreiten, sondern um Umruhe zu stiften – er ist da, um einen Aufruhr anzuzetteln, die Polypen auf den Plan zu bringen, vor Gericht unschuldige Leute zu beschuldigen, daß sie das Sternenbanner beleidigt hätten.

Wenn es am Union Square zu heiß für ihn wird, geht er nach Boston, Providence oder in eine andere amerikanische Stadt, immer in die amerikanische Fahne gehüllt, stets umgeben von seinen geschulten Unruhestiftern, stets geschützt vom Schatten der Kirche. Ein Mann, dessen Herkunft völlig im dunkeln liegt, der dutzendmal seinen Namen gewechselt, allen Parteien – rot, weiß und blau – zur einen oder anderen Zeit gedient hat. Ein Mann ohne Heimatland, ohne Grundsätze, ohne Glauben, ohne Skrupel. Ein Diener Beelzebubs, ein Strohmann, ein Lockvogel, ein Verräter, einer, der den Mantel nach dem Winde hängt. Ein Meister darin, den Menschen den Kopf zu verwirren, ein Adept der Schwarzen Loge.

Er hat keine engen Freunde, keine Geliebte, keine Bindungen irgendwelcher Art. Wenn er verschwindet, hinterläßt er keine Spuren. Ein unsichtbarer Faden verbindet ihn mit seinen Auftraggebern. Auf der Seifenkiste scheint er wie ein Besessener, wie ein rasender Fanatiker. Auf den Stufen zum Hotel Astor, wo er jeden Abend ein paar Minuten steht, als überwache er die Menge, obschon ein wenig *distrait*, ist er das Bild der Selbstbeherrschung, höflicher, kühler Gelassenheit. Er hat gebadet und ist frottiert worden, seine Fingernägel wurden manikürt, seine Schuhe poliert. Auch hat er ein kleines Schläfchen gemacht und danach vorzüglich in einem dieser ruhigen, exklusiven Restaurants gegessen, die nur die Feinschmecker kennen. Häufig macht er einen kurzen Verdauungsspaziergang in den Park. Er blickt um sich mit einem klugen, verständnisvollen Auge, sich der Reize des Fleisches, der Schönheit von Erde und Himmel bewußt. Belesen, weitgereist, mit Verständnis für Musik und einer Leidenschaft für Blumen, sinnt er beim Spazierengehen über die menschlichen Torheiten nach. Er liebt den Geschmack und die Würze von Worten, er läßt sie über seine Zunge rollen wie einen köstlichen Bissen. Er ist sich bewußt, daß er die Macht hat, Menschen zu beeinflussen, ihre Leidenschaften zu entfachen, sie nach seinem Willen aufzustacheln und durcheinanderzubringen. Aber ebendiese Fähigkeit hat ihn seinen Mitmenschen verachten, verhöhnen und geringschätzen gelehrt.

Jetzt auf den Stufen zum Astor, verkleidet als Boulevardier, als Flaneur und als Beau Brummel, blickt er nachdenklich über die Köpfe der Menge hinweg, unbeeindruckt von den Kaugummi-Lichtreklamen, dem käuflichen Fleisch, dem Klirren gespenstischer Geschirre, dem Ausdruck von Absentia dementia in vorübergehenden Augen. Er hat sich von allen Parteien, Kulten, Ismen, Ideologien losgelöst. Er ist ein freilaufendes Ego, immun gegen alle Glaubensbekenntnisse, Überzeugungen und Grundsätze. Er kann alles kaufen, was er braucht, um die Illusion aufrechtzuerhalten, daß er nichts und niemanden braucht. Er scheint an diesem Abend freier denn je, losgelöster denn je zu sein. Er gesteht sich selbst ein, daß er sich wie eine Gestalt aus einem russischen Roman vorkommt, und wundert sich undeutlich, wieso er in solchen Gefühlen schwelgt. Er erkennt, daß er gerade den Gedanken an Selbstmord verworfen hat. Er ist ein wenig bestürzt, festzustellen, daß ihn solche Gedanken beschäftigt haben. Er hatte mit sich gestritten. Es war eine ziemlich langwierige Geschichte gewesen, jetzt, wo er seine Gedanken zurückverfolgt. Der beunruhigendste Gedanke ist, daß er das Ich nicht wiedererkennen kann, mit dem er diese Selbstmordfrage diskutiert hat. Dieses verborgene Wesen hatte nie zuvor seine Bedürfnisse angemeldet. Es war immer ein Vakuum vorhanden gewesen, um das er eine veritable Kathedrale von wechselnden Persönlichkeiten errichtet hatte. Wenn er sich hinter die Fassade zurückzog, hatte er sich stets allein gefunden. Und dann, gerade einen Augenblick zuvor, hatte er die Entdeckung gemacht, daß er nicht allein war. Trotz aller wechselnden Masken, der ganzen architektonischen Tarnung, lebte jemand in ihm, jemand, der ihn intim kannte und der ihn nun drängte, Schluß zu machen.

Das Phantastische daran war, daß er gedrängt wurde, es sofort zu tun, keine Zeit zu verlieren. Das war unerhört, denn obwohl der Gedanke verführerisch und anziehend war, empfand er doch den sehr menschlichen Wunsch, seinen eigenen Tod wenigstens um eine Stunde oder so in seiner Phantasie zu überleben. Er schien um Zeit zu bitten, was seltsam war, denn nie in seinem Leben war bei ihm der Gedanke aufgekommen, sich umzubringen. Er hätte den Gedanken verscheuchen sollen, statt wie ein verurteilter Verbrecher um eine kurze Gnadenfrist zu bitten. Aber diese Leere, diese Einsamkeit, in die er sich gewöhnlich zurückzog, begann jetzt, den Druck und die Explosivität eines Vakuums anzunehmen. Die Seifenblase war am Platzen. Er wußte es. Er wußte, daß er nichts tun konnte, um sie zu erhalten. Rasch ging er die Stufen des Astor hinunter und mischte sich unter die Menge. Er glaubte einen Augenblick, daß er sich vielleicht inmitten all dieser Leiber verlor, aber nein, es wurde ihm immer deutlicher, er wurde sich immer mehr bewußt und war immer entschlossener, der gebieterischen Stimme zu gehorchen, die ihn zur Eile antrieb. Er war wie ein Liebhaber unterwegs zu einem Stelldichein. Er hatte nur einen Gedanken: seine eigene Vernichtung. Er brannte wie ein Feuer, es erleuchtete seinen Weg.

Als er in eine Seitenstraße einbog, um zu seiner Verabredung zu eilen, verstand er sehr klar, daß er, so wie die Dinge lagen, bereits keine freie Verfügungsgewalt mehr über sich hatte und nur noch seiner Nase folgen konnte. Er hatte keine Probleme, keine Konflikte. Er machte gewisse automatische Gesten, ohne auch nur seinen Schritt zu verlangsamen. So warf er beispielsweise, als er an einer Kehrichttonne vorbeikam, sein Banknotenbündel hinein, als befreie er sich von einer Bananenschale. An einer Ecke warf er den Inhalt seiner inneren Jackentasche in einen Abwasserkanal. Uhr und Kette, Ring und Taschenmesser nahmen einen ähnlichen Weg. Er klopfte sich, während er weiterging, überall ab, um sich zu vergewissern, daß er sich aller persönlichen Besitztümer entledigt hatte. Sogar sein Taschentuch warf er, nachdem er sich ein letztes Mal die Nase geschneuzt hatte, in den Rinnstein. Jetzt fühlte er sich leicht wie eine Feder und ging immer rascher durch die düsteren Straßen. Im gegebenen Augenblick würde ihm das Zeichen gegeben werden, und er würde sich aufgeben. Statt eines Stromes sich überstürzender Gedanken – Ängste, Wünsche, Hoffnungen, Reuegefühle in letzter Minute, wie wir uns vorstellen, daß sie den dem Untergang Geweihten überfallen – kannte er nur ein einzigartiges und immer mehr um sich greifendes Gefühl der Leere. Sein Herz war wie ein klarer blauer Himmel, an dem auch nicht die leiseste Spur eines Wölkchens zu sehen ist. Man hätte glauben können, daß er bereits die Grenzlinie der anderen Welt überschritten habe, daß er jetzt, vor seinem tatsächlichen leiblichen Tod, bereits in einem Dämmerzustand war und, wenn er daraus erwachte und sich auf der anderen Seite fand, erstaunt sein würde, daß er so schnell seines Weges ging. Nur dann würde er vielleicht imstande sein, seine Gedanken zu sammeln und sich zu fragen, warum er es getan hatte.

Oben rattert und donnert die Hochbahn. Ein Mann rennt, so rasch ihn seine Beine tragen, an ihm vorbei. Hinter ihm ist ein Polizist mit gezogenem Revolver. Auch er beginnt zu laufen. Jetzt laufen sie alle drei. Er weiß nicht warum, er weiß nicht einmal, daß jemand hinter ihm ist. Aber als die Kugel seinen Hinterkopf durchdringt und er flach aufs Gesicht fällt, strahlt ein Schimmer blendender Klarheit durch sein ganzes Wesen.

Dort in der Nebenstraße, mit dem Gesicht nach unten vom Tod überrascht, während schon das Gras in seinen Ohren sprießt, steigt Osmanli wieder die Stufen des Hotels Astor hinab, aber statt sich zu der Menge zu gesellen, schlüpft er durch die Hintertür eines bescheidenen Häuschens in einem Dorf, wo er noch eine andere Sprache sprach. Er setzt sich an den Küchentisch und schlürft ein Glas Buttermilch. Es scheint, als sei es erst gestern gewesen, daß, an diesem Tisch sitzend, seine Frau ihm gesagt hatte, sie wolle ihn verlassen. Diese Mitteilung hatte ihn so niedergeschmettert, daß er kein Wort hatte erwidern können. Er hatte sie weggehen sehen, ohne den leisesten Einspruch zu erheben. Er hatte dort gesessen, ruhig seine Buttermilch getrunken, und sie hatte ihm mit brutaler, direkter Offenheit gesagt, daß sie ihn nie geliebt habe. Noch ein paar weitere, gleich schonungslose Worte – und sie war fort. In diesen wenigen Minuten war er ein völlig anderer Mensch geworden. Als er sich von dem Schock erholt hatte, empfand er die erstaunlichste Heiterkeit. Es war, als habe sie zum ihm gesagt: »Du bist jetzt frei, du kannst jetzt handeln!« Er fühlte sich so geheimnisvoll frei, daß er sich fragte, ob sein Leben bis zu diesem Augenblick nicht ein Traum gewesen sei. Handeln! Es war so einfach. Er war auf den Hof hinausgegangen und hatte nachgedacht, dann war er ebenso spontan zum Hundezwinger gegangen, hatte dem Tier gepfiffen und als es seinen Kopf herausstreckte, diesen glatt abgehackt. Das war's, was es bedeutete: zu handeln! So äußerst einfach, daß es ihn zum Lachen brachte. Er wußte nun, daß er alles, was er wollte, tun konnte. Er ging ins Haus und rief dem Dienstmädchen. Er wollte sie mit diesen seinen neuen Augen ansehen. Er hatte nicht mehr im Sinn als das. Eine Stunde später ging er, nachdem er sie vergewaltigt hatte, direkt zur Bank und von dort zum Bahnhof, wo er den erstbesten Zug nahm.

Von da an hatte sein Leben ein kaleidoskopartiges Muster angenommen. Die paar Morde, die er begangen hatte, wurden fast geistesabwesend, ohne Böswilligkeit, Haß oder Habgier ausgeführt. Er ging fast in derselben Weise der Liebe nach. Er kannte weder Furcht, Ängstlichkeit noch Vorsicht.

Auf diese Weise waren zehn Jahre im Zeitraum von ein paar Minuten vergangen. Die Ketten, die den gewöhnlichen Menschen binden, waren ihm abgenommen worden, er war nach Belieben in der Welt umhergestreift, hatte Freiheit und Immunität genossen und dann – indem er sich in einem Augenblick völliger Entspannung der Phantasie überließ – mit unbarmherziger Logik den Schluß gezogen, daß der Tod der einzige Luxus war, den er sich bisher versagt hatte. Und so war er die Stufen des Hotels Astor hinuntergestiegen und einige Minuten später, als er mit dem Gesicht nach unten in den Tod stürzte, sich bewußt geworden, daß er sich nicht geirrt, sondern sie richtig verstanden hatte, als sie sagte, sie habe ihn nie geliebt. Es war das erste Mal, daß er jemals wieder daran dachte, und wenn es auch das letzte Mal war, daß er nochmals daran denken würde, konnte er es nicht besser verstehen als damals, als er es vor zehn Jahren zum erstenmal gehört hatte. Damals hatte es keinen Sinn gegeben und gab auch jetzt keinen. Er schlürfte noch immer seine Buttermilch. Er war bereits ein toter Mann. Er war machtlos, darum hatte er sich so frei gefühlt. Aber er war nie wirklich frei gewesen, wie er es sich eingebildet hatte. Das war einfach eine Halluzination gewesen. Erst einmal hatte er nie dem Hund den Kopf abgehackt, sonst würde der jetzt nicht aus Freude bellen. Wenn er sich nur wieder aufraffen und mit eigenen Augen schauen könnte, würde er gewiß wissen, ob alles wirklich oder nur eine Sinnestäuschung gewesen war. Aber die Fähigkeit, sich zu bewegen, war ihm genommen. Von dem Augenblick an, als sie diese vielsagenden Worte geäußert hatte, wußte er, daß er sich nie mehr würde von der Stelle rühren können. Warum sie jenen besonderen Augenblick gewählt hatte, als er gerade die Buttermilch trank, warum sie so lange gewartet hatte, es ihm zu sagen, konnte und würde er nie verstehen. Er würde nicht einmal den Versuch machen, es zu verstehen. Er hatte sie sehr deutlich gehört, ganz so, als ob sie ihre Lippen an sein Ohr gelegt und die Worte hineingeschrien hätte. Es hatte sich so rasch allen Teilen seines Körpers mitgeteilt, daß es war, als sei ein Geschoß in seinem Gehirn explodiert. Dann – konnte es nur einige Augenblicke oder eine Ewigkeit später gewesen sein? – war er aus dem Gefängnis seines alten Ichs ganz so herausgetreten, wie ein Schmetterling aus seiner Puppe hervorgeht. Dann der Hund, dann das Dienstmädchen, dann dies, dann das – unzählige Ereignisse, die sich wie in Übereinstimmung mit einem vorher festgesetzten Plan wiederholten. Alles nach Planung und mit Methode, sogar bis zu den drei oder vier beiläufigen Morden.

Wie in den Legenden, wo erzählt wird, daß derjenige, der sein Traumbild aufgibt, in ein Labyrinth gerät, aus dem es keinen Ausweg außer dem Tod gibt, wo durch Symbol und Allegorie klargemacht wird, daß die Gehirnwindungen, die Windungen des Labyrinths, die Windungen der Schlangen, welche die Willenskraft überwinden, ein und derselbe erstickende Vorgang sind – der Vorgang, Türen hinter sich zu schließen, das Fleisch mit Mauern zu umgeben, schonungslos der Versteinerung entgegenzuschreiten –, so war es mit Osmanli, einem unbekannten Türken, den auf den Stufen zum Hotel Astor im Augenblick seines über alle Maßen illusorischen freiheitlichen Losgelöstseins die Phantasie überkam. Indem er über die Köpfe der Menge hinwegblickte, hatte er mit schauderndem Erinnern das Bild seiner geliebten Frau wahrgenommen, ihren hundeähnlichen Kopf zu Stein verwandelt. Der pathetische Wunsch, seinen Kummer zu überlisten, hatte in der Konfrontation mit der Maske geendet. Der monströse Keim der Unerfülltheit versperrte jeden Ausweg. Das Gesicht aufs Pflaster gepreßt, schien er die steinernen Gesichtszüge der Frau, die er verloren hatte, zu küssen. Seine Flucht, auf geschicktem Umweg ausgeführt, hatte ihn Auge in Auge mit dem leuchtenden Schreckensbild gebracht, das sich in dem Schutzschild widerspiegelte. Selbst vernichtet, hatte er die Welt vernichtet. Er hatte seine Eigenpersönlichkeit im Tod erreicht.

Cleo beendete ihren Tanz. Die letzten zuckenden Bewegungen waren mit dem phantastischen Rückblick auf Osmanlis Tod zusammengefallen.

23

Das Unglaubliche an solchen Halluzinationen ist, daß sie ihren Kern in der Wirklichkeit haben. Als Osmanli mit dem Gesicht voran aufs Pflaster fiel, nahm er nur eine Szene meines Lebens vorweg. Laßt uns einige Jahre überspringen – hinein in den Hexenkessel.

Die Verdammten haben immer einen Tisch, um daran zu sitzen, um darauf ihre Ellbogen und das Bleigewicht ihres Gehirns zu stützen. Die Verdammten sind immer blind, sie starren mit leeren Augenhöhlen auf die Welt. Die Verdammten sind immer versteinert – und im Mittelpunkt ihrer Versteinerung ist unermeßliche Leere. Die Verdammten haben immer dieselbe Entschuldigung – den Verlust des geliebten Menschen.

Es ist Nacht, und ich sitze in einem Keller. Das ist unsere Behausung. Ich warte auf sie Nacht um Nacht wie ein Gefangener, der an den Boden seiner Zelle gekettet ist. Es ist eine Frau bei ihr, die sie ihre Freundin nennt. Die beiden haben sich verschworen, mich zu verraten und zu hintergehen. Sie lassen mich ohne Essen, ohne Heizung, ohne Licht. Sie sagen mir, ich solle mich amüsieren, bis sie zurückkommen.

Durch Monate der Beschämung und Demütigung bin ich dahin gekommen, daß ich meine Einsamkeit liebe. Ich suche keine Hilfe mehr von der Außenwelt. Ich mache nicht mehr auf, wenn es klingelt. Ich lebe allein in der Unruhe meiner Ängste. In meinen Gehirngespinsten gefangen, warte ich, bis die Flut steigt und mich davonträgt.

Wenn sie zurückkommen, um mich zu quälen, benehme ich mich wie das Tier, das ich geworden bin. Mit Heißhunger stürze ich mich aufs Essen. Ich esse mit den Fingern. Und während ich das Essen verschlinge, grinse ich sie gnadenlos an, als wäre ich ein wahnsinniger, eifersüchtiger Zar. Ich tue so, als sei ich böse: ich werfe ihnen gemeine Beleidigungen an den Kopf, drohe ihnen mit den Fäusten, ich belle, spucke Gift und Galle und tobe.

Ich tue das Nacht für Nacht, um meine fast erloschenen Gefühle anzustacheln. Ich habe die Fähigkeit zu fühlen verloren. Um diesen Mangel zu verbergen, simuliere ich jede Leidenschaft. Es gibt Nächte, in denen ich sie endlos amüsiere, indem ich wie ein verwundeter Löwe brülle. Manchmal schlage ich sie mit einer Samtpfote nieder. Ich habe sogar Pipi auf sie gemacht, wenn sie sich, von hysterischem Lachen geschüttelt, auf dem Boden wälzten.

Sie sagen, ich habe das Zeug zu einem Clown. Sie sagen, sie würden an einem der nächsten Abende Freunde herbringen, damit ich für sie eine Vorstellung gebe. Ich knirsche mit den Zähnen und bewege meine Kopfhaut vor und zurück, um Billigung anzudeuten. Ich lerne alle Possen aus dem Zoo.

Mein größtes Glanzstück ist, wenn ich Eifersucht vorspiele, besonders Eifersucht aus nichtigem Anlaß. Nie um zu erforschen, ob sie mit diesem oder jenem geschlafen hat, sondern nur um zu erfahren, ob er ihr die Hand küßte. Eine solche kleine Geste läßt mich wütend werden. Ich kann zum Messer greifen und drohen, daß ich ihr die Kehle durchschneide. Bei einer Gelegenheit gehe ich so weit, ihrer unzertrennlichen Freundin einen sanften Stich in die Hinterbacken zu versetzen. Ich bringe Jod und Heftpflaster und küsse den Hintern ihrer unzertrennlichen Freundin.

Nehmen wir an, daß sie an einem Abend heimkommen und das Feuer erloschen finden. Nehmen wir an, daß ich an diesem Abend vorzüglicher Laune bin, da ich den nagenden Hunger mit eisernem Willen überwunden, allein in der Dunkelheit den Ansturm des Irrsinns abgewehrt und mich beinahe überzeugt habe, daß nur Egoismus Kummer und Elend hervorbringen kann. Nehmen wir fernerhin an, daß sie bei Betreten der Gefängniszelle unempfänglich für den Sieg scheinen, den ich davongetragen habe. Sie fühlen einzig und allein die gefährliche Kälte des Raumes. Sie fragen nicht, ob ich friere, sie sagen einfach: Es ist kalt hier.

Kalt, meine kleinen Königinnen? Dann werde ich euch ein brüllendes Feuer machen. Ich nehme den Stuhl und schmettere ihn gegen die Wand. Ich springe darauf und zerbreche ihn in kleine Stücke. Mit Papier und Holzsplittern fache ich im Ofen eine kleine Flamme an. Ich verbrenne den Stuhl Stück für Stück.

Eine reizende Geste, meinen sie. So weit, so gut. Ein bißchen essen jetzt, eine Flasche kaltes Bier. Ihr habt also heute abend einen schönen Abend gehabt? Es war kalt draußen, was? Ihr habt ein bißchen Geld aufgetrieben? Schön, deponiert es morgen in der Sparbüchse! Du, Hegoroboru, lauf hinaus und besorge eine Flasche Rum! Ich gehe morgen fort . . . trete eine Reise an.

Das Feuer ist heruntergebrannt. Ich nehme den leeren Stuhl und zerschmettere ihn an der Wand. Die Flammen lodern hoch. Hegoroboru kommt mit einem Grinsen zurück und hält mir die Flasche hin. Sie ist im Nu entkorkt, und ich nehme einen großen Schluck. Höllisches Feuer brennt mir in der Kehle. Steht auf! schreie ich. Gebt mir noch diesen anderen Stuhl! Proteste, Geheul, Geschrei. Das heißt, die Dinge zu weit treiben. *Aber es ist draußen kalt,* sagt ihr? Dann brauchen wir mehr Wärme. Geht aus dem Weg! Mit einem Ruck fege ich die Teller auf den Boden und nehme den Tisch in Angriff. Sie versuchen mich wegzuziehen. Ich gehe hinaus zum Abfalleimer und hole das Beil. Ich fange an draufloszuhacken. Ich zerschlage den Tisch in kleine Stücke, dann die Kommode, indem ich ihren Inhalt auf den Boden auskippe. Ich werde alles in Stücke schlagen, warne ich sie, sogar das Geschirr. Wir werden uns wärmen, wie wir das noch nie zuvor getan haben.

Eine Nacht auf dem Fußboden, wir drei unruhig wie brennende Korken. Hohn und Spott wechseln hin und her.

»Er wird nie fortgehen . . . er tut nur so.«

Eine Stimme wispert mir ins Ohr: »Gehst du wirklich fort?«

»Ja, ich verspreche es dir.«

»Aber ich will nicht, daß du gehst.«

»Ich kümmere mich nicht mehr darum, was du willst.«

»Aber ich liebe dich doch.«

»Ich glaube dir nicht.«

»Aber du *mußt* mir glauben.«

»Ich glaube niemandem und nichts.«

»Du bist krank. Du weißt nicht, was du tust. Ich lasse dich nicht fort.«

»Wie willst du mich aufhalten?«

»Bitte, bitte, Val, sprich nicht so . . . du machst mir angst.«

Stille.

Ein zaghaftes Flüstern: »Wie willst du ohne mich leben?«

»Ich weiß es nicht, aber es ist mir gleich.«

»Du brauchst mich. Du kannst nicht für dich selber sorgen.«

»Ich brauche niemand.«

»Ich habe Angst, Val. Ich habe Angst, daß dir etwas zustößt.«

Am Morgen schleiche ich mich fort, während sie selig schlummern. Ich stehle einem blinden Zeitungsverkäufer ein paar Pennies, komme so auf die New-Jersey-Seite und gehe weiter zur Überlandstraße. Ich fühle mich phantastisch leicht und frei. In Philadelphia schlendere ich umher, als sei ich ein Tourist. Ich werde hungrig. Ich bitte einen Vorübergehenden um ein Zehncentstück und bekomme es. Ich versuche es bei einem anderen und noch einem – einfach des Spaßes wegen. Ich gehe in eine Kneipe, esse eine kostenlose Mahlzeit mit einem großen Glas Bier und trete wieder auf die Straße.

Ich werde per Anhalter in Richtung Pittsburgh mitgenommen. Der Fahrer ist wenig mitteilsam. Auch ich bin es nicht. Es ist, als habe ich einen Privatchauffeur. Nach einer Weile frage ich mich, wohin die Fahrt geht. Will ich eine Arbeit? Nein. Will ich ganz von vorne ein neues Leben anfangen? Nein. Will ich Urlaub machen? Nein. Ich will nichts.

Was dann *willst* du? frage ich mich selbst. Die Antwort ist immer dieselbe: Nichts.

Nun, das ist genau, was du hast: Nichts.

Das Zwiegespräch verstummt. Ich fange an, mich für den Zigarettenanzünder, der in das Armaturenbrett eingelassen ist, zu interessieren. Das Wort »Querleiste« kommt mir in den Sinn. Ich spiele lange mit ihm, tue es dann endgültig ab, wie man ein Kind wegschicken würde, das den ganzen Tag mit einem Ballspielen möchte.

In jede Richtung abzweigende Straßen und Verkehrsadern. Was wäre die Erde ohne Straßen? Ein unwegsamer Ozean. Ein Dschungel. Die erste Straße durch die Wildnis muß den Menschen als eine große Leistung erschienen sein. Richtung, Orientierung, Verbindung. Dann zwei Straßen, drei Straßen ... Dann Millionen Straßen. Ein Spinngewebe und in seiner Mitte der Mensch, der Schöpfer, gefangen wie eine Fliege.

Wir fahren siebzig Meilen in der Stunde – oder vielleicht bilde ich es mir nur ein. Kein Wort wird zwischen uns gewechselt. Vielleicht befürchtet er, mich sagen zu hören, daß ich hungrig bin oder keinen Platz zum Schlafen habe. Er überlegt vielleicht, wo er mich absetzen kann, wenn ich anfange, mich verdächtig zu benehmen. Dann und wann zündet er sich eine Zigarette an dem elektrischen Grill an. Das Ding fasziniert mich. Es ist wie ein kleiner elektrischer Stuhl.

»Ich biege hier ab«, sagte der Fahrer plötzlich. »Wohin wollen *Sie*?«

»Sie können mich hier aussteigen lassen ... danke.«

Ich trete hinaus in einen feinen Sprühregen. Es dunkelt. Straßen nach überallhin. Ich muß entscheiden, wohin ich will. Ich muß ein Ziel haben.

Ich stehe in so tiefer Benommenheit da, daß ich hundert Wagen vorbeifahren lasse, ohne aufzublicken. Ich habe nicht einmal ein zusätzliches Taschentuch, entdecke ich. Ich wollte meine Brille abreiben, aber wozu? Ich brauche nicht zu gut zu sehen oder zu gut zu fühlen – oder zu gut zu denken. Ich gehe nirgendwohin. Wenn ich müde werde, kann ich mich fallen lassen und schlafen. Tiere schlafen im Regen, warum nicht auch der Mensch? Wenn ich ein Tier werden könnte, käme ich wohin.

Ein Lastwagen hält neben mir. Der Fahrer braucht ein Streichholz.

»Kann ich Sie mitnehmen?« erkundigte er sich.

Ich springe hinein, ohne zu fragen wohin. Der Regen kommt härter herunter, es ist plötzlich pechschwarz geworden. Ich habe keine Ahnung, wohin wir unterwegs sind, und will es nicht wissen. Ich fühle mich zufrieden, im Trockenen zu sein und neben einem warmen Körper zu sitzen.

Dieser Bursche ist geselliger. Er spricht eine Menge über Streichhölzer, wie wichtig sie sind, wenn man sie braucht, wie leicht man sie verliert und so weiter. Er macht Konversation über alles und nichts. Es scheint seltsam, so ernsthaft über Nichtigkeiten zu reden, wenn es in Wirklichkeit die gewaltigsten Probleme zu lösen gilt. Abgesehen davon, daß wir über materielle Kleinigkeiten sprechen, ist es die Art von Unterhaltung, wie sie in einem französischen Salon geführt werden könnte. Die Straßen haben alles so wunderbar verbunden, daß sogar Leere leicht transportiert werden kann.

Als wir in die Ausläufer einer großen Stadt einfahren, frage ich ihn, wo wir sind.

»Das ist doch Philly«, erwiderte er. »Wo haben Sie geglaubt, daß wir sind?«

»Ich weiß es nicht«, sagte ich, »ich hatte keine Ahnung . . . Sie fahren nach New York, nehme ich an?«

Er brummte. Dann fügte er hinzu: »Sie scheinen sich so oder so nicht viel darum zu kümmern. Sie verhalten sich so, als ob Sie nur eben in der Dunkelheit umherfahren wollen.«

»Ganz recht. Gerade das tue ich . . . ich fahre in der Dunkelheit umher.«

Ich sank zurück und hörte ihm zu, wie er von Burschen erzählte, die im Dunkeln umherlaufen und einen Platz suchen, wo sie pennen können. Er sprach über sie ganz so, wie ein Gärtner über gewisse Sorten von Sträuchern sprechen würde. Er war ein »Raum-Verbinder«, wie Korbyski es ausdrückt, ein Kerl, der alle Überland- und Nebenstraßen in seiner Einsamkeit befährt. Was zu beiden Seiten der Verkehrswege lag, war Grasland, und die Geschöpfe, die diese Leere bewohnten, waren Landstreicher, die hungrig eine Freifahrt schnorrten.

Je mehr er sprach, um so sehnsüchtiger dachte ich daran, was es bedeutete, ein Obdach zu haben. Schließlich war der Keller gar nicht ganz so schlecht gewesen. Draußen in der Welt waren die Leute ebenso armselig dran. Der einzige Unterschied zwischen ihnen und mir war, daß sie hinausgingen und sich holten, was sie brauchten. Sie schwitzten dafür, sie betrogen einander, sie bekämpften sich unerbittlich. Ich hatte keines dieser Probleme. Mein einziges Problem war, wie ich tagein, taugaus mit mir selbst leben sollte.

Ich dachte, wie lächerlich und kläglich es wäre, in den Keller zurückzuschleichen und einen kleinen Winkel ganz für mich allein zu suchen, wo ich mich zusammenrollen und mir die Decke über die Ohren ziehen konnte. Wie ein Hund würde ich mit eingezogenem Schwanz hineinkriechen. Ich würde sie nicht mehr mit Eifersuchtsszenen belästigen. Ich wäre dankbar für alle Brosamen, die mir gereicht würden. Wenn sie ihre Liebhaber mitbringen und es in meiner Gegenwart mit ihnen treiben wollte, wäre auch das recht. Man beißt nicht die Hand, die einen füttert. Jetzt, wo ich die Welt gesehen hatte, würde ich mich nie mehr beklagen. Alles war besser, als im Regen stehengelassen zu werden und nicht zu wissen, wohin man gehen soll. Schließlich hatte ich noch meinen Verstand. Ich konnte in der Dunkelheit daliegen und denken – soviel oder sowenig denken, wie ich wollte. Die Menschen draußen würden hin und her rennen, Dinge umhertragen, kaufen, verkaufen, Geld auf die Bank bringen und es wieder abholen. Das war schrecklich. Ich würde das nie tun wollen. Viel lieber würde ich vorgeben, daß ich ein Tier war, sagen wir ein Hund, der hin und wieder einen Knochen vorgeworfen bekam. Wenn ich mich anständig aufführte, würde ich verhätschelt und gestreichelt werden. Ich fände vielleicht einen guten Herrn, der mich an einer Leine ausführte und überall Pipi machen ließ. Ich begegnete vielleicht einem anderen Hund, einem vom anderen Geschlecht, und ihm könnte ich dann und wann einen auf die schnelle Tour verpassen. Ach, ich mußte jetzt still und fügsam sein. Ich hatte meine kleine Lektion gelernt. Ich würde mich in einer Ecke in der Nähe der Feuerstelle zusammenrollen, so still und freundlich, wie man es von mir verlangt. Sie müßten schon schrecklich gemein sein, würden sie mich hinausjagen. Außerdem, wenn ich zeigte, daß ich nichts brauchte, um nichts bat, sie ganz so weitermachen ließ, als wären sie allein, was konnte es dann schon schaden, wenn sie mir einen kleinen Platz in der Ecke überließen?

Es handelte sich darum, sich hineinzuschleichen, während sie ausgegangen waren, so daß sie mir nicht die Tür vor der Nase zuwerfen konnten.

An diesem Punkt meiner Träumerei überkam mich der höchst beunruhigende Gedanke: Was, wenn sie geflohen waren? Was, wenn das Haus verlassen war?

Irgendwo in der Nähe von Elizabeth hielten wir. Etwas stimmte nicht mit dem Motor. Es schien klüger, auszusteigen und einen anderen Wagen anzuhalten, als die ganze Nacht zu warten. Ich ging zur nächsten Tankstelle und trieb mich dort herum, um einen Wagen zu finden, der mich mit nach New York nahm. Ich wartete über eine Stunde, verlor dann die Geduld und schlenderte auf meinen eigenen zwei Beinen die düstere Fahrbahn hinunter davon. Der Regen hatte abgenommen, es war nur noch ein dünner Nieselregen. Hin und wieder beschleunigte ich bei dem Gedanken, wie köstlich es wäre, in den Hundezwinger zu kriechen, meinen Schritt. Elizabeth war ungefähr fünfzehn Meilen entfernt.

Einmal geriet ich so außer mir vor Freude, daß ich ein Lied anstimmte. Ich sang lauter und immer lauter, wie um sie wissen zu lassen, daß ich kam. Natürlich würde ich nicht singend das Haus betreten – das würde sie zu Tode erschrecken.

Das Singen machte mich hungrig. Ich kaufte eine Hershey-Mandelstange an einer kleinen Verkaufsbude am Straßenrand. Sie war köstlich. Siehst du, du bist nicht so schlecht dran, sagte ich zu mir. Du ißt noch nicht Knochen oder Abfall. Du bekommst vielleicht noch etwas Gutes zu essen, bevor du stirbst. Was hältst du von zartem geschmorten Lamm? Du mußt nicht an wohlschmeckende Dinge denken . . . denke nur an Knochen und Abfall. Von jetzt an ist es ein Hundeleben.

Ich saß auf einem großen Stein irgendwo diesseits von Elizabeth, als ich einen großen Lastwagen näher kommen sah. Es war der Mann, den ich vorhin verlassen hatte. Ich sprang hinein. Er fing an über Motoren zu sprechen, was ihnen schadet, was sie antreibt und so weiter.

»Wir werden bald dasein«, sagte er plötzlich, ohne besonderen Anlaß.

»Wo?« fragte ich.

»New York natürlich . . . wo glauben Sie?«

»Ach, New York, freilich. Ich hatte es ganz vergessen.«

»Sagen Sie, was zum Teufel wollen Sie in New York tun, wenn ich nicht zu persönlich werde?«

»Ich gehe zu meiner Familie zurück.«

»Waren Sie lange weg?«

»An die zehn Jahre«, erwiderte ich, wobei ich die Worte nachdenklich dehnte.

»Zehn Jahre! Das ist eine verteufelt lange Zeit. Was haben Sie getan, einfach so herumvagabundiert?«

»Tjaa, einfach herumvagabundiert.«

»Ich nehme an, sie werden sich freuen, Sie wiederzusehen – Ihre Leute.«

»Ich nehme an, daß sie das tun.«

»Sie scheinen dessen nicht so sicher zu sein«, sagte er und sah mich mit einem fragenden Blick an.

»Das stimmt. Nun, Sie wissen, wie das ist.«

»Ich glaube ja«, antwortete er. »Ich begegne einer Menge Burschen wie Ihnen. Immer kommen sie früher oder später heim ins warme Nest.«

Er sagte warmes Nest, ich sagte Hundezwinger – im *Flüsterton*, versteht sich. Mir gefiel Zwinger besser. Warmes Nest war für Hähne, Tauben, Federvieh, das Eier legt. Ich war nicht gewillt, Eier zu legen. Knochen und Abfall, Knochen und Abfall, Knochen und Abfall. Ich wiederholte es immer wieder, um mir die moralische Kraft zu geben, wie ein geschlagener Hund zurückzukriechen.

Beim Abschied borgte ich ein Fünfcentstück von ihm und tauchte in die Untergrund. Ich fühlte mich hundemüde, hungrig und vom Wetter mitgenommen. Die anderen Fahrgäste sahen krank für mich aus. So als habe man sie gerade aus dem Kittchen oder dem Armenhaus entlassen. Ich war draußen in der Welt gewesen, weit, weit fort. Zehn Jahre hatte ich mich herumgetrieben und kam jetzt heim. Willkommen daheim, verlorener Sohn! *Willkommen daheim!* Du meine Güte, was für Geschichten hatte ich gehört, was für Städte gesehen! Was für wunderbare Abenteuer! Zehn Jahre des Lebens, von morgens bis Mitternacht. Würden meine Leute noch dasein?

Auf Zehenspitzen betrat ich den Kellervorhof und hielt Ausschau nach einem Lichtschimmer. Kein Lebenszeichen. Nun, sie kamen nie sehr früh nach Hause. Ich würde über die offene Veranda hineingehen. Vielleicht saßen sie hinten. Manchmal hielten sie sich in Hegoroborus kleinem Schlafzimmer bei der Halle auf, wo die Wasserspülung der Toilette Tag und Nacht tröpfelte.

Ich öffnete behutsam die Tür, ging zum Treppenabsatz und

stieg leise, sehr leise Stufe um Stufe hinunter. Am Fuß der Treppe war eine Tür. Ich stand in völliger Dunkelheit.

Unten am Fuß der Treppe hörte ich gedämpfte Stimmen. Sie waren daheim! Ich fühlte mich schrecklich glücklich, ich frohlockte. Ich wollte mit meinem kleinen Schwanz wedelnd hineinstürzen und mich ihnen zu Füßen werfen. Aber das war nicht das Programm, das ich einzuhalten geplant hatte.

Nachdem ich einige Minuten dagestanden hatte, das Ohr an die Türfüllung gelegt, faßte ich mit der Hand nach dem Türgriff und drehte ihn sehr langsam und geräuschlos. Die Stimmen kamen jetzt, wo ich die Tür einen Spalt weit geöffnet hatte, viel deutlicher. Die Große, Hegoroboru, sprach. Es klang weinerlich, hysterisch, als habe sie getrunken. Die andere Stimme war tief, besänftigender und schmeichelnder, als ich sie jemals gehört hatte. Sie schien die Große anzuflehen. Es traten seltsame Pausen ein, als umarmten sie sich. Hin und wieder, könnte ich schwören, ließ die Große ein lustvolles Grunzen hören, so als streichele sie die andere. Dann plötzlich stieß sie einen Lustschrei aus, aber einen rachedurstigen. Mit einemmal rief sie: »Also liebst du ihn doch noch? Du hast mich belogen!«

»Nein, nein! Ich schwöre, daß ich das nicht tue. Du *mußt* mir glauben, bitte. Ich habe ihn nie geliebt.«

»Das ist eine Lüge!«

»Ich schwöre dir . . . ich schwöre, daß ich ihn nie geliebt habe. Er war nur wie ein Kind für mich.«

Darauf folgte eine schallende Lachsalve. Dann ein Geräusch, als ob sie sich balgten. Daraufhin Totenstille, als ob ihre Lippen sich aufeinanderpreßten. Dann schien es, als entkleideten sie sich gegenseitig, leckten einander ganz ab, wie Kälber auf der Wiese. Das Bett quietschte. Das Nest beschmutzen, das war es. Sie hatten sich von mir losgesagt, als sei ich ein Aussätziger, und nun versuchten sie es wie Mann und Frau zu machen. Es war gut, daß ich das nicht, den Kopf zwischen meinen Pfoten, in der Ecke liegend, beobachtet hatte. Ich hätte ärgerlich gebellt, sie vielleicht sogar gebissen. Und dann hätten sie mich mit Fußtritten herumgejagt wie einen schmutzigen Köter.

Ich wollte nichts mehr hören. Leise schloß ich die Tür und setzte mich in völliger Finsternis auf die Treppe. Die Müdigkeit und der Hunger waren vergangen. Ich war außergewöhnlich wach. Ich hätte in drei Stunden bis nach San Francisco wandern können.

Nun muß ich irgendwohin gehen! Ich muß endgültig fort – oder ich werde verrückt. Ich weiß, daß ich nicht nur ein Kind bin. Ich weiß nicht, ob ich ein Mann sein will – ich fühle mich zu verletzt und zerschlagen –, aber sicherlich bin ich kein Kind!

Dann ereignete sich eine merkwürdige physiologische Komödie. *Ich begann zu menstruieren.* Ich menstruierte aus jedem Loch meines Körper.

Wenn ein Mann menstruiert, ist alles in ein paar Minuten vorbei. Er hinterläßt auch keinen Schmutz.

Ich kroch auf allen vieren nach oben und verließ das Haus so leise, wie ich es betreten hatte. Der Regen hatte aufgehört, die Sterne standen in vollem Glanz. Ein leichter Wind hatte eingesetzt. Die lutherische Kirche über der Straße, die bei Tageslicht die Farbe von Babyscheiße hatte, war jetzt gedämpft ockerfarben getönt, was mit dem Schwarz des Asphalts harmonierte. Was die Zukunft betraf, so war ich mir innerlich noch nicht sehr im klaren. An der Ecke stand ich ein paar Minuten da und schaute die Straße hinauf und hinunter, als sähe ich sie zum erstenmal.

Wenn man an einem bestimmten Ort viel gelitten hat, dann hat man den Eindruck, daß der Straße ein Stempel von diesem Leid aufgeprägt wurde. Aber wenn man darauf achtet, scheinen Straßen besonders unberührt von den Leiden privater Individuen. Wenn man nachts aus einem Haus tritt, nachdem man einen lieben Freund verloren hat, scheint die Straße wirklich recht taktvoll. Wenn die Außenseite wie das Innere würde, dann wäre es unerträglich. Straßen sind zum Atemschöpfen da . . .

Ich gehe meines Weges, versuche mir über alles klarzuwerden, ohne eine fixe Idee zu entwickeln. Ich komme an Mülltonnen vorbei, die mit Knochen und Abfall gefüllt sind. Manche haben alte Schuhe, kaputte Pantoffeln, Hüte, Hosenträger und andere abgetragene Sachen vor ihre Häuser gelegt. Es besteht kein Zweifel, daß ich, wenn ich nachts auf der Suche nach Beute umherstreifte, ganz hübsch von den weggeworfenen Brosamen leben könnte.

Das Leben im Zwinger ist vorbei, das steht fest. Ich fühle mich jedenfalls nicht mehr wie ein Hund . . . ich fühle mich mehr wie ein Kater. Die Katze ist unabhängig, anarchistisch, freilaufend. Es ist die Katze, die nachts die Schlafstätte beherrscht.

Ich bekomme wieder Hunger. Ich wandere hinunter zu den hellen Lichtern von Borough Hall, wo die Cafeterias leuchten. Ich schaue durch die großen Scheiben, um zu sehen, ob ich ein freundliches Gesicht entdecken kann. Ich gehe weiter von Schaufenster zu Schaufenster, betrachte Schuhe, Modeartikel, Pfeifentabake und so weiter. Dann stehe ich eine Weile am Eingang zur Untergrundbahn, in der verzweifelten Hoffnung, daß jemand, ohne es zu merken, ein Fünfcentstück fallen läßt. Ich betrachte prüfend die Zeitungsstände, um zu sehen, ob Blinde darunter sind, von denen ich ein paar Pennies stehlen kann.

Nach einiger Zeit gehe ich das Steilufer von Columbia Heights entlang. Ich komme an einem respektablen Ziegelsteinhaus vorbei, von dem ich mich erinnere, daß ich es vor vielen, vielen Jahren betreten habe, um bei einem Kunden meines Vaters ein Paket Kleider abzuliefern. Ich erinnere mich, wie ich in dem großen rückwärtigen Zimmer mit den Erkerfenstern und dem Blick auf den Fluß stand. Es war ein Tag hellen Sonnenscheins, ein Spätnachmittag, und das Zimmer war wie ein Bild von Vermeer. Ich mußte dem alten Mann in seinen Anzug helfen. Er hatte einen Bruch. Als er in seiner baumwollenen Unterwäsche in der Mitte des Zimmers stand, sah er ausgesprochen obszön aus.

Unter dem Steilufer lag eine Straße voll Lagerhäuser. Die Terrassen der wohlhabenden Wohnhäuser waren wie überhängende Gärten, die jäh abfallend an die sechs oder acht Meter über dieser bedrückenden Straße endeten, die mit ihren toten Fenstern und finsteren Bogengängen zu den Kais führte. Am Ende der Straße stellte ich mich an eine Mauer, um mein Wasser abzuschlagen. Ein Betrunkener kommt daher und stellt sich neben mich. Er bepinkelt sich überall, krümmt sich dann plötzlich und beginnt sich zu erbrechen. Als ich weggehe, kann ich es auf seine Schuhe platschen hören.

Ich laufe die Stufen einer langen Treppe hinunter, die zu den Docks führt, und finde mich einem Mann in Uniform Auge in Auge gegenüber, der einen großen Knüppel schwingt. Er möchte wissen, was ich hier suche, aber bevor ich antworten kann, rempelt er mich an und schwingt seinen Stock.

Ich steige die lange Treppe wieder hinauf und setze mich auf eine Bank. Mir gegenüber ist ein altmodisches Hotel, in dem eine Lehrerin, die einmal hinter mir her war, wohnt. Bei unserer letzten Begegnung hatte ich sie zum Essen ausgeführt und mußte sie, als ich mich verabschiedete, um fünf Cent bitten. Sie gab sie mir – nur eben ein Fünfcentstück – mit einem Blick, den ich nie vergessen werde. Sie hatte große Hoffnungen auf mich gesetzt, als ich noch Student war. Aber dieser Blick sagte mir allzu deutlich, daß sie ihre Meinung über mich eindeutig geändert hatte. Sie hätte ebensogut sagen können: »Du wirst der Welt niemals gewachsen sein!«

Die Sterne leuchteten sehr, sehr hell. Ich streckte mich auf der Bank aus und starrte zu ihnen empor. Alle meine Mißerfolge kamen mir jetzt zum Bewußtsein, ich war ein wahrhafter Embryo der Unerfülltheit. Alles, was mir widerfahren war, schien nun äußerst fern. Ich hatte nichts anderes zu tun, als meine Losgelöstheit zu genießen. Ich begann von Stern zu Stern zu reisen . . .

Etwa eine Stunde später stand ich bis auf die Knochen durchfroren auf und begann rasch zu gehen. Ein unsinniges Verlangen überkam mich, noch einmal an dem Haus, aus dem ich vertrieben worden war, vorbeizugehen. Ich wollte unbedingt in Erfahrung bringen, ob die beiden noch auf waren.

Die Jalousien waren nur zum Teil herabgelassen, und eine Kerze beim Bett hüllte das Vorderzimmer in einen milden Lichtschein. Ich schlich mich nahe ans Fenster und legte mein Ohr daran. Sie sangen ein russisches Lied, das die Große gerne mochte. Augenscheinlich war sie selig da drin.

Ich ging auf Zehenspitzen aus dem Kellervorraum hinaus und ging in Richtung Love Lane, die an der Ecke war. Sie war wahrscheinlich während des Freiheitskrieges so getauft worden. Jetzt war sie einfach eine Hintergasse mit Garagen und Reparaturwerkstätten. Mülltonnen standen verstreut herum wie gefangene Schachfiguren.

Ich lenkte meine Schritte zu dem Fluß zurück, zu dieser düsteren, trostlosen Straße, die wie eine verschrumpfte Harnröhre unter den überhängenden Terrassen der Reichen verlief. Niemand ging jemals spät nachts durch diese Straße – es war zu gefährlich.

Keine Menschenseele weit und breit. Die unterirdischen Durchgänge unter den Lagerhäusern zeigten fesselnde Ausblicke auf das Leben auf dem Fluß – leblos daliegende Barken, Schleppdampfer, die wie Rauchgespenster vorbeiglitten, Wolkenkratzer, deren Silhouetten sich von dem New Yorker Ufer abhoben, riesige Eisenstützen, um die Stahltrossen geschlungen waren, Stapel von Ziegelsteinen und Bauholz, Säcke mit Kaffee. Am eindrucksvollsten war der Himmel selbst. Reingefegt von Wolken und mit Sterngruppen übersät, schimmerte er wie der Brustharnisch der Hohenpriester in alter Zeit.

Schließlich schickte ich mich an, durch einen überwölbten Torweg zu gehen. Auf halbem Wege fühlte ich, wie eine riesige Ratte mir über die Füße lief. Schaudernd blieb ich stehen, und eine andere glitt mir über die Füße. Dann ergriff mich eine Panik, und ich lief zur Straße zurück. Auf der anderen Straßenseite, nahe der Mauer, stand ein Mann. Ich blieb stocksteif stehen, unentschlossen, nach welcher Richtung ich mich wenden sollte, und in der Hoffnung, die stumme Gestalt würde sich als erste bewegen. Aber er verharrte reglos, beobachtete mich wie ein Falke. Wieder befiel mich Angst, aber diesmal zwang ich mich dazu, ruhig weiterzugehen, denn ich befürchtete, wenn ich lief, würde auch er laufen.

Ich ging so lautlos wie möglich, mit gespitzten Ohren auf das Geräusch seiner Schritte lauschend. Ich wagte nicht, den Kopf zu wenden. Ich ging langsam, ohne Hast, setzte kaum die Absätze auf den Boden.

Ich war nur ein paar Meter gegangen, als ich das sichere Gefühl hatte, daß er mir folgte, nicht auf der anderen Straßenseite, sondern dicht hinter mir, vielleicht nur einige Meter entfernt. Ich beschleunigte meine Schritte, jedoch immer noch ohne ein Geräusch zu machen. Es kam mir so vor, als gehe er schneller als ich, als hole er mich ein. Ich konnte fast seinen Atem im Nacken spüren. Plötzlich schaute ich mich schnell um. Er war da, fast in Greifweite. Ich wußte, ich konnte ihm jetzt nicht mehr entgehen. Ich hatte ein Gefühl, daß er bewaffnet war und von seiner Waffe

– Messer oder Pistole – in dem Augenblick Gebrauch machen würde, wo ich danach zu greifen versuchte.

Instinktiv drehte ich mich blitzschnell um und faßte nach seinen Beinen. Er kam über meinen Rücken zu Fall und schlug mit dem Kopf aufs Pflaster. Ich wußte, daß ich nicht die Kraft hatte, mit ihm zu ringen. Wieder mußte ich schnell handeln. Er wälzte sich herum, leicht betäubt, wie es schien, als ich auf die Beine sprang. Seine Hand griff nach seiner Tasche. Ich versetzte ihm einen Tritt mitten in den Bauch.

Er stöhnte und wälzte sich herum. Ich rannte davon. Ich lief so schnell ich konnte. Aber die Straße war steil, und lange bevor ich an ihr Ende gekommen war, mußte ich auf eine langsamere Gangart umschalten. Wieder drehte ich mich um und lauschte. Es war zu dunkel, um sagen zu können, ob er sich hochgerappelt hatte oder noch immer dort auf dem Gehsteig lag. Kein Laut außer das wilde Klopfen meines Herzens, das Pochen meiner Schläfen. Ich lehnte mich an die Mauer, um zu Atem zu kommen. Ich fühlte mich schrecklich schwach, einer Ohnmacht nahe. Ich fragte mich, ob ich die Kraft aufbringen würde, auf die Spitze des Hügels hinaufzusteigen.

Gerade als ich mich beglückwünschte, so knapp der Gefahr entronnen zu sein, sah ich einen Schatten dort die Mauer entlangschleichen, wo ich ihn verlassen hatte. Diesmal verwandelte die Angst meine Beine in Blei. Ich war völlig gelähmt. Ich sah ihn näher und immer näher kriechen und war völlig unfähig, einen Muskel zu rühren. Er schien zu erraten, was geschehen war. Sein Schritt wurde nicht schneller.

Als er auf eine Entfernung von eineinhalb Meter an mich herangekommen war, zückte er eine Pistole. Instinktiv hob ich die Hände hoch. Er kam zu mir her und tastete mich nach Waffen ab. Dann steckte er die Pistole in seine Gesäßtasche zurück. Kein Wort kam von ihm. Er filzte meine Taschen durch, und als er nichts fand, versetzte er mir mit dem Handrücken einen Schlag ans Kinn und trat dann an den Rinnstein zurück.

»Nimm die Hände 'runter«, sagte er leise und zwischen den Zähnen.

Ich ließ sie wie zwei Dreschflegel fallen. Ich war starr vor Furcht.

Er zog die Pistole wieder heraus, zielte und quetschte mit derselben ruhigen, leisen Stimme zwischen den Zähnen hervor: »Ich geb dir's in den Bauch, du dreckiger Hund!« Damit brach ich zusammen. Im Fallen hörte ich die Kugel an die Mauer prallen. Es war das Ende. Ich erwartete einen Geschoßhagel. Ich erinnere mich, daß ich versuchte, mich wie ein Fötus zusammenzurollen, meinen gekrümmten Ellbogen zum Schutz über die Augen gehalten. Dann kam die Salve. Und dann hörte ich ihn laufen.

Ich wußte, daß ich sterben mußte, empfand aber keinen Schmerz.

Plötzlich merkte ich, daß ich nicht einmal einen Kratzer abbekommen hatte. Ich setzte mich auf und sah einen Mann mit einer Pistole in der Hand hinter dem fliehenden Angreifer herlaufen. Er feuerte im Laufen ein paar Schüsse ab, aber sie müssen ihr Ziel weit verfehlt haben.

Schwankend raffte ich mich wieder in die Höhe, befühlte mich überall, um mich zu vergewissern, daß ich wirklich unverletzt war, und wartete, bis der Wachmann zurückkam.

»Können Sie mir helfen«, bat ich. »Ich bin ziemlich wackelig auf den Beinen.«

Er sah mich mißtrauisch an, noch die Pistole in der Hand.

»Was zum Teufel tun Sie hier um diese Nachtzeit?«

»Ich bin so schwach wie eine Katze«, murmelte ich. »Ich werde es Ihnen später sagen. Bringen Sie mich nach Hause, bitte.«

Ich sagte ihm, wo ich wohnte, daß ich ein Schriftsteller sei und um frische Luft zu schnappen ausgegangen war. »Er hat mich fertiggemacht«, fügte ich hinzu. »Ein Glück, daß Sie des Weges gekommen sind . . .«

Noch ein wenig mehr von diesem Gerede, und er ließ sich genügend erweichen, um zu sagen: »Da haben Sie etwas, und nehmen Sie ein Taxi. Sie sind soweit in Ordnung, nehme ich an.« Er schob mir einen Dollarschein in die Hand.

Ich fand ein Taxi vor einem Hotel und sagte dem Fahrer, er solle mich in die Love Lane fahren. Unterwegs ließ ich halten, um mir ein Päckchen Zigaretten zu besorgen.

Diesmal waren die Lichter aus. Ich ging über die Vorstufen hinauf und ließ mich behend zur Eingangshalle hinuntergleiten.

Nicht ein Laut. Ich legte das Ohr an die Tür des Vorderzimmers und lauschte gespannt. Dann stahl ich mich leise zu der kleinen Kammer am Ende der Halle zurück, wo die Große gewöhnlich schlief. Ich hatte das Gefühl, daß das Zimmer verlassen war. Langsam drehte ich den Türknopf. Als ich die Tür genügend weit geöffnet hatte, ließ ich mich auf alle viere nieder und kroch auf Händen und Knien hinein, wobei ich mir vorsichtig meinen Weg zum Bett ertastete. Dort hob ich die Hand und befühlte das Bett. Es war leer. Ich zog mich rasch aus und kroch hinein. Es lagen einige Zigarettenstummel am Fuß des Bettes – sie fühlten sich an wie tote Käfer.

Im Nu war ich fest eingeschlafen. Ich träumte, daß ich in der Ecke bei der Feuerstelle lag, ein Fell, Pfoten und lange Ohren hatte. Zwischen meinen Pfoten lag ein abgenagter Knochen. Ich bewachte ihn eifersüchtig, sogar in meinem Schlaf. Ein Mann kam herein und gab mir einen Fußtritt in die Rippen. Ich tat, als spürte ich ihn nicht. Er versetzte mir noch einen Tritt, wie um mich zum Knurren zu bringen – oder vielleicht, damit ich den Knochen fahrenließ.

»Steh auf!« sagte er und schwang eine Peitsche, die er hinter seinem Rücken versteckt hatte.

Ich war zu schwach, um mich zu bewegen. Ich schaute zu ihm auf mit mitleidheischenden, kurzsichtigen Augen, wobei ich ihn stumm anflehte, mich in Ruhe zu lassen.

»Los, 'raus hier!« murmelte er und hob das dicke Ende der Peitsche, wie um zuzuschlagen.

Ich richtete mich schwankend auf alle viere auf und versuchte wegzuhinken. Mein Rückgrat schien gebrochen. Ich keuchte und sackte zusammen wie ein angestochener Sack.

Der Mann hob ungerührt wieder die Peitsche und schlug mir mit dem dicken Ende über den Schädel. Ich stieß ein Schmerzensgeheul aus. Wütend darüber ergriff er den Peitschenstiel und begann mich mitleidlos auszupeitschen. Ich versuchte mich aufzurichten, aber es war zwecklos, mein Rückgrat war gebrochen. Ich kroch über den Boden wie eine Krake, empfing Hieb um Hieb. Die wütenden Schläge ließen mir den Atem stocken. Erst nachdem er gegangen war – im Glauben, ich sei erledigt –, begann ich meinem heftigen Schmerz Luft zu machen. Zuerst fing ich an zu wimmern, dann, als meine Kraft wiederkehrte, begann ich zu schreien und zu heulen. Das Blut sickerte aus mir, als wäre ich ein Schwamm. Es floß nach allen Richtungen, machte einen großen, dunklen Fleck wie in den Zeichentrickfilmen. Meine Stimme wurde immer schwächer. Hin und wieder stieß ich ein Jaulen aus.

Als ich die Augen öffnete, beugten die zwei Frauen sich über mich und rüttelten mich.

»Hör auf, um Gottes willen, hör auf!« sagte die Große.

Die andere fragte: »Großer Gott, Val, was ist passiert? Wach auf, wach auf!«

Ich setzte mich auf und sah sie mit einem benommenen Ausdruck an. Ich war nackt, und mein Körper war voll Blut und blauer Flecken.

»Wo bist du denn gewesen? Was ist passiert?« klangen ihre Stimmen jetzt zusammen.

»Ich muß wohl geträumt haben.« Ich versuchte zu lächeln, aber das Lächeln verblaßte zu einem verzerrten Grinsen. »Schaut meinen Rücken an«, bat ich. »Er fühlt sich an, als sei er gebrochen.«

Sie legten meinen Kopf aufs Kissen zurück und drehten mich um, als sei ich mit dem Vermerk »Zerbrechlich« versehen gewesen.

»Du bist voll blauer Flecken. Du mußt verprügelt worden sein.«

Ich schloß die Augen und versuchte mich zu erinnern,was geschehen war. Alles, was ich mir ins Gedächtnis zurückrufen konnte, war der Traum, wie dieser Rohling mit der Peitsche über mir stand und mich verprügelte. Er hatte mir einen Tritt in die Rippen gegeben, als sei ich ein räudiger Köter. *(»Ich geb dir's in den Bauch, du dreckiger Hund!«)* Mein Rücken war wirklich gebrochen, dessen erinnerte ich mich jetzt deutlich. Ich war zusammengesackt und über den Boden gekrochen wie eine Krake. Und in dieser hilflosen Lage hatte er mit einer Wildheit drauflosgepeitscht, die unmenschlich war.

»Laß ihn schlafen«, hörte ich die Große sagen.

»Ich werde einen Krankenwagen kommen lassen«, meinte die andere.

Sie begannen sich zu streiten.

»Geht, laßt mich allein«, murmelte ich.

Es war wieder still. Ich schlief ein. Ich träumte, daß ich in der Hundeausstellung war. Ich war ein Chow-Chow und hatte ein blaues Band um den Hals. Im nächsten Verschlag war ein anderer Chow-Chow – er hatte ein rosa Band um den Hals. Das Los sollte entscheiden, welcher von uns beiden den Preis gewann.

Zwei Frauen, die ich wiederzuerkennen schien, stritten sich über unsere jeweiligen Vorzüge und Mängel. Schließlich kam der Preisrichter und legte mir seine Hand auf den Nacken. Die große Frau ging aufgebracht davon und spuckte Gift und Galle. Aber die Frau, deren Schoßhund ich war, beugte sich vor, hob mir an den Ohren den Kopf hoch und küßte mich auf die Schnauze. »Ich wußte ja, du würdest den Preis für mich gewinnen«, flüsterte sie. »Du bist so ein reizendes, reizendes Tierchen«, und sie begann mein Fell zu streicheln. »Warte einen Augenblick, mein Liebling, ich bringe dir etwas Nettes. Nur einen Augenblick . . .«

Als sie zurückkam, hatte sie ein Päckchen in der Hand. Es war in Seidenpapier eingewickelt und mit einem schönen Band verschnürt. Sie hielt es vor mir hoch, und ich stand auf meinen Hinterbeinen und bellte. »Wuff wuff! Wuff wuff!«

»Schön ruhig, mein Liebling«, sagte sie und machte das Päckchen langsam auf. »Frauchen hat dir ein schönes kleines Geschenk mitgebracht.«

»Wuff wuff! Wuff wuff!«

»So ist's brav . . . ja, so ist's schön . . . schön brav . . .«

Ich war rasend ungeduldig, das Geschenk zu bekommen. Ich konnte nicht verstehen, warum sie so lange brauchte. Es mußte etwas schrecklich Kostbares sein, dachte ich bei mir.

Das Päckchen war nun fast ausgepackt. Sie hielt das kleine Geschenk hinter dem Rücken versteckt.

»Hoch, hoch! So ist's recht . . . *hoch*!«

Ich stellte mich auf die Hinterbeine und begann zu tänzeln und mich zu drehen.

»Jetzt mach schön bitte! Schön bitte machen!«

»Wuff wuff! Wuff wuff!« Ich war bereit, vor Freude aus der Haut zu fahren.

Plötzlich ließ sie es vor meinen Augen baumeln. Es war ein

prachtvolles Knöchelbein, voll Mark, mit einem goldenen Ehering darüber. Ich war rasend darauf aus, es zu packen, aber sie hielt es hoch über ihren Kopf, wobei sie mich erbarmungslos zappeln ließ. Schließlich streckte sie zu meiner Verwunderung die Zunge heraus und saugte das Mark in ihren Mund. Sie drehte den Knochen um und saugte am anderen Ende. Als sie ein sauberes Loch durch und durch gemacht hatte, ergriff sie mich und streichelte mich. Sie tat es so meisterlich, daß er mir in ein paar Sekunden stand wie eine rote Rübe. Dann nahm sie den Knochen (an dem noch der Ehering war) und streifte ihn über die rote Rübe. »Nun, mein kleiner Liebling, bringe ich dich heim und lege dich ins Bett.« Und damit nahm sie mich hoch und ging fort, während jedermann lachte und in die Hände klatschte. Gerade als wir zur Tür kamen, glitt der Knochen herunter und fiel auf den Boden. Ich versuchte mich aus ihren Armen zu befreien, aber sie hielt mich fest an ihren Busen gedrückt. Ich begann zu winseln.

»Bsch, bsch!« machte sie, und indem sie die Zunge herausstreckte, leckte sie mein Gesicht. »Du liebes, reizendes, kleines Tierchen!«

»Wuff wuff! Wuff wuff!« bellte ich. »Wuff! Wuff wuff wuff!«